Paul

Le Mari embaumé

Roman

ISBN : 978-3-96787-637-6

10 9 8 7 6 5 4 3 2 1

Paul Féval

Le Mari embaumé

Roman

Table de Matières

PREMIÈRE PARTIE

I. OÙ CÉSAR DE VENDÔME SOUFFRE DE LA COLIQUE APRÈS BOIRE.

Un matin du mois d'août, en l'an de grâce 1622, un beau grand garçon, débraillé abondamment, la chemise tachée de vin, les cheveux ébouriffés autour d'un visage pâli par le plaisir, était couché tout de son long sur le carreau d'une chambre de l'hôtel de Mercœur, situé au milieu du vaste domaine dont notre place Vendôme actuelle n'occupe pas tout à fait le tiers.

L'hôtel appartenait à César de Vendôme, fils légitimé du roi Henri et de la belle Gabrielle, du fait de son mariage avec Françoise de Lorraine, héritière unique du dernier duc de Mercœur. C'était un magnifique bâtiment, tout battant neuf, puisque la duchesse de Mercœur en avait posé la première pierre le 29 juin 1604, après avoir fait démolir et mettre au ras du sol le grand hôtel de Retz, où le roi Charles IX avait logé en 1556 et 1557.

Outre l'hôtel, Mme de Mercœur avait édifié au même lieu une église et le couvent des Capucines qui laisse encore son nom à tout un quartier de Paris.

La riche étendue des jardins qui entouraient l'hôtel et le couvent peut être définie par une ligne brisée dont le périmètre irrégulier toucherait les rues Louis-le-Grand, Saint-Honoré, de Luxembourg, le Boulevard, à l'extrémité de cette dernière voie, et la rue Neuve-Saint-Augustin.

La chambre où ce beau grand garçon, débraillé comme un diable, dormait tout bonnement sous la table couverte de flacons vides et de vaisselles ravagées, n'avait donc au plus que seize ans, et pourtant Dieu sait qu'elle portait déjà de nombreuses traces de fatigue et de décrépitude. Les tentures, dont l'étoffe était magnifique, pendaient poudreuses et souillées, les meubles massifs semblaient avoir soutenu des assauts, et il n'y avait pas jusqu'aux sculptures de la boiserie qui n'eussent des contusions, voire des entailles.

C'était un peu, il faut le dire, comme le beau grand diable lui-même, lequel ronflait d'un si bon cœur qu'on eût dit un serpent de paroisse. Les cheveux de soie qui couronnaient son front, blonds et doux qu'ils étaient plus que ceux d'une femme, n'accusaient pas plus de dix-huit ans ; son front lui-même, blanc et lisse était d'un enfant, mais la pâleur de son visage, marbré déjà de tons violents, et je ne sais quelle ride profonde, abaissant les coins de sa bouche où la moustache naissait à peine, prouvaient, qu'à l'exemple des meubles malmenés, notre beau garçon avait subi de rudes et nombreuses atteintes, soit qu'il eût entamé trop tôt la bataille de l'ambition, ou celle du plaisir : toutes les deux, peut-être.

Il était couché, vautré plutôt dans cette pose abandonnée de ceux que l'ivresse a surpris. Sa taille haute et douée amplement de gracieuse vigueur se développait dans toute sa richesse. Ses deux mains, croisées sous sa nuque, lui faisaient un oreiller.

Auprès de lui, deux longs lévriers, appartenant à cette race noble qu'on nommait « les levrets de Bar », dormaient aussi, mais, plus soucieux de leur dignité, gardaient une posture infiniment moins familière. Leur poil, d'un gris lilacé, était aussi net que la défroque de notre beau servant de Bacchus semblait fripée et fanée.

Enfin, d'une alcôve fermée, au devant de laquelle tombaient de larges draperies, surmontées par l'écu de France avec la brisure de Vendôme, d'autres ronflements, sonores et graves, partaient qui annonçaient la présence d'un quatrième dormeur.

Il était environ sept heures du matin. Le soleil d'été entrait gaiement par les deux hautes fenêtres donnant sur les vergers des Capucines, et la seconde messe sonnait à l'église Neuve. Jardiniers et valets commençaient à remuer au dehors.

« Trois et deux, cinq ! grommela notre beau gaillard qui s'agita dans son sommeil. Tu as perdu, cette fois, coquin de Mitraille ! J'amènerai toujours bien six, en deux dés, quand le diable y serait ! »

C'était la première parole qui eût été prononcée ici, depuis l'orgie de la veille, dont les débris jonchant la table et le carreau, emplissaient la chambre de violentes senteurs.

Le sommeil léger des deux lévrets en fut troublé. Ils allongèrent leurs pattes grêles, entr'ouvrirent leurs yeux larmoyants et s'étirèrent en bâillant comme deux filles paresseuses qu'on éveille pour la besogne matinale.

Ce fut tout. Le dormeur reprit avec une vague colère :

« Mort de moi, j'ai amené trois et as ! Il n'y a pas de justice là haut ! c'est encore moi qui ai perdu ! As-tu un pacte avec Satan, coquin de Mitraille ! »

Une harmonie vint de l'église où les religieuses chantaient accompagnées par l'orgue et les basses de violes. L'heure sonna au clocher. Les oiseaux gazouillaient dans les arbres feuillus où les fruits déjà mûrs se balançaient à la brise.

Les choses changent. C'était juste au lieu où la colonne rigide s'élève, portant la statue de Napoléon entre les quatre pans de la grille chargée de couronnes d'immortelles : un carré de cimetière, découpé dans la vie fiévreuse du nouveau Paris ; un austère souvenir de grandeur et de gloire, entouré d'hôtels meublés, de casernes, de chancelleries, de magasins de modes et de boutiques d'escompte.

Il y a des heures de « hausse bien faite, » où la colonne elle-même est moins illustre que le comptoir voisin.

« Holà ! Guezevern ! Pol, bêlitre de Bas-Breton, gronda une voix avinée derrière les rideaux. Verse à boire ! j'étrangle ! »

Les deux levrets rampèrent du côté de l'alcôve.

Sous les fenêtres, dans le jardin, une voix fraîche et charmante chanta :

> Nous étions trois demoiselles,
> Toutes trois belles
> Autant que moi,
> Landeriguette,
> Landerigoy !
> Un cavalier pour chacune
> Courait fortune
> Auprès du roi,
> Landerigoy,
> Landeriguette !

C'était doux, c'était mignon comme le sourire espiègle d'une fillette, mais sous cette naïve gaieté, il y avait je ne sais quoi de hardi et de robuste.

« Éliane ! murmura dans son sommeil notre beau diable, dont la physionomie tourmentée prit une expression bonne et caressante ; ma belle petite Eliane ! »

De son côté, le dormeur de l'alcôve poursuivait :

« Que l'enfer confonde les donzelles ! À quoi bon les femmes ici-bas ? N'y a-t-il pas assez des dés, des cartes et de la table ! Pol ! traître ! verse à boire ! »

Un petit caillou, un grain de sable plutôt, lancé d'en bas, toucha un carreau de la croisée.

Le beau garçon tressaillit comme si son sommeil profond eût perçu ce bruit si léger. La douce voix reprit :

Jeanne aimait un gentilhomme,
Annette un homme,
Marthe, ma foi,
Landeriguette
Landerigoy,
Aimait un fripon de page,
Sans équipage
Ni franc aloi,
Landerigoy,
Landeriguette !

Un second grain de sable frappa la vitre. Le beau diable se frotta les yeux à tour de bras en se mettant sur son séant. Pour le coup, les deux levrets gambadèrent.

Dans l'alcôve, la voix enrouée appela plaintivement.

« Guezevern ! Pol ! Cadet de malheur ! à boire ! »

Mais Guezevern, le beau garçon, ne daigna pas donner la moindre attention à ce qui se disait dans l'alcôve.

Il se leva un peu chancelant, un peu étourdi, et commença par consacrer toutes ses facultés à la solution de ce problème, plus ardu qu'on ne pense : trouver son équilibre.

Il le trouva et passa deux belles mains assez blanches qu'il avait, dans la forêt de ses cheveux blonds révoltés.

« Mort de moi ! pensa-t-il tout haut, il fait déjà grand soleil ! Qu'est-ce qu'on a donc bu, hier, à ce réveillon maudit ? Je dois être équipé comme un brigand et j'ai fait attendre ma petite Éliane. Je vais avoir un sermon ! »

La vitre tinta au choc d'un troisième grain de sable plus gros, et la voix mignonne dit avec une expression de colère :

« Ah ! Pol ! malheureux Pol, vous serez donc toujours le même !

— J'en ai bien peur, chérie, grommela le jeune Bas-Breton, en riant d'un air contrit, à moins que tu ne me corriges, mon beau petit ange bien aimé… mais, saint-Dieu ! il y a fort à faire ! »

Il se tourna vers un miroir de Venise qui pendait au lambris, entre les deux fenêtres, vis-à-vis des draperies fermées de l'alcôve, et sou sourire s'attrista franchement quand le miroir lui montra le terrible état de sa toilette. Il se mit aussitôt à la besogne, rajustant son pourpoint, relevant ses chausses, lustrant à deux mains les belles boucles de ses cheveux, et donnant même un petit coup au croc naissant de sa moustache.

Pendant cela, la petite voix mignonne achevait sa chanson :

Le seigneur acheta Jeanne,
L'homme prit Anne ;
Marthe dit : Moi,
Landeriguette,
Landerigoy,
Il me faut bel apanage,
Et le blond page
Devint un roi,
Landerigoy,
Landeriguette !

Au moment où ce refrain, plus accommodant que moral ou poétique, arrivait aux oreilles charmées de notre beau gaillard, qui s'appelait de son nom bas-breton Pol-Yves-Vénolé, cadet de Guezevern, sa toilette allait s'achevant. Il resserra ses aiguillettes d'une main plus assurée et se campa tout droit devant la glace, dans une attitude de défi, comme pour lui dire :

« Est-ce que j'ai l'air d'avoir dormi sous la table ? »

La glace, en vérité, ne lui fit pas une réponse trop sévère. Il avait belle mine, et la pâleur de sa joue lui allait bien. La chanson avait remis des éclairs dans sa prunelle.

Le dormeur de l'alcôve ronflait toujours et grondait en ronflant.

« Ventre-saint-gris ! pour mettre la main sur le frère du roi, il faudrait un autre compagnon que vous, monsieur le cardinal ! Nous vous fâcherons avec madame la reine-mère, et vous irez planter des raves à Brouage, pour le printemps qui vient. Holà ! Guezevern !

Pol ! païen ! verse jusqu'au bord ! »

Guezevern hésita un instant entre la porte qu'il venait d'ouvrir et ces lourds rideaux de lampas, derrière lesquels était son devoir. Il sourit et murmura :

« Quand M. le duc aura bien rêvé qu'il a soif, il rêvera qu'il boit, puis qu'il est ivre. Nous en avons pour une grande heure de promenade, Éliane et moi, sous les tilleuls. »

Et il sortit, prenant soin de refermer la porte.

Quelques secondes après, il descendait le petit perron latéral, donnant sur un carré long, plein d'ombre et de fleurs, qu'on appelait le clos Pardaillan, parce qu'il appartenait à dame Honorée de Guezevern-Pardaillan, maîtresse de la porte du couvent des Capucines. Ce clos séparait les communs de l'hôtel du couvent auquel il touchait par le logis de dame Honorée. Celle-ci, par grâce spéciale de Françoise de Lorraine, sa patronne et amie, portait sa croix sous l'habit, et tenait un emploi de religion quoi qu'elle ne fût point cloîtrée et n'eût jamais fait ses vœux.

Dame Honorée était la tante à la mode de Bretagne du cadet Pol de Guezevern, page de M. le duc de Vendôme.

D'un côté du clos Pardaillan, il y avait une belle et plantureuse allée de tilleuls qui rejoignait le grand verger du couvent, de l'autre c'était un parterre qui, à cette époque de l'année, semblait un immense bouquet de fleurs. L'air était chargé de parfums et semblait lourd malgré l'heure matinière.

Du haut du perron, Guezevern fouilla l'ombre de l'allée, d'abord, puis les massifs de roses et de chèvrefeuilles. Il ne vit rien. Il écoula : on ne chantait plus.

« La maligne pièce va-t-elle me mettre en pénitence ! » pensa-t-il.

Celui-là n'était pas un amoureux languissant et ne parlait point de sa dame en ces termes dévots, qui faisaient pâmer les ruelles, ce qui ne l'empêchait pas d'aimer bien, et de tout cœur.

« Éliane ! » prononça-t-il tout doucement.

Point de réponse.

Les papillons voltigeaient, les oiseaux babillaient, la brise mettait des murmures doux dans la cime déjà dorée des tilleuls ; les fleurs épandaient leurs parfums épais et chauds : c'était tout.

Guezevern fronça le sourcil, et, quand il fronçait le sourcil, sa figure devenait mauvaise. Éliane le lui avait dit une fois en ajoutant, car elle était vaillante encore plus que jolie :

« Maître Pol, il faut bien que vous sachiez cela ; vous n'êtes pas capable de me faire peur ! »

Il est vrai que l'instant d'après, elle lui avait tendu son front souriant et plus blanc que les bouquets de reines-marguerites qui tranchaient parmi les œillets rouges et les campanules bleues.

C'était une chère enfant, si bonne aux malheureux et si doucement secourable dès que le cœur soufrait !

En vérité, s'il était vrai de dire qu'Éliane n'avait pas peur de maître Pol, maître Pot, au contraire, avait grand'peur d'Éliane.

Il la querellait pourtant le Bas-Breton qu'il était ; bien souvent, ces diables de sourcils qui lui donnaient l'air mauvais se fronçaient : mais comme il implorait bien son pardon, quand la colère était passée !

Autant vaut vous dire tout de suite comment Éliane et maître Pol étaient ainsi devenus une paire d'amis.

Quelques deux ans auparavant à la fin de l'hiver de 1620, maître Pol-Yves-Vénolé de Guezevern qui arrivait du manoir paternel, situé dans l'évêché de Quimper, avait déjà l'honneur d'être page de César, duc de Vendôme, gouverneur de Bretagne. Je ne sais pas s'il avait pris ses instincts au pays bas-breton, mais c'était le plus méchant sujet qui fût en la maison du fils de Henri IV, laquelle avait la réputation de servir d'asile aux plus méchants sujets de l'univers. Il était joueur, querelleur, coureur, buveur et coupait même volontiers, selon la mode du temps, quelques bourses aux abords du Pont-Neuf.

Personne n'ignore que ce n'était pas un péché de tirer l'escarcelle d'un bourgeois assez criminel pour n'être point rentré, quand sonnaient huit heures de nuit, dans le giron de sa bourgeoise.

C'était un soir. Il pleuvait. Messieurs de Vendôme, d'Elbeuf, de Candale, de Montmorency-Bouteville, les deux Marillac et my-lord Montaigu sortaient de chez la Rochebonne, au Marais Saint-Germain, où ils avaient fait la *mérande* avec des dames dont l'histoire ne rapporte point les noms, quoique ces noms, peut-être, ne fussent pas étrangers à l'histoire.

On appelait mérande une collation galante, prise en plein jour, mais à volets fermés et girandoles allumées.

Pendant que ces messieurs *mérandaient* dans le salon de la Rochebonne, toujours plein de fleurs animées, leurs pages et officiers festoyaient quelque autre part, et vers huit heures, quand la cérémonie s'acheva, maîtres et serviteurs étaient d'une gaieté folle, sauf ce brave duc de Vendôme à qui le plaisir donnait la colique toujours.

On rossa le guet généreusement. C'était, paraîtrait-il, une volupté de prince. On arracha des marteaux de porte, comme la chose se fait encore à Londres, cette ville grave, quand les jeunes membres du haut Parlement sont en belle humeur, on changea les enseignes, mettant la guirlande de boudins d'un charcutier à la porte d'une sage-femme, et le tableau de l'accoucheuse à l'huis d'un procureur.

On cassa les vitres, on coupa des manteaux ; on s'amusa, en un mot, comme des bienheureux, toujours à l'exception de César de Bourbon, duc de Vendôme, qui allait, geignant et appuyé au bras de son page, auquel il disait :

« Bas-Breton ! tête de bœuf ! n'as-tu jamais la colique ? »

Le page, il faut bien l'avouer, enrageait de ne pas être à la place de ses amis et camarades qui servaient des maîtres bien portants.

On entendait au loin les folles clameurs de la bande, pendant que le fils d'Henri IV cheminait péniblement vers son palais, le corps en double et répétant :

« Pol ! moitié de sauvage, rentrons pour que je boive ! Damné Bas-Breton, ne vois-tu pas que, pour guérir, il me faut boire et reboire ?

— Patience, mon seigneur, répondait Guezevern. Vous savez bien que quand vous aurez bu et rebu, la colique augmentera. Ce qu'il vous faudrait, c'est une semaine d'abstinence. »

Il n'acheva pas, parce que le duc tira son épée, annonçant l'intention de le tuer sur la place, pour châtier cette sacrilège suggestion.

Guezevern s'éloigna pour deux motifs ; d'abord il n'avait pas fait le sacrifice de sa vie, ensuite, il venait d'entendre un cri plaintif, un cri d'enfant ou de femme, parmi les bruyantes rumeurs qui sortaient d'une maison de piètre apparence, au coin des rues Saint-Honoré et Saint-Thomas du Louvre.

Or, Guezevern, mauvaise tête qu'il était, avait bon cœur.

M. le duc de Vendôme, dont les officiers couraient le guet avec le restant de la troupe joyeuse, resta seul et triste au beau milieu de la rue, tandis que son page lançait un grandissime coup de pied dans la porte de la maison d'où sortait le tapage.

M. le duc de Vendôme se serra le ventre à deux mains, et murmura plaintivement :

« Ah ! tête de bœuf ! Bas-Breton mal peigné ! Que voulez-vous tirer d'un pays où ils boivent du cidre au lieu de vin, les malfaiteurs ! »

Au coup de pied donné par Guezevern, la porte de la maison borgne s'ouvrit comme par enchantement ; il vit une demi-douzaine de ribauds, hommes et femmes, qui entouraient une petite fille, maigre et pâle, mais jolie comme les amours.

Il n'eut pas le temps de parler. Un grand drôle, vêtu de cuir, comme un ligueur du dernier règne, saisit l'enfant par la ceinture et la lui jeta à la tête comme un paquet. Guezevern, enfant lui-même, fut presque renversé du choc.

Pendant qu'il reprenait son équilibre, gardant la petite fille dans ses bras, un large éclat de rire retentit à l'intérieur de la maison dont la porte s'était refermée avec fracas.

« Que fais-tu là, tête de bœuf ? demanda de loin le duc de Vendôme.

— Ma foi, mon seigneur, répondit Guezevern, je n'en sais pas plus long que vous. On dirait qu'il me tombe un héritage du ciel, mais ce n'est pas celui de mon grand cousin, le comte de Pardaillan, qui a cent mille écus de rentes !

— Viens ça, traître, que je te donne de ma rapière dans le ventre ! » gémit M. de Vendôme, appuyé contre une borne et se tordant comme une femme en couches.

Il y avait, à l'angle même des deux rues, un lumignon qui brûlait sous une image de la Vierge. Au lieu d'obéir, Guezevern s'approcha du lumignon, éclairant de son mieux le visage de l'enfant qui avait perdu connaissance.

« Mort de moi ! monsieur le duc, s'écria-t-il, on n'a jamais rien vu de si mignon sous le soleil ! Tous vos péchés vous seront remis, si vous donnez asile, en votre hôtel, à ce doux petit ange !

— Dieu me punisse ! pensait le duc ; voici le Bas-Breton qui a ramassé une fille folle dans le ruisseau !

— Lâche-moi cela, païen ! ajouta-t-il, si tu veux garder tes deux oreilles ! »

On recommençait d'entendre la troupe joyeuse qui pourchassait bruyamment quelque gibier de nuit à l'autre bout de la rue Saint-Honoré, vers la Croix-du-Trahoir. Pol vint tout d'un temps sur M. de Vendôme et lui dit d'un ton décidé :

« Monseigneur, voici la meute qui approche. Je ne veux pas que vos nobles amis voient cette jeune demoiselle.

— Ah ! ah ! fit le duc étonné, n'as-tu point dit : Je veux, cadet de Guezevern ?

— J'ai dit : je veux, monseigneur. Le roi dit bien : Nous voulons ! J'ai mis dans ma tête que cette enfant-là serait sauvée ! Et, de par Dieu, elle le sera ! »

Vendôme se tenait les côtes à deux mains, non point pour rire, hélas ! Il était plus ivre encore que malade et ses jambes molles pouvaient à peine supporter le poids de son corps.

« Holà, Candale, mon mignon ! cria-t-il d'une voix dolente. Holà ! Bouteville, Elbeuf, Modène, Louvigny, Puylaurens ! À moi ! le Bas-Breton a manqué de respect à un fils de France ! Venez tous et qu'on me l'assomme ! »

Il en aurait dit assurément beaucoup plus long, si la main de Guezevern ne s'était posée sans façon sur sa bouche.

Pour le coup, M. de Vendôme pensa suffoquer de courroux.

Mais Guezevern approcha ses lèvres de son oreille et murmura doucement :

« Monseigneur, je connais la donzelle. C'est Renaude. N'entendîtes-vous jamais parler de Renaude Belavoir, qui a un secret contre la colique ? »

L'effet de cette courte harangue se produisit, foudroyant comme un miracle.

M. de Vendôme remit son épée au fourreau, et dit :

« Ventre-saint-gris ! Mon compagnon, que ne parlais-tu ? Donne ta main, et tiens ferme. Nous allons asseoir la fillette entre nous deux, et la porter à l'hôtel à la guerdindaine. Bellement, corbœuf ! Bellement ! j'ai ouï parler du remède de la Renaude : on dit qu'il guérit à baise-mains. Bellement, donc, mécréant ! si tu me la gâtes, je t'étrangle comme un poulet ! »

II. COMMENT MAÎTRE POL SE DÉFIT D'ÉLIANE.

Éliane, car c'était elle, fut ainsi portée de la rue Saint-Thomas du Louvre à l'hôtel de Mercœur « à la guerdindaine, » par César, duc de Vendôme, et son page. Elle n'eut point conscience de cet honneur. Comme elle était partie, elle arriva complètement privée de sentiment.

César de Vendôme monta, en nage, le perron de son logis. Depuis des années, il n'avait été à pareille fête, quoiqu'il fût bon soldat, une fois en campagne. Il se coula entre ses draps sans geindre, sans maudire les valets de sa chambre, et dormit comme un loir.

Pol de Guezevern, lui, eut grande peine à mener jusqu'à sa chambrette la belle petite fille qui lui était tombée du ciel, selon sa propre expression. C'était, nous le savons déjà, un garçonnet à la tête chaude, qui avait bon cœur de temps en temps. Il marchait, cette nuit, dans les corridors de l'hôtel de Mercœur, portant d'une main la fillette appuyée contre sa poitrine, de l'autre son épée nue, et résolu à couper court par une estocade à toute plaisanterie de ses compagnons.

Il avait sa phrase toute faite et toute prête. Les gens déterminés sont ainsi. Il comptait dire au premier qui lui barrerait le chemin en faisant des gorges chaudes : celle-ci est ma fille d'adoption : au large !

Or, je vous fais juge. Il avait dix-huit ans. Sa phrase, si bien préparée, eût provoqué des gaietés folles, et il aurait fallu jouer de l'épée.

Heureusement qu'il ne rencontra personne, sinon un écuyer ivre mort, couché en travers du chemin. On buvait dru dans la maison de M. de Vendôme.

Une fois dans sa chambrette, notre page étendit Éliane sur son lit et alluma sa lampe, après avoir fermé sa porte à double tour. Il avait peur que M. le duc ne vînt réclamer son remède contre la colique.

Le plus pressé était de secourir Éliane, que nous appelons ainsi, quoique maître Pol ne sût pas encore son nom. La chambre n'offrait pas précisément toutes les ressources désirables en pareille circonstance, mais il y avait de l'eau fraîche, dont maître Pol usa abondamment.

Tout en baignant les tempes et le front de sa fille adoptive, tout en lui tapant doucement dans le creux des mains, comme il avait vu faire par hasard à de belles dames pâmées, notre page ne pouvait s'empêcher de regarder l'enfant qui, en vérité, était miraculeusement belle.

Tout au plus paraissait-elle avoir de treize à quatorze ans. Sa tête pâle, très-douce, mais très-noblement accentuée disparaissait presque sous les masses de ses admirables cheveux noirs. Ses vêtements étaient ceux d'une fille de noblesse, quoique l'étoffe en fût commune. En détachant les lacets de sa cotte, maître Pol trouva, sous son corset, un petit médaillon d'argent uni portant à son centre des armoiries qu'on avait essayé d'effacer.

À tout prendre, le cœur humain vaut mieux qu'on ne pense. Nous n'étonnerons personne en disant que ce mauvais petit sujet de Guezevern, joueur, buveur et libertin, n'eut pas en ce moment une seule pensée qui n'eût pu être avouée par un saint. Il n'avait pas trouvé l'occasion de placer sa fameuse phrase : « celle-ci est ma fille adoptive, » mais il se l'était dite à lui-même, et cela suffisait.

Pour la première fois de sa vie, il se sentait chaste, sérieux et bon.

Et il pensait :

« Je donnerais une heure de veine au passe-dix pour avoir ici madame ma bonne mère, afin de lui confier ce beau petit ange-là ! »

Nul ne sait de quel air la digne dame de Guezevern, qui vivait au pays de Quimper avec cinq cents écus de revenus et qui avait quatre grands fils, dont maître Pol était le dernier, nul ne sait, disons-nous, de quel air la digne dame eût accueilli un semblable cadeau.

Mais ce qui doit sauter aux yeux, c'est la munificence de maître Pol. Une heure de veine an passe-dix ! Sous le roi Louis XIII, un diable de garçon comme maître Pol pouvait faire sa fortune en une heure de veine.

Éliane ne fut pas longtemps avant de recouvrer ses sens.

De son premier mot, elle appela sa mère, et le page eut l'âme inquiète, comme si déjà la crainte lui fut venue d'avoir une rivale dans ce petit cœur inconnu.

Éliane ouvrit ses grands yeux d'un bien obscur, ombragés de longs cils recourbés. Les yeux, en s'ouvrant, éclairèrent son visage d'une lueur si belle que le page eut comme un religieux respect.

Elle regarda tout autour d'elle d'un air étonné, et rabattit ses paupières comme si elle eût voulu échapper à un rêve douloureux.

« Ma mère ! ma mère ! répéta-t-elle par deux fois, puis de grosses larmes coulèrent sur la pâleur de sa joue. »

C'était une pauvre simple histoire que la sienne, et qui fut bien vite racontée.

Aussitôt qu'elle fut maîtresse de ses souvenirs, elle fixa sur le page ses beaux yeux humides où il n'y avait ni crainte ni défiance.

« Ils m'ont chassée, dit-elle. J'ai bien senti qu'on me jetait dans vos bras. Vous me donnez asile pour aujourd'hui, mais demain ?…

— Mort de moi ! s'écria maître Pol, qui fit la grosse voix, pour cacher son émotion, à chaque jour sa peine !

— Pourquoi jurer ? demanda Éliane d'un ton de reproche. C'est mal.

— Je ne jurerai plus, si vous n'aimez pas qu'on jure, répondit le page. Comment faut-il vous appeler, demoiselle ? et pourquoi ces bandits vous ont-ils chassée ? »

Éliane dit son nom et ajouta :

« Ce ne sont pas des bandits. Ma pauvre mère avait promis de payer notre logis et notre nourriture, depuis trois mois que nous sommes à Paris.

— Et votre mère n'a pas pu ?

— Ma mère est morte. »

Sa tête charmante se renversa sur l'oreiller, et les larmes s'arrondirent comme des perles aux coins de ses paupières.

Maître Pol ne pleurait pas souvent, il eut envie de pleurer :

Il n'osait plus interroger.

« Ma mère est morte depuis une semaine, reprit la petite Éliane : je suis seule, toute seule…

— Non pas, par la mort-Dieu ! l'interrompit le page.

— Oh ! fit-elle, ne jurez pas : c'est offenser le Seigneur. »

Maître Pol se donna un coup de poing au travers du front. Elle poursuivit :

« Je n'avais que ma mère. Depuis longtemps déjà, elle me disait bien souvent : il faut que tu saches. Si je m'en allais avant de t'apprendre qui tu es et ce que tu dois faire, quand je ne serai plus là… puis elle pleurait, et ajoutait : Demain, tu sauras tout, j'y suis déterminée. Le lendemain venait. Peut-être que ma mère avait à me confier un pénible et douloureux secret. La mort l'a surprise avant qu'elle ait eu le courage de parler.

— Quoi ! s'écria le page, vous ne savez rien !

— Je sais que ma mère ne portait point le nom de mon père. Elle me l'a dit cent fois, en retenant ce nom qui allait tomber de ses lèvres, je sais qu'elle sollicitait les juges et suivait un grand procès. Hélas ! et je sais que je suis seule, toute seule ! »

Elle mit ses belles petites mains sur ses yeux, et un sanglot souleva sa poitrine.

« Nous étions bien pauvres, continua-t-elle d'une voix qui allait faiblissant. Ma mère vendait parfois une robe, parfois un bijou… Elle eut un soir beaucoup d'argent d'un beau collier de diamants et de perles. Elle envoya l'argent je ne sais où, et quand l'hôtelier vint demander son dû, elle répondit : je n'ai plus rien ; mais, dès que mon procès va être gagné, je vous payerai avec usure. Les gens de l'auberge devenaient durs et insolents avec nous. Quand elle fut morte, on m'appela fille de voleuse.

— Sang du Christ ! gronda maître Pol. Je leur briserai les os ! »

Les paupières d'Éliane étaient lourdes. Elle les releva avec effort, disant, comme si elle se fût parlé à elle-même :

« Elle ne souffre plus, pauvre mère… et moi, j'ai tort d'avoir crainte ; elle est auprès de Dieu. Elle veille sur moi. »

Ce furent ses dernières paroles. Ses yeux s'étaient refermés. Une expression de bien-être remplaça bientôt l'angoisse qui naguère se lisait sur son gracieux visage.

Elle avait le doux sourire des anges endormis.

Pol de Guezevern resta longtemps à la regarder.

Tout un monde d'idées nouvelles était en lui.

Quand il sentit le sommeil venir, il se leva et alla se coucher tout de son long dans le corridor, en travers de sa propre porte, qu'il laissa ouverte.

Le lendemain matin, il dit à Éliane, dont le sourire triste le remerciait, car, longtemps avant lui elle s'était éveillée :

« Apprenez-moi le nom de votre mère.

— Ma mère s'appelait dame Isabelle.

— Restez ici, Éliane, reprit le page d'un ton presque solennel, je vais vous chercher une autre mère. »

Il ferma la porte sur elle, et se rendit tout d'abord à son devoir auprès de M. le duc.

M. le duc lui dit en l'apercevant :

« Te voilà, Bas-Breton ! Tête de bœuf ! Tu étais ivre, hier, et ce n'est pas séant pour un jouvenceau de ton âge ! Sais-tu où mène l'ivrognerie, coquin ? Je t'ai appelé dix fois cette nuit, pour me donner à boire : Où étais-tu ?

— Dans mon trou, monseigneur, à méditer sur les bons conseils que vous me donnâtes hier au soir.

— Quels conseils ? » demanda le duc en portant à ses lèvres une tasse de vin chaud qu'il tenait à deux mains.

César de Vendôme, qui avait déjà des vices et des infirmités de vieillard, était un tout jeune homme cependant, et un beau jeune homme, par-dessus le marché. Il entrait à peine dans sa vingt-huitième année. Son père, le Béarnais, dont la jeunesse se prolongea si tard, avait de la barbe grise à vingt-cinq ans, et son royal frère, Louis XIII, fut vieux avant d'être pubère.

Parmi les figures pittoresques qui abondèrent si étrangement sous ce règne, les mémoires du temps nous montrent ces deux fils bâtards du « seul roi dont le peuple ait gardé la mémoire » sous un jour vacillant et incomplet. Dans la foule des rejetons gourmands et illégitimes qui amaigrirent sans cesse le tronc bourbonnien, cette race de Vendôme fut à coup sûr la branche la plus mâle et la mieux venue. Le duc et le grand prieur étaient des hommes de guerre et de conseil à leurs heures. La seconde génération donna un batailleur de bonne sorte, et ce conjuré pour rire, le duc de Beaufort, roi des halles ; la troisième enfin fournit un grand capitaine, un héros, le vainqueur de Barcelonne et de Villa-Viciosa.

Pour ne pas mentir, cependant, au vice de leur origine, tous ces princes de contrebande affichèrent de terribles mœurs, le dernier surtout et le plus illustre, dont la vie privée ne se pourrait point raconter.

César de Vendôme, « César-Monsieur, » comme on l'appelait encore en 1620, n'allait peut-être pas jusque là. À part l'abus des sept péchés capitaux et de leurs annexes, il vivait assez en honnête homme. Il était grand seigneur à sa manière, et l'accusation d'avarice portée contre sa race tombe devant sa notoire insouciance et l'abus de ses prodigalités.

Guezevern lui répondit avec une grande affectation de respect :

« Votre Altesse a la bonté de me donner tous les soirs d'excellents conseils. »

Le regard endormi de César prit une expression d'inquiétude. Il craignait la raillerie comme le feu.

« Explique-toi, Breton bretonnant, grommela-t-il, ou gare à tes oreilles ! »

D'ordinaire, maître Pol acceptait ces façons sans sourciller. Aujourd'hui, il baissa les yeux en rougissant.

« Ventre saint gris ! s'écria César, si tu te fâches, tu es amoureux ! »

De rouge qu'il était, maître Pol devint tout pâle.

« Voilà que je passe mes dix-huit ans, murmura-t-il, et j'aimerais être traité en gentilhomme. »

Pour le coup, César fut sur le point de se mettre en colère ; mais c'était un homme d'habitude. Il but une large lampée, ce qui le calma d'autant.

« Vit-on jamais colique pareille ! reprit-il comme si de rien n'eût été. Verse à boire, ami Guezevern. Tu es gentilhomme, ou que Dieu me punisse ! cousin de Rieux, cousin de Pardaillan. On fera quelque chose de toi, si tu veux réformer ta vie : ne plus jouer, ne plus jurer, ne plus boire et ne plus faire l'amour. Sangdieu ! je m'en souviens bien ! voilà les conseils que je te donnais l'autre soir ! »

Maître Pol s'inclina gravement : le duc poursuivit :

« Mais à quelle diable de sauce m'avez-vous mis la nuit dernière, monsieur le gentilhomme ? Ai-je rêvé que nous avons porté une donzelle à la guerdindaine tous les deux ?

— Oui, monseigneur, répondit péremptoirement Guezevern, vous avez rêvé cela. »

Le duc le menaça du doigt.

« Prends garde ! » fit-il.

Il ajouta :

« Ai-je rêvé aussi que tu m'as parlé d'un remède contre la colique !

— Monseigneur, pour cela, non. Yves Kerbras, le palefrenier de feu monsieur mon père, avait un bien bon remède : Prenez une pinte de brandevin, deux livres de bœuf avec l'os à moelle, du poivre, du sel, de la ruë, du plantain, de l'herbe à cinq coutures, trois gousses d'ail, de la corne de cerf râpée et tamisée, deux touffes de cochléaria, du thym ou, si vous n'en avez, de la sarriette ou du serpolet, un scrupule d'antimoine et le foie d'une tanche ; Faites bouillir sept heures à petit feu, levez et passez, ajoutez deux gobelets de vin blanc et demi-livre de présure fermentée avec fleurs de tilleul et bourgeons de pin. Mettez macérer quatre heures, puis battez au balai qui fait la crème fouettée en laissant tomber tout doucement des poudres de lycopode ou, si vous n'avez, de l'écorce à tanner, pilée bien menu. Repassez, émiettez du pain de ménage que vous maniez avec des mouches cantharides bien sèches et faites tremper jusqu'à l'heure de matin où vous avez coutume de donner l'avoine…

— Comment ! l'avoine ! interrompit César, qui, jusqu'alors, avait écouté pieusement. Est-ce à moi que tu parles, maraud ?

— Hier au soir, acheva le page, j'avais dit à monseigneur que le secret d'Yves Kerbras était pour les chevaux qui avaient mangé trop de vert. »

Un valet entra et annonça :

« Monsieur le grand prieur de France ! »

Guezevern saisit cette occasion pour s'esquiver et gagna tout d'un temps le logis de dame Honorée de Guezevern-Pardaillan, maîtresse de la porte du couvent des Capucines.

C'était une bonne béguine, rose, grasse, fraîche et qui ne semblait point se mourir d'abstinence.

« Madame ma tante, lui dit maître Pol, après avoir baisé une main blanche et potelée qu'on lui tendait, je viens vous confier le cas difficile où je me suis mis.

— Si c'est pour payer encore vos dettes, méchant sujet, interrompit madame Honorée, vous aurez beau dire !

— Point ! point ! s'écria maître Pol. Plut à Dieu qu'il ne s'agît que de cela !

— Comment ! Plût à Dieu ! Est-ce quelque chose de pire ?

— Madame ma tante, vous en jugerez, car j'ai fait dessein de ne vous rien cacher. J'ai grande confiance en vous. »

Maître Pol prit un air modeste et ajouta :

« Je me trouve avoir adopté un enfant. »

La bonne dame joignit les mains et murmura :

« À son âge ! Où allons-nous, Seigneur Jésus ! »

Puis avec colère :

« Bambin que vous êtes, ne pouviez-vous attendre à voir la barbe vous pousser au menton ? »

Maître Pol baissa les yeux et répliqua :

« Je dirai, moi aussi : Jésus Dieu, madame ma tante, il me paraît que vous y entendez malice. Donc, expliquons-nous, s'il vous plaît. L'enfant que j'ai adopté était tout fait. »

La béguine avait un éventail qu'elle mit au-devant de ses yeux.

« Monsieur mon neveu, ordonna-t-elle sévèrement ne prononcez aucune parole que je ne puisse entendre !

— Merci de moi, ma tante ; vous entendez trop bien, et vous cachez vos beaux yeux pour qu'on ne les voie point sourire. Ne sais-je pas que vous êtes la meilleure comme la plus jolie ? »

L'éventail tomba pour servir à un petit geste menaçant, mais souriant.

Maure Pol n'était pas un Breton si bretonnant que M. de Vendôme voulait bien le dire.

De fait ? quelques années en-çà, ce mot : « La plus jolie » aurait fort bien pu être appliqué à dame Honorée.

Et quant à cet autre mot : « la meilleure, » c'était, en vérité, une digne et brave dame. Les créanciers de maître Pol le savaient bien.

« Voyons, fit-elle, expliquez-vous. Qu'est-ce que c'est que cette nouvelle folie ?

— Ce n'est pas une folie du tout, madame ma tante, repartit le page. Écoutez-moi seulement et vous verrez. Je suis dans une maison de perdition, ici, chez M. le duc.

— À qui le dites-vous, mon neveu !

— Officiers, pages, valets, tout le monde y suit l'exemple du maître…

— Et vous tout le premier, malheureux enfant.

— Dans un pareil repaire, que voulez-vous qu'un pauvre garçon comme moi fasse d'une innocente ?

— Ah ! l'interrompit madame Honorée, c'est une enfant du sexe féminin.

— Belle comme une nichée d'amours.

— La beauté est un don fatal ! soupira la béguine.

— Vous devez le savoir, ma tante, dit tout bas maître Pol, qui lui baisa le bout des doigts galamment.

— Est-elle au maillot ?

— Pas tout à fait… mais ne m'interrompez plus, car M. de Vendôme pourrait me rappeler, et je tâche de remplir près de lui mon devoir de mon mieux.

— Bien vous faites, mon neveu… quel âge a-t-elle ? »

Au lieu de répondre, maître Pol poursuivit avec volubilité :

— C'est une âme à sauver, ni plus ni moins. Dans cette maison-là, il n'y a pas un coin qui n'appartienne à l'enfer. Si vous saviez… Mais le ciel me préserve d'offenser la chasteté de vos oreilles ! Je me suis dit tout de suite : il y a un ange, tout près de ce purgatoire. À deux pas de ce trophée d'iniquités, il y a un pur et virginal tabernacle. Comme quoi, madame ma tante, il faut me relever de mon adoption et prendre ma petite fille pour vôtre… c'est la loi de Dieu qui le veut ! »

Dame Honorée, la bonne chrétienne, était plus qu'à demi convaincue. Néanmoins, elle ne dit ni oui ni non. Elle voulut voir l'enfant que son neveu avait recueilli, la nuit, dans les rues de Paris, en courant le guilledou avec M. de Vendôme.

Maître Pol ne fut pas déconcerté le moins du monde. Seulement, quand dame Honorée lui dit :

« Allons, mon neveu, apportez-la moi. »

Il répondit :

« Oui bien, ma tante, nous allons vous l'amener sur l'heure. »

Et, par le fait, après une absence de quelques instants, il parut dans l'oratoire de sa tante avec cette grande et belle jeune fille de treize ans, qui paraissait en avoir quinze.

À sa vue, la dame Honorée de Guezevern-Pardaillan recula, stupéfaite et scandalisée.

« Neveu, dit-elle, en se signant et avec une indignation profonde, en es-tu à ce point de perversité ? as-tu voulu te moquer de ta meilleure amie ? »

Maître Pol, cette fois, lui répondit gravement et en la regardant aux yeux :

« Madame ma tante, je fais ce matin avec vous ce que je ferais avec ma noble et chère mère, si le pays de Quimper n'était au bout du monde ; je vous ai dit la vérité : j'ai adopté cette enfant, et, par le nom de Dieu, elle ne sera point abandonnée ! Vous êtes seule, ses parents sont morts. Je la sais pure, je la crois noble. La Providence la jette dans vos bras, il ne faut jamais, madame, refuser ce que donne la Providence.

— Jésus ! Jésus ! murmura la béguine, je ne t'avais jamais vu ainsi, Pol, mon neveu. Te voilà un homme, assurément, et tu parles comme un livre… mais qui me répondra de cette jolie fille-là ? »

Ce disant, elle tourna ses yeux vers Éliane qui avait les paupières baissées, mais la tête haute. Éliane était très-pâle. Son pauvre cœur battait bien fort dans sa poitrine, car elle avait honte et frayeur.

« Madame ma tante, répliqua le page, elle souffre, vous voyez bien cela, car vous avez encore vos yeux de femme. Ne l'humiliez pas aujourd'hui, puisque vous l'aimerez demain. Ne laissez rien dans son âme que le souvenir de votre bonté et de votre confiance. Regardez madame ma tante, Éliane, je vous prie. »

La jeune fille obéit, et ses paupières, en s'ouvrant, laissèrent couler deux belles larmes.

Dame Honorée lui tendit la main.

« Venez çà, mignonne, lui dit-elle, et n'ayez point frayeur. »

Les genoux d'Éliane fléchirent et sa tête charmante, comme si elle eût cherché un abri, toucha le sein de la bonne dame.

« Affaire conclue ! » s'écria le page qui se détourna pour essuyer d'un revers de main ses yeux mouillés.

Dame Honorée qui effleurait d'un baiser le front d'Éliane, se redressa, prise d'un reste de défiance.

« C'est bien ! fit maître Pol qui riait pour cacher son attendrissement, vous n'attendez pas à demain, madame ma tante. Vous l'aimez dès aujourd'hui. Or, maintenant, écoutez ce qui me reste à vous dire. Si notre Éliane eût été, comme je vous l'ai fait croire un instant, une fillette de deux ou trois ans, je n'aurais pas eu besoin de vous, ma bonne, ma chère tante, car M. le duc, tout possédé qu'il est par une demi-douzaine de démons, a le cœur d'un gentilhomme et ne mange pas encore les petits enfants. Mais il s'agit d'un trésor de beauté qui chaque jour désormais va se perfectionner et s'accroître.

« Pour un tel joyau, la maison de M. de Vendôme vaut un peu moins que l'enfer. J'ai donc agi sagement pour la première fois de ma vie, et je me décerne volontiers toute sorte de félicitations. À vous revoir, madame ma tante, vous êtes une sainte, ni plus ni moins ; à vous revoir, Éliane, pauvre petite sœur, et souvenez-vous qu'à une sainte il faut un ange. J'ai répondu de vous. »

Il se dirigea vivement vers la porte.

« Maître fou ! dit dame Honorée, c'est de vous qu'il faut me répondre ! »

Son regard désigna Éliane dont la tête gracieuse se cachait toujours dans son sein.

Ce beau diable de page vous avait des airs de prince, quand il voulait. Il se redressa et posa la main sur son cœur. Cela valait assurément tous les serments du monde ; l'excellente béguine le jugea du moins ainsi.

Elle resta seule avec Éliane et lui prit la tête à deux mains pour la baiser mieux. Maître Pol l'avait dit : Dame Honorée n'attendait pas au lendemain pour l'aimer.

III. UN TÊTE-À-TÊTE.

Mais il faut ajouter que dame Honorée, qui avait un cœur d'or, aima Éliane le lendemain, bien mieux encore que la veille. Le surlendemain, elle était tout uniment folle de sa fille d'adoption, et cela ne fit qu'augmenter avec le temps. Plus on voyait cette petite

Éliane, plus on la chérissait. Elle avait un charme latent qui lui gagnait toutes les âmes.

Dame Honorée de Pardaillan-Guezevern appartenait à une race méridionale entée sur souche bretonne, dont l'auteur était un cadet de Pardaillan-Montespan, qui s'était marié en Bretagne, au temps de la Ligue, avec l'unique héritière d'une branche de Guezevern.

Les Guezevern avaient tenu dès longtemps des offices nobles dans la maison des ducs de Mercœur. Ils étaient pauvres. Au contraire, le chef de la famille de Pardaillan, qui avait titre de comte, menait grand état dans le Rouergue, où il était rentré en possession des anciens domaines de sa famille. Maître Pol avait déjà mis l'épée à la main trois ou quatre fois à propos de cet opulent parent. Ses compagnons, en effet, voyant toujours sa bourse plate, avaient coutume de lui dire que si la moitié du Rouergue mourait en temps utile, et les trois quarts aussi de l'évêché de Quimper, il finirait par être riche, comte et podagre sur ses vieux jours.

Or, il y avait des moments où maître Pol n'entendait pas comme il faut la plaisanterie.

De fait, entre maître Pol et l'opulent héritage de son grand cousin, le comte de Pardaillan, il y avait, outre ses frères aînés, une liste fort nombreuse de Guezevern de Bretagne et de Pardaillan-Montespan du Rouergue. Il ne s'en faisait pas plus de mauvais sang pour cela.

Naturellement, dame Honorée donna plus d'attention que le page à l'histoire d'Éliane. Elle fit examiner par un héraut d'armes le médaillon portant écusson que la fillette avait au cou. Le héraut, rendit sur parchemin, une belle consultation, où l'écu était compendieusement décrit et blasonné de toutes pièces, et qui concluait en déclarant que vingt-neuf familles de noblesse, en France ou en Allemagne, avaient des armoiries presque semblables ; trente, en comptant la branche aînée de Pardaillan.

Dame Honorée écrivit à son cousin, le riche comte de ce nom, en la province du Rouergue. Elle n'eut point de réponse.

Dame Honorée voulut interroger elle-même le logeur de la rue Saint-Thomas-du-Louvre, chez qui la mère d'Éliane était morte. On lui répondit qu'elle devait soixante et quelques livres tournois, plus le mémoire du médecin qui l'avait assistée. On la connaissait sous le nom de dame Isabelle. En son vivant, elle avait l'air d'une femme de qualité, brisée par le malheur. Ses paroles n'étaient pas toujours très-cohérentes. Elle parlait d'un douaire considérable auquel elle avait droit et de juges qu'elle allait solliciter dans ses absences fréquentes et longues. Quels juges ? Nul n'en savait rien. Pendant tout le temps de son séjour à l'auberge, dame Isabelle n'avait reçu personne.

Dame Honorée paya et revint à son logis, où elle reprit l'interrogatoire d'Éliane. La fillette, en vérité, n'en savait pas bien long, et il était manifeste qu'elle ne cachait aucun secret.

Avant de venir à Paris, sa mère et elle demeuraient dans un petit bien de Gascogne, au delà de la ville de Sainte-Affrique ; cela ne valait pas beaucoup mieux qu'une ferme, et l'on y vivait pauvrement. À la question qui lui fut faite, de savoir si ses souvenirs ne remontaient pas plus haut que cet indigent logis de campagne, Éliane devint pensive.

« Madame et maîtresse, dit-elle, je ne sais pas si ce sont des rêves ou des souvenirs. Il me semble que j'étais, toute petite, dans une grande maison où il y avait des hommes habillés de fer. Le matin, dans mon lit, j'étais éveillée par des fanfares. Les chiens aboyaient dans la cour, et les chevaux piaffaient. Chaque fois que je voulais parler de ces choses à ma mère, elle m'imposait silence, en pleurant. »

Ce fut tout. Dame Honorée, au bout d'une semaine, n'avait plus déjà qu'un désir très-modéré de savoir. Savoir c'était s'exposer à perdre Éliane. La famille retrouvée eût réclamé l'enfant. Au bout d'un mois, dame Honorée redoutait les renseignements comme le feu.

Dire qu'Éliane avait pris pied chez elle serait trop peu. Dame Honorée avait besoin d'Éliane ; il semblait qu'elle n'eût jamais vécu sans Éliane, ou que du moins elle ne pût désormais vivre sans elle.

L'enfant était une de ces natures douces et à la fois vaillantes qui s'imposent par la continuité de l'attrait. Ses tristesses charmaient comme son sourire ; sa gaieté se communiquait irrésistiblement. Partout où elle était, elle dominait à l'insu d'elle-même et surtout des autres.

Dame Honorée était heureuse comme une reine et gardait à son beau neveu une reconnaissance infinie. Celui-ci, en effet, mettait dans ses relations avec sa protégée une discrétion digne des plus grands éloges. Il ne rapprochait nullement ses visites, et quand il venait payer ses respects à la bonne dame, c'est à peine s'il saluait Éliane d'un sourire modeste et presque timide.

Je ne vous cacherai point que dès le troisième mois, dame Honorée songea à le récompenser de cette conduite si méritoire. Elle se dit un soir en se couchant :

« Ma petite Éliane a treize ans ; treize et sept donnent vingt, et quatre, vingt-quatre : le bon âge pour prendre un mari quand on ne veut point entrer en religion ou rester fille. Nous avons donc onze ans de marge, pendant lesquels je puis et je dois garder près de moi ma petite Éliane. D'autre part, mon neveu Pol de Guezevern a dix-huit ans ; dix-huit et onze fournissent vingt-neuf, qui est bien près de trente, et trente est le bon âge pour marier un garçon. Il y aura, dans onze ans, un peu de plomb dans la cervelle de mon beau neveu ; il sera capitaine, je suppose, et vous voyez comme les âges seront bien assortis : vingt-quatre et trente ! ne dirait-on pas que c'est fait exprès ? Eh bien ! eh bien ! je crois que nous verrons ces noces-là, mais dans onze ans seulement, pas un jour de moins ; et, d'ici-là j'aurai ma petite Éliane à moi toute seule. »

On ne peut prétendre que ce fût mal calculé.

Seulement, les calculs humains sont sujets à l'erreur.

Il y avait deux éléments qui semblaient fort étrangers aux calculs de l'excellente dame : les beaux tilleuls du clos Pardaillan et la première messe de l'église neuve des Capucines. Ces deux éléments, cependant, se glissèrent parmi ses chiffres et changèrent du tout au tout le produit de l'opération.

L'habitude de dame Honorée était d'aller à la première messe tous les jours, ce qui donna quotidiennement à maître Pol et à la petite Éliane l'occasion de se rencontrer sous les beaux tilleuls.

Ces pages fous qui ne croient ni à Dieu ni à diable quand ils sont entourés de jeunes coquins de leur sorte, deviennent, vous le savez, en présence de la candeur d'une vierge, les plus délicats, les plus dévots des amants. Dans la tendresse de maître Pol, il y avait toujours ce sentiment de protection qui sauvegarde et qui engage. Bienfait oblige. D'ailleurs, maître Pol se considérait presque comme un vieillard auprès de sa petite Éliane.

Et puis, ne nous y trompons pas, la petite Éliane de maître Pol n'était point une proie sans défense contre les entreprises d'un page.

La Tourette, comme on l'appelait à l'intérieur du couvent parce que, dès son arrivée, pour donner couleur à son séjour, on l'avait placée sous la direction de la sœur tourière, subordonnée elle-même à l'autorité de la maîtresse de la porte, la Tourette avait une raison précoce et surtout une précoce fermeté dont ce récit est destiné à donner des preuves. Elle aimait son père Guezevern (elle le nommait ainsi en riant) comme un frère chéri, mais loin de lui obéir ou de se laisser guider par lui, elle le grondait bel et bien.

Là était peut-être le danger. Quand ces jolis anges entreprennent la conversion d'un réprouvé, il leur arrive parfois de glisser au bord de l'abîme, et de s'en aller, avec le réprouvé, au fond du précipice.

Mais, jusqu'à présent, la petite Éliane se tenait ferme. Depuis plus de deux ans, elle sermonnait maître Pol, sous les tilleuls, tant que durait la première messe, et loin d'aller vers l'abîme, elle était bien convaincue qu'elle en éloignait maître Pol chaque jour un petit peu.

Aussi était-elle ardente à la besogne.

Maître Pol se laissait prêcher avec une céleste patience. Il jurait le moins qu'il pouvait devant sa petite Éliane, ne parlait jamais du jeu et blâmait de tout son cœur les démoniaques orgies qui occupaient les nuits de M. de Vendôme. À l'entendre, à le voir près de sa petite Éliane, maître Pol était un saint, ni plus ni moins.

Et, en conscience, ils faisaient à eux deux un couple charmant, sous l'ombre des grands arbres. Cette « petite » Éliane, qui avait maintenant ses quinze ans, atteignait à la plus riche taille que puisse souhaiter une femme, mais cette taille adorable gardait les sveltes hardiesses, les gracieuses flexibilités de l'adolescence. Il y avait encore de l'enfant parmi l'opulence de cette jeunesse. Elle souriait si bien, elle chantait si clair, elle courait si franchement, donnant à la brise joueuse les boucles effarées de sa chevelure noire ! Ceci quelquefois. D'autres fois, elle vous avait un air si grave, portant haut sa tête où pas un seul de ses brillants cheveux ne dépassait l'autre, marchant à pas comptés et laissant la frange de ses cils ombrager modestement l'éclair de ses yeux !

C'était, je vous le dis, une charmeuse, une graine de duchesse, une bouture de reine. Nul ne blâme les rois qui épousent de pareilles bergères.

Je ne sais pas où ils l'avaient vue, mais tous les jeunes gentils-hommes du quartier Saint-Honoré parlaient de la Tourette comme d'un miroir de beauté.

Aussi le calcul matrimonial de notre bonne béguine, trente et vingt-quatre, courait risque d'être considérablement réduit. À cette heure, il s'agissait de vingt et de quinze, d'un page aussi peu mariable qu'il est possible de rêver un page, et d'une fillette qui avait déjà dans son petit doigt plus de raison que la béguine et le page multipliés l'un par l'autre.

Prenons donc les choses où elles sont et revenons à cette jolie matinée du mois d'août, en l'an 1622, où maître Pol quitta la chambre à coucher de son royal et constamment indigéré seigneur, César de Vendôme, pour descendre à bas bruit au clos Pardaillan, où l'appelait la chanson d'Éliane :

Landerigoy
Landeriguette.

Il ne la vit point d'abord. Elle n'était ni dans les carrés d'œillets, ni parmi les buissons de roses, ni sous l'ombrage des vieux tilleuls, taillés en charmille. Elle n'était nulle part, à vrai dire, ou du moins, maître Pol la cherchait en vain.

Dans l'allée fraîche les fleurs envoyaient leurs parfums à foison. C'était bien l'heure de l'entrevue quotidienne, et pas un regard jaloux ne s'offrait aux alentours.

« Éliane ! » appela le page doucement.

Point de réponse.

Les défauts principaux de maître Pol n'étaient ni la patience, ni la prudence. Il gronda en lui-même une couple de ces jurons que sa gentille amie détestait si bien, et répéta en élevant déjà la voix plus qu'il ne fallait :

« Éliane ! »

Un *chut* imperceptible arriva à son oreille sans qu'il pût deviner d'où.

En même temps, il crut voir un mouvement derrière une treille, chargée de clématites et de jasmins en fleurs, qui avoisinait la porte du logis de dame Honorée.

Le prolongement de la treille fleurie masquait la porte. La première pensée du page fut qu'Éliane lui jouait un tour d'espiègle et se cachait derrière la treille. Il s'élança pour la joindre et entendit, à moitié chemin, le bruit de la porte qui se refermait.

« Oh ! oh ! fit-il en s'arrêtant, elle est tout à fait en colère !

— Bonjour, monsieur de Guezevern, dit à ses côtés une voix douce, mais pleine de reproches ; vous avez beaucoup tardé ; nous n'aurons pas longtemps à causer aujourd'hui.

— Éliane ! s'écria maître Pol stupéfait ; ce n'était donc pas vous qui étiez sous ce berceau ?

— Non, répondit la jeune fille. Le secret de nos entrevues ne nous appartient plus à dater d'aujourd'hui.

— Qui donc l'a surpris ? » demanda le page, rougissant de colère.

Éliane se mit à marcher lentement vers l'allée des tilleuls.

Quoiqu'elle fût à peine sortie de l'enfance, puisqu'elle venait d'atteindre sa quinzième année, la riche symétrie de sa taille était déjà d'une femme ; seulement, on devinait son extrême jeunesse aux flexibilités de son corps et à ce je ne sais quoi, mystérieuse floraison qui fait auréole autour du front des vierges. Elle portait, comme il convenait à sa position, un costume sévère et si simple qu'il aurait pu vêtir une servante : sa jupe et son corsage étaient de laine noire ; sa guimpe montante, de fine toile, n'avait point de broderies.

Mais elle allait tête nue et la splendeur de sa chevelure suffisait à la parer abondamment.

« Éliane, répéta maître Pol en essayant de lui prendre la main, qui donc a surpris notre secret ? »

Elle retira sa main et répondit :

« Quand vous faites orgie avec les officiers de votre maître, vous parlez malgré vous, M. de Guezevern.

— Celui qui a dit cela en a menti ! s'écria le page.

— Si vous n'aviez point parlé, comment un homme m'aurait-il reproché de vous aimer ?

— Un homme ! balbutia maître Pol, déjà tremblant de colère.

— Un homme qui a mis à profit, ce matin, le temps que vous avez perdu.

— Il vous a entretenue, Éliane ? »

Elle s'assit sur un banc de granit qui était au bout de l'allée.

« La chanson qui vous appelle d'ordinaire était achevée, prononça-t-elle tristement. Vous ne veniez pas, il est venu. Il m'a dit que j'étais belle.

— L'insolent !

— Trop belle pour un simple page… »

Autour de ses lèvres charmantes, il y avait un fin et malicieux sourire.

« Mort de moi !… commença maître Pol.

— Si vous jurez, je m'en vais, interrompit doucement Éliane. Il m'a dit encore que bien des écuyers seraient fiers de mettre leurs hommages à mes pieds.

— Et vous avez écouté cela, Éliane ! Dieu merci, les fillettes comme vous ont un diable dans le corps ! Des hommages ! à vos pieds… sang du Christ ! Et ne croyez pas que ce soit pour jurer, je reconnais ce style fleuri comme si j'avais vu la bouche emmiellée qui vous a débité de pareilles fadeurs. C'est Saint-Venant, le maudit singe, qui était tout à l'heure sous la tonnelle et que je prenais pour vous !

— Monsieur Renaud de Saint-Venant, s'il vous plaît, maître Guezevern, le second écuyer de madame la duchesse de Vendôme, un nom de bonne noblesse et un galant jouvenceau qui ne touche jamais les dés, qui méprise le péché d'ivrognerie, et qui ne jure jamais, jamais !

— Vous le voyez donc bien souvent, que vous savez tout cela, demoiselle ? demanda aigrement le page.

— Je le vois chaque fois que vous commettez quelque méfait, maître Pol, répliqua la jeune fille dont les grands yeux souriants démentaient la piquante parole, pour vous punir comme vous le méritez et pour me consoler du gros chagrin que vous me faites. »

Elle lui tendit la main cette fois.

Maître Pol la prit et la porta à ses lèvres.

« Mort de mes os ! dit-il, essayant de cacher son émotion sous une apparence de gaieté, et c'est bien la dernière fois que je jure, Éliane, si on me punissait comme je le mérite, je serais tout bonnement étouffé entre deux matelas. Saint-Venant est mon ami, et je ne puis croire qu'il me trahisse…

— Il ne m'a jamais abordée que pour me parler de vous, murmura la jeune fille.

— Hum ! fit maître Pol, je promets bien que je ne l'ai jamais chargé de cela. Enfin, n'importe, je veux croire qu'il fait pour le mieux, et il sera toujours temps de jouer de l'épée.

— De l'épée ! se récria Éliane, contre M. de Saint-Venant ! si doux ! si courtois, si sage !

— Un mot de plus, déclara le page, et je vais l'attendre ce soir sous le lumignon de Saint-Roch ! »

Puis, par une transition qui n'était pas dans les règles de la rhétorique, peut-être, mais qui, du moins, ne manquait pas de chaleur :

« Ô Éliane ! ma belle, ma douce Éliane ! s'écria-t-il, si je suis jaloux, c'est que je vous aime à la folie ! je voudrais vous enfermer dans un palais enchanté comme il y en avait au temps des fées, et où se trouveraient réunies toutes les délices de l'univers ! À quoi bon sortir de chez soi, quand on possède à portée de la main, tout ce que le désir peut rêver, tout ce que peut souhaiter le caprice ? Vous me grondez sans cesse et vous avez bien raison. Vous ai-je jamais résisté ? N'ai-je pas toujours écouté vos conseils, comme s'ils tombaient de la bouche du sage Mentor ?

— Et les avez-vous suivis une fois, ne fût-ce qu'une fois, malheureux ? intercala Éliane.

— Je l'ai essayé, poursuivit impétueusement le page en tombant à genoux, je n'ai pas réussi. C'est la force qui me manque. Le jeu me fait horreur, mais je joue par désœuvrement et pour imiter les libertins qui m'entourent. Quand nous serons mariés, Éliane, ma perle ! l'idée de jouer ne me viendra plus, puisque vous serez entre moi et la tentation »

Éliane soupira.

« Au fond, continua le page, je déteste le vin ; quand nous serons mariés, qui donc me contraindra de vider tasse sur tasse ? Les jurons, je n'en parle même pas, puisque ma seule tâche sera de vous plaire, et qu'en jurant je vous déplairais. Quant à cet autre péché, qu'on nomme l'inconstance…

— Pol, mon pauvre Pol, interrompit tout bas Éliane, pensez-vous que nous soyons jamais mariés ? »

Le page bondit sur ses pieds comme s'il eût entendu le plus audacieux de tous les blasphèmes.

Éliane continua :

« Je n'ai rien au monde, et vous n'êtes pas riche, mon ami. »

Voilà une chose à laquelle maître Pol n'avait assurément jamais songé.

« Hier, dit encore Éliane, ma bonne dame Honorée m'a demandé si je n'aurais point de goût pour entrer en religion.

— Et qu'avez-vous répondu ? » fit le page en tremblant.

Une larme vint aux yeux de la jeune fille.

« Rien, murmura-t-elle.

— Éliane ! s'écria maître Pol, voulez-vous que je vous épouse tout de suite ? »

Elle sourit en secouant sa jolie tête pensive.

« Voilà que nous avons l'âge tous deux, reprit maître Pol. Mon père m'a donné à M. Vendôme, je sais comment le prendre… et à propos, chérie, connaîtriez-vous un remède contre la colique ? »

Éliane ouvrit de grands yeux. L'idée lui vint peut-être que son chevalier en herbe était frappé de subite folie.

Parler de semblables choses au beau milieu d'un entretien d'amour !

Mais le page ne tint compte de sa surprise et poursuivit éloquemment :

« M. de Vendôme fera tout ce que nous voudrons, j'en réponds ! Vous, Éliane, mon cœur, vous êtes libre. À bien réfléchir, j'aurais plus de droits sur vous que ma tante elle-même, puisque c'est moi qui vous ai trouvée ! Que faut-il donc ? un prêtre ? Je le trouverai, tête et sang ! Et dussé-je le prendre à la gorge… Pourquoi riez-vous, Éliane ?

— Le sage mari que vous feriez ! » murmura la jeune fille.

Maître Pol mit le poing sur la hanche.

« Alors, demoiselle, dit-il avec dignité, vous ne voulez pas de moi pour époux ? Si vous me méprisez ainsi, c'est que vous en aimez un autre. Si vous en aimez un autre, par la corbleu !…

— Asseyez-vous là près de moi, Pol, mon ami, interrompit doucement la fillette, et parlons raison, vous plaît. »

Maître Pol, Dieu merci, ne demandait pas mieux que de s'asseoir près d'elle. Quant à parler raison, il fit tout son possible. C'était une noble et chère enfant que notre Éliane. Elle plaida la cause de son fiancé bien plus que la sienne propre. Elle lui remontra en termes tendres et charmants de quel poids serait une famille à un écervelé de sa sorte. Elle lui dit, et c'était bien la centième fois qu'elle le lui disait :

« Je vous aime bien, et je n'aime que vous. La Providence vous a jeté un jour sur mou chemin pour me tirer du fond de la misère, pour me donner deux années de repos, presque de bonheur. Si j'avais en vous autant de confiance que j'ai pour vous de tendresse, demain je serais votre femme, an risque de notre avenir à tous deux, mais…

— Mais, s'écria le page, enivré de bonnes intentions, tu blasphèmes l'amour, Éliane, tu ne comprends pas l'amour ; l'amour est un dieu qui fait des miracles ! Le bonheur va me transformer comme par enchantement. Je ne suis pas un abandonné, sais-tu ? Il y a mon grand cousin de Pardaillan dont l'héritage me viendra un jour ou l'autre. Mais, foin de cela ! J'ai mon épée, à tout prendre, et un bon bras pour l'emmancher ; je suis gentilhomme ; mon cœur est chaud, ma tête est saine. Mort de ma vie ! le jour où nous serons mariés, je deviendrai si sage que tu me reprocheras de ne plus savoir rire ! Regarde-moi bien, ma belle, mon adorée Éliane : Lis dans mes yeux si je pourrais te tromper. Nous serons pauvres : cela empêche-t-il d'être heureux ? »

Et voilà le mystère : elles ont beau être douées d'une raison supérieure, ces enfantillages les grisent toutes comme un vin capiteux. En voyant cela, ne faut-il pas bien croire au dogme des poëtes, qui soutiennent qu'entre deux cœurs battant ainsi à l'unisson, la folie est sagesse, et la raison démence !

Éliane écoutait, entraînée, mais non persuadée, et l'éclair qui s'allumait dans ses beaux yeux enflammait la faconde du page.

Elle avait la bonne volonté de résister, mais elle était faible d'autant mieux qu'elle se croyait plus forte.

Ce maître Pol était si beau dans son juvénile transport ! si vrai ! si franc ! si tendre !

La brise, que le soleil du matin chauffait déjà, passait sur leurs bouches souriantes tout imprégnée des parfums de la corbeille voisine. Les oiseaux, au-dessus de leurs têtes, chantaient leurs libres amours. Il y avait des ivresses dans l'air.

Je ne sais comment les deux mains du page, tremblantes et frémissantes, s'étaient jointes autour de la fine taille d'Éliane. Leurs regards se baignaient l'un en l'autre, et leurs lèvres…

Mais le premier baiser ne fut pas échangé ce jour-là.

Au moment où le page voyait déjà sa victoire certaine, un mouvement eut lieu de nouveau sous le treillage, chargé de clématites et de jasmins, devant la porte de dame Honorée. Entre les feuilles flexibles et vertes, vous auriez pu apercevoir l'ovale amaigri d'une tête pâlotte, coiffée de cheveux blonds bouclés.

Non point le blond fauve et chaud de maître Pol : un blond féminin, délicat, mais fade.

La tête appartenait à un tout jeune homme qui avait à peu près l'âge de notre page. Le jeune homme avait nom Renaud de Saint-Venant : il était second écuyer de Françoise de Lorraine, fille unique du duc de Mercœur et femme du duc de Vendôme.

Renaud, après avoir regardé attentivement au travers du feuillage, se retourna du côté de la porte et prononça tout bas :

« Venez çà, bonne dame, et regardez ; vous allez voir un grand scandale et vous convaincre par vos propres yeux de la vérité de mon dire. »

IV. DAME HONORÉE.

Renaud de Saint-Venant ayant prononcé ces paroles fort doucement et d'un air sucré qu'il avait, se retira. C'était un second écuyer très-prudent.

Dame Honorée de Pardaillan-Guezevern sortit au contraire de sa maison, l'œil indigné, la joue blême de colère. Elle ne dit rien, en passant, au dénonciateur. Elle traversa le jardin d'un pas ferme et roide comme celui d'une statue qui marcherait.

Il fallait que nos amoureux fussent bien occupés pour ne la point entendre. Ils ne l'entendirent point.

Elle les surprit tels qu'ils étaient : Éliane enlacée dans les bras de maître Pol. Son livre d'heures, massif et lourd, s'échappa de ses mains. Les graines de son chapelet s'entre-choquèrent et frémirent.

Ce fut la foudre qui tomba et sépara ces jeunes lèvres, prêtes à s'unir dans le premier baiser.

« Vous êtes tous deux des malfaiteurs ! décida du premier coup la bonne béguine ; des monstres ! des hérétiques ! »

Son courroux ne lui permît pas de trouver d'autres injures.

Éliane et maître Pol s'étaient levés tous deux et restaient anéantis.

« Ma tante !… » balbutia le page.

Puis il ajouta, sans avoir conscience de ce qu'il disait :

« La messe du matin est-elle donc déjà finie ?

— Ma marraine ! ma bonne marraine ! murmura la fillette, qui avait coutume de nommer ainsi sa protectrice.

— Taisez-vous tous deux ! ordonna dame Honorée, en s'asseyant sur le banc de granit à la place qu'ils venaient de quitter. Taisez-vous, libertin ! Taisez-vous, effrontée ! Je vous maudis des deux mains ! »

Cela lui fit du bien s'asseoir. Elle s'éventa avec son mouchoir et sembla se recueillir comme un juge qui va prononcer un arrêt sans appel.

« Madame ma tante, reprit le page d'un air contrit, voulez-vous que je vous aille chercher un verre d'eau avec un tantinet d'essence des quatre fleurs ?

— Taisez-vous, infâme ! répliqua la béguine. Taisez-vous, surborneur ! Vous devriez mourir de contrition et de honte. On me l'avait déjà dit ; je ne voulais pas le croire !

— Ah ! fit maître Pol, qui dressa l'oreille, on vous l'avait déjà dit !

— Taisez-vous ! Non, la messe du matin n'est pas finie. J'irai à la messe de midi, à la chapelle Saint-Roch. Jour de Dieu ! vous goûterez de la Bastille, mon neveu ! et vous irez voir au For-l'Évêque si j'y suis, mijaurée ! Jour de Dieu ! Jour de Dieu ! miséricorde ! dans mon jardin ! à deux pas de ma maison ! Des enfants que j'ai comblés de bienfaits !

— Madame ma tante, insinua maître Pol bien doucement, nous étions en train de parler de vous… et si vous vouliez me dire seulement le nom du coquin qui nous a calomniés…

— Taisez-vous ! calomniés ! n'ai-je pas vu de mes yeux ! Çà ! misérable sujet, ce n'était pas une mauvaise idée que vous aviez de m'aller chercher de l'eau des quatre fleurs : je me sens faible. »

Avant qu'elle eût achevé, le page avait déjà fait une demi-douzaine de bonds vers la porte de la maison.

Elle le rappela.

« Dans l'armoire, à droite de mon lit, expliqua-t-elle. Joignez-y, détestable scélérat que vous êtes, une burette de vin de Sicile, car je crois que je vais défaillant… et un biscuit. Dieu vous punira… La burette est entamée, sur ma table de nuit. Les biscuits sont dans un sac sur mon prie-Dieu. »

Elle mit sa tête entre ses mains.

Éliane s'agenouilla près d'elle.

« Marraine ! fit-elle ; ma chère marraine ! »

Sa voix était si douce qu'un sourire essaya de naître sur la mine refrognée de la bonne dame.

Éliane ajouta tout bas :

« Nous nous aimons de tout notre cœur !

— Jésus ! s'écria dame Honorée, rendue à tout son courroux, pensez-vous m'apprendre du nouveau, ma mignonne ? Sur ma foi, je l'ai bien vu ! Je l'ai trop vu ! Et je puis ajouter qu'en toute ma vie je n'avais rien vu de pareil ! Ah ! ah ! vous vous aimez, voilà vraiment une belle excuse ! Et vous me le dites, encore ! Supposez-vous que mes oreilles soient faites à de pareils scandales ? Fi, ma mie, fi !

— Marraine, supplia Éliane, nous comptions sur vous pour nous marier ! »

Les deux mains de la béguine tombèrent.

« Vous marier ! répéta-t-elle. Mais, triste fille, à mon compte il y a encore neuf ans !

« Et d'ailleurs, s'interrompit-elle, c'est affreux ! inouï ! épouvantable ! Depuis que le monde est monde, on n'a jamais ouï parler de cela ! »

Maître Pol revenait avec un plateau supportant l'eau des quatre fleurs, la burette de vin de Sicile et une pyramide de biscuits.

« Vous servirai-je, marraine ! demanda Éliane.

— Le plus souvent ! s'écria dame Honorée. Tout est fini entre nous, ma belle ! Et je vous défends de m'appeler marraine. Jésus ! deux enfants de cet âge-là ! Dans mon jardin avec neuf ans à courir. »

Elle but un bon verre de vin, fortifié par quelques gouttes d'essence.

Maître Pol saisit ce moment pour dire :

« Madame ma tante, Éliane est pure comme les anges du ciel ! »

La béguine le regarda en face avant de poser son verre vide sur le plateau.

« J'en avais besoin, fit-elle. J'étouffais. »

Puis elle reprit, déjà notablement calmée.

« Pure comme les anges du ciel, c'est bien cela, maître fou ! et toi plus blanc que la blanche hermine, n'est-ce pas ? ce qui n'empêche que sans le petit Saint-Venant… »

— Ah ! fit pour la seconde fois Pol de Guezevern, c'est donc bien mon bon ami Saint-Venant qui a fait le coup, je m'en doutais !

— Je te défends de rien entreprendre contre lui ! prononça impérieusement dame Honorée, Saint-Venant est un petit saint !

— Que voulez-vous que fasse un prisonnier de la Bastille ? demanda ce bon apôtre de page.

— C'est juste ! on va t'y fourrer, mon neveu ! Et dans le meilleur donjon, vois-tu ! ou j'y perdrai mon nom ! Et quant à vous, demoiselle… »

Elle s'arrêta. Éliane la regardait en souriant.

« Bien, bien, fit la bonne dame qui détourna les yeux, tu vas essayer de m'ensorceler, petite péronnelle, c'est clair. Tu n'as pas envie de faire connaissance avec le For-l'Évêque ? Jour de Dieu ! Vous êtes deux méchantes créatures ! J'avais arrangé toutes choses pour dans neuf ans. Était-ce si long ? Tu t'ennuies donc bien avec moi, fillette ?

— Nous nous aimons, » répondit Éliane, qui tendit sa main à maître Pol d'un geste plein de gentille dignité.

Le page baisa cette main avec transport.

Nous sommes bien forcé de dire que dame Honorée lui lança un maître soufflet.

« Devant moi ! s'écria-t-elle indignée. Jour de Dieu ! Le monde va finir !

« — Madame ma tante, nous ne ferons rien pour cela, dit le page, tendant son autre joue : voici pour la Bastille. Je vais payer maintenant pour le For-l'Évêque. Frappez ! »

La béguine attira cette joue à elle et la baisa.

« Bonne, bonne marraine ! » s'écria Éliane en se jetant à son cou.

Et tous deux s'assirent, l'un à droite, l'autre à gauche, entourant dame Honorée de leurs caresses attendries.

« Mes pauvres enfants ! dit celle-ci après un silence, vous pensez bien que je ne me suis jamais trouvée à pareille fête. On me parle d'amour ici, la bouche ouverte, et cela ne me scandalise pas trop, parce que… parce que… Ma foi, en définitive, je serais bien embarrassée de dire pourquoi !

— Je suis une moitié de capucine, et, dans ma jeunesse, j'aurais cru offenser Dieu en faisant ce que vous faites ; l'autre moitié de moi ne vaut rien, puisque je n'ai jamais eu le courage de prononcer mes vœux. Vous êtes deux bons petits cœurs, et jolis comme des anges. Ta joue reste toute rouge, mon pauvre neveu ; est-ce que j'ai frappé bien fort ? C'est certain que vous feriez un mignon ménage. Mais, où mettrais-tu ta femme, Pol, mon ami ? dans ta chambrette de page ? Et toi, Éliane… embrasse-moi encore, fillette… avec quoi nourrirais-tu les petits enfants qui viendraient ?

« Jésus ! Jésus ! s'interrompit-elle en rougissant abondamment, et en se signant. De quoi vais-je m'occuper ! donne-moi un doigt de vin, mon neveu. Il est bien sûr qu'Éliane, mariée, ne pourrait plus demeurer chez moi. Ne pouviez-vous attendre seulement les neuf années ? »

Elle souriait en faisant cette question inutile.

Elle sourit encore en ajoutant :

« Allez ! neuf ans sont bientôt passés ! »

Voyant la tournure que prenait l'entretien, nos deux amoureux croyaient cependant avoir cause gagnée. Ils écoutaient déjà dans leur rêve le carillon des cloches de l'église neuve des Capucines sonnant à toute volée pour leur mariage.

Quand la bonne dame Honorée eut bu son doigt de vin de Sicile, elle se prit à réfléchir. Éliane et maître Pol avaient beau la caresser désormais, elle ne parlait plus.

« Voilà ! dit-elle tout à coup ; le mieux est d'aller à la guerre, mon neveu de Guezevern, et toi, petite, tu entreras au couvent.

— Mort de moi ! s'écria maître Pol indigné, est-ce que vous vous moquez de nous, madame ma tante ? Je suis d'âge à nourrir ma femme, et je le montrerai bien ! D'ailleurs, je ne suis pas un mendiant, peut-être : l'héritage de M. le comte de Pardaillan peut m'arriver un jour ou l'autre. »

Dame Honorée le regarda tristement.

« En es-tu à souhaiter la mort de tant de chrétiens ? murmura-t-elle ; sois donc aujourd'hui content. Roger de Pardaillan Guezevern, ton cousin et mon neveu, est mort à l'armée de Flandres. Il ne reste plus que sept jeunes hommes bien portants, y compris tes trois frères aînés, entre toi et la fortune du comte.

— Je suis bien sûre, marraine, dit Éliane d'un air offensé, que Pol de Guezevern ne souhaite la mort de personne. Il n'a pas besoin de cela. Voilà qu'il est un homme, il a promis de se corriger. Je suis prête à partager avec lui la bonne comme la mauvaise fortune. »

Par-dessus les genoux de dame Honorée, le page saisit les belles petites mains d'Éliane et les dévora de baisers.

La bonne béguine avait les sourcils froncés terriblement, mais c'était pour dissimuler cet obstiné sourire, qui lui revenait sans cesse, et malgré elle ses yeux se mouillaient.

« Devant moi ! voulut-elle dire. Devant moi ! criminels ! osez-vous bien !… »

Puis, sans savoir ce qu'elle disait, peut-être, car elle était émue et quelque pauvre rêve de jeunesse agitait ses souvenirs, elle ajouta :

« C'est beau, l'amour, c'est bon ! »

Encore une fois, nos deux amants virent le ciel ouvert.

Mais dame Honorée se leva brusquement, comme si ses propres paroles l'eussent éveillée en sursaut.

« Jésus ! fit-elle, où allons-nous ! Je crois que, moi aussi, je deviens folle ! Voilà, en vérité, d'honnête besogne que nous faisons à nous trois ! Je devrais avoir grande honte. Monsieur mon neveu, et toi, petite, l'amour est un péché, voilà le vrai. Pour se marier il faut avoir de quoi. Où sont vos rentes ? »

Éliane et maître Pol baissèrent les yeux sans répondre.

« Vous ne pouvez travailler de vos mains, mon neveu, reprit dame Honorée, parce que vous êtes gentilhomme ; je crois bien qu'Éliane est noble aussi, quoique je n'en aie point la certitude. Il faut vivre. La faim chasse, dit-on, l'amour, et le désespoir vient vite auprès d'un berceau où souffre la petite créature qui n'avait pas demandé à naître. Mes enfants, vous ne vous reverrez plus.

— Oh ! » firent à la fois les deux condamnés.

Et je suppose bien que maître Pol mit un juron ou deux au bout de cette exclamation. Peut-être trois.

« Vous ne vous reverrez plus, continua la bonne dame, jusqu'au jour de votre mariage. Et vous ne vous marierez que quand vous aurez de quoi manger du pain sec noblement, sans déroger ni déchoir. »

Ils voulurent protester, mais elle leur ferma la bouche d'un geste qui n'admettait pas de réplique.

« Pour manger du pain sec, poursuivit-elle, il faut à tout le moins douze cents livres par an. Quand on prend chez soi une jeune fillette comme je l'ai fait pour notre Éliane, on s'engage. Je contribuerai volontiers pour deux cents écus à l'œuvre de votre bonheur terrestre. C'est beaucoup, car je ne suis pas riche. La paix ! ne me remerciez pas. Reste à trouver les deux cents autres écus tournois. Vous pourriez lever bien des pavés avant d'en faire la découverte ; aussi, monsieur mon neveu, ne prenez point ce moyen. Rentrez chez votre maître, dites-lui franchement la maladie que vous avez et demandez-lui qu'il vous élève au grade d'officier à six cents livres de gages. »

Maître Pol baissa la tête dolemment.

« Autant vaudrait, grommela-t-il, me conseiller d'aller à la rivière avec une pierre au cou. J'ai vingt-quatre écus l'an chez M. le duc, et, avant-hier, il voulait me jeter à la porte, disant que je lui coûtais trop cher ! »

Dame Honorée prit Éliane par la main.

« Tous agirez comme il vous plaira, monsieur mon neveu, dit-elle. J'attendrai votre réponse jusqu'à demain matin. Demain matin, comme ce serait tenter Dieu que de vous laisser ainsi l'un auprès de l'autre, Éliane partira pour Nancy, où madame de Pardaillan-Montespan, ma cousine, est prieure, et j'irai de mon pied chez M.

de Vendôme pour le sommer de vous envoyer en Bretagne. Venez, ma fille. Mon neveu, je prie Dieu qu'il vous garde de tout mal ! »

Elle se dirigea vers son logis d'un pas digne.

En chemin, la pauvre Éliane ne se retourna qu'une seule fois pour envoyer au page un baiser triste et découragé.

Elle pleurait. Maître Pol ferma ses deux poings et enfila d'un temps tout ce qu'il savait de jurons. Sa première pensée fut de se lancer tête première contre le tronc d'un gros tilleul, afin de guérir tout d'un coup sa peine ; mais il réfléchit qu'avant de mourir il serait juste et bon d'assommer un peu son ennemi intime, Renaud de Saint-Venant, second écuyer de madame la duchesse.

Cette idée mit du baume dans ses veines. Il resserra le ceinturon de son épée, posa son feutre de travers et sortit du jardin à grands pas.

V. D'UN REMÈDE EXCELLENT CONTRE LA COLIQUE.

Il y avait loin du jardinet dit le Clos-Pardaillan jusqu'aux communs de madame la duchesse, situés à l'autre extrémité de l'hôtel de Mercœur. Maître Pol, en chemin, aurait eu tout le temps de calmer ses esprits, mais il était de Bretagne et il avait le diable au corps.

Le temps ne servit qu'à chauffer au rouge sa colère. Quand il arriva dans le quartier des officiers de madame de Vendôme, il écumait.

Il monta quatre à quatre l'escalier qui conduisait à la chambre de Renaud et jeta la porte en dedans d'un coup de pied.

Par fortune, Renaud était chez lui, en train de plastronner avec son épée pour s'entretenir la main.

Il n'avait pas probablement la conscience bien tranquille et savait ce qui lui pendait à l'oreille.

C'était un garçon de gracieuse tournure, trop blond, trop mince, trop joli et qui ne méritait nullement la qualification de « méchant singe » à lui appliquée par notre héros.

Méchant, il se pouvait, mais singe c'était injuste.

Il avait l'air doux et souriant, la barbe soyeuse, l'œil un peu incertain. Il pouvait compter une ou deux années de plus que maître

Pol, qui avait la tête au-dessus de lui.

Au bruit de la porte qui tombait, désemparée, il se retourna et se mit en garde à tout hasard. Ce n'était peut-être pas le le plus vaillant garçon du monde, mais chacun, en ce temps-là, était habitué à payer de sa personne.

« Que viens-tu faire chez moi, Guezevern ? demanda-t-il en plantant la pointe de son arme droit entre les deux yeux du page.

— Tiens ! fit celui-ci, te voilà justement comme je voulais, Renaud de Saint-Venant, lâche domestique de femme, dénonciateur, menteur et poltron ! Sur ma foi, je n'aurais pas osé te donner les étrivières, si tu n'avais eu l'épée à la main ! »

Renaud devenait livide pendant que l'autre parlait, droit devant lui et les bras croisés sur sa poitrine.

« Prends garde ! » menaça-t-il en serrant convulsivement la garde de sa rapière.

Maître Pol ne dégaina point.

Il fit un pas. Saint-Venant, sans se fendre, allongea le bras violemment et lui porta un coup droit en plein visage.

Maître Pol passa sous l'épée, si près que l'arme fouetta ses cheveux. Il saisit l'écuyer à bras-le-corps et le terrassa comme il eût fait d'un enfant.

« Pitié ! ami Guezevern, s'écria Saint-Venant, qui tremblait. Chacun sait bien que tu es plus fort que moi. Expliquons-nous. Te voyant si fort en colère, mon premier mouvement a été de me défendre… »

Sa voix s'étrangla. Le page le tenait à la gorge.

« Relève-toi ! ordonna celui-ci, et à genoux ! Je te donne à choisir, ou bien je vais te fendre le crâne avec ta propre rapière qui est celle d'un coquin, ou bien je vais appeler tous nos camarades et te fouetter à nu avec ton ceinturon. Lequel te convient le mieux, couleuvre ? Sois franc pour la première fois de ta vie, et ne fais pas de compliment ! »

Afin que Saint-Venant pût répondre, maître Pol lui lâcha la gorge un peu.

« Ami Guezevern, dit-il, vous me jugez mal, et je confesse le tort que j'ai eu de m'être mêlé d'une chose qui ne me regardait point ;

si vous voulez-vous casser le cou, vous êtes le maître. Ah ! je veux mourir, si l'on me reprend jamais à rendre des services pareils ! »

Il mit ses deux mains au devant de sa figure parce que le talon du page faisait un mouvement.

« Suis-je cause, reprit-il, si la sympathie m'entraînait vers vous ? La jeune fille est jolie, c'est vrai ; mais vous pouvez prétendre plus haut.

— Tais-toi, fit le page, ou je t'écrase !

— La belle avance, ami Guezevern ! quand vous m'aurez écrasé, et ce n'est pas bien difficile puisque je sors d'avoir les fièvres, vous ne saurez pas le résultat de commission que vous m'aviez donnée. »

En ce moment, maître Pol n'avait aucun souvenir d'avoir donné une commission quelconque à Renaud de Saint-Venant.

« Allons ! dit-il, choisi, Il faut que je m'occupe de mon mariage, et je n'ai pas trop de temps. La tête fendue ou le fouet ! pas de milieu.

— J'ai fait tout Paris, murmura Renaud, pour savoir où se vend ce fameux remède contre la colique. »

D'abord, maître Pol se mit à rire.

« Es-tu aussi sot que méchant ? grommela-t-il.

— Ni sot ni méchant, repartit Renaud. Je sais ou trouver le remède. »

Maître Pol comprit mieux cette fois, car il parut réfléchir.

« Or çà, mon ami Renaud, dit-il après un silence, te reconnais-tu vaincu ?

— Sans ressources, répondit Saint-Venant, qui essaya de sourire.

— Rends-toi donc, poursuivit le page.

— Je me rends.

— À merci ?

— À merci.

— Qu'offres-tu pour ta rançon ?

— Le remède.

— Je ne veux pas du remède. Combien as-tu dans ta bourse ?

— Peu de chose.

— Combien ?

— Six ou sept écus.

— Montre, » fit le page.

Saint-Venant obéit aussitôt et tira de ses chausses une bourse remarquablement plate.

Maître Pol la prit. Elle contenait un écu d'or, valant vingt livres tournois, plus deux piécettes d'argent.

« Où se vend le remède ? demanda le page.

— À l'enseigne du Mortier-d'Or, rue Aubry-le-Boucher, chez maître Barnabi, le drogueur de la reine-mère. »

Le page, qui jusque-là l'avait tenu en bride, le lâcha tout à fait.

« Monsieur le second écuyer de madame la duchesse, lui dit-il, je vous prends à rançon. Cette pièce d'or et ces deux piécettes d'argent représentent pour moi le décuple de votre valeur réelle : je fais donc une bonne affaire. En conséquence de cet excellent marché, non-seulement je vous permets de vivre et de continuer vos fourberies, mais encore je m'engage à vous laisser passer dans les cours de l'hôtel et dans la rue sans vous tirer l'oreille, longue comme la langue d'un chien qui a soif. À ceci, je ne mets qu'une restriction, c'est que vous marcherez droit, monsieur le second écuyer. Si je vous rencontrais encore en travers de mon chemin, je vous jure que je vous tordrais le cou sans pitié. »

Ayant prononcé ce discours, maître Pol mit la bourse dans sa poche, et prit congé.

L'argent de la bourse fut très à l'aise dans sa poche, qui, avant cela, ne contenait rien du tout.

Dès qu'il fut parti, Renaud de Saint-Venant se releva, reprit son épée et la mit au fourreau.

Il s'assit sur le pied de son lit.

Au bout de trois minutes de méditation, il se leva souriant, brossa son pourpoint, que sa chute avait légèrement gâté, et boucla ses cheveux devant son miroir.

« Nous verrons, pensa-t-il tout haut, quand elle sera sa femme. »

Maître Pol avait déjà quitté l'hôtel de Mercœur et remontait à grands pas la rue Saint-Honoré en se dirigeant vers le cimetière des Innocents. Il est constaté que l'invasion des mœurs italiennes avait poussé, à Paris, le débit des drogues à des proportions extravagantes, sous les reines Médicis. La rue des Lombards tout entière, la rue Aubry-le-Boucher et leur trait d'union, la ruelle des Cinq-Diamants, étaient pleines d'officines, où alambics, cornues et réfrigérants fonctionnaient du matin au soir.

Mathieu Barnabi, un peu Italien, davantage Israélite, mais au trois quarts Arabe, au dire de ses ennemis, et tout à fait païen, avait la troisième boutique en entrant par le marché des Innocents, et son enseigne, ornée d'un mortier d'or, annonçait aux passants que Marie de Médicis, la reine mère, l'honorait de sa confiance.

Il partageait du reste ce privilège avec un grand nombre de fabricants de mort-aux-rats : la reine-mère faisant, comme son illustre devancière Catherine, une prodigieuse consommation de panacées.

Outre les médicaments grossiers, guérissant les maladies ordinaires, Mathieu Barnabi vendait des breuvages qui rendaient la jeunesse aux vieillards, des élixirs de beauté et des philtres d'amour. Il avait également dans sa boutique une certaine eau très-puissante qui, répandue matin et soir sur la tête d'une figure de cire, représentant le premier venu, lui donnait la fièvre tierce à distance et le faisait mourir lentement d'une maladie de langueur.

Peu d'hommes, à Paris, pouvaient se vanter d'avoir une clientèle comme celle de Mathieu Barnabi, premier élève, comme il s'intitulait lui-même, du grand Florentin Cosme Ruggieri, mort quelques années auparavant en odeur de diablerie. La cour et la ville s'empoisonnaient chez lui. Il va sans dire qu'il était un peu sorcier avec cela, et que les héritages, annoncés par lui, arrivaient toujours quand on achetait de sa poudre.

Maître Pol le trouva dans son sanctuaire, vêtu d'une longue robe de velours noir, lamée d'argent, et entouré d'un muet cénacle d'oiseaux empaillés. Comme c'était le matin, la foule noble n'assiégeait point encore sa porte ; il donnait des consultations bourgeoises.

Le sanctuaire de Mathieu Barnabi était une salle assez vaste, éclairée par une seule fenêtre ogive qui avait des vitraux de cathédrale. Une mise en scène savante l'avait encombrée d'objets disparates et bizarres : énormes manuscrits hébreux ou arabes, ouverts sur des pupitres ; vases aux formes monstrueuses, pleins de divers liquides dont l'odeur montait au cerveau ; bocaux de verre où l'alcool conservait des salamandres, des dragons et des serpents ; cornues, matras, alambics, squelettes d'animaux et d'hommes ; bref, tout le mobilier industriel du charlatan qui veut frapper les imaginations grossières.

Parmi ces bric-à-bracs inanimés, il y avait un meuble vivant. Non loin du fauteuil où Mathieu Barnabi s'asseyait, le nez chargé de rondes lunettes, et déchiffrant un bouquin oriental, un grand loup noir, vautré dans la poussière, secouait de temps en temps la chaîne qui le retenait captif.

Quand maître Pol franchit le seuil de ce tabernacle, Mathieu Barnabi, au lieu de tourner les yeux vers lui, regarda attentivement un globe de verre qui contenait une liqueur teinte d'un vif azur et d'une extraordinaire limpidité.

Le loup noir se mit sur ses quatre pattes.

Et au moyen d'un procédé fort adroit, les oiseaux empaillés, suspendus à la voûte, virèrent sur leurs fils, entre-choquant avec bruit les plumes desséchées de leurs ailes.

Maître Barnabi prononça deux mots d'un langage inconnu. Le loup noir se recoucha, les oiseaux empaillés reprirent l'immobilité.

« Maître, commença le page, non sans une certaine émotion, je viens vous trouver…

— Je sais pourquoi tu viens, mon fils, l'interrompit le drogueur avec majesté. Je te connais comme je connais toutes créatures humaines ; je connais ta secrète ambition comme je connais toutes choses sous le ciel. »

Le page hésita entre la vague frayeur qui essayait de le prendre et sa native effronterie.

« Mort de moi ! s'écria-t-il, ou m'avait bien dit que vous étiez une moitié de démon ! Si vous savez ce qui m'amène, servez-moi vite, maître Mathieu, car je suis pressé. »

Il faut confesser ici qu'avant d'entrer, le page avait dû décliner son nom à la porte de la rue. Ceci, aux yeux du lecteur, pourra diminuer d'autant le miracle ; mais, en définitive, le nom de Guezevern, obscur serviteur du bâtard de Bourbon, ne racontait point ses affaires privées et vous allez bien voir que l'élément merveilleux ne manquait point dans la boutique de Mathieu Barnabi.

La merveille, en effet, chez les sorciers d'autrefois, comme chez les sorciers d'aujourd'hui, c'est l'adresse. Vous admirez les tours des danseuses de corde et des acrobates : moi aussi, mais j'admire bien mieux l'étonnant effort de ces funambules de l'intelligence.

Notre dix-neuvième siècle se figure qu'il ne croit plus à rien, aussi croit-il à tout : c'est la loi. Jamais époque n'a mis plus de burlesque gravité à prendre des vessies pour des lanternes. Nous avons des augures qui s'entre-regardent sans rire.

Je pose en fait qu'en 1866, les farces du diacre Paris auraient un succès fou, s'il était encore permis de faire orgie dans les cimetières. L'Amérique vomit sur nous des torrents de glaciale absurdité. Nous raillons Mathieu Laensberg en refaisant ses almanachs plus mal ; nous nous moquons des ténèbres du moyen âge en brandissant une chandelle éteinte ; nous insultons à la superstition antique, plongés que nous sommes jusqu'au cou dans un mysticisme trouble, sans grandeur ni poésie où les pittoresques épouvantements d'autrefois sont remplacés par une planche qui bascule ou par un pied de bois qui remue !

Et nous avons d'effrénés comiques qui n'ont pas pudeur d'appeler cela de la SCIENCE !

Ô science ! œil sublime, regard d'aigle embrassant la terre et le ciel ! Depuis cent ans, tu as répandu sur le monde la lumière de dix siècles. Il faut bien que tout triomphe ait son outrageux revers. Et qu'importe, en définitive, le radotage de ces queues-rouges, blasphémant, par derrière les éblouissements de ton char ?

Aujourd'hui, comme autrefois, le suprême talent du sorcier consiste à savoir d'avance ce qu'il est censé prédire. On a prétendu que la fameuse mademoiselle Lenormand avait une police à elle, très-bien organisée, outre les renseignements qu'elle puisait à la police générale.

C'est ici le fonds de magasin de ce fantastique commerce. L'habileté gît dans la manière d'exploiter ce fonds. Il y a des sorciers au tas et des virtuoses de la sorcellerie. Paris est plein de sujets lucides qui meurent de faim, taudis que quelques-uns roulent carrosse.

Une fois étant donné le fond, c'est-à-dire le renseignement originel, il y a le calcul des probabilités et le travail de déduction. Sans aller plus loin que Londres la police anglaise, en combinant ces trois bases, arrive à des résultats qui tiennent de la magie.

On a dit avec raison que les hermétiques du moyen âge, ces charlatans convaincus, trouvèrent le grand art de la chimie. On peut dire avec la même vérité que ces autres charlatans, moins sincères, les sorciers des seizième et dix-septième siècles, inventèrent la police.

Mathieu Barnabi se tourna lentement vers maître Pol et l'examina d'un œil sévère.

« Vous êtes tous pressés ! » murmura-t-il.

Puis, feuilletant avec solennité le manuscrit ouvert devant lui, il ajouta :

« Penses-tu que l'homme puisse diriger à son gré les ciseaux de la Parque ? Il y a trop d'existences, mon fils, entre toi et la fortune à venir. »

Maître Pol ouvrit de grands yeux.

« Les profanes s'étonnent toujours, poursuivit Mathieu Barnabi, quand nous lisons à voix haute le livre de leurs secrètes pensées. Ils entendent ainsi avec surprise le plus souvent, et parfois avec frayeur la voix de leur conscience qui n'avait pas osé parler distinctement.

— Sainte croix ! grommela le page, quel diable de grimoire raconte ce bonhomme ?

— Là-bas, dans les halliers de Basse-Bretagne, continua imperturbablement le sorcier, tu étais un enfant simple et craignant Dieu. Tu es venu à Paris, Pol de Guezevern, et tu as pris bien vite les mœurs du prince dissolu que tu sers. La soif de l'or est née en toi, depuis que l'amour s'est allumé dans ton cœur…

— Bonhomme, interrompit maître Pol stupéfait, avez-vous des yeux qui voient à travers la poitrine ?

— Les yeux de la science, mon fils, répliqua Barnabi d'un ton paisible, perceraient des murailles d'acier. »

Car ils prenaient déjà ce pauvre noble mot « la science » pour le mettre à toute sauce.

« Grâce aux yeux de la science, poursuivit Barnabi, je vois au travers de vous comme si vous étiez de verre. Faisons le compte des obstacles qui sont entre vous et l'objet de vos désirs. J'aperçois sept personnes vivantes et bien portantes.

— Entre moi et Éliane ! s'écria le page.

— Entre vous, mon fils, et la fortune du comte Pardaillan-Pardaillan, votre oncle à la mode de Bretagne. C'est cette fortune qui vous donnera Éliane. Nous avons d'abord M. le vicomte de Pardaillan, un jeune homme, puis les deux fils d'Éléonore-Amélie de Montespan, qui sont à l'armée, puis madame de Guezevern-Pardaillan et son fils, puis M. le baron de Gondrin-Montespan, qui est sur la même ligne que vous.

— Foi de Dieu, jura maître Pol, je sais tout cela aussi bien que vous, bonhomme.

— Et vous ne reculez pas devant le nombre des victimes ? demanda le drogueur.

— Hein ? fit maître Pol qui dressa l'oreille. Les victimes !…

— Parmi lesquelles, ajouta Barnabé avec onction, se trouvent naturellement vos trois frères aînés.

— Mort de mes os ! gronda le page qui fronça le sourcil, à quel jeu jouons-nous, vieux suppôt de Satan ! J'ai fait de mon mieux pour ne pas comprendre… c'est donc vrai, à la fin, ce qu'on raconte des poudres de succession ? Sais-tu une chose ? On rachèterait bien des gros péchés en te tuant comme un chien galeux au fond de ta niche. »

Mathieu Barnabi referma son livre lentement.

« J'ai voulu vous éprouver, mon fils, dit-il. N'élevez point la voix, croyez-moi. La vôtre doit, être modeste. Si vous aviez à l'heure qu'il est la succession de votre oncle, M. le comte de Pardaillan, vous pourriez parler haut dans ma pauvre maison. Mais vous ne possédez ni sou ni maille, mon fils, et dès que je le voudrai, je vous ferai jeter dehors par mes valets, grâce à la protection que veut bien m'accorder madame la reine mère.

— Si la reine mère savait le métier que tu fais…, commença maître Pol.

— Jeune homme, interrompit Barnabi, si vous aviez accepté mes offres, vous seriez à présenté la prison du Châtelet. Nous vivons dans un temps mauvais, et j'ai déjà prévenu bien des crimes. Assez de paroles entre nous. Venez-vous pour un horoscope ?

— Je viens tout uniment, répondit le page, pour vous acheter un remède contre la colique. »

Mathieu Barnabi sourit et dit en lui tendant la main d'un air paterne :

« Enfant, je le savais. La preuve, c'est que votre remède est tout préparé, dans cette fiole que vous voyez ici sur la troisième tablette, marquée de la lettre D (*dispepsia*), qui est le nom latin de la colique »

Maître Pol regarda la fiole du coin de l'œil.

« Ah ! ah ! fit-il. D'avance ! vous connaissez donc le malade ?

— Mon fils, prononça le drogueur avec emphase, bien avisé serait celui qui trouverait l'homme ou la chose que je ne connais point ici bas. »

Quoi qu'il en eût, le page subissait dans une certaine mesure l'effet de ce charlatanisme. Voilà pourquoi le commerce des marchands de chimères est si bon : c'est qu'on a beau se moquer d'eux, on prend de leurs almanachs.

Il ne faudrait point croire, d'ailleurs, que le page se moquât franchement de Mathieu Barnabi. Il n'eût pas été de son temps. Tout au plus avait-il défiance.

« Bonhomme, dit-il, si vous connaissez le malade, vous devez savoir qu'il est de ceux avec qui on ne plaisante pas.

— Jamais je ne plaisante avec ceux qui souffrent, répliqua noblement le drogueur. Un prince souverain sur son trône est pour moi l'égal du plus pauvre mendiant.

— Combien coûte le remède ? » demanda maître Pol, qui avait marché vers la tablette et mettait la main sur la fiole.

Le loup noir s'élança d'un bond si violent, que sa chaîne faillit l'étrangler ; les oiseaux tournèrent follement, les reptiles s'agitèrent dans les bocaux d'alcool, et une voix qui semblait sortir de la voûte commanda :

« *Noli tangere* ! »

Le page s'arrêta, quoiqu'il ne comprît point cette façon latine de dire : Ne touchez pas !

Le drogueur se leva, ôta ses rondes lunettes et développa toute la hauteur de sa taille, qu'il avait longue et maigre.

« Tout le trésor de notre royal maître, Louis XIIIᵉ du nom, déclama-t-il, ne suffirait pas à payer le contenu de ce flacon. Cela s'achète par gouttes, mon fils, et chaque goutte vaut un écu d'or.

— En ce cas là, bonhomme, dit le page avec mauvaise humeur, donne-m'en une goutte et que le diable t'emporte ! Je n'ai qu'un écu d'or entier, avec quelque menue monnaie… et si la goutte ne fait pas miracle, gare à ta nuque, par la sambleu ! »

Le drogueur, au lieu de se fâcher, lui prit la main et en examina l'intérieur avec attention.

« Beau jeune coq de Bretagne ! murmura-t-il, et qui chante haut déjà ! Rude ligne de vie ! mais traversée Dieu suit comme !

« Ohimé ! s'interrompit-il tout à coup. Vous serez comte, monseigneur ! comte de Pardaillan-Pardaillan, ou que je meure sans repentir ! Ne dérangez pas votre main ; je n'ai jamais lu plus curieux livre. Votre femme sera veuve longtemps avant l'heure de votre décès. Et, longtemps après l'heure de votre mort, vous signerez de bonnes cédules… car vous serez homme de chiffres, malgré votre galante épée, mon fils. Et vous oublierez votre propre nom. Par Hermès ! en voici bien d'une autre ! Vous ramerez sur les galères de l'infidèle, et vous ne connaîtrez pas le nombre de vos enfants…

— Bonhomme ! interrompit maître Pol qui riait, malgré votre méchant loup, vos oiseaux et vos serpents, vous êtes un joyeux compère ! Tout cela est fort divertissant, sur ma parole !

— Ohimé ! ohimé, poursuivait Mathieu Barnabi, sincèrement enthousiasmé, la bonne aventure ! vous resterez enterré quinze ans, et vous ressusciterez comme Lazare, pour faire un miracle. Or ça, mon fils, je ne vivrai peut-être pas assez vieux pour voir tout cela, mais cela sera. En attendant, vous aurez, à crédit, assez de mon élixir pour guérir un taureau. Mettez un genou en terre, s'il vous plaît, et recevez la manne ! »

Il avait pris à la main le petit flacon renfermant le précieux liquide.

« Devant le dieu Crédit, déclara maître Pol joyeusement, ce n'est pas un genou que je mettrai en terre. Si j'en avais une demi-douzaine, je les fléchirais tous de grand cœur. »

Et il se prosterna de bonne grâce.

Mathieu Barnabi éleva pieusement la fiole au-dessus de sa tête.

« Ceci, dit-il, est la panthériaque absolue, le résolvant universel, la septième essence du TOUT. *Amen.*

— Et cela guérit la colique ? voulut constater maître Pol.

— La colique, répliqua Mathieu BarnaM avec volubilité, la teigne, le haut-mal, la fièvre maligne, le tétanos, la goutte, la mélancolie, la pituite, la migraine, l'incontinence des sens, la stérilité de la femelle, l'impuissance du mâle, la gourme des enfants, la rage des dents, l'alopécie précoce, le strabisme, le bégayement, la paralysie, l'apoplexie, l'hypocondrie, l'hystérie… »

Il s'arrêta pour prendre haleine. Maître Pol dit de bonne foi :

« Je ne m'étonne pas si cela coûte si cher !

— Et généralement, acheva Mathieu Barnabi, toutes les incommodités quelconques attachées à la condition de notre misérable nature humaine.

— *Amen !* fit à son tour le page. Mais alors pourquoi vendez-vous d'autres remèdes ?

— Parce que les mortels ne sont pas égaux, répéta le drogueur. On ne peut donner à tout le monde le médicament des rois. Souvenez-vous de ceci, mon fils : quand vous serez riche, vous me devrez vingt doubles pistoles. Emportez ce flacon, il est à vous. Voici comme il faut doser : deux gouttes pour un enfant, quatre gouttes pour une femme, huit gouttes pour un homme fort, seize pour un cheval. S'il s'agit de M. de Vendôme, vous pouvez mettre vingt-quatre gouttes. »

VI. CÉSAR ET ALEXANDRE.

Ce matin-là, M. de Vendôme s'était éveillé de pitoyable humeur. N'ayant pas trouvé son page au chevet de son lit, il jura tout d'abord comme un païen et appela sa maison entière pour avoir ses chausses, ses pantoufles, sa robe, son vin bouilli et le reste.

On lui donna bien ce qu'il voulut, mais personne ne sut lui dire où était ce mécréant de Guezevern, ce fainéant, ce maraud, ce sauvage, ce Bas-Breton, comme disait M. le duc avec un dédain suprême, quand il avait épuisé son chapelet d'injures.

Plus de vingt fois, avant son déjeuner, M. le duc demanda ce maladroit, cet ivrogne, ce butor de Guezevern ; il n'était bon à rien, assurément, qu'à brelander, à jurer, à boire ; mais quand ce n'était pas lui qui faisait les petites affaires de M. de Vendôme, M. de Vendôme était bien malheureux.

« Ventre-saint-gris ! promit-il du meilleur de son cœur, quand Tête-de-Bœuf va revenir, je le renverrai comme un chien errant, à coups de fouet. Mais, non ! il serait trop content de vaguer en liberté par la ville. Je l'attacherai à un arbre de mes propres mains, et je lui compterai cent étrivières.

— Est-ce monsieur mon frère qui parle de compter jusqu'à cent ? dit une belle et sonore voix dans l'antichambre. Miracle !

— Il ne nous manquait plus que cela ! gémit César de Vendôme. Voici M. le grand prieur qui vient nous débiter un sermon, ventre-saint-gris ! Coquin de Mitraille, dis-lui que j'ai la colique et ne puis recevoir. »

Le pauvre laquais qui portait ce joli nom de Mitraille, et qui jouera dans notre drame un recommandable rôle, n'eut pas même le temps de se retourner pour exécuter l'ordre de son maître.

« Bonjour, César-Monsieur, » dit la voix mâle au seuil de la porte.

Et un homme de haute taille bien campé sur des jambes solides, fit son entrée d'un air calme, mais plein d'autorité. Il était plus jeune que le duc de Vendôme, son frère, et ressemblait comme lui au feu roi. Comme lui aussi, il paraissait plus que son âge.

« César-Monsieur » était le titre officiel que l'aîné des fils de Gabrielle d'Estrées avait reçu au jour de sa naissance.

Alexandre de Bourbon-Vendôme, grand prieur de France, portait le costume de l'ordre de Malte et sa grande épée, bouclée haut, tombait droit le long de sa dalmatique. Il tendit la main à son frère qui lui rendit un sourire presque soumis en balbutiant à son insu :

« Vîtes-vous jamais colique si obstinée que la mienne, Alexandre ?

— Jamais, répondit le grand prieur. Faites-nous, je vous prie, servir à déjeuner. J'arrive à cheval du prieuré neuf, là-bas, de l'autre côté de la porte du Temple, et l'air du matin m'a donné bel appétit.

— Que je voudrais être comme vous, monsieur mon frère ! soupira César. Le magnanime estomac que vous avez !

— Vertujeu ! monsieur, menez comme moi sage vie, repartit le prieur avec une pointe d'ironie fort décemment émoussée, et vous vous en trouverez bien, soyez assuré de cela. »

Le duc haussa les épaules d'un air chagrin, et dit en poussant un fauteuil de mauvaise grâce :

« Sage vie ! sage vie ! ce n'est pas ce que rapporte de vous M. de Luçon ! »

Le grand prieur s'assit.

« On va faire de M. de Luçon un cardinal, répliqua-t-il tout en se débarrassant de sa grande épée : M. le cardinal de Richelieu, gros comme le bras ! Dit-il que je m'incommode comme vous à force de boire ? ou que je fais l'amour plus que lui ? Vertujeu ! monsieur mon frère, quoi qu'il dise, il nous faut l'écouter et baisser le dos. Celui-là est en train de passer notre maître. Il a les deux reines dans sa manche, et les princes et le roi. C'est précisément pour vous parler de lui que je suis venu vous rendre visite.

— Du diable s'il me plaît de m'occuper de ce croquant en l'état où je suis, monsieur mon frère, dit le duc.

— En quelque état que vous soyez, César, prononça sentenciensement le grand prieur, vous vous occuperez de lui désormais, que ce soit de gré ou de force, jusqu'au jour où la mort prendra l'un de vous deux.

— Çà ! ordonna-t-il en se tournant du côté de la porte, qu'on serve à l'instant ! Monsieur mon frère a grande hâte de prendre son déjeuner !

— Ventre-saint-gris ! gronda César, j'aurais plutôt besoin de prendre médecine. Hola ! coquin de Mitraille ! quelque chose de léger pour moi ! Deux œufs chiches et de la crème fouettée !

— Pour moi, Mitraille, mon drôle, tonna le grand prieur, un repas de chrétien ! De la venaison, vertujeu ! et du vin qui vienne de plus loin que nos vignobles de Vendôme ! »

Quelques minutes après, les deux frères étaient attablés à un guéridon largement servi. Le prieur brûla un *benedicite* abrégé et fit du premier coup une brèche énorme à un pâté de marcassin dont le fumet exquis arracha un soupir d'envie à M. le duc.

« Quand ce Breton de Tête-de-Bœuf viendra, grommela-t-il en attaquant ses œufs chiches, qu'on le mette aux fers bel et bien !

— Qu'a-t-il fait ? demanda le prieur la bouche pleine.

— Ce qu'il a fait ! s'écria César avec indignation. Ne suis-je pas assez malheureux déjà de ne pouvoir goûter un pareil pâté sans que mes domestiques me manquent de respect à la journée, pour augmenter ma peine ! Ventre-saint-gris ! on oublie trop qui je suis et quel était mon père !

— C'est vrai, prononça sèchement le prieur, on l'oublie trop et vous tout le premier. Voilà un pâté qui est pur délices ! »

Le duc repoussa son assiette presque intacte.

« Je ne puis pourtant faire mourir Guezevern sous le bâton ! dit-il avec découragement.

— Qui parle de Guezevern ? repartit le prieur. Guezevern est un beau louveteau. Il nous en faudrait seulement trente mille comme lui, bien équipés et armés. Mitraille, maraud ! ce pâté m'a mis en appétit. Qu'on me rôtisse un chapon pendant que je vais escarmoucher avec cette langue fumée. Et du vin frais ! Je ne m'en dédis point, monsieur mon frère, vous ne vous souvenez pas assez de votre origine. Vertujeu ! le roi Henri notre père avait aussi la colique, dit l'histoire, mais il s'en guérissait bellement à force de boire et de battre ! »

César remplit son verre à moitié.

« C'était un vert-galant ! murmura-t-il. Et puis, il était le roi.

— C'était un diable-à-quatre, monsieur mon frère. Il était le roi, parce qu'il avait voulu être le roi. À votre santé ! »

César de Vendôme but languissamment.

« Donc, poursuivit le grand prieur, pour en revenir à M. de Richelieu, qui a, dit-on, déjà le chapeau dans un coin de son armoire, vous n'avez qu'à vous bien tenir. M. de Luynes, le dernier favori, ne vous aimait pas beaucoup : mais c'était un bonhomme qui cherchait à ramener les gens par la douceur. Il vous eût donné, vraiment, la grande amirauté pour une accolade : étant bien entendu que vous n'auriez point essayé de troubler le bon ménage qu'il faisait avec le roi Louis, notre frère. Il s'était, une fois, expliqué à ce sujet avec M. de Bassompierre, vous savez, comme un honnête mari raisonne le galant de sa femme. Voyons ! sarpejeu ! une pleine coupe et une bonne tranche, César-Monsieur ! Il faut mener votre estomac comme M. de Richelieu nous mène : rondement et haut la main, ou que le diable nous emporte ! »

Ce disant, il poussa vers son frère une assiette, chargée d'une vaste rouelle de venaison. Le verre de César avait été déjà empli et vidé une couple de fois. Comme toujours, l'appétit lui venait en buvant. Il soupira, mais il mangea.

« Souvenez-vous de la bonne passe où nous étions, voici deux ans, à pareille époque, reprit le prieur Alexandre, quand commença la guerre d'Angers. La reine-mère était pour nous, M. de Longueville tenait la Normandie ; nous deux, nous avions la Bretagne, notre bonne Bretagne, où nous retournerons, Dieu sait quand. M. de Soissons nous donnait le Perche et le Maine, Bois-Dauphin le Poitou, Épernon la Guyenne, Retz l'Angoumois, M. de la Trémoille la Saintonge, M. de Mayenne le Béarn, M. de Rohan la Rochelle. Et je ne dis pas tout. M. de Montmorency restait neutre en Languedoc. Nous n'avions contre nous que M. le Prince, avec Nevers, Guise et ce vieux mignon de Schomberg. La partie était gagnée d'avance. Qui nous a vendus ? M. de Richelieu. Quel fut le prix de la vente ? Ce même chapeau de cardinal qu'on verra bientôt porté aussi haut, et plus haut que la couronne du roi de France ! »

César-Monsieur s'arrêta de manger pour bâiller. Le prieur Alexandre lui versa un plein verre.

« Maintenant, continua-t-il, Monsieur le duc de Luynes est mort, écrasé par toutes les charges nobles du royaume qu'il s'était mises sur la tête. Il n'y a plus de premier ministre, mais il y a un homme. La reine-mère, qui est une femme habile, mais une femme, pousse son Richelieu, sans savoir que son Richelieu, une fois poussé, l'étranglera ; la jeune reine a peur de lui instinctivement, se doutant bien qu'il est le Diable, et toute prête à se donner à lui s'il veut d'elle ; les ministres, habitués à être menés en bride, demandent le licou ; le roi fait des neuvaines pour obtenir une main qui le prenne au collet ; les princes boudent, et Soissons, le meilleur, s'enterre à Sédan pour ne point voir les chose qui lui déplaisent. L'Espagne hésite, les Calvinistes battent la chamade…

— Ventre-saint-gris, monsieur mon frère, l'interrompit le duc, je me sens mieux. Coupez-moi, je vous prie, me autre tranche de venaison, et remettez votre discours jusqu'au moment où je voudrai dormir après boire. Vous êtes ennuyeux comme la pluie, monsieur mon frère. »

Ce bon roi Henri avait choisi pour ses deux garçons des noms bien ambitieux : César et Alexandre ! Alexandre, sans être comparable au vainqueur de Darius, pouvait passer pour un homme solide, et César, quand sa colique faisait trêve, avait ses bons moments où il vous aurait bu le Rubicon.

Tous deux, du reste, étaient remuants, factieux et fatalement mécontents, comme tous les bâtards depuis que le monde est monde. Nul n'a dit assez haut de quel poids a pesé dans l'histoire de la chute des Bourbons, le soin que prirent tous les rois de cette race d'emplir leurs palais de bâtards.

Un bâtard royal fut toujours une goutte d'acide dissolvant, jetée dans l'urne de la prospérité publique.

Ce coquin de Mitraille, cependant, apporta le chapon rôti. Le duc s'était mis en train décidément, et au lieu d'écouter le sermon politique de son frère, il entonna un refrain bachique, donnant au diable tout ce qui n'était point bonne chère et gaudriole.

Le prieur ne montait pas très-haut son collet, malgré les graves apparences qu'il savait prendre à l'occasion. De fil en aiguille, les deux frères vinrent à parler galanteries, et nous serions bien embarrassés de les suivre sur ce terrain, car ils avaient, assure-t-on, tous les deux, de très-étranges façons de comprendre l'amour.

Les mémoires du temps n'y vont point par quatre chemins et font rimer Sodome avec Vendôme à tout bout de champ. C'était la mode. L'Italie avait débordé sur la France.

Après trois heures de réfection copieuse, César était gris comme un lansquenet, et Alexandre, quoiqu'il se tînt droit encore, avait des papillons rouges au devant des yeux.

Il se leva précipitamment et eut besoin de l'aide de Mitraille pour reboucler le baudrier de sa large épée.

« Voici donc que vous avez mangé et bu comme un homme, monsieur mon frère, dit-il avec gravité. Quand vous me ferez l'honneur de me rendre ma visite au prieuré, j'espère vous traiter à votre satisfaction. Il est certain que j'étais venu pour vous dire quelque chose de sage et d'important, mais je me trouve avoir, par le plus grand de tous les hasards, la mémoire un peu troublée. Mitraille, coquin ! un dernier verre pour m'éclaircir le cerveau !

— Ventre-saint-gris ! monsieur mon frère, dit le duc, qui oscillait sur son fauteuil comme un navire battu par le tangage, si vous saviez combien cher je vais payer ce déjeuner !

— Va-t'en, coquin de Mitraille, s'écria tout à coup le prieur, voici le souvenir qui me revient. Je sais ce que je voulais dire à monsieur mon frère. Va-t'en, ou je t'assomme ! »

Il se rapprocha de César, déjà tout blême des tranchées qui le reprenaient, et commença d'un ton confidentiel :

« Vous ai-je dit, César-Monsieur, que ce diable incarné d'évêque a le chapeau de cardinal dans sa garde-robe ?

— Que Dieu lui donne ma colique ! pleura Vendôme. Oui, monsieur mon frère, vous m'avez dit cela déjà, trois fois pour le moins. J'ai soif, ou que je sois damné sans miséricorde !

— Alors, buvez, César-Monsieur, car la soif s'éteint par le boire. Et ne blasphémez pas, c'est inutile. »

Il resta planté droit et porta sa main à son front.

« Attendez ! fit-il, attendez ! Sarpejeu ! ma cervelle est claire comme si le soleil y entrait par un carreau de cristal ! Le roi se porte mal, César-Monsieur ; c'est un chétif ouvrage qu'a fait là notre père. Monsieur Gaston d'Orléans, frère du roi, car nous ne comptons pas, nous, ne se porte pas bien. M. le prince a la goutte, M. le duc d'Enghien est un enfant, il n'y a guère que M. de Soissons qui soit solide sur ses jambes, et Sedan est loin de Paris. Je vous conseille de prendre un intendant honnête homme.

— La damnée ! gronda le duc, qui parlait de sa colique ; la misérable ! la drôlesse ! l'infâme !

— M'avez-vous entendu, monsieur mon frère ?

— Ce n'est pas un intendant qu'il me faudrait, c'est un médecin, dit cet infortuné César.

— Suivez-moi bien, continua Alexandre avec la solennité des gens ivres. J'ai réfléchi à cela tout une nuit en goûtant notre claret nouveau, en compagnie de M. de Roquelaure. Le claret se trouve être bon. Il ne faut plus compter sur la Bretagne : jamais le Richelieu ne nous y laissera rentrer. Or, on a vu des choses plus étonnantes que cela : le roi et Monsieur peuvent mourir. Qui sait si le fils aîné de Henri IV n'aurait pas alors des chances contre la maison de Condé ?

— Aïe ! aïe ! fit le duc, *miserere mei* ! Pitié ! merci ! à l'aide ! Je crois que je vais faire un vœu…

— C'est de mettre une serviette brûlante sur l'endroit malade, l'interrompit le prieur. Suivez-moi bien ! Ceci est le côté couleur de rose. Le côté noir, ce serait si les deux reines et Richelieu avaient l'idée, un beau matin, de vous planter à Vincennes.

PREMIÈRE PARTIE

— À Vincennes, moi ! ventre-saint-gris ! on ne doit pas l'avoir plus maligne en enfer ! »

Sous-entendu : la colique.

« Vous êtes plus riche que Rohan, poursuivit le prieur. Avec vos revenus du Vendômois, vos biens picards et vos domaines de la Sologne, joints à vos dîmes de Bretagne et aux dons fixes du roi, avec l'immense fortune de madame la duchesse, ma sœur, unique héritière de la maison de Mercœur, vous avez un état plus considérable que M. le prince. L'argent est puissant, même contre le diable. »

César poussait des hélas à fendre l'âme. M. le grand prieur n'y prenait garde nullement et continuait :

« Avec un intendant honnête homme, habile, entendu, adroit et sévère, en deux ans vous pouvez amasser de quoi lever une armée. Voilà ce que je voulais vous dire, monsieur mon frère ; je suis fort aise de m'en être souvenu. Ce n'est pas plus malaisé que cela : prenez un intendant honnête homme, à défaut de quoi vous resterez sans vert en cas de bonheur comme en cas de malchance. Et sur ce, monsieur mon frère, que Dieu vous ait en sa garde ! je retourne à la maison où M. de Roquelaure m'attend pour voir si nous n'avons point fait erreur, cette nuit, en goûtant notre claret nouveau. »

Il salua son aîné fort respectueusement, comme il le devait et sortit, marchant de ce pas trop grave qui trahit la crainte de chanceler.

Avant de passer le seuil, il dit encore et d'un ton d'oracle :

« Sarpejeu ! monsieur mon frère, déjeuner m'a fait plaisir. Je sens que je dînerai de bon cœur. Prenez un intendant honnête homme ! »

VII. DU SOIN QUE M. DE VENDÔME MIT À CHOISIR SON INTENDANT.

César de Vendôme, resté seul, essaya de lancer quelque chose à la tête de ce coquin de Mitraille qui desservait la table. Il ne put. Il était littéralement terrassé par la souffrance.

Ce coquin de Mitraille était un jeune bachelier du Vendômois que ses parents avaient placé, à l'aide de protections puissantes, auprès de M. le duc. Ils étaient désormais tranquilles sur lui. Sa bonne éducation se trouvait assurée.

Depuis un an que le jeune Mitraille était à l'école, il avait appris à boire, à jouer, à jurer, à mentir et même à faire pis. C'était un joli garçon, donnant de bonnes espérances, et ses parents pouvaient dormir sur leurs deux oreilles.

M. le duc se tenait les flancs à deux mains et geignait démesurément. N'ayant pu rien jeter à la tête de ce coquin de Mitraille, il lui dit :

« Je te mettrai au cachot, sois sûr de cela. Tu t'es détourné pour rire. Ventre-saint-gris, me croit-on aveugle ? Fais chauffer des serviettes ! dix serviettes ! cent serviettes ! Sur ma foi, Guezevern n'est pas encore revenu ! J'ai des envies de le faire pendre ! Va-t'en, toi, misérable imbécile ; je donnerais trois douzaines de tes pareils pour Guezevern, le stupide Bas-Breton qu'il est. C'est à boire de leur cidre, là-bas, que j'ai gagné mon martyre. Les médecins sont des vilains. Miséricorde ! miséricorde ! Je promets trente cierges à saint Guinou de Landerneau ! À l'aide ! »

Sa tête baignée de sueur froide heurta contre la table et rendit le bruit d'un maître coup de poing. Il se tordait.

« Si je décroche un pistolet, grinça-t-il entre ses dents serrées par une convulsion, je te brûle la cervelle, coquin de Mitraille ! va-t'-en ! »

Et dès que le jeune valet eut passé le seuil :

« Mitraille ! coquin de Mitraille ! à moi ! Traître ! me laisseras-tu mourir sans secours ! »

Mais il y avait brelan sous le vestibule, et le coquin de Mitraille fit en sorte de ne point entendre.

M. le duc resta longtemps ainsi, la tête contre la table, à la fois ivre et fou de douleur. Il maudissait en termes incohérents son frère qui prenait toute la santé de la famille, quoiqu'il ne fût que le cadet, M. de Richelieu qui l'empêchait d'aller brouter le vert en Bretagne, le vin, le pâté, Guezevern et l'univers entier.

Mais par une de ces bizarreries qui sont propres à l'ivresse, les dernières paroles du grand prieur revenaient de temps en temps à la traverse de ses litanies folles, et il se mettait à répéter gravement :

« Prenez un intendant honnête homme.

— Ventre-saint-gris ! s'écriait-t-il ensuite, qu'est-ce que cela fera à ma colique ? »

Il ne s'endormit pas, mais il finit par rester immobile et muet, plutôt anéanti que sommeillant. Ce fut à ce moment que maître Pol rentra à l'hôtel après sa visite chez Mathieu Barnabi, le drogueur de la reine mère.

Sous le vestibule, on accueillit maître Pol par une grande acclamation. Il était le roi des brelandiers et le jeu languissant allait reprendre vie.

« Que fais-tu, Guezevern, que fais-tu ? lui demanda-t-on de toutes parts, les pages, les écuyers, les domestiques. Combien de pistoles as-tu en poche ? Si tu rentres si tard, c'est que quelque bonne dame a rempli ton boursicot. »

Car c'était un singulier temps que ce siècle, empoisonné par l'invasion italienne. Si l'amour allait, s'égarant et faisant entre les sexes de miraculeuses méprises, la galanterie changeait volontiers de costume. Les petits cadeaux venaient des dames.

Il ne faut pas dire tout à fait que ce soit chez nous chose inconnue, mais on peut affirmer du moins que cet abâtardissement du sexe le plus fort est parqué dans certaines classes, fatalement suspectes, et au sein desquelles on ne choisit ni les présidents de cours impériales ni les généraux d'armées.

Quelque comédien trop blond, quelque pharisien trop tendre, quelque neveu de Bellone…, mais ces courtisanes barbues sont la risée de leurs égaux. L'homme se respecte, en thèse générale, et les repoussantes exceptions qui étonnent périodiquement la curiosité publique ne font que confirmer la règle.

En ce temps-là, l'homme ne se respectait pas toujours et riait volontiers de ce dont il ne faut jamais rire. L'honneur, qui mettait si aisément tant de flamberges au vent, était une chose mal définie. L'histoire de ces siècles, j'entends l'histoire grave, est pleine de singularités si imprévues qu'on se demande si la notion d'honnêteté était morte.

Vingt ans plus tard, la veuve de Louis XIII, Anne d'Autriche, répondant à certaines insinuations que les assiduités de Mazarin, auprès d'elle, provoquaient, laissa échapper ces invraisemblables paroles, rapportées par le bonhomme Anquetil :

« Y songez-vous ? Je suis une femme, et il vient d'Italie ! »

Singulier argument ! prodigieux alibi ! Excuse qui fut donnée tout naïvement « à la bonne franquette, » sans malice comme sans vergogne, déshonorant à la fois une reine, un prélat-ministre, un peuple et le temps !

Maître Pol, cependant, contre sa coutume, fut sourd aux séductions du brelan, voire du passe-dix. Il passa d'un air affairé au milieu de ses compagnons, et demanda :

« Messieurs, je vous prie, M. le duc est-il en son appartement ? »

Il lui fut répondu :

« Te voilà bien pressé de voir monseigneur, Guezevern, pauvre Guezevem ! Le grand prieur a déjeuné à l'hôtel. Monseigneur t'a demandé dix fois. Ventre-sainte-colique ! Mitraille nous en a dit de belles. Joue, mon fils, tu ne verras monseigneur que trop tôt ! »

Et comme maître Pol insistait, le chœur des domestiques de Vendôme lui jeta en faux bourdon ces funestes pronostics ;

« Guezevern, monseigneur a dit que tu aurais les étrivières.

— Et que tu mourrais sous le bâton, Guezevern !

— Guezevern ! Guezevern ! et que tu serais pendu ! »

Notre beau page avait les oreilles sujettes à s'échauffer pour moins que cela.

« Vous en avez menti, valetaille ! s'écria-t-il. Mort de moi ! si quelqu'un oublie jamais que je suis gentilhomme, fût-il bâtard de roi, foi de Dieu ! il verra bien de quel bois nous nous chauffons dans l'évêché de Quimper ! »

Et il s'enfuit, laissant la maraudaille tout enchantée de l'avoir mis en colère.

Il monta quatre à quatre le grand escalier de marbre qui conduisait à la chambre à coucher de son maître. Il n'y avait point d'huissier sur le carré de l'escalier, point de valet dans l'antichambre. Dieu sait que l'hôtel de Vendôme allait, depuis un temps, comme le diable voulait.

Le page écouta à la porte de son maître. Il n'entendit rien. Il ouvrit avec précaution, entra et referma la porte à clef derrière lui.

César monsieur était seul, dans la position, où nous l'avons laissé, le front sur la table, mouillée de vin et de sueur.

Il semblait dormir et ne bougeait pas, quoique son corps eût, par intervalle, de profonds tressaillements.

De temps en temps, sa gorge rendait une plainte sourde.

Maître Pol était un généreux garçon, malgré la guirlande de vices que l'éducation et son entourage avaient nouée autour de son cou, et qui avait déjà maintes fois failli l'étrangler. Il eut pitié de l'abandon où gisait ce misérable prince, et s'approcha de lui sur la pointe du pied.

— Monseigneur, dit-il, vous reposeriez plus commodément dans votre lit.

— À boire ! balbutia le duc. Est-ce toi, coquin de Mitraille ! Va dire au maître barbier du roi que s'il ne me guérit, je lui donnerai de mon épée au travers de la panse ! va !

— Monseigneur, reprit maître Pol, c'est moi, Guezevern.

— Ah ! ah ! fit le duc en soulevant son front, qui retomba lourdement. C'est différent. Toi, tu seras pendu haut et court ! »

Il ajouta comme on parle en rêve :

— Plait-il, monseigneur ? demanda maître Pol.

— Tête-de-Bœuf ! gronda le duc. Bas-Breton ! âne bâté ! Judas ! Anglais ! oison bridé ! ne cherche pas à comprendre ce qui est au-dessus de ta portée. J'aimais mieux M. de Luynes, quoiqu'il fût de bien piètre maison. Il avait au moins du respect et de la politesse. Je l'aimais mieux que ce croquant dont ils ont fait un cardinal. Qui donc m'a dit cela ? Saint-Sépulcre ! tous les démons d'enfer sont dans mes boyaux ! Penses-tu qu'on puisse mourir de la colique, toi, Tête-de-bœuf ! Breton de malheur ! le penses-tu ?

— Du tout, point, monseigneur, repartit maître Pol, ayez bon courage. »

Disant cela, il tirait de sa poche la fiole de Mathieu Barnabi, pensant :

« Huit gouttes pour un homme fort, seize pour un cheval, vingt-quatre pour M. de Vendôme !

— Ah ! ah ! malandrin ! s'écria le duc avec une colère sans motif, tu me dis d'avoir du courage ! Sais-tu ce qu'on fait aux méchants railleurs quand on est duc et pair, et fils aîné d'un monarque, par le saint nom du Christ ? Le sais-tu ?

« Et sais-tu, reprit-il, laissant tourner sa pensée au vent d'une puérile démence, sais-tu que la nouvelle Éminence a les deux reines dans son giron ? La vieille reine qui nous déteste, parce que notre mère Gabrielle fut sa rivale heureuse ; la jeune reine, parce que je l'ai insultée, moi, pauvre innocent, au lieu de lui chanter fleurettes. Veux-tu ma croyance, Breton bretonnant, âne asinant, je meurs assassiné par une de ces péronnelles ou par ce prêtre rouge qui est Astaroth en personne. Il en assassinera bien d'autres, va, mon fils. »

Il se prit le front à deux mains, ajoutant d'un ton lamentable :

« Et où diable trouver cet intendant honnête homme ? »

Maître Pol avait pris un gobelet et l'avait lavé à grande eau.

« Est-ce pour me donner à boire ? demanda le duc.

— Oui, certes, monseigneur, répliqua le page, continuant sa besogne ; c'est pour vous donner à boire.

— Alors, c'est bien, Tête-de-bœuf, murmura le duc. J'ai toujours dit que tu étais un gentilhomme ! D'abord, j'aime les Bretons de la Basse-Bretagne. Tu comprends tien que si la reine voulait ouvrir à l'Espagnol les portes de la France, cela ne me regardait pas. Qui s'occupe de la France ? Nous sommes Italiens, Espagnols, Allemands, nous ne sommes pas Français. Il n'y a jamais eu de Français que le feu roi, mon père, qui était Béarnais. Veux-tu savoir par cœur l'Italie ? Regarde ma colique. Elle vient de Florence en directe ligne. Ah ! seigneur Dieu !… Ah !… ah !… Pitié ! »

Il devint livide comme un homme qui va tomber en syncope.

Maître Pol versa dans le verre trente-deux gouttes du breuvage préparé par Mathieu Barnabi : juste le double de ce qu'il fallait pour guérir un cheval.

Et, ouvrant la bouche de son seigneur de vive force, avec le manche d'un couteau, car son dévouement allait jusque-là, il lui entonna loyalement le précieux breuvage.

César de Vendôme, éveillé en sursaut, fit une grimace effroyable, jura toute une poignée de blasphèmes d'un seul coup et resta un instant comme pétrifié.

Puis, sautant sur ses pieds avec fureur, il s'écria d'une voix tonnante :

« Judas ! mécréant ! assassin de ton maître ! m'as-tu empoisonné pour tout de bon ? »

Et il se mit à courir tout autour de la chambre avec une rapidité inouïe.

En courant il disait ou plutôt il vociférait :

« Prenez un intendant honnête homme !!! »

Maître Pol, effrayé, se mit à courir après lui. Le duc était si blême et faisait des écarts si surprenants, que notre Breton avait peur.

Il voulut, à deux ou trois reprises, le saisir à bras-le-corps pour l'empêcher de se casser la tête, mais chaque fois qu'il l'appréhendait ainsi, M. de Vendôme, l'écume à la bouche et les yeux hors de la tête, lui criait d'une voix sonore comme les trompettes qui démolirent les remparts de Jéricho :

« Prenez un intendant honnête homme ! »

Et, s'échappant, il recommençait sa course désordonnée, jurant comme plusieurs centaines de païens.

Certes, maître Pol jurait comme il faut, mais les jurons de M. de Vendôme étaient d'une qualité si supérieure, que maître Pol en restait tout abasourdi.

Mais ce qui l'épouvantait surtout, c'était cette phrase incompréhensible et mille fois répétée :

« Prenez un intendant honnête homme ! »

M. de Vendôme mettait à radoter cette sentence une rage dont rien ne peut donner l'idée.

Caton l'ancien, prononçant à tout bout de champ le fameux *delenda Carthago*, ne pouvait être plus monotone ni rabâcher plus cruellement que lui.

Comme tout à une fin en ce monde, M. de Vendôme s'arrêta, ayant fait une soixantaine de tours et tomba sur son séant au beau milieu de la chambre.

« Viens çà, dit-il essoufflé qu'il était, et donne-moi une goutte. Ventre-saint-gris, cela réchauffe le diaphragme !… j'en prendrai un ou que la peste m'étouffe, j'entends un intendant honnête homme. J'en prendrai deux, trois, quatre ! M. le grand prieur me l'a conseillé, et M. le grand prieur a toujours été le plus avisé de la famille, après moi.

— Vous sentez-vous mieux, monseigneur ? demanda Maître Pol, enchanté du succès de sa potion.

M. de Vendôme, au lieu de répondre, entonna une chanson gaillarde, d'une voix si mâle et si vibrante que les vitres tremblèrent.

« Donne une goutte, Tête-de-Bœuf ! commanda-t-il au milieu du couplet. Mon père était un huguenot, ventre-saint-gris, avant d'aller à la messe. Il y a du bon dans tout, même dans ta médecine, qui est faite avec du brandevin, Breton de Quimper-Corentin. Je crois que je sauterais par la fenêtre sans me faire mal à la plante des pieds ! sarpegoy ! je ris bien des nigauds qui ont la colique ! Où est-elle, la colique ? nargue de la colique ! »

Il avait la face écarlate et les yeux hors de la tête.

Le ravissement de Maître Pol tournait déjà à l'inquiétude.

« Monseigneur, dit-il, si vous m'en croyez, vous n'abuserez pas de mon spécifique ; c'est un remède très fort…

— Veux-tu le garder pour toi, méchant baragouineur ? s'écria le duc avec une colère soudaine et si violente que les veines de son front se gonflèrent. Qu'on aille quérir madame la duchesse, afin qu'elle voie son époux bien en point ! Qu'on aille chercher mes deux fils, Mercœur et Beaufort ! Vive Dieu ! Je veux faire avec eux une partie de barres coupées. Donne une goutte, Sarrazin, ou la colique va me reprendre ! Ah ! ah ! saints apôtres ! Un intendant honnête homme ! Il nous en faut un puisque tel est l'avis de M. le grand prieur ! et nous verrons ce que ce diable rouge de Richelieu a dans les veines… oui ! verse, mon mignon… hein ? suis-je assis sur une trappe ? le sol s'affaisse ! la terre tourne… *miserere mei, domine !* Bonsoir les voisins ! je crois que je trépasse ! »

Les couleurs rubicondes avaient abandonné sa joue. Il était devenu tout à coup plus pâle qu'un mort.

Maître Pol s'agenouilla près de lui et promit à Mathieu Barnabi un bon coup d'épée dans la bedaine pour une si noire scélératesse.

« Monsieur le duc, mon cher maître ! s'écria-t-il en le serrant dans ses bras. C'est la meilleure officine de Paris. Madame la reine mère y achète toutes ses drogues.

— Scélérat ! scélérat ! gronda César d'une voix faible, tu as donc été payé par la Médicis ? C'est donc du feu de Florence que j'ai dans les entrailles ? Attends ! je vais te tuer ! »

Il s'échappa des mains de son page, et chercha à son côté son épée absente. En la cherchant, il reprit son couplet où il l'avait laissé, et acheva la chanson gaiement.

Maître Pol pensa :

« M. le duc est fou à lier, et j'ai fait là de la belle besogne ! »

« Quand tu me regarderas ainsi avec de gros yeux, Tête-de-Bœuf ! mon ami, reprit paisiblement M. de Vendôme en se rasseyant par terre, au milieu de la chambre, je te dis qu'il m'en un et honnête homme ! M. le grand prieur ne me tiendra pas quitte à moins de cela. Et certes, un grand prieur qui, en sortant de déjeuner, va goûter du claret nouveau avec M. de Roquelaure, n'est pas le premier venu. Si je meurs sans tester, rappelle-toi bien cela, je veux que Mme la duchesse ou, à son défaut, Mercœur ou Beaufort, mes deux chers enfants s'informent et cherchent partout un intendant honnête homme. »

Il porta les mains au creux de son estomac et ses yeux tournèrent, montrant leur blanc tout entier.

« Au secours ! » cria Maître Pol épouvanté.

Pendant qu'il se levait et courait vers la porte, César de Vendôme saisit la fiole abandonnée sur le carreau.

Il la déboucha, mit le goulot entre ses lèvres et but à longs traits.

« Holà ! Tête-de-bœuf ! dit-il en se dressant de son haut, que diable veux-tu faire de secours ? Es-tu malade ? »

Il se tenait debout, la poitrine en avant, les reins solidement cambrés. Il était bel homme ainsi, et se portait comme un soldat. Seulement il avait le regard un peu égaré.

Maître Pol se retourna. Ses dents claquèrent et ses jambes flageolèrent.

« Monseigneur, balbutia-t-il, est-ce que vous auriez tout bu ?

— Oui, bien, mon gars, répondit Vendôme, et ventre-saint-gris, j'y reviendrai ! Me voilà frais comme une rose ! Approche ici et dis-moi ce que tu veux pour prix d'un si grand service.

— Oh ! monsieur le duc, mon bon maître, repartit le page, vous pouvez me rendre la vie ! je suis amoureux… »

Vendôme fit la grimace franchement.

« Amoureux fou ! poursuivit le page. J'en perds le boire et le manger ! »

Vendôme se prit à trottiner doucement autour de la table, à peu près comme un bidet qui va l'amble, et dit :

« Ne fais pas attention, ami Guezevern. Défile ton chapelet, je t'écoute. De qui es-tu amoureux ?

— De la petite Éliane, monseigneur.

— Et que veux-tu que j'y fasse, Tête-de-Bœuf ?

— Je veux que vous me donniez un titre d'office dans votre maison, avec six cent livres tournois de traitement par année.

— Peste, Guezevern, mon luron ! comme ta v vas !

— Madame ma tante de Pardaillan ajoutera six cents autres livres, continua le page, et nous serons heureux. »

Vendôme s'arrêta court devant un bahut richement historié qui était entre les deux fenêtres ; il l'ouvrit disant :

« Vive Dieu ! J'en aurai ou que je sois damné éternellement ! Réponds-moi : Sais-tu bien faire les chiffres, Tête-de-Bœuf ?

— Pour cela, non, monseigneur.

— C'est égal, M. le prieur sera content. Viens ça et cherche là dedans le livre des gages des gens de ma maison. »

Maître Pol obéit.

« L'as-tu ? Voilà qui va bien ! Je vais dîner comme quatre et courir les ruelles, cette nuit, ou que Dieu me punisse ! Vois en tête du livre quels sont les gages de l'intendant de Vendôme. »

Maître Pol étendit le registre sur la table et le feuiileta.

M. de Vendôme frisait sa moustache comme un vainqueur. Ses yeux avaient bien toujours ce regard étrange, mais il souriait, il chantait, il cabriolait mieux qu'un écolier de quinze ans.

« Y es-tu ? demanda-t-il.

— J'y suis, monseigneur.

— Lis. J'écoute.

— Gage principal, commença maître Pol, huit cents écus tournois, à payer en deux termes à la Saint-Jean et à la Saint-Sylvestre, plus deux suites de hardes neuves aux mêmes termes : hardes d'été, hardes d'hiver ; *item* le demi-sol pour livre sur toute redevance ou rente perçue ; *item* la dîme de la dîme dans les pays de coutume, tels que le Vendômois, le Nantais, pour les biens de Mercœur et la Sologne, *item* les épingles ou pots-de-vin, fixés au sol pour écu sur tous baux, achats, ventes et rémérés ; *item* la joyeuse étrenne, fixée aux quatre deniers pour livre en cas de rachat des servitudes ou droits domaniaux ; *item…*

— Ventre-saint-gris ! s'écria M. de Vendôme, tu es un ennuyeux compère, Tête-de-Bœuf, mon fils ! Est-ce que tout cela me regarde ? M. le cardinal n'a qu'à se bien tenir ! Tu sais où trouver ce remède qui m'a guéri, n'est-ce pas ?

— Monseigneur, répondit le page, j'en aurai tant que j'en voudrai !

— Fais seller mon cheval, Guezevern, je vais aller goûter le claret de M. le grand prieur… attends ! Il faut que tu sois marié cette nuit, Tête-de-Bœuf ! C'est mon idée !

— Cette nuit ! répéta le page stupéfait.

— Tais-toi quand je parle, Bas-Breton ! je te nomme mon intendant.

— Oh ! monseigneur ! s'écria Guezevern, pénétré de son insuffisance.

— La paix, par la mort-Dieu ! tonna M. de Vendôme qui, véritablement, à cette heure, était fort comme un taureau, penses-tu en savoir plus long que moi, pataud ? Il me faut un intendant honnête homme, et tu es honnête puisque tu m'as guéri ! Est-ce clair ? Je ne me souviens plus bien de tout ce que m'a dit M. le grand prieur, mais c'était plein de sens et de philosophie.

— On ne peut pourtant pas se marier comme cela en quelques heures, objecta Pol.

— Et pourquoi non, âne bâté ? Mgr l'archevêque de Paris est-il là pour le Grand-Turc ? As-tu peur de ta nuit de noces, Tête-de-Bœuf, comme mon frère de France, qui se sauva, dit-on, jusqu'aux communs du Louvre pour la frayeur qu'il avait de son Autrichienne ? Ventre-saint-gris ! celle-là est une gaillarde, et mon royal frère a raison d'avoir peur. Va me chercher ta tante de Pardaillan et la petite Éliane. Allons ! es-tu parti ? »

Comme maître Pol hésitait, M. de Vendôme saisit une chaise, la leva à bras tendu et faillit la lui briser sur la tête.

C'était un fier remède que celui de Mathieu Barnabi !

VIII. COMMENT MAÎTRE POL ÉPOUSA LA PETITE ÉLIANE.

Maître Pol n'eut que le temps de prendre la porte à toutes jambes.

Il descendit encore une fois l'escalier dérobé, traversa le clos Pardaillan, où il n'y avait personne, et vint frapper à la porte de dame Honorée.

Dame Honorée était je ne sais où ; il n'y avait à la maison que la petite Éliane.

Le croiriez-vous ? La petite Éliane désapprouva de bout en bout l'adroite et sage conduite de maître Pol. Elle trouva qu'il n'avait pas eu raison d'aller chez Mathieu Barnabi, et qu'il avait eu tort de donner à son seigneur trente-deux gouttes de la potion : juste deux pitances de cheval.

Elle devint toute pâle, et si vous saviez comme la pâleur la faisait adorablement jolie, lorsque maître Pol lui avoua que César de Vendôme avait bu d'un trait le restant de la fiole.

« Il doit être empoisonné, murmura-t-elle.

— Il se porte comme un charme, riposta le page ; mais je n'ose en vérité, vous raconter le surplus de l'histoire.

— Racontez toujours, » dit Éliane dont le sourire espiègle pétillait.

Et je ne puis vous cacher que maître Pol avait le vertige, en songeant que, si la fantaisie de M. le duc se réalisait cette nuit-là même, dans quelques heures…

On aurait le vertige à moins que cela !

« Puisque vous avez blâmé ce qui était sage, Éliane, murmura-t-il, qu'allez-vous donc dire de cette absurde folie ?

— Voyons seulement l'absurde folie, fit la jeune fille.

— Eh bien ! Éliane, M. le duc veut que nous soyons mariés ce soir.

— Bah ! fit encore Éliane qui ne perdit pas son délicieux sourire. C'est court de délai.

— Voilà tout ce que vous objectez ! s'écria maître Pol.

— L'Évangile est formel, murmura Éliane : il faut rendre à César ce qui appartient à César.

— Je mourrai fou à force de vous adorer, Éliane ! déclara le page.

— Après ? interrogea la fillette.

— Ah ! c est là l'insensé, ma pauvre Éliane ! l'impossible ! l'extra-vagant !

— Voyons l'extravagant.

— Savez-vous quels sont les gages de l'intendant de M. de Vendôme ?

— Non, je ne le sais pas.

— Je vais vous le dire, Éliane. »

Et maître Pol, comptant sur ses doigts, énuméra tous les reve-nant-bons qui faisaient de l'homme d'affaires de Vendôme un per-sonnage d'importance.

Éliane S'écouta fort attentivement et dit :

« Eh bien ! »

Alors maître Pol, commençant une autre énumération, détailla les divers devoirs de cette charge si bien payée.

Éliane répéta :

« Eh bien !

— Eh bien ! dit maître Pol, M. de Vendôme s'est mis en tête de me nommer son intendant.

— Acceptez, dit Éliane sans hésiter.

— C'est que… en fait d'arithmétique, je sais juste que deux et deux font quatre, murmura le page en souriant.

— Acceptez, répéta sérieusement Éliane.

— Comment, accepter !…

— Et tout de suite.

— Mais qui fera les additions, cher cœur, les soustractions, les multiplications ?

— Ce sera moi, monsieur de Guezevern. »

Elle était si jolie en disant cela, que maître Pol se mit à l'admirer de tout cœur.

« Ce sera moi, répéta-t-elle. Je compte très-bien. Et souvenez-vous de ceci, monsieur de Guezevern : je ne vous apporte point de dot ; mais c'est moi qui ferai votre fortune. »,

En ce moment le pas lourd de la béguine sonna sur le carreau de l'antichambre.

Éliane reprit sans se troubler :

« Et quand j'aurai fait votre fortune, vous jetterez la plume pour reprendre l'épée. Je le veux. »

Maître Pol avait un peu de rouge au front.

« C'est que… c'est que, dit-il encore, je sais lire un petit peu et même assez couramment, mais pour l'écriture…

— Je vous apprendrai à écrire, monsieur de Guezevern.

— Oh ! le gentil maître que j'aurai ! s'écria le page, mais, en attendant que j'aie appris les registres chômeront.

— Jésus Dieu ! fit Éliane avec impatience, ne voilà-t-il pas un grand embarras ! je tiendrai les registres à votre place ; je griffonnerai pour vous, et s'il le faut, je signerai pour vous. »

Maître Pol l'enleva dans ses bras.

« Mort de moi, s'écria-t-il en la mangeant de baisers, à part l'écriture, vous verrez que je ne suis point manchot, madame de Guezevern ! Que parlez-vous de dot ? J'épouse une fée, tout uniment, et quand viendra l'héritage de monsieur mon oncle, le comte de Pardaillan, nous serons peut-être assez riches pour le donner aux pauvres.

— Et vous ne jurerez plus, stipula Éliane.

— Oh ! quant à cela, jamais ! »

Notre impartialité nous force d'avouer que, sur cette promesse, la petite Éliane rendit a son fiancé un des meilleurs parmi les mille baisers qu'il lui avait prodigués.

Dame Honorée, qu'ils avaient très-bien entendue, choisit ce moment pour entrer.

« Ne vous gênez pas, dit-elle avec un sourire aigre-doux, voici la seconde fois d'aujourd hui, et Dieu sait ce qui en arriverait si l'aventure allait seulement ainsi jusqu'à demain. C'est le baiser d'adieu, mes tourtereaux. Le carrosse attend dans la cour, et, sur l'heure même, vous allez partir, ma mie. »

Il faut être clément. La meilleure femme du monde aimera toujours à faire un coup de théâtre.

Maître Pol fronçait déjà le sourcil.

Éliane alla vers sa protectrice et lui baisa les deux mains.

« Marraine, ma bonne marraine, dit-elle avec cet humide regard de ses grands yeux qui était irrésistible, vous allez être bien heureuse de notre bonheur. Mon mari et moi nous vous remercions du fond du cœur des sages précautions que vous aviez prises.

— Ton mari ! fit l'excellente béguine qui crut rêver. As-tu dit ton mari ? Et perds-tu la tête, malheureuse enfant ?

— J'ai dit mon mari, ma marraine. Comment voulez-vous que j'appelle autrement celui que je vais épouser aujourd'hui même ? »

Dame Honorée resta bouche béante à la regarder.

Éliane fit signe à maître Pol d'approcher et passa familièrement son bras sous celui du page.

« Le carrosse, ajouta-t-elle, servira demain pour nous mener à notre nouvelle résidence.

— Ah çà, voyons ! fit dame Honorée, suis-je éveillée ou endormie ?

— Vous êtes éveillée, ma marraine, quoiqu'il soit bien certain que notre bonheur tient du miracle. Et ce bonheur, vous pouvez vous en vanter, est uniquement votre ouvrage. »

À part lui, maître Pol dut réclamer contre cette assertion, car ce n'était pas dame Honorée qui avait été chercher la panacée absolue chez Mathieu Barnabi.

« Expliquez-vous, jour de Dieu ! dit la bonne dame. Vous me rendriez folle, à la fin !

— Ma marraine, répondit Éliane, toujours obéissante, vous aviez mis pour condition expresse à notre mariage que M. le duc de Vendôme nommerait votre neveu, Pol de Guezevern, à un titre d'office dans sa maison, avec six cents livres de gage annuel, pour le moins…

— Et M. de Vendôme aurait consenti ? interrompit dame Honorée avec une véritable joie.

— Non, ma marraine, M. de Vendôme a trouvé que c'était trop peu pour un jeune gentilhomme qui veut entrer en ménage. Il faut dire que M. de Vendôme a pour mon mari, votre neveu, une extraordinaire estime. Ventre-saint-gris ! s'est-il écrié, toi domestique à six cents livres, Guezevern !

— Tête-de-bœuf ! intercala maître Pol.

— Toi ! un noble homme de l'évêché de Quimper ! un Breton bretonnant ! le futur héritier de M. le comte de Pardaillan-Montespan ! Est-ce que tu plaisantes !

— Plaisantes-tu toi-même, fillette ? murmura dame Honorée.

— Non, ma marraine, M. de Vendôme a ajouté : Je veux que tu aies de gage principal huit cents écus tournois…

— Deux mille quatre cents livres ! s'écria la béguine émerveillée pour le coup.

— À payer en deux termes, poursuivit Éliane : à la Saint-Jean et à la Saint-Sylvestre. *Item* deux suites de hardes neuves, chausses, pourpoint, soubreveste, feutre et chaussures aux mêmes termes : hardes d'été, à la Saint-Jean, hardes d'hiver à la Saint-Sylvestre. *Item* le demi-sol pour livre sur toute redevance ou rente perçue. *Item*, la dîme de la dîme dans les pays de coutume tels que le Vendômois, le Nantais ; *item*… »

La petite Éliane alla, ma foi, presqu'au bout ; elle n'avait entendu qu'une seule fois cette bienheureuse énumération, et pourtant elle la savait par cœur. Vous jugez si elle pouvait faire une intendante.

Quand dame Honorée, qui écoutait abasourdie, sut enfin que M. de Vendôme voulait instituer maître Pol son intendant, elle leva vers le ciel ses deux mains qu'elle avait encore blanchettes.

« Ah ! dit-elle, le malheureux prince est fou ! »

C'était un peu l'avis de maître Pol et peut-être aussi celui d'Éliane, mais il ne s'agissait pas de réfléchir. Le page, s'acquittant de sa commission, annonça à madame sa tante que le fils de Henri IV désirait la voir sur-le-champ.

Dame Honorée mit une coiffe neuve, Éliane lissa d'un tour de main ses admirables cheveux, et l'on se dirigea vers la chambre à coucher de M. de Vendôme.

Nul ne pourrait savoir au juste ce qu'il y avait ou plutôt ce qu'il n'y avait pas dans le breuvage panthériacal de Mathieu Barnabi, drogueur de la reine mère. Ce que nous donnons pour positif, c'est qu'à l'arrivée de nos trois personnages, César-Monsieur était debout, en caleçon, sur le guéridon, comme une statue sur son piédestal, et qu'il sonnait de la trompe de chasse à pleins poumons.

Ce n'est pas rigoureusement le fait d'un fou, car nous avons connu des sonneurs de trompe qui, n'ayant jamais eu d'esprit, ne pouvaient être exposés à le perdre ; mais dame Honorée trouva le fait fort extraordinaire.

« Or çà, dit M. de Vendôme quand il eut achevé son enragée fanfare, que me voulez-vous, bonnes gens ? Pourquoi m'amènes-tu deux femmes, Tête-de-Bœuf ? La jeune, encore passe, mais la vieille, carajo ! qu'elle est laide !

— Fou ! répéta dame Honorée, fou à lier. Quel dommage ! »

Et, de fait, M. de Vendôme avait des yeux qui ne parlaient point raison.

Il sauta de la table sur le carreau avec une agilité de saltimbanque.

« Le diable rouge, reprit-il d'un ton grave, m'avait donné la colique ; Dieu me l'a enlevée, *alleluia* ! Nous verrons la fin de ce cardinal ! Hallali, mes valets ! »

Maître Pol le salua respectueusement et lui dit :

« Monseigneur, vous m'aviez ordonné de vous amener madame ma tante de Pardaillan-Guezevern et ma fiancée.

— Ventre-saint-gris, mon fils, il y a donc encore des gens qui ont l'idée de prendre femme ?

— Pour être intendant… » commença le page,

M. de Vendôme avait oublié un instant son idée fixe, mais elle lui revint comme un coup de foudre.

Il se frappa le front.

« Honnête homme ! s'écria-t-il. Sanguedimoy ! M. le grand prieur l'a bien dit : il faut un intendant honnête homme ! Le roi peut aller de vie à trépas, Gaston de France aussi, et M. le prince de Condé, et M. le duc d'Enghien, et M. le comte de Soissons. L'argent est le nerf de la guerre. Pensez-vous qu'on puisse rien faire sans argent contre un pareil cardinal ? »

Il se promenait à grands pas dans la chambre et gesticulait avec véhémence.

« Ventre-saint-gris, fillette, reprit-il en s'arrêtant devant Éliane, nous avons grandi depuis le temps ! Je me souviens que ce soir-là j'avais la colique. Et nous voilà jolie comme tout une panerée d'amours. Je serai le parrain de votre petit premier, si vous voulez.

— Oh ! monseigneur, balbutia Éliane.

— Ça ! qu'on appelle ce coquin de Mitraille, Chanteloup, mon gentilhomme de la chambre, Saint-Preuil, mon écuyer, Barbedieu, mon majordome et dom Moreau, le chapelain second de Mme la duchesse. Dans deux heures je veux la chapelle préparée.

— Ils sont bien jeunes, monseigneur, fit observer timidement dame Honorée, et, pour se marier, ajouta-t-elle, il faut une licence de l'officialité, quand on n'a pas le temps de publier les bans au prône et de coller les cédules au bénitier de la paroisse.

— Bonne dame, l'interrompit Vendôme, vous devez en savoir long, si vous n'avez rien oublié de ce que vous avez appris. Vous a-t-on demandé conseil, ne vous déplaise ? Vous souvenez-vous du nom de mon père ? Le roi de France est mon cadet, par la mort diable ! Et si monsieur de Paris, l'archevêque, me regardait de travers, je mettrais le feu à sa chappe. Le grand prieur veut que j'aie un intendant honnête homme, madame, et Dieu sait les antiennes qu'ils chantent à l'heure qu'il est, lui et M. le duc de Roquelaure en goûtant le claret ! Chanteloup ! Barbedieu ! Mitraille ! Tout à cuire et à rôtir ! Douze cents cierges dans la chapelle ! Une tonne de Beaugency en perce à la porte de l'hôtel ! Des violons ! Et un biniou de Bretagne, s'il s'en trouve à Paris ! Telle est notre volonté. »

Il ôta sa toque pour ajouter :

« C'est monsieur mon intendant qui se marie ! Pour faire pièce à ce diable rouge de Cardinal ! Noël ! Noël ! »

Les domestiques et gentilshommes se regardaient.

M. de Vendôme saisit Mitraille aux cheveux.

« Qu'as-tu fait de M. de Saint-Preuil, mon écuyer ? lui demanda-t-il. Mon cheval ! Je veux aller quérir M. de Paris en personne ! ou plutôt, non ! mieux vaut que je reste ici pour surveiller les préparatifs. Il me faut M. de Longueville et M. de Montmorency. Crevez un cheval et nous aurons Bellegarde ! Il me faut Nevers et la Valette, Roanne et Mortemart. Ventre-saint-gris ! ce n'est pas tous les jours que monsieur mon intendant se marie ! Le Cardinal en crèvera s'il veut de dépit, quand il saura que j'ai un intendant honnête homme !

« Bonne dame, s'interrompit-il en prenant à l'improviste le bras de la béguine, nous ouvrirons le bal. Je gage que vous savez encore comment on danse la courante, depuis le temps ? »

Dame Honorée poussa un cri d'horreur., Tous les officiers de Vendôme étaient maintenant réunis. Un large éclat de rire fit le tour de la chambre.

César-Monsieur parut flatté de cette approbation.

« Ventre-saint-gris ! dit-il pourtant, on ne rira peut-être pas de si bon cœur quand je vais avoir mon intendant honnête homme ! M. le grand prieur l'a voulu. Prenez-vous-en à ce coquin de cardinal ! Et faites bien attention à ceci : le jour s'en va tombant ; si la noce n'est pas prête dans deux heures, je chasse tout le monde. Maison nette, mort-diable ! Qu'on dresse ma toilette comme si c'était pour festoyer chez le roi ! »

Ce soir-là, le bruit courut dans Paris que ce pauvre M. de Vendôme était fou à lier. À vrai dire, cela n'étonna personne. On l'aimait, cependant, pour le bon sang qu'il avait dans les veines, et le populaire se rassemblait en foule aux alentours de l'hôtel de Mercœur, pour voir si le fils du roi Henri n'aurait point fantaisie de danser par les rues en chemise.

Danser par les rues en chemise était assurément une idée moins baroque que celle qu'on lui prêtait, d'avoir un intendant honnête homme !

Quoi qu'il en soit, M. de Vendôme resta en son hôtel, où il y eut une très-belle fête. L'officialité donna haut la main toutes les dispenses voulues, moyennant finance peut-être, et maître Pol épousa bel et bien sa petite Éliane, dans l'église neuve du couvent des Capucines, par-devant Henri de Gondi, archevêque de Paris, qui se prêta de la meilleure grâce à cette fantaisie du fils d'Henri IV.

Les témoins furent M. de Tavannes et ce brave Saint-Preuil, qui, depuis, fut mis à mort judiciairement par la jalousie de M. le maréchal de la Milleraye, neveu de Richelieu.

On dansa ; M. le grand prieur vint avec M. le duc de Roquelaure et goûta une notable quantité de vins anciens et nouveaux. La bonne dame Honorée de Pardaillan-Guezevern, forcée de trinquer avec de si grands personnages, car elle servait de mère à notre Éliane, se mit en gaieté, dit l'histoire, vers la fin du repas et chanta un couplet au dessert.

Ce coquin de Mitraille n'attendit pas si tard. Au rôti, il était couché sous la table.

Un peu après onze heures de nuit, les jeunes époux montèrent dans ce carrosse qui devait mener Éliane au couvent, et partirent pour le château de Vendôme où maître Pol devait faire sa résidence.

Quant à César-Monsieur, il se mit au lit avec une fièvre de cheval et resta sur le flanc l'espace de sept semaines. On ne sait pas si ce fut l'effet de la potion panthériacale, composée par Mathieu Barnabi.

Quand César-Monsieur fut guéri de sa fièvre, il rentra en pleine possession de ses coliques.

IX. QUEL MARI FUT MAÎTRE POL

Il se trouva que M. de Vendôme avait eu la main heureuse ; du premier coup il avait rencontré ce phénix introuvable : un intendant honnête homme.

Cinq ans se sont écoulés. Éliane — madame de Guezevem ou madame l'intendante, comme vous voudrez l'appeler — est mère d'un beau petit garçon de quatre ans. Cela ne l'empêche pas d'être jolie comme un ange, mille fois plus jolie qu'autrefois ; et vous lui donneriez toujours seize ans, quand elle va, souriante, sous les grands ombrages de la forêt.

On prend bien souvent maître Renaud, son fils bien-aimé, pour son petit frère.

Mais savez-vous pourquoi ce blond chérubin, cet enfant heureux et charmant s'appelle Renaud ? Les avis changent en vieillissant et l'on apprend à mieux connaître les hommes. Maître Pol n'était pas encore bien vieux, puisqu'il atteignait à peine sa vingt-quatrième année, mais une charge aussi importante que la sienne donne de la prudence et de la gravité. Maître Pol avait apprécié à la longue l'excellent caractère de ce certain Renaud de Saint-Venant, écuyer second de Mme la duchesse de Vendôme, que nous avons vu jouer un rôle assez court et très-désagréable dans les premiers chapitres de ce récit.

Ce Renaud de Saint-Venant était à tout prendre compagnon joyeux, obligeant et de bon conseil. Maître Pol s'était fait son ami, dès la première année du mariage, malgré quelques préjugés, gardés par la gentille Éliane. Renaud de Saint-Venant était le parrain du fils unique de Guezevern, au lieu et place de M. de Vendôme lui-même.

Nous mentionnons d'autant plus volontiers le désaccord qui avait régné entre maître Pol et sa jeune femme à propos de Renaud de Saint-Venant, que ce désaccord était une exception plus rare. Jamais, depuis que la terre tourne, meilleur ménage n'exista sous le ciel. Maître Pol n'avait qu'un chagrin, c'était de voir son fils courir tout seul dans les vastes allées du parc. Il eût voulu près de lui une chère petite fille qu'il avait nommée d'avance Éliane — mais qui ne venait point.

Maître Pol était heureux, si heureux qu'il s'ennuyait peut-être un petit peu dans son bonheur. Éliane, qui voyait tout, s'était aperçue plus d'une fois que les yeux de son mari brillaient étrangement aux souvenirs de Paris et des chères misères de son existence de page.

C'était une fée que noire Éliane, nous l'avons dit déjà, et nous en aurons de surabondantes preuves, mais les fées elles-mêmes ne peuvent rien contre ce terrible ennui qui naît de l'excès du bonheur.

Ce n'est pas que Guezevern eût une vie inactive. Il était obligé à de fréquents voyages pour inspecter les immenses biens de Vendôme et de Mercœur, situés dans diverses provinces fort éloignées les unes des autres. En outre, il avait les plus belles chasses de France à sa disposition et des équipages de prince.

Mais Paris lui manquait.

Il y a des gens qui ne se guérissent jamais de la mémoire de Paris.

C'est là une nostalgie toute particulière, et qui ne fait pas toujours l'éloge du malade. Ces amoureux de Paris ont généralement dans leur passé d'innombrables fredaines qu'ils regrettent et voudraient bien recommencer. Nous n'avons pas à le cacher, puisque nous l'avons dit dès la première page de ce récit : maître Pol avait eu une jeunesse fort peu méritoire. La maison de M. de Vendôme était plus perdue que l'enfer, et maître Pol avait conquis une légitime réputation de mauvais sujet, même dans la maison de M. de Vendôme.

Il était, Dieu merci, en ce temps-là, tout ce qu'on peut être, quand on marche dans le sentier de la perdition : joueur, querelleur, buveur et coureur de scandaleuses aventures.

Nous avons grande joie à constater que maître Pol s'était bien corrigé depuis son mariage. Il ne buvait plus sinon comme un joyeux gentilhomme campagnard à la table de famille ; il ne tirait plus l'épée, n'ayant point occasion de se quereller ; il ne jouait jamais et restait fidèle à sa femme qu'il adorait du meilleur de son cœur.

Mais il s'ennuyait.

Éliane qui était fée, aurait, en vérité, voulu voir maître Pol un peu moins sage, pour être plus sûre de le garder toujours.

Car il y a des réveils soudains, et ces léthargies du diable endormi au fond d'un bénitier, finissent par de terribles cabrioles.

Éliane, la chère créature, faisait de son mieux pour guérir cet ennui.

Elle s'était arrangée dans le grand vieux château de Vendôme un nid délicieux, un vrai nid d'amour. Sa table, connue à dix lieues à la ronde, était modeste, mais d'une délicatesse proverbiale ; elle variait ses toilettes avec un goût exquis, et ne croyez point que ces mots soient un anachronisme. Il y avait alors une chose qui s'appelait la parure, et une autre chose qui avait nom le goût. Nous n'avons pas tout inventé depuis hier.

Éliane savait que la solitude engendre la tristesse ; sa maison était hospitalière entre toutes. Elle faisait à ses convives si charmant visage que l'heureux Guezevern ne savait parfois où mettre ses amis. Tous étaient bien reçus, tous, jusqu'à Renaud de Saint-Venant, qu'Éliane n'aimait point.

Il en coûte cher pour héberger ainsi beaucoup de bons compagnons, mais faut-il vous le répéter cent fois ? Éliane était fée. Elle avait cette prestigieuse économie qui n'exclut nullement la générosité, et qui multiplie les pièces d'or comme le miracle des noces de Cana multiplia les pains et les poissons. Maître Pol n'avait jamais à se préoccuper de la dépense. On eût dit que la bourse commune était inépuisable.

Et chaque fois qu'il partait pour quelque voyage, Éliane glissait quelques larges doublons dans son escarcelle, mentionnant expressément que c'était « pour ses plaisirs. »

Vous pensez peut-être, habitués que vous êtes à nos mœurs, et connaissant par hasard la femme de quelque homme d'affaires de notre siècle éclairé, qu'Éliane n'avait pas besoin d'être une bien grande sorcière. L'argent colle aux mains. Ceci est un proverbe. Quiconque manie beaucoup d'argent… Voyez votre voisin du premier où le ménage d'en face. On sait à quel métier ils brillent, et pourtant tout le quartier salue leur équipage !

Eh bien ! vrai, vous vous tromperiez. Il y avait des voleurs au temps de Louis XIII, le Juste, comme de nos jours, et ils étaient vénérés comme les nôtres, mais fi ! Notre belle Éliane n'aurait pas terni pour un empire la pureté de sa conscience.

Elle était ambitieuse cependant, elle souhaitait la fortune. Quand elle surveillait d'un œil souriant le sommeil de son petit Renaud, souvent, et quelle mère n'est comme elle, bien souvent elle se surprenait à penser : « Notre cher enfant sera au-dessus de nous. Il tiendra une épée au lieu de faire des chiffres ; il sera un grand seigneur, et l'héritage du comte de Pardailian lui viendra quelque jour. »

Elle songeait ainsi, mais quant à prélever sur les mille recettes de l'intendance un bénéfice quelconque qui ne fût pas strictement légitime, jamais ! M. de Vendôme était bien plus heureux encore que nous ne l'avons dit : non-seulement il avait trouvé un intendant honnête homme, mais, de plus, madame son intendante était une honnête femme.

Et c'était ici le principal.

Car notre Éliane avait tenu ce qu'elle avait promis : c'était elle qui faisait tout. Elle avait bien appris à Guezevern l'art d'écrire correctement et de chiffrer de même ; mais l'effort de ce bon garçon s'était borné là. Il laissait à sa femme le soin de tenir les comptes. Les registres, on peut le dire, lui étaient étrangers. Bien plus, et ceci, peut-être, va vous sembler très-coupable, comme Éliane lui avait donné son propre corps d'écriture, il la faisait écrire pour lui, signer pour lui.

Sa paresse allait jusque-là ! Il eût fait assurément, et nous disons cela pour sa défense, un très-bon mousquetaire du roi, un excellent chevau-léger, un homme de guerre peut-être remarquable ; mais la plume ne lui valait rien, et son Éliane qui l'adorait, lui épargnait tous les ennuis de la plume.

Maître Pol était sûr de sa femme. Il dormait sur les deux oreilles, certain que ses affaires étaient bien faites. Il allait, il venait, toujours content à l'heure du retour, parce que toujours il trouvait bon visage.

Il était fou de son fils qui semblait promettre d'être un hardi garçon comme lui ; mais quand il le faisait chevaucher sur son genou, il disait souvent à Éliane qui rougissait et souriait :

« La petite sœur ne viendra donc jamais ? »

Éliane répondait :

« Tout viendra en son temps, monsieur de Guezevern. Quelques années encore et vous serez un homme de guerre, puisque c'est votre envie. Vous m'avez donné votre confiance avec votre tendresse : en retour, moi, je vous donne toutes les heures de mon existence. »

Et par le fait, en dehors même de cette lourde charge d'intendant qu'elle remplissait à miracle, Éliane entretenait, au su de son mari et en son nom, des relations avec les Vendôme et ceux de leur parti. En outre, elle avait un commerce de correspondance avec le vieux comte de Pardaillan-Pardaillan, l'homme à l'héritage qui appelait maintenant maître Pol son cher cousin.

Elle n'oubliait rien, elle était à tout.

Vous souvient-il de cette coquille où Aristide le Juste écrivit son nom, sur la demande d'un paysan d'Athènes ? Ce nom écrit, c'était une sentence d'exil. Aristide interrogea, désirant savoir pourquoi ce paysan inconnu le condamnait, et ce paysan répondit : « Je condamne Aristide, parce qu'il m'ennuie. »

Il ne faut pas être trop aimé, ni trop digne de l'être. C'est dangereux, parce que cela ennuie.

J'ai vaguement la crainte que le lecteur ne condamne notre belle Éliane.

Elle sait trop de choses, elle travaille trop pour ce beau grand garçon paresseux, qui est son mari. Afin d'apaiser un peu le paysan athénien qui déjà la prendrait en grippe, je me hâte de dire qu'elle commit en sa vie un gros péché.

Un seul, mais un bon ! Nous verrons bien cela en temps et lieu.

Les choses politiques avaient marché pendant ces cinq années. Le Diable rouge, comme M. de Vendôme appelait le cardinal de Richelieu, avait grandi dans des proportions tout à lait inattendues. Tournant le dos à Marie de Médicis, dont il était la créature, il avait en quelque sorte garrotté cet esprit remuant et superbe : il opprimait franchement la jeune reine, Anne d'Autriche, qui tremblait à son seul nom, il jouait Gaston d'Orléans comme un enfant ; il tenait son pied puissant et pesant sur la gorge des princes, balayait les ducs, écrasait les favoris et serrait à la gorge le roi lui-même, qui le redoutait, qui le haïssait et qui lui obéissait en toutes choses.

L'année précédente, pour lui plaire, le roi avait attiré à la cour ses deux frères illégitimes. César de Vendôme et Alexandre, grand prieur de France, ce dernier sous promesse de le faire grand amiral.

Il leur avait demandé leurs épées, à tous les deux, et, depuis lors, ils étaient prisonniers au château de Vendôme, où s'était écoulée leur royale et libre jeunesse.

Le roi avait fait pis : le roi avait laissé tomber de l'échafaud la jeune et belle tête d'Henri de Talleyrand, comte de Chalais, son meilleur ami.

Rien ne pouvait servir d'égide contre les terribles colères du cardinal ; rien, pas même la faveur de ce faible et triste monarque qui n'avait d'autre courage que celui des camps, et qui devait dire plus tard, en consultant son horloge, à l'heure où mourait un autre de ses favoris :

« Voici un mauvais moment pour M. de Cinq-Mars ! »

L'Europe et la France tremblaient devant cette belle et austère figure, coiffée d'écarlate, qui méditait au milieu du siècle frivole, devant cette main de prêtre qui marquait avec du sangla route non encore ouverte que Louis XI avait devinée, et où les révolutions devaient triomphalement passer.

Un soir de la fin de mai, en l'année 1627, Éliane de Guezevern était seule dans le cabinet de M. l'intendant : car toutes les convenances étaient gardées ; le travail entier de la femme restait attribué au mari.

Le jour allait baissant. Les derniers rayons du soleil rougissaient au lointain les jeunes feuillées de la forêt de Vendôme, tandis qu'une fraîche brise, entrant par les fenêtres ouvertes, apportait du parterre le parfum des rosiers en fleurs.

C'était une grande pièce, ayant deux tables, l'une très-large, toute chargée de casiers massifs et d'énormes registres ; l'autre, mignonne avec un petit pupitre flanqué d'une boîte à broderie.

Éliane ne travaillait jamais à la grande table que toutes portes fermées.

Ce soir, elle était à la petite et maniait l'aiguille qui allait si bien à ses doigts délicats ; elle brodait un écran aux armes de son mari.

Les deux grands lévriers, favoris de maître Pol, reposaient à ses pieds et le petit Renaud s'était assoupi dans un vaste fauteuil.

Éliane songeait.

Avait-elle trouvé dans son union avec Pol de Guézevern une félicité complète ? Non, certes. Maître Pol, devenu intendant, avait gardé le caractère du page. Sa raison ne mûrissait point ; c'était toujours le même jeune homme amoureux du changement et du bruit.

Mais c'était toujours aussi le même excellent cœur, la même bravoure, la même franchise.

Éliane se l'était dit cent fois : « Mon mari est un exilé. »

Elle aimait son mari sincèrement et gravement. Peut-être, car il faut tout dire, n'avait-elle pas mis dans le mystère de la vie conjugale ce grain de passion qui enchante un intérieur et change le coin du feu en paradis terrestre.

Elle était un peu trop parfaite, notre pauvre Éliane !

Si elle avait lu attentivement dans sa Bible l'éblouissante parabole de Marthe et Marie, elle aurait vu qu'il est bon parfois de travailler un peu moins pour charmer un peu plus.

Surtout quand on a, comme elle, un inépuisable trésor de charmes.

La femme, trop utile, perd souvent la meilleure de ses séductions : la chère, l'adorable infériorité.

Maître Pol était amoureux, mais il y avait dans son amour tant d'admiration et tant de reconnaissance ! c'est là un cruel danger.

Éliane songeait, et je suis sûr qu'elle se disait précisément tout cela, puisqu'elle était fée.

Le jour allait baissant. Elle rejeta son ouvrage avec un grand soupir et s'en vint baiser le beau front du petit Renaud endormi.

« Peut-être que si je te donnais une sœur…, » murmura-t-elle.

Car c'était là un grand, un vif désir chez l'intendant Guezevern.

Et que faut-il, souvent, pour les fixer, ces hommes-papillons qui jouent le rôle de la femme dans leur ménage ? Quelques années de plus et un souhait accompli.

Il ne faudrait pas croire au moins pourtant que notre Éliane fût une épouse délaissée.

Mais… mais que voulez-vous ! Elle n'avait pas le temps d'être une femme heureuse.

Et maître Pol voyageait beaucoup.

Aujourd'hui, justement, maître Pol était absent depuis une semaine.

Éliane écarta les cheveux bouclés qui se mêlaient sur le front de son fils.

« Tu ne garderas pas ce nom de Renaud ! murmura-t-elle. Je ne veux pas ! C'est le nom de M. Saint-Venant… »

Puis, fronçant le sourcil, elle ajouta :

« S'il arrive malheur dans notre maison, c'est cet homme qui apportera le malheur ! »

Le sommeil de l'enfant souriait à quelque rêve. Nous parlions tout à l'heure de la passion qui manquait ; il y eut de la passion : une ardente passion dans le baiser que la jeune mère donna à son fils.

« Toi, dit-elle, tu seras riche, tu seras grand, tu seras heureux ! »

Elle tira de son sein une lettre qui contenait, il est vrai, quelques lignes seulement, mais qui commençait par « Madame ma bien chère nièce, » et qui finissait par la signature du comte de Pardaillan.

Aux derniers rayons du jour, elle relut attentivement cette lettre.

Le logis de l'intendant Guezevern était situé à une cinquantaine de pas du bâtiment principal, à droite du rond-point véritablement royal où aboutissaient les quatre longues avenues conduisant à la grille.

On entendit au lointain le galop d'un cheval.

Éliane prêta l'oreille et sourit. Une nuance plus rose vint à ses joues.

« Voilà cinq jours qu'il était parti ! murmura-t-elle. Chaque fois qu'il tarde, j'ai peur que sa fantaisie ne l'entraîne à Paris. À Paris il retrouverait cet homme, et cet homme le perdrait !

— Éveille-toi, amour chéri, ajouta-t-elle en prenant son fils dans ses bras. Voici ton père ! »

L'enfant ouvrit ses yeux chargés de sommeil, et dit : « Je dormais donc, mère ? Ma petite sœur était si jolie dans mon rêve, et je l'aimais tant, si tu savais ! »

Éliane rougit. Une parole vint à sa lèvre, mais la voix de maître Pol retentissait déjà sous le vestibule :

« Ma femme ! mon fils ! maître Renaud ! Éliane ! »

Il était jeune et vif comme autrefois. Sa présence ramenait le mouvement et le bruit dans la maison naguère si tranquille. Les gens allèrent et vinrent, l'écurie hennit, le chenil hurla.

L'instant d'après il serrait sa femme et son fils dans ses bras, et Dieu sait qu'il les baisait de bon cœur à ces heures du retour. Maître Pol adorait sa maison ; seulement, le besoin de courir et de voir du nouveau le reprenait le lendemain.

« Que tu es belle, mon Éliane ! disait-il, et comme notre Renaud grandit à vue d'œil ! Ne puis-je donc revenir une seule fois de voyage sans te trouver embellie ! »

Elle lui rendait ses caresses en souriant, et ses yeux humides brillaient.

« Tu ne sais pas, reprit-il tout à coup, en s'asseyant près d'elle, la nuit dernière, j'ai fait un rêve…, et comme ce rêve me rendait heureux ! Je songeais que nous étions tous deux dans ce jardin si cher, le clos Pardaillan, à Paris, entre l'hôtel Mercœur et le couvent des Capucines. Te souviens-tu : c'est là que pour la première fois tu me dis : Je vous aime !

— Si je m'en souviens ! balbutia Éliane dans un baiser.

— Nous allions sous la grande allée de tilleuls, et tu me souriais, comme à présent… et ton regard descendait jusqu'au fond de mon âme. Soudain, tu m'as montré un épais buisson tout chargé de roses, et tu m'as dit tous bas : elle est là !

— Qui, elle ? » demanda la jeune femme, dont le front s'empourpra.

Et, pour entendre la réponse à cette question, elle cacha son visage dans le sein de son mari.

La réponse de maître Pol fut ainsi :

« Elle ! répéta-t-il, mon souhait, mon désir, ma folie, la fille de ma femme, la sœur de mon fils ; ma petite Éliane idolâtrée… et tu ne mentais pas : j'écartai les branches du buisson, et je vis un doux ange rose qui me souriait parmi les fleurs. »

X. À QUOI SERT UN INTENDANT HONNÊTE HOMME.

Quoiqu'il tînt une charge de roture, l'intendant Guezevern portait un costume de gentilhomme : un très-riche costume. Il aimait briller et n'était pas peu fier de sa belle mine.

Par le fait, il en avait sujet : ces cinq années avaient donné à sa mâle prestance le cachet de la perfection, et vous auriez eu de la peine à trouver en la cour du roi Louis XIII, parmi tant d'élégants seigneurs, un cavalier plus accompli.

C'était, en somme, une heureuse femme que notre jolie Éliane, et son ménage pouvait passer pour un des meilleurs qui fût sous le soleil.

Une si charmante teinte de pourpre couvrit son visage et jusqu'à son sein, au récit du rêve de maître Pol, que celui-ci crut un instant à la réalisation de son vœu le plus cher. Il pensa qu'Éliane allait parler et dire :

« Ami, ton rêve était une prophétie. »

Mais il n'en fut rien. Éliane se tut.

Et quand elle parla, enfin, ce fut pour murmurer :

« Nous ferons des neuvaines. »

Maître Pol n'avait donc plus qu'à causer d'autre chose et à faire sauter le petit Renaud sur ses genoux, ce dont il s'acquitta de grand cœur.

« Et n'avons-nous point de nouvelles de messieurs de Vendôme ? demanda-t-il après quelques minutes.

— Si fait, répliqua Éliane tristement, on dit que M. le duc est en liberté.

— Et tu m'annonces cela comme si c'était un malheur ! s'écria Guezevern.

— C'est un malheur, eu effet, reprit Éliane, car il est privé de ses charges et dignités. Son gouvernement de Bretagne est donné à un autre.

— Malepeste ! fit l'intendant, voilà un mauvais coup !

— On dit encore, ajouta Éliane, que M. le grand prieur s'en va mourant au château d'Amboise où M. le cardinal le retient, parce qu'il n'a voulu faire ni soumission ni aveux.

— Des deux frères, grommela maître Pol, M. le grand prieur était l'aîné par la tête et par le cœur ! »

91

Il y eut un long silence, puis maître Pol reprit :

« À Blois d'où je viens, j'ai eu connaissance de messagers expédiés de Paris. À mi-chemin, j'ai rencontré des gens qui avaient vu une estafette venant de Bretagne, et au gué du Loir, un courrier d'Amboise a passé avant moi… Ce coquin de Mitraille n'est-il point de retour ? »

Au moment où Éliane allait répondre négativement, un grand bruit se fit entendre dans la cour du château. En même temps, des sons de trompe éclatèrent dans les avenues dont le sol retentit sous le sabot des chevaux.

« Route de Bretagne et route d'Amboise ! » murmura maître Pol.

Un valet entr'ouvrit la porte et annonça :

« Voici l'écuyer Mitraille qui arrive de Paris ! »

Mitraille était donc écuyer maintenant ; mais quoiqu'il eût ainsi monté en grade, son vrai nom restait toujours : « Ce coquin de Mitraille. »

Mitraille fut introduit aussitôt.

C'était un bon garçon, court, mais bien bâti, dont le harnais n'avait plus de couleur sous la poussière qui le couvrait de la tête aux pieds.

Pendant qu'il remettait un pli scellé aux armes de Bourbon, avec la brisure de Vendôme, entre les mains de l'intendant, deux autres messagers furent introduits successivement, savoir : un courrier de Bretagne qui apportait les comptes et redevances du domaine de Mercœur, et une estafette, habillée de noir, venant du château d'Amboise.

Comme Guezevern était en train d'ouvrir le pli de M. le duc, lequel, suivant ordre exprès, devait lui être remis en mains propres, Éliane reçut les deux autres messages.

Elle était femme d'affaires, elle ouvrit immédiatement les paquets. Pendant que Guezevern épelait péniblement les quelques lignes de la missive ducale, Éliane dépêcha une demi-douzaine de lettres.

Tous deux pourtant, Éliane et Pol, poussèrent en même temps un cri de surprise savoir : Pol, à la troisième ligne de sa seule lettre, Éliane à la fin de sa septième lecture.

Le cri de Pol était joyeux ; celui d'Éliane disait une sincère douleur.

« Mort de mes os ! fit l'intendant, cette fois, il faudra bien que je revoie ma bonne ville de Paris !

— Monsieur Alexandre de Vendôme, dit Éliane grand prieur de France, a rendu son âme au seigneur. »

Guezevern resta bouche béante.

« Mort ! balbutia-t-il, le cadet de Vendôme !

— Mitraille, mon homme, ajouta-t-il, et vous messieurs, passez à l'office où vous serez servis. J'ai besoin de conférer avec Mme de Guezevern sans témoin. »

L'écuyer et les deux courriers se retirèrent aussitôt.

Maître Pol froissait machinalement la lettre qu'il venait de recevoir.

« De quoi est mort M. le grand prieur ? demanda-t-il.

— De maladie, répondit Éliane ; une maladie singulière à laquelle les médecins n'ont rien compris. »

Guezevern dit après un silence :

« Les médecins ne comprennent jamais rien aux maladies de ceux qui combattent M. le cardinal. »

Éliane le regardait d'un air inquiet.

« Pourquoi avez-vous parlé de revoir Paris, Guezevern ? » interrogea-t-elle presque timidement.

Maître Pol lui tendit la lettre qu'il avait eu tant de peine à lire, et qui était ainsi conçue :

« Monsieur de Guezevern.

« M. le grand prieur, mon très-cher frère et moi, nous souhaitons de savoir à quoi sert un intendant honnête homme. En conséquence, nous vous donnons ordre de rassembler immédiatement notre épargne, qui doit dépasser, à notre estime, cent cinquante mille livres tournois, et de nous l'apporter, de votre personne, en notre hôtel de Mercœur, sous trois jours de la présente missive reçue.

« Je prie Dieu qu'il vous tienne en sa garde.

« Par César, duc de Vendôme,

« LOYSSET, prêtre. »

Au-dessous de ces lignes, quelques mots d'une écriture informe trouvaient place et disaient :

« Bonjour, Bas-Breton, Tête-de-Bœuf, j'ai toujours la colique. »

Et au-dessous encore, il y avait une croix, entourée de trois ou quatre pâtés d'encre qui formaient, les pâtés et la croix, le propre parafe de M. de Vendôme.

Éliane fut presque aussi longtemps à lire la lettre que maître Pol lui-même.

Elle réfléchissait en lisant.

« Il n'y a pas à hésiter, dit-elle enfin, il faut partir.

— C'est mon avis, douce amie, répliqua l'intendant.

— C'est votre envie surtout, Pol, mon bien-aimé Pol ! murmura Éliane, et Dieu veuille qu'il ne vous arrive point de mal ! »

L'intendant sourit et prononça dans sa barbe :

« Paris et moi, ma chère, nous nous connaissons de reste ! »

Éliane secoua sa tête charmante.

Et comme son mari l'interrogeait du regard, elle essaya de sourire, mais elle ne put.

« Promettez-moi, lui dit-elle, que vous prendrez vos quartiers chez notre bonne tante et amie, dame Honorée de Pardaillan-Guezevern.

— Un gentilhomme chez une béguine !… » commença, maître Pol.

Mais il se reprit et ajouta :

« Si cela vous plaît, mon cher cœur, je vous promets qu'il en sera selon vos désirs. »

Éliane porta à ses lèvres le sifflet d'or qui pendait à son col. Un valet vint à son appel.

« Que l'écuyer Mitraille se hâte de prendre son repas, ordonna-t-elle, et qu'on prépare six chevaux frais de la grande écurie. Monsieur l'intendant va partir avec une escorte de cinq hommes.

— Cinq hommes ! répéta Guezevern quand le valet fut parti. M'est avis que ce coquin de Mitraille et moi nous sommes bien capables de porter à Paris l'épargne de M. de Vendôme.

— Vous vous trompez, répliqua Éliane. Soixante-quinze mille livres en or font une lourde charge dans chaque valise. Il y aura quatre valises portant cette charge. L'écuyer Mitraille et vous, vous ne porterez rien, sinon vos armes, pour défendre le bien confié à votre chargé.

— Mort de moi ! balbutia maître Pol stupéfait, le calcul et moi nous sommes brouillés depuis longtemps, mais il me semble que quatre fois soixante-quinze mille livres font… font… »

Il s'arrêta cherchant, et Éliane acheva :

« Cent mille écus tournois.

— Cent mille écus tournois, ma femme ! Trois cent mille livres ! Ai-je vraiment amassé une si belle finance en si peu de temps !

— Un peu plus, répliqua la jeune femme, dont le sourire se fit orgueilleux à son insu, et c'est pour répondre à M. de Vendôme qui veut savoir à quoi sert un intendant honnête homme. »

Maître Pol l'enleva dans ses bras.

« Foi de dieu ! s'écria-t-il, dans son enthousiasme, avec un intendant honnête homme, j'entends un intendant tel que moi, qui suis honnête homme jusqu'au bout des ongles, M. le duc aurait risqué grandement d'avoir une dette au lieu d'une épargne ! Je n'osais pas te demander combien j'allais emporter avec moi, et si tu m'avais dit : nous avons un millier ou deux de pistoles, je jure que j'aurais été content, lui aussi. Cent mille écus ! c'est toi qui es l'intendant, mon Éliane, le bon génie, la fée ; et quand je vais arriver devant M. de Vendôme, je veux lui dire : par la mort diable, monseigneur, voici un cadeau de Mme de Guezevern, ma femme, qui bat monnaie aussi bien que le roi ! »

Si vous eussiez dit à maître Pol que son Éliane ne l'avait pas radicalement guéri de l'habitude qu'il avait autrefois de jurer, vous l'eussiez étonné de fond en comble.

Il était bien triste de quitter si tôt sa femme tant aimée, ce bon, ce beau Guezevern ; il était bien triste aussi de la mort de M. le grand prieur, qui était un homme de tête et de cœur ; mais il soupa de grand appétit, parce que l'idée de Paris venait à la traverse de ses mélancolies et mettait en sa pensée un étrange fonds d'allégresse.

Il n'est besoin d'expliquer ce sentiment à ceux qui ont connu Paris et qui vivent ailleurs.

J'entends qui vivent bien, qui vivent mieux qu'à Paris, — et qui pleurent Paris.

Tout en mangeant comme un ogre, maître Pol était distrait.

Éliane le regardait, pensive, et ne mangeait point.

De temps en temps elle se levait pour donner des ordres. Elle était la femme qui songe à tout et qui fait tout.

Maître Pol n'avait qu'à se laisser glisser dans la vie sur le chemin, toujours aplani par elle.

Les trois cent mille livres furent partagées entre les quatre valises, dont Guezevern eut les clefs, puis il reçut des mains de sa femme une bourse bien garnie : « pour ses menus plaisirs à Paris », lui dit-elle avec son délicieux sourire.

On entendit piaffer dans la cour les chevaux de l'escorte.

Ce coquin de Mitraille blasphémait comme un païen, chantant que le vin du Vendômois valait mieux que l'ambroisie.

Quand Éliane donna le dernier baiser à son mari, elle avait des larmes dans les yeux.

« Il faut bien te divertir, Guezevern ! » murmura-t-elle.

Le petit Renaud, la voyant pleurer, fronça le sourcil en regardant son père.

Ce pauvre maître Pol, qui n'était pourtant pas un menteur, balbutia :

« Puis-je être heureux loin de toi, mon âme ? »

Il grillait d'envie d'être à cheval, quoiqu'il n'eût, en vérité, rien de si cher au monde que ces deux êtres qu'il allait quitter.

Paris l'appelait, Paris l'enchantement !

« Écoute, fit Éliane, d'une voix sérieuse et profonde, j'ai deux frayeurs : cet homme et le jeu ! »

Maître Pol se mit à rire en la pressant contre son cœur.

« Promets-moi, continua-t-elle, que tu ne joueras pas et que tu ne te laisseras pas entraîner par cet homme !

— Folle ! dit Guezevern, chère folle ! »

Mais le petit Renaud s'écria, menaçant :

« Fais ce que dit ma mère, méchant ! »

Éliane lui imposa sévèrement silence.

Il n'en continua pas moins :

« Méchant ! ne vois-tu pas qu'elle pleure ! Promets-lui que tu ne joueras pas, et que tu n'iras pas avec l'homme qui lui fait peur ! »

Il ne se doutait guère que cet homme était son parrain.

Parmi un demi-cent de baisers, maître Pol dit :

« Je le promets ! »

Et même il ajouta :

« Je le jure ! »

L'instant d'après, les six chevaux frais partirent au galop, brûlant la route de Paris.

Éliane, restée seule, drapa son fils dans son berceau et revint s'accouder à la fenêtre pour écouter encore le bruit de la course qui allait s'éteignant déjà au lointain.

« Il a promis ! » pensait-elle.

Mais je ne sais pourquoi elle n'était point rassurée.

Elle rentra dans la chambre aux registres qui lui sembla grande et vide.

Elle voulut se remettre au travail ; mais le travail la repoussa.

Elle rêva. Onze heures de nuit sonnèrent au beffroi du château. Il y avait déjà deux heures que son mari était parti.

« Il est loin, se dit-elle, bien loin ! Mon bonheur fuit vers Paris. En reviendra-t-il ? »

Parmi les lettres nombreuses apportées ce soir, et dont plusieurs restaient encore scellées, il y en eut une qui frappa en ce moment son regard.

C'était une large enveloppe de parchemin, fermée, selon l'ancienne mode, à l'aide de fils de soie, disposés en lacs et réunis par un cachet de grande taille.

Elle se rapprocha delà table, parce que de loin elle ne pouvait déchiffrer les armoiries.

Les armoiries étaient celles du vieux comte de Pardaillan.

Nous l'avons dit : Éliane était ambitieuse.

Non point pour elle peut-être. Elle était ambitieuse pour son mari et surtout pour son fils, ce hardi chérubin qui venait de menacer maître Pol, parce que maître Pol faisait pleurer sa mère.

Malgré sa préoccupation actuelle, si éloignée de tout ce qui ne se rapportait point au départ de Guezevern, Éliane rompit avec empressement le cachet qui fermait la dépêche du comte de Pardaillan.

Dès longtemps, elle avait noué avec le riche parent de son mari un commerce de lettres qui était devenu peu à peu fort actif. Le comte de Pardaillan, sans doute par une curiosité de vieillard, avait voulu connaître sa propre histoire à elle, Éliane. Depuis qu'il avait reçu la réponse franche et détaillée de sa nièce, celle-ci croyait voir dans ses lettres un intérêt plus vif et qui allait jusqu'à la tendresse.

Néanmoins, le vieux comte n'avait jamais engagé maître Pol ni Éliane à venir au château de Pardaillan.

Quelque chose semblait le retenir, et malgré la finesse déliée de son esprit, Éliane en était encore à deviner la nature de ce mystère.

C'était de là, elle le savait bien, que, dans un temps très-éloigné, selon toute apparence, la fortune devait venir.

La fortune et l'éclat, car cette fortune comportait un titre de comte.

Et il n'est pas besoin d'apprendre au lecteur qu'à l'époque dont nous parlons, il n'y avait ni comtes ni vicomtes pour rire. La noblesse, en sombrant, a produit cette détestable comédie des titres à la douzaine. Un comte, sous Louis XIII, était forcément un grand seigneur.

Aussitôt que les yeux d'Éliane eurent parcouru les premières lignes du message, elle pâlit et tout son corps se prit à trembler.

Son émotion fut si grande qu'elle fut obligée de se tenir aux meubles, pour atteindre le fauteuil où elle s'assit presque défaillante.

Elle frotta ses paupières éblouies comme une personne qui croit rêver, et recommença la lecture.

Elle était forte véritablement. La seconde lecture, au lieu d'augmenter son trouble, lui rendit toute sa présence d'esprit.

Elle saisit de nouveau son sifflet d'or et appela.

« Qu'on harnache à l'instant même le reste des chevaux frais de la grande écurie ! ordonna-t-elle au valet qui se montra, et que ma chambrière prépare tout ce qu'il faut pour ma toilette de voyage. J'emmène avec moi maître Renaud, mon fils. Dans une demi-heure, que le maître de l'écurie et trois palefreniers de Vendôme soient armés et prêts à nous faire escorte. »

Le valet sortit. Éliane resta un moment immobile, les yeux fixés dans le vide. Aucune parole ne tombait de ses lèvres.

Elle rouvrit la lettre pour la troisième fois.

La lettre disait :

« Madame ma nièce,

« La colère de Dieu a visité ma maison, et j'ai peur d'apprendre par votre réponse qu'il soit arrivé quelque infortune chez vous, car voilà mon jeune neveu, Pol de Guezevern, votre bien aimé-mari, héritier de Pardaillan-Montespan-Guezevern, il semble qu'il y ait une malédiction attachée à cet héritage.

« Il y a un an à peine, nombre d'existences humaines et jeunes étaient entre vous et cette fortune que j'appelle funeste au moment de vous l'abandonner. Sans parler de vos parents les plus proches, les Guezevern du pays de Quimper qui sont morts, j'avais autour de moi trois neveux germains de grande espérance, et une nièce germaine, la fille de mon honorée sœur.

« Je n'ai plus personne. Trois fois dans le cours de cette année, l'ange du trépas a franchi le seuil du château de mes pères, et je reçois aujourd'hui de l'armée de Saintonge la nouvelle d'un dernier, d'un double deuil.

« Messieurs mes neveux germains Antoine et Melchior, fils d'Éléonore-Amélie de Montespan, ont été tués tous deux ensemble dans une escarmouche contre les gens de la religion, devant la Rochelle.

« Je n'ai plus rien, je suis seul, et je sens que l'amère tristesse de cet abandon abrège mes derniers jours en les empoisonnant.

« Je vous prie de faire en sorte, madame ma nièce que, toute affaire cessante, monsieur mon neveu, Pol de Guezevern se dirige immédiatement vers mon château de Pardaillan.

« Les circonstances qui m'ont fait éviter jusqu'à présent une rencontre avec vous, que j'honore et que j'aime, ne sont plus. Vous devrez, s'il vous plaît, accompagner votre mari.

« Je regarde comme un suprême devoir de laisser en dignes mains l'héritage de mes aïeux, héritage fort envié, et qui est plus considérable encore qu'on ne le croit généralement. Pour ce faire, j'ai besoin de mon neveu Gruezevern, car il y a d'autres droits que les siens et ces droits sont aux mains de gens puissants.

« J'ai d'autres raisons encore, d'un ordre fort différent et qu'il serait dangereux de confier au papier. Ces raisons vous regardent.

« Pour donner force et valeur à mes dispositions, l'acceptation et par conséquent le seing de mon neveu Guezevarn sont indispensables.

« Si donc, par impossible ou par malheur, pour cause de maladie grave ou autre, mon neveu Guezevern se trouvait empêché de venir, je vous prie, madame ma chère nièce, dans votre intérêt comme dans le sien, de m'apporter les pouvoirs de votre mari, et, par provision, plusieurs signatures en blanc, afin que nous puissions passer des actes entre-vifs, toujours plus solides que les établissements testamentaires.

« Le temps presse. Cette lettre que je n'aurais pu écrire est de la main de mon chapelain. Priez pour moi, venez vite, et que Dieu vous ait, madame ma nièce, en sa sainte et digne garde. »

Ces lignes étaient suivies d'un post-scriptum tremblé et presque illisible qui disait :

« Ma bien chère enfant, hâtez-vous. J'ai peur de mourir avant de vous avoir révélé mon secret qui est le vôtre. »

Ceci était de l'écriture d'Antoine-François, comte de Pardaillan.

Au-dessous, quelques mots étaient tracés.

« Ne perdez pas une minute, madame, au nom du ciel ! »

Ces mots appartenaient à la même main que le corps de la lettre.

Tout le monde aimait Éliane, et le chapelain du vieux comte l'avait prise en affection.

Peut-être que si ces mots n'eussent point existé, Éliane aurait envoyé un coureur sur les traces de son mari, malgré la rigueur du devoir qu'il était en train d'accomplir.

Mais quelque chose lui disait que ces mots étaient l'expression absolue de la vérité : il n'y avait pas une minute à perdre.

Elle réfléchit pourtant ; elle hésita.

Quand le valet revint lui annoncer que tout était prêt pour le départ, elle lui commanda rudement de se retirer.

Et elle resta, immobile comme une statue, plongée qu'elle était dans sa méditation.

Les douze coups de minuit, en sonnant, l'éveillèrent.

Elle se leva, pâle, mais résolue.

Elle ouvrit un compartiment secret du bureau principal, et y prit plusieurs feuilles de parchemin qu'elle timbra aux armes de Guezevern et au sceau de Vendôme.

Puis elle s'assit devant son bureau et sa plume ferme courut sur le premier parchemin, écrivant une procuration en forme, quelle signa du nom de son mari.

« Je fais ici, dit-elle, répondant peut-être à un reproche de sa conscience, mon œuvre de tous les jours. Tous les jours j'écris, tous les jours je signe pour mon mari, qui le veut ainsi. L'écriture qu'il a, c'est moi qui la lui ai donnée. Nous ne faisons qu'un, ou plutôt, c'est moi qui suis sa main droite et sa volonté.

« En outre, ajouta-t-elle, s'il était là, près de moi, j'en suis certaine, et c'est à Dieu même que je le dis, s'il était là, près de moi, les choses seraient comme elles sont exactement, rigoureusement : j'écrirais et je signerais. »

Par le fait, il n'en était jamais autrement depuis des années.

Et pourtant le cœur d'Éliane battait.

« Mon fils ! mon fils ! murmura-t-elle. S'il y a un châtiment à craindre, qu'il soit pour moi seule, et non pour toi ! »

Quand elle eut rempli le premier parchemin, elle signa les deux autres en blanc et fit du tout un paquet.

Puis elle quitta le bureau ; mais, comme elle se levait, une sorte de vertige la prit. Elle porta ses deux mains à son sein.

Ce n'était pas de l'angoisse qu'on aurait pu lire en ce moment sur la pâleur de son charmant visage.

Et le malaise éprouvé par elle n'était point le résultat de ce qu'elle venait d'oser.

Quatre ans auparavant, quelques mois après son mariage, elle avait éprouvé la même souffrance à laquelle la naissance de maître Renaud avait mis un terme.

Non, non, ce n'était pas de l'angoisse, c'était une mystérieuse et douce joie.

« Je n'ai rien dit à Guezevern, pensa-t-elle tout haut, tandis que ses paupières se mouillaient. Avant de parler, je voulais être sûre… bien sûre ! son désir est si grand ! et l'espoir trompé est une peine si amère ! »

Elle se dirigea vers la porte de sortie. En passant devant le prie-Dieu, elle fléchit le genou et murmura avec un élan de ferveur passionnée :

« Sainte Vierge, donnez une sœur à mon fils ! Sainte Vierge, faites que mes deux enfants bien-aimés soient heureux ! »

Elle franchit le seuil et peu d'instants après, vêtue en amazone, elle galopait à la tête de son escorte, sur la route du château de Pardaillan.

XI. RENAUD DE SAINT-VENANT.

Maître Pol fit un excellent voyage de Vendôme à Paris ; aucun brigand ne vint lui disputer l'épargne de César-Monsieur, enfermée dans les quatre valises de ses valets.

Il chevauchait auprès de ce coquin de Mitraille, esprit simple, mais grand estomac, qui ouvrait périodiquement l'avis d'enfoncer la porte des auberges éparses sur la route afin de se tenir l'âme en joie.

Ainsi fut-il fait tant que dura la nuit. Quand vint le jour, les auberges s'ouvrirent d'elles-mêmes, et ce coquin de Mitraille doubla naturellement ses stations.

Il était bon compagnon ; il savait assez bien les cancans de la cour et quantité de chansons à boire.

Pendant la première partie du chemin, Guezevern ne voulut parler que de sa femme et de son fils. Sa femme était la plus belle et la meilleure qui fût ici-bas ; l'univers entier ne contenait point un garçonnet comparable à son fils : il les aimait, il les adorait.

Sur ce sujet, comme sur tous autres, ce coquin de Mitraille lui donnait volontiers la réplique, disant de temps en temps :

« L'enfant est joli, la dame est fraîche et son vin est galant, ou que je sois damné, monsieur de Guezevern ! »

À la longue, cette déclaration judicieuse, mais monotone, jeta un peu de froid sur l'enthousiasme de maître Pol.

Une heure après le lever du soleil, quand la cavalcade eut dépassé Châteaudun, et qu'on fut à l'ombre des peupliers, sur les bords du Loir, étroit et clair comme un ruisseau, maître Pol demanda tout à coup :

« Holà ! coquin de Mitraille, Paris a-t-il toujours le diable au corps ?

— Oui bien maître, repartit l'écuyer. C'est éternel comme la colique de M. le duc, notre seigneur.

— Y fait-on encore l'amour ?

— Du matin jusqu'au soir, du soir jusqu'au matin !

— Y joue-t-on ?

— Un jeu d'enfer !

— Et le surplus ?

— À l'avenant, mon maître. L'argent est rare. Le roi demande à M. le cardinal la permission de dormir avec sa femme ; il force ses favoris à faire ronfler des toupies d'Allemagne : c'est un grand prince, assurément. M. le duc de Buckingham déclare la guerre à la France, pour venir souhaiter le bonjour à madame la reine, qui passe sa vie à écrire des petits billets en langue espagnole. Madame la reine mère se mord les doigts jusqu'au coude par la contrition qu'elle a d'avoir inventé le cardinal ; le cardinal la moleste du mieux qu'il peut, sans doute par reconnaissance.

« De temps en temps, on coupe le cou d'un grand seigneur pour n'en pas perdre l'habitude. Le peuple n'y voit point de mal ; la province crie, Paris chante, et la famille de Richelieu arrondit sa pelote.

— Et M. de Vendôme ? interrogea Guezevern.

— M. de Vendôme met son ventre sur une chaise et dit que le diable rouge l'empoisonne sept fois par semaine depuis tantôt neuf ans. Il regrette son gouvernement de Bretagne, il se fourre dans toutes les conspirations ; Mme de Chevreuse l'a mené par le bout du nez, puis ce fut Baradas, puis le petit chevalier de Lorraine qui court les ruelles, déguisé en fillette. Ceux qui ont tué M. le grand prieur laissent vivre M. le duc, et ils savent bien ce qu'ils font. »

Tels furent, à peu près, les seuls renseignements politiques que ce coquin de Mitraille sut donner à Guezevern.

Ils arrivèrent à Paris le matin du second jour et poussèrent droit à l'hôtel de Mercœur.

En bon mari qu'il était, maître Pol voulut obéir à sa femme et prendre ses quartiers dans le logis de dame Honorée de Pardaillan-Guezevern, maîtresse de la porte du couvent des Capucines.

Mais il se trouva, et vous verrez que ce fut un grand malheur, que dame Honorée faisait justement une retraite de neuvaine à l'intérieur du monastère, où elle s'était momentanément cloîtrée.

Maître Pol trouva chez elle visage de bois, et fut contraint de chercher ailleurs un abri.

Avant de courir les hôtelleries, il voulut se débarrasser du précieux dépôt qu'il apportait de si loin. Ici encore, il fut déçu. La veille au soir, M. de Vendôme avait disparu, sur le bruit vrai ou faux que Son Éminence voulait de nouveau s'assurer de sa personne.

Son Éminence était un glorieux génie qui empêchait les trois quarts du royaume de dormir.

À l'hôtel de Mercœur, depuis qu'on lui avait assigné le château de Vendôme pour résidence, Guezevern n'avait plus d'appartement privé. Il allait se retirer, fort embarrassé de ses trois cent mille livres que Mitraille et les valets portaient à force de bras, lorsqu'il fit rencontre, dans le corridor qui communiquait avec les quartiers de Mme la duchesse, de son bon ami et compère l'écuyer Renaud de Saint-Venant.

Voilà une agréable figure, ce Renaud de Saint-Venant, et que nous avons plaisir à remettre sous les yeux du lecteur. Il avait un peu épaissi depuis le temps, et ses joues dodues tombaient sur sa fraise ; mais à part cela, c'était bien toujours la même poupée de cire, rose, fraîche, fleurie. On ne disait point qu'il eût beaucoup de succès auprès des dames ; mais ce sexe pervers n'aime que la barbe rude et le hâle tanné.

La barbe de Saint-Venant était de soie, ses cheveux miroitaient, son regard scintillait, son sourire luisait ; il avait un teint si lisse et si blanc que vous eussiez dit de la crème glacée.

Ni trop grand ni trop petit, un embonpoint raisonnable, des ongles nets, des dents éclatantes, une voix doucette et toujours pleine de paroles agréables !

Les hommes étaient un peu comme les dames : ils ne l'aimaient point. Pourquoi ?

Il était trop joli, trop satiné, trop suave : les deux sexes étaient jaloux de lui.

Il se jeta tout d'un temps entre les bras de maître Pol et faillit l'étouffer dans la chaleur de ses embrassements.

« Ah ! mon ami ! ah ! mon cher ami ! mon véritable, mon seul ami ! Le ciel me réservait donc cette joie de vous voir encore à l'hôtel de Mercœur ! Comment se porte cet ange qui a uni son sort au vôtre ? Et mon filleul qui est ma plus tendre affection ici-bas ? et vous ? et ?…

— Mort de moi, Renaud, mon compagnon, l'interrompit Guezevern, nous nous portons tous assez bien, grâce à Dieu, et je suis content de vous voir quoique… »

Il s'arrêta, songeant aux recommandations de son Éliane.

« Quoique ?… répéta la douce voix de Renaud.

— Le diable me confonde, pensa maître Pol, si je sais pourquoi Éliane, qui est si douce et si charitable, a pris en grippe ce pauvre garçon-là ! »

Pendant qu'il songeait ainsi, ce coquin de Mitraille glissa par derrière, à son oreille :

« Prenez garde ! Il n'a pas meilleure renommée qu'autrefois. Le mieux serait de passer notre chemin. »

Renaud, cependant, poursuivait :

« Comme cela se trouve ! j'allais justement partir pour le château de Vendôme, afin de vous communiquer certains renseignements qui vous seront utiles pour votre gouverne. Il y a ici un M. de Montespan qui est sur la même ligne que vous pour l'héritage du comte de Pardaillan. Il l'affirme du moins, et prétend qu'il saura bien vous primer au bon moment, par les intelligences qu'il entretient auprès du bonhomme.

— Mon compagnon, répliqua Guezevern, il y a tant de bons vivants entre nous et l'héritage de M. le comte, que nous avons tout le temps de réfléchir ! Je ne viens que le cinquième.

— Monsieur mon ami, dit Saint-Venant en lui serrant les mains de nouveau, vous le prendrez comme vous voudrez ; mais j'ai cru devoir vous prévenir, par la grande affection que j'ai pour vous.

— Et je vous dis merci, de tout cœur, Saint-Venant ! s'écria maître Pol. Vous valez mieux que votre renommée.

— Non pas, tête-bleu ! pensa ce coquin de Mitraille. Sa renommée, si méchante qu'elle soit, vaut encore mieux que lui ! Et je parie qu'il médite quelque mauvais tour contre M. l'intendant, qui ne voit jamais plus loin que le bout de son nez, quand sa femme n'est pas là. Nous veillerons. »

Mitraille avait bonne intention, mais il aimait terriblement le vin épicé.

« Je vous prie, Saint-Venant, mon ami, poursuivit Guezevern, sauriez-vous me dire où M. le duc s'en est allé hier au soir ? »

L'écuyer de Mme la duchesse prit un air mystérieux.

« Il y a anguille sous roche, répondit-il en jetant du côté de Mitraille un regard significatif ; dites-moi dans quelle partie de l'hotel vous allez choisir votre logis, mon digne ami, et j'irai chez vous vider mon sac aux confidences.

— Sur ma foi ! s'écria Guezevern avec quelque mauvaise humeur, il paraît qu'aucune partie de l'hôtel de Mercœur n'est bonne pour l'intendant de la maison, car me voici, moi et mes porteurs, en quête d'une auberge… »

Saint-Venant ne le laissa point poursuivre. Il leva ses deux bras vers le ciel en homme profondément scandalisé.

« Une auberge ! répéta-t-il. Pol de Guezevern à l'auberge ! à l'auberge l'intendant de César-Monsieur ! Par la messe ! vous n'y songez pas, mon digne ami ! En attendant qu'on vous prépare un quartier convenable, je vous offre de grand cœur mon pauvre logis.

— N'acceptez pas ! conseilla Mitraille par derrière.

— C'est que… dit Guezevern avec embarras, je suis chargé de finances. J'apporte avec moi l'épargne de M. le duc.

— Ouais ! fit Renaud, qui se mit franchement à rire. Ce sont donc de belles et bonnes pistoles qui courbent les épaules de ces honnêtes garçons ? Je vous fais mon compliment, maître Pol ! L'épargne de M. le duc a l'air d'être dodue ! Eh bien ! eh bien ! on peut arranger la chose ; le fait certain, c'est que nous ne pouvons ainsi causer dans le corridor. Venez chez moi, mon digne compagnon, ou plutôt chez vous, car je ne vous offre plus de partager. Je suis toujours « ce singe de Saint-Venant, » prudent comme un renard, et je ne me soucie guère de prendre une part de votre responsabilité. L'argent me fait peur, croyez-vous cela ? l'argent qui n'est pas à moi, et je ne dormirais pas si je couchais près de vos cent mille, deux cent mille…

— Trois cent mille livres, déclara Guezevern.

— De vos trois cent mille livres, acheva Saint-Venant, pendant que Mitraille grommelait à part lui :

— Maître Pol peut bien être un intendant honnête homme, mais il n'a pas inventé la poudre !

— Or donc, reprit Saint-Tenant, qui passa son bras sous celui de Guezevern, suivez-moi, mes garçons. Il y a chez moi une belle armoire dont je donnerai les clefs à mon digne ami, ainsi que celle de la porte, et comme cela, il sera chez lui aussi bien que le roi au Louvre. Quant à moi, n'ayez point souci : je suis toujours le même bon vivant, aimé de chacun à la cour. « Avenant com nie Saint-Venant ! » disait ce pauvre M. de Baradas, au temps de sa fortune. On disait de lui, vous savez : « Barrabas et Baradas,» quoique, certes, il ne fût point un larron. Pour conclure, je coucherai chez un de mes amis, et je n'aurai, Dieu merci, que l'embarras du choix. »

Il prit les devants et gagna la partie de l'hôtel où était son logis. Maître Pol et son escorte le suivirent. Ce coquin de Mitraille essaya bien de couler quelques objections à l'oreille de maître Pol, mais celui-ci refusa de l'entendre.

Il se disait :

« Pans entier ne contient pas un plus agréable compagnon que mon ami Renaud. Pourquoi diable mon Éliane l'a-t-elle pris en grippe ? Pourquoi ? »

Est-ce qu'on peut jamais savoir avec les dames ?

Quant à ce coquin de Mitraille, son avis ne comptait même pas.

Le logis de M. de Saint-Venant était propre et fort bien accommodé ; toutes choses y étaient rangées en un ordre parfait, et si l'on pouvait comparer l'un à l'autre une maison et un écuyer, nous dirions que la maison de M. de Saint-Venant lui ressemblait trait pour trait.

Il mit une grâce enchanteresse à installer Guezevern et à le faire, dans toute la force du terme, maître du logis. Les quatre valises furent vidées dans la grande armoire dont Guezevern reçut la clef. On congédia les porteurs, et Mitraille reçut permission de s'aller promener, à la condition de rentrer à la nuit pour veiller sur l'épargne de M. le duc.

Quand nos deux compagnons furent seuls, Renaud de Saint-Venant embrassa encore maître Pol sur les deux joues en répétant de tout son cœur :

« Que je suis aise et ravi de vous voir ! Maintenant qu'il n'y a plus d'oreilles indiscrètes autour de nous, je puis bien vous dire, mon cher camarade, qu'il se prépare de grands événements… et, en passant, croyez-moi, défiez-vous de ce coquin de Mitraille, qui me paraît être un espion de M. le cardinal. Ceci n'est pas pour nuire au pauvre garçon, mais bien pour vous servir. Guezevern, mon ami, si les honnêtes gens ne se rallient pas en un ferme faisceau, la cour sera bientôt noyée dans le sang et dans les larmes. Cet homme aime le sang : c'est un bourreau, et le roi a de lui une si étrange terreur qu'il lui accordera, l'une après l'autre, toutes les têtes de sa noblesse. En apprenant la mort de son frère, M. de Vendôme a mis un terme à ses hésitations. Il est entré dans la grande faction dite des Honnêtes Gens, où sont les deux reines, le roi d'Espagne, le duc de Savoie, le pape, le jeune Gaston d'Orléans, M. le prince, M. le duc d'Enghien, M. le comte de Soissons, tous les ducs et pairs, tout le Parlement, toute la France.

— Mort de mes os ! gronda Guezevern, c'est trop contre une seule calotte rouge !

— C'est à peine assez, répliqua Saint-Venant, parce que derrière la calotte rouge il y a la couronne de France. Il faut vous avouer que, pour le moment, M. le duc m'honore de quelque confiance. Comme mes goûts et mes études me portent vers la robe, M. le duc a fait dessein de m'acheter une charge de maître des requêtes, pensant que je pourrais utilement le servir dans le Parlement. Il m'a fait l'honneur de me consulter au milieu de ces circonstances difficiles, et c'est moi qui lui ai donné ce double avis ; Rassemblez votre épargne et tenez-vous à couvert.

— Peste ! ami Renaud ! murmura maître Pol, vous me paraissez être un fin politique, maintenant ! Assez, fit Saint-Venant d'un air modeste ; je ne dédaigne pas l'épée, mais vous verrez ce que je ferai de ma plume ! M. le duc a suivi mes deux conseils, et vive Dieu ! mon camarade, il ne comptait point sur une si belle finance ! Vous méritez le titre d'intendant honnête homme qui restera attaché à votre nom dans les âges futurs. M. le duc m'a chargé de vous dire que, ne pouvant vous attendre, dans le besoin qu'il a de cacher sa retraite, il vous ferait savoir où le trouver, peut-être demain, peut-être dans une semaine. Et n'est-ce point grande pitié, répondez, que de voir le fils aîné du Béarnais réduit à céler son abri comme s'il était un malfaiteur, poursuivi par les archers ?

— Mort de moi ! fit maître Pol qui serra les poings, c'est indigne, tout uniment !

— Patience ! les temps changeront. En attendant, vous voyez que vous ne me devez point de reconnaissance pour mon hospitalité. J'exécute les ordres de M. le duc. Dormez donc quelques heures en paix, car je vois vos yeux chargés de sommeil.

— J'ai passé trois nuits, mon camarade.

— Dormez. Ce soir je viendrai vous éveiller et nous irons courir un peu les bonnes rues... vous savez ? »

Les yeux de maître Pol brillèrent. Point n'était besoin de gratter bien fort M. l'intendant pour retrouver le page.

« Y a-t-il beaucoup de nouveau ? demanda-t-il.

— Tout est nouveau, répondit Saint-Venant. Je parie que vous ne connaissez pas Marion la Perchepré, qui tient brelan, buvette et Cythère au cul-de-sac de Saint-Avoye ?

— Non, par mon patron ! s'écria maître Pol.

— Nous irons donc voir Marion la Perchepré, mon compère, et vous retrouverez là nos meilleurs compagnons d'autrefois.

— Ah ça ! ah ça ! murmura Guezevern, dans la naïveté de son ravissement, pourquoi diable Mme Éliane ne peut-elle point souffrir un joyeux ami tel que vous ? »

Renaud le regarda en face, ce qui n'était point sa coutume.

Puis il baissa les yeux en poussant un grand soupir.

« Mme de Guezevern est la femme de mon meilleur ami, prononça-t-il à voix basse. Je ne puis que l'honorer et la respecter. Dormez en paix, maître Pol, et au revoir. »

Il tira sa révérence et sortit brusquement.

Guezevern resta tout pensif.

« Mort de moi ! grommela-t-il enfin, voilà qui est extraordinaire. Je jurerais que Renaud, mon camarade, en pense plus long qu'il n'en a dit. Il sait peut-être pourquoi mon Éliane le déteste... et, foi de Dieu ! je le lui demanderai. »

Il eût réfléchi probablement plus longtemps, car la matière était intéressante, si le sommeil ne fût venu à la traverse. Il se jeta tout habillé sur le lit, et bientôt ses yeux se fermèrent, tandis qu'un rêve heureux inclinait au-dessus de son front le rayonnant sourire de sa chère Éliane.

XII. L'AUTRE HÉRITIER.

Renaud de Saint-Venant, par extraordinaire, n'avait point menti en disant qu'il avait un autre logis tout prêt. En quittant maître Pol, il se rendit dans le quartier du bord de l'eau, rue de l'Arche-Marion, où il frappa à la porte d'une maison de méchante mine, située en deçà de l'arche et percée de deux fenêtres seulement.

Au second étage de cette maison il trouva, dans un galetas mal meublé et fort sale, un homme entre deux âges qui avait, en vérité, tournure de gentilhomme et dont les habits contrastaient avec le délabrement de sa demeure.

Ce personnage, outre qu'il jouera un certain rôle dans notre récit, mérite d'être présenté au lecteur à cause du hasard qui le fit, par ricochet, oncle extralégal de Louis XIV. Il avait nom Jean-Antoine, baron de Gondrin-Montespan. Son vrai neveu, M. le marquis de Montespan, épousa, en effet, Françoise-Athénaïs de la Rochechouart-Mortemart, la fameuse et féconde favorite qui encombra de bâtards les marches du trône de France.

Nous devons dire que cette fâcheuse célébrité, remontant jusqu'à M. le baron de Gondrin, n'aurait pu gêner sa réputation. Il continuait, à l'automne de sa vie les errements d'un printemps orageux, et quoiqu'il fût très-chatouilleux sur ces matières bizarres et mal définies qu'on appelait, en ce temps-là le « point d'honneur », le diable n'y perdait rien.

Peut-être n'eût-il point fait comme le marquis, son neveu, qui mourut inconsolable de la tache imprimée à son écusson, quoique cette tache, comme on disait alors, eût été produite par un baiser du soleil.

M. le baron de Gondrin avait été un hardi soldat, et les plus fines lames de la cour redoutaient son épée. Il avait dissipé galamment une fort belle fortune, et vivait maintenant Dieu sait comme, tantôt riche d'une soirée de gain, tantôt courant après une pistole et toujours traqué par une nuée de créanciers.

Aujourd'hui, la veine l'avait fait opulent pour quelques jours, pour quelques heures peut-être. La table boiteuse qui meublait son taudis supportait toute une rangée de pièces d'or.

Saint-Venant le trouva l'épée à la main devant son trésor.

« Bonjour, mon bon, dit le baron en le voyant et avec un fort accent méridional, quand on gratte à ma porte, je prends les armes comme un honnête berger qui, toujours, a frayeur du loup. J'avais cru reconnaître le pas d'un ennemi.

— D'un créancier ? rectifia Saint-Venant qui se jeta sur une chaise, essoufflé de sa course.

— C'est tout un ; quelles nouvelles ?

— Grandes nouvelles ! répliqua l'écuyer de Mme de Vendôme. Notre homme est à Paris.

— Quel homme ?

— Votre compétiteur pour la succession de M. le comte de Pardaillan.

— Le neveu de mon oncle ! s'écria Gondrin, le Bas-Breton, l'avaleur de cidre, le mangeur de galettes, vivadioux ! c'est l'occasion ou jamais que nous fassions connaissance, l'épée à la main, tous les deux. »

Renaud eut un mouvement d'épaules plein de dédain et ne répondit pas.

« Où peut-on le trouver ? demanda Gondrin. Le temps de le conduire au bord de l'eau, au pré des Célestins, et son affaire est faite.

— L'épée est un mauvais moyen, dit Saint-Venant.

— Pour toi, peut-être, mon mignon, mais pour moi… C'est une rude lame ! prononça Saint-Venant avec emphase, une très-rude lame que M. l'intendant Guezevern !

— Tant mieux, sarpajoux, nous rirons !

— Si vous le meniez derrière les Célestins, monsieur le baron, je ne donnerais pas un écu de votre peau.

— Alors, je veux voir cela ! s'écria Gondrin dont les yeux brillèrent pour tout de bon. Tu me mets l'eau à la bouche !

— Moi, dit Renaud, je ne veux pas. »

Comme le baron l'interrogeait du regard, Renaud ajouta :

« J'ai d'autres idées.

— Petiot, demanda le baron, es-tu le maître à présent ?

— Mon compère, répliqua l'écuyer de la duchesse de Vendôme, je veux acheter ma charge de maître des requêtes. Le temps va venir où il fera bon au Parlement. Les hommes comme le cardinal raccourcissent les épées et donnent de l'ampleur à la toge. Si vous avez cru que je travaillais uniquement pour vos beaux yeux, vous avez compté sans votre hôte.

— Il me semble, que je te paye, mon fioux !

— Pas souvent ; et si vous avez pensé que je sue sang et eau pour les quelques pistoles qu'on peut tirer de Votre Seigneurie, de loin en loin, quand vous êtes à flot, vous avez fait une grosse erreur. »

Gondrin était debout devant lui et le regardait en face.

« Est-ce que tu serais un homme, après tout, Cadet Renaud ? murmura-t-il. Voilà qui m'étonnerait ! »

Saint-Venant eut un sourire équivoque.

« Vous êtes à flot aujourd'hui, dit-il, et, entre parenthèse, je me trouve avoir besoin d'une vingtaine de louis. »

Gondrin prit une poignée d'or sur la table et la lui tendit sans compter.

Saint-Venant remercia froidement. Gondrin poursuivit :

« Pour qui travailles-tu, Cadet Renaud, mon ami ?

— Pour moi, » répliqua le futur maître des requêtes en mettant l'argent dans sa poche.

Gondrin salua.

« Je déteste M. de Guezevern pour mon propre compte, dit Saint-Venant, le plus tranquillement du monde.

— Ah ! diable ! Et peut-on savoir pourquoi ?

— Le pourquoi est double, triple, quadruple. Il m'a battu quand nous étions enfants tous deux ; il a eu de la barbe avant moi qui suis son aîné…

— Diable ! diable ! répéta le baron, c'est grave !

— Il est brave, il est fort, il est beau ! Il court risque d'être riche et d'avoir le titre de comte… et il m'a pris une femme que j'aimais.

— Démonios ! Et l'aimes-tu encore, neveu, cette femme-là ?

— Peut-être. »

Il y eut un silence ; ce fut Renaud de Saint-Venant qui le rompit le premier.

« Monsieur le baron, prononça-t-il à voix basse, vous n'avez pas fait assez d'attention à mes paroles. J'ai dit : il est à Paris.

— J'ai bien entendu, mon fioux ; après ?

— S'il est à Paris, il ne peut pas être au château de Pardaillan.

— Cela me paraît probable.

— S'il n'est pas au château de Pardaillan, il ne pourra écrire ni signer les acceptations ou contrats à l'aide desquels on comptait vous déshériter bel et bien.

— C'est juste, fit Gondrin qui suivait cette argumentation avec un évident intérêt. Sais-tu que tu vaux ton pesant d'or, mon fioux ?

— Oui, répliqua Renaud, je le sais… et vous avez mis du temps à vous en apercevoir, mon compère. Par moi, par moi seul vous avez appris les intelligences que la jeune dame de Guezevern s'était ménagées près de votre oncle. Celle-là est une fée, et si maître Pol est sauvé, ce sera par elle. Voilà longtemps qu'elle m'a deviné. Heureusement, que je suis le parrain de son fils et que son Breton de mari a précisément les yeux qu'il faut pour prendre les vessies pour des lanternes. Mais c'est égal, si nous n'avions pas eu là-bas, à Pardaillan, dans le pays de Rouergue, ce clerc de tabellion, qui m'avertit chaque semaine… »

Tout en écoutant désormais, M. le baron de Gondrin se mit à ramasser ses pistoles qu'il déposa dans un tiroir. L'entretien lui semblait prendre une tournure menaçante pour sa bourse.

Saint-Venant continua :

« Monsieur le baron, voici ce que j'ai fait pour vous depuis quatre jours : Mardi, j'ai reçu une lettre d'avis du clerc du tabellion qui m'annonçait la mort de vos deux cousins à l'armée de Saintonge, et la maladie de M. le comte de Pardaillan : *item* le dessein qu'il a de donner tout son bien à mon ami Guezevern et le message envoyé par lui au château de Vendôme pour appeler ledit Guezevern en toute hâte… »

Ici, M. de Gondrin referma son trésor, et Saint-Venant intercala dans son dire cette courte digression :

« Vous avez tort de craindre pour vos pistoles, mon maître. J'ai besoin que vous soyez en fonds aujourd'hui. »

Après quoi il poursuivit :

« Voyant cela, je me suis rendu chez M. de Vendôme qui ne voulut point d'abord m'écouter, parce qu'il se passait une chose monstrueuse en sa maison : ses deux fils, M. le duc de Mercœur et M. le duc de Beaufort avaient gagné sa colique. « Les diableries de cet homme rouge, disait le malheureux prince, poursuivront ma famille jusqu'à la douzième génération ! »

Et, de fait, si c'est un expédient de M. le cardinal, cette colique des Vendôme, je déclare le moyen doux, humain et spirituel. Il n'y a point de conspiration qui puisse résister à la colique. « Monseigneur, lui ai-je dit de but en blanc, M. le cardinal est en train de vous guérir radicalement.

« Il a dressé l'oreille, car le nom seul du cardinal lui donne la chair de poule.

« Ventre-saint-gris ! s'est-il écrié, le misérable voudrait-il me couper le cou, comme il a fait à M. de Bouteville ! »

« Il essayait de rire, mais j'ai répliqué :

« Monseigneur, il n'y a pas si loin que vous croyez, du cou d'un Montmorency à la nuque d'un prince du sang. »

« Et j'ai embrouillé quelques aunes de politique de façon à lui mettre du noir plein l'âme.

« Il m'a demandé :

— Comment sortir de là, Saint-Venant, mon ami ?

— Monseigneur, il faut combattre.

— Avec quoi combattre ?

— Avec le propre nerf de la guerre. Vous avez un intendant honnête homme.

— Ah ! je crois bien !

— Cet intendant honnête homme a dû vous constituer une épargne ?

— Je ne sais pas, Saint-Venant, mon ami.

— Moi, j'en suis sûr. Faites-lui écrire une belle lettre par dom

Loysset, votre chapelain, et ajoutez-y un mot on deux de votre propre griffe. Vous verrez arriver mon ami Guezevern comme une flèche.

— Ventre-saint-gris ! tu as raison ! Je ne serai pas fâché de voir un peu mon épargne… et aussi Tête-de-Bœuf, qui était un joli garçon autrefois. »

« Aussitôt dit, aussitôt fait. Don Loysset a écrit la missive. Pensez-vous que ce soit bien joué, monsieur le baron ?

— Mais, oui, répondit Gondrin. Après ?

— Après, la lettre est partie à franc étrier dans le sac de ce coquin de Mitraille. Quand la lettre a été partie, je me suis dit : Si maître Pol trouve M. le duc en arrivant, il lui remettra tout uniment son épargne et pourra s'envoler vers le château de Pardaillan, où il sera temps encore pour lui de faire ses affaires.

— Cadet Renaud ! l'interrompit ici le baron de Gondrin-Montespan, tu es décidément un garçon de grand sens. Vivadioux, tu feras un gentil conseiller sur tes vieux jours.

— Il fallait donc, continua Saint-Venant, que M. le duc de Vendôme fût absent lors de l'arrivée de maître Pol.

— C'est clair comme la lumière !

— Le lendemain, je suis retourné chez le duc. La colique avait gagné. Deux ou trois petits bâtards qu'il a semés dans sa maison, pour ne pas perdre la bonne habitude du roi son père, criaient comme des aigles… et ne remarquez-vous pas que le juron de toute cette famille-là est : *Ventre-saint-gris ?* Le ventre est leur fatalité. J'ai dit, tout en entrant : « Si monseigneur ne se soustrait sur l'heure à une traîtresse et maligne influence, le trépas va moissonner en quelques jours tout ce qui tient au sang de Vendôme.

— Sommes-nous donc vraiment empoisonnés, Saint-Venant, mon ami ? s'est écrié le pauvre prince.

— Mieux que cela, monseigneur.

— Mieux qu'empoisonnés ! Saint-Venant ?

— Vous êtes envoûtés, ou que Dieu soit pour moi sans miséricorde ! J'ai les renseignements les plus précis. Un physicien, soudoyé par celui que vous savez…

— Cet endiablé cardinal.

— Chut ! Un physicien, un magicien, un nécromancien de la pire espèce a fabriqué des figurines de cire à votre ressemblance, et puis…

— Saint-Venant, mon ami, tu me fais trembler… et puis ?

— Et puis il lésa couchées sur le dos avec des entonnoirs dans la bouche, et tout le long, tout le long du jour…

— Il leur pique le cœur avec des épingles rougies, n'est-ce pas ?

— Non point du tout, monseigneur. Tout le long, tout le long du jour, il leur fait prendre médecine. »

Depuis quelques minutes le baron se tenait les cotes. À cette chute il éclata en un retentissant éclat de rire.

Saint-Venant gardait son grand sérieux.

« Vivadioux ! s'écria Gondrin, tu es un hardi petit coquin, cadet Renaud, mon neveu ! M. de Vendôme a dû te dire que tu perdais le respect.

— M. de Vendôme, repartit Saint-Venant, est devenu pâle comme un mort, et a grommelé : « Ventre-saint-gris ! ventre-saint-gris ! je me doutais bien de quelque chose comme cela ! Ah ! le méchant homme que ce cardinal ! Et voilà dix ans que le jeu dure ! J'irai chez un physicien, moi aussi ; chez un magicien, chez un nécromancien ; je lui donnerai la rogne, la gale, la goutte et la gravelle. Par la messe, je le ferai ! Et ce sera de bonne guerre ! »

« J'ai fort approuvé son dessein, mais je lui ai fait observer que l'autre avait de l'avance. Nous avons délibéré ensemble sur les voies et moyens, et il a été décidé que monseigneur irait se cacher au château de Dampierre, où Mme la duchesse de Chevreuse est en exil. Le magicien, ne sachant plus où il est, ne pourra diriger de son coté les effets de sa médecine ; moi, pendant ce temps, j'essayerai de faire tomber ce monstre dans un piège et de le brûler à petit feu. Quand tout sera dit, j'enverrai un exprès à M. de Vendôme, qui arrivera frais et dispos pour tailler des croupières à M. le cardinal. »

Gondrin s'assit sur la table, les bras croisés et les jambes pendantes.

« Et voilà les ennemis de M. de Richelieu ! dit-il. C'est bien la peine d'être un grand homme et de s'escrimer avec une arme qu'on appelle l'échafaud, quand on a devant soi de pareils grotesques !

— Il y en a tant, de ces grotesques, repartit Saint-Venant, que si M. le cardinal laissait faire, ils mangeraient l'État par petits morceaux. Mais à nos moutons, s'il vous plaît ! M. de Vendôme est parti pour le château de Dampierre, maître Pol de Guezevern, son intendant est arrivé, avec trois cent mille livres en or.

— Mordiou ! fit le baron de Gondrin, un aimable denier !

— En résumé, poursuivit Saint-Venant, j'ai empêché maître Pol d'aller au château de Pardaillan, et j'ai fait en sorte qu'il ne trouvât point M. de Vendôme à son arrivée à Paris. C'était là mon rôle. À votre tour d'accomplir votre besogne.

— Cadet Renaud, quelle est ma besogne ? Et songez que je puis être un fou, un malheureux, tout ce que vous voudrez, mais que je suis un gentilhomme ! »

Ceci fut dit d'un ton sérieux et presque hautain qui parut produire une impression médiocre sur l'écuyer de Mme la duchesse de Vendôme.

« Me prenez-vous pour un vilain, monsieur le baron ? demanda-t-il avec un sourire douceâtre et froid. Les gentilshommes de votre sorte sont fainéants et nous vous avons choisi une besogne aisée.

— Rien contre l'honneur, je suppose ? » fit Gondrin, dont les sourcils se froncèrent.

Saint-Venant haussa franchement les épaules.

« Est-ce une chose contre l'honneur, demanda-t-il, que d'aller souper, ce soir, rue de Sainte-Avoye, chez Marion la Perchepré ?

— Non certes.

— Est-ce une chose contre l'honneur d'y arriver les poches pleines de ces pistoles que vous avez prudemment serrées dans votre tiroir ?

— Assurément, non.

— Est-ce une chose contre l'honneur que d'engager, après souper, une partie de dés ou de cartes avec un cadet de bonne maison, ayant, comme vous, la bourse bien garnie !

— Le Breton ?

— Le Breton… et que de lui gagner un millier de louis avant qu'il aille se coucher ?

— Mons Renaud, dit Gondrin, les chances du jeu sont incertaines.

— Vous êtes en veine, monsieur le baron.

— Je puis jouer, je ne puis promettre de gagner. »

Saint-Venant se leva d'un brusque mouvement. Sa figure n'était plus la même, ou plutôt sa physionomie avait subi une transformation complète.

Son regard qui choqua celui de Gondrin était dur et presque impérieux.

« Écoutez-moi bien, monsieur le baron, prononça-t-il d'une voix sèche et brève. On ne saurait trop s'expliquer en affaires. Je vous ai dit que je ne travaillais pas pour vous seulement. La besogne qui concerne vos intérêts a été faite par moi et bien faite. Le travail qui regarde mes intérêts à moi doit être fait par vous et bien fait. N'estimez-vous point que les domaines de M. le comte de Pardaillan peuvent être évalués à cent mille livres de revenus ?

— Si fait, au bas mot.

— Et pensez-vous que son épargne soit beaucoup au-dessous d'un million de livres ?

— Il vivait modestement et ne quittait point ses terres. Son épargne doit dépasser un million de livres.

— De Paris a Pardaillan, poursuivit Saint-Venant, pour un bon coureur, il n'y a guère que vingt heures de chevauchée.

— C'est tout au plus, dit Gondrin. J'ai fait la route, du lever au coucher du soleil, en été.

— Eh bien ! M le baron, cartes sur table entre nous, s'il vous plaît. Pour que vous ayez votre héritage, il faut que moi j'aie ma vengeance. Sous le rapport de ma récompense en argent, nous compterons à mon loisir. Il s'agit aujourd'hui d'autre chose. Voici mon dernier mot : Si mon excellent compagnon Pol de Guezevern, intendant de M, de Vendôme, n'a pas vidé sa bourse dans la vôtre, aujourd'hui, et s'il ne vous doit pas, sur sa parole, aux environs d'un millier de pistoles en rentrant, ce soir, à mon logis, que je lui ai fraternellement prêté, demain matin, à la belle heure, le dit Pol de Guezevern, ayant chevauché toute la nuit, arrivera aux portes du château de Pardaillan, assez à temps, je le crains, pour signer tous actes convenables et vous rafler votre héritage. »

Parlant ainsi, Renaud de Saint-Venant avait gagné la porte qu'il ouvrit en disant :

« C'est à vous de voir, monsieur mon ami, si vous tenez oui ou non au million d'épargnes et aux cent mille livres de revenus, sans parler du titre de comte. Je vous baise les mains. »

XIII. CHEZ MARION LA PERCHEPRÉ.

Quand Guezevern s'éveilla, le soleil couchant mettait des reflets écarlates aux rideaux de son lit. Il avait dormi d'un si bon sommeil, qu'au premier abord il ne sut point répondre à la question que lui adressèrent les objets inconnus qui l'entouraient :

« Où suis-je ? »

Il sauta hors du lit, tout habillé qu'il était et courut à une fenêtre, d'où il reconnut une des cours intérieures de l'hôtel de Mercœur.

« À Paris ! s'écria-t-il joyeux comme un enfant en vacances, je suis à Paris où je n'étais pas venu depuis cinq longues années ! Ceci est le logis de mon ami et compère le bon Renaud de Saint-Venant, que ma femme a pris en grippe. Et pourquoi ? Dieu seul le sait, ou le diable. Car il n'y a que Dieu et le diable, pour comprendre rien aux fantaisies des dames ! »

Il se lava à grande eau et répara tant bien que mal le désordre de sa toilette.

Et tout en s'accommodant de son mieux, il chantait comme un loriot la chanson de ses jeunes amours, que la vue de l'hôtel de Mercœur lui remettait en mémoire à son insu :

Nous étions trois demoiselles.
Toutes trois belles
Autant que moi.
Landeriguette,
Landerigoy.
Un cavalier pour chacune
Courait fortune
Auprès du roi,
Landerigoy,
Landeriguette.

Et comme la chère voix d'Éliane lui allait droit au cœur, quand elle chantait cela autrefois ! C'était le signal de ces trop courts rendez-vous sous les tilleuls du clos Pardaillan, jardin privé de dame Honorée.

Jeanne aimait un gentilhomme
Annette un homme,
Marthe, ma foi,
Landeriguette,
Landerigoy,
Aimait un fripon de page,
Sans équipage
Ni franc aloi
Landerigoy,
Landeriguette.

Et certes, Éliane avait choisi cette chanson, parce qu'il y était question d'un fripon de page. Maître Pol était page, en ce temps-là.

La fraîche chanson venait l'éveiller quand il dormait dur comme pierre après les folies de la nuit, et quand la chanson ne suffisait pas à le tirer de son lourd sommeil, un petit caillou lancé par la blanche main d'Éliane :

Le seigneur acheta Jeanne
L'homme prit Anne
Marthe dit : moi
Landeriguette
Landerigoy.
Il me faut bel apanage,
Et le blond page
Devint un roi,
Landerigoy,
Landeriguette.

Jusqu'à présent, le blond page d'Éliane n'était encore qu'un intendant. Mais comme elle eût fait une délicieuse reine !

Il faut vous dire que maître Pol était de ces gens qui n'aiment jamais mieux qu'aux heures de l'absence. Il adorait follement sa femme en ce moment, et pour un peu il eut sauté sur sa selle rien que pour aller cueillir un baiser sur la fraîcheur veloutée de ses lèvres.

On frappa doucement à la porte du logis.

« Mon compère Renaud ! se dit Guezevern. Voilà le seul défaut qu'on puisse reprocher à mon Éliane. Je donnerais quelque chose pour savoir ce que lui a fait mon compère Renaud ! »

Il ouvrit. Ce fut ce coquin de Mitraille qui fit son entrée chancelante. Au lieu de dormir, Mitraille avait bu et il était ivre aux trois quarts. Maître Pol fut obligé de le guider par les deux épaules jusqu'à la soupente qui devait être sa chambre à coucher.

— Foi de Dieu, dit-il sans trop de colère, le beau gardien que j'ai là pour l'épargne de monseigneur ! »

Mitraille essaya de se redresser.

« Aimeriez-vous mieux cette mouche du cardinal, repartit aigrement Mitraille, le Saint-Venant, qui est en train de vous engluer comme une alouette ? Cela sent le traître, ici, monsieur de Guezevern, et le poltron, et le scélérat. J'en sais de belles sur votre ami… »

Maître Pol le renversa sur £on lit d'une bourrade.

« Tais-toi, ivrogne, dit-il et cuve ton vin ! »

Au fond, Mitraille ne demandait pas mieux. Il s'endormit du coup, vautré qu'il était en travers de sa couche, et ronfla bientôt comme un juste.

Maître Pol songeait en regagnant sa chambre :

« Ils sont tous contre mon compère Renaud ! »

Celui-ci passait justement le seuil et marchait à lui les deux bras ouverts. C'était plaisir, en vérité, de voir cette douce et souriante figure.

« Nous voilà bien reposé, mon digne ami, dit-il, et tout prêt à courir la pretentaine ?

— Partons ! » s'écria Guezevern.

Saint-Venant lui fit bien prendre garde à fermer la porte à double tour et lui conseilla de mettre la clef au plus profond de sa poche.

Dès qu'ils furent dans la rue, Guezevern dit :

« Mon compagnon, je n'aime rien au monde tant que mon Éliane. Il faudra bien qu'un jour ou l'autre vous m'expliquiez pourquoi elle ne peut vous souffrir. »

Saint-Venant se mit à rire.

« Madame de Guezevern me déteste-t-elle-donc si fort ? demanda-t-il.

— Elle est bonne chrétienne, répliqua maître Pol, et ne déteste personne. Mais si elle détestait quelqu'un, je ne puis pas dire non…

— Ce serait moi ? »

Saint-Venant ; ayant prononcé ces mots gaiement, prit tout à coup un air plus sérieux.

« Il faudrait un plus fin que moi pour sonder le secret d'une femme ! murmura-t-il.

— Oh ! fit Guezevern, vous n'y êtes pas ! mon Éliane n'a point de secret. »

Saint-Venant murmura encore, mais si bas que maître Pol eut peine à l'entendre :

« Dieu le veuille !

— Or çà, s'interrompit-il brusquement, reprenant son ton de gaillardise, n'avez-vous point honte d'aller par les rues de la bonne ville avec un costume de hobereau campagnard ? Votre pourpoint est du temps de la ligue et vos chausses sentent le déluge. J'ai déjà couru de ci de là, annonçant votre arrivée à messieurs nos amis. Ils s'attendent à revoir le brillant page d'autrefois, un peu débraillé, mais débraillé à la mode. Je vous prie, que vont-ils dire ?

— Suis-je donc démodé ? interrogea Guezevern en rougissant.

— Les gens qui mangent de l'ail ne savent pas même que leur haleine garde l'odeur de l'ail, répartit Saint-Venant, et la province est moisie à ce point qu'elle ne s'en aperçoit point. Entrons chez maître Lehervieux, le fripier en vogue, et, vive Dieu ! accommodons-nous des pieds à la tête. »

Ceci fut l'affaire d'une demi-heure et d'une trentaine de louis, donnés pour un costume complet de très-galante apparence, mais, qui valait un peu moins que celui de maître Pol.

Dieu nous préserve, cependant, de blâmer maître Lehervieux. La mode a son prix inestimable ; on ne la saurait trop cher payer.

Tout en s'admirant dans la petite glace de Venise, suspendue à la porte du fripier, Guezevern ne pouvait s'empêcher de songer :

« Si je ne savais pas ma douce Éliane plus pure que les anges, je croirais que Renaud, mon compère, me cache quelque chose à son endroit. »

Ils sortirent et prirent le haut du pavé. Guezevern sentait qu'il avait gagné, la pistole pour livre depuis sa visite à maître Lehervieux. Il sa carrait de tout son cœur et regardait aux fenêtres en homme qui revient de Pontoise.

« Mon compagnon, fit-il à moitié chemin de la rue Sainte-Avoye, vos anecdotes sur les gens suivant la cour sont réjouissantes assurément et me divertissent au plus haut point, mais pourquoi diable avez-vous grommelé : Dieu le veuille ! quand je vous ai dit que ma femme n'avait point de secret.

— Parce que, répliqua Saint-Venant du bout des lèvres, il est toujours bon qu'une jeune dame n'ait point de secret. »

Guezevern fronça le sourcil, et Renaud se hâta d'ajouter :

« Il n'est point de femme au monde qui mérite à mes yeux plus de vénération que madame Éliane.

— À la bonne heure, mort de mes os !

— Seulement… reprit Saint-Venant, de sa voix la plus doucereuse.

— Seulement ! répéta Guezevern, qui mit le poing sur la hanche.

— Ne vous fâchez pas, mon digne et cher ami… vous quittez votre maison souvent… et vous restez longtemps dehors.

— Foi de Dieu ! s'écria maître Pol, la joue chaude déjà et l'oreille écarlate.

— Là là ! On vous dit de ne vous point fâcher. Sait-on les fantaisies qui peuvent entrer dans la cervelle d'une femme délaissée ? »

Maître Pol lui saisit le bras violemment.

« Prétendriez-vous ?… commença-t-il.

— Mon digne ami, l'interrompit l'écuyer d'un air innocent, le temps n'a point mis de plomb dans votre tête. Je ne prétends rien, et si je blâmais quelqu'un, ce ne serait point madame Éliane, mais bien vous ! »

Les doigts de Guezevern lâchèrent prise, et il se dit, honteux de sa colère :

« C'est moi qu'il accuse, et il a bien raison ! Si mon Éliane l'entendait seulement, elle connaîtrait sa bonne âme ! »

Ils franchissaient l'entrée quelque peu fangeuse du cul-de-sac Saint-Avoye, et déjà un bruit confus de chants et de rires frappait leurs oreilles.

Après avoir longé une allée étroite et noire qui ne ressemblait certes point à l'avenue d'un palais, ils montèrent un escalier pareillement étroit et fort raide que remplissaient mille joyeux fracas.

Au haut de la première volée un vaste palier, éclairé richement, était occupé par des valets en livrée. Ici, l'air changeait brusquement de saveur. Au lieu des exhalaisons humides épandues dans l'allée et dans l'escalier, une odeur tiède et parfumée saisissait déjà les narines et montait au cerveau.

Maître Pol respira.

« Foi de Dieu ! murmura-t-il, me voici rajeuni de cinq ans ! Nous reconnaissons ce vent-là, mon compagnon ! »

Saint-Venant poussa l'une des trois portes qui s'ouvraient sur le carré, et nos deux amis se trouvèrent dans une salle de large étendue, un peu basse d'étage, il est vrai, mais toute ruisselante de lumières.

Maître Pol respira plus fort et porta la main à ses yeux éblouis par tout un horizon d'épaules nues et de sourires étincelants.

C'était cela qu'il regrettait dans son heureux exil, ce pauvre bon garçon. Chaque exilé a dans le cœur un subtil parfum qui s'appelle la patrie.

La patrie du page fou était précisément ce temple de l'extravagant plaisir.

Sous le règne de Louis XIII, ce jeune homme triste, soucieux et malade, la joie cherchait une issue hors des froides limites de la cour. Tout ce qui entourait Louis XIII, y compris la jeune reine, aimait passionnément le plaisir.

Devant le plaisir, le roi restait comme un valétudinaire sans appétit devant une table bien servie.

Le plaisir lui donnait des nausées.

On dit pourtant qu'il avait ses plaisirs à lui, puérils ou dignes de pitié ; mais de tout temps les courtisans ont si cruellement calomnié les rois !

On dit… Mais M. de Luynes fut le seul qui mourut dans son lit. Le cardinal donna tous les autres au glaive, et ce pâle roi les regarda froidement égorger.

Le cardinal avait aussi ses plaisirs ; frivoles ou terribles choses. Il adorait madame la duchesse de Chevreuse en la menaçant du bourreau, comme d'autres riment un madrigal aux pieds d'une maîtresse cruelle, et persécutait les vrais poètes en faisant de mauvaises tragédies.

C'était un grand homme, un très-grand homme. Je ne crois pas qu'on puisse trouver une plus haïssable figure dans l'histoire du monde.

Cette bouche de bronze, qui ânonnait de méchants vers ; cette tonsure sanglante et galante, cette griffe de tigre qui voulait écrire comme la main de Pierre Corneille, dominent tout un siècle à d'incroyables hauteurs ; c'était un très-grand homme ; et quand nous regardons en arrière, nous ne voyons plus rien à la cour de Louis XIII, sinon la sombre physionomie de ce prêtre à la hache, abattant tout ce qui levait la tête, et déblayant la route fatale par où le passé va vers l'avenir.

La joie fuyait le roi et son ministre, deux vivantes menaces : le roi faible, le ministre fort ; tous deux lugubres.

Le ministre poussant les verrous de la Bastille sur ceux qui n'applaudissaient point *Mirame*, le roi caressant ses maîtresses avec une paire de pincettes !

La joie s'en allait le plus loin qu'elle pouvait, mais non point au-delà des murailles de Paris ; car ministres et rois n'y peuvent rien : il faut toujours que Paris s'amuse.

La maison de la Perchepré était un de ces temples où la joie persécutée se cachait. Il y avait à Paris bon nombre d'asiles semblables, portant généralement le nom d'étuves ou maisons de baigneurs.

Marion la Perchepré tenait, en effet, une étuve ; mais l'eau manquait dans les réservoirs, et la seule liqueur qui coulât franchement chez elle était le vin.

Les lieux de semblable espèce ont été souvent décrits mal ou bien, et nous ne perdrons point notre peine à en faire le minutieux portrait. En cherchant bien d'ailleurs, vous trouveriez encore dans Paris moderne quelque respectable logis où se pratique un commerce analogue.

La police qui cherche toujours en trouve quelquefois ou du moins s'en vante.

Ceux d'aujourd'hui sauf le costume, l'ameublement, le nom des jeux de hasard et le titre des boissons à la mode, ressemblent trait pour trait à ceux d'autrefois.

Le fond de l'aventure est éternellement la fameuse trilogie de la chanson : le jeu, le vin, les belles.

Trois jolies choses assurément et qui égayent un livre. L'intérêt du nôtre est ailleurs.

Ce n'étaient point des ducs et pairs qui fréquentaient le nid d'amour de Marion la Perchepré, non que les ducs et pairs aient jamais dédaigné les passe-temps de cette sorte, mais parce que, probablement, ils avaient leurs habitudes autre part.

Les chalands de l'établissement appartenaient aux couches inférieures de la noblesse, quoiqu'on y vît de temps a autre quelque grand seigneur déclassé. Le gros du joyeux bataillon se composait des gentilshommes et officiers servant dans les maisons princières, presque tous jeunes, et l'appoint était fourni par une demi douzaine de vieux pêcheurs comme M. le baron de Gondrin-Montespan.

Quant à Marion la Perchepré elle-même, c'était et c'est encore une ancienne jolie fille, car elle est immortelle au moins autant que le Juif Errant, et je penche à croire qu'elle est la Juive Errante. Vous la trouveriez encore au quartier d'Antin ou quelque part, autour des Champs-Élysées, tenant toujours avec honneur son tripot clandestin et menant paître un troupeau de houris, dont elle est la bergère peu vénérée.

Seulement de nos jours, elle est vicomtesse.

Guezevern fut merveilleusement reçu par Marion la Perchepré, qui était une gaillarde d'heureuse humeur, gardant des restes de beauté, mais trop forte en chair selon la coutume de ses pareilles. Elle tenait bonne table, dont elle usait pour son compte abondamment. Sa fortune grossissait déjà, faite de mille hontes et de mille ruines. Elle était estimée. Certains prétendaient que M. le cardinal ne dédaignait point les renseignements qu'elle pouvait donner.

Guezevern trouva chez Marion la Perchepré beaucoup d'anciennes connaissances : ceci doit s'entendre du sexe masculin, car dans ces cabarets d'Armide, les hommes seuls restent, les femmes ne font que passer.

Dans l'espace de cinq ans, le troupeau de Marion la Perchepré avait dû se renouveler bien des fois.

C'était. l'heure de la collation. Tout le monde riait, buvait, chantait. La foule brillante se mêlait en un franc et joyeux désordre. Les hommes étaient presque tous beaux et de galante mine, toutes les femmes étaient jeunes et charmantes.

Guezevern se sentit devenir ivre avant même d'avoir porté un verre à ses lèvres. Vous l'absoudrez plus volontiers si nous le confessons ainsi avec une entière candeur.

Le pauvre garçon se réveillait page de M. de Vendôme après ces cinq années de prospère sommeil. C'était ici son centre, sa patrie, son ciel ; il revivait.

Renaud, qui semblait être un favori dans cette Cythère, guida les premiers pas de Guezevern, car celui-ci avait un peu oublié ; mais bientôt l'ancien page retrouva son aplomb d'autrefois, et nagea dans l'orgie comme le poisson dans l'eau.

Au bout d une demi-heure, il avait conquis la propre maîtresse de Saint-Venant, qui le laissait faire en riant : une bonne et ronde fille à la gorge éblouissante, à la bêtise splendide. Elle avait nom la Chantereine. Elle éclatait de rire à chaque mot et hurlait des niaiseries de petit enfant avec des transports d'allégresse. Elle buvait supérieurement et chantait faux à faire plaisir.

Oh ! combien de fois, mes jeunes messieurs, vous l'avez admirée autour des tréteaux qu'enrichit la gloire de Thérésa ! Ne soupçonnez pas même qu'il y ait ici l'ombre d'un anachronisme. Thérésa vivait du temps de la Chantereine, et la Chantereine ne mourra jamais.

Elles sont immortelles, je vous l'affirme de nouveau, et le rire entraînant, communicatif, superbe, le rire adorablement idiot de la Chantereine anime, à l'heure qui sonne, les douze cents Paphos du moderne Paris.

Guezevern savourait la folle chanson de cette belle fille, Guezevern buvait ce sourire éternel et cette banale gaieté, Guezevern était amoureux.

Sur ma parole, amoureux de ce meuble vivant, de ce joujou, de cette chose !

Guezevern ! le mari d'Éliane, qui était cent fois plus belle et qui avait un cœur !

Ce Guezevern pouvait passer, cependant, pour une âme bonne et vaillante. Rien ne lui manquait, ni l'honnêteté, ni l'intelligence, ni le bon sens, même.

Elles ont un attrait, un mordant, un charme ; elles entraînent, comme tout fruit défendu. Voulez-vous mon opinion ? Les fous vont à elles surtout à cause du mal qu'en disent les sages. Le sermon fait l'ivrogne. Criez bien haut que telle plate et insipide boisson, l'absinthe, par exemple, est un poison, la moitié de Paris ne voudra plus d'autre breuvage.

Le repas fut un enchantement. Guezevern n'avait jamais si bien soupé de sa vie. La Chantereine buvait dans son verre ; le vin était exquis ; il se grisa supérieurement.

Et certes, quand on lui proposa de jouer, il répondit :

« Allez au diable ! J'aime mieux boire ! »

Mais la Chantereine éclata de rire, et lui glissa à l'oreille, d'une voix qui se pouvait entendre du dehors :

« Mon chérubin, je veux que tu me gagnes un collier de perles !

— Mort de moi ! s'écria maître Pol, je puis bien te donner un collier de perles sans le gagner ! »

La pensée d'Éliane venait de lui traverser l'esprit par hasard. Éliane lui avait dit :

« Promets-moi que tu ne joueras pas ! »

Et il avait promis.

Il est vrai qu'Éliane avait ajouté :

« Promets-moi que tu ne te laisseras pas entraîner par cet homme. »

Cet homme dont elle ne prononçait jamais le nom, tant elle le détestait : Renaud de Saint-Venant.

Peut-être qu'en ce moment maître Pol comprit pour la première fois le motif de cette aversion : la seule haine qui fût dans le doux cœur d'Éliane.

Maître Pol avait manque déjà à sa seconde promesse, il s'était laissé entraîner par cet homme.

Allait-il aussi trahir la première ?

La Chantereine lui demanda, montrant toutes ses dents magnifiques en un sourire qui éblouissait :

« Est-ce que tu as juré à ta maman de ne pas jouer, mon chérubin ? »

XIV. OÙ MAÎTRE POL RÉFLÉCHIT.

Chantereine, qu'elle appartienne au temps de Louis XIII ou à notre dix-neuvième siècle, n'a pas besoin d'une grande dépense de malice pour perdre maître Pol, ancien ou moderne.

Il suffit d'une question semblable à celle-ci : « As-tu peur de ta maman ? » pour lancer un pauvre diable à l'eau, tête première, avec une pierre au cou.

Maître Pol eut honte d'être pris pour un jouvenceau bien sage.

« Foi de Dieu ! gronda-t-il, personne n'a le droit de me dire : Fais ceci ou ne fais pas cela. Tu vas bien voir, fillette, que je manie les dés quand cela me plaît. Je vais te gagner ton collier de perles et des pendants d'oreilles par-dessus le marché ! »

La Chantereine sauta de joie, et son rire argentin accompagna le bruit des pistoles que Guezevern jeta sur la table de passe-dix à poignées.

« Oh ! oh ! s'écria-t-on de toutes parts, voici un royal enjeu !

— Un enjeu d'intendant ! » ajoutèrent quelques voix.

Et d'autres qui n'étaient pas sans une petite pointe de moquerie :

« Un enjeu d'intendant honnête homme ! »

Mais Guezevern était en trop belle humeur pour se fâcher ainsi du premier coup.

« Qui d'entre vous tient ma partie, messieurs ? » demanda-t-il.

Comme tous ceux qui étaient là hésitaient, une voix vint du côté de l'entrée et répondit :

« Moi, s'il vous plaît, mon gentilhomme.

— Le baron ! fit-on de toutes parts. Voici le baron ! Nous allons assister à une belle partie ! »

Un cavalier entre deux âges, d'élégante et noble tournure venait de franchir le seuil. Il se tenait droit, portait fort haut et marchait en homme sûr de lui-même. Si maître Pol avait été dans son sang-froid, il eût pu remarquer que les femmes et aussi les hommes accueillaient le nouvel arrivant avec une sorte de prévenance craintive.

Ce devait être un homme sincèrement respecté ou redouté.

« Mon gentilhomme, répondit Guezevern sans même se retourner, autant vous qu'un autre. Ce sera comme il vous plaira. »

M. le baron de Gondrin-Montespan, car c'était lui, traversa la chambre, donnant çà et là quelques poignées de main et caressant quelques jolis mentons. Il avait un peu l'air protecteur de l'homme de rang qui se compromet en douteuse compagnie. Renaud de Saint-Venant et lui échangèrent un regard tandis qu'il passait.

Guezevern n'avait rien vu de tout cela. Il rendit le salut que lui adressa M. le baron, parce qu'il était bon prince et s'assit sur un coin de table, laissant aller la partie qui commençait.

La Chantereine avait mis sur les genoux de Pol les tresses d'or de sa coiffure et riait tant qu'elle pouvait sans savoir pourquoi. C'est parfois un dur métier. Dans toute la rigueur du terme, elles gagnent leur pain à rire.

« J'ai perdu, dit le baron après quelques instants.

— Est-ce assez pour ton collier de perles ? demanda maître Pol.

— Non, répondit Chantereine, double !

— Double ! » répéta Guezevern.

Et M. le baron dit :

« Je tiens. »

La partie recommença.

M. le baron perdit encore.

« Pour les pendants d'oreille, à présent ! annonça Guezevern. Double !

— Je tiens ! » répliqua M. le baron.

Guezevern gagna encore cette troisième partie, puis une autre.

« As-tu assez ? demanda-t-il à Chantereine.

— Oui, répartit cette fois la belle fille.

— Alors, prends l'argent, je vais rentrer en mon logis. »

Chantereine bondit et se jeta sur les pistoles.

M. le baron le laissa faire, mais il dit en se levant :

« Ce jeune gentilhomme est prudent de caractère. »

Maître Pol l'entendit. Tout son sang breton avait monté à sa joue. Il ordonna à Chanterelle de laisser l'argent sur la table, puis :

« Mort de moi ! s'écria-t-il, lequel aimez-vous mieux, mon gentilhomme, du jeu des dés ou du jeu de l'épée ?

— C'est selon, répondit froidement Gondrin, qui était un raffiné de belle volée. Avec messieurs mes amis qui montent dans les carrosses du roi, j'aimerais mieux le jeu de l'épée ; avec vous, je préférerais rattraper mon argent.

— Mort de mes os ! reprit maître Pol, demain il fera jour pour le jeu de l'épée. Eu attendant je veux vous mettre plus bas qu'un mendiant. Double ! »

Il échappa à l'étreinte de Chantereine qui le retenait, et s'élança vers la table. Saint-Venant lui serra la main comme il passait et lui dit :

« Prenez garde ! c'est un rude joueur et c'est une rude lame ! »

Autant eût valu jeter de l'huile sur un feu ardent. Guezevern était ivre de colère encore plus que de vin. Il reprit place devant le tapis vert et ponta d'un seul coup tout ce qu'il avait gagné à M. le baron. La clientèle entière de Marion la Perchepré vint se ranger autour de la table.

Guezevern gagna haut la main ; c'était la cinquième partie, et on avait toujours doublé depuis la première.

Ceux qui eussent examiné de près Renaud de Saint-Venant à cette heure, auraient vu une expression d'inquiétude assombrir son visage d'ordinaire si placide et si frais.

M. le baron, au contraire, gardait tout son calme.

Quant à la Chantereine, elle ne se possédait pas de joie.

« Double ! cria Guezevern, montrant avec emphase le tas d'or qui était devant lui, et foin de celui qui m'a pris pour un pincemaille ; je doublerai cent fois si l'on veut !

— Bel ami, suggéra Chantereine, tu pourrais cependant bien retirer le prix de mon collier et de mes boucles d'oreilles sur ce tas de pièces d'or ?

— Jamais ! fis maître Pol. Tout est au jeu ! »

Et M. le baron dit :

« Je tiens ! »

Maître Pol avait la veine. Il mena si rondement cette sixième partie que Renaud devint tout blême. Seulement vous vous souvenez de ce qui arriva à Martin, au fameux Martin de la foire. Comme Martin, et faute d'un pauvre point, maître Pol perdit.

Les jolies couleurs de Saint-Venant remontèrent à ses joues.

La Chantereine suivit le tas d'or et passa honnêtement du côté de M. le baron.

Guezevern resta un peu étourdi.

Ce fut M. le baron qui dit à son tour :

« Double ! »

La somme était grosse. Il y avait de l'émotion autour de la table, et Marion la Perchepré vint elle-même voir ce beau coup.

Guezevern compta de l'œil l'amas de pièces d'or ; on put croire un instant qu'il allait se raccrocher à sa raison chancelante.

Renaud de Saint-Venant lui dit entre haut et bas :

« Ce serait folie. Songez, mon digne ami, que vous êtes un simple intendant !

— Mort de ma chair ! gronda Guezevern, qui vous demande conseil, à vous ? Je tiens !

Il y avait un étrange contraste entre la fièvre qui possédait Guezevern et le calme glacé de son adversaire.

Marion la Perchepré, qui s'y connaissait de longue main, paria trois contre un pour M. le baron.

En effet, ce pauvre Guezevern fut décavé sans marquer un point :

« Double ! » proposa tranquillement M. le baron.

C'était un beau joueur.

Guezevern se leva et passa ses deux mains sur ses yeux éblouis. Son premier soin fut de retourner ses poches, où il y avait un millier de livres.

Le tas d'or, compté avec soin par Renaud de Saint-Venant, représentait juste huit fois cette somme.

« On est parti de vingt-cinq pistoles, dit avec douceur cet excellent compagnon ; la seconde a donné cinquante, la troisième cent, la quatrième deux cents, les deux dernières quatre cents et huit cents pistoles.

— Qui me payera, demanda Chantereine, mon collier et mes pendants d'oreille ?

— Moi, répondit Guezevern, » en lui jetant son dû.

Le rire de la belle fille retentit aussitôt pins éclatant que jamais.

Guezevern était remis tant bien que mal.

« Buvons, dit-il, à moins que monsieur le baron ne soit pressé d'avoir son gain. La partie est finie. »

M. le baron, qui mettait l'or dans sa poche, toucha son feutre courtoisement et répondit :

« Mon gentilhomme, j'attendrai tant que vous voudrez, et tant que vous voudrez vous aurez avec moi votre revanche. »

Ils se séparèrent avec de grands saluts.

Au moment où Guezevern et Saint-Venant s'asseyaient à une table pour vider un flacon, Saint-Venant montra du doigt M. le baron qui s'éloignait, emportant sous son bras l'ingrate et toujours riante Chantereine.

« C'est une rencontre bien singulière, » dit-il.

Maître Pol fit d'abord la grimace en voyant Chantereine au bras de son adversaire vainqueur, puis il demanda :

« Quelle rencontre ? et pourquoi singulière ? »

Saint-Venant fit semblant de rougir et fut du temps à répondre.

« Quelle rencontre ? » répéta maître Pol en frappant du pied.

Car Dieu sait qu'en ce moment il n'aurait point fallu lui échauffer les oreilles.

« J'ai eu tort, murmura Saint-Venant, je n'aurais point dû vous parler de cela.

— Mort de moi ! compère, dites vite ou je me fâche.

— Mon digne ami, répliqua Renaud avec fermeté, vous avez la joue écarlate et l'œil brûlant. Je donnerais beaucoup pour vous voir en votre lit. C'est une méchante soirée que nous avons eue ici. Je consens à parler, si vous consentez à regagner l'hôtel de Mercœur tout doucement, en longeant le bord de l'eau pour rafraîchir votre sang.

— En route, donc ! » ordonna Guezevern, qui laissa son verre plein.

Saint-Venant le suivit aussitôt, mais avant de franchir le seuil, il trouva moyen d'envoyer de loin un signe à M. le baron de Gondrin, qui faisait rire la Chantereine à gorge déployée.

Marion la Perchepré, qui voyait tout, les vit sortir et demanda :

« À quelle sauce ce petit Judas de Renaud va-t-il accommoder le bel intendant de M. de Vendôme ?

Nos deux compagnons descendirent la rue Saint-Avoye, tournèrent l'hôtel-de-ville et prirent le bord de l'eau. Ils allaient tons deux en silence.

Vers le coin de la rue Planche-Mibray, Guezevern s'arrêta tout à coup pour demander :

« Qui est ce gentilhomme ?

— Son nom va bien vous étonner, mon digne ami, répliqua doucement Renaud. Voilà pourquoi il m'est échappé tout à l'heure de dire : c'est une singulière rencontre… et voilà pourquoi aussi je désirais tant vous voir dehors.

— Voyons ce pourquoi, fit Guezevern, intrigué au plus haut point. Est-ce que je le connais ?

— Vous devez le connaître, assurément, de nom. Vous êtes liés par une parenté commune, et pourtant, que je sache, vous n'êtes point amis.

— Foi de Dieu, s'écria maître Pol, expliquez-vous, à la fin ! Vous me tenez là sur le gril !

— Ce gentilhomme, prononça Renaud, d'une voix grave, est M. le baron de Gondrin-Montespan, votre compétiteur pour la succession du comte de Pardaillan. »

Maître Pol resta muet un instant.

« Cela m'a dégrisé, mon compère, dit-il ensuite ; pressons le pas, je vous prie.

— Que voulez-vous faire ? demanda Saint-Venant.

— Je ne veux pas dormir, répondit Guezevern, avec cette dette-là sur le cœur. »

Il marchait déjà à longues enjambées vers la tête du Pont-Neuf.

« Mais, objecta Renaud, qui avait peine à le suivre, vous avez le temps. On a vingt-quatre heures pour payer les dettes de jeu.

— Avec un autre, il se peut, répondit Guezevern ; avec un ennemi, cela brûle… et le baron de Gondrin-Montespan est mon ennemi ! »

Son pas s'allongea encore. Derrière lui, Saint-Venant soufflait ; mais, tout en soufflant, il se frottait les mains.

En arrivant à la porte de l'hôtel de Mercœur, Guezevern lui dit brusquement :

« Mon compère, je ne suis pas en humeur de prolonger la veillée. Je vous prie de me laisser seul, et je vous souhaite la bonne nuit. »

Saint-Venant l'embrassa avec effusion.

« Je donnerais tout ce que je possède au monde pour ne vous avoir point mené en ce lieu maudit, mon digne ami, répliqua-t-il de sa voix la plus douce. Je vous quitte, puisque vous le voulez, vous voici au seuil de votre logis. La nuit porte conseil, vous vous éveillerez tout autre demain matin. J'y songe, s'interrompit-il avant de prendre congé. J'allais manquer, bien malgré moi, au premier devoir de l'hospitalité. S'il vous prenait envie de vous rafraîchir, vous trouverez tout ce qu'il faut dans le placard, à droite de la porte d'entrée. »

Guezevern monta, puis s'enferma à double tour.

Il réfléchissait tout en allumant son flambeau.

Sa pensée, à cette heure, était extraordinairement nette et claire.

Il n'en était plus à se demander pourquoi son Éliane détestait Renaud de Saint-Venant.

Cette aversion c'était son amour même : le grand, le pur amour qu'elle lui avait voué, à lui Pol de Guezevern, cet amour était sorcier et prophète ; cet amour avait deviné les aventures de cette nuit.

« Ne joue pas ! avait dit cet amour et ne te laisse pas entraîner par Renaud de Saint-Venant ! »

Pourquoi l'homme, ou la femme, nous tous tant que nous sommes, pourquoi avons-nous toujours ces sages pensées à l'heure où nous allons faire quelqu'effrayante cabriole dans le pays de l'insanité ?

Car il en est invariablement ainsi. L'heure qui précède la suprême fredaine est pleine de philosophies admirables.

On discerne alors d'un œil sûr tout ce qu'on devrait faire, tout ce qu'on ne fait point, et à la suite des meilleurs raisonnements qui se puissent enfiler, on prend son élan vers l'absurde.

Guezevern resta longtemps immobile, assis sur le pied de son lit. Il se disait :

« Cela me coûtera très-cher, mais qu'importe ? Mon bon ange, ma chère Éliane, doit bien avoir des économies dans quelque coin. Demain, je lui écrirai, je lui avouerai tout, sans réticence ni fausse honte, en lui promettant bien de ne point recommencer. J'enverrai son dû à ce baron de Gondrin par un valet de M. de Vendôme, et je ne reverrai jamais mon compère Renaud de Saint-Venant. Mort de moi ! chat échaudé craint l'eau froide ! J'ai été trop bien étrillé du premier coup. Outre les deux cents pistoles que m'avait données ma bonne Éliane pour mes menus plaisirs, j'ai perdu six mille livres. C'est assez. Je suis corrigé pour le restant de mes jours !

« Et à quelque chose malheur est bon, ajouta-t-il en se levant. Sans cette mésaventure, j'aurais toujours été chancelant entre le vice et la vertu. Et après tout, maintenant, je suis un père de famille. Foi de Dieu ! la leçon sera salutaire ! »

Il avait soif. Il ouvrit le placard indiqué par Renaud, et qui contenait ce qu'il faut pour se rafraîchir.

Il se rafraîchit.

S'il s'était mis au lit en ce moment, il y a dix à parier contre un que le sage programme, réglé tout à l'heure, eût été ponctuellement exécuté.

Sa folie d'aujourd'hui eût été la dernière.

Il ôta son pourpoint, — il arrangea sa couverture.

Mais il avait soif, et l'envie de réfléchir sagement le tenait.

Il continua de philosopher et de se rafraîchir.

Ce n'est pas sans danger. À mesure qu'on se rafraîchit, la philosophie monte à la tête.

— Foi de Dieu ! se dit-il en buvant son cinquième ou sixième verre, je ne vois, en vérité, pas pourquoi, je donnerais ce crève-cœur à ma pauvre chère Éliane. De quel front irai-je lui dire que j'ai manqué à mes deux promesses ? et ce, dès le premier soir ? Je puis emprunter. Ainsi je lui éviterai ce cruel chagrin, et, certes, mon devoir le plus sacré est de lui éviter tout chagrin. Foi de Dieu ! Foi de Dieu ! la réflexion est une merveilleuse chose : j'allais agir comme un étourdi !

Il remplit son verre jusqu'au bord, ajoutant :

« Où diable mon compère Renaud prend-il ce délicieux petit vin ? Il ne porte pas du tout à la tête ! »

Lapidez ce pauvre Breton de Guezevern si vous voulez, ô sobre lecteur, mais il décoiffa une autre bouteille.

Et le petit vin de Saint-Venant ressemblait à Saint-Venant lui-même : c'était un traître petit vin.

Guezevern en but si abondamment, sans cesser jamais de réfléchir, qu'il se demanda bientôt pourquoi emprunter, puisque ce baron de malheur lui avait offert sa revanche.

Que pensez-vous de l'argument ?

Du premier coup, Guezevern le trouva péremptoire.

Qu'était-il arrivé ? Guezevern avait gagné cinq parties sur sept. Son malheur avait été de jouer à ce jeu de dupes : quitte ou double. Si toutes les parties avaient eu le même enjeu, cent louis, je suppose, au lieu d'avoir une dette de sept mille livres, Guezevern eût emporté encore six mille livres de bénéfice.

Je suppose que ce calcul est clair pour chacun.

Pour maître Pol, il était l'évidence même.

Aussi, vers la fin de la troisième bouteille, il ouvrit l'armoire où était serrée l'épargne de M. le duc de Vendôme.

« Puisque je voulais emprunter, se dit-il, voici le cas. Demain matin, je remettrai le tout, et ma belle Éliane n'aura pas même eu un instant de chagrin.

Il prit d'abord les sept cents pistoles qu'il devait à M. le baron de Gondrin, et nous ne pouvons pas cacher que, ce faisant, il l'appela « ce coquin de baron, » comme s'il se fût agi du simple Mitraille.

Il prit un huitième rouleau de cent pistoles, pour avoir au moins sa revanche. Sa main n'était pas bien ferme, et ses jambes oscillaient un peu sous le poids de son corps.

Sur le point de fermer l'armoire, il hésita, il but un verre et il médita.

Notre ami Saint-Venant, vous le voyez de reste, avait bien raison : la nuit porte conseil.

Ayant médité, il but encore et il dit :

« Simple que je suis. Avec cent pistoles seulement, je serais obligé encore de jouer quitte ou double. »

Et il replongea ses deux mains dans le sac.

Ceci est une troisième ivresse.

Il était ivre déjà de vin et de philosophie, il devint ivre d'or.

Il prit à même, il prit follement, il prit tout ce qu'il pouvait emporter.

Et, refermant l'armoire à tour de bras, il s'élança au dehors.

La ville dormait, le couvre-feu était sonné depuis longtemps. Quoique maître Pol fût obligé de passer aux abords du Pont-Neuf, il ne rencontra pas l'ombre d'un coupeur de bourse.

Il arriva sain et sauf dans la rue Saint-Avoye.

Tout au fond du cul-de-sac, la maison de Marion la Perchepré était encore ouverte. Et si le lecteur s'est étonné jamais de voir un établissement de si bon goût dans un trou si infect, nous lui dirons que le lieu était merveilleusement choisi : au fond du cul-de-sac Saint-Avoye, on n'entendait jamais le couvre-feu.

Maître Pol entra comme un ouragan et demanda d'une voix de tempête :

« Où est M. le baron de Gondrin-Montespan ? »

M. le baron répondit en personne et avec un calme parfait :

« Me voici ! »

— À la bonne heure ! dit Guezevern qui alla vers une table de jeu sur laquelle il vida ses poches.

— Mort de moi ! s'écria-t-il, venez çà, monsieur le baron ! nous allons nous divertir ! Voici d'abord votre dû ! »

Et, se découvrant, il ajouta, en brandissant son feutre avec défi :

« Ensuite, voici mon enjeu : je fais mille louis du premier coup ! »

Il y eut un murmure dans la salle qui s'agita.

Le baron de Gondrin-Montespan vint s'asseoir vis-à-vis de maître Pol et répondit paisiblement :

« Je tiens. »

XV. OÙ MAÎTRE POL ÉCRIT SANS L'AIDE DE SA FEMME.

Le lendemain, vers deux heures après midi, Guezevern s'éveilla dans son lit, ou plutôt dans le lit de son excellent compère, Renaud de Saint-Venant. La belle défroque qu'il avait achetée était dans un triste état, auprès de sou ancien costume. Quand il voulut remuer, ses membres endoloris le blessèrent ; quand il voulut penser, sa tête lui fit mal.

Il avait tant bu et tant réfléchi la dernière nuit !

La mémoire de ce qui s'était passé depuis la veille au soir ne lui revint pas tout de suite ; mais il éprouvait vaguement cette courbature morale que laissent les grands désastres.

Il referma les yeux pour gagner encore quelques instants d'oubli par le sommeil.

Mais c'est juste à ce moment où l'on veut fuir que la véritable angoisse commence.

Maître Pol s'éveilla tout à fait dès qu'il essaya de se rendormir.

Au travers de ses paupières fermées, il vit sa femme qui tenait le petit Renaud dans ses bras, et qui lui disait :

« Promets-moi de ne pas jouer ! Promets-moi de ne pas te laisser entraîner par cet homme !

— Mort de moi ! pensa Guezevern, ce coquin-là, il faudra au moins que je le tue ! »

Ceci ne s'appliquait point à Saint-Venant, mais bien à M. le baron de Gondrin-Montespan, qui lui avait gagné la partie de mille louis et la revanche.

Guezevern ne savait même pas au juste combien il devait à M. le baron, sur parole. Il savait seulement qu'il avait joué sur parole et qu'il avait perdu.

Il se leva. Il était brisé. Il alla ouvrir l'armoire et compta son argent. Sur les cent mille écus, soixante-quinze mille livres manquaient.

Guezevern remit les sacs en place et s'assit, la tête entre ses mains.

Soixante-quinze mille livres ! Il songea à son fils qui allait porter peut-être le nom d'un déshonoré.

Pendant qu'il songeait on frappa à sa porte.

La personne qui entra était un jeune garçon vêtu d'une galante livrée toute neuve. L'histoire ne dit pas si, dans sa prospérité nouvelle, M. le baron de Gondrin-Montespan avait changé son taudis de l'arche Marion contre un palais, mais il est certain qu'il s'était donné un page.

Le page de M. le baron de Gondrin-Montespan apportait à Guezevern une lettre de son maître.

La lettre disait en termes courtois que M. le baron envoyait un messager, non pas tant pour réclamer sa créance, montant à trois mille pistoles, que pour offrir revanche à M. de Guezevern.

Au lieu de lancer le page par la fenêtre, comme l'envie lui en prit vaguement, maître Pol versa un verre plein de ce bon vin, qui était dans le placard, et le lui offrit. Après quoi il fit trente rouleaux de cent pistoles qu'il aligna sur la table.

Le page but à sa santé et recompta après lui, comme c'était son devoir.

Maître Pol le pria d'accepter une couple de louis pour sa peine, et le chargea d'un million de compliments à l'endroit de M. le baron.

Le page une fois parti, maître Pol se rassit devant l'armoire et remit sa tête entre ses mains.

Il savait désormais l'état de ses affaires. L'épargne de M. le duc de Vendôme, dont il était unique gardien et dépositaire, avait une brèche de cent cinq mille livres.

« Foi de Dieu ! pensa-t-il, j'ai donné à ce mendiant de Gondrin de quoi entretenir son page ! »

Il eut un rire morne et triste.

Pendant plus d'une heure il resta immobile et muet à la même place. Au bout de ce temps, il prit la bouteille entamée pour se verser un plein verre, mais il ne but point et de grosses lames lui vinrent aux yeux.

« Ce ne sont pas des pistoles que j'ai perdues, dit-il, c'est Éliane, c'est mon fils, c'es mon honneur et mon bonheur !

— Mort de moi ! s'interrompit-il pourtant, révolté contre lui-même ; j'ai été battu par le jeu, ne puis-je être vainqueur par le jeu ? J'ai ici de quoi tenir de belles parties. En cinq coups de dés, je puis regagner mon honneur et mon bonheur ! »

On frappa de nouveau à la porte. Cette fois c'était Renaud de Saint-Venant qui arrivait tout impatient d'avoir des nouvelles de son digne ami, si impatient qu'il n'avait pas pris le temps de dépouiller sa correspondance privée.

Renaud de Saint-Venant tenait en effet à la main un large pli scellé aux armes de Bourbon avec la brisure de Vendôme. Si maître Pol avait été en humeur d'observer, il eût bien reconnu, sur l'adresse, la belle écriture de dom Loysset, aumônier de César-Monsieur.

« Que me dit-on ? s'écria Saint-Venant, toujours frais et rose, toujours affectueux, suave et complète incarnation de ce véritable ami que la Fontaine devait définir quelques années plus tard : « une douce chose ; » que me dit-on, à l'instant ? Vous seriez retourné cette nuit chez Marion la Perchepré ! vous auriez joué de nouveau et de nouveau perdu ? J'aime à croire qu'il ne s'agit point de sommes importantes ; mais comme vous êtes parti de Vendôme à l'improviste, vous pourriez vous trouver dans l'embarras, et quoique je ne sois pas riche, j'accours, afin de mettre ma bourse à votre disposition. Si donc quelques centaines d'écus pouvaient vous être utiles…

— Je vous remercie, Renaud, » l'interrompit Guezevern.

Saint-Venant feignit de se méprendre à ce refus et poussa un cri de joie.

« Que Dieu soit donc béni ! fit-il en joignant les mains. C'était apparemment une fausse alerte. Vous pouvez vous vanter, mon digne ami, de m'avoir donné une rude frayeur. Maintenant que me voilà rassuré, je puis lire ma lettre, si toutefois vous voulez bien m'en accorder la permission.

— Faites, » dit Guezevern avec fatigue.

En rompant le cachet, Saint-Venant glissa un rapide regard vers l'armoire qui restait entr'ouverte. Maître Pol restait immobile et les yeux baissés.

« À la bonne heure ! s'écria Saint-Venant dès qu'il eut parcouru les premières lignes de la missive ducale. Voici du moins des nouvelles qui vont vous remettre en gaieté, mon cher, mon digne ami. Ceci m'arrive, par exprès, du château de Dampierre, où notre maître se porte assez bien ; dieu merci, sauf la colique qui le tourmente ! Désormais vous ne l'attendrez pas longtemps et vous serez débarrassé aujourd'hui même de ce lourd dépôt qui vous inquiète.

— Ah ! dit Guezevern. Aujourd'hui même ! »

Sa voix était morte, maie un court tressaillement agita tout son corps.

« M. le duc a dû se mettre en chaise aujourd'hui, sur les dix heures du matin : il sera donc en son hôtel de Mercœur vers la tombée de la nuit. Il préfère la chaise à porteurs au carrosse, à cause de… Je suppose que vous m'entendez bien, mon compère ? Et savez-vous comment il parle de votre seigneurie ? « Mon cher intendant, mon brave intendant, le seul intendant honnête homme qu'il y ait eu depuis que le monde est monde ! » Malepeste ! l'épargne de trois cent mille livres lui a été droit au cœur. »

Guezevern était pâle comme un mort et ne répondait point.

« Voulez-vous sortir avec moi pour dîner ? » demanda Saint-Venant.

Guezevern secoua la tête en signe de refus.

« Ou préférez-vous, continua Renaud, que je fasse monter votre repas de l'office. »

Guezevern dit :

« Je n'ai pas faim.

— Seriez-vous malade, mon compère ? interrogea Saint-Venant avec sollicitude. J'espère que c'est seulement la fatigue d'une nuit de plaisir. L'habitude de veiller se perd, mais demain il n'y paraîtra plus.

— Ceci est vrai ; murmura maître Pol avec une amertume profonde ; soyez assuré que demain il n'y paraîtra plus.

— Songez, reprit Saint-Venant, que vous allez avoir un triomphe à l'arrivée de M. le duc. Quoi que vous lui demandiez pour vous, pour Mme Éliane ou pour mon bien aimé fillot Renaud de Guezevern, vous êtes bien sûr de l'obtenir.

— Je vous prie, l'interrompit ici maître Pol, veuillez me laisser, monsieur mon ami, j'ai besoin d'être seul. »

Saint-Venant se leva aussitôt.

« Du moment que je suis importun, mon compère, dit-il, je me retire. Souvenez-vous seulement que je suis à vos ordres du matin au soir et du soir au matin. Quoi que vous désiriez de moi, parlez sans crainte : je vous appartiens à la vie à la mort ! »

Il l'embrassa et sortit.

Maître Pol écouta le bruit de ses pas dans le corridor et pensa tout haut :

« Est-ce là un baiser de Judas ? »

Il ajouta :

« Désormais, que m'importe ? »

Renaud de Saint-Venant descendait les escaliers de l'hôtel de Mercœur en chantant.

Cela ne l'empêchait point de réfléchir. Il se disait :

« Nous allons avoir du nouveau. Un seul homme peut me faire obstacle désormais, c'est ce coquin de Mitraille. »

Il se rendit à l'office, où Mitraille était en train de boire.

« Service de M. le duc, dit-il en lui montrant l'enveloppe scellée aux armes de Bourbon. Tu vas monter à cheval et te rendre tout d'un trait à l'Isle-Adam, où est M. le commandeur de Jars, et tu lui diras que Mme la duchesse de Chevreuse fait des crêpes en son château de Dampierre. S'il les aime, qu'il en vienne manger.

— Il y a cela dans la lettre ? » demanda Mitraille avec défiance.

Saint-Venant ouvrit l'enveloppe aussitôt et déplia la missive ; seulement, ce coquin de Mitraille ne savait point lire.

Comme il hésitait encore, Saint-Venant replia la lettre et dit pour la seconde fois d'un ton solennel :

« Service de M. le duc ! »

Mitraille monta à cheval et prit le galop, répétant sa bizarre leçon tout le long du chemin, et ajoutant de temps à autre :

« Mort de moi ! comme dit maître Pol, M. le commandeur et les autres, si le cardinal se fâche, pourraient bien digérer sur l'échafaud les crêpes qu'on va faire au château de Dampierre ! »

À l'Isle-Adam il ne trouva point M. de Jars qui était en Normandie, près de M. de Longueville.

Le temps de faire manger l'avoine à son cheval, il reprit la route de Paris à franc étrier, car il avait désormais des soupçons et voulait avertir Guezevern. À la Porte-aux-Peintres, il fut arrêté de par le roi et conduit à la Bastille.

Après son départ de l'hôtel de Mercœur, Saint-Venant avait eu une courte entrevue avec un homme de confiance de M. le cardinal. Voilà pourquoi ce coquin de Mitraille avait présentement l'honneur d'être prisonnier d'État.

Saint-Venant, ayant ainsi travaillé, alla passer une heure ou deux chez la Chantereine qui lui trouva, ce jour-là, l'air soucieux et préoccupé. Ses cartes étaient jouées, il attendait la fin.

Maître Pol était resté seul. Il ferma sa porte à double tour en dedans, et s'assit sur le pied de son lit. Il ressemblait assez bien à l'idée qu'on se fait du condamné à mort veillant la dernière nuit avant le supplice.

Quand quatre heures sonnèrent à l'église neuve des Capucines, il tressaillit faiblement.

« M. de Vendôme doit arriver à la tombée de la nuit, dit-il ; en cette saison, la tombée de la nuit est vers les sept heures. J'ai encore trois heures tout au plus devant moi.

— Son premier soin sera de me mander près de lui, poursuivit-il, j'en suis sûr. Il me semble que je l'entends d'ici : « Voyons, ventre-saint-gris ! tête-de-bœuf ! Breton bretonnant, il paraît que tu es devenu l'homme le plus habile de l'univers ! Compte-moi mes trois cent mille livres, Guezevern, mon fils, et demande-moi ce que tu voudras, sauf pourtant une patenôtre en faveur du diable rouge ! »

Il eut un mélancolique sourire.

« Je lui aurais demandé, murmura-t-il, une place de dame d'honneur chez Mme la duchesse, pour ma bien-aimée Éliane ; une noble éducation pour mon fils, et pour moi une compagnie dans son régiment de Mercœur. »

Un profond soupir souleva la poitrine de maître Pol à ce dernier souhait.

« C'est bon ! fit-il, pourquoi penser à cela ? ce n'est pas une récompense qu'il me faut demander, c'est grâce et pitié. Je mourrai intendant, intendant infidèle…, et mon épée ne me servira qu'à trouer mon propre pourpoint ! »

Il se mit sur ses pieds assez bravement, mais tout à coup ses yeux s'emplirent de larmes.

« Mon fils ! s'écria-t-il en un élan de regret passionné, ma femme ! Est-ce donc bien vrai que je ne vous reverrai jamais !… jamais ! »

Il se dirigea vers l'armoire où était l'argent. Son pas chancelait comme s'il eût été ivre.

« Foi de Dieu ! protesta-t-il en se redressant avec un soudain orgueil, ce n'est pas crainte de la mort, au moins ! Depuis qu'il y a au monde des Guezevern, ils ont toujours su mourir en hommes de cœur ! »

« Mais Éliane, ma joie, mon trésor, mon amour chéri ! Maintenant que je vois mon bonheur de loin, il me semble que c'était le paradis. Jamais je n'aurais cru... Non ! sans le coup qui me frappe et que j'ai mérité, jamais je n'aurais su comme mon Éliane était bonne et belle, ni à quel point je l'aimais ! »

Dans l'armoire où était l'argent, il y avait tout ce qu'il fallait pour écrire.

Maître Pol y prit encre, plume et papier qu'il déposa sur la table ; mais au lieu de se mettre à écrire, il saisit sa tête à deux mains et retomba au plus profond de sa rêverie. La plume lui faisait peur.

Pour le rendre à lui-même, il fallut encore l'horloge de l'église neuve des Capucines, annonçant qu'une demi-heure avait passé.

Il écrivit alors de sa main lourde et malhabile une lettre qui lui arracha des sanglots.

Cette lettre était adressée à sa femme Éliane.

Il la ferma et la scella.

Ensuite, il adressa une seconde lettre à son maître, M. le duc de Vendôme.

Enfin, il en commença une troisième qui, dans sa pensée, devait aller à Renaud de Saint-Venant.

Mais, au bout de quelques lignes, il déchira le papier et en dispersa les morceaux.

« Je crois que Renaud n'est point un méchant compagnon, dit-il ; je ne le soupçonne pas d'avoir causé sciemment le grand désastre qui me tue ; mais je veux que mon dernier acte obéisse du moins à ma chère Éliane. Elle m'avait mis en garde contre lui, je ne me servirai point de lui. »

Il prit une quatrième feuille de papier, sur laquelle il écrivit :

« Je confie à mon ancien ami et compagnon Mitraille ces deux lettres, avec charge de les remettre fidèlement, l'une à ma femme, l'autre à M. le duc. »

Puis, ayant serré le tout dans une enveloppe, il la scella, et plaça dessus cette mention :

« Quiconque entrera le premier dans cette chambre, devra déposer le présent paquet entre les mains de l'écuyer Mitraille. »

Il respira avec force quand il eut achevé, car, même en présence de la terrible détermination qu'il avait prise, trois lettres à écrire formaient pour lui un rude et repoussant travail ; le fait seul de jeter la plume désormais inutile, le soulagea d'un grand poids.

« C'est le gros de la besogne, se dit-il avec l'équivoque gaieté des désespérés. Le reste me coûtera moins de peine. »

Il nettoya ses hardes de son mieux, les revêtit et ceignit son épée, qu'il regarda d'un œil farouche.

Son regard fit ensuite le tour de la chambre, comme s'il se fût demandé s'il ne laissait derrière lui aucune tâche inachevée.

Sur le point de franchir le seuil, il se ravisa tout à coup, ferma l'armoire et plaça sur la serrure une bande de parchemin qu'il scella aux deux bouts après avoir tracé dessus ces mots :

« Madame Éliane, veuve du défunt intendant, Pol de Guezevern, a seule le droit de rompre ce parchemin. »

Et il sortit sans refermer sa porte, disant à ceux qu'il rencontra dans les corridors de l'hôtel :

« Je vais voir un peu couler l'eau de la Seine. »

La chambre resta solitaire.

Vers cinq heures et demie, si maître Pol eût été encore chez lui, il aurait pu entendre la marche furtive de deux hommes qui allaient dans le corridor en étouffant avec soin le bruit de leurs pas.

« Es-tu sûr de l'avoir bien reconnu ! demanda l'un de ces deux hommes.

— Sûr comme je vous vois, répondit l'autre.

— De quel côté allait-il !

— Du côté de la rivière.

— Bon ! fit la première voix, qui était douce et discrète comme celle du bon écuyer Renaud de Saint-Venant ; le possédé aura été perdre le reste de son argent chez Marion la Perchepré ! »

Les pas s'éloignèrent et un quart d'heure s'écoula.

Au bout de ce temps, les dalles du corridor sonnèrent de nouveau sous la marche d'un homme. Cette fois, on ne parla point. L'homme devait être seul. Il s'arrêta tout contre la porte.

La brune allait tombant, mais il y avait encore assez de jour dans la galerie pour qu'il fût possible de connaître le bon Renaud de Saint-Venant, très-pâle, un peu tremblant et tenant à la main un large pli, entouré de lacs de soie.

Son oreille était collée à la serrure. Il resta là une minute on deux immobile et retenant son souffle comme s'il eût voulu se bien assurer qu'il n'y avait personne à l'intérieur.

Sa main toucha enfin le loquet de la porte.

Mais au lieu d'ouvrir, il frappa discrètement, disant :

« Guezevern, mon digne ami, êtes-vous encore là ? »

Comme nulle réponse ne rompit le silence, l'homme ajouta, en élevant la voix quelque peu :

« Êtes-vous là, Guezevern ? C'est moi, Saint-Venant, votre ami et compère. Ouvrez-moi, je vous prie, je tiens en main un message de Mme Éliane, votre femme bien-aimée. »

XVI. L'HÉRITAGE DE GUEZEVERN

Renaud de Saint-Venant attendit encore une seconde ; le nom d'Éliane ainsi prononcé, n'ayant amené aucun signe de vie à l'intérieur, Renaud se dit :

« C'est bien lui qu'on a dû rencontrer sur le chemin de la rivière ! »

Et il pesa sur le loquet. La porte, qui n'était pas fermée à clef, s'ouvrit aussitôt.

Renaud de Saint-Venant, malgré la presque certitude qu'il avait d'être seul dans cette chambre, dit en entrant, par précaution :

« Dormez-vous, Guezevern ? »

Sa voix chevrotait dans sa gorge. Il avait conscience de jouer ici un jeu à se faire fendre le crâne.

Guezevern, bien entendu, n'eut garde de répondre.

Renaud, qui n'était pas encore rassuré tout à fait, passa derrière les rideaux de l'alcôve et tâta le lit de bout en bout.

Il releva la tête alors et pensa :

« J'ai toujours bien une couple d'heures devant moi. »

La nuit était tout à fait tombée. Renaud, qui était ici chez lui et connaissait parfaitement les êtres, se dirigea vers la tablette où il savait trouver le briquet. Il alluma une lampe.

La première lueur lui montra le paquet de papiers qui restait en vue au milieu de la table. Il s'approcha et lut :

« Quiconque entrerais premier dans cette chambre, devra déposer le présent paquet entre les mains de l'écuyer Mitraille. »

« Tiens, tiens ! fit Renaud étonné. Mitraille ! Pourquoi choisir ce coquin de Mitraille ? Est-ce que mon digne ami et compère se défierait de moi, à présent ? »

Pour la première fois depuis qu'il était entré, il eut son sourire félin et ajouta :

« Mon digne ami et compère n'aime pourtant pas beaucoup écrire. Comment se fait-il qu'il ait pris la peine de noircir un si gros paquet de papiers ? Mais voyons un peu ce qui manque à l'épargne de M. de Vendôme ! Je ne suis pas curieux, mais j'ai envie de voir cela. »

Il se retourna vers l'armoire, et la bande de parchemin collée sur la serrure frappa seulement alors son regard.

Il recula d'un pas. Sa première pensée fut de rapporter cette précaution à lui-même.

« Il faudra que M. le baron de Gondrin me paye gros, dit-il entre ses dents, pour le danger que je cours dans cette maudite affaire ! Personne ne m'a vu entrer. Il serait encore temps de m'en aller et de laisser les choses marcher comme elles voudront.

Sa frayeur atteignait à un tel paroxysme qu'il fit un faux mouvement vers la porte.

Mais ses yeux tombèrent sur la lettre qu'il tenait à la main, la lettre entourée de lacs de soie.

Il la porta à ses lèvres en murmurant :

« Celle-ci m'a ensorcelé ! Il me faut ma belle Éliane ! Je la veux… je l'aurai ! »

Il y a des poltrons qui ont de l'audace.

Au lieu de gagner la porte, Renaud de Saint-Venant s'approcha de l'armoire et leva sa lampe pour déchiffrer ces mots tracés sur le scellé :

« Madame Éliane, veuve du défunt intendant Pol de Guezevern, a seule le droit de rompre ce parchemin. »

Son étonnement fut si profond, qu'il se prit à relire l'inscription, prononçant chaque mot à haute voix.

« Défunt ! répéta-t-il, en homme qui croit rêver ; le défunt intendant Pol de Guezevern ! »

Il s'interrompit en un cri de joie.

« Par la mort Dieu ! fit-il, on l'a rencontré sur le chemin de la rivière ! Aurais-je réussi au delà de mes espérances ? Serais-je à tout jamais délivré de lui ? »

D'un geste violent et peut-être irréfléchi, il lacéra l'enveloppe, qui contenait les trois lettres de maître Pol et ouvrit celle qui était adressée à Éliane.

Dès les premières lignes, un flux de sang lui monta au visage.

« Par la messe ! gronda-t-il, voilà une aventure ! Le pauvre nigaud a sauté le pas ! nous sommes les maîtres ! Et ma belle Éliane va s'appeler madame de Saint-Venant, si mieux elle n'aime être tout uniment ma maîtresse. Quant à M. le baron de Gondrin, nous compterons, ou que le diable m'emporte ! et il n'héritera pas tout seul !

« Vit-on jamais un âne bâté comme ce Guezevern ! se tuer pour quelques milliers de pistoles ! Sainte croix ! Renaud, mon ami, vous allez avoir de quoi acheter une charge de président, si le cœur vous en dit. Et vous ferez un respectable magistrat, j'en réponds ! Allons ! allons ! divertissons-nous comme il faut et sachons le fond de l'histoire, afin d'arranger nos cartes et de jouer bellement le restant de notre partie ! »

Il s'en alla, tranquillement cette fois, vers la porte d'entrée qu'il ferma à double tour, puis il revint à la table, près de laquelle il s'installa dans un bon fauteuil, les jambes croisées l'une sur l'autre, comme ferait de nos jours, un bourgeois qui va se donner la volupté grande de lire son journal du soir.

La lettre que Guezevern adressait à sa femme était ainsi conçue :

« Madame ma chère femme,

« La présente missive est pour vous faire savoir que je m'en vais mourant d'un mal que nul médecin ne peut guérir. Pendant cinq années j'ai vécu honnêtement et bien, moyennant que j'ai suivi vos bons conseils, reconnaissant comme je le fais, à cette heure, qui est la dernière de ma vie, que vous avez été mon ange gardien, mon bras droit, mon intelligence et ma conscience.

« Vous m'aviez fait promettre de ne point me laisser entraîner par mon ancien compagnon Renaud de Saint-Venant, parrain de notre cher enfant, et de ne point jouer. J'ai manqué à mes deux promesses.

« J'ai fait chose pire, madame et bien-aimée femme, j'ai écouté certaines paroles proférées par ledit écuyer Renaud de Saint-Venant, paroles à double sens, qui n'accusaient certes pas votre vertu, car il aurait eu la tête fendue avant d'avoir achevé son mensonge, mais qui m'ont laissé de la tristesse et du découragement dans le cœur.

« Vous aviez raison, cet homme est mauvais. Je ne le sais point de science certaine, mais je le sens, ce qui vaut mieux.

« S'il n'avait point parlé, peut-être aurais-je gardé le courage de vivre. Mais il a fait allusion une fois, deux fois peut-être, à l'abandon où souvent je vous ai laissée, et la femme qui n'est point soutenue par le constant amour de son mari, doit rester parfois à l'esprit de tentation.

« Non que je vous soupçonne, Éliane, ma chère âme, au moment de vous dire adieu pour jamais. Vous êtes pour moi une sainte ; mais il a parlé, cet homme, et j'ai du remords.

« Je ne saurais pas exprimer de telles pensées. Je suis jaloux sans pouvoir dire quel motif j'ai d'être jaloux. Ma jalousie vient uniquement sans doute de mon indignité. Je ne méritais pas le trésor que Dieu m'avait donné. »

Ici, Renaud interrompit sa lecture pour se frotter les mains tout doucement.

« Qui donc a dit que les paroles s'en vont et que les écrits restent ? murmura-t-il. Je n'ai prononcé qu'une parole, et voilà un pauvre bon garçon qui l'a mise à son cou, comme une pierre, pour s'en aller au fond de l'eau ! »

Il resta un instant rêveur.

« Une seule chose vaut mieux que la parole prononcée, pensa-t-il encore, c'est la parole qu'on a su retenir. Si j'avais accusé formellement ma belle Éliane, Guezevern m'aurait cassé la tête. Corbleu ! profitons ! nous sommes ici à l'école ! »

Il reprit la lettre.

« Je voulais toujours savoir pourquoi vous détestiez ce Renaud qui me semblait un si bon compagnon. Une fois je l'interrogeai, parce que l'idée m'était venue qu'il vous avait peut-être insultée. Je ne me souviens pas au juste de ce qu'il me répondit, ou plutôt je crois qu'il garda le silence ; mais depuis ce moment, je vous vois seule dans ce grand château que jamais je n'aurais dû quitter ; je vous vois toute seule.

« Et je me demande : quelles pensées pouvait avoir mon Éliane entourée de cette solitude ?

« Éliane, Éliane, je n'ai jamais songé comme aujourd'hui. J'aurais tant de choses à vous dire. Mais à quoi bon ? Il n'est plus temps.

« J'ai joué, j'ai perdu plus du tiers de l'épargne de M. de Vendôme. Je le connais. Il eût puni le vivant, il pardonnera au mort. Je me tue pour que le nom de mon fils soit épargné et pour que vous n'ayez point à partager la honte d'un malheureux qui n'était pas digne de vous.

« Adieu, Éliane, mon Éliane tant chérie ! C'est à cette heure seulement que je sais combien je vous aimais. »

La plume avait tremblé en traçant cette dernière ligne, mais la signature de Guezevern se lisait au-dessous, hardiment dessinée.

On eût dit un homme fier qui relève le front en face de la mort, après avoir soulagé sa conscience par le suprême aveu.

Renaud de Saint-Venant essuya ses tempes où il y avait de la sueur.

Ce n'était pas qu'il eût le cœur très-tendre, mais la mâle naïveté de ce dernier adieu avait remué ce qui lui restait de cœur.

« Après tout, se dit-il le pauvre diable a pris le bon parti. Et qui oserait prétendre que je sois cause de ce qui arrive ? Sur ma foi, cela m'a surpris ; je ne m'y attendais pas !

Il rompit le cachet de la seconde lettre, adressée à M. le duc de Vendôme.

Guezevern y disait :

« Mon respecté seigneur,

« Vous m'avez cru un intendant habile et probe et je n'ai jamais été qu'un être inutile, ne sachant point aligner les chiffres. Votre véritable intendant était Mme Éliane, ma femme, qui avait rassemblé pour vous une épargne bien au-dessus de vos espérances. Moi qui n'avais point contribué à former cette épargne, moi qui en ignorais l'existence, je l'ai eue entre les mains un jour et je l'ai dissipée.

« Monseigneur, je ne vous demande point pitié pour moi. Vous trouverez dans l'armoire cent quatre-vingt-cinq mille livres qui restent de cent mille écus à moi confiés par Mme Éliane, ma femme.

« Ayez compassion d'elle et de mon fils. Ma seule joie en quittant ce monde est l'espoir que j'ai en vous. Ma mort sauvera leur vie. »

Ce pauvre Guezevern, an fond de l'eau où il roulait sans doute à cette heure, ne pouvait pas être plus blême que Renaud de Saint-Venant.

« C'est une triste affaire, grommela-t-il, et j'y songerai longtemps. Nous avons joué ensemble, lui et moi, quand nous étions enfants tous deux. Il me défendait contre les autres, c'est vrai, car c'était déjà un petit lion… mais il me battait aussi… et, par la messe ! Mme Éliane sera la femme d'un conseiller au Parlement ! »

Il essaya de rire, mais il ne put.

« Il est mort, prononça-t-il lentement, tandis que ses sourcils se fronçaient malgré lui. Ce n'est pas moi qui l'ai tué. Que Dieu ait son âme. Il s'agit maintenant d'hériter de lui et de conduire prudemment ma barque. Écrirai-je à Mme Éliane, ou irai-je la trouver au château de Vendôme ?

« Au château de Vendôme ! répéta-t-il en tressaillant. Où donc est cette lettre de Mme Éliane que j'apportais tout à l'heure ? Le messager m'a dit qu'elle venait du château de Pardaillan. »

Il se prit à chercher tout autour de lui, oubliant, dans son trouble, que la lettre était dans sa main.

Quand il l'aperçut enfin, le rouge lui monta au visage et ses yeux s'allumèrent.

« Du calme ! fit-il. Ce trouble est un mauvais symptôme. Il faut jouer froidement ; la partie est dangereuse et je veux la gagner.

« C'est ici, ajouta-t-il en rompant un à un les fils de soie qui entouraient la missive d'Éliane, c'est ici la meilleure portion de l'héritage. »

La lettre sortit de l'enveloppe. Il baisa le papier et ses yeux se portèrent avidement sur l'écriture.

Son visage changea encore une fois.

Une stupéfaction profonde se peignit sur ses traits pendant qu'il parcourait les premières lignes.

« Il était temps ! fit-il d'une voix altérée. Comme tout marche ! »

Et il s'assit parce que ses jambes tremblaient sous lui.

Il dit encore :

« Si Guezevern avait eu ceci entre les mains… Je suis en veine, il me semble, et mon étoile commence à poindre au ciel ! Têtebleu ! si Guezevern avait pu deviner.

Tout en parlant, il lisait.

La lettre était ainsi conçue :

« Monsieur, mon cher époux,

« Je vous écris dans une maison mortuaire, au milieu des prépara-tifs de mon départ. J'ai bien des choses à vous dire, et le temps me presse si fort que je désespère de ne rien omettre.

« En premier lieu, M. le comte de Pardaillan, notre respectable oncle, est passé de vie à trépas ce jourd'hui mardi, à huit heures du matin, et vous êtes son légataire universel. »

« Par la messe ! gronda Saint-Venant, qui s'arrêta abasourdi, com-ment allons-nous sortir de tout ceci ?

« Merci de moi ! elle arrive ! s'interrompit-il, tandis que son re-gard curieux sautait plusieurs lignes. Elle sera ici ce soir ! Vais-je fuir ? vais-je l'attendre ?

« Sa fille ! s'interrompit-il encore, ébloui par les surprises qui le frappaient coup sur coup. Elle ! Éliane ! Elle serait la fille du comte de Pardaillan ! Ah ça ! je rêve ! Il y avait eu mariage ; mais voici bien une autre affaire : des faux !… Ce n'est pas en qualité de fille qu'elle hérite ; on a biaisé, et tous les actes qu'ils ont passés là-bas, au château de Pardaillan, sont entachés de faux ! Tous, depuis le premier jusqu'au dernier ! Elle l'avoue elle-même ; elle a signé là-bas pour son mari, lequel mari est mort à l'heure où nous sommes. Merci Dieu ! j'aime l'eau trouble, mais pas tant que cela ! Nous sommes dans un labyrinthe où Satan ne retrouverait pas sa route.

Voyons ! j'aurai plutôt fait de lire raisonnablement et à tête reposée. J'entrevois la marche à suivre, et je crois bien que ma fortune est faite ! »

La lettre d'Éliane continuait :

« Une heure après votre départ du château de Vendôme, je reçus la dépêche ci-jointe qui vous appelait en toute hâte à Pardaillan, auprès de votre oncle, — auprès de mon père, devrais-je dire, mon pauvre excellent père que j'ai embrassé aujourd'hui pour la première et pour la dernière fois.

« Mon ami chéri, vous ne me comprenez pas, mais je vous expliquerai cela plus au long demain soir, à Paris, où je vais vous rejoindre. Et d'ailleurs, il suffira d'un mot. Vous souvient-il de notre première rencontre ? Cette pauvre femme, ma mère, qui venait de mourir dans une chambre d'auberge, avait trôné longtemps à la place d'honneur dans la grande salle du château de Pardaillan. Poursuivie et calomniée par les collatéraux avides qui entouraient mon père, elle soutenait à Paris contre lui un procès en validité de mariage, procès qui fut perdu et qui fit de moi une fille sans nom.

« Les gens qui ont tué ainsi ma mère par la honte, par le chagrin sont morts à leur tour. Hier il ne restait qu'un vieillard brisé par le repentir, qui racontait en pleurant comme quoi on avait trompé sa faiblesse, et qui joignait ses mains tremblantes, m'appelant sa fille chérie et demandant pardon à la sainte martyre assise aux pieds de Dieu.

« Aujourd'hui, personne ne reste. Le vieillard est mort dans mes bras.

« Mort en me disant : Ma fille bien-aimée, c'est la Providence qui a uni ton sort à celui de mon neveu Pol de Guezevern. Il est trop tard pour réparer un mal que la justice des Parlements a sanctionné. Dieu merci, nous avons un moyen de te rendre non-seulement tes domaines, mais encore ton nom. Pol de Guezevern va être le comte de Pardaillan et tu seras comtesse !

« Ici, mon mari, je dois vous faire un aveu, et j'aime mieux vous dire ma confession dans une lettre que de vive voix. J'ai bien hésité, allez, quoique ma conscience me criât que je ne commettais point un péché. Vous me l'avez répété souvent : je suis votre bras droit, et combien de fois m'as-tu dit, Pol, mon amour : « Nous ne faisons qu'un ! » Je gardais l'argent pour toi, je signais pour toi ; je pensais pour toi aussi, un peu, n'est-ce pas ? Eh bien ! ce que je faisais chez nous tous les jours, sans remords, puisque c'était ta volonté, je l'ai fait une fois au château de Pardaillan, et j'ai peur d'avoir mal agi ; car ce que j'ai fait nous enrichit et appauvrit M. le baron de Gondrin-Montespan, l'autre neveu de ton oncle.

« J'ai signé pour accepter la donation entre-vifs, faite en notre faveur, de tous les biens de Pardaillan, et au lieu de signer « Éliane » j'ai signé « Pol de Guezevern, » comme j'avais coutume de le faire au bureau de ton intendance.

« C'était un blanc-seing. Je l'avais préparé avant de partir, au château de Vendôme. Sur mon salut, je ne m'en serais point servie au château de Pardaillan, si je n'eusse appris là que j'avais droit avant toi, droit avant tous.

« C'est la loi de Dieu que la fille hérite de son père.

« Et pourtant, je suis triste parce que, en mourant, mon père a cru que mon mari avait signé.

« Cela peut-il s'appeler une fraude ?

« Mon mari, demain, un peu après la tombée de la nuit, je serai près de vous. Vous êtes l'honneur même, la noblesse et la loyauté. Si j'ai mal fait, vous me blâmerez et nous réparerons ma faute en rendant à M. le baron de Gondrin la moitié de mon patrimoine légitime. »

Renaud de Saint-Venant baisa encore le papier à l'endroit où Éliane avait écrit son nom.

Ce fut avec une sorte de respect.

« Y a-t-il donc encore des gens faits comme cela ? murmura-t-il, et une conscience peut-elle être troublée pour si peu ? Mort diable ! je connais plus d'une sainte qui n'aurait point ces scrupules. »

Il regarda au dehors et ajouta :

« Voici la nuit tout à fait tombée. Elle peut arriver d'un instant à l'autre. Sauf réflexions ultérieures et meilleur avis, voici, je crois, la manière de procéder, pour hériter le plus possible de mon digne ami et compère l'intendant Guezevern : prendre sa femme d'abord, ensuite vendre ses domaines à M. le baron, moyennant moitié partout, plus une jolie somme pour le titre de comte, qui ne se peut point partager… car il serait dangereux de garder tout, en achevant la comédie commencée. Il y a alibi évident. Les témoins abonderaient pour prouver que maître Pol n'était point à Pardaillan, mais bien à Paris, lors des signatures. »

Il se leva brusquement et s'écria :

« En besogne ! Il faut faire disparaître tout ce qui pourrait éveiller dans ce joli petit cœur un soupçon ou une inquiétude. Mme Éliane, en entrant ici, doit se croire dans la chambre nuptiale. Il sera temps de la détromper demain matin ! »

Nous l'avons dit : il y a des poltrons qui agissent en hommes hardis. Quand le danger n'est pas actuel et représenté par une menace physique, ceux-là vont de l'avant aussi bien et mieux que les intrépides.

Renaud de Saint-Venant n'avait certes pas prévu avec exactitude tout ce qui se produisait autour de lui. Il avait semé le mal au hasard, et la récolte dépassait de beaucoup son espérance. Moissonneur de nuit, il ne craignait plus de se trouver en présence du maître, armé pour défendre son bien. Il n'y avait plus là qu'une femme : Renaud se sentait brave comme un lion.

Il arracha la bande de parchemin collée sur l'armoire et gratta avec soin la trace des scellés. La chambre fut ensuite remise en ordre tant bien que mal, après quoi Renaud gagna l'alcôve large et profonde où maître Pol avait dormi sa dernière nuit.

Il en souleva les rideaux avec une véritable émotion.

« Morbleu ! murmura-t-il, voilà un frisson qui me fait honte. Mon digne ami ne saurait plus être qu'un revenant, à cette heure… et je n'ai pas peur des fantômes, je suppose ! »

Son ricanement rompit le silence de la chambre, et il tressaillit de la tête aux pieds.

Il lui semblait qu'une forme immobile reposait sur le lit défait.

Il s'approcha : c'était l'ancienne défroque de Guezevern : les diverses pièces du costume que Guezevern avait en quittant le château de Vendôme.

Renaud se prit à rire, cette fois franchement.

« Quand on a de la veine, dit-il en dépouillant lestement son pourpoint, les atouts ne manquent jamais. J'ai la veine et voici une pleine poignée d'atouts ! »

Il cacha son vêtement sous le lit et passa celui de maître Pol, ajoutant à part lui :

« Désormais, ma belle Éliane n'y verra que du feu !

Ce fut sa dernière parole. Il alla ouvrir la porte d'entrée pour poser la clef dans la serrure au dehors, mit la lampe allumée sur le meuble le plus éloigné de l'alcôve et passa derrière les rideaux.

L'instant après, il était étendu sur le lit, tout habillé, non point pour dormir, mais pour guetter, attentif et inquiet comme un chasseur à l'affût, l'arrivée de Mme Éliane.

XVII. OÙ MAÎTRE POL SAUTE LE PAS.

Entre huit et neuf heures, ce soir-là, M. le duc de Vendôme rentra dans Paris par la porte Saint-Honoré. Il portait le deuil de son frère, M. le grand-prieur, et jurait contre sa colique que le bon air de Dampierre ni le spirituel entretien de madame la duchesse de Chevreuse n'avaient point guérie.

Le diable rouge était plus fort que cela, et les coliques qu'il donnait tenaient ferme.

M. le duc de Vendôme s'introduisit dans son hôtel de Mercœur incognito et avec des précautions infinies par une poterne de derrière, ouvrant sur le chemin des Percherons ; ceci afin d'éviter les embûches de M. le cardinal qui ne songeait guère à lui en ce moment, occupé qu'il était à prendre la Rochelle.

Aussitôt installé dans son appartement, M. le duc se mit au lit entouré de serviettes chaudes, et annonça qu'après une heure de repos il recevrait le Breton bretonnant Tête-de-bœuf, autrement dit maître Pol de Guezevern, le seul intendant honnête homme qui fût en ce bas monde.

Vers cette même heure, un cavalier se promenait seul et tête nue le long du parapet du Pont-Neuf, aux environs de la Samaritaine.

Le Pont-Neuf était alors et tant que durait le jour, l'endroit le plus fréquenté de Paris. Il avait la vogue que possédèrent au commencement de notre siècle les galeries du Palais-Royal ; c'était le lieu par excellence du plaisir et même des affaires, comme il arrive maintenant pour le boulevard des Italiens. Tabarin avait déjà établi à l'entrée de la place Dauphine son théâtre où se débitaient les onguents du sieur Mondor. Maître Gonin, vers la statue d'Henri IV, émerveillait les badauds par ses tours de gobelet, et l'illustre Briochet faisait aller, un peu plus loin, en face de l'hôtel de Conti, ses inimitables marionnettes. D'un bout à l'autre du Pont-Neuf, vous n'auriez pas trouvé dix pieds carrés qui n'eussent leur banquiste en plein air ou leur marchand de souverain baume.

Mais, dès que tombait la brune, les choses changeaient du tout au tout. Les charlatans pliaient bagage, les saltimbanques disparaissaient, l'essaim des badauds prenait sa volée, et ce champ de foire, où naguère grouillait la rieuse cohue, devenait un sombre chemin creux où quelques bandits faméliques attendaient, en vain la plupart du temps, le passage d'un provincial attardé.

Notre cavalier n'était ni un passant surpris par la nuit, ni un coupeur de bourse, car les coupeurs de bourse s'éloignaient de lui, flairant un accueil mauvais, et les passants le fuyaient, craignant une méchante rencontre.

Il allait d'un pas inégal, les cheveux au vent, les habits en désordre. C'était un fou, peut-être. Du moins, ceux qui s'étaient approchés de lui par hasard avaient entendu des paroles sans suite qui tombaient de ses lèvres.

En ce temps-là Paris n'avait aucun pont à l'ouest du Louvre. Le bac qui a donné son nom à la rue la plus commerçante du faubourg Saint-Germain existait encore ; le pont Barbier qui le remplaça n'ayant été fondé que cinq ans plus tard, en 1632.

Madame Éliane, chevauchant, escortée de deux valets seulement, car elle avait fait grande diligence depuis son château de Pardaillan, était entrée par la poterne de l'Abbaye et descendait, juste à ce moment, au grand trot le chemin des Saints-Pères, traversant le grand pré aux Clercs.

Nul passage autre que le bac ne menant directement à l'hôtel de Mercœur, elle suivit la Seine à droite pour gagner le Pont-Neuf.

« Un dernier bout de galop, mes garçons, dit-elle. Nous sommes d'une heure en retard, et M. le comte m'attend sans doute avec bien de l'impatience. »

M. le comte, c'était le pauvre Breton bretonnant de Guezevern, qui se promenait là bas, tête nue, songeant creux avant d'enjamber le parapet pour se jeter dans la rivière.

Certes, il ne se doutait guère du bonheur ironique qui lui arrivait le long de l'eau : le titre de comte et les millions de fortune qu'on lui avait montrés dès son enfance, au lointain de l'avenir inconnu.

S'il avait pu se douter…

Mais tout a une fin, même les hésitations d'un malheureux homme qui va mettre un terme à sa vie.

Maître Pol fit le signe de la croix, prononça le nom de sa femme adorée et monta sur le parapet.

Mme Éliane, suivie de ses deux valets, passait à pleine course devant l'hôtel de Conti, lorsqu'elle entendit le bruit d'un corps tombant à l'eau, puis un long cri, partant de la berge, de l'autre côté du Pont-Neuf. Le cri disait :

« À l'aide ! à l'aide pour un chrétien qui se noie ! »

Éliane avait le cœur sensible et bon ; elle fut émue.

Émue au point de s'étonner elle-même de la profondeur de son émotion.

De la houssine quelle tenait à la main, elle fouetta les oreilles de son genêt d'Espagne, et tourna, rapide comme l'éclair, l'angle du Pont-Neuf.

Ses serviteurs, désormais, avaient peine à la suivre.

On ne sait pas d'où sort la foule, à Paris. Quand Mme Éliane arriva à l'autre extrémité du Pont-Neuf, il y avait foule de ces curieux que le premier vent d'une catastrophe assemble en un clin d'œil. Les maisons voisines s'étaient vidées, malgré la crainte qu'on avait des voleurs, et les cabarets du bord de l'eau avaient vomi toute leur clientèle.

Cette foule descendait la berge et courait, avide de voir et de savoir.

Madame Éliane put entendre les renseignements échangés entre gens qui avaient déjà pris leurs informations ou qui devinaient.

Et naturellement ces informations ne concordaient guère.

« C'est un vieillard assassiné ! criait l'un : je l'ai vu.

— C'est une jeune fille-mère, répondait l'autre avec une égale certitude ; je l'ai vue.

— C'est un coupeur de bourse, et voilà qui est bien fait !

— Qu'on se taise, menteurs et badauds ! cria une voix retentissante. J'ai appris la chose de la bouche même des deux petits amoureux. Ah ! les chérubins ! »

Pour le coup la foule se massa en un seul tas compacte. Ces mots : « les deux petits amoureux, » donnèrent à l'aventure une bonne odeur de friandise.

La forte voix reprit :

« L'endroit est bon pour parler d'amour, quand on n'a ni bijoux, ni escarcelle. Les deux mignons n'ont pas peur des voleurs : Jonquille le danseur de cordes et la Fanchonnette qui avale des couteaux. Ils étaient donc là, sous le pont, à se confier leurs secrets, quand patatras ! voici un beau gentilhomme qui tombe tête première.

— Sa femme l'avait trompé, improvisa aussitôt un des auditeurs ; c'est certain !

— Du tout, point, c'était sa maîtresse, pour sûr ! »

Le long du parapet, on criait :

« Holà, ho ! du bateau ! Trouve-t-on le gentilhomme ? »

Il y avait en effet un bateau de sauvetage qui sondait le courant.

« Le gentilhomme a coulé sous les pilotis de la Samaritaine, opina un penseur. Il ne savait pas nager.

— Quand ils ont à sauter le pas, riposta une bourgeoise, ils s'attachent un pavé au cou, à ce qu'on dit.

« Tiens ! tiens ! fit la grosse voix, savez-vous qui est dans le bateau ? c'est don Ramon, le miquelet qui raccole pour la guerre d'Allemagne. Je gage qu'il va repêcher un soldat ! »

Et la foule de rire.

Une voix vint du bateau qui dit :

« Le pauvre diable est noyé ! Dieu ait son âme ! »

Sur le pont, une autre foule bavardait, racontant comme quoi M. le cardinal avait fait lancer par-dessus le parapet un certain cadet de Touraine dont Sa Majesté le roi Louis XIII avait dit : « Il a de beaux yeux. »

— Un pain ! un pain et une chandelle ! »

Personne n'ignore ceci : quand un malheureux noyé s'en va au fil de l'eau, le mieux est d'avoir un pain rond qu'on perce à son milieu pour y ficher une chandelle ou un cierge. Le pain rond doit être ainsi livré au courant, après que la chandelle a été allumée, et par l'intercession de saint Antoine de Padoue, il va s'arrêter juste à l'endroit où est l'homme, vivant ou mort.

Le pain secourable fut trouvé et le cierge allumé. On vit bientôt une lueur, semblable à un feu follet, qui descendait le cours de la Seine.

Mme Éliane la suivit des yeux bien longtemps, cette lueur.

Et elle pensait :

« Bon saint Antoine, ayez pitié du pauvre gentilhomme ! »

Mais la lueur disparut au tournant du fleuve, vers la butte Chaillot, et Mme Éliane, le cœur serré mortellement, reprit le chemin de l'hôtel de Mercœur.

Elle avait beau se dire : Je ne connaissais pas ce gentilhomme ! Elle avait beau ajouter en elle-même : Je vais embrasser mon mari bien-aimé, à qui j'apporte noblesse et fortune, un poids écrasant restait sur sa poitrine.

Dix heures de nuit sonnaient quand elle passa le seuil de l'hôtel.

Le premier valet qu'elle rencontra lui apprit que M. de Guezevern, intendant de Vendôme, habitait le propre appartement du bon écuyer Renaud de Saint-Venant.

Cette nouvelle ne diminua point le poids qui lui chargeait le cœur.

Elle demanda si maître Pol était dans sa retraite ; on lui répondit que les fenêtres de M. l'intendant étaient éclairées.

Mme Éliane, nous le savons, était une personne de haute résolution et de grand courage. Elle secoua la préoccupation triste qui la navrait, et donna l'ordre à ses serviteurs de porter chez maître Pol les valises qu'ils avaient en croupe. Ces valises semblaient être lourdes.

En revenant, les serviteurs dirent à Mme Éliane que M. l'intendant était seul dans son appartement, et qu'il reposait étendu sur son lit. Elle les congédia et entra.

« J'espère, dit-elle à peine entrée, que vous ne vous trouvez point malade, Pol, mon cher mari ?

Il lui fut répondu :

« Non. »

Sans prendre le temps d'ôter son chaperon de voyage ni sa mante, Mme Éliane passa derrière les rideaux et donna son beau front au baiser de son époux, il faisait dans l'alcôve une obscurité presque complète. Renaud de Saint-Venant avait placé la lampe de manière à rester lui-même dans l'ombre.

Certes, Mme Éliane n'avait et ne pouvait avoir aucun soupçon préconçu. Les aventures du genre de celles qui s'entament ici sous nos yeux ne se devinent point.

Néanmoins, et c'était sans doute la suite de cette sinistre rencontre qui avait salué son entrée dans Paris, Mme Éliane se sentait prise d'un indicible malaise. Quoi qu'elle fit, elle songeait à cette lueur mélancolique qui suivait le fil de l'eau, et elle se disait :

« Aura-t-on retrouvé le pauvre gentilhomme ? »

Et puis, je ne sais comment exprimer une nuance si vague et en même temps si subtile, mais il est certain que le baiser de la personne qu'on aime a une saveur particulière. Le doute n'était pas né dans l'intelligence de Mme Éliane, mais peut-être que son front et ses lèvres s'étonnaient déjà tout bas.

« Pol, dit-elle, c'est une chose bien extraordinaire qui nous arrive. Je m'attendais à un autre accueil. N'avez-vous point pris connaissance de ma lettre ?

— Si fait, mon amour, » répliqua le faux Guezevern, la bouche dans ses couvertures.

Éliane qui était en train de dépouiller son costume de voyage, prêta l'oreille avec étonnement.

« Je suis folle ! pensa-t-elle. C'est pourtant bien sa voix. »

En effet, Renaud de Saint-Venant avait imité assez bien l'accent breton de maître Pol.

Éliane poursuivit :

« Il semblait que mon pauvre père n'attendît que ma venue pour rendre son âme à Dieu. Il a voulu que je lui accordasse son pardon au nom de ma mère, et il est mort comme un saint… Quelle noble demeure que ce château de Pardaillan, mon bien aimé Pol ! Et comme notre sort a changé du jour au lendemain !

— Certes, certes, murmura Saint-Venant. Hâtez-vous, s'il vous plaît, mon Éliane chérie. »

Je ne saurais dire pourquoi celle-ci était plus lente que d'habitude à délacer les agrafes de son corsage.

Peut-être un premier soupçon frappait-il au seuil de sa pensée.

Mais quelle apparence, pourtant ?

« N'avez-vous point désir de connaître les détails de mon voyage ? demanda-t-elle.

— Je les écouterai quand vous serez près de moi, répliqua Saint-Venant.

— Ceci est bien de lui ! pensa la jeune femme qui eut son premier sourire rougissant et heureux.

— Vous ne m'avez pas encore dit, reprit-elle cependant, si vous me pardonnez la hardiesse que j'ai eue de signer votre nom sans votre permission. »

Saint-Venant, il faut que vous le pensiez bien, n'était pas sur un lit de roses. Éliane l'eût soulagé incomparablement, si elle avait raconté en ce moment l'aventure du gentilhomme inconnu qui venait de se noyer sous le Pont-Neuf.

Saint-Venant avait la fièvre. Le danger de sa situation lui apparaissait terrible. Il se disait : si la porte allait s'ouvrir ! si Guezevern allait paraître !

Il essuyait à pleines mains, derrière le rideau, la sueur qui baignait ses tempes.

Mais cela ne l'empêchait point de tenir vaillamment son rôle, et il répondit :

« Ma toute aimée, n'êtes-vous pas mon bras droit ?

— Cette fois, c'est bien ton cœur qui a parlé, Pol, mon ami et mon maître ! s'écria Éliane. J'avais peur. Mais j'ai bien fait, du moment que tu m'approuves… et laisse-moi te saluer la première du titre qui t'appartient. Aimez-moi, aimez-moi, comte de Pardaillan, comme vous m'aimiez quand nous étions deux pauvres jeunes gens, forcés, pour vivre, à occuper un emploi de roture.

— Comtesse, ma belle comtesse, repartit passionnément Renaud, je vous adorerai jusqu'au dernier jour de ma vie ! Mais par grâce, hâtez-vous ! »

Éliane obéit, cette fois, et son corsage, dénoué, tomba.

Renaud dévorait des yeux les charmants profils de sa taille. Le succès qui payait son audace éloignait peu à peu ses frayeurs.

Après tout, ce fou de maître Pol n'était pas homme à s'arrêter à moitié chemin de la rivière.

Il avait promis de se tuer. Ce devait être chose faite.

Quant à Éliane, elle alla prendre la lampe et la porta devant un miroir pour disposer sa coiffure de nuit.

« Et savez-vous, mon ami, poursuivit-elle en baissant la voix malgré elle, tandis qu'un rouge pudique montait à la fraîcheur de ses joues, un bonheur ne vient jamais seul. Il y avait une chose que vous souhaitiez ardemment… »

Elle s'arrêta.

Renaud, pris d'une soudaine inquiétude, attendait, bouche béante, la fin de la phrase.

Il ne savait pas, le malheureux, quelle était la chose si vivement désirée.

Et il cherchait à deviner.

Éliane poursuivit, en passant le peigne dans les masses admirables de ses cheveux :

« Faut-il vous dire quel est votre souhait le plus cher, Pol, mon amour ?

— Il n'est pas besoin… » balbutia Renaud au hasard.

Et se souvenant à propos du juron favori de son compère, il ajouta :

« Mort de moi ! j'y songe la nuit et le jour ! »

Éliane eut cette moue gentille qui fronçait ses lèvres quand on lui désobéissait.

« Quel nom d'ange lui donnerons-nous ? prononça-t-elle si bas, que Renaud eut peine à l'entendre.

— Quel nom ? » répéta imprudemment le faux Guezevern.

Éliane réprima un tressaillement.

Cette fois, un soupçon, un vrai soupçon lui avait traversé le cœur.

Il n'était pas possible que maître Pol n'eût point compris. Dans cette langue particulière dont tout couple bien uni fait usage, et qui est comme l'argot du bonheur, Éliane venait de dire clairement et explicitement : Dieu a exaucé nos ferventes oraisons ; je vais être mère !

Et regardant comme accompli déjà le côté problématique de son désir, elle laissait entendre que son petit Renaud allait avoir une sœur.

En conscience, ce pauvre Saint-Venant ne pouvait deviner tout cela.

Éliane réfléchissait déjà en peignant à pleines mains sa magnifique chevelure ; pour elle réfléchir c'était comprendre.

Elle était fée. Une main d'acier lui étreignit le cœur.

Mais elle ne perdit pas son sourire, mais elle garda tout son sang-froid en face d'un danger dont elle ne pouvait encore mesurer l'étendue.

Le danger existait, voilà le fait certain. Éliane se pencha vers le miroir, comme pour mieux nouer sa coiffure, et chercha l'alcôve dans la glace. Saint-Venant avait disposé les rideaux de manière à masquer la lumière de la lampe, placée, comme elle l'avait été par lui, à l'autre bout de la chambre ; mais Éliane avait dérangé la lampe.

Par l'interstice des rideaux, une lueur pénétrait dans l'alcôve et frappait le visage de Renaud, que son trouble faisait désormais inattentif.

Ce trouble allait grandissant ; il était composé d'émotions diverses. Renaud avait peur, mais, en même temps, une ivresse voluptueuse lui montait an cerveau. Cette femme était la seule peut-être qui eût jamais mis du feu dans ses veines. Depuis qu'il était homme, il l'aimait, il l'adorait. Sa haine contre Guezevern, qui durait depuis des années, et qu'il avait patiemment couverte du voile de l'amitié, n'était que de la jalousie.

Et cette femme allait lui appartenir ! Elle était là, laissant tomber un à un ses voiles et montrant des trésors de beauté que la passion même de Renaud n'avait point rêvés.

Il avait peur, mais ce n'était pas la peur qui embarrassait son souffle dans sa poitrine et faisait battre ses tempes mouillées. Ce n'était pas la peur qui l'arrachait à demi de son lit, le cou tendu, l'œil avide et ardent…

Ce fut ainsi que le regard furtif d'Éliane le trouva dans le miroir et le reconnut.

Il n'y eut point en elle de surprise : c'était bien lui qu'elle s'attendait à voir.

La pensée de cet homme s'était éveillée dans son esprit en même temps que l'idée de trahison.

Comment avait été éloigné maître Pol ?

Éliane eut la force de sourire malgré l'angoisse qui lui étreignait le cœur.

Renaud vit ce sourire et dit d'une voix étranglée :

« Ma belle Éliane, je vous attends, venez ! »

Elle se retourna, radieuse de grâce et de jeunesse, et la tête défaillante de Saint-Venant retomba sur l'oreiller.

« Éteignez la lampe, balbutia-t-il encore. »

Elle obéit sans hésiter, mais, avant d'obéir, elle avait remarqué d'un coup d'œil rapide la place où le faux Guezevern avait déposé son épée.

La lampe éteinte laissa voir deux traînées de pâle clarté que la lune épandait par les croisées.

Éliane vint vers le lit. Renaud de Saint-Venant l'attendait les bras ouverts. Éliane parut entre les rideaux. Quelque chose brillait dans sa main aux lueurs de la lune.

« Où es-tu, mon mari ? demanda-t-elle.

— Ici, répondit Renaud. Que tu es belle, ce soir, et comme je t'aime ! »

Ce dernier mot s'étouffa sous un cri. Renaud se rejeta violemment en arrière parce que la pointe froide de l'épée avait piqué sa gorge.

« Misérable traître, prononça Éliane d'un accent net et calme. Ne fais pas un mouvement ou je te tue ! »

Renaud de Saint-Venant ne bougea pas. Ses yeux, en s'habituant à l'obscurité, commençaient à distinguer une forme frêle, mais fière, qui se dressait près du lit, l'épée à la main.

XVIII. OÙ MADAME ÉLIANE RESSUSCITE UN MORT

Ce n'était pas de ce côté que Renaud de Saint-Venant attendait le danger. Certes, la vue de Guezevern ressuscité lui aurait causé une bien autre épouvante, mais néanmoins ses rêves amoureux s'envolèrent comme si on l'eût inondé d'eau froide. Il eut peur et resta immobile, parce qu'il connaissait Éliane. Il savait que cette frêle enveloppe cachait une vaillance virile.

Il essaya de parlementer, c'est-à-dire de tromper.

« Noble dame, balbutia-t-il, ayez pitié de moi ; la folie d'amour m'a entraîné… je suis à votre merci !

— Silence ! interrompit Éliane. Où est Pol de Guezevern, mon mari ? »

Renaud hésita, puis il répondit, espérant profiter peut-être du coup que cette nouvelle allait porter à la jeune femme.

« Pol de Guezevern est mort. »

Éliane fut frappée, en effet, frappée violemment. Elle recula d'un pas, et fut obligée de saisir le rideau pour ne point tomber à la renverse.

Mais Renaud ayant voulu se mettre sur ses pieds, elle lui dit d'une voix qui glaça le sang dans ses veines :

« À genoux et fais ta prière ! »

Les genoux de Renaud fléchirent malgré lui.

« Je prie Dieu, ma noble dame, s'écria-t-il, je prie Dieu qu'il vous éclaire et vous fasse voir la vérité, puisque mon sort est entre vos mains. Eussé-je des armes, comment me serait-il possible de me défendre contre vous ? J'ai péché, je m'en repens amèrement ; mais, à cette heure qui peut être la dernière de ma vie mortelle, je jure que je n'ai rien fait contre mon ami et compère Pol de Guezevern ; que je sois foudroyé à l'instant même si je mens !

— Tu dois mentir ! murmura Éliane entre ses dents serrées. Tu ne l'as pas frappé, tu n'aurais pas osé ; mais il y a des paroles qui tuent comme le poison. Tu as parlé, il a voulu mourir. »

Elle leva l'épée ; mais elle était femme : l'idée du sang lui fit horreur.

Renaud vit cela, et, loin de triompher ostensiblement, il s'humilia davantage.

« Le ciel m'est témoin, madame, dit-il encore, que je n'aurais point murmuré en recevant le châtiment de votre main. Je vous ai offensée grièvement, et j'ai mérité les plus cruels supplices.

« Mais, en dehors de cet instant de démence, où le transport de mon grand et malheureux amour a envahi mon cerveau comme une ivresse, n'ai-je pas toujours été le fidèle compagnon de votre époux, l'ami dévoué de votre maison ? Je suis le parrain de votre fils unique, madame. Et qui sait si, en m'arrachant la vie, vous n'allez point priver Renaud, mon filleul, d'un tendre tuteur et d'un second père ?

— Silence ! » ordonna pour la seconde fois Éliane.

Puis elle ajouta, en jetant loin d'elle l'épée :

« Je sais bien que je me repentirai de n'avoir point eu la force de vous punir. »

Renaud se traîna jusqu'à elle en rampant sur ses genoux, et baisa dévotement le bas de sa robe.

Éliane le repoussa du pied, et lui dit :

« Rallumez la lampe. »

Il obéit aussitôt.

La lumière, en frappant le visage d'Éliane, éclaira une si mortelle pâleur que Renaud resta stupéfait. On eut dit une belle statue de marbre.

« Est-ce ce soir ? prononça-t-elle à voix basse.

— C'est ce soir, répliqua Renaud.

— C'était lui, » murmura Éliane.

Elle songeait à ce bruit lugubre, le bruit du corps tombant à l'eau.

Elle ne demandait plus pourquoi cette main de fer lui avait étreint le cœur.

« Il avait joué ? demanda-t-elle encore.

— Bien malgré moi, répondit Renaud. Je fuis le jeu comme la peste, ma noble dame : j'ai vu tant de malheurs ! Mais en arrivant à Paris, maître Pol était comme un cheval échappé…

— Ne dites rien, contre M. le comte de Pardaillan ! commanda sévèrement Éliane.

— Que Dieu et les saints m'en préservent ! Depuis que j'ai l'âge de raison, je n'ai point connu une meilleure âme. »

Il s'arrêta parce qu'Éliane le regardait en face.

« C'est contre M. le baron de Gondrin-Montespan qu'il a joué et perdu ? » interrogea-t-elle.

Renaud balbutia une réponse équivoque.

« Je sais que vous êtes aux gages de M. le baron, ajouta froidement Éliane. Je viens d'un lieu où l'on vous connaissait bien tous les deux.

— Que je sois puni éternellement !… » commença Renaud.

Elle l'interrompit d'un geste impérieux.

Renaud se tut ; mais, pour la première fois, il rougit de colère.

« Dites-moi ce que vous savez, fit-elle.

— Noble dame, repartit Renaud, n'ayant point réussi à retenir mon ami infortuné !

— Je suis comtesse, dit-elle, donnez-moi le titre qui m'appartient.

— Si mes vœux étaient exaucés, vous seriez reine ! déclara Saint-Venant. Donc, noble comtesse, n'ayant pu empêcher mon malheureux ami de se rendre à cette maison infâme, je ne lui épargnai point les reproches, ce qui le portait à se cacher de moi. Nous nous séparâmes froidement, hier au soir, et c'est seulement lorsqu'il a pris la résolution d'attenter à ses jours qu'il s'est souvenu du compagnon de son enfance pour lui confier ses dernières volontés. Il vint à mon auberge, aujourd'hui, car j'avais pris une chambre à l'hôtellerie pour lui céder mon propre logis. Il vint chez moi vers les cinq heures de relevée, et il était si changé que j'eus peine à le reconnaître.

« Il me dit : Renaud, mon meilleur camarade, mon seul ami, j'aurais bien dû suivre tes conseils. J'ai manqué à mon devoir et il faut que je quitte la France où il n'est plus pour moi d'honneur ni de sûreté. Voici deux plis, l'un pour Mme Éliane, ma femme, l'autre pour M. de Vendôme, mon seigneur. Me promets-tu de n'en point prendre connaissance avant neuf heures de nuit ?

— Où sont ces plis ? » demanda Éliane.

Renaud les tira de la poche de son pourpoint.

« Ils n'étaient point scellés ? fit la jeune femme avec défiance.

— Madame la comtesse, répliqua Saint-Venant, vous connaissiez mieux que moi ce noble, ce généreux cœur. Il ne pouvait se confier à demi. Ses lettres n'étaient point scellées… Et j'ajoute que si la pensée m'est venue… mais comment vous faire comprendre que j'ai puisé dans les paroles mêmes de mon ami mourant, le désir, l'espoir d'être le protecteur de sa veuve et le défenseur de son fils ?

— Je défendrai mon fils, prononça fièrement Éliane, et je n'ai pas besoin d'être protégée. »

En même temps, elle prit les deux lettres écrites par Guezevern et porta celle qui lui était adressée à ses lèvres.

Puis elle lut.

Pendant qu'elle lisait, Renaud de Saint-Venant réfléchissait.

Le danger était passé. Éliane avait jeté son épée.

Et pourtant quelque chose disait à Renaud de Saint-Venant qu'il n'était pas temps encore de relever la tête.

Quand Éliane eut achevé sa lecture, elle demeura pensive si longtemps que Renaud reprit le premier la parole.

« Madame la comtesse, dit-il, ne demanderez-vous point conseil au plus humble, au plus dévoué de vos serviteurs ?

— Dieu m'avait donné un maître, répliqua Éliane d'un ton ferme ; maintenant, je suis seule et ne prendrai conseil que de moi. »

Après un silence, elle ajouta, en laissant tomber sur Renaud son regard froid et résolu.

« Combien d'argent M. le baron de Gondrin-Montespan vous a-t-il promis pour ce que vous avez fait ?

— Madame, balbutia Renaud, je vous jure… »

Elle lui ferma la bouche d'un geste méprisant, et approcha de ses lèvres le sifflet d'ivoire qui pendait à sa ceinture et qui lui servait là-bas, quand elle menait l'intendance de Vendôme, à appeler ses serviteurs.

Mais le sifflet resta muet et elle murmura.

« Personne ne viendrait. Ici, je suis seule !

— Vous êtes avec un homme, s'écria Renaud, qui voudrait mourir votre esclave ! Commandez, j'obéirai. »

Jusqu'à présent, Éliane n'avait pas versé une larme. Nous sommes tous portés à juger les autres par nous-même, et Saint-Venant se méprenait peut-être à cette glaciale apparence.

Mais nul homme de cœur ne s'y serait trompé. Il y avait sous cette froideur de statue une mortelle angoisse.

« Quoi que vous ait promis M. le baron de Gondrin, dit-elle, je surenchéris, et je vous achète au double de son prix. »

Saint-Venant pâlit, et ses sourcils se froncèrent.

En ce moment, des pas se firent entendre dans le corridor, et maître François Phaidon de Barbedieu, majordome de M. le duc, parut sur le seuil dans le costume de sa charge. Dans la demi-obscurité qui régnait il ne reconnut point les deux personnes présentes, et dit avec une bonhomie un peu railleuse :

« Monsieur Guezevern, j'ai voulu venir moi-même vous chercher de la part de M. le duc, afin d'être le premier à voir cette huitième merveille du monde : un intendant honnête homme. »

Éliane avait eu le temps de prononcer tout bas :

« Pas un mot !

Saint-Venant resta muet, pris par un sentiment nouveau : une vive et ardente curiosité.

Pour la première fois, l'idée lui venait que la veuve de maître Pol n'acceptait point son malheur tout entier, et que, du fond de sa détresse, elle allait se relever pour tenter quelque étrange partie.

« M. de Guezevern, répondit Éliane, est ce soir, comme toujours aux ordres de M. le duc. »

Saint-Venant ne put s'empêcher de tressaillir, tant ces paroles mensongères étaient proférées d'une voix nette et calme.

Il pensa une fois encore, la poitrine serrée par toute son épouvante revenue :

« Si elle s'était jouée de moi ! si maître Pol vivait !

— M. l'intendant de Guezevern n'est-il point ici, madame ? demanda le majordome qui reconnut Éliane et la salua.

— Je suis chargée, répliqua la jeune femme évasivement, de rendre les sommes épargnées par mon mari entre les mains de M. le duc, et je vais m'acquitter de ce devoir.

— Sur ma foi, s'écria gaiement Barbedieu en prenant congé, c'est à peine si l'on peut dire que M. le duc tienne plus à l'épargne qu'à l'intendant, tant il est coiffé de notre ami Guezevern ! »

Quand le majordome fut parti, Renaud dit :

« Madame la comtesse a oublié dans son trouble qu'il manque

cent cinq mille livres.

— Je n'ai rien oublié, répartit Éliane, et rien ne manquera. Allez me quérir, s'il vous plaît, les deux serviteurs qui m'ont fait escorte dans mon voyage. »

Saint-Venant obéit aussitôt.

Comme il allait passer le seuil, Éliane ajouta :

« Je combats pour le fils que Dieu m'a donné et pour l'enfant que Dieu me donnera. Pour la seconde fois, je vais être mère. Puisque vous avez pénétré mon secret, vous savez que l'héritage de M. de Pardaillan ne leur appartient pas seulement du chef de leur père, mais de mon chef à moi, fille unique et légitime de celui que je nommais mon oncle. Si vous êtes avec moi, vous serez un riche gentilhomme, monsieur de Saint-Venant ; si vous êtes contre moi…

— À quoi bon les menaces ? l'interrompit Renaud. Je suis avec vous, je suis à vous. »

Il parlait vrai en ce moment. La fortune le servait bien au delà de ses espérances. Cette femme, qui adorait son mari et qui le soup-çonnait, lui Saint-Venant, d'avoir causé la mort de son mari, cette femme qu'il venait d'outrager, tacitement, mais cruellement, en arrivait du premier coup à se servir de lui et à le prendre pour complice.

La femme qu'il aimait quand elle était pauvre, et qui avait maintenant des millions !

Je ne saurais dire cependant pourquoi un vent glacé soufflait sur son enthousiasme, tandis qu'il allait, le long des corridors de l'hôtel de Mercœur pour exécuter les ordres de Mme Éliane.

Dans ces interminables galeries où régnait l'obscurité, il revoyait la morne et grave physionomie de la jeune femme qui naguère savait si bien sourire, et il avait vaguement frayeur.

De loin, cette tranquillité lui semblait terrible.

Éliane, restée seule, se laissa tomber sur ses deux genoux et couvrit son visage de ses mains.

De grosses larmes roulèrent lentement sur ses joues ; d'amers san-glots déchirèrent sa poitrine ; la digue qu'elle avait si longtemps opposée à son désespoir était rompue et son désespoir débordait.

Ce fut une crise poignante, mais courte.

Lorsque Renaud de Saint-Venant rentra, suivi des deux serviteurs, il trouva Éliane debout, au milieu de la chambre, pâle, défaite, changée comme si, en ce bref espace de temps elle eût subi les angoisses d'une longue maladie. Elle portait haut la tête, pourtant, et, ses yeux secs ne gardaient point la trace de ses pleurs.

Elle avait repris son costume de voyage.

Sur son ordre, trois corbeilles furent disposées ; on compta dans chacune des deux premières quatre mille cent soixante-six louis de vingt-quatre livres. Pour ce faire, il fallut emprunter déjà aux valises apportées du château de Pardaillan par Mme Éliane deux cent huit pièces d'or. La troisième corbeille fut remplie entièrement au moyen du contenu de ces mêmes valises. Nous avons vu qu'elles étaient lourdes.

Renaud de Saint-Venant regardait faire. Malgré l'énorme somme empruntée ainsi aux bagages de Mme Éliane, Renaud de Saint-Venant put voir que les sacs de cuir gardaient une rotondité respectable.

« Suivez-moi, » dit la jeune femme en indiquant d'un geste que chacun de ses compagnons devait prendre une des corbeilles.

Renaud de Saint-Venant se chargea comme les autres. Éliane ouvrit la marche, tenant le flambeau à la main.

César de Vendôme était dans sa chambre à coucher, en compagnie de dom Loysset, son chapelain secrétaire, et de maître Phaidon de Barbedieu, son majordome.

« Ventre saint gris, s'écria-t-il en voyant entrer Mme Éliane, précédant les trois paniers remplis d'or, je sais bien à qui nous allons tailler des croupières avec cela ! Tête-de-bœuf, mon ami, a-t-il la colique qu'il ne s'est point rendu lui-même à son devoir ?

— Monseigneur, répondit Éliane, au grand étonnement de Renaud, grâce à Dieu, Pol de Guezevern, mon bien-aimé mari, se porte à merveille. J'expliquerai tout à l'heure à Votre Altesse les raisons de son absence. »

Puis, se tournant vers les trois porteurs qui la suivaient, elle ajouta :

« Comptez !

— C'est cela, fit César de Vendôme. Comptons, mes enfants. Ce n'est pas que j'aie méfiance de mon intendant, au moins, mais les bons comptes font les bons amis. »

Saint-Venant et les deux serviteurs versèrent leurs corbeilles sur la vaste table de chêne noir, sous laquelle nous vîmes pour la première fois ce pauvre maître Pol endormi après une nuit d'orgie.

Mme Éliane regardait justement les carreaux de cette haute fenêtre donnant sur le clos de dame Honorée et songeait peut-être aux grains de sable qu'elle lançait d'en bas pour appeler son amant.

Deux grosses larmes brillaient entre ses paupières baissées.

Saint-Venant et les deux serviteurs, surveillés par le chapelain et le majordome, comptaient leurs trois tas d'or.

Pendant que l'on comptait, César de Vendôme passa derrière les rideaux de son alcôve où son chambrier tenait provision de serviettes chaudes.

Chaque tas d'or se trouva contenir, comme nous l'avons dit, quatre mille cent soixante-six louis, auxquels Mme Éliane ajouta deux pièces d'or d'égale valeur pour parfaire les douze mille cinq cents doubles pistoles, représentant cent mille écus tournois.

Dom Loysset et maître Barbedieu déclarèrent le compte juste.

César de Vendôme rentrait en ce moment tout guilleret.

« Ventre saint-gris ! dit-il, cent mille écus en or tout neuf sont une jolie chose à voir ; mais j'en donnerais moitié de bon cœur à qui voudrait inoculer la peste noire à ce croquant de cardinal. Venez çà, charmante dame, car mon intendant est noble, vive Dieu ! et recevez, s'il vous plaît, cette étrenne de cinq cents écus pour vous acheter une garniture de dentelles. »

Éliane s'était approchée, mais elle repoussa d'un geste froid le présent qui lui était offert.

« Qu'est-ce à dire ? demanda le duc qui fronçait déjà le sourcil.

— C'est-à-dire que je refuse, monseigneur, répondit doucement Éliane.

— Monsieur mon intendant, riposta César de Vendôme en souriant d'un air narquois, ne sera pas si fier que cela.

— Monseigneur, prononça lentement Éliane, Votre Altesse, en ce moment, n'a plus d'intendant. »

Renaud tressaillit, car il crut qu'elle allait faire un aveu et peut-être l'accuser lui-même.

M. de Vendôme, frappé par les paroles de la jeune femme et son accent, demanda :

« Serait-il arrivé malheur à mon ami Guezevern ?

« Mais, non, se reprit-il ; vous avez dit tout à l'heure qu'il se portait à merveille. »

Éliane se redressa.

« Monseigneur, dit-elle, il lui est arrivé bonheur. Mon bien-aimé mari, en partant, ce soir, pour régler d'importantes affaires à son château de Pardaillan…

— Hein ? » fit le duc étonné.

Saint-Venant respira. L'eau se troublait. À dater de cet instant précis, il se sentait nécessaire.

« À son château de Pardaillan, répéta Éliane. En me quittant, dis-je, ce soir, mon mari m'a donné mission de régler ses comptes d'intendance avec Votre Altesse. »

César de Vendôme dit pour la seconde fois :

« Son château de Pardaillan ! »

Les autres ouvraient de grands yeux.

Éliane continua :

« Et de résigner entre vos mains l'emploi d'intendant qu'il tient de votre gracieuse confiance. »

Malgré sa colique, César-Monsieur devint rouge comme une pivoine.

« Ventre-saint-gris, gronda-t-il, en voici bien d'un autre ! Où diable Tête-de-bœuf croit-il que je vais trouver un second intendant honnête homme ? Et vous qui parlez, ma mie, avez-vous l'âme si ingrate ? Ne vous souvenez-vous plus que je vous ai portée à la gredindaine, moi, fils de France, une nuit où j'étais bien incommodé ? Je ne sais plus ce qui vous était arrivé, mais vous n'étiez pas si brave qu'à cette heure, madame ! ce fut là, je pense, que ce Breton bretonnant devint amoureux de vous ! Et votre mariage ? c'est moi qui vous ai mariés, un autre soir où j'étais encore bien empêché. Et n'est-ce point surprenant que cette incommodité me tourmente depuis si longtemps ? Monsieur le cardinal en fait des gorges chaudes, mais, par la vraie-croix ! rira bien qui rira le dernier ! J'y songe ! Je fais une gageure ; c'est le diable rouge qui me joue encore ce tour-là !

Éliane voulut protester, mais M. le duc lui ferma la bouche rudement et continua avec une indignation croissante :

— Tête et sang ! vous êtes une effrontée, ma mignonne ! On dit que vous menez cet innocent de Bas-Breton par le bout du nez, et qu'il ne jure plus, et qu'il ne boit plus, et qu'il a le fouet au logis quand il lui arrive de remuer les dés ou de toucher les cartes ! Savez-vous ce qui arrive ? Vous m'avez donné un accès de mon mal ! Et de quel droit une caillette comme vous trouble-t-elle la digestion d'un prince tel que moi ? C'est le monde renversé, ou que je sois puni de mort subite ! En quel temps vivons-nous, par la sambregoy ! n'est-ce plus le seigneur qui chasse son intendant ? Est-ce l'intendant qui congédie son seigneur ? Mort et passion ! ma mie, le roi mon frère vient de bâtir un couvent pour les donzelles de votre sorte. Vous irez aux Madelonnettes bel et bien, et je garderai monsieur mon intendant qui est un honnête homme ! »

Ce dernier mot se perdit en un gémissement et il s'élança tête première derrière ses rideaux.

« Parlez, madame, cria-t-il du fond de son alcôve ; je vous écoute. J'ai lieu de penser que ceci est une crise favorable. Pourquoi Tête-de-bœuf ne veut-il plus être mon intendant ? »

Il y avait sur toutes les lèvres un sourire irrésistible mais le chapelain et le majordome reprirent leur sérieux quand Éliane répondit :

« Monsieur de Guezevern ne peut plus être votre intendant, monseigneur, parce que cet emploi ne convient plus à sa présente qualité. Je ne sais pas s'il voudrait être, à cette heure, le trésorier de notre sire le roi. M. de Guezevern se nomme désormais le comte de Pardaillan.

— Saint sépulcre ! s'écria M. de Vendôme, bondissant hors de l'alcôve, ceci est une avanie de M. le cardinal. J'avais le seul intendant honnête homme qui fût en l'univers chrétien, ils me l'ont pris pour en faire un grand seigneur. Tubleu, Pardaillan ! Beau nom ! riche domaine ! Et figurez-vous, comtesse, que me voici frais comme une rose ! Qu'on mette la nappe, ventre-saint-gris ! je me sens un appétit de page ! Voulez-vous souper avec le fils aîné de Henri le

Grand, belle dame ? Non ? Tant mieux ! où il y a de la gêne il n'y a pas de plaisir. Qu'on m'aille quérir une demi-douzaine de messieurs mes amis, n'importe lesquels… ou plutôt, j'y songe, un nombre égal de cadets nobles au brelan de Marion la Perchepré ; je choisirai parmi eux le mieux buvant pour remplacer Tête-de-hœuf, et nous dormirons sous la table. »

César de Vendôme se redressa sur ces derniers mots et quand il voulait, il avait ma foi, belle prestance. Il baisa galamment la main de Mme Éliane et la reconduisit jusqu'à la porte, disant :

« Comtesse, nous vous félicitons de grand cœur. Le hasard a réparé sa propre faute en vous donnant un état digne de vous. Portez s'il vous plaît toutes nos civilités à notre digne compagnon et bien bon ami, M. le comte de Pardaillan, et que Dieu vous ait en sa garde !

XIX. LE PAIN SAINT-ANTOINE.

C'était le temps des aventures. La chevalerie était morte, mais la manie d'errer ne se perdait point. Les épées voyageaient à travers le monde comme autrefois les lances, seulement au lieu de ferrailler gratis et pour l'honneur, elles se faisaient payer du mieux qu'elles pouvaient.

Les armées européennes se recrutaient alors presque entièrement à l'aide d'un innombrable troupeau de mercenaires qui n'avaient, à proprement parler, ni foyer ni patrie. Ils étaient soldats comme on fait un métier ; ils changeaient de drapeau sans répugnance ni scrupule au gré de leur intérêt ou de leur caprice, défendant aujourd'hui ceux qu'ils attaquaient la veille.

À lire les pages trop peu nombreuses qui traitent familièrement l'histoire de ces époques déjà reculées, mais appartenant néanmoins à notre ère moderne par le réveil des idées et les premières tentatives de résistance bourgeoise contre la cour, on est frappé d'un étonnement qui va jusqu'au trouble. La confusion est partout. Les luttes politiques s'embrouillent comme ces chevelures de mendiants espagnols que la dent d'un peigne ne sut jamais démêler, les passions s'entrecroisent, les intérêts se déplacent, chaque faction est faite de mille coteries n'ayant entre elles ni lien réel, ni sérieuse cohésion. Les guerres civiles vont au hasard, bavardant, ricanant, négociant, trahissant, et les guerres étrangères se promènent avec une interminable lenteur, attardées à quelque siège pédant ou dépensant de lointaines canonnades.

Ceci soit dit à l'exception de la grande bataille de trente ans qui se livrait en Allemagne et où la religion mettait du feu dans les veines des combattants.

Mais ce qui surprend principalement, c'est l'absence presque complète de nationalités. Les noms des généraux trompent, il est besoin de regarder leur cocarde. On dirait, en vérité, que chez cet agent, si vif sous nos premiers rois, si puissant aujourd'hui, l'esprit patriotique sommeillait, engourdi par l'égoïsme et la corruption.

Nos cadres militaires regorgeaient d'Allemands, d'Italiens, d'Espagnols, sans compter les soldats appartenant à ces pays foncièrement producteurs de machines à combattre : la Suisse et l'Écosse. D'un autre côté, nos jeunes gentilshommes s'en allaient au delà du Rhin chercher des grades ou des aubaines.

En plein Paris il y avait des boutiques de racoleurs, non-seulement pour les régiments du roi, mais encore, mais surtout pourrait-on dire, pour les armées de l'empereur Ferdinand II et du roi Christian IV qui soutenait, en Allemagne, la cause de la foi protestante.

Nous avons mentionné ce fait à cause d'un personnage qui a passé dans ce récit sans éveiller assurément l'attention du lecteur, ce don Ramon, recruteur pour la guerre d'Allemagne, qui s'était, le premier, jeté dans un bateau pour porter secours à maître Pol, au moment où celui-ci avait « sauté le pas, » du haut du parapet du Pont-Neuf.

Dans la foule, un plaisant avait dit : « Je gage que don Ramon va repêcher un soldat ! »

Ceci faisait allusion à la profession même de ce brave officier qui était natif de Pontoise, mais qui avait pris un fort beau nom Castillan, don Ramon Tordesillas, à la suite de quelques démêlés avec la justice de sa ville natale.

Don Ramon avait vu du pays. Il avait porté la hallebarde dans divers corps de miquelets au service de la France, de la Savoie, de l'Espagne, de la Suède et de l'Empereur, après quoi, las de la vie des camps, il avait pris ses quartiers de retraite à Paris, tout près du Pont-Neuf, c'est-à-dire au véritable centre de l'univers. Là, il menait une existence tranquille, racolant tout doucement, pour la France et pour l'étranger, pour l'étranger plutôt que pour la France, parce que la prime était beaucoup plus forte.

Son arc avait deux autres cordes. Le jour, il était pêcheur de poissons, la nuit il était pêcheur de noyés.

Il vendait les noyés qu'il pêchait aux écoles de la Faculté de médecine, ouvertes rue du Fouarre, au quartier Saint-Jacques.

Le croiriez-vous ? malgré tant de talents, ce pauvre don Ramon ne faisait pas fortune.

Aussi ne laissait-il rien perdre. Une heure environ après la scène que nous venons de reproduire entre César de Vendôme et la nouvelle comtesse Éliane, don Ramon Tordesillas (il s'appelait de son nom Martin Mouton) remontait le cours de la Seine dans son bateau qu'il menait à la godille. Il rapportait deux chrétiens, dont l'un était bien mort et l'autre ne valait guère mieux. Il rapportait en outre le pain de saint Antoine, et un bon bout de cierge, qu'il avait éteint par économie.

Don Ramon avait été loin pour trouver tout cela. Il n'avait rejoint le cierge miraculeux que vers le bas de Passy, et quand il revint en vue du Louvre, la sueur découlait de son front.

Le cierge, allumé sous l'invocation de saint Antoine de Padoue, n'avait point manqué à sa mission. La foule, un instant poussée par la curiosité, l'avait suivi jusqu'au bac, puis s'était dispersée.

Don Ramon seul, continuant sa route, avait bientôt vu la lueur s'arrêter sur la rive droite du fleuve. Le pain était pris dans les herbes accumulées autour de la chaîne-amarre d'un bateau de laveur.

Don Ramon s'approcha. Le pain Saint-Antoine touchait les cheveux blonds d'un jeune homme qui flottait sur le dos, pris également dans les herbes et qui devait être mort déjà depuis quelques heures. C'était un beau sujet, fort et bien bâti que le trépas avait dû surprendre en pleine santé. Il portait un costume d'homme du peuple.

« Que chantaient-ils donc, grommela le racoleur à part lui. Ne disaient-ils pas tous que c'était un gentilhomme ? »

Pendant qu'il chargeait le corps dans son bateau, et le pain et le cierge qui n'était pas encore éteint, il entendit comme un grand soupir de l'autre côté de la barge du laveur. Il donna un coup d'aviron et aperçut un autre jeune homme blond, dont la tête s'était embarrassée entre les pilotis d'un abreuvoir.

« À la bonne heure ! pensa don Ramon, voici notre gentilhomme ! La place est heureuse et le pain Saint-Antoine était pour deux ! »

La main de ce dernier noyé se crispait autour d'un pilotis, et à la lueur du cierge, don Ramon crut apercevoir un léger mouvement dans les muscles de ses doigts.

« Tiens ! tiens ! fit-il, est-ce que vraiment j'aurais la chance de pêcher un soldat ! Ce serait un meilleur coup de filet, car les soldats se vendent plus cher que les cadavres.

Il éteignit le cierge et amarina sa seconde proie. Le cœur du « gentilhomme » battait encore, mais si faiblement !

Don Ramon, remontant la Seine, entendit vers la hauteur du Cours-la-Reine, qu'on était en train de planter, des cavaliers galopant sur l'une et l'autre rive, et criant l'annonce d'une récompense à qui retrouverait le « gentilhomme » mort ou vivant.

Notre racoleur se tint coi et continua sa route. Désormais, Dieu merci, il n'était pas embarrassé du débit de sa pêche.

Au moment même où il atterrissait sous le Pont-Neuf, il put ouïr qu'on frappait à coups redoublés à la porte de sa maison.

« Holà ! Don Ramon ! criait-on, ouvrez ! n'êtes-vous point encore revenu ? »

Don Ramon garda le silence. C'était un homme prudent. Les événements prenaient autour de lui une tournure mystérieuse et il flairait une riche aubaine.

« Ne nous pressons pas, se disait-il, et marchandons.

Des pas sonnèrent sur la rive droite ; ils allaient vers le Louvre, et se perdirent bientôt dans l'éloignement.

Saisissant l'occasion, don Ramon chargea le gentilhomme sur ses épaules, et put s'introduire chez lui sans encombre. Dans le trajet, le gentilhomme poussa encore un grand soupir. Il avait la vie dure.

Don Ramon le coucha sur son propre lit et s'en alla chercher le pauvre diable, qu'il apporta avec le pain et le bout de cierge.

Comme il arrivait au seuil de sa maison, une main pesa sur son épaule.

« Compère, lui dit la voix qui tout à l'heure l'appelait par son nom, pendant qu'on frappait à sa porte, je te paye ton fardeau cent écus.

— Tope ! fit le racoleur ébloui. Marché conclu.

— Entrons ! » reprit la voix.

Ils entrèrent.

La voix appartenait à ce doux Renaud de Saint-Venant qui, en accomplissant un si triste office, n'avait point perdu son agréable sourire.

Don Ramon posa sa charge sur la table et alluma le cierge qu'il mit dans son vieux chandelier de plomb. Aussitôt que la figure du mort s'éclaira, Saint-Venant poussa un cri de désappointement et dit :

« De par tous les diables ce n'est pas lui !

Don Ramon fit un saut pour se placer entre lui et la porte. En même temps, il mit la main à son couteau ; grondant :

« Mon compère, ce qui est dit est dit : vous me devez cent écus. »

Saint-Venant répliqua :

« Tu auras les cent écus… mais l'autre ! N'as-tu point retrouvé l'autre ?

— Non, repartit le racoleur sans hésiter. Il n'y avait qu'un pain Saint-Antoine, je n'ai repêché qu'un noyé. »

Ces hommes mentent pour mentir. Peut-être aussi don Ramon avait-il quelque idée de pousser son client inconnu à faire monter l'enchère.

Renaud restait pensif et regardait attentivement le mort, étendu sur la table, le front baigné dans ses cheveux blonds ruisselants.

C'était bien la couleur des cheveux de maître Pol, et quoi qu'il n'y eût aucune ressemblance quelconque entre cette figure vulgaire et la charmante physionomie de l'ancien page de M. de Vendôme, sa taille, l'âge, l'habitude du corps présentaient des analogies assez frappantes.

Renaud se rapprocha de la table.

« Tu es une moitié de chirurgien, toi, compère, prononça-t-il à voix basse. Tu vas souvent rue du Fouarre ?

— Oui, répondit Ramon avec un gros sourire, comme les bouchers vont au marché.

— Veux-tu doubler tes cent écus ?

— Celui-ci, grommela Ramon qui hocha la tête, n'a plus besoin de médecin.

— Veux-tu doubler tes cent écus ? répéta Saint-Venant.

— Que faut-il faire pour cela ?

— Il faut, dit Renaud dont la voix tremblait, rendre ce malheureux méconnaissable au point de tromper l'œil même de sa mère.

— Dans quel but ? demanda Ramon, dont la curiosité s'éveillait.

— Tu auras trois cents écus, » fit Renaud au lieu de répondre.

Le racoleur brandit son coutelas, qui s'abattit jusqu'à toucher presque le visage du mort, mais il s'arrêta avant de frapper, pour deux motifs, dont l'un du moins pouvait plaider en sa faveur. Il voulut se bien assurer que le noyé ne donnait plus aucun signe de vie.

L'autre motif fut un mot de Renaud qui dit vivement :

« Pas comme cela ! Il ne faut pas qu'on puisse croire qu'il a été assassiné. »

Ramon, qui avait achevé son examen, l'interrogeait du regard. Renaud ajouta, cherchant péniblement ses paroles :

« Tu comprends, mon camarade. La rivière est basse. Quand on se jette du haut d'un pont, le visage peut rencontrer les pierres de la culée… »

Ramon rengaina son couteau et ses yeux firent le tour de la chambre.

« Je comprends qu'on ne doit pas couper, murmura-t-il ; mais écraser. Vous pouvez bien mettre quatre cents écus.

La paupière de Renaud se baissa et il fit un signe de tête affirmatif. Quand il releva les yeux, il vit une horrible chose. Ramon avait trouvé l'objet qu'il cherchait : une énorme bûche, munie de son écorce. Un seul coup avait fait l'affaire, un coup lancé de biais et en glissant. Le noyé n'avait plus de visage.

Ramon tendit la main. Saint-Venant y mit cent vingt pistoles.

« Maintenant, dit-il en dépouillant vivement son pourpoint et ses chausses, il faut faire sa toilette.

— Oh ! oh ! ricana le racoleur, je commence à comprendre. C'est donc toute une histoire ! Vous en avez gros sur la conscience, mon maître, à ce qu'il paraît, et vous voulez vous faire passer pour mort. »

Ramon se trompait, en croyant qu'il commençait à comprendre. On se souvient que Renaud de Saint-Venant, avant de se glisser dans l'alcôve où il comptait prendre au piège Mme Éliane, avait revêtu les habits que Guezevern portait en quittant le château de Vendôme.

Ces petites ruses ne réussissent pas toujours. Ces chausses et ce pourpoint de couleur commune n'avaient été ni reconnus ni même remarqués par Mme Éliane.

Désormais, Saint-Venant voulait les employer à un autre usage, et cette fois il était bien sûr que Mme Éliane les remarquerait et les reconnaîtrait.

Quand le mort fut habillé, Ramon demanda ironiquement :

« Mon maître, vous faut-il un porteur ?

— Je serai le porteur, répondit Saint-Venant qui s'enveloppait dans son manteau. Chargez-le sur mes épaules. »

Il était fort, malgré sa frêle apparence, et ne fléchit point sous le fardeau.

« Mon camarade, dit-il, en jetant quelques pièces d'or sur la table, voici qui est par-dessus le marché. Écoute-moi bien : je te défends de me suivre, et tu vas refermer ta porte à la barre derrière moi. Si tu gardes bouche close, au jour de l'an qui vient tu recevras une bonne étrenne. Si tu parles avant ce temps-là, tu auras de mes nouvelles. »

Il sortit. Ramon assujettit en grondant la barre de sa porte.

Après avoir serré son argent, il gagna la chambre où Guezevern, toujours privé de sentiment, était couché sur son lit.

« À ton tour, l'ami ! dit-il en débouchant un flacon de brandevin pour lui en frotter les tempes. Un beau cavalier, sur ma foi ! Peut-être que ce coquin à la parole mielleuse me l'aurait acheté encore plus cher que l'autre. »

Tout en parlant, il soulevait la tête de maître Pol et lui tamponnait énergiquement les narines avec une éponge imbibée d'alcool, à peu près comme on bouchonne un cheval, mais ce fut sans résultat aucun.

« Est-ce que je serais réduit à te porter rue du Fouarre, toi, murmura-t-il. Allons, mon mignon, réveille-toi ! Tu auras à choisir entre les coups de bâton du roi Christian de Danemark et la schlague de l'empereur Ferdinand. Et qui sait si tu ne deviendras pas feld-maréchal sur tes vieux jours ? »

Renaud de Saint-Venant, pendant cela, se dirigeait vers sa maison, où il put rentrer, grâce à l'heure avancée, sans avoir été vu par personne. Il se vêtit à la hâte, étendit un drap sur le cadavre dont il avait préalablement coupé les cheveux à la taille de ceux de maître Pol et mouillé les habits, puis il se rendit à l'hôtellerie où Mme Éliane avait choisi sa retraite.

Minuit avait sonné depuis longtemps. Mme Éliane était seule, assise sur le pied de son lit. Ses deux mains pendaient le long de ses flancs. Sa joue avait la pâleur du marbre.

« Eh bien ? » demanda-t-elle d'un accent froid et bref.

Renaud de Saint-Venant lui fit le conte qu'il voulut.

Elle écouta jusqu'au bout sans l'interrompre. Quand il eut achevé, elle se signa et récita, d'une voix qui semblait n'être point la sienne, les versets latins du *de profundis*.

Après quoi elle croisa ses mains sur ses genoux, et regarda le vide en disant :

« Il n'y a donc plus d'espoir ! »

Pour ceux qui ont le don d'épeler le cœur humain, ce mystérieux livre, il n'y aurait point en de doute : cette douleur était immense et profonde ; elle devait durer toujours.

De Mme Éliane il ne restait qu'une belle et glaciale statue dont les yeux ne sauraient jamais plus sourire et dont le cœur était changé en pierre.

Elle était morte, écrasée par un coup de massue.

Mais Renaud de Saint-Venant ne pouvait juger ainsi. Voyant ces yeux sans larmes et cette apparente froideur, il se disait déjà :

« Nous ne serons point une veuve inconsolable ! »

Et par le fait, en présence de l'audacieuse comédie jouée, ce soir même, par Mme Éliane, dans la chambre à coucher de M de

Vendôme, bien des gens meilleurs que Renaud auraient pu penser comme Renaud.

La femme qui, dès la première heure de son deuil, trouve la présence d'esprit nécessaire pour combiner un plan difficile et la force de jouer un rôle hardi ne promet pas pour l'avenir l'entêtement des regrets incurables.

Le plan d'Éliane, aux yeux de Renaud, était d'une simplicité presque grossière. Soit qu'elle fut réellement la fille du vieux comte de Pardaillan, soit qu'elle eût inventé là une fable effrontée, il est certain que l'héritage ne pouvait lui venir par cette voie. Elle tenait ses droits légaux uniquement du chef de son mari et son mari seul, son mari vivant lors de la signature des actes de donation, pouvait transmettre à son fils les immenses domaines et le titre de comte.

Elle avait ressuscité tout uniment son mari pour les besoins de sa cause, quitte à déclarer sa mort en temps et lieu.

Le plan personnel de Renaud était encore plus simple, s'il est possible. Ce n'était point par sympathie, bien loin de là, qu'on l'avait choisi pour confident ou pour complice. Les circonstances avaient forcé la main d'Éliane, qui avait pris bravement l'instrument qu'elle eût voulu briser.

Il fallait prolonger, il fallait rendre fatal le besoin qu'Éliane avait de cet instrument détesté.

Il fallait être pour elle, dans toute la force du terme, l'homme nécessaire.

Pour cela, il était indispensable de faire d'abord la situation très-nette et d'en avoir le secret. Le moindre doute sur la réalité du décès de maître Pol devait modifier du tout au tout la conduite de sa veuve. Voilà pourquoi Renaud avait payé un cadavre mutilé au prix de quatre cents écus.

Mme Éliane lui avait dit :

« Je vous achète. »

Renaud pensait déjà :

« Elle ne s'attend pas au prix que je lui demanderai ! »

Il y eut entre eux un long silence, et ce fut la jeune femme qui le rompit.

« Je veux le voir, » murmura-t-elle.

Renaud sentit le danger d'une objection, si plausible qu'elle fût. En jouant son va-tout, du reste, il risquait tout au plus d'être accusé d'une erreur.

« Je suis prêt à vous conduire, madame la comtesse, répliqua-t-il, quoique ce soit un lamentable spectacle. »

Ils sortirent. L'aube commençait à poindre dans les rues solitaires. Quand Renaud souleva le drap qui recouvrait le corps, la chambre était déjà vaguement éclairée par les premiers rayons du matin.

Un cri s'étouffa dans la poitrine d'Éliane, un cri d'indicible horreur.

Elle avait deviné le visage absent entre ces beaux cheveux blonds qu'elle avait tant aimés, et les vêtements qu'elle ne pouvait méconnaître.

Elle rejeta elle-même le drap et se mit à prier silencieusement.

« Irai-je quérir un prêtre ? » demanda Saint-Venant.

Éliane fut longtemps avant de répondre.

« Monsieur le comte de Pardaillan, mon mari n'est pas mort, dit-elle enfin. Tant que je vivrai il sera près de moi. »

Ce jour-là même, Mathieu Barnabi, drogueur de la reine-mère, fut chargé de pratiquer l'embaumement.

***

Quinze jours après, le comte et la comtesse de Pardaillan faisaient leur entrée solennelle dans ce beau château du Rouergue qui avait empli jadis de rêves dorés la jeune imagination de maître Pol. Chaque famille possède ainsi sa huitième merveille du monde, et qui d'entre nous, aux jours de son enfance, n'a écouté l'œil élargi, le cœur ému, la féerique description de quelque château en Espagne : regrets amers du passé ou joyeuses ambitions de l'avenir ?

Quand on parlait des magnificences de Pardaillan, là-bas, dans le pauvre évêché de Quimper sous le manteau de la cheminée, au vieux manoir de Guezevern, il semblait que ce fût le paradis terrestre. Il y avait alors quatre jeunes gens, robustes et bien capables d'attendre longtemps la succession du vieux comte.

Maintenant les quatre jeunes gens étaient morts, et le dernier d'entre eux avait quitté volontairement la vie, sans se douter de la grande fortune qui lui tombait du ciel.

Il s'était tué, parce qu'il se croyait pauvre ; il s'était tué pour cent cinq mille livres tournois, à l'heure même où sa femme bien-aimée lui apportait des millions.

Il n'y avait au monde que deux personnes à connaître la fin malheureuse et prématurée de maître Pol.

Par une nuit sombre, les domestiques du château de Pardaillan furent éveillés. Leurs nouveaux maîtres arrivaient sans avoir été annoncés. Tous les officiers et serviteurs de la maison se rangèrent en haie dans la cour d'honneur, mais ils ne purent saluer que Mme la comtesse.

Le comte, soutenu par deux écuyers inconnus, enveloppé dans un vaste manteau, sous lequel il tremblait la fièvre, et le visage caché derrière les bords rabattus d'un large feutre, gagna tout de suite sa chambre à coucher par les petits escaliers.

La comtesse reçut avec bonté les félicitations de ses vassaux, mais ne leur fit que de laconiques réponses.

Chacun put remarquer l'abattement qui était sur ses traits et son air de profonde tristesse.

« Mes amis, dit-elle, vous avez un bon seigneur, mais il n'y aura point ici de réjouissances. M. le comte de Pardaillan, mon époux, est en proie à une terrible et funeste maladie.

— Quelle maladie ? » se demandèrent les gens du château quand elle eût monté le grand escalier pour rejoindre son mari.

Il devait se passer du temps avant qu'aucun d'eux pût répondre à cette question.

L'enfant blond, le hardi chérubin que nous vîmes naguère à l'intendance de Vendôme, ayant été livré aux femmes qui devaient prendre soin de lui, fut interrogé adroitement, car une ardente curiosité couvait déjà dans la maison.

Il répliqua seulement :

« Monsieur mon père est bien malade. »

Les officiers attachés spécialement à la personne du comte s'étant présentés pour accomplir leurs devoirs furent éloignés dès ce premier soir par la comtesse elle-même, qui dit :

« Jusqu'à nouvel ordre, le seuil de la chambre de mon mari est une barrière que nul ne doit franchir. Depuis sa maladie il ne veut voir que moi, et le médecin de madame la reine-mère a déclaré qu'il fallait obéir scrupuleusement à son caprice, sous peine de mettre sa vie en danger. »

On se coucha tard, cette nuit, au château de Pardaillan, et Dieu sait les abondants bavardages qui furent accumulés au sujet de l'étrange maladie de M. le comte.

Pendant que ce pauvre seigneur gagnait ses appartements, soutenu par deux écuyers étrangers que nul ne revit le lendemain, deux autres serviteurs également inconnus portaient derrière lui une boîte de forme oblongue.

Ces porteurs aussi disparurent pour ne plus se montrer jamais, après que la boite oblongue eut été introduite dans la chambre de M. le comte.

Puis la porte fut fermée à double tour aussitôt que la comtesse eut rejoint son mari.

Celui-ci, débarrassé de son vaste manteau et du chapeau à larges bords qui lui couvrait la figure, montra le sourire doux et discret du bon Renaud de Saint-Venant, ancien écuyer second de Mme la duchesse de Vendôme.

Il ne tremblait plus la fièvre, et n'avait point l'air, en vérité, de se porter trop mal.

Sans dire une parole, Mme Éliane fit un signe et ils se mirent tous deux en devoir d'ouvrir la boîte oblongue qui contenait un corps embaumé, dont les traits étaient cachés par un masque.

Nous savons que sous le masque il n'y avait plus de visage, mais bien une horrible mutilation.

Le mort fut retiré de son cercueil et porté dans un des deux lits qui meublaient l'alcôve. On tourna sa face vers la ruelle, et vous eussiez dit ainsi un homme endormi.

Mme Éliane souleva la couverture de l'autre lit et prononça d'une voix ferme :

« Tant que je vivrai, je n'aurai jamais d'autre couche. »

Puis, se tournant vers Saint-Venant qui cachait dans sa barbe blonde un sourire incrédule.

« Il est temps de vous retirer, ajouta-t-elle. Demain vous ferez votre entrée au grand jour en votre qualité d'ami de la maison, chargé de remplacer le maître malade — ou fou, prononça-t-elle plus bas, selon le conseil que va me porter cette dernière nuit de méditation. J'ai acheté pour mon fils la fortune et la puissance au prix de mon repos en cette vie, c'est certain, peut-être au prix de mon salut dans l'Éternité. Ce que j'ai payé si cher je le défendrai tant qu'il y aura une goutte de sang dans mes veines. Vous êtes mon complice, souvenez-vous de cette parole : Le secret que vous possédez vous fera riche ou vous tuera ! »

SECONDE PARTIE
LE MARI EMBAUMÉ[1]

I. LA FOLIE NOIRE DU COMTE DE PARDAILLAN

Les tilleuls avaient grandi, étalant au loin leurs vertes ramées, les hautes murailles du couvent avaient noirci au soleil et à la pluie, quelques lézardes se montraient entre les fenêtres de l'hôtel de Vendôme, toujours triste, en face du riant parterre qui le séparait du logis de madame Honorée de Guezevern-Pardaillan, maîtresse de la porte du monastère neuf des Capucines.

C'est que notre histoire a fait un saut de quinze ans, franchissant d'un seul coup toute la fin du règne de Louis XIII, le Juste, et atteignant ainsi les débuts de la régence d'Anne d'Autriche, mère de Louis XIV.

Le cardinal de Richelieu était mort en son palais, le 4 décembre 1642, à cinquante-huit ans d'âge, si fort et si puissant que son autorité resta vivante derrière lui.

Louis XIII était mort au château de Saint-Germain, le 14 mai 1643, si faible et si dédaigné que sa dernière volonté ne fut pas même écoutée.

Le roi avait cinq ans et quelques mois. La régence nouvelle, ayant une longue carrière à parcourir, ressemblait presque à un règne. Anne d'Autriche, quoiqu'elle eût quarante ans sonnés, gardait parmi son peuple une réputation de beauté et même de jeunesse. On lui tenait compte de l'interminable tutelle qui, pendant vingt-huit

---

1 L'épisode qui précède a pour titre : *Madame Éliane*.

ans, avait pesé sur sa liberté. On s'était accoutumé à voir en elle une pensionnaire couronnée dont la jalousie du feu roi faisait une esclave. Devenue mère très tard, elle avait aussi le bénéfice de ce petit lit où dormait Louis le Grand encore enfant.

Rien ne rajeunit si bien qu'un berceau.

On l'avait plainte assez longtemps pour l'aimer quelque peu. La cour et la ville s'étaient intéressées aux bizarres romans de ses amours, dont nul n'avait su bien lire les pages mystérieuses et courtes. Nous avons prononcé le mot pensionnaire : pour beaucoup, ses intrigues galantes étaient tout bonnement des fredaines de fillette opprimée, trop punies par la brutalité froide et odieusement rancunière de son mari, vieux barbon de comédie torturant à plaisir cette Agnès sans défense.

Le barbon et son Agnès avaient, en réalité, juste le même âge. L'oppresseur était un pâle jeune homme, débile et beau ; la victime était une grosse maman, solidement nourrie, que ses portraits nous montrent avec de rondes joues un peu tombantes, à l'autrichienne, et une gorge triomphale, faite pour inspirer une toute autre impression que la pitié.

Il y a des natures à qui le malheur donne un désirable embonpoint. Après tout, Anne d'Autriche était une charmante femme très coquette, un peu faible d'esprit, aimant beaucoup l'Espagne et ses aises, en politique comme en amour, fidèle à son mari, je le suppose, et à M. le cardinal de Mazarin, j'en suis sûr, gouvernante médiocre, patriote douteuse, ayant eu dans sa vie une demi-douzaine d'aventures jolies et quelques moments dramatiques où elle ne fut pas sans déployer une belle fierté. Nous ne voyons pas pourquoi la pierre lui serait jetée, à cette reine appétissante et blanche qui se fâchait à la façon des soupes au lait. Peut-être qu'une personnalité mieux tranchée aurait eu plus de peine à traverser l'ouragan pour rire que la Fronde allait déchaîner sur Paris et les provinces en chantant.

Ce joli garçon de Mazarin, menant le monde, sous prétexte de gagner sa vie, le duc de Bouillon, Machiavel, bourgeois travaillant pour son pot-au-feu, Gaston d'Orléans, grignotant la chèvre en broutant le chou, madame de Chevreuse soulevant des tempêtes dans une cuvette pour donner à l'ami de sa famille, l'abbé de Gondi, le plaisir de les apaiser, MM. de Conti, d'Elbeuf et de

Beaufort tirant chacun à soi au milieu d'intrigues galantes ou d'horribles soupçons passent et repassent sans produire le moindre éclat, le conseiller Broussel, Prud'homme anticipé que les Parisiens bafouent de leurs respects, le chancelier Séguier, presque sage au milieu de ces folies, et ces deux grandes têtes : Turenne et Condé, bataillant au hasard parmi la farandole ivre que dansent la cour, la ville, les parlements, la finance, tout cela va bien, je ne sais pourquoi, autour d'Anne d'Autriche, dodue, fraîche, coiffée à la Sévigné et jouant le sort de la France, dont elle ne se soucie guère, pour garder les moustaches de son svelte cardinal.

Notre drame ne va pas jusqu'à la Fronde. C'est un fait particulier, à peine mêlé aux intrigues du temps, qui fait notre histoire. Il naît et meurt, dans ces heures de transition qui séparèrent la mort de Louis XIII de la révolte du Parlement. Cette courte et insignifiante période est appelée dans les livres le règne des Importants.

Les Importants étaient tous ceux qui avaient eu la tête courbée sous le lourd talon de Richelieu, et on les nommait ainsi parce que, ne sentant plus sur leur front le poids de ce terrible talon, ils se redressèrent haut et vite. On put croire un instant qu'ils allaient être les maîtres. La reine aimait en eux ses anciens camarades de cour, ses alliés de « l'opposition », s'il est permis d'appliquer ce mot tout moderne à des choses d'une autre époque. Elle mit à leur ouvrir les portes des prisons un empressement cordial.

On vit alors reparaître tous ces paladins de la résistance, qui excitaient autrefois parmi le peuple et parmi la noblesse un véritable enthousiasme : les ducs de Retz, de Guise, d'Épernon, la marquise de Senecey, madame d'Hautefort, la duchesse de Chevreuse, Fontrailles, Chateauneuf, le président de Blanc-Mesnil, et même ces deux hommes à poignard, Montrésor et Saint-Ibal, les assassins du premier ministre.

Bien entendu que le bon duc César de Vendôme revint aussi et qu'il rapporta sa colique.

Mais il est deux vérités que nous n'avons besoin d'apprendre à personne. En France, les vogues durent peu, et le pouvoir suprême est un calmant héroïque qui modifie du jour au lendemain les idées des gouvernants.

Les revenants de la Bastille et de l'exil semblèrent aux Parisiens lamentablement démodés ; ils avaient vieilli et n'étaient plus persécutés.

La reine partagea cet avis. Elle trouva, en outre, que tous ces braves gens rapportaient avec eux des idées de l'autre monde.

On raconte que, dès le lendemain de la mort du roi, la reine dit en passant devant un portrait de Richelieu :

« Si cet homme-là vivait, il serait notre souverain conseil. »

Les Importants auraient dû méditer ce mot-là. Ils n'avaient pas le temps, occupés qu'ils étaient à triompher sur toute la ligne. L'évêque de Beauvais, leur chef, confesseur de la reine, annonçait ici et là qu'il allait rétablir l'âge d'or par décret, et ce bon duc César chuchotait entre deux tranchées que son coquin de fils, Beaufort, menait déjà Sa Majesté par le bout du nez.

Mazarin, le joli cardinal, ne disait rien. Il n'était rien, sinon la créature du grand ministre mort. L'opinion publique déclarait sa carrière brisée. Anne d'Autriche affectait pour lui de l'éloignement et du mépris.

Mais il y avait à Paris un petit abbé, méchant comme un démon, assez mal bâti, plus brave que l'épée, galant, généreux, magnifique, très grand seigneur par sa naissance, très dangereux par son caractère, qui se nommait J.-F. Paul de Gondi.

Ce petit abbé qui ne craignait Dieu ni diable, et qui devait être un jour le cardinal de Retz, disait déjà et même écrivait que l'éloignement de la reine pour M. de Mazarin le faisait rire.

Il était myope, ce petit abbé, myope à prendre, dans la rue, le papa Broussel pour M. de Bassompierre, mais sa malice avait des yeux de lynx.

Un matin du mois de juillet, en l'année 1643, nous nous retrouvons donc au lieu même où commence notre récit, dans ce Clos-Pardaillan, fleuri et embaumé, qui était le jardin privé de dame Honorée.

Les événements avaient eu beau marcher, dame Honorée restait la même : une excellente béguine fort occupée de son salut, mais ne dédaignant pas d'écouter les cancans de ce monde.

Or, il y avait un cancan, plus qu'un cancan, une rumeur ayant trait à des personnes qui la touchaient de très près, et cette rumeur couvrait un mystère que jamais elle n'avait pu sonder.

Il s'agissait de notre ami Pol de Guezevern ; M. le comte de Pardaillan, confiné depuis quinze longues années dans son château du Rouergue. Dame Honorée n'avait jamais revu son neveu, à dater de cette soirée où M. de Vendôme l'avait marié en le faisant son intendant, mais pendant que maître Pol gérait les domaines du bon duc, dame Honorée avait fréquemment de ses nouvelles, des nouvelles ordinaires possibles, vraisemblables.

Il allait, venait, rendait ses comptes et se conduisait comme un chrétien.

Maintenant qu'il avait eu cette étrange fortune de succéder au feu comte de Pardaillan, malgré tant de gens placés entre lui et cet héritage, les choses n'étaient plus ainsi.

La vie de maître Pol, devenu grand seigneur, était tellement bizarre, que le doute jaillissait des esprits les plus crédules.

Et pourtant, le doute avait tort, chacun savait bien cela, et dame Honorée mieux que personne, puisqu'elle connaissait Éliane, sa nièce, un cœur d'or, une vertu pure comme le diamant.

Éliane s'était retirée, toute jeune et toute belle qu'elle était, vivant comme une recluse, malgré son titre de comtesse qui l'eût si aisément appelée à la cour ; Éliane s'était donnée tout entière à un dur, à un lugubre devoir.

Et si bizarre, nous répétons le mot, que fût la situation de l'homme à qui elle avait voué sa vie, cette situation était nettement, surabondamment constatée par des témoignages indubitables et par la grave assertion d'un homme de l'art.

Maître Mathieu Barnabi, parti de très bas pour arriver au sommet de le science, d'abord chimiste juré, puis médecin de feue la reine-mère, et honorable et discrète personne, Renaud de Saint-Venant, conseiller près le Parlement de Paris, ami d'enfance de l'infortuné comte, étaient les deux seuls étrangers qui eussent accès au château.

Maître Mathieu Barnabi avait fourni et signé sa déclaration, portant que le comte de Pardaillan, frappé de folie au moment même où Dieu lui avait donné la grande fortune dont il jouissait et le noble nom qu'il portait, restait depuis lors incapable de vivre la vie commune.

Item que sa folie, d'espèce particulière, avait pour symptôme unique la crainte, l'horreur de ses semblables, lui laissant à tous autres égards l'usage de sa haute et solide raison : ce pourquoi, ses affaires, menées par lui-même, au moyen de madame la comtesse sa femme, continuaient à être faites et bien faites.

Item que cette folie, quelle que fût sa source, s'était manifestée au premier moment par des exaltations furieuses et dangereuses pour les tiers, autant que pour lui-même, et qu'à sa première heure lucide il avait demandé, il avait exigé de ne plus voir que sa bien-aimée femme Éliane, comtesse de Pardaillan, laquelle il reconnaissait toujours, au milieu même de ses plus furieux accès.

Item qu'il avait fallu se conformer à ce vouloir, tant pour conserver la vie dudit comte de Pardaillan que pour épargner l'existence des étrangers et même de ses serviteurs : la vue d'un être humain quelconque, autre que madame Éliane, maître Mathieu Barnabi, soussigné, et le sieur conseiller de Saint-Venant pouvait porter ledit malheureux comte aux dernières extrémités contre lui-même et ses semblables.

Cette déclaration de maître Mathieu Barnabi, mise en circulation quinze ans auparavant, n'avait pas peu contribué à la renommée du célèbre praticien. Les hommes de science l'avaient discutée, les gens de cour s'en étaient amusés comme d'un fait purement original et curieux, portant surtout leur intérêt sur madame Éliane qui, un moment, était passée à l'état d'épouse illustre.

Puis les épilogueurs étaient venus. Le fait de la folie n'avait jamais été contesté, mais on en avait recherché curieusement les causes. Était-ce donc le choc d'un grand bonheur inespéré qui avait produit cet accident terrible ?

Était-ce le remords ? car, en ce temps-là, certains crimes étaient aisément soupçonnés, et l'on ne peut dire que les soupçons eussent toujours tort.

Bien des existences s'étaient éteintes pour faire de Pol de Guezevern, cadet de Bretagne et simple intendant, un des plus riches gentilshommes qui fussent en France.

Maître Mathieu Barnabi était là-dedans, l'ancien drogueur de la reine-mère, et tout ce qui touchait à ces Médicis avait méchante odeur, dès qu'il s'agissait de maléfices et de poisons.

Quoi qu'il en soit, trois requêtes furent présentées au Parlement de Paris, au nom de M. le baron de Gondrin-Montespan, héritier du feu comte, sur la même ligne que maître Pol. La première de ces requêtes tendait à la rescision des actes entre-vifs, passés entre Guezevern et le défunt.

La seconde était afin d'informer touchant les rumeurs qui couraient sur la fin prématurée des autres héritiers.

La troisième sollicitait une enquête sur l'état du présent comte de Pardaillan, incapable de porter son titre et de gérer son avoir.

Ici commença le rôle du conseiller Renaud de Saint-Venant.

Ce galant homme, rompant vaillamment en visière à son ancien ami et associé le baron de Gondrin, enterra dans les archives de la Grand'Chambre les trois requêtes par son influence personnelle.

Il était habile et avait beaucoup d'argent à sa disposition. Il intéressa ses collègues à la situation si vraiment malheureuse du comte, dans un discours fort éloquent, et les enthousiasma au récit du dévouement romain de la comtesse.

Il importe au lecteur de connaître le dernier argument, la péroraison de sa harangue.

Après avoir exalté la piété de cette jeune femme, si belle, enterrée vivante et donnant toutes les heures de son existence à l'abnégation conjugale, Renaud s'exprima ainsi :

« D'ailleurs, l'accusation criminelle manque de base, autant que l'action civile manquerait d'intérêt. La mort ne s'est point arrêtée après avoir frayé ce triste chemin qui a conduit Paul de Guezevern à la fortune : son fils unique, mon filleul, Renaud de Guezevern-Pardaillan, est mort, selon toute apparence ; une main coupable, une main perfide l'a soustrait à l'amour de ses trop infortunés parents.

« Ils n'ont plus qu'une fille au berceau, et au décès du présent comte les collatéraux avides pourront fondre sur cet héritage, qui semble porter malheur. »

Cela était vrai, et cela était à la connaissance de tous. Dans la nuit même qui avait suivi la première arrivée du comte et de la comtesse de Pardaillan, venant prendre possession de leur château, le petit Renaud, âgé de quatre ans, avait été enlevé de son berceau par une main inconnue.

Bien que le seul intéressé fût, en apparence, M. le baron de

Gondrin, l'auteur du rapport, le sieur de Saint-Venant eut la clémence de ne le point accuser.

Mais les trois requêtes furent noyées.

Nous devons ajouter que, depuis lors, nul n'avait pu retrouver la trace du petit Renaud de Guezevern, seul héritier des biens de Pardaillan.

Et qu'à défaut de requêtes les bavardages allaient leur train, si bien que dame Honorée, au fond de sa dévote solitude, en pouvait ouïr continuellement l'écho.

Elle questionnait par lettre Éliane qui lui répondait fidèlement, mais les réponses d'Éliane ne contenaient jamais que des choses connues par la vieille dame. Ces réponses parlaient de la santé de son mari qui était bonne à la condition que rien ne vint éveiller la terrible susceptibilité de son état mental ; elles faisaient allusion souvent au malheureux enfant, qui était désormais perdu sans espoir, et remerciant Dieu dont la bonté leur avait gardé du moins ce cher petit être, leur fille, leur seule joie, leur dernier amour.

Pola grandissait, Pola était bonne, Pola était belle.

Deux mois avant le moment où recommence notre récit, dame Honorée avait eu une grande surprise. Une charmante enfant, blonde et rose, que la bonne dame reconnut au premier coup d'œil tant elle ressemblait à maître Pol, son père, était arrivée inopinément, sur le tard, à l'heure où les béguines se couchent, et s'était jetée à son cou en riant.

« Bonsoir, ma tante, avait-elle dit, je viens passer du temps avec vous. »

Comme dame Honorée, au comble de l'étonnement, lui demandait pourquoi elle avait quitté sa mère, la fillette répondit sans perdre son sourire :

« Je n'en sais rien, bonne tante. »

Elle remit en même temps un pli à la vieille dame qui l'ouvrit et lut :

« Ma chère et respectée tante,

« Donnez un asile à ma bien-aimée Pola. Elle sera en sûreté chez vous. Au château de Pardaillan un cruel danger la menace. »

Le billet était signé « Éliane ».

II. BRUNE ET BLONDE

Cette jolie Pola avait fait le voyage de Paris à petites journées, gardée par une forte escouade que commandait une de nos anciennes connaissances : le coquin de Mitraille.

Mitraille avait du plomb dans la tête maintenant ; il le disait au moins ; il avait servi dans les dernières guerres et bien des gens l'appelaient capitaine. Mais il n'y tenait point et préférait de beaucoup l'autre titre qui était sa renommée et sa noblesse. À son propre sens il était Coquin de Mitraille comme M. de Luxembourg était Bouchard de Montmorency.

C'était bien le plus honnête garçon du monde ; il faut cela pour ne point reculer devant le nom de coquin. M. de Vendôme le lui avait donné, le feu roi l'avait confirmé, en pleine tranchée, un jour de mauvaise humeur. Mitraille y tenait et personne ne se mettait à la traverse.

Mitraille avait gardé du temps passé deux impressions très vivaces, son attachement pour maître Pol et sa haine contre le bon Renaud de Saint-Venant. Il se souvenait de la mission fantastique que ce dernier lui avait donnée, près de M. le commandeur de Jars et de l'arrestation qui s'en était suivie. Le motif de ce mauvais tour était resté pour lui un mystère, mais sa rancune avait grandi en même temps que la fortune de Saint-Venant, qui était maintenant un personnage d'importance.

L'affection de Mitraille pour la famille de Pardaillan avait grandi aussi, et ce n'était pas sans motif. Bien que Mitraille fût loin d'être un Don Juan, il lui était arrivé d'avoir une intrigue galante avec une jeune personne qui n'avait point tabouret chez la reine. Cette jeune personne était un peu de race sauvage et vagabonde ; elle s'en alla un beau jour en lui faisant cadeau d'une charmante petite fille qui avait déjà des yeux de diablesse ou de bohémienne. Je ne sais pas ce que ce coquin de Mitraille fût devenu, en se voyant à la tête d'une pareille propriété, si madame Éliane, qui venait de mettre Pola au monde, n'eût prit Mélise au château de Pardaillan.

L'enfant de Mitraille et de la sauvage avait nom Mélise.

C'était maintenant une adorable jeune fille, dont Mitraille était fier plus que nous ne saurions le dire.

À cause d'elle il se serait fait hacher menu comme chair à pâté, pour son ancien compagnon maître Pol, comte de Pardaillan, si misérable dans sa haute fortune, pour madame la comtesse Éliane et pour la gentille Pola. Mélise aimait Pola mieux que la prunelle diamantée de ses propres yeux.

Ne pouvant rester avec Pola dans la maison de la béguine, Mitraille et sa fille avaient pris leur quartier à l'hôtel de Vendôme, où l'ancien écuyer avait gardé ses habitudes.

Dame Honorée, après le premier mouvement de surprise, avait fort bien reçu sa petite nièce, elle se regardait un peu comme la mère de M. le comte et de madame la comtesse : son Pol et son Éliane d'autrefois. Et d'ailleurs, faut-il le dire ? la présence de cette charmante enfant était pleine de promesses pour sa curiosité depuis si longtemps excitée. Il était impossible que Pola n'éclairât point, même à son insu, quelque côté du mystérieux drame qui se jouait au château de Pardaillan.

Dame Honorée n'avait pas mauvaise opinion de sa perspicacité. Sans interroger, sans se compromettre, elle comptait bien apprendre une foule de choses. Il ne s'agissait pour cela que de ne point hâter et de laisser bavarder l'enfant.

Dieu sait que l'enfant bavarda. Elle était tout cœur et laissait jaillir librement sa pensée. Néanmoins dame Honorée ne sut rien.

Par la simple raison que l'enfant ignorait tout.

Quand dame Honorée lui parla de sa mère, elle put voir des larmes dans les yeux de Pola, mais ces larmes souriaient. Quant dame Honorée lui parla de son père, Pola soupira et dit : « Pauvre père ! » mais ce soupir et cette exclamation exprimaient ce genre de tristesse que l'habitude unit et aplati en quelque sorte.

Évidemment, Pola était faite à ce soupir et à cette parole.

Elle dit, comme on mentionne la circonstance la plus simple du monde, qu'elle n'avait jamais vu son père éveillé. Deux ou trois fois, sur ses instances enfantines, la comtesse avait entr'ouvert pour elle la porte de la chambre mystérieuse : la chambre tendue de noir.

Elle avait vu alors un homme endormi dans un des deux lits que contenait l'alcôve. Cet homme avait un voile sur le visage.

Elle lui avait envoyé un baiser en répétant cette plainte qui arrivait à être banale : « Pauvre père ! »

Pola ne s'étonnait de rien, parce qu'elle n'avait jamais vu les choses autrement. Elle acceptait comme parole d'évangile l'explication donnée. Son père ne pouvait pas voir de figures étrangères, cela sous peine de mort. Elle avait entendu répéter ces mots depuis sa plus petite enfance. Elle y croyait fermement.

La maladie de son père était ainsi. Cela lui semblait évident comme sa propre existence.

Sur la question de savoir pourquoi elle était venue à Paris, Pola répondit : Je n'en sais rien ; ma mère l'a voulu, et moi, j'ai été bien contente.

Le lendemain de son arrivée, ce coquin de Mitraille, habillé presque décemment, se présenta chez dame Honorée et lui dit :

— Tout est toujours de même au château de Pardaillan. M. le comte ne veut voir que son marchand de mort aux rats, Mathieu Barnabi, et le roi des hypocrites, le sieur Renaud de Saint-Venant. Madame la comtesse vous a parlé de danger dans sa lettre, il ne faut point que la jeune demoiselle sache cela. Voyons, n'ai-je rien oublié ? Non, j'ai tout dit. Serviteur.

Il voulut tirer sa révérence, la bonne dame le saisit par le bras ; elle l'eût aussi bien pris aux cheveux :

— Ah çà, mon brave soudard ! s'écria-t-elle n'allez-vous point m'expliquer un peu ce qui se passe dans cette maison-là ?

Mitraille se frappa le front.

— Je savais bien que j'oubliais quelque chose ! grommela-t-il ; la jeune fille ne doit ni sortir ni être vue par les gens du dehors. Quant à ce que vous me demandez, respectable dame, je suis plus pauvre que Job, mais je trouverais bien encore une pistole ou deux à donner à qui voudrait me fournir à moi-même une explication raisonnable.

Il se dégagea et s'en alla.

Deux mois s'étaient écoulés. On n'avait point reçu de nouvelles de la comtesse Éliane. La béguine avait repris peu à peu ses habitudes.

Notre belle petite Pola était un peu plus pâle que lors de son arrivée. Son rire était un peu moins fréquent, surtout moins éclatant, et parfois elle restait de longues heures, pensive, sur ce banc du clos Pardaillan où son père et sa mère avaient échangé les premières paroles d'amour, autrefois.

Elle ne sortait point. Elle ne voyait personne, et pourtant elle ne se plaignait point de son séjour à Paris.

Sans doute que la société de dame Honorée lui tenait lieu abondamment de tous les plaisirs qui enchantent la jeunesse. Dame Honorée était de cet avis-là.

Mais revenons à ce beau matin du mois de juillet 1643 où le clos Pardaillan était tout parfums et tout fleurs. Les corbeilles embaumaient, les clématites et les cytises, grimpant par-dessus le berceau, assiégeaient de leurs pousses envahissantes le logis de la vieille dame, qui semblait un vaste bouquet. Les oiseaux chantaient sous les feuillées, les papillons voletaient parmi les roses.

C'était tout. Nulle créature humaine ne paraissait dans le jardin. La messe de sept heures venait de sonner à la chapelle des Capucines, et dame Honorée, fidèle à ses vieilles coutumes, avait quitté la maison depuis dix minutes au moins, munie de son monumental missel.

Pola, moins matinale, l'avait suivie à cinq minutes d'intervalle, et tout dormait, assurément, dans l'hôtel de Vendôme, où M. le duc, un peu échauffé, n'était rentré qu'au petit jour.

Chose singulière et qui rajeunit tout à coup notre histoire de vingt ans, une voix claire, une voix douce et charmante qui semblait sortir des bosquet, se prit à chanter dans la solitude.

Et cette chanson était celle de notre Éliane, quand elle éveillait maître Pol de Guezevern, endormi par la fatigue et l'orgie.

Après tout, Pola était la fille de notre Éliane, et sans doute qu'on l'avait bercée avec cette chanson qui ravivait tant de chers souvenirs.

Car c'était bien Pola qui chantait. Pola avait dû s'arrêter à moitié chemin de la chapelle, pour changer de route et se diriger vers le clos Pardaillan.

Et maintenant que nous regardons mieux, nous pourrons deviner sa frêle et gracieuse silhouette, là-bas, sous l'ombre épaisse des tilleuls. Pendant qu'elle chante, elle a le visage tourné vers l'hôtel de Vendôme, dont son regard brillant interroge les fenêtres closes.

Elle a déjà dit le premier couplet :

> Nous étions trois demoiselles,
> Toutes trois belles

Autant que moi,
Landeriguette,
Landerigoy !
Un cavalier pour chacune
Courait fortune
Auprès du roi,
Landerigoy,
Landeriguette !

Était-ce un signal comme autrefois ? Un blond maître Pol allait-il sauter des croisées ou entrer par la porte ?

C'était l'heure propice et Pola avait ses quinze ans. Le monde a beau vieillir, chaque année revient le printemps d'amour, et les tendres rendez-vous ne chôment jamais, partout où il y a des fleurs, de l'ombre et de la jeunesse.

Mais s'il vous en souvient, maître Pol se faisait attendre autrefois. Éliane était forcée non seulement de chanter tous les couplets de la chanson, mais encore de lancer des graine de sable aux carreaux de la croisée.

On se couchait si tard chez M. de Vendôme !

M. de Vendôme était justement aujourd'hui en son hôtel. M. de Vendôme, malgré son âge qui devenait respectable, et malgré la rare constance de sa colique, seule maîtresse qui lui fût jamais restée fidèle, avait couru la prétentaine toute la nuit. Ce diable de page qui faisait attendre Pola était-il, comme jadis maître Pol, vautré sous la table ?

Pola, en vérité, n'avait pas l'air trop impatient, et ce fut le sourire sur les lèvres qu'elle entama son second couplet :

Jeanne aimait un gentilhomme,
Annette un homme,
Berthe, ma foi,
Landeriguette
Landerigoy,
Aimait un fripon de page,
Sans équipage
Ni franc aloi,
Landerigoy,
Landeriguette !

Il y avait un beau pied de vigne, contemporain de la fondation de l'hôtel, qui ne donnait pas de raisins, cause du voisinage des tilleuls, mais dont le feuillage tapissait dix toises de muraille. Il était planté à gauche des fenêtres de M. le duc, et ses pousses vigoureuses cachaient presque entièrement la petite porte basse par où maître Pol s'introduisait jadis dans le clos Pardaillan.

C'était vers cette porte masquée que les regards de Pola se tournaient le plus souvent quand ils cessaient d'interroger les fenêtres.

Et pourtant ce ne fut point la porte qui s'ouvrit. Au moment où Pola achevait son second couplet, elle s'interrompit en un petit cri de terreur. Une croisée avait grincé au premier étage derrière les branches, tout au bout du corps de logis dont la chambre à coucher de M. le duc formait le centre, un objet rose et blanc avait glissé le long de la vigne, ravageant les pauvres belles feuilles qui tombaient çà et là, comme si c'eût été déjà l'automne.

Puis l'objet était resté immobile, au pied du mur.

— Mélise ! s'écria Pola en s'élançant, folle que tu es ! es-tu blessée ?

L'objet blanc et rose se releva d'un bond. Ce n'était pas un maître Pol. C'était un lutin bizarre et charmant, qui restait bien un peu pâle de sa chute, mais qui déjà souriait et qui se prit à chanter gaillardement :

> Le seigneur acheta Jeanne,
> L'homme prit Anne ;
> Berthe dit : Moi,
> Landeriguette,
> Landerigoy,
> Il me faut bel apanage,
> Et le blond page
> Devint un roi,
> Landerigoy,
> Landeriguette !

— Es-tu blessée, Mélise ? répéta Pola.

Mélise lui planta sur le front un de ces baisers rapides qu'échangent si gracieusement les jeunes filles, et qui sont jolis comme le becquetage des oiseaux.

— Jamais ! répliqua-t-elle. Il n'y avait qu'un étage.

— Et pourquoi es-tu venue par ce chemin ?

— Ah ! pourquoi ? fit Mélise, qui s'occupait déjà à recueillir les feuilles tombées et à effacer sur le sable les traces de sa chute. Pourquoi ne suis-je pas venue du tout hier ? Pourquoi messieurs les pages ne deviennent-ils rois que dans les chansons ? Pourquoi n'avons-nous pas trente ans bien sonnés ? Pourquoi ne sommes-nous pas maîtresses de nos actions ?

Elle s'arrêta pour regarder Pola dans les yeux.

— On a pleuré murmura-t-elle.

Pola rougit, mais elle répondit :

— Tu rêves !

Mélise se mit à rire et lui donna un second baiser.

— Oh oui ! fit-elle, et bien souvent encore ! C'est si bon de rêver !

Elle prit sa compagne par la taille, et l'entraîna vers la partie la plus touffue du bosquet, disant :

— Tu peux bien m'interroger, va, j'en ai long à te raconter ; et je gage que je vais oublier au moins moitié de ce que je devrais te dire ! Mais c'est égal, il en restera encore deux fois trop.

— Vas-tu me parler de lui ? prononça tout bas Pola dont la voix s'adoucit et dont les longues paupières se baissèrent.

— Vous voyez bien qu'il y avait un maître Pol !

Mélise, au lieu de répondre, sembla se recueillir.

Elle était plus attrayante encore, cette singulière enfant, quand la réflexion descendait par hasard sur son front mutin et sérieux.

Certes, Pola était plus belle, Pola, svelte et fière dans sa taille, comme nous avons vu autrefois Guezevern, ce splendide jeune homme, Pola qui réunissait dans ses traits angéliques la noble franchise de son père et les grâces exquises de sa mère ; il était impossible de rien voir qui fût plus charmant que Pola, la vierge suave et hautaine avec ses grands yeux bleus au regard limpide, son brave sourire et les délices de son front encadré de merveilleux cheveux blonds.

Mais cette Mélise était un démon. Son aspect dégageait je ne sais quel attrait imprévu qui remuait et qui attirait. Elle n'était pas grande ; sa taille, modelée hardiment, avait des souplesses infinies. On eût dit parfois qu'elle allait bondir comme une biche ou s'envoler comme un oiseau. Ses traits fins et sculptés avec une délicatesse étrange se rapetissaient encore par le contraste d'une prodigue chevelure, non pas crépue, mais solide dans sa soyeuse abondance, et qui entourait son front éclatant d'une sombre auréole.

Elle ne ressemblait à personne, celle-là ; du moins n'avait-elle rien de cet excellent Mitraille, son père. Quant à sa mère qui s'en était allée, Dieu sait où, nul ne l'avait connue.

Quelques-uns savaient pourtant que ce coquin de Mitraille avait été, pendant un an, autrefois l'amoureux battant et battu d'une reine du pays d'Égypte, une bohémienne demi-barbare dansant sur la corde, ayant pour tout vêtement sa ceinture de gaze dorée et ses pendants d'oreille de cristal.

Il portait encore au-dessus de l'œil droit une cicatrice profonde et triangulaire gardant, bien marquées, les trois arêtes d'un poignard roumi, et qui était, assurait-on, la trace d'une des dernières caresses de la dame.

Mélise n'avait encore donné de coup de poignard à personne, elle était bonne, avenante, généreuse et fidèle surtout, fidèle comme l'or, mais il y avait parfois dans ses grands yeux un rayon fauve et ardent qui sortait comme la griffe aiguë cachée sous le velours de la patte d'une panthère.

Il n'eût pas fait bon s'attaquer à cette petite Mélise, ni surtout à ceux qu'elle aimait.

Aujourd'hui son regard était doux et calme plus que celui d'un agneau. Elle travaillait de bonne foi à mettre de l'ordre dans ses idées un peu confuses, et cela lui donnait cette ravissante gravité des chers lutins qui essaient un moment d'être bien sages.

Les toilettes des deux jeunes filles ne présentaient pas, du reste, un moindre contraste que leurs figures. Pola, simplement vêtue, avait, de par la volonté de dame Honorée, une apparence presque monacale ; la parure de Mélise, au contraire, quoiqu'elle n'eût certes pas coûté bien cher, était gaie, brillante, et d'un goût qui, chez toute autre, aurait pu paraître douteux.

Mélise la portait admirablement. Il semblait que la coupe étrange de son corsage fût justement l'uniforme qui convenait aux délicieuses proportions de sa taille, et l'œil ne se blessait point des vives couleurs de sa cotte relevée.

— Écoute, fit-elle après que Pola eut pris place sur un banc et qu'elle se fut elle-même demi-couchée sur le gazon, à ses pieds, je te parlerai de ton chevalier errant, c'est bien sûr, et du mien aussi, je suis venue pour cela. Mais il y a temps pour tout. Laisse-moi commencer par le commencement. Je crois que c'est le More qui a mis ces idées-là dans la tête de mon père…

— Le More ! répéta Pola étonnée.

— C'est vrai, tu ne sais pas ce que je veux te dire. Je ne t'ai pas encore parlé du More. Vois-tu, mon pauvre cher cœur, nous n'en finirons jamais. J'en ai tant et tant à te dire !

Elle joignit ses belles petites mains, légèrement dorées sur les genoux de Pola, tandis que celle-ci demandait :

— Qu'est-ce que c'est que le More ?

— Je ne sais pas, répliqua Mélise d'un air pensif. Il est beau comme un archange sous le bronze de sa peau, mais son regard a parfois des lueurs qui me font frémir… surtout quand il est question de vous autres, les Pardaillan.

— Il nous connaît ?

— Il dit que non.

— Eh bien, alors ?

— Je ne sais pas ! prononça pour la seconde fois la fille de Mitraille dont le regard était fixe et tout chargé de méditations. Que veux-tu que je te dise, moi, je ne sais pas s'il faut l'aimer ou le haïr. La chose certaine, c'est que maître Roger est cruellement jaloux de lui.

— Ah ! fit Pola en souriant.

— Maître Roger est jaloux de tout le monde, ajouta Mélise.

— Est-ce que tu ne l'aimes plus ?

— Oh ! si vraiment. Et puis le More n'est pas un jeune homme, pense donc !

— Quel âge a-t-il ?

— Je ne sais pas. Et je te répondrai toujours de même, quand tu me parleras de lui : je ne sais pas, je ne sais pas. Mais voyons ! ne m'interromps plus ! Il ne s'agit pas du tout du More… quoique ce fou de Gaëtan soit fort occupé de lui.

— Ah ! s'écria encore Pola, rose comme une fraise à ce nom, il est l'ami du chevalier ?

— Bon ! soupira Mélise d'un accent découragé, nous voici au chevalier maintenant ! et tu grilles de savoir si j'ai appris enfin quelque chose sur ce beau ténébreux qui passait comme un fantôme sous tes fenêtres, au château de Pardaillan.

— Dame ! fit Pola sans relever ses grands yeux, je ne suis pas curieuse, mais…

— Mais, il nous a suivies depuis le château jusqu'à Paris, l'interrompit Mélise, et cela vaut bien la peine qu'on songe un peu à lui. Mon cœur, nous n'en sommes pas encore là. Il faut mettre de côté le chevalier Gaëtan et me prêter, s'il vous plait, toute votre attention : je vais vous parler de votre mère !

III. UNE AVENTURE DE LOUIS XIII

Ce coquin de Mitraille avait raison d'aimer madame la comtesse et la belle Pola ; mademoiselle de Pardaillan, comme on l'appelait dans le Rouergue et aussi à la cour, car elle était connue déjà et presque célèbre à la cour, où jamais on ne l'avait vue. Le côté romanesque qui faisait l'histoire des Guezevern étrange jusqu'à l'invraisemblance, avait attiré l'attention sur la grande fortune dont Pola était désormais l'héritière ; on parlait d'elle, et plus d'un grand seigneur ruiné songeait à elle dans ses rêves.

Mélise, mademoiselle Mitraille, comme personne, assurément, n'aurait pu la nommer sans sourire, avait été élevée dans cette opulente maison de Pardaillan, traitée en amie, en sœur par Pola, en fille par Éliane.

Mitraille avait raison de les aimer toutes les deux.

Quant à Mélise elle-même, nous n'aurons pas beaucoup de peine à discerner son caractère dans ses paroles et dans ses actes. Elle parlait, Dieu merci, et agissait assez haut. Son dévouement valait celui de son père, quoiqu'il ne fût point de la même sorte. Mitraille était pour obéir, Mélise allait à sa fantaisie.

Et nous devons avouer une chose : quand ce coquin de Mitraille avait bu un verre de trop, ce qui lui arrivait bien encore quelquefois, il prenait volontiers les almanachs de Mélise.

Quand il était à jeun, au contraire, il la déclarait folle du meilleur de son cœur.

Aussi Mélise avait-elle, par rapport au vin, des opinions assez avancées. Elle n'en usait point pour elle-même, parce que son esprit bien portant n'avait pas besoin de ce remède, mais elle pensait que pour les hommes, créatures inférieures, le vin constituait une bonne portion du courage, de l'intelligence et de la sagesse.

Au nom de sa mère, Pola était devenue tout à coup sérieuse, et, malgré elle, son charmant visage avait pris une expression d'anxiété. Mélise, au lieu de parler, fixait sur elle un regard perçant.

— J'attends, dit Pola.

— Il y a des moments, murmura la fillette, où l'idée me vient que tu en sais plus long que nous tous.

— J'attends, répéta mademoiselle de Pardaillan.

— Eh bien ! fit Mélise qui secoua la richesse mutine de ses cheveux, entrons en matière, comme dit le sieur conseiller Renaud de Saint-Venant, qui est un habile clerc. Voilà trois jours que mon pauvre papa ne boit que de l'eau, aussi a-t-il perdu le peu de cervelle que Dieu lui a donnée. Il ne me confie plus ses affaires, et comme il a bien deviné que j'ai surpris ça et là quelque petite chose, il m'a défendu de te voir…

— Moi ! l'interrompit Pola. Pourquoi ?

— Parce que tu dois tout ignorer.

— Mais que se passe-t-il donc ?

— Rien de bon, j'en ai peur.

— Tu m'avais annoncé des nouvelles de ma bien-aimée mère ?

— Des nouvelles ! répéta Mélise en hochant la tête. Il y a du neuf et du vieux. Mais n'allons pas si vite. Je ne sais pas quand je pourrai te revoir, et pendant que je te tiens, je veux vider mon sac. D'abord je suis descendue par la fenêtre, parce qu'on ne peut plus arriver ici par la porte.

— Elle est fermée ?

— Mieux que cela. Elle est condamnée. Ah ! ah ! mon père sait bien qu'avec moi il ne faut pas faire les choses à demi. Ta mère lui a dit : Il ne faut pas que ma fille se puisse douter de ma présence à Paris.

— Ma mère ! à Paris ! s'écria Pola, qui se leva toute droite. Elle qui n'a jamais quitté mon père pendant une heure ! Est-ce que mon père est aussi à Paris ?

— Non, répliqua Mélise. Assieds-toi.

Pola se laissa retomber sur le banc.

Mélise prit ses deux mains qu'elle effleura de ses lèvres.

— Petite sœur, dit-elle d'un ton doux et triste, employant peut-être à dessein ce titre qu'elles se donnaient l'une à l'autre au temps de leur enfance, je ne connais pas de créature humaine qui soit si bonne, si noble, ni si sainte que la comtesse Éliane, ta mère. J'ai besoin de te dire cela avant de poursuivre. C'est un culte que j'ai pour ta mère, entends-moi bien, et je ne sépare jamais sa pensée de celle de Dieu, mon créateur. La comtesse Éliane ne peut ni mal faire ni avoir mal fait. Et quelles que puissent être les apparences…

Pola l'interrompit en se penchant vers elle pour lui mettre au front un baiser. Mélise l'attira jusque sur son cœur.

— Nous nous entendons, dit-elle, l'œil humide. Assez de grandes phrases comme cela. Te souviens-tu, quand nous étions petites, ta mère s'enfermait parfois avec son mari ?

— Je m'en souviens, répliqua mademoiselle de Pardaillan. C'était quand mon pauvre père souffrait davantage de ses idées noires.

— Oui… c'était peut-être cela… peut-être autre chose. Elle était alors des jours entiers, quelquefois des semaines sans paraître. Et cela arrivait toujours quand maître Mathieu Barnabi, le savant médecin et le sieur conseiller de Saint-Venant n'étaient point au château.

— Ce sont les deux meilleurs amis de ma mère, fit observer Pola presque sévèrement. Et M. de Saint-Venant était le parrain de feu mon regretté frère qui portait son nom de baptême.

— Le parrain a bien veillé sur le filleul ! grommela Mélise avec ironie. Ne nous disputons pas à propos de M. de Saint-Venant, mon cœur, et Dieu veuille que tu n'apprennes pas trop vite à le mieux connaître !

— Tu l'as toujours détesté.

— Quand mon père a bu un verre de vin, répliqua sentencieusement la fillette, il parle de l'assommer tout net !

Ce capricieux raisonnement ramena un sourire aux lèvres de mademoiselle de Pardaillan.

— Te souviens-tu maintenant d'un soir, reprit Mélise, nous étions déjà grandettes, nous trouvâmes sur le prie-Dieu de ta mère un parchemin qui contenait l'état des biens de votre maison. Tu étais comme le prince des contes de fées qui ignore le nombre de ses domaines, et chaque nom nouveau de ferme, de moulin, de manoir te faisait sourire.

— Je m'en souviens… après ?

— Te rappellerais-tu encore le nom de tes châteaux ?

— Quelques-uns, peut-être.

— Par exemple, le nom de Rivière-le-Duc, en Poissy, de l'autre côté de la forêt de Saint-Germain ?

— C'est une ferme ? demanda Pola qui devenait distraite.

— C'est un manoir… un rendez-vous de chasse plutôt. Il se passa là, voici un peu plus d'un an, l'automne de quarante et un, une histoire assez curieuse.

La main blanche de Pola pesa sur son épaule.

— Je t'en prie, petite sœur, dit-elle, parle-moi de ma mère.

— Il importe que tu connaisses mon histoire, répliqua Mélise. Je la ferai courte, mais tu l'écouteras. C'était chasse royale dans la forêt de Saint-Germain. M. le cardinal de Richelieu était à Rueil, déjà bien malade, et Sa Majesté, plus malade encore que son ministre, gardait le lit au Château-Neuf. M. le grand-veneur avait néanmoins mené la chasse, suivie par M. le duc d'Orléans, M. le prince, le jeune duc de Beaufort et M. de Cinq-Mars : M. le Grand, comme on l'appelait, qui était alors au plus haut degré de sa faveur.

La reine, en carrosse fermé, longeait lentement les allées. Tout était triste à cette cour, même le plaisir.

La chasse dura longtemps. La bête et les chiens allaient mollement, comme s'ils eussent été, eux aussi, de la cour. Le cerf vint à ses fins, vers trois heures de relevée aux buttes de Quintaine. L'hallali sur pied fut sonné à trois heures vingt minutes ; on sonna la mort à la demie.

À la mort, ce fut Gaston d'Orléans qui eut les honneurs, le roi manquant, aussi la reine.

D'autres encore manquaient. Et ne vous étonnez point, ma sœur, si je vous dis si juste les détails de cette anecdote. Ceux qui l'ont racontée, non pas à moi, mais devant moi, avaient intérêt à la bien savoir.

Parmi ceux qui manquaient étaient M. le Grand et un jeune abbé d'Italie, qui fut, quelques jours après, créé cardinal : M. de Mazarin.

Comme la chasse revenait, les princes virent de loin, dans la grande allée de Poissy, un cavalier vêtu de noir, dont le visage disparaissait sous son feutre rabattu. Douze mousquetaires l'accompagnaient.

Les princes se jetèrent aussitôt de droite et de gauche sous les couverts. Le gros de la chasse les imita. La route fut libre. Le roi passa.

C'était le roi.

Où allait le roi ?

Gaston d'Orléans dit :

« Je donnerais mille louis pour savoir où est madame ma sœur ! »

Il parlait de la reine.

M. le prince ajouta :

« M. le Grand va coucher ce soir à la Bastille. »

Il s'en alla souper de bon appétit à Saint-Germain.

Le roi continuait sa route vers Poissy. Il était silencieux et pas une parole ne fut échangée entre les mousquetaires pendant tout le chemin.

À moitié traite entre Saint-Germain et Poissy, un homme à la livrée de M. de Richelieu aborda respectueusement le roi et lui parla bas.

Le roi prit sur la droite un sentier qui conduisait au manoir de Rivière-le-Duc. Il mit son cheval au petit galop. Les mousquetaires suivirent, échangeant entre eux des regards attristés.

L'homme à la livrée de M. le cardinal de Richelieu avait disparu.

Vers la même heure, le carrosse fermé qui avait porté la Reine était arrêté, non point sur une route ni dans une allée, mais au milieu d'une petite clairière, entourée par les hautes futaies de la Croix-de-Bois, dans la partie nord de la forêt. Le carrosse avait toujours ses portières closes et ses rideaux hermétiquement croisés.

Le roi et son escorte passèrent tout près de là, mais ils ne le virent point.

Vers la même heure encore, un cavalier et une dame, causant tout bas, et comme des amoureux, allaient ensemble le long du mur qui sépare les coupes du roi du domaine de Rivière-le-Duc.

C'était une femme jeune encore et de belle taille, vêtue entièrement de noir. Le cavalier portait un galant costume de chasse, qui dessinait bien sa tournure gracieuse et fine. Il avait un manteau sur le bras.

Le jour baissait. Le cavalier et la dame avaient sans doute quelque chose à craindre, car ils s'arrêtaient souvent pour écouter, et leurs regards inquiets interrogeaient alors les alentours.

Tout à coup, ils tressaillirent ensemble, et le cavalier devint plus pâle qu'un mort, tandis que sa compagne se prit à trembler. Ils avalent entendu ensemble et au même moment le bruit déjà voisin d'une cavalcade.

— La chasse ! murmura la dame, cherchant déjà une issue pour fuir.

— Non, dit le gentilhomme d'une voix profondément altérée, ce n'est pas la chasse. Écoutez mieux.

Le pas des chevaux frappant la terre molle d'une route de traverse, était régulier et lourd.

La dame balbutia, chancelante et brisée qu'elle était déjà :

— Les mousquetaires !

Et le cavalier prononça tout bas le nom du roi.

Ce cavalier parlait avec un fort accent italien.

L'Italien et sa compagne étaient dans le sentier de ronde, bordé d'un côté par le mur, de l'autre par les fourrés. La fuite semblait impossible. Le cavalier, cependant eut une inspiration.

— Nous ne devons pas être loin de la brèche d'Orléans, dit-il ; si nous la trouvons, nous sommes sauvés.

Ici Mélise s'interrompit pour demander :

— Sais-tu l'histoire de la brèche d'Orléans ?

— Je t'en prie, répondit Pola qui se laissait prendre à l'intérêt de ce récit comme une enfant qu'elle était, dis-moi le nom de cette dame et le nom de ce cavalier.

— Devine.

— C'était la reine ?

— Tu vas voir…

— Et c'était M. de Cinq-Mars ?

— Non, car M. de Cinq-Mars galopait en ce moment de l'autre côté du mur, et ce fut M. de Cinq-Mars qui montra la brèche aux deux amoureux en leur criant :

— Entrez ! entrez ! sur votre vie !

Ils passèrent la brèche, et M. de Cinq-Mars poursuivit sa route à franc étrier.

Le roi était si près qu'on put l'entendre derrière les arbres disant à ses mousquetaires :

— Messieurs, qui est ce cavalier ?

M. le marquis de Rauzun, le cornette, répondit :

— Sire, aucun de nous ne l'a reconnu.

Et le roi piqua des deux en étouffant une exclamation de colère. Cette colère devait dresser plus tard un échafaud.

Près de cent ans auparavant, en l'année 1546, le duc d'Orléans, fils de François Ier, qui fut depuis Henri II, chassait le cerf dans la forêt de Saint-Germain, accompagné de madame Diane, sa belle amie. C'était un dix-corps de force prodigieuse qui, acculé par les chiens dans le quartier de la Croix-de-Bois, franchit le mur de Rivière-le-Duc et se réfugia chez M. de Pardaillan.

Henri était fort échauffé. Il fit coupler les chiens sur place et pratiquer une brèche au mur de son voisin. Après quoi la chasse continua. Le cerf fut forcé. Mais quand les gens du roi voulurent réparer la brèche, le Pardaillan d'alors, ton très grand oncle, fit opposition, disant que ce lui était un honneur d'avoir brèche ouverte sur les terres de la couronne, et que nul ne pouvait retirer ce qu'un fils de France avait donné. La brèche resta.

Ce Pardaillan ne savait pas de quelle importance sa fantaisie devait être, un siècle plus tard, pour notre cavalier et notre belle dame.

Le roi Louis XIII vint jusqu'à la brèche et la franchit sans hésiter. Bourbon vaut bien Valois.

La course l'avait fatigué, et il était en colère.

— Messieurs, dit-il, ce que je cherche est ici. Que la brèche soit gardée et que le parc soit fouillé de bout en bout. Je le veux !

Les mousquetaires obéirent avec répugnance peut-être, mais ils obéirent. Le roi avait ajouté :

— Nul ne vous gênera dans vos recherches. Madame la comtesse de Pardaillan est auprès de son mari malade dans le Rouergue. Celle-là est une honnête femme, messieurs !

— Que Dieu bénisse le roi ! s'écria Pola.

— C'est l'avis de la reine, maintenant qu'il est mort, répliqua Mélise en riant. Ce jour-là, je ne sais pas si elle priait bien ardemment pour son seigneur et maître.

La recherche fut longue. Le roi s'était fait ouvrir les portes du manoir de Rivière-le-Duc, et attendait dans le grand salon, les pieds au feu, en compagnie de Rimbaut et Royauté, les deux chiens courants de long poil qu'il appelait ses meilleurs amis.

Vers neuf heures du soir, M. le marquis de Rauzan amena le cavalier et la dame. Le roi le congédia et ne garda que ses chiens.

Les dents du cavalier claquaient sous son manteau, derrière lequel il abritait son visage. La dame cachait ses traits à l'abri de son voile.

Le roi resta un instant silencieux, puis il dit :

— Découvrez-vous, Henri, je vous ai reconnu.

Le plus cher favori de Louis XIII, M. le Grand, s'appelait Henri Coiffier de Ruzé d'Efflat, marquis de Cinq-Mars.

Le cavalier se mit à genoux et se découvrit.

— Fi ! monsieur le cardinal ! s'écria le roi, stupéfait en voyant la face blême et la fine moustache de Mazarin.

— C'était le cardinal de Mazarin ! dit Pola, aussi étonnée qu'avait pu l'être le roi.

Elle ajouta, scandalisée, et en se signant dévotement :

— Un prêtre !

— Oh ! répliqua Mélise, beaucoup mieux aguerrie, les prêtres de la cour, tu sais… M. le cardinal de Richelieu avait aussi fait de son mieux.

Les grands yeux de Pola se baissèrent, ce qui n'empêcha point Mélise de garder son malicieux sourire.

— Et vous, madame, reprit le roi, êtes-vous tombée si bas ? Découvrez-vous, je vous l'ordonne !

La dame releva son voile, et Louis XIII, qui s'était mis sur ses pieds pour dominer de plus haut la reine, recula tout décontenancé à la vue d'une figure inconnue.

— Je suis joué, murmura-t-il. Qui êtes-vous, madame ?

— La maîtresse de céans, lui fut-il répondu. Sire, je vous supplie de ne point me perdre. Mon honneur est entre les mains de Votre Majesté. Je suis la comtesse de Pardaillan.

— Ma mère ! prononça Pola en un cri de colère superbe.

Elle s'était levée d'un bond, et sa noble taille semblait tout à coup grandir.

Mélise voulut s'approcher d'elle ; mais mademoiselle de Pardaillan l'écarta d'un geste violent et dit avec éclat :

— Tu mens !

Il n'était pas facile d'éloigner cette petite Mélise. Je ne sais comment elle s'y prit, mais l'instant d'après Pola était prisonnière et pressée contre son cœur.

Pola pleurait ; Mélise avait des larmes dans son sourire.

— Ce n'est pas moi qui mens, dit-elle, c'est l'histoire. L'histoire est bien telle que je te l'ai racontée. Et penses-tu que je ne respecte pas ta mère autant que toi, Pola ? Ta mère ! ma bienfaitrice et ma Providence ! Il faut que tu saches, dusses-tu souffrir et pleurer. Je te le répète : il faut que tu saches tout. Mon père ne voulait pas ; moi, j'ai voulu. Je vous aime tant toutes les deux ! Comment ne serais-je pas bien inspirée !

Pola était faible entre ses bras.

— Ma mère ! murmurait-elle, ma bonne, mon adorée mère !

Un éclair de gaieté fit briller les yeux de Mélise.

— Là où l'histoire était racontée, murmura-t-elle, il y a quelqu'un qui a dit comme toi : Mensonge !

— Qui ? demanda Pola, dont la joue pâle se couvrit de rougeur.

— Or, devinez, mademoiselle, répliqua gravement Mélise, connaissez-vous donc à Paris un si grand nombre de chevaliers errants ?

— Gaëtan ! murmura Pola.

— Juste ! et comme un démenti vaut un coup d'épée, ce pauvre beau Gaëtan a reçu son dû le lendemain, qui était hier.

— Gaëtan ! blessé ! balbutia Pola défaillante.

— Rassure-toi, chérie, dit Mélise en l'asseyant de nouveau sur le banc. Le coup d'épée était magnifique, à ce qu'il paraît, car je n'étais pas là. Mais il y avait le More qui a détourné la pointe avec son bras nu et qui a dit deux mots à l'oreille de M. le baron de Gondrin-Montespan… avais-je déjà prononcé le nom de celui-là ?

— Pas encore, murmura mademoiselle de Pardaillan, et si tu savais comme j'ai peine à te suivre !

— Nous allons parler plus clairement désormais, dit Mélise qui réchauffait les deux mains froides de Pola entre les siennes. Dieu merci, le plus fort est fait, maintenant, et je n'ai plus besoin de parler en paraboles pour forcer ton attention. C'est M. le baron de Gondrin-Montespan qui insultait ta mère, mon cher cœur. Et M. de Gondrin-Montespan est l'homme qui devrait partager avec ton père l'héritage de Pardaillan. Il me reste à te dire comment j'ai entendu son histoire et pourquoi je te l'ai racontée.

IV. UNE AVENTURE D'ANNE D'AUTRICHE

Mélise s'assit auprès de Pola et poursuivit :

— C'était dans l'antichambre de M. le duc de Vendôme qui a une cour, depuis que M. de Beaufort, son fils, est, dit-on, le favori de la reine. Je suis bien seule dans ce grand hôtel et je m'ennuie. Mon père me cache ses actions ; il boit de l'eau à faire pitié. Dès le commencement de la semaine l'idée m'était venue qu'il devait y avoir quelque chose. Je cherchais à savoir. Et puis, maître Roger est entré parmi les pages de monseigneur. Ce n'est pas un bon sujet, mais il fait si bien les doux yeux ! Je vais et je viens afin de le rencontrer par hasard.

Madame la lingère première, chez qui je devrais travailler, a un rang d'armoires dans le corridor sombre qui longe la grande antichambre de M. le duc. J'étais là. Peut-être m'avait-on donné une commission, mais je ne crois pas. Je laissai mes armoires bien tranquilles et j'avais tantôt l'œil, tantôt l'oreille à la serrure de la grande antichambre.

Je cherchais en vain maître Roger. Celui-là est toujours par voies et par chemins, et Dieu sait qu'il ne mérite guère l'attention qu'on lui donne. En revanche, il y avait chambrée complète : tout le fretin de la cabale des Importants était là ; le pro-secrétaire de M. de Beauvais, Vignon ; l'homme de main de madame de Chevreuse ; le cadet de la Châtre et ton beau Gaëtan, qui suit la maison du président de Blanc-Mesnil, et certes, voilà un jeune gentilhomme qui a eu bien tort de se donner à un robin : si j'étais la reine, je le prendrais pour caracoler à la portière de mon carrosse. Tu souris ? Embrasse-moi. Je ne permets qu'à moi-même de dire que Roger n'est pas la perle des pages, mais Gaëtan vaut mieux que lui.

Il y avait encore le sieur conseiller Renaud de Saint-Venant avec sa figure d'ange de cire, M. le baron de Gondrin-Montespan qui est redevenu un seigneur pour avoir donné, dit on, au jeune duc de Beaufort sa première maîtresse, et cet original qu'on appelle « le More » à cause de sa longue barbe et de sa peau bronzée. Mon père l'a nommé devant moi le seigneur Estéban. Il est quelque chose dans la maison de don Manuel Pacheco, marquis de Villaréal, envoyé secret du roi Philippe IV d'Espagne.

Tu vois que je sais les choses comme il faut. Il y en a une pourtant que je ne sais pas, et tu vas me l'apprendre, toi qui as étudié. Qu'est-ce que c'est que madame Messaline ?

— Messaline ! répéta Pola étonnée. C'était la femme de l'empereur Claude.

— Elle est donc morte ?

— Certes, depuis longtemps.

— Et il y avait quelque chose à redire à sa conduite ?

— Son nom est resté synonyme d'infamie effrontée.

— C'est donc cela ! fit Mélise, soulagée comme si on lui eût fourni le mot d'une énigme. La première phrase que j'entendis, et c'était le baron de Gondrin qui la prononçait, fut celle-ci : « Je vais vous raconter au sujet de cette Messaline, une histoire choisie entre mille, et qui vous donnera une idée de sa honteuse hypocrisie… »

— C'était de ma mère qu'il parlait ! murmura Pola plus pâle qu'une morte.

— Oui ; mais sur mon salut, tout le monde protestait en disant : « Madame la comtesse de Pardaillan est une sainte ! »

— Et M. de Saint-Venant le premier, n'est-ce pas ?

— Oh ! répliqua Mélise avec ce sourire moqueur qui la faisait si jolie, M. de Saint-Venant est un prudent magistrat. Il jeta son feutre sous son bras, remit ses gants à franges et prit la porte.

— Un si vieil ami de la famille ! pensa tout haut Pola.

— Mon père dirait un si vieil ennemi ! riposta Mélise. Pauvre bon père ! Il a bien de la sagesse quand on ne le prend pas à jeun. M. de Gondrin-Montespan raconta donc l'histoire de cette Messaline de Rivière-le-Duc, telle que je te l'ai dite, car chacune de ses paroles est restée dans ma mémoire. Et je te l'ai dite, chérie, parce que l'histoire a une fin qui venge bien ma noble protectrice, la comtesse de Pardaillan. Si tu savais comme ce Gaëtan était beau en disant à M. de Gondrin : « Vous mentez ! » Et si tu savais… Oui, il faut que je mentionne cela, car aussi bien j'aurai à te parler encore de ce personnage singulier, le More : un visage de bronze parmi les masses fauves de sa barbe et de ses cheveux… Si tu savais comme le More écoutait, et quelle lueur farouche glissait entre ses paupières…

— Cet homme est donc méchant ? dit Pola qui frémissait malgré elle.

— Je ne saurais le dire. Il n'a commis, que je sache, aucune action mauvaise ; au contraire. Et cependant, il me fait peur.

— Alors, il est bien laid ? demanda Pola, dont l'accent était d'un enfant.

— Lui ! le More ! s'écria Mélise. Il est plus beau que Roger. Il est plus beau que Gaëtan. En toute ma vie, je n'ai jamais vu un homme si beau !

— Il est jeune ?

— Il est beau, te dis-je. Une semblable beauté n'a point d'âge. Si Roger l'avait vu chez mon père, je suis sûre que Roger m'aurait tuée !

— Ah ! fit mademoiselle de Pardaillan, il a été chez ton père ?

— Je t'ai dit que j'avais encore à te parler du More. Laisse-moi suivre le fil de mon récit, ou bien je m'y perdrai. Quand j'eus écouté l'infâme histoire de ce baron de Gondrin, tu devines dans quel état j'étais. Je courus trouver mon père toute en larmes et je lui répétai ce que j'avais entendu. Dieu soit loué ! il n'était pas à jeun : ce monstre de Roger l'avait mené au cabaret de la Pomme d'Amour, rue des Bons-Enfants, auprès du palais Cardinal ; il avait bu un plein flacon de vin de Guyenne, il possédait donc toute sa raison.

Voilà ce que j'appelle une belle colère ! Il brisa du premier coup les quatre pieds de la table qui est au milieu de notre chambre. Il ébrécha cinq tasses sur six que nous avons, et mit en pièces mon pauvre miroir. Cela me soulagea, et je l'embrassai en lui apportant la sixième tasse, qu'il lança par la fenêtre à travers un carreau.

« Ah ! les misérables ! les misérables ! s'écria-t-il. Je vois bien qu'il y a une affaire montée. Madame Éliane pourra-t-elle se tirer de là ? Si je savais au juste le fin mot, je travaillerais si bien, que j'arriverais à la sauver, peut-être, mais on ne me dit rien ! »

— Père, ce n'était pas madame Éliane, demandai-je, qui était au manoir de Rivière-le-Duc avec M. le cardinal ?

— Merci de moi ! s'écria-t-il encore, tu ne dois point garder un doute sur ta bienfaitrice, et il faut que tu saches tout, petite fille. C'était la première fois que madame Éliane quittait son poste au château de Pardaillan. Depuis, elle a fait plus d'une absence dont Dieu seul connaît le pourquoi. Dieu seul aussi sait ce que le pauvre Pol de Guezevern devient pendant ses voyages. Ah ! celui-là, le titre de comte et la fortune ne lui ont pas apporté le bonheur !

Je me creuse la tête, fillette ; il y a quelque chose entre la pauvre dame et ce mielleux scélérat de Saint-Venant qui pèse sur elle, j'en suis sûr, mais comment ? C'est noir comme le dedans d'un four, et le diable n'y verrait goutte !

D'ailleurs, je m'étais promis de ne point te fourrer dans tout cela. Tu es bavarde comme une pie ! (voilà comment me traite mon père). Tu dirais tout à notre demoiselle. Et puisque madame Éliane s'est séparée de sa fille, elle doit avoir des raisons pour cela. Nous ne devons point aller contre.

En tout cas, voici la vérité vraie. J'étais au manoir de Rivière-le-Duc quand l'affaire arriva.

Le roi poursuivait la reine, comme l'a dit ce malfaiteur de Gondrin, à qui j'irai souhaiter le bonjour demain, à l'heure de sa rencontre avec notre ami Gaëtan. Grâce à Dieu, feu notre bon sire a passé toute sa vie à poursuivre sa femme. Quand il la trouvait, il la traitait de gourgandine espagnole ou bien il lui récitait des patenôtres. Cela ne suffisait pas à la reine, qui est une personne bien portante et de galant caractère.

Pendant plus de vingt ans, continua mon père, elle a été de ci, de là, sans faire beaucoup de mal, dit-on, et flairant la pomme du péché plutôt qu'elle ne la mordait ; Mylord de Buckingham pourrait le dire, et une vingtaine d'autres aussi ; moi, je n'ai qu'à me taire ; elle ne m'a jamais ni mordu, ni flairé.

Le roi poursuivait donc la reine qu'il croyait surprendre avec M. le marquis de Cinq-Mars, grand écuyer de France : cela sur une dénonciation de M. le cardinal de Richelieu. On prétend qu'en cette affaire le roi était deux fois jaloux mais cela ne te regarde pas.

La reine en avait fini avec M. de Cinq-Mars, le pauvre jeune homme. Elle était venue ce jour-là à son premier rendez-vous avec M. de Mazarin, qui l'a fixée, depuis lors, en tout bien tout honneur, et dont elle est folle, ce que verront bien, sous peu, messieurs de la cabale.

La reine et le nouveau cardinal arrivèrent au manoir avec le roi sur leurs talons, le roi et ses mousquetaires. Ils étaient pris au piège.

Tenter de fuir eût été folie, Anne d'Autriche, qui croyait entrer dans une maison déserte, rencontra sous le vestibule la comtesse Éliane de Pardaillan et lui dit :

— Sauvez-moi, je suis la reine.

— Je suis prête à me dévouer pour la reine, répondit madame Éliane sans hésiter.

Anne d'Autriche lui prit les mains et la baisa au front, disant :

— Aujourd'hui comme dans vingt ans, demandez-moi ce que vous voudrez, madame, pour prix du grand service que vous me rendez.

Pendant cela, M. de Mazarin, plus tremblant que la feuille, baisait le bas de la robe de la comtesse.

Celle-ci dit :

— J'accepte la promesse de Votre Majesté. Il y a un cruel malheur dans ma vie. Il se peut que j'aie besoin tôt ou tard de la protection royale.

La reine entra. Ce fut moi qui la cachai. Madame Éliane sortit, entraînant le cardinal au moment où le roi descendait de cheval. Tous deux se laissèrent poursuivre un instant et se firent prendre. La reine, grâce à moi, était déjà sur la route du château de Saint-

Germain.

Telle est la vérité, ajouta Mélise, mon père a été témoin : madame Éliane s'est dévouée pour la reine.

Mlle de Pardaillan ne répondit point d'abord : sa figure restait triste, presque sévère.

— Eh bien ! fit Mélise, n'es-tu point guérie de ton chagrin ?

— Je n'ai jamais douté de ma mère, répondit Pola d'un ton froid.

Puis elle ajouta en baissant les yeux :

— Et Dieu me garde de la blâmer jamais, ma mère, ma bien aimée mère ! Mais je m'étonne qu'elle ait compromis ainsi, même pour sauver une reine, le nom que mon père m'a donné !

Mélise la regarda avec étonnement.

— Mon cœur, dit-elle en secouant sa vague émotion, car les paroles de sa compagne l'avaient frappée ; j'avoue que je n'avais point songé à cela. Après tout, je ne suis que la fille de ce coquin de Mitraille, et je ne comprends pas tous vos scrupules. Continuons.

C'était donc le lendemain que devait avoir lieu la rencontre entre ton beau chevalier Gaëtan et le baron de Gondrin. Ce baron passe pour une fine lame et pour un méchant homme. Mon père s'était couché tout inquiet.

Au matin, le matin d'hier, je le croyais parti depuis du temps, lorsque je l'entendis chanter dans sa chambre. Il était à jeun, il avait oublié.

Dès le premier mot que je prononçai, il demanda du vin, lampa une maîtresse rasade, ceignit son épée et partit comme un trait.

Quand il revint, il me cria de loin joyeusement :

— N'aie pas peur fillette. Je suis arrivé trop tard ; ce Moricaud d'Estéban avait déjà fait l'affaire. Où diable ai-je donc vu autrefois la figure de ce luron-là ?

Il faut te dire que mon père ne prononçait point ces paroles pour la première fois.

Quelque temps auparavant, un soir, j'avais vu entrer chez nous un homme vêtu bizarrement et qui m'était inconnu.

Pour arriver ainsi à notre réduit, tout droit, la nuit, le long des corridors de Vendôme, il faut avoir un guide, savoir les êtres ou être sorcier.

L'étranger venait pour la première fois à l'hôtel et n'avait point eu de guide.

Il s'assit après m'avoir saluée et sans me demander aucune permission. Quand il fut assis, il me dit :

— Je vais attendre le retour du capitaine Mitraille. J'ai besoin de m'entretenir avec lui.

Moi, je ne suis pas très embarrassée, tu sais. Je m'ennuyais comme à l'ordinaire. Je répondis n'importe quoi, et tout en faisant semblant de broder, je me mis à considérer cette admirable statue.

Une statue, c'est le mot, et il n'y en a pas beaucoup de pareilles.

Il restait immobile et muet. Il semblait réfléchir ou plutôt rêver, car ses grands yeux se noyaient souvent sous le voile de ses longs cils.

En rêvant il regardait notre chambre comme si chaque pouce de la muraille eût intéressé son rêve. Et, figure-toi, il n'y a rien à regarder dans notre pauvre chambre. Tu ne l'as jamais vue, mais ton père et ta mère la connaissent bien. C'est l'ancien logis de M. le comte de Pardaillan, du temps où il était maître Pol de Guezevern, page de M. le duc de Vendôme.

Tout-à-coup le More me dit, sans relever les yeux sur moi :

— Roger est un loyal enfant ; cela vous portera bonheur de l'aimer, ma fille.

Je pense que je deviens rouge comme un pavot. J'avais presque envie de le prier qu'il ne se mêlât point de mes affaires. Mais il y a des gens qui vous ferment la bouche : il est de ces gens-là.

Du reste, c'eût été inutile ; il garda le silence désormais, n'ayant plus rien à me dire.

Quand mon père entra, il était à même de raisonner comme il faut, ayant bu abondamment toute la soirée. Il fut étonné et demanda à l'étranger le motif de sa visite.

L'étranger répondit :

— Sur les galères du Turc, où j'ai ramé longtemps comme esclave, j'avais un jeune compagnon qui était Français. Je l'aimais. Nous avions fait un pacte ensemble, chacun de nous promettant à l'autre certaines choses sous la foi du serment. Je viens vers vous capitaine Mitraille, pour accomplir mon devoir.

— Tout à votre service, mon camarade, répliqua mon père. Mélise, va nous chercher du vin.

Il fallut obéir. Je ne sais ce qui fut dit pendant mon absence. Au moment où je rentrai, mon père s'écriait :

— C'est étonnant, mon camarade ! il me semble que je vous ai déjà vu quelque part !

— Il se peut, dit le More, si vous avez voyagé au loin. Moi, c'est la première foie que je viens à Paris.

— Ce jeune homme dont vous parlez, reprit mon père en versant le vin dans les tasses, ne s'appelait-il point Renaud de son nom de baptême ?

Pola qui, désormais écoutait avidement, demanda :

— Pense-tu que mon frère aîné soit vivant !

— Je ne pense rien, chérie, répliqua Mélise. L'espoir trompé est une douleur, et Dieu sait que la bonne comtesse a bien assez de chagrins, sans celui-là. Le jeune homme dont parlait le More ne s'appelait point Renaud.

Du reste, l'entretien que j'entendis m'apprit peu de chose. On m'envoya deux fois chercher du vin, et il est vraisemblable que l'étranger choisit le moment où j'étais ainsi absente pour placer ses questions les plus importantes.

L'impression que j'ai gardée de lui est pleine de doutes. Vient-il réellement de la part d'un ami malheureux ? Est-ce un agent déguisé de vos nombreux ennemis ? Je ne saurais le dire. S'il s'agissait de moi seule, il me semble que j'aurais confiance en lui.

Voici en peu de mots sur quoi a roulé l'entretien, au moins en ma présence. L'étranger ne paraissait point se soucier beaucoup de connaître l'histoire des Guezevern avant l'héritage. Le nom de madame Éliane produisait sur lui une impression visible, sans que j'aie pu deviner si c'était de l'intérêt ou de la haine. Il s'est informé de toi ; il a demandé ton âge exact et combien de temps après l'héritage avait eu lieu ta naissance. Un instant j'ai pensé qu'il n'ignorait point ta présence à Paris, car il a parlé de dame Honorée.

Et je te prie de remarquer ceci : dans les quelques jours qui se sont écoulés depuis cette étrange visite, j'ai pu voir par l'inquiétude de Roger et de Gaëtan, que mes soupçons pourraient bien être fondés. Le More rôde autour de l'hôtel, ou plutôt autour du couvent, et j'ai idée que c'est pour toi.

Gaëtan a eu la même pensée que moi. Roger croit que c'est pour moi. Ils sont jaloux tous les deux. Va ! je ne suis pas sur un lit de roses !

— Gaëtan, Roger et le More se connaissent-ils ? demanda Pola.

— C'est justement ce que j'allais te dire, répliqua Mélise. Je ne crois pas qu'ils se soient jamais parlé, mais ils se connaissent, en ce sens qu'ils s'observent tous les trois. Et la conduite de ce don Estéban vis-à-vis de ton beau Gaëtan est bien loin de prouver, cependant, qu'il soit son ennemi. Tout est mystère.

Je l'ai revu depuis lors bien souvent. Je mentirais si je n'avouais que je me sens attirée vers lui malgré moi. Et, en dehors de cet attrait, il y a le désir passionné que j'ai de vous servir, toi et la comtesse.

Je me trouve entre ces trois hommes qui se guettent et qui se gênent mutuellement. Roger est comme une âme en peine. J'ai beau user d'adresse, il sent la présence des deux autres et me soupçonne déjà peut-être. Pour avoir une explication avec Roger, il faudrait lui dire : Ce beau Gaëtan est ici pour mademoiselle de Pardaillan…

— Oh ! Mélise ! fit Pola offensée.

— Comme tu pleurerais, mignonne, riposta la fillette en souriant, si tu pensais qu'il y fut pour une autre !… Mais veux-tu savoir ? Je crains que tout cela ne finisse par des coups d'épée. Gaëtan et Roger ont le diable au corps quand ils s'y mettent ; et le More… Ah ! vois-tu, le More ! quand il se bat, ce doit être un lion !

Pour en revenir, mes entrevues avec lui ne sont pas à mon avantage. Il m'arrache toujours quelque chose de ce qu'il veut savoir, et moi, de ce que je veux savoir, je n'apprends rien. Ces sauvages ont une prodigieuse adresse.

À la fin de sa première visite, quand j'interrogeai mon père… Écoute, le vin est une bonne chose, mais il ne faut pas en abuser. Mon père avait bu un peu trop. Je n'en pus rien tirer, sinon ces mots prononcés d'une langue épaisse :

« Notre petit Renaud est bel et bien mort. Les coquins ne l'auront pas tué à demi. Mais je donnerais de bon cœur une couple de pistoles à qui me dirait où j'ai vu le More et son visage de cuivre florentin ! »

V. LE MORE

Le temps passait. Nos deux jolies filles étaient trop occupées pour compter les minutes. La messe de sept heures devait être loin déjà, et dame Honorée aurait dû trotiner déjà dans le clos Pardaillan, en quête de sa nièce, coupable de chapelle-buissonnière. Mais la bonne béguine appartenait un peu à la cabale des Importants, et la moisson des cancans politiques était, en ce temps-là, chaque matin si touffue que c'était plaisir de glaner.

Ce qui sauva nos deux jeunes fillettes c'est que dame Honorée, après sa messe entendue, était en train de nommer l'évêque de Beauvais premier ministre, celui-là même qui disait : « Il est plus facile de gouverner la France qu'une sacristie. »

On ne donna pas à ce bonhomme l'occasion sérieuse d'exercer ses talents.

Mélise poursuivait, sans voir que le soleil montait rapidement et courbait déjà, dans le parterre, les tiges des fleurs pâmées.

— Mon cœur, dit-elle, tu attends toujours que j'arrive à ton chevalier Gaëtan, mais c'est que j'en ai si long à t'apprendre ! Sois tranquille, cependant, ton chevalier viendra.

Et pendant que j'y songe, laisse-moi te faire remarquer une circonstance ; l'histoire de la reine, là-bas, au manoir de Rivière-le-Duc, qui a révolté ton ombrageux orgueil, a pris, depuis la mort du roi, une singulière importance. Anne d'Autriche a la régence maintenant, et M. de Mazarin est, dit-on, bien plus puissant qu'il n'en a l'air. Il y a là, je l'espère, une planche de salut.

— Ma mère est-elle donc si fort menacée ? interrompit Pola.

— Elle était menacée déjà, répondit Mélise ; elle devait être menacée quand elle répondit à la reine : « Il y a un cruel malheur dans ma vie. Il se peut que j'aie besoin tôt ou tard de la protection royale. »

Elle était menacée, mais elle te gardait près d'elle. La menace doit être aujourd'hui plus sérieuse, puisqu'elle t'a éloignée du logis paternel.

C'est un cœur vaillant. Elle a dû t'éloigner pour mieux combattre. Et c'est pour combattre qu'elle est maintenant incognito à Paris.

— Combattre ! répéta mademoiselle de Pardaillan ; toujours combattre ! Es-tu donc sûre qu'elle soit à Paris ?

— J'en suis sûre.

— Qui te l'a dit ?

— Personne.

— L'aurais-tu vue ?

— Non, mais je perce à jour le silence de mon père, et don Estéban qui suit sans cesse sa piste mystérieuse, m'éclaire par ses questions. Je donnerais de mon sang pour savoir la pensée secrète de cet homme !

Pola tressaillit et murmura :

— Je suis comme toi ; cet homme me fait peur.

— J'ai peur, c'est vrai, pensa tout haut Mélise, mais j'ai espoir aussi… car voici ce qu'il fit le jour du duel : je ne te l'ai pas dit encore. Le duel avait lieu derrière les Célestins, le long de l'eau. Chacun des adversaires avait un second, et ceux-là se battaient pour la montre, mais Gaëtan et M. de Gondrin besognaient pour tout de bon. Ils étaient armés de l'épée et du pistolet. M. de Gondrin avait reçu le feu de Gaëtan dans son pourpoint et son sang coulait par une estocade qu'il avait à l'épaule droite, quand il a pu passer sous le fer du chevalier et le renverser d'une poussée à l'italienne. La pointe de son épée était déjà sur la gorge de Gaëtan ; une main nue a saisi la lame et l'a brisée…

Le croirais-tu ? c'est Gaëtan qui s'est fâché le plus fort !

— Oui, murmura Pola dont le souffle s'embarrassa dans sa poitrine, je le crois !

Mélise haussa les épaules franchement.

— Que Dieu vous bénisse, vous autres gentilshommes et nobles demoiselles, dit-elle. Vous n'avez pas le sens commun ! Quand il faudrait remercier, vous vous mettez en colère. La main nue qui avait brisée l'épée était au More. Il fit comme toi, apparemment ; il comprit la colère du chevalier Gaëtan, car il lui promit de le rencontrer où et quand il voudrait, puis il prit à part M. le baron de Gondrin et lui parla bas pendant quelques minutes.

Ce baron de Gondrin est presque un vieillard, mais il a gardé les façons d'un raffiné de la jeunesse du feu roi. Mon père, qui arrivait en ce moment, crut que don Estéban s'était mis sur les bras une fort méchante affaire et se préparait à lui servir de second quand il le vit échanger une poignée de main avec le baron de Gondrin.

Celui-ci s'écria :

— Si vous accomplissez votre promesse, mon camarade, votre fortune est faite !

Le More s'inclina froidement comme toujours, et ils se séparèrent après quelques paroles échangées encore à voix basse, qui étaient, selon toute apparence, un rendez-vous convenu.

— Que dis-tu de cela, chérie ?

Pola restait toute pensive.

— Je dis, répliqua-t-elle après un silence, que, de plus en plus, cet homme me fait peur.

— Moi, reprit Mélise avec un gros soupir, je dis que si ces trois-là s'entendaient : Roger, qui est un peu fou, mais brave comme son épée ; le chevalier Gaëtan, ce preux de la table ronde, et don Estéban, que je regarde comme une moitié de sorcier, nous aurions là, pour la bonne comtesse, une garde du corps qui vaudrait tout un escadron de mousquetaires. Seulement, ils ne s'entendront pas, à moins que ce ne soit pour se couper la gorge.

Et pendant cela, les choses marchent ; la guerre est déclarée, cette guerre sourde, invisible, dont je ne puis suivre la marche, malgré toute ma bonne volonté.

Veux-tu des symptômes ? J'en ai à revendre. Mais des faits, néant.

Premier symptôme : mon père a dû recevoir des ordres nouveaux, puisque la porte de communication est condamnée et qu'il m'a défendu de te voir. On nous craint. Ce doit être ta mère, qui voudrait enfouir à cent pieds sous le sol sa Pola, son dernier trésor.

Second symptôme : mon père est muet et craint le vin comme si les vendanges de l'an passé étaient empoisonnées.

Troisième symptôme : don Estéban, malgré la fièvre qui brûle dans ses yeux, semble avoir mis un bâillon sur sa bouche. Il n'interroge plus, de peur qu'une réponse ne se glisse dans ses propres questions. Il cherche, il travaille, il souffre.

Le baron de Gondrin cabale, le doux Renaud de Saint-Venant s'agite, et je sais bien ceci, du moins, car le sourire triomphant de mon père me l'a dit. Ces deux-là, qui sont vos plus mortels ennemis, ont une épine au pied : c'est l'aventure de Rivière-le-Duc. Il y a là promesse de reine. L'idée que madame Éliane est à Paris, l'idée qu'elle pourrait pénétrer au Palais-Royal les déconcerte et les terrifie.

— Mais, dit Pola, le conseiller Renaud de Saint-Venant et M. de Gondrin sont opposés l'un à l'autre ?

— Ils l'étaient hier, répliqua Mélise. Aujourd'hui que le baron de Gondrin a des protecteurs puissants, aujourd'hui… Mais n'as-tu donc pas su que M. de Saint-Venant avait demandé ta main ?

— Lui ! fit Pola stupéfaite, je l'ai toujours regardé comme un père.

— Le mien, mon père à moi, murmura Mélise, qui avait l'air songeur, disait un jour qu'il devait y avoir un secret, un grand secret, entre la comtesse et le conseiller de Saint-Venant. Ne fronce pas les sourcils, chérie. De ce qui vient de mon père ou de moi, rien ne doit t'offenser. Il y a des secrets partagés qui sont criminels d'un côté, honorables de l'autre. À chacun selon son cœur. Je sais que le More entretient des relations suivies avec Mathieu Barnabi, qui est un personnage maintenant et l'âme damnée du conseiller de Saint-Venant.

Pola passa ses doigts effilés sur son front.

— Ma tête me fait mal, dit-elle ; on s'y perd !

— On s'y perd, répéta Mélise, c'est vrai ; mais quand on a bonne volonté et bon courage, on s'y retrouve, mon cœur. Il y a un fil qui vous guide : c'est l'ardent désir de sauver ceux qu'on aime. À quoi penses-tu ?

Pola hésita avant de répondre. Elle avait des larmes dans les yeux.

— Je pense à mon pauvre père, dit-elle enfin. Ou plutôt je pense à ma mère par rapport à lui. Que se passe-t-il pendant l'absence de ma mère, si ma mère est absente du château de Pardaillan comme tu l'affirmes, dans cette chambre triste et où nul n'entre jamais ?

Les sourcils de Mélise se froncèrent.

— Quelqu'un y entre, voilà tout, répliqua-t-elle d'un ton résolu. Si Dieu m'avait laissé une mère, une mère semblable à la tienne, surtout, je ne la soupçonnerais pas si aisément que cela.

Les pleurs jaillirent plus abondants des beaux yeux de Pola.

— Tu es bonne et je t'aime, murmura-t-elle en effleurant de ses lèvres le front de sa compagne. Tout mon cœur est à ma mère. Si je cessais à croire à ma mère, je mourrais.

— Et pourquoi cesserais-tu de croire à ta mère ? s'écria la fille de Mitraille avec un véritable courroux.

Pola demeura silencieuse. Ses larmes étaient séchées ; ses joues et ses paupières brûlaient.

— C'est vrai, fit-elle d'une voix changée. Tu as raison. Il y a des choses qui sont impossibles !

Puis, emportée par un élan soudain, elle se jeta dans les bras de Mélise qu'elle pressa convulsivement contre son cœur, disant :

— Si tu savais !…

— Si je savais quoi ? demanda la fillette, voyant que Pola s'arrêtait.

Il y avait de l'égarement dans les yeux de mademoiselle de Pardaillan.

— Si tu savais comme j'aime ma mère ! acheva-t-elle avec un accent de désespoir.

— Tu l'aimes bien, dit Mélise, je le crois ; jamais tu ne pourras l'aimer assez. Mais tu as un doute, ajouta-t-elle, pendant que son regard perçant descendait jusqu'au fond de la conscience de Pola ; tu as un secret peut-être. Garde ton secret, s'il accuse ta mère. Je n'en veux pas. Tu l'as dit : il y a des choses impossibles. J'en sais une, la plus impossible de toutes, c'est que la bonne comtesse ait fait le mal.

Mademoiselle de Pardaillan se redressa de toute sa hauteur.

— Le mal, répéta-t-elle. Ma mère !

— C'est bon ! dit Mélise en secouant brusquement sa tête mutine. Peut-être que je ne suis pas assez demoiselle pour te bien comprendre, mon cœur. Si c'est une charade, je n'ai pas le temps d'en chercher le mot. Il faut désormais nous presser : mon père m'attend et me cherche peut-être. Qui sait quand je pourrai te voir de nouveau ? Je t'ai appris tout ce que j'avais à t'apprendre ; il me reste, pour accomplir toute ma promesse, à te dire pourquoi je te l'ai appris. M'écoutes-tu ?

Pola redevint attentive.

— Et d'abord, reprit Mélise d'un ton presque solennel, aimes-tu le chevalier Gaëtan ?

— Pourquoi cette question ? balbutia mademoiselle de Pardaillan.

— Parce que, répliqua Mélise péremptoirement, il faut aimer l'homme à qui l'on va demander son temps, son repos, sa sûreté, sa vie peut-être.

— Certes, répartit Pola, je ne demanderai rien de tout cela à M. le chevalier.

— Tu te trompes, chérie. Peut-être que quelqu'un le lui a déjà demandé pour toi.

— Qui donc aurait osé ?

— Oh ! quelqu'un qui n'est pas timide, et qui ose toujours.

— C'est toi ?

— C'est moi.

— Tu auras commis quelque imprudence ?

— Juges-en. Le chevalier t'aime du plus profond de son âme. Mon Dieu, oui ! sans t'avoir jamais parlé et seulement pour avoir vu parfois ton sourire, sous le grand voile que la brise soulevait, là-bas, quand tu chevauchais dans la forêt de Pardaillan ; pour t'avoir suivie de loin dans ton voyage, pour… sur ma foi, je ne sais pas pourquoi. Les romans de chevalerie sont bourrés de pareilles aventures et je commence à croire qu'ils ne méritent pas si bien qu'on le pense leur réputation d'imposteurs. À ces choses-là, le pourquoi manque. On aime parce qu'on aime. Il t'aime, il t'adore plutôt, car c'est un culte.

Le cœur de Pola battait violemment sous sa collerette, malgré l'effort qu'elle faisait pour garder une contenance sévère et digne.

— C'est bon ! dit pour la seconde fois Mélise. Tu ne l'aimes pas, toi !

Son regard moqueur pesait sur les paupières de Pola qui n'osaient plus se rouvrir.

— Si tu l'aimais, poursuivit la fillette, tu te serais déjà jetée à mon cou, malgré tes grands airs. Que veux-tu, je me suis trompée. Et conviens qu'il y avait lieu de se tromper. Chaque fois que je venais, ta première question était pour Gaétan, et ce matin encore…

Pola lui tendit sa main qui était froide et prononça lentement :

— Ne joue pas avec cela, ma fille !

— À la bonne heure ! fit Mélise. Nous y venons donc enfin ! Alors, je n'ai pas commis une trop lourde maladresse en lui avouant franchement que tu l'aimais ?

— Malheureuse ! s'écria Pola épouvantée, as-tu fait cela ?

— Pas tout à fait, répliqua la fillette en baissant ses grands yeux sournois. Ne te fâche pas. Certes, je n'ai pas été lui raconter toutes nos petites affaires. Qu'aurait-il pensé de nous, bon Dieu, s'il avait su le temps que nous dépensons chaque matin à bavarder touchant sa précieuse personne, à déplorer les malheurs de sa famille, à maudire M. le maréchal de la Meilleraye, et la mémoire de feu M. le cardinal, à constater qu'il porte son pourpoint de drap modeste, mieux, oh ! bien mieux que nos muguets à la douzaine ne portent leur soie et leur velours… et à soupirer… et à sourire… et à répéter sur tous les tons des choses qui, mises en vers, se chanteraient si doucement, surtout si on les accompagnait avec la mandoline !

Pola retira sa main et dit :

— Tu es méchante, Mélise.

— Mais pas du tout, mon cœur… à moins qu'il n'y ait méchanceté à priver ce beau Gaëtan du récit de nos chères extravagances. Comme tout cela l'aurait rendu heureux ! Je me suis bien gardée de lui rapporter tout cela, d'autant que ç'eût été fort long et que maître Roger fait bonne garde autour de moi. C'est à peine si j'ai le loisir de glisser un mot à Gaëtan, qui me suit comme une âme en peine. Je lui ai donc dit, tout bonnement : Pola pense à vous, Pola sait que vous l'aimez, et cela ne la met point trop en colère.

— Mais pourquoi, l'interrompit mademoiselle de Pardaillan, dont la joue était écarlate, pourquoi as-tu parlé ainsi ?

Mélise était redevenue sérieuse.

— Parce que j'ai mon idée, répondit-elle, ma grande idée que je te laissais voir tout à l'heure. Mon raisonnement est bien clair. Je ne sais pas quel est le danger, je ne sais pas où est le danger, mais je sais qu'il y a danger, ou plutôt je le sens : un danger terrible sur ta mère et par conséquent sur toi. Ta mère s'efforce, je la sens combattre, je ne sais pas quelles sont ses armes. Le service rendu à la reine me donne de l'espoir, mais on dit que la reconnaissance n'est pas une vertu de cour. Hier, sais-tu quelle était la nouvelle ? Ce baron de Gondrin va partir pour le Rouergue, en qualité de lieutenant du roi. Là-bas, dans ces provinces reculées, un lieutenant de roi est un maître absolu. Eh bien ! moi, je connais trois hommes qui ne sont rien en apparence : l'un ne sait pas même le nom de son père : c'est Roger ; l'autre est le fils proscrit d'un père supplicié : c'est Gaëtan ; le troisième enfin est un étranger, isolé à Paris, sans alliances et sans influence, don Estéban, qu'on appelle le More. Ces hommes sont séparés, je dis trop peu, ils sont sur le point peut-être de s'entre-haïr. Je ne veux pas qu'ils se haïssent. J'ai confiance en chacun d'eux pris séparément, et il me semble que si je pouvais faire un faisceau de ces trois vaillantes épées…

— Projet d'enfant ! murmura Pola.

— J'ai quinze grands mois de plus que toi, chérie ! fit observer Mélise avec quelque orgueil.

— Que peuvent trois hommes ?

— Trois lions ! répliqua la fillette, trois ! dont un vrai lion du désert ! D'abord, dis tout ce que tu voudras, j'ai mis dans ma tête qu'il en serait ainsi. Pour cela il faut qu'aucun doute ne reste entre eux et que les situations soient bien nettes. Je suppose, par exemple, qu'on ait besoin de t'enlever…

— M'enlever ! répéta mademoiselle de Pardaillan, épouvantée cette fois.

— J'ai dit : je suppose… et s'il fallait en arriver là, même malgré toi, penses-tu que je reculerais ? En ce cas-là, vois-tu, ce ne serait pas trop de mes trois épées. Mais si Gaëtan a défiance de Roger, si Roger est jaloux de Gaëtan, qu'il voit rôder autour de moi, sans savoir que tu es là derrière ; si don Estéban, enfin…

— Quel lien pourrait nous attacher celui-là ?

— C'est un peu mon secret, repartit Mélise en retrouvant son sourire. Mais ta question me prouve que tu as compris. Donc à tout seigneur tout honneur : j'ai commencé par ton beau Gaëtan… et il me semble qu'il tarde bien à venir.

Depuis quelques minutes elles avaient quitté le banc de pierre pour marcher côte à côte sous le couvert dans la direction de l'angle, formé par le mur des jardins de Vendôme et l'hôtel.

Mademoiselle de Pardaillan s'arrêta court aux derniers mots de Mélise. Elle ne trouva point de paroles. Ce fut son regard stupéfait qui répondit et protesta.

— Ma foi, dit Mélise, le voilà ! J'ai fait de mon mieux. Honni soit qui mal y pense !

Pendant qu'elle parlait, un beau jeune homme, enjambant le faîte du mur, atteignit d'un seul bond le sol du bosquet. L'instant d'après, il était aux genoux de Pola.

— Mademoiselle, dit-il, je ne vous demande rien, sinon le droit de vous protéger et de mourir pour vous.

Pola restait pétrifiée. Mais tout à coup un cri sortit de sa poitrine et son doigt convulsif montra une fenêtre de l'hôtel de Vendôme, ouverte sous les arbres mêmes et aux carreaux de laquelle une figure étrange se montrait ; des traits de bronze, éclairés par un regard de feu.

— Le More ! murmura-t-elle, celui-là doit être le More !

Mélise et Gaëtan suivirent son geste du regard, mais il n'y avait plus rien derrière les vitres de la croisée. Le More avait disparu.

Un grand bruit, cependant, se faisait dans le clos Pardaillan. On entendait la voix irritée de dame Honorée qui appelait sa nièce et d'autres voix disant :

— Un homme a été vu escaladant le mur du couvent. Ce doit être lui ! cherchez !

À l'endroit où nos jeunes gens se trouvaient réunis, un pan de charmille les protégeait contre le regard, ce qui, joint à l'ombrage épais des tilleuls, formait une sorte de cachette, mais on était en plein jour, et il n'y avait nul espoir d'échapper longtemps aux recherches.

— Fuyez ! dit Mélise à Gaëtan en lui montrant le mur.

Celui-ci répondit :

— J'étais venu chercher l'espoir ou la mort.

Le bruit et les pas se rapprochaient.

Pola restait immobile et comme pétrifiée.

— Fouillez le bosquet ! ordonna-t-on dans le clos.

Et, de l'autre côté du mur, une voix dit :

— Le camarade ne pourra toujours pas s'en retourner par où il est venu : nous sommes là !

Toutes les issues étaient désormais fermées. On entendait les cris chevrotants de la bonne béguine qui gémissait :

— Pola ! malheureuse enfant ! c'est un criminel d'État. Seigneur Jésus ! l'aurai-il enlevée !

Mélise, qui s'était glissée jusqu'à une ouverture de la charmille, revint, la pâleur au front, et dit tout bas :

— Ce ne sont pas les serviteurs du couvent. Vous avez été reconnu, suivi ; il y a là des gens du roi.

— J'aurai le sort de mon père, murmura Gaëtan avec un triste sourire.

Puis, se tournant vers mademoiselle de Pardaillan, il ajouta :

— Éloignez-vous, madame, je dois rester seul ici… et ne me plaignez pas : je ne regrette rien sur la terre.

Deux larmes jaillirent des yeux de Pola qui lui tendit la main en murmurant :

— Vivez ! je vous en prie !

Gaëtan porta la main de la jeune fille à ses lèvres, puis il se redressa transfiguré. Ses yeux étincelaient ; ce fut d'elle-même en quelque sorte que son épée sauta hors du fourreau.

Mélise n'avait point vu, n'avait point entendu cela. Éperdue, elle s'était élancée vers l'hôtel, secouant avec folie la porte condamnée.

Et sans savoir qu'elle parlait, peut-être, elle avait dit :

— Estéban ! bon Estéban ! êtes-vous là, au nom de Dieu ?

Il se fit un bruit à l'intérieur comme si la serrure arrachée sautait en brisant ses écrous.

La porte s'ouvrit, mais personne ne se montra sur le seuil.

Mélise saisit Gaëtan à bras-le-corps et l'entraîna, disant :

— Bon Estéban, merci !

Quand les gens du roi se ruèrent de l'autre côté de la charmille, précédant dame Honorée, il n'y avait plus personne sous les tilleuls, sinon mademoiselle de Pardaillan qui était évanouie au pied d'un arbre.

La petite porte par où Guezevern sortait autrefois de l'hôtel de Vendôme pour venir au rendez-vous de son Éliane était de nouveau fermée.

VI. LA POMME D'AMOUR

Le cardinal de Richelieu avait dépensé beaucoup de temps et d'argent pour créer cette magnifique propriété qui fut, depuis lors, un des traits les plus connus de la physionomie de Paris. Certes, aucun autre palais ne pourrait raconter tant d'histoires dramatiques ou amoureuses. Aussitôt construit, il devint le centre de la vie parisienne. Il régna, comme Louis XIV, dès son berceau, puis, rival heureux des Tuileries, intrigant, spéculant, soupant, faisant l'amour, il fut tantôt la Fronde, tantôt la Régence, tantôt la Révolution, tantôt l'Invasion, toujours à la mode, toujours favori de la grande ville, jusqu'à ces derniers temps où sa vogue calmée le livra en proie aux restaurants à prix fixe, providence des dîneurs provinciaux.

Paris brillant s'en est allé plus loin, Paris populaire est ailleurs. On dirait que ce pauvre Palais-Royal, nettoyé, assaini et faisant de la musique pour vivre, comme un aveugle, a en lui désormais quelque chose qui repousse Paris. C'est peut-être un restant de l'odeur des Cosaques auxquels il fit si terriblement fête autrefois.

Au temps où se passait notre histoire, il était tout battant neuf. Il était sorti de terre entre notre prologue et notre drame.

Vers l'année 1628, M. de Richelieu avait acheté l'ancien hôtel de Mercœur, abandonné depuis longtemps par les Lorrains et l'hôtel de Rambouillet, antique demeure du fameux connétable Bernard d'Armagnac, plus quatre autres domaines au travers desquels passaient les remparts et fossés de Paris. Il se trouva maître ainsi d'une enceinte parallélogrammatique qui touchait d'un côté à l'hôtel de Rohan, de l'autre au chemin des Bons-Enfants. La rue de Richelieu fut percée sur ses terres.

En 1630, le palais était achevé. Mais en l'année 1643, où nous sommes, bien que la reine régente et le jeune roi y eussent établi leur demeure, rien n'avait été fait encore pour dégager les abords de cet immense carré que les propriétés particulières opprimaient de tous côtés, même au-devant de sa façade.

Le chemin des Bons-Enfants, surtout, d'un bout à l'autre, couvents, hôtels et masures, dominait entièrement les jardins, beaucoup plus grands alors qu'aujourd'hui.

À l'extrémité méridionale de cette ruelle et non loin de la magnifique salle de spectacle que le cardinal avait fait construire pour les représentations de *Mirame*, sa tragédie bien-aimée, se trouvait un cabaret de vaste étendue dont la porte d'entrée donnait sur la *Court-Orry*, sorte de cul-de-sac irrégulier que la cour des Fontaines remplaça en partie. Ce théâtre, que Molière devait illustrer par ses triomphes et par sa mort, était alors abandonné, à cause du grand deuil royal.

Du cabaret à la porte latérale du palais qui ouvrait sur la Court-Orry, c'était une sorte de terrain vague, plein de décombres et de matériaux, car la mort avait surpris le cardinal au milieu des grands travaux qu'il avait entrepris de ce côté.

Le cabaret portait pour enseigne un tableau représentant le berger Paris tenant le prix de beauté entre trois déesses, avec cette enseigne : « À la Pomme-d'Amour, bonne chère et bon vin. » Il était tenu par deux de nos anciennes connaissances : la Chantereine, cette belle fille qui avait fait autrefois l'ornement du cul-de-sac Saint-Avoye, sous Marion la Perchepré, et l'ex-racoleur don Ramon, lequel était rentré dans la vie civile.

Ils formaient maintenant un couple légitime, auquel, contre l'habitude, la femme avait donné son nom. C'étaient maître Chantereine et sa bourgeoise.

La *Pomme-d'Amour* pouvait passer pour une maison bien achalandée, où le populaire abondait, où les pages et valets des hôtels nobles du voisinage faisaient volontiers ripaille, et où maints gentilshommes sans préjugés ne dédaignaient point d'entrer sains de corps et d'esprit pour en ressortir fous et malades.

C'était le soir de notre visite au clos Pardaillan. Il y avait bonne et nombreuse compagnie à la *Pomme d'Amour*, et dame Chantereine, que les ans avaient grossie abondamment et fleurie outre mesure, trônait, majestueuse, derrière son comptoir.

Maître Chantereine, qui avait pris tournure de citoyen paisible, prenait le frais sur le pas de sa porte en buvant à petites gorgées une tasse de vin cuit et regardant avec une somnolente indifférence le paysage nocturne qui lui faisait face. Nous disons paysage, car la lune, en se levant derrière les échafaudages d'une maison neuve, bâtie par le cardinal lui-même en conséquence de son contrat avec le marquis d'Estrées, dernier propriétaire du vieil hôtel de Mercœur, donnait de la largeur et de la physionomie aux décombres qui emplissaient le terrain et que surmontaient deux ou trois arbres, épargnés par le hasard : c'étaient des monceaux de pierre, des poutres, de hauts poteaux supportant des ponts de planches. À droite, la maison du marquis d'Estrées qui jamais ne devait être achevée, laissait passer les rayons de la lune par ses murailles à jour ; à gauche, une étroite échappée montrait la rue Saint-Honoré ; au fond, la masse du palais Cardinal s'élevait avec ses fenêtres sombres, et la grande lanterne suspendue au-dessus de sa porte latérale, alors connue sous le nom de Porte Le-Mercier.

Deux ou trois groupes de pages et laquais causaient et buvaient dans la salle commune du cabaret, qui contenait en outre des soldats et des petits bourgeois. Ce coquin de Mitraille, mélancolique et n'ayant devant soi ni chopine, ni gobelet, s'asseyait dans un coin, seul à sa table. On causait de tous côtés à la fois, et la conversation vagabonde abordait quantité de sujets. Il n'y avait que Mitraille pour rester silencieux.

— Avant huit jours, dit un page de Vendôme, M. le duc de Beaufort sera le maître. Madame la reine lui a commandé d'oublier la belle Montbazon pour l'amour d'elle.

— Le petit abbé de Gondy, racontait plus loin un laquais de la Meilleraye, a persuadé à mademoiselle de Chevreuse qu'il n'était plus temps de jouer à la poupée. Elle commence de bonne heure à chasser de race. Quant au petit abbé, il se bat tous les matins et se grise tous les soirs.

— Il sera cardinal, conclut le page de Vendôme.

— Entendîtes-vous parler, demanda la Chantereine, de ce sacrilège assaut donné aux murailles du couvent des Capucines par un certain chevalier Gaëtan ?

— Nous savons qui est ce chevalier Gaëtan, répliqua un soudard. Son père, François de Saint-Preuil, gouverneur d'Arras, avait pris la mignonne de M. de la Meilleraye. M. de la Meilleraye et le cardinal ont assassiné Saint-Preuil, en 41, par la main du bourreau.

— Tais ta langue ! interrompit le laquais du maréchal.

Il y eut un murmure. On disait :

— François de Jussac d'Ambleville, seigneur de Saint-Preuil, était loyal comme son épée et plus brave qu'un lion !

— Il n'empêche, repartit le laquais, que le jeune Gaëtan a parlé de vengeance, et qu'il ne fera pas de vieux os. M. le maréchal tient l'armée du Roussillon ; la reine a besoin de lui. Je parie deux pistoles qu'avant huit jours le jeune coq aura la crête coupée.

Ce coquin de Mitraille donna un grand coup de poing sur la table.

— À qui en avez-vous, capitaine ? demanda-t-on de toutes parts.

Et la Chantereine ajouta :

— Capitaine, que faut-il vous servir ?

— Ici l'homme ! ordonna Mitraille en s'adressant au cabaretier.

L'ancien racoleur se leva indolemment.

— Plus vite ! commanda Mitraille.

— Il n'en est pas moins vrai, reprit le page de Vendôme, que maître Gaëtan court encore. Avez-vous ouï parler de cet original qu'on appelle le More, vous autres ?

— Parbleu ! fut-il répondu à la ronde.

— À l'heure où maître Gaëtan se sauvait, poursuivit le page, on a trouvé ce drôle de corps dans la galerie qui mène à l'appartement privé de M. le duc… et M. le duc croit désormais dur comme fer que le More est l'enchanteur qui lui donne la colique.

On rit un peu, mais la colique de M. de Vendôme durait depuis tantôt vingt-cinq ans. C'était un comique bien usé.

— Çà, maître Chantereine, dit Mitraille au cabaretier qui était enfin venu à l'ordre, n'as-tu point vu, ce soir, ici ou aux alentours, un personnage cuivré de peau, haut de taille, coiffé d'un turban païen et enveloppé dans un bernuz, comme ils appellent ce manteau blanchâtre ?

— Mais, c'est le More dont vous parlez là, capitaine, répliqua l'ancien racoleur.

— C'est le More ; ne l'as-tu point vu ?

— Vertu Dieu ! grommela le cabaretier, je l'ai assez vu comme cela, et ses questions sur le passé ne me plaisent qu'à demi, j'en réponds ! Non, capitaine, ajouta-t-il tout haut, il n'est pas venu, ce soir.

Mitraille toucha une énorme épée qu'il avait au côté.

— J'ai pris cet outil à son intention, gronda-t-il en frisant sa moustache. Ce démon-là me fait peur… et ceux qui me font peur, je les larde, sanguedimoy !

Il était à jeun, ce coquin de Mitraille, et selon le système exposé par la gentille Mélise, sa fille, il devait avoir de mauvaises pensées.

Il demanda une mesure de vin, et rien que l'idée de boire adoucit son accent.

— Quoique, murmura-t-il à part lui, poursuivant un travail mental qui ne lui était point ordinaire, quoique la fillette prétende que cet homme a du bon… Qu'il parle, ventrebleu, si ses intentions sont honnêtes ! Mais vous feriez plutôt causer une borne ! Ce qui est certain, c'est qu'il est l'ami ou l'ennemi de madame Éliane, puisqu'il n'ouvre jamais la bouche que pour questionner à son sujet. Dans le doute, moi je pense qu'il faut lui casser la tête ! c'est clair.

Maître Chantereine revenait en ce moment avec la mesure de vin.

— Ce serait œuvre pie, capitaine, dit-il, que de débarrasser la ville de cette diabolique figure. Dieu sait ce que ce scélérat d'Espagnol, son maître, vient faire chez nous. La reine regarde toujours par-dessus les Pyrénées. Et si on allait nous apporter la sainte inquisition, capitaine… Soyez tranquille, aussitôt que j'aviserai le More, je vous ferai signe, et je vous servirai de second si vous voulez le mener sur le pré.

Une chose singulière, c'est que la lune, à quelques pas de là, pénétrant dans l'enceinte à jour de la maison en construction, éclairait en ce moment un être humain, immobile comme une statue, qui répondait parfaitement à la description de ce coquin de Mitraille.

Il était cuivré de peau, haut de taille, coiffé d'un turban païen et enveloppé dans un bernuz ou burnous, pareil à ceux que portent les Africains de Tanger. Il avait en outre, circonstance oubliée par Mitraille, une barbe épaisse et d'un brun fauve qui masquait presque entièrement son visage.

Cet homme semblait placé là en sentinelle. Il guettait par une des ouvertures de la muraille ce qui se passait au dehors.

Quand il s'aperçut que la lune l'éclairait par derrière, il se rangea de côté pour se mettre dans l'ombre.

Le terrain vague qu'il paraissait surveiller était en ce moment désert.

Ce coquin de Mitraille but un verre de vin. Il le trouva bon et pensa :

— Après tout, le diable n'est pas si noir qu'on le pense. Ce don Estéban a des yeux qui… En vérité, oui, des yeux de chrétien ! et je donnerais gros pour savoir où j'ai vu ces yeux-là autrefois !

— Tiens, tiens ! s'écria le page en ce moment, voici les fenêtres du salon de madame la reine qui s'éclairent.

Chacun tourna les yeux vers le palais Cardinal, dont les croisées présentaient en effet maintenant une ligne de lumière.

— C'est la première fois depuis la mort du roi, dit-on à la ronde.

Et quelques voix ajoutèrent :

— Le deuil de Sa Majesté n'aura pas duré longtemps !

La Chantereine prit un air d'importance.

— Vous n'y êtes pas, dit-elle. On sait ce qui se passe ici, parce qu'on a gardé quelques belles connaissances. M. le baron de Gondrin, qui va faire la pluie et le beau temps si le jeune duc de Beaufort mène bien sa barque, se souvient de jadis et vient encore de temps en temps nous dire : Bonsoir, mignonne. Il y a donc que madame la reine voudrait bien se divertir un tantinet, sans rompre son deuil. Vous avez ouï parler peut-être de cette invention nouvelle où bien des gens voient de la sorcellerie : la lanterne magique, comme ils appellent cela ?

— Certes, certes, fit-on de toutes parts. On dit que c'est merveilleux, cette mécanique-là !

— On dit vrai. M. de Gondrin a trouvé deux Lombards de Bergame qui ont acheté en Allemagne un de ces instruments ; et c'est ici qu'on en a fait l'essai : ici, à la *Pomme-d'Amour*.

— Alors, vous l'avez vu ?

— Comme je vous vois ! et il paraît bien qu'il n'y a point de diableries là-dedans, puisque j'avais fourni le drap blanc et que la chose ne l'a pas roussi… c'est tout un déluge de petites gens qui se mettent à gambader sur la muraille, de ci, de là, si prestement, si mignonnement…

— C'est donc vivant ?

— Comme vous et moi.

— Et ça parle ?

— Comme père et mère… c'est-à-dire il y a un des deux Bergamasques qui parle pour tout le monde. Tant il y a que M. de Gondrin a fait son rapport à madame la reine, et que, pour amuser le petit roi, il montre, ce soir, la lanterne, magique à la cour, dans les appartements privés.

Deux hommes, enveloppés dans des manteaux couleur de muraille, venaient de se rencontrer au centre du terrain vague. L'un avait débouché par le chemin des Bons-Enfants, l'autre arrivait de la rue Saint-Honoré.

Ils se donnèrent la main et regardèrent tous deux du côté du cabaret.

— La *Pomme-d'Amour* est bien pleine, ce soir, dit l'un d'eux.

— Mauvais endroit pour une conversation secrète, répondit l'autre. Restons ici, monsieur de Saint-Venant. M'est avis, d'ailleurs, que nous n'en avons pas bien long à nous dire.

— Peut-être, maître Barnabi, peut-être. Quelles nouvelles ?

— Madame Éliane a quitté le château de Pardaillan depuis huit jours.

— Est-ce tout ?

— C'est la cinquième fois, depuis deux ans, qu'elle risque la découverte de son secret. Il lui faut des motifs bien graves…

— Elle en a, maître Barnabi, et je les connais à peu près, quoique, certes, elle ne me les ait point confiés. Pour abandonner un époux si cher, à qui elle prodigue des soins si héroïques, pour interrompre un dévouement si beau…

Au lieu de poursuivre, le conseiller de Saint-Venant eut un ricanement amer.

Mathieu Barnabi et lui avaient quitté le centre de la place pour se mettre, sans doute, à l'abri de la rencontre des passants. Ils allaient maintenant parmi les matériaux épars devant la maison en construction.

L'homme qui se tenait immobile dans l'enceinte s'était collé plus étroitement à la muraille, avec laquelle son burnous blanchâtre se confondait. Il avançait la tête avec précaution jusqu'à l'angle d'une embrasure. On eût dit un chasseur qui a tenu l'affût patiemment et qui se redresse à l'approche du gibier.

Mathieu Barnabi fit un geste d'impatience.

— Vos moqueries ne sont pas de saison, monsieur de Saint-Venant, dit-il. J'ai peur.

— Peur de quoi, mon savant compère !

— De bien des choses. Comptons sur nos doigts, s'il vous plaît. J'ai peur de vous, d'abord, qui ne jouez jamais franc jeu et qui essayez toujours d'attirer à vous la couverture.

— Compère, chacun de nous tire de son côté. Tant pis, si le molleton se déchire.

— J'ai peur, en second lieu, de cette petite fille qui a disparu…

— Cela me regarde, compère, l'interrompit encore le conseiller. Mademoiselle de Pardaillan m'appartient en propre ; je saurai bien la retrouver quand il en sera temps.

— Troisièmement, j'ai peur de M. de Gondrin. Le voilà puissant, et les imprudences de madame Éliane lui font la part si belle !

— Si M. le baron gagne la partie, prononça Saint-Venant paisiblement, nous nous mettrons dans son jeu.

— Sera-t-il temps encore ? Quatrièmement, j'ai peur de madame Éliane. C'est une vaillante femme.

— À qui le dites-vous ? soupira Saint-Venant.

— Nous n'avons jamais eu la preuve que votre cher filleul, Renaud de Guezevern ou de Pardaillan, est bien mort…

— Plus bas, mon compère ! Quand on veut être parfaitement sûr de ces choses-là, il faut les faire soi-même. Si j'étais aussi certain de la mort du fils que de celle du père…

— Les absences répétées de madame Éliane doivent avoir trait à son fils, monsieur le conseiller.

— Savoir ! Moi je crois qu'elles ont trait à sa fille. Écoutez-moi, maître Mathieu Barnabi, nous causons là comme si nous étions en mon logis, les pieds au feu de la cheminée. Ce n'est pas le lieu. Vous êtes un savant médecin, mais vous n'êtes pas fort pour glaner les nouvelles. Vous ne savez rien, moi je sais tout ; en conséquence, c'est à moi de parler.

— Ah ! fit l'ancien drogueur de la reine-mère, en prenant une pose attentive ; vous savez tout !

La tête bronzée de l'homme au burnous s'allongea plus attentive.

Au cabaret de la *Pomme-d'amour*, les conversations devenaient plus bruyantes, à mesure que le vin faisait son effet. En un instant où les groupes se taisaient par hasard, on put entendre la voix de ce coquin de Mitraille qui disait :

— Maître Chantereine, je me prive de boire parce que j'ai besoin d'être toujours sain de raison. Servez-moi une autre mesure de vin. Je donnerais volontiers une demi-pistole, moi qui ne suis pas riche, pour savoir si ce don Estéban est un scélérat ou un honnête homme.

Nos deux interlocuteurs de la Court-Orry tressaillirent tous deux à ce nom.

— Don Estéban ! répéta tout bas Saint-Venant. Je me suis déjà occupé de celui-là… beaucoup !

Il ajouta :

— C'est pourtant avec notre argent, que ce misérable Ramon, qui s'appelle maintenant Chantereine, a monté son cabaret. Il manœuvra bien, cette nuit-là. L'enfant disparut… et l'incertitude où il nous laisse depuis quinze ans lui vaut une bonne rente.

— Monsieur le conseiller, interrompit Mathieu Barnabi, j'avais oublié un article dans le compte de mes frayeurs ; ce don Estéban est venu chez moi.

— Ah ! fît Saint-Venant dont la joue rubiconde pâlit aux rayons de la lune.

— Il est venu chez moi, répéta Barnabi. Est-ce un vrai More, comme on le dit ou un chrétien, selon que l'indique son nom espagnol ? Je me suis fait passer pour sorcier auprès de bien des gens, autrefois, avant d'avoir une honnête aisance. Et que je meure s'il ne m'est pas arrivé parfois de rencontrer juste ! Si je pouvais croire aux sorciers, après cela, monsieur de Saint-Venant, je vous dirais que ce diable d'homme en est un, car il m'a rappelé des choses…

— Et vous a-t-il arraché vos secrets ? demanda vivement le conseiller.

Barnabi fut quelque temps avant de répondre.

— Je n'ai rien dit, murmura-t-il enfin, je suis bien sûr de n'avoir rien dit. Et pourtant, après un quart d'heure d'entretien, il me parlait comme s'il eût tout deviné.

Saint-Venant laissa échapper un juron peu en rapport avec ses discrètes habitudes. Il avait l'air profondément soucieux. Mais il secoua bientôt cette préoccupation découragée pour reprendre d'un ton net et ferme :

— Mon compère, il faut nous hâter. Peut-être n'avons-nous que le temps de jouer notre va-tout. Je propose que nous enlevions cette nuit madame la comtesse de Pardaillan.

Barnabi ouvrit de grands yeux.

— Ah ! fit-il à son tour. Cette nuit !

— Votre logis du Marais, poursuivit Saint-Venant, est tout ce qu'il faut pour constituer une charte privée. Nous y confinerons madame Éliane, qui aura à souscrire les conditions suivantes : m'accepter pour gendre d'abord, ensuite vous donner vingt mille écus pour vos soins et peine.

— C'est peu, objecta l'ancien drogueur.

— C'est assez ; songez que ce sera pris sur le bien de ma femme.

— Et si elle refuse ?

— Nous nous rendons du même pas chez M. le baron de Gondrin-Montespan et nous demandons de but en blanc combien il veut acheter un titre de comte et trois cent mille livres de revenus.

— Par la mort-Dieu ! s'écria Barnabi ; c'est pourtant la chose la plus simple du monde ! Il n'y aurait qu'à lui ouvrir la porte de certaine chambre du château de Pardaillan ; mais pour faire un civet, il faut le lièvre, monsieur le conseiller, et votre raisonnement pèche par la base : où trouver, dans Paris, madame la comtesse de Pardaillan ?

Renaud de Saint-Venant étendit son doigt vers les fenêtres éclairées de l'appartement privé de la reine et répondit ce seul mot : « Ici ! »

VII. LA COURT-ORRY

Deux regards suivirent le geste du conseiller de Saint-Venant, quand il montra le Palais-Royal en disant : Madame la comtesse de Pardaillan est ici. Ce fut d'abord le regard étonné et très effrayé de maître Mathieu Barnabi, ce fut ensuite celui de l'homme au burnous qui, du fond de sa cachette, écoutait avec une avidité singulière. Dans l'ombre de son capuchon, un éclair s'alluma, tandis qu'il dardait un coup d'œil aux fenêtres de la reine.

On voyait déjà quelques ombres se mouvoir derrière les rideaux de la demeure souveraine.

— Ici ! répéta l'ancien drogueur d'une voix altérée, madame Éliane ici ! monsieur le conseiller, depuis la mort de ma royale maîtresse, la reine Marie, je n'ai plus de protecteur à la cour, et c'est cela qui m'a fait quitter mon noble métier de charlatan pour descendre au simple rang de médecin. J'étais un personnage ; les gens tremblaient rien qu'à écouter mon nom. J'avoue, monsieur le conseiller, que je n'ai pas envie d'affronter la colère des puissants. Si madame Éliane est ici, comme vous le dites, notre affaire devient mauvaise et je suis bien votre serviteur.

Ce n'était point un jeu. Il s'éloigna d'un pas rapide, fourrant son nez dans son manteau. Saint-Venant courut après lui, et le saisit brusquement par le bras.

Il résulta de là un changement dans la position de nos personnages. Saint-Venant et Mathieu Barnabi s'étaient rapprochés de la percée conduisant à la rue Saint Honoré. L'homme au burnous désormais eut beau tendre l'oreille, les mots de leur entretien ne venaient plus jusqu'à lui.

En revanche, il entendit la voix un peu enrouée de ce coquin de Mitraille, qui s'élevait dans la salle commune de la *Pomme-d'Amour*, et qui criait :

— Je n'aime pas les gens qui me font parler et qui se taisent. Par le sang du Christ, je ne veux pourtant pas mourir de la pépie ! Chantereine, fainéant, du vin ! Toutes réflexions faites, le mieux est de parler raison à ce don Estéban, et de lui dire : Camarade, déboutonnez-vous une bonne fois avec moi, ou je vais vous fendre le crâne !

Un sourire vint aux lèvres de celui qu'on appelait le More. Un instant il sembla chercher des yeux une voie pour se rapprocher de Saint-Venant et de Mathieu Barnabi sans être vu. C'était chose évidemment chanceuse par cette soirée claire où les lueurs de la lune avaient pour auxiliaires les lampes du cabaret et les lustres du palais Cardinal.

Le More, au lieu de quitter sa cachette, prit une attitude indolente et attendit.

— Là ! là ! mon compère, disait cependant le conseiller, votre prudence s'emporte comme la témérité des autres. Palsambleu ! entendîtes-vous parler de ce grand oiseau des pays d'outre-mer, l'autruche, qui se croit à l'abri quand elle a caché sa tête derrière une pierre ? Vous aurez beau courir, vous ne fuirez pas votre passé. Nous sommes tous les deux, croyez-moi, dans le cas de Gros Guillaume qui a passé les trois quarts de la rivière ; mieux vaut aller en avant que de reculer.

— Mais, répliqua maître Mathieu, si madame Éliane voit la reine, nous sommes perdus !

Saint-Venant haussa les épaules.

— La reconnaissance, à la cour, répliqua-t-il, n'est pas une chose si effrayante que cela. Voyons, remettez-vous, mon compère, et causons comme des gens rassis. Quand vous m'avez dit tout à l'heure : Nous n'en avons pas pour longtemps, j'ai répondu : Savoir ! vous voyez que j'avais raison. C'est que je ne vous apporte pas, Dieu Merci, moi, mon compère, des nouvelles de huit jours, ayant de la barbe au menton, ni des hypothèses, ni des raisonnements. Je n'ai jamais été sorcier ; mais j'ai mené toujours assez bien mes petites affaires. Nous avons à travailler cette nuit, et vous ne serez pas quitte de si tôt.

Il passa son bras sous celui de l'ancien drogueur, qui tremblait légèrement, et l'entraîna vers la maison en construction, dont le voisinage était un lieu plus propice à leur entretien confidentiel.

En chemin, il reprit :

— Non seulement notre partie n'est pas perdue, mais l'occasion se présente de la gagner d'un seul coup. Ma charge me donne les moyens de voir clair là où les autres tâtonnent. Nous avons de fins limiers, qui chassent dans Paris comme une meute au bois. Voici ce que j'ai appris aujourd'hui en sortant de l'audience : Madame Éliane est arrivée à Paris voici quatre jours, et s'est présentée incontinent à la porte du Palais-Royal, demandant la reine régente. La reine régente a fait répondre qu'elle ne recevrait pas madame Éliane.

— Pourquoi cela ? demanda Mathieu Barnabi.

— Mon compère, répondit le conseiller sentencieusement, il y a des services si gros et si lourds que le cœur des grands n'en peut point garder la mémoire. Un jour, madame la comtesse de Pardaillan a sauvé l'honneur et peut-être la vie de la reine. Cela importune la reine qui n'aimerait point se retrouver en face de la comtesse de Pardaillan.

— Ah ! murmura Mathieu avec étonnement. La reine Marie n'était pas faite comme cela !

— C'est vrai : la reine Marie avait d'autres défauts. Les reines se suivent et ne se ressemblent pas ; c'était une reine de teint brun qui avait le diable au corps. Il s'agit ici d'une reine grasse et blanche qui ne tue point ceux qu'elle hait, mais qui oublie ceux qui l'aiment. Poursuivons. Ayant reçu cet accueil chez la reine, madame la comtesse s'est rendue chez M. le cardinal de Mazarin.

Celui-là est précisément l'homme qu'il faut à la reine blanche et grasse. Un beau cavalier, vraiment, conservé comme un fruit dans un bocal, en dépit de ses quarante années ; peau lisse, cheveux brillants, moustaches de soie, regard qui promet, malgré les mœurs d'Italie. Noua verrons bientôt du nouveau. Les cardinaux qui se suivent ne se ressemblent pas plus que les reines.

Ici les deux interlocuteurs se retrouvaient devant la maison neuve, à l'endroit même qu'ils venaient de quitter. L'homme au burnous recommença d'entendre leur conversation.

Renaud de Saint-Venant continuait :

— M. de Mazarin a supérieurement reçu madame Éliane. Vive Dieu ! Elle lui a rappelé un souvenir brûlant ! Ce n'est pas lui qui a oublié la soirée de Rivière-le-Duc ! Il a tenu madame Éliane dans sa propre chambre pendant plus d'une heure, et lui a promis qu'elle verrait la reine tant qu'elle voudrait. Bonne promesse, mon compère ! M. de Mazarin, quoi qu'il ne soit pas encore ministre, distribue déjà de l'eau bénite à triple goupillon. Il connaît Sa Majesté comme sa propre poche, et, certes, ce n'est pas lui qui l'eût mise en présence de madame Éliane.

Si quelqu'un eût pu voir en ce moment la physionomie de l'homme au burnous, ce quelqu'un aurait lu dans ses yeux une sombre colère avec une profonde douleur.

Ses lèvres ne remuèrent point, mais il dit en lui-même :

— Les preuves s'accumulent, les preuves accablantes !

— Madame Éliane, reprit Saint-Venant, a attendu pendant quatre jours le résultat des promesses de M. de Mazarin. Elle aurait pu attendre quatre années, c'eût été tout de même. C'est une femme de tête ; et nous le savons pardieu bien, nous deux qui la voyons depuis quinze ans jouer son audacieuse comédie. De l'autre monde où il est, mon ancien camarade maître Pol doit bien se divertir à regarder l'imbroglio qui se noue autour de sa mémoire. Vivant ou mort, le brave garçon fut toujours un parfait mannequin.

La tête du More se redressa légèrement, et un sourire amer passa sur la sombre expression de ses traits.

— Madame Éliane étant une femme de tête, continua le conseiller, a pensé que quatre jours étaient un terme suffisant. Elle s'est rendue chez madame d'Hautefort, sa parente et son ancienne amie, qui avait trouvé près d'elle un abri au temps de sa disgrâce. Madame d'Hautefort n'étant pas reine, se souvient. Elle s'est engagée à conduire elle-même, ce soir, madame Éliane, à la lanterne magique de la cour.

Le regard de Mathieu Barnabi interrogea.

— Bon ! fit le conseiller. Vous ne savez pas ce que c'est que la lanterne magique. La lanterne magique est un instrument qui va nous faire entrer tous les deux dans les appartements de Sa Majesté et nous mettre à même de prendre contre madame la comtesse toutes les mesures qui nous paraîtront nécessaires.

— Expliquez-vous, je vous en prie, monsieur de Saint-Venant ! s'écria l'ancien drogueur avec un redoublement d'inquiétude. S'il faut risquer un danger…

— Pas le moindre danger, mon compère, et quant à m'expliquer, je n'en vois même pas la nécessité. Je prends pour moi le rôle difficile. Dites-moi : seriez-vous capable de jouer un petit rigodon sur la vielle de Savoie ?

— Moi ! se récria maître Mathieu, un rigodon ! sur la vielle !

— Le rigodon serait payé vingt mille écus, dit froidement Saint-Venant.

Mathieu Barnabi soupira.

— Dans ma jeunesse, dit-il, j'étais un peu musicien, et il y avait une fille suivante de madame la maréchale d'Ancre qui aimait fort m'entendre vieller.

— Je vous dis, s'écria le conseiller, que vous valez votre pesant d'or ! Chaque jour, on découvre en vous quelque talent nouveau. Si votre vieille reine Marie vous avait pris pour conseiller au lieu de se donner à son cardinal, vous l'auriez menée loin, mon compère ! Voilà qui est entendu, vous allez nous pincer une courante ou deux.

— Où cela ? demanda Barnabi.

— Chez madame la régente, parbleu ! Allons ! ne tremblez pas. Et pour votre peine, je vais vous expliquer par le menu ce que c'est que la lanterne magique.

— Je le sais de reste, répondit Mathieu. Quand j'étais sorcier, je me servais de quelque chose d'analogue. Ce que je voudrais savoir…

— Écoutez ! s'écria Saint-Venant qui prêta lui-même l'oreille.

Dans la percée sombre qui remontait à gauche de la maison en construction, un bruit de pas se faisait entendre.

— Ce sont nos hommes, dit Saint-Venant.

— Mais quels hommes ! demanda l'ancien drogueur. Pensez-vous me faire danser comme une marionnette !

Le conseiller répliqua froidement :

— À peu près, mon docte ami, à peu près. Je ne crois pas que, depuis le temps d'Oreste et de Pylade, on ait vu une liaison plus tendre que la nôtre. Nous nous connaissons terriblement l'un l'autre, dites donc ! Et certes, je ne pourrais pas vous mettre sur la claie sans avoir à ma robe de conseiller quelque triste éclaboussure. Mais je m'en tirerais, mon compère. Vous savez, je me suis tiré de tout. En définitive, je n'ai pas à choisir. Il faut que j'aie aujourd'hui madame Éliane prisonnière à merci, et j'ai besoin de vous pour cela. Têtebleu ! comprenez donc une fois que si je suis bel et bien son gendre, la bonne dame ne nous fera plus d'escapades !

Barnabi grommela entre ses dents :

— Son gendre ! c'est là où le bât nous blesse. Si vous ne lui aviez demandé que de l'argent, nous serions heureux et tranquilles.

Deux silhouettes sombres se détachèrent à l'angle de la maison non achevée.

— C'est bien possible, ce que vous dites là, mon compère, murmura Saint-Venant. Vous êtes un homme de grand sens. Mais j'ai mon idée et je suis entêté. Que diable ! cette belle Éliane ne peut pas m'épouser puisqu'elle a un mari. Vous riez, vous avez tort. Je connais plus d'une dame qui voudrait avoir un mari de la sorte. Suivez bien : ne pouvant m'épouser, cette chère comtesse n'a aucune raison de me refuser sa fille.

Les deux silhouettes s'étaient arrêtées au coin de la maison et semblaient interroger du regard la solitude de la Court-Orry.

Le conseiller siffla doucement. Les deux silhouettes se remirent en marche.

— Maître Mathieu, reprit Saint-Venant, qui changea de ton, si vous êtes sage vous aurez cinq mille écus de plus. Si vous n'êtes pas sage… mais vous serez sage ! Maintenant, écoutez et regardez ; ma conversation avec ces bonnes gens vaudra pour vous toutes les explications du monde.

Les deux ombres n'étaient plus qu'à quelques pas. C'étaient deux hommes de moyenne taille, vêtus de robes arméniennes et coiffés du bonnet conique qui caractérisa de tout temps les soi-disant magiciens. Chacun d'eux portait un fardeau.

— Vos Seigneuries ont un marché à nous proposer ? demanda avec un accent italien très prononcé, celui des deux qui portait le fardeau le plus considérable.

— Le marché n'est-il point conclu, mon camarade ? riposta Saint-Venant qui lui prit la main et la secoua rondement.

L'Italien répondit avec embarras :

— On nous avait parlé de cinq cents pistoles pour le tout, mais notre marchandise vaut le double de cela, et en outre, nous avons réfléchi que nous risquions la corde. Cela vaut son prix.

Le second Italien répéta comme un écho :

— Cela vaut son prix.

Saint-Venant plongea ses deux mains dans les poches de son haut-de-chausses.

La main gauche sortit, tenant une vaste bourse, ronde et pesamment garnie ; la droite avait un poignard qui brilla aux lueurs des lumières voisines.

— Ceci, dit-il, ou cela. Il y a mille pistoles dans la bourse, et j'ai quatre gaillards armés jusqu'aux dents, derrière ce mur.

Les deux Italiens se consultèrent.

Derrière le mur, il n'y avait que l'homme au burnous qui écoutait et qui regardait avec une fiévreuse avidité.

— Soit, dit enfin celui des deux Italiens qui semblait le maître, nous acceptons pour faire plaisir à Vos Seigneuries.

Il tendit la main, et Saint-Venant y mit sa bourse. Mais, ce faisant, il tint ferme le poignet, et bien lui en prit, car le second Italien détalait déjà à toutes jambes.

L'autre le rappela et dit avec résignation :

— Luigi, mon frère, le tour est manqué, contentons-nous de ce qui nous est donné.

Luigi revint : maître Mathieu le prit par le bras. Saint-Venant poursuivit sans blâmer cette tentative de supercherie :

— Dites-moi vos noms.

— Lucas et Luigi Barnèse, pour servir passionnément Vos Seigneuries, répondit le maître, natifs de la ville de Bergame, au pays lombard-vénitien. Vous faut-il une leçon pour apprendre à manier nos outils ?

— J'assistais à la représentation que vous donnâtes naguère à la *Pomme-d'Amour*, dit le conseiller. Comment deviez-vous être introduits au palais ?

— Par la porte Le-Mercier, s'il plaît à Votre Excellence, en nous recommandant de M. le baron de Gondrin-Montespan.

— À quelle heure ?

— Il s'en faut de vingt minutes que l'heure soit arrivée.

— Avez-vous quelque chose à réclamer au palais ?

— Quinze pistoles, après la représentation achevée, et le droit de faire la quête parmi les dames et seigneurs.

— Souvenez-vous bien de tout cela, mon compère, dit le conseiller à Barnabi, au cas où j'oublierais quelque chose… Dernière question, mes drôles… Vous avez tous deux le visage découvert, et l'autre soir…

— Excellence ! interrompit Lucas, nous ne mettons nos voiles qu'au moment de jouer notre comédie.

— Vous les avez sur vous ?

— Nous les avons.

— Alors, s'écria Saint-Venant, à notre toilette ! Nous avons juste le temps qu'il nous faut, mon compère, pour nous déguiser en Bergamasques tous les deux.

Il y avait du temps déjà que maître Mathieu Barnadi avait compris le dessein de son « compère ». Ce dessein, paraîtrait-il, ne lui souriait pas du tout, car il montrait une considérable répugnance.

— Si nous étions reconnus ! murmura-t-il.

— *Audaces fortuna juvat !* repartit Saint-Venant. Je réponds de tout, si vous vous tenez ferme sur vos jambes seulement. À notre toilette, morbleu !

Mathieu regarda tout autour de lui.

— Il peut passer du monde, objecta-t-il.

— Aussi, répondit le conseiller, allons-nous pénétrer dans un réduit plus commode. Ça, mes camarades, la bâtisse de M. le marquis d'Estrées est au premier occupant. Nous serons là comme des anges pour échanger nos nippes. Donnez-vous, je vous prie, la peine d'entrer.

Il passa le premier le seuil de la maison en construction, les autres le suivirent. L'instant d'après, ils étaient tous quatre dans l'enceinte et le hasard les avait réunis au lieu même où l'homme au burnous se tenait naguère à l'affût.

Celui-ci avait disparu.

Pendant qu'ils entraient par la porte, il était sorti par la fenêtre et traversait maintenant à larges enjambées le terrain qui séparait la bâtisse du cabaret de maître Chantereine.

Celui-ci, qui restait en sentinelle sur sa porte, l'aperçut de loin, rentra dans la salle commune et cria :

— Debout, capitaine Mitraille ! Dégainez ! Voici venir le mécréant que vous voulez pourfendre !

Ce coquin de Mitraille se leva en effet et mit galamment l'épée à la main. Les habitués de la *Pomme-d'Amour* purent croire qu'ils allaient assister à belle fête ; mais quand le More entra, la tête encapuchonnée dans son burnous blanc, Mitraille se rassit.

Il faut vous dire que, bien malgré lui, Mitraille ayant rompu son jeûne, avait continué de boire à contrecœur, modérément d'abord, puis à sa soif qui était grande. De mesure en mesure, il avait fini par vider un broc et se trouvait dans cet état que notre gentille Mélise appelait « la sagesse ».

Et, en vérité, quoi qu'on puisse penser, Mélise n'avait point tout à fait tort.

Mitraille remit son épée au fourreau et regarda d'un air assez débonnaire le More qui marchait droit à lui.

Les pages, valets et soudards qui emplissaient le cabaret se mirent à sourire, disant :

— Le basané fait peur à ce coquin de Mitraille.

— Sanguedimoy ! répliqua celui-ci, vous en menti par la gorge ! Choisissez les trois meilleurs d'entre vous, et envoyez-les savoir de mes nouvelles.

Le More, en ce moment, lui mettait la main sur l'épaule.

— Il est temps ! dit-il.

Mitraille le regarda de travers.

— Toi, grommela-t-il, du diable si tu n'es pas la bouteille au noir ! Je ne sais pas où je t'ai vu jadis. Je ne peux pas deviner si tu es pour ou contre madame Éliane. Tu m'embarrasses !

— Il est temps ! répéta le More, dont la main plus lourde pesait sur son épaule.

Quelque chose manquait encore à Mitraille, et ce quelque chose était la mesure de vin pleine, qui moussait rouge, sur la table, devant lui. Il la but d'un trait. Quand il l'eut avalée, il essuya sa moustache et se mit sur ses jambes disant :

— À la grâce de Dieu ! s'il ne marche pas droit, il sera toujours temps de lui casser la tête !

Le More tourna aussitôt les talons et se dirigea vers la porte de la taverne. Il n'avait salué personne en entrant, en sortant il fit de même.

Mitraille resserra la boucle de son ceinturon et le suivit.

Les pages, les laquais et soudards qui encombraient la salle de la *Pomme-d'amour*, les virent traverser la Court-Orry, bras dessus bras dessous et disparaître dans la percée qui menait rue Saint-Honoré. Ils avaient l'air d'être les deux meilleurs amis du monde.

— Quelle diable de manigance est-ce là ? demandèrent quelques voix.

La Chantereine, en vérité, se signa.

Le cabaretier hocha la tête d'un air d'importance, en homme qui en sait long, mais qui ne veut rien dire.

Une minute après, on causait d'autre chose, et nul ne se tournait plus vers la Court-Orry.

Ce fut dommage, car, en ce moment même, un fait curieux se passait dans le terrain vague. Deux hommes qui ressemblaient beaucoup à don Esteban et à ce coquin de Mitraille ressortaient de la percée conduisant à la rue Saint-Honoré, longeaient à pas de loup la muraille du palais Cardinal et se dirigeaient vers la maison en construction.

Quand ils arrivèrent à l'endroit où les matériaux accumulés avaient abrité la conférence secrète du conseiller de Saint-Venant et de Mathieu Barnabi, ils mirent tous les deux l'épée à la main.

VIII. LES DEUX BERGAMASQUES

Derrière les murailles de la maison en construction la toilette du conseiller et de l'ancien dragueur s'entamait fort paisiblement. Dans le silence de la nuit, ils entendaient les murmures et les chansons de la *Pomme-d'Amour*, où certainement personne ne songeait à troubler leur besogne. Saint-Venant était si gaillard, que maître Mathieu commençait à prendre courage.

Après tout, le conseiller risquait bien plus que lui. Un membre du Parlement, oser une pareille fredaine ! Parmi ceux qui connaissaient Renaud de Saint-Venant, sa prudence et son astuce étaient passées à l'état proverbial. S'il risquait le pas, c'est que le danger était plutôt apparent que réel.

Il y avait le voile, d'ailleurs.

Et il s'agissait de vingt-cinq mille écus tournois.

Maître Barnabi dépouillait désormais sa houppelande avec assez d'entrain.

Quant à Saint-Venant, il était déjà en bras de chemise.

Les deux Bergamasques avaient mis bas loyalement leurs robes arméniennes.

— Zo souis per Dio bienne capable d'imitar la vostra manière di baragouinar, mes cers amis, dit le conseiller, et quand j'aurai vos haillons sur le corps, continua-t-il avec un accent naturel, je vais être un charlatan aussi éhonté que vous !

— Le fait est, dit Lucas respectueusement, qu'on prendrait Votre Seigneurie pour un enfant de Bergame.

— Et nous n'avons pas la prétention, ajouta Luigi, d'être de plus grands charlatans que Votre Seigneurie.

— Bien touché ! Comment titrez-vous le baron de Gondrin, quand vous lui parlez ?

— Nous lui disons : Votre Excellence.

— Comment auriez-vous dit à la reine ?

— La Vostre Illoustrissime Maësta.

— Et au cardinal ? la Vostre Santissime Eminenze ?

— Juste ! firent ensemble les deux Bergamasques.

— À la robe ! s'écria Renaud, enchanté de lui-même, et passez-moi cela lestement ! Dans deux heures d'ici, mon compère, je vous dirai le jour de mes noces avec la jeune personne en question, et nous allons boire, cette nuit, à la santé de ma fiancée.

Il présenta ses deux bras à Lucas qui se mit en devoir de lui passer la première manche de sa robe arméniennne ; Mathieu Barnabi en était au même point avec Luigi.

Tout à coup, un bruit de ferraille se fit du côté de la porte, par laquelle un homme entra, brandissant une épée d'une aune. Nos quatre compagnons, effrayés, se tournèrent ensemble de ce côté. La longue épée flamboya et cingla, puissant coup de fouet, les épaules nues du conseiller, qui étrangla un hurlement dans sa gorge.

Mathieu Barnabi, dans ces cas-là, était prompt à se décider. Il n'attendit pas un second argument du même genre, et, retrouvant des jarrets, il s'élança vers la fenêtre.

Mais, dans la baie vide de cette croisée, qui était celle par où l'homme au burnous avait écouté la conversation de nos deux compères, une forme humaine s'encadra.

Mathieu Barnabi se rejeta en arrière en poussant un cri de détresse. La forme humaine, vêtue en cavalier castillan et portant, pliée sous le bras, une sorte de cape de couleur blanche, avait aussi à la main une grande épée.

Ce n'était pas un fantôme, car le bout de sa flamberge dota l'ancien drogueur d'un énorme soufflet avant qu'il eût eu le temps de se mettre à l'abri. Son mouvement de retraite le porta du reste sur le premier assaillant, qui le terrassa d'un solide coup de poing appliqué au sommet du crâne.

L'homme de la fenêtre avait sauté dans l'enceinte et donnait franchement la bastonnade au conseiller Renaud de Saint-Venant avec le plat de son épée.

Je ne sais comment avaient fait les deux Bergamasques. Soit qu'ils fussent doués d'une agilité particulière, soit que les terribles intrus n'eussent point affaire à eux, ils avaient pris la clef des champs dès le commencement de la bagarre, emportant avec eux, comme c'était leur droit, les chausse, les pourpoints et les manteaux du conseiller et de maître Mathieu.

Ceux-ci restaient à la merci de leurs persécuteurs. Les coups de plat tombaient dru comme grêle avec ce bruit que rend l'aire campagnarde aux jours d'automne où on bat le blé. Nos deux compères n'osaient pas crier, sentant leur cas détestable.

Ils ignoraient d'ailleurs complètement à qui ils avaient affaire et attribuaient le régal qu'on leur offrait à M. le baron de Gondrin-Montespan, sans doute averti par la trahison des Bergamasques. Étourdis, aveuglés, perdus, ils recevaient sans mot dire cette averse de bourrades qu'on leur distribuait dans le plus profond silence. On eût dit vraiment que les deux bourreaux y allaient pour leur plaisir. Ces grandes diablesses d'épées montaient et retombaient en mesure, se trompant quelquefois de sens et fendant un petit peu par mégarde, car il y avait du sang sur la poudre blanchâtre qui recouvrait le sol.

Au bout de deux grandes minutes, et après un demi-cent de solides horions, Mathieu Barnabi, qui tournait comme un rat musqué dans sa cage, trouva enfin une issue pour fuir. C'était une ouverture communiquant avec l'intérieur de la bâtisse. Il s'y lança à corps perdu, buta contre un soliveau, tomba, se releva et reprit sa course. Le conseiller le suivit. Ils empochèrent encore quelques bonnes estafilades à la volée, mais enfin ils se perdirent dans la cohue des matériaux entassés pêle-mêle, et parvinrent à gagner les fenêtres de derrière qu'ils franchirent sans se retourner, puis, mettant bas toute vergogne, ils se lancèrent, demi-nus qu'ils étaient et vêtus seulement de leurs chemises, au travers des rues, comme si le diable eût été à leurs trousses.

On ne les avait pas poursuivis très loin, et il y avait déjà du temps que nos deux loups-garous, maîtres de la place, reprenaient paisiblement haleine en examinant les diverses pièces du costume de montreurs de lanterne magique qu'ils allaient à leur tour revêtir, à moins d'accident nouveau, car ces robes arméniennes semblaient, ce soir, ne pouvoir tenir sur les épaules de personne.

C'était, en effet, pour conquérir ces dépouilles opimes que la furieuse attaque avait eu lieu. Du moins, tel était le but de l'un des assaillants : le général ; l'autre, qui représentait l'armée, ne savait pas encore pourquoi il avait si joyeusement combattu.

Au moment où nous retrouvons les vainqueurs sur le champ de bataille, qui leur appartenait désormais, ce coquin de Mitraille se tenait les côtes et riait à perdre haleine.

— Par la messe ! disait-il, seigneur Estéban, vous êtes un agréable camarade, et je raconterai l'histoire par le menu à ma petite Mélise, qui n'aime pas ce cafard de Saint-Venant. J'en rirai longtemps, vrai Dieu ! car jamais je ne vis si drôle de mine que celle du vieux Mathieu, l'empoisonneur… Il avait dit autrefois sa bonne aventure à maître Pol de Guezevern, qui était un gai luron, je le jure, avant d'avoir son titre de comte. Et le conseiller ! Ventre-saint-gris ! comme dit Monseigneur, le plat de l'épée claquait sur sa chair dodue comme si on eût fouetté de la crème. Et qu'allons-nous faire, maintenant, s'il vous plaît ?

— Nous allons, répondit don Estéban, qui relevait une des deux robes étendues sur le sol, revêtir ces guenilles et prendre, moi la grande botte que voici, toi la vielle que voilà.

— Ah ! ah ! fit Mitraille, après ?

— Après, nous reviendrons chez M. le gardien de la porte Le-Mercier.

— Au palais Cardinal ?

— Au palais Cardinal. Et M. le gardien nous fera monter dans ces galeries là-haut, que tu vois si bien éclairées.

— Chez madame la reine régente ? demanda Mitraille stupéfait.

— Juste, répondit le More. Sa Majesté a rassemblé ses amis pour nous voir.

— Pour nous voir ! répéta Mitraille qui ouvrit des yeux énormes.

Le More passa les manches de la robe qu'il tenait à la main.

— Fais comme moi, ordonna-t-il, et fais vite. On nous attend.

Mitraille prit la seconde robe qu'il tourna et retourna en tous sens.

— Si je n'avais pas bu, grommela-t-il, je ne serais pas venu. J'ai peut-être eu tort de boire.

— Quand je suis à jeun, reprit-il tout haut, j'ai souvent l'idée que je vous fendrai la tête un jour ou l'autre, seigneur Estéban.

— Alors il ne faut jamais rester à jeun, ami Mitraille. J'ai la tête dure, et si on la fendait, cela ferait peut-être tort à ceux que tu aimes.

Mitraille passa une des manches de la robe.

— Je vous ai interrogé bien souvent, poursuivit-il ; jamais vous ne m'avez répondu. Si je pouvais penser que vous êtes contre madame Éliane…

Le More garda le silence. Mitraille continua :

— Voulez-vous me dire, oui ou non, si vous êtes contre madame Éliane ?

— Là ! s'écria don Estéban avec une gaieté soudaine, me voici costumé ! Dépêche ou nous arriverons trop tard, coquin de Mitraille !

— Quand vous me parlez comme cela, pensa tout haut l'ancien page de Vendôme, je suis pourtant bien sûr d'avoir entendu votre voix autrefois.

Le More se rapprocha de lui et l'aida à revêtir la robe. Il faisait nuit, mais leurs yeux, habitués aux ténèbres, croisèrent un regard.

— Vous n'êtes pas un Africain, dit encore Mitraille. Êtes-vous bien un Espagnol ?

Le More, au lieu de répondre, se baissa, prit son ancienne défroque et fit un paquet de son pourpoint enveloppé dans son burnous. Il cacha le tout derrière une grosse pierre.

— Innocent ! dit-il après un instant de silence. Ta fille a de meilleurs yeux que toi. Quels sont ces gens que nous venons de battre ? Les regardes-tu comme des amis de ta dame ?

— Non, certes.

— Ils étaient là pour la perdre.

— Y êtes-vous pour la sauver ?

— Capitaine, répliqua le More qui revenait portant la grande boîte de Lucas Barnèse, nous causerons de cela une autre fois. Ce soir, je ne suis ni Africain, ni Espagnol, ni Français ; je suis natif de la cité de Bergame, au pays lombard vénitien, et je montre, moyennant finances, la lanterne magique, pièce curieuse qui est là-dedans. Vous m'accompagnerez en qualité de vielleux, comme Mathieu Barnabi allait accompagner M. de Saint-Venant, si nous n'y avions mis ordre.

— C'est pardieu vrai ! interrompit Mitraille, les mécréants étaient en train de se déguiser !

— Et comme vous n'êtes pas en état, comme le susdit Mathieu Barnabi, de jouer un rigodon sur cet instrument…

— Par ma foi, non ! je n'y connais goutte !

— Nous allons vous bander la main droite, et vous serez Luigi Barnèse, mon frère, souvenez-vous bien de votre nom, lequel ne peut point exercer son talent parce qu'il a reçu ce soir même une blessure au poignet.

Tout en parlant, le More avait trempé un mouchoir dans le sang qui se caillait sur le sol, et faisait deux ou trois doubles tours autour du poignet de Mitraille.

Celui-ci se laissait faire machinalement.

Le More lui mit un des deux voiles noirs sur le visage et noua l'autre autour de son front.

— Maintenant, dit-il avec un accent de bonne humeur, prenez votre vielle, capitaine, en avant !

Nous n'avons pas besoin de faire remarquer que don Estéban, le More, quel que fut d'ailleurs son dessein, était nanti de tous les renseignements nécessaires pour jouer avec succès le rôle bizarre dont il s'affublait.

Il avait assisté d'abord à la conversation intime du conseiller de Saint-Venant avec son compère Barnabi ; ensuite il avait écouté l'entretien que ces deux respectables personnes avaient eu avec les deux vrais Bergamasques.

Une seule chose lui avait échappé, et le besoin de notre drame nous force à le noter avec soin ; c'était l'allusion faite à l'ingratitude de la reine régente par rapport au service si important que lui avait rendu madame Éliane au manoir de Rivière-le-Duc, entre Poissy et Saint-Germain.

À ce moment de leur entretien, Saint-Venant et Barnabi s'étaient par hasard éloignés de la maison en construction.

Nous ajouterons, car le lecteur peut l'avoir oublié, que ce même personnage mystérieux, le More, assistait à la scène qui avait eu lieu quelques jours auparavant dans l'antichambre de M. le duc de Vendôme, scène racontée à notre belle Pola par Mélise, et origine du duel entre M. de Gondrin et le jeune Gaëtan, n'avait entendu que la moitié de l'histoire, c'est-à-dire la portion qui permettait d'appliquer à madame la comtesse de Pardaillan cet odieux nom de Messaline.

Le dénouement vrai de l'aventure, qui n'avait point pénétré encore dans le public, pouvait lui être inconnu. Peut-être ne savait-il point qu'en tout ceci madame Éliane s'était dévouée pour tromper la jalousie du feu roi et épargner à la reine un cruel danger.

S'il ne le savait pas d'avance, la conversation de Saint-Venant et de maître Mathieu, coupée juste à l'endroit qui aurait pu le renseigner, ou du moins le mettre sur la voie, le laissait dans sa complète ignorance.

Dans la vérité des événements qui composent notre vie à tous, il arrive souvent que des drames bien plus terribles que le nôtre tournent autour d'un pivot encore plus subtil.

Le More ne savait pas, en effet, et tout l'effort de sa robuste volonté l'entraînait vers une voie qui devait l'enfoncer toujours plus avant dans son erreur.

Et nous pouvons le dire tout de suite : il n'y avait nulle chance qu'il pût être éclairé par le hasard. Ceux qu'il interrogeait, ceux qui étaient dévoués corps et âme à madame la comtesse de Pardaillan gardaient le silence sur tout ce qui la touchait : obéissant en cela à ses ordres formels.

Et la rigueur des ordres de madame Éliane avait son origine dans ce fait qu'elle espérait tout de la reine, qu'elle avait un impérieux besoin de la protection de la reine. On lui avait dit : Soyez discrète. Elle obéissait.

— Venez voir, messieurs ! s'écria maître Chantereine, voici les deux charlatans de Bergame qui traversent la Cour-Orry pour se rendre chez Sa Majesté.

Un groupe de curieux se forma sur la porte. Le More et ce coquin de Mitraille marchaient en effet vers la port Le-Mercier : l'un portant la grande boîte, l'autre la vielle.

— Le signor Lucas semble bien plus grand qu'avant-hier, dit la cabaretière, et le signor Luigi plus gros.

— C'est l'effet des ténèbres, répéta doctoralement son époux, et je m'étonne que M. le baron de Gondrin ne leur ait pas donné seulement un valet pour porter leur mécanique.

Ce fut tout. Les deux prétendus Bergamasques étaient introduits en ce moment dans la petite conciergerie où maître Hugon, gardien de la porte Le-Mercier, les accueillit par ces mots :

— Mes drôles, vous êtes en retard.

La voix qui se fit entendre sous le voile du More n'était plus une imitation fantasque du parler lombard, comme l'échantillon donné par le conseiller : c'était la propre voix de Lucas Barnèse : à tel point que ce coquin de Mitraille on fut frappé.

— Excusez-nous, mon ami, dit cette voix ; nous venons de loin et nous avions un lourd fardeau à porter.

— Le fait est, grommela le concierge, en examinant la boîte du coin de l'œil, que cette diablerie-là doit peser son poids : est-ce vrai qu'on y voit tout ce qu'on veut ?

— Et parfois ce qu'on ne veut pas, ami, répondit le More avec gravité.

— Ami, ami ! répéta maître Hugon un peu scandalisé. En vérité, ces gaillards-là vous mangent dans la main. Montez et dépêchez, mes drôles, on va vous ouvrir la chambre des concerts et vous aurez des valets qui vous aideront dans toutes vos manigances.

— C'est ce que nous avait annoncé M. le baron, dit le faux Lucas Barnèse. Suivez-moi, mon frère Luigi.

Le frère Luigi avait l'oreille assez basse, mais comme, en définitive, son rôle était muet, il ne le jouait point encore trop mal.

Quant au More, il y avait une chose qu'il redoutait singulièrement, c'était le trop de zèle de M. le baron de Gondrin-Montespan qui, en sa qualité d'impresario, allait peut être venir et s'occuper des préparatifs. À tout hasard, en montant, il recommanda à Mitraille de bien tenir son voile et remit le reste à la grâce de Dieu.

Il n'y avait dans la salle des concerts que des valets de la reine qui avaient préparé d'avance le drap blanc qui sert à ces sortes d'exhibitions. Le More fit disposer le drap au fond de la pièce et dit :

— Maintenant, amis, sortez tous. Le grand secret que contient cette boite nous a coûté, à mon frère et à moi, une fortune. Tant qu'il y aura ici un seul témoin, nous ne pouvons nous livrer à nos travaux préliminaires.

Les valets sortirent, regardant la boîte avec un respect goguenard, où il y avait pourtant un peu de frayeur.

Comme le dernier s'éloignait, ce coquin de Mitraille dit :

— Je ne sais pas parler savoyard, moi. J'étouffe là-dessous. Demandez-leur un peu à boire.

Don Estéban se rendit à ce désir, et Mitraille eut une cruche de vin du roi. Il était temps : sa sagesse commençait à faiblir. Heureusement que le vin était bon et qu'il en but une bonne lampée, ce qui, joint aux libations de la soirée, le tint en cet état de solide philosophie où sa fille Mélise aimait tant le voir.

Aussitôt que les valets furent sortis, le More, laissant là sa boîte et le reste, s'élança vers une large porte, recouverte d'une draperie, et derrière laquelle on entendait un incessant murmure.

Mitraille ne songeait ni à le suivre ni à l'épier : il avait sa cruche.

Don Estéban était très pâle en ce moment, et sa respiration s'embarrassait dans sa gorge. Il souleva son voile. Sa figure, remarquablement belle, mais d'ordinaire immobile comme un masque de bronze, exprimait une profonde émotion.

— Quinze ans ! murmura-t-il ; quinze ans !

Et il se pencha jusqu'à mettre son œil à la serrure de la porte.

Il resta là longtemps. La chambre voisine était le salon de la reine que la partie intime de la cour, c'est-à-dire la faction composée des anciens ennemis de Richelieu, remplissait en ce moment.

D'abord, don Estéban ne vit point ce qu'il cherchait.

Un large cercle où tout le monde, gentilshommes et dames, portait le deuil d'étiquette, s'arrondissait devant lui.

Quand il eut parcouru du regard cette assemblée où la morne

uniformité des parures n'empêchait ni le luxe des hommes, ni la brillante coquetterie des dames, il poussa un large soupir.

— Elle n'est pas là ! pensa-t-il tout haut.

Il allait se redresser, quand un scrupule lui vint :

— Peut-être que je la vois, ajouta-t-il, sans la reconnaître. Elle doit être bien changée. Quinze ans !

En ce moment, il tressaillit si violemment que Mitraille éloigna son verre à demi-plein de ses lèvres pour demander :

— Que diable avez-vous, mon camarade ?

Estéban ne répondit point.

Juste en face lui, de l'autre côté de la porte, il y avait une femme merveilleusement belle dont la toilette de deuil, simple, mais magnifique, valait une fortune.

Elle souriait en ce moment à un homme jeune encore et très beau cavalier qui portait trop galamment son costume ecclésiastique.

Estéban appuya sa main contre son cœur, comme s'il eût voulu en comprimer la terrible révolte.

— C'est elle ! prononça-t-il entre ses dents serrées, toujours belle ! aussi belle qu'autrefois ! Et souriante ! et heureuse ! sur ce charmant visage, il n'y a nulle trace d'angoisse ! Elle n'a même pas souffert !

Il alla prendre Mitraille par le bras et l'amena jusqu'à la porte.

— Regarde devant toi, dit-il.

— Oh ! oh ! fit Mitraille en mettant à son tour l'œil à la serrure, le cercle de la reine !

— Regarde devant toi, répéta le More dont la voix s'étouffait dans sa gorge. Que vois-tu ?

— Par mon patron, s'écria Mitraille, je vois madame Éliane ! Je la croyais retournée à son poste auprès de ce pauvre Guezevern !

Estéban eut un amer sourire.

— Avec qui parle-t-elle ? demanda-t-il.

— Ne connaissez-vous point M. le cardinal de Mazarin ? répliqua Mitraille.

Don Estéban resta un instant silencieux.

— À notre besogne ! ordonna-t-il enfin. D'autres diraient : J'en ai assez vu. Moi, je veux une certitude !

Mitraille n'entendit point cela. Il regardait le fils de son maître, le jeune duc de Beaufort qui brillait comme un soleil de jais et qui papillonnait autour de la reine régente, en favori qui n'a déjà plus de rivaux.

Estéban avait enfin ouvert sa boîte. Il passa quelque dix minutes à disposer les lames de verre selon une idée qu'il avait et murmura :

— C'est pour elle que je vais jouer cette comédie. Allons ami, appelle les valets et qu'on prévienne la cour. Je suis prêt.

IX. LA LANTERNE MAGIQUE

Il ne faudrait point que le lecteur s'effrayât de ce deuil qui assombrissait le cercle de la reine. Ce deuil n'était point triste. Comme les deux sexes étaient alors aussi coquets l'un que l'autre, les gentilshommes, attifés avec autant de soin que les dames, portaient gaiement les signes de ce chagrin public, qui n'était ressenti par personne. Les dentelles ruisselaient, les diamants resplendissaient, et certes, le morne souverain, sortant tout à coup, ce soir, de sa tombe à peine fermée, eût trouvé sa maison bien plus joyeuse après sa mort que pendant sa vie.

Il eût trouvé chez lui, par exemple, autour de sa femme, plus dodue, plus fraîche que jamais, et véritablement rajeunie par le veuvage, tout un peuple d'ennemis : des revenants de l'exil, des échappés de la Bastille, des proscrits qui rentraient à la cour comme en pays conquis.

Il avait bien fait de mourir, ce roi écrasé par la difficulté de régner, puisque la main robuste de son ministre n'était plus là pour faire le vide autour de son ombrageuse timidité.

Ces persécutés qui revenaient en vainqueurs formaient le fameux parti des « Importants », lequel, après sa défaite, devint le noyau de la Fronde. Ils avaient reçu ce nom à cause des grands airs qu'ils se donnaient et des rodomontades dont ils emplissaient la cour et la ville, depuis que le terrible fouet de Richelieu ne claquait plus sur leurs reins.

Au moment où nous franchissons le seuil de cette porte dont Estéban interrogeait naguère la serrure, la reine Anne d'Autriche était assise sous le dais, ayant à sa droite madame la princesse, à sa gauche son ancienne et tant chère amie la duchesse de Chevreuse. Le duc d'Orléans et M. le Prince, père du grand Condé, avaient des sièges au-dessous d'elle. Entre eux, le jeune duc de Beaufort s'était glissé sous prétexte de jouer avec le petit roi, qui était un enfant de cinq ans, merveilleusement beau.

Le roi, selon l'étiquette, était le seul ici qui ne portât point le deuil.

Les autres assistants se rangeaient un peu au hasard, la plupart dessinant un cercle autour de la reine, quelques-uns formant des groupes dans diverses parties de la vaste chambre.

C'était l'année où le duc d'Enghien, ce jeune homme au front noble qui causait là-bas avec la princesse de Longueville, si belle et si jolie, allait écrire le nom de Rocroy sur une des plus glorieuses pages de notre histoire. Il avait vingt et un ans. Non loin de lui était son frère, un enfant contrefait, qui le guettait d'un œil jaloux.

Plus loin, madame d'Hautefort s'entretenait avec MM. de Guise et de Vitry ; ce bon duc de Vendôme oubliait sa colique à contempler le triomphe de son fils, sur qui tous les regards étaient fixés ; car le héros de cette soirée n'était point du tout celui qui allait bientôt s'appeler le grand Condé, mais bien le futur roi des halles. On voyait en lui le favori nouveau, et lui-même en était persuadé plus que tous les autres. La marquise de Senecey lui faisait les doux yeux, Mademoiselle de Saint-Louis pronostiquait pour lui une carrière comparable à celle de Sully, et l'évêque de Beauvais, confesseur de la reine, mettait le comble à son triomphe en laissant percer une humeur jalouse.

La reine montrait à tous une figure souriante. Elle avait ici beaucoup d'intérêts divers à ménager. Il fallait amadouer les Condé et ménager le duc d'Orléans, tout en donnant satisfaction à la cabale. Anne d'Autriche n'avait peut-être pas l'esprit délié qu'il fallait pour débrouiller aisément les fils d'une intrigue politique, mais derrière elle, dans l'ombre, se tenait déjà, à l'insu de tous, le conseiller subtil qui désormais devait diriger sa vie.

Il était là, ce conseiller, et Dieu sait que personne ne faisait grand attention à lui, bien qu'il portât déjà la barrette de cardinal. C'était une créature de M. de Richelieu, un vaincu par conséquent, et c'est tout au plus si la cabale le tolérait en raison de l'humble posture qu'il avait su prendre.

Il était là, mais il ne comptait point. M. de Vendôme lui lançait des lardons et madame de Chevreuse l'appelait « le petit Mazarin. »

Il causait, en dehors du cercle, avec une femme très belle, il est vrai, mais simplement tolérée comme lui et que madame d'Hautefort avait amenée par grâce ; une comtesse de province qui avait fait parler d'elle sous le feu roi ; la femme d'un intendant devenu grand seigneur dans un coin reculé des Cévennes : madame la comtesse de Pardaillan…

La conversation languissait. La reine avait étouffé déjà deux ou trois jolis bâillements et lancé plus d'un regard, derrière son éventail, à cet homme dédaigné, le petit cardinal, qui se faisait modeste en dehors du cercle. Un instant, on aval parlé ici comme à la taverne de la *Pomme d'amour* de l'aventure récente : l'introduction d'un étranger au couvent des Capucines. M. le maréchal de la Meilleray, qui était à Paris pour faire sa cour, avait promis d'avoir raison de cet acte audacieux, non-seulement à cause de madame la supérieure des Capucines qui était sa cousine germaine, mais encore pour un motif à lui personnel ; 1 intrus était son mortel ennemi le jeune Gaëtan de Saint-Preuil dont il avait tué juridiquement le père.

Tout à coup, le petit roi demanda :

— Quand donc verra-t-on le diable et ses cornes ?

— S'il plait à Votre Majesté, répondit le duc de Beaufort, M. de Gondrin-Montespan, que j'aperçois là-bas, va lui donner à ce sujet de meilleurs renseignements que moi.

Il fit un signe, et un gentilhomme à cheveux blancs, mais gardant une élégante et belle tournure, s'approcha.

— Le roi s'impatiente, lui dit M. de Beaufort.

Le baron de Gondrin était, en vérité, aussi bien à sa place ici que chez Marion la Perchepré. Il salua la reine fort galamment, baisa la main de l'enfant roi, et dit : On vient de m'annoncer que mes deux sorciers sont à leurs postes et préparent leurs prestiges. Sa Majesté n'attendra pas longtemps.

— Il n'y a rien là dedans, j'espère qui puisse effrayer le roi ? demanda Anne.

— Madame, répliqua Gondrin, je me suis fait un devoir d'assister moi-même à une montre de cette merveille nouvelle.

— Dites ce que c'est, monsieur, tout do suite, ordonna le roi.

Le cercle se resserra, et les gens disséminés dans le salon se rapprochèrent.

— Comme notre maître sait déjà bien commander ! dit l'évêque de Beauvais.

Le jeune duc d'Enghien, dont l'œil perçant couvrait le visage du petit roi, murmura :

— Sous son règne, il n'y aura point de Richelieu !

— Madame, répondait la douce voix de Mazarin à une question de la comtesse de Pardaillan, je ne suis rien, je ne peux rien. Mieux vaudrait pour vous être protégée par le dernier des valets de la reine !

En achevant cette déclaration, il releva sur madame Éliane un regard de velours et ajouta entre haut et bas :

— On dit que vous êtes bien riche, madame ?

— Je suis trop heureux, répliquait cependant Gondrin, d'obéir à votre majesté. C'est une lueur… Tenez, je prie le roi de se figurer un rayon de la lune entrant par la fenêtre et éclairant un drap blanc, tendu sur la muraille.

— Je me figure très bien cela, dit l'enfant.

— Au milieu de ce rayon, arrivent tout à coup et toujours sur le drap, le soleil, les étoiles, des arbres, des fleurs, des diables… mais on peut n'en point mettre, si madame la reine le désire.

— Moi, dit le roi, je veux des diables.

Il y eut un murmure d'enthousiasme dans le salon.

— Quel enfant ! fut-il dit de tous côtés. C'est une merveille !

Et ne soyez point trop sévères. Cela se dit chez les bourgeois comme à la cour.

— Puis, continua M. de Gondrin, ce sont des bergers et des bergères qui dansent un menuet, des soldats qui passent, des gentilshommes qui courent le cerf, un mari qui bat sa femme…

— Et qui est-ce qui fait tout cela ! interrompit le fils de Louis XIII.

— Ce sont, répondit M. de Gondrin, deux hommes voilés de noir.

— Ah ! fit le roi, je voudrais voir ces deux hommes… et encore ?

— Et encore, sire, il y a toute une comédie, et j'espère qu'elle pourra divertir Votre Majesté. C'est intitulé : *Arlequin roi*. On le voit donner la bastonnade à ses ministres, gagner des batailles, réjouir les dames et faire, en un mot le bonheur de ses sujets.

— Et les ministre ne se fâchent pas ? interrompit encore l'enfant.

— Ils savent trop bien, sire, répondit Gondrin en souriant, ce qu'ils doivent à la majesté royale.

— Ventre-saint-gris ! grommela M. de Vendôme, quand mon fils François de Beaufort va être premier ministre, du diable s'il se laissera bâtonner !

La porte de la salle des concerts fut ouverte à deux battants, et un huissier annonça, en cérémonie :

— La lanterne magique du roi !

Louis XIV se leva gravement, et tout le monde fut aussitôt sur pied.

Le roi prit la main de mademoiselle de Montpensier, fille de Gaston d'Orléans, qui avait alors seize ans et pour laquelle il témoignait une prédilection marquée. La reine s'effaça en souriant, et le laissa ouvrir la marche.

Dans la salle des concerts, qui était toute noire, le roi s'assit au premier rang des gradins et plaça Mademoiselle auprès de lui, à sa droite. Beaufort, appelé, s'assit à sa gauche, puis tout le monde prit place.

Tout le monde, excepté la reine. Dans le mouvement qui se fit pour passer d'une pièce dans l'autre, Anne d'Autriche avait disparu. L'évêque de Beauvais dit entre haut et bas :

— Sa Majesté fatiguée des travaux d'État, a désiré prendre un peu de repos.

En même temps il se plaça derrière le roi avec la gouvernante et la dame pour accompagner. Il n'y avait sur le premier gradin que le fauteuil du roi et les chaises de ses deux voisins, le fauteuil de la reine restant vide. Les princes s'assirent au second rang.

Tout au bout du troisième rang et restant à portée du regard des deux Bergamasques, parce que nul n'avait été s'asseoir si loin, M. le cardinal de Mazarin et la comtesse de Pardaillan prirent place. Immédiatement auprès d'eux se trouvait une porte qui communiquait avec les appartements privés de la reine.

Il s'était écoulé environ dix minutes depuis que l'œil du More avait quitté le trou de la serrure. Il avait employé ce temps à un singulier travail. Étalant devant lui les diverses lames de verre contenues dans les tiroirs de la boîte, il avait fait un choix rapide, changeant l'ordre des tableaux et brisant même certaines lames pour n'en prendre qu'une portion. À toutes les demandes de Mitraille, il avait opposé le silence.

De quoi Mitraille s'était consolé en vidant sa cruche.

Le More suivait une idée en opérant ce triage parmi les tableaux de la lanterne magique. Il avait assisté, lui aussi, à la représentation de la Pomme d'Amour.

Le baron de Gondrin, reprenant son rôle d'impresario, lui frappa sur l'épaule, disant :

— Bonhomme, le roi permet que vous commenciez.

— Il faudrait quelqu'un, répondit le More, pour tenir la vielle. Mon frère est blessé.

Il montra le mouchoir sanglant qui entourait le poignet de Mitraille.

— À cela ne tienne ! s'écria Gondrin, je tiendrai la vielle pour ne point retarder les plaisir du roi.

Louis XIV dit avec solennité :

— Nous vous remercions, monsieur de Gontrin-Montespan.

— Sire, dit aussitôt le More avec le plus pur accent de Bergame, mesdames et messieurs, vous allez voir ce que vous allez voir ! Regardez de tous vos yeux, je vous y engage, car c'est la merveille des merveilles, et il ne vous sera peut-être pas donné de contempler deux fois une curiosité si agréable. Allez, la musique !

Aussitôt, M. le baron de Gondrin promena ses doigts sur les touches de son instrument et fit jouer la manivelle. Le baron avait choisi une bourrée d'Auvergne qu'il exécutait de la meilleure grâce du monde.

— Ce brave gentilhomme, dit tout bas M. de Beaufort à l'oreille du roi, est un passionné serviteur de Votre Majesté. On lui fait attendre bien longtemps un poste qu'il désire, et qu'il occuperait à miracle.

— J'y pourvoirai, repartit le roi avec un admirable sérieux.

Le More prenait lestement ses dernières dispositions, mais il semblait chercher quelque chose du côté des appartements de la reine. Son regard, qui brillait à travers les trous de son voile, était fixé sur l'extrémité du troisième banc où s'asseyaient M. Le cardinal de Mazarin et madame Éliane.

Quant à ce coquin de Mitraille, il se tenait droit comme un I et n'était pas trop mécontent de son sort parce qu'il n'avait rien à faire. Seulement il se creusait la tête avec cette question qui restait sans cesse sans réponse : Où diable don Estéban veut-il en venir ?

Comme la bourrée arrivait à sa fin, un écran se déploya tout à coup entre les spectateurs et les trois hommes que jusqu'alors on avait aperçus dans une sorte do crépuscule. En même temps, les lueurs éparses dans la salle s'éteignirent : on venait de former toutes les portes.

— Assez ! dit le More.

La vielle se tut.

— Tu as grandi d'un bon demi-pied, depuis hier, l'homme ! dit tout bas M. de Gondrin au prétendu Lucas Barnèse.

Celui-ci au lieu de répondre, s'écria :

— *Fiat Lux !*

Un large cercle lumineux se détacha sur le drap blanc, sans que les spectateurs pussent deviner comment s'opérait ce prodige.

— À tout seigneur, tout honneur, reprit le More. Ayez la bonté de vous montrer, monsieur le soleil !

Ce fut un cri de surprise dans l'assemblée, et le petit roi se leva criant : « Voilà qui est très beau ! »

Le petit roi s'enthousiasmait rarement. La foule des courtisans battit des mains à tout rompre.

Nous n'avons pas la prétention de décrire la lanterne magique, cet appareil désormais si populaire qui sert à l'amusement des enfants et à la démonstration de certaines vérités scientifiques. Nous dirons seulement qu'il était alors complètement inconnu dans la plupart des pays de l' Europe, Kircher venait de l'inventer, et en ce temps les découvertes ne se propageaient point, comme aujourd'hui, à toute vapeur.

C'était, dans toute la force du terme, une représentation digne d'être offerte à la curiosité d'une cour, quoique certes, dans cette cour, vous n'eussiez pas trouvé beaucoup de gens assez avancés pour comprendre l'explication du mécanisme admirablement simple qui produisait tant de miracles.

Nous devons ajouter que, même après cette illustre exhibition, l'appareil inventé par le savant de Geissen eut pendant longtemps mauvaise odeur de sorcellerie. Le nom qu'on lui avait donné n'était point propre, en ce temps, à rassurer l'ignorance enfantine de la foule. Il fallut nombre d'années pour que Paris eût enfin sa lanterne magique, officiellement installée dans le vieux cloître des Feuillants. Et Dieu sait que le succès énorme obtenu alors par le physicien anglais Peter Davis était dû à l'épouvante des enfants grands et petits, autant qu'à la curiosité satisfaite.

À toutes époques, Paris aima passionnément à trembler.

Le More, cependant, ne chômait point à la besogne. Il montra successivement madame la lune, mesdemoiselles les étoiles, le diable battant sa femme et ce qui s'ensuit. Le coquin de Mitraille commençait à s'amuser franchement, quoiqu'il regrettât deux choses : sa petite fille Mélise et une tasse de temps en temps. Chaque fois que le More criait : « Allez la musique ! » Mitraille caressait sa cruche ; mais sa cruche était vide.

— Quelle est la charge sollicitée par ce baron de Gondrin ? demanda le petit roi à M. de Beaufort.

— La charge de lieutenant de roi dans la province de Rouergue, sire.

Dans la nuit, on entendait M. le duc de Vendôme qui disait :

— Des sorciers comme cela auraient peut-être quelque remède contre la colique ! »

Les deux personnes qui, en cette assemblée, faisaient le moins de bruit, étaient assurément M. le cardinal et madame Éliane. Celle-ci avait essayé deux ou trois fois de parler à voix basse, mais M. de Mazarin avait répondu :

— Je ne suis qu'un ver de terre, ma belle dame. Celui-là peut-il protéger quelqu'un, qui ne sait point se protéger lui-même !

Je ne saurais dire comment le More avait pu diriger une faible lueur vers cette portion de la salle. Tout en manœuvrant sa mécanique, il ne perdait pas de vue un seul instant madame la comtesse de Pardaillan.

Celle-ci ne lui rendait point la pareille. Elle poursuivait un but ardemment convoité. Toutes les facultés de son être se concentraient pour parvenir à ce but. Elle n'eût point su dire ce qui se passait autour d'elle.

— Sire, dit le faux Lucas Barnèse qui venait de faire danser des bergers et des bergères au son de la vielle gaillardement touchée par M. de Gondrin, avec l'agrément de Votre Majesté nous allons fouiller tout au fond de la pièce curieuse, en retirer un théâtre et vous jouer notre comédie : *la Chasse d'Arlequin roi.*

— Tiens, tiens, fit le baron étonné, mon drôle, tu as donc changé le titre de la farce. Hier, il n'y avait point de chasse là-dedans.

— Vous avez notre agrément, repartit cependant Louis XIV, qui ajouta en se tournant vers Beaufort :

— Nous récompenserons ce baron de Gondrin pour nous avoir procuré un pareil plaisir.

— Voici donc, reprit brusquement le Bergamasque, le grand roi Arlequin tantième du nom, qui est bien jaloux de sa reine et qui réfléchit aux moyens de la faire enfermer pour le reste de ses jours, avec son amant, dans une chambre toute pleine de verre cassé, de scorpions, de vipères et d'araignées. Un peu de musique !

Le roi Arlequin fit son entrée couronne en tète, et fut salué d'un large éclat de rire, parce qu'il croquait des noisettes tout en ruminant de si noirs projets.

M. le cardinal disait en ce moment à la comtesse de Pardaillan :

— Il y aurait peut-être un moyen. Les finances de madame la reine sont si cruellement dérangées… et, selon le bruit public, vous êtes si riche, vous, madame la comtesse !

X. LA CHASSE D'ARLEQUIN ROI

Arlequin couronné, ayant achevé de croquer ses noisettes, sortit et fut remplacé par lui-même dans une autre posture : il battait un entrechat à six, la batte sous l'aisselle en se frottant les mains.

— Voici, reprit le montreur après avoir fait taire la musique, voici le grand roi Arlequin tantième du nom, qui éprouve un mouvement de consolation dans sa douleur parce qu'il a découvert le moyen de prendre la reine Argentine de Macédoine *flagrante delicto*, comme dirait M. le chancelier Séguier, avec M. le marquis de Scapin, qui lui fait les doux yeux depuis les cerises. Ce moyen est une grande chasse à courre dans la forêt de Brocéliande, sur la route de Rouen. Il appelle ses écuyers et ses veneurs auxquels il tient à peu près ce langage… Allez, la musique !

Ici, apparition d'un troisième Arlequin roi, jouant au bilboquet au milieu d'une meute de grands espagnols.

— Par Belzébuth ! mon drôle, grommela Gondrin, est-ce que tu prends le chaud mal ? Tout cela est folie et mène droit au gibet !

Mais la noble foule applaudissait et le petit roi battait des mains.

Le More darda un regard aigu vers le coin de la salle où M. de Mazarin et la belle comtesse de Pardaillan s'entretenaient. On eût dit, en vérité, que c'était pour cette dernière, et pour elle seulement, qu'il jouait cette bizarre comédie.

— Voici, reprit-il encore, un coin de cette fameuse forêt de Brocéliande, à cinq lieues de Paris, sur le chemin de Normandie. Voyez, je vous prie, les beaux arbres couverts de fruits, de fleurs, de singes et de perroquets. La comtesse Colombine s'y promène toute seule, meilleure épouse qu'Artémise, puisqu'au lieu de boire son mari dans de l'eau sucrée, elle le tient au fond d'une boîte, le malheureux étant devenu fou pour avoir fait un trop gros héritage.

— Ventre-saint-gris ! dit le duc de Vendôme, ceci ressemble à l'histoire de Tête-de-Bœuf, mon intendant bas-breton qui m'avait donné ce bon remède dont je manquai mourir !

Gondrin dressait l'oreille ; les courtisans riaient parce que cette mélancolique comtesse Colombine accomplissait sa promenade solitaire au milieu de matassins qui dansaient une farandole échevelée.

La comtesse de Pardaillan était en train de dire au cardinal :

— J'ai sur moi une cédule de cent mille livres, payable chez M. le surintendant de la finance du roi.

— Vous êtes une belle âme, répliqua Mazarin dont les yeux noirs chatoyèrent, et vous méritez de réussir.

— Voici, continua le Bergamasque, le joli abbé Mezzetin, domestique du grand prêtre, grand connétable et grand vizir qui vient ici d'Italie pour pêcher en eau trouble et qui trouve la comtesse Colombine fort à son gré. Un peu de musique !

Il y eut un murmure dans la salle. Deux ou trois voix s'élevèrent pour dire :

— Le sorcier en voudrait-il à ce freluquet de Mazarin ?

Personne, en vérité, n'y eût trouvé à redire, excepté M. de Mazarin lui-même.

Mais ce remarquable homme d'État s'occupait en ce moment à tourner et retourner entre ses doigts avec un frémissement d'aise la cédule payable chez le surintendant du roi.

Il n'avait garde d'écouter la comédie et s'étonna franchement d'un accès de gaieté qui prit la noble foule à ce moment.

Cet accès de gaieté était produit par une déclaration d'amour amphigourique, débitée par l'abbé Mezzetin à la comtesse Colombine, avec l'accent bien connu de M. le cardinal de Mazarin, nous dirions presque avec sa propre voix, tant l'imitation était parfaite.

Tout le monde ici entrait désormais dans l'allusion, excepté le petit roi qui se divertissait des ombres chinoises elles-mêmes, madame de Pardaillan, tout entière à l'accomplissement d'un désir passionné, et M. de Mazarin, absorbé par sa cédule.

— Mon drôle, dit tout bas M. de Gondrin, tu touches là à des choses qui brûlent. Sois prudent !…

Il ajouta à part lui :

— J'aurais pardieu payé bien cher une pareille aventure ! Cet homme n'est pas Lucas Barnèse, j'en suis sûr, et avant la fin de la soirée je jure bien que j'aurai vu son visage !

Il parlait à une pierre. Le More était sourd en ce moment.

Il étancha la sueur qui baignait son front, et murmura en lançant un regard de feu à madame Éliane :

— Elle ne m'écoute même pas !

— Par le nom de Dieu ! reprit-il en lui-même avec fureur, il faudra bien qu'elle m'entende !

Cet homme avait dans le cœur une grande haine ou un grand amour.

Il reprit en forçant sa voix, qui tremblait maintenant de colère :

— Voici le bon roi Arlequin tantième, qui a fait semblant d'aller à la chasse, et qui arrive, déguisé en carême-prenant. Il a suivi le marquis de Scapin, son favori, par monts et par vaux : il a vu sortir Argentine, sa reine, et il frémit de plaisir à la pensée de la vengeance, qui est la joie des dieux !

Arlequin gambadait en grinçant des dents.

Il y avait, en vérité, une émotion dans la salle. Chacun ressentait pour un peu la vérité des paroles prononcées par M. de Gondrin : le Bergamasque touchait là une chose qui brûlait.

— Allez, la musique ! s'écria le montreur avec une sorte de violence. La comtesse Colombine n'est pas Artémise, mais Messaline. La voilà ! et qui sait ce qu'elle a fait de son mari. Est-il vivant ? Est-il mort ?

Par le ciel ! cette coupable comtesse Colombine dansant une seguedille avec son abbé Mezzetin, n'avait point l'air de se préoccuper beaucoup de ces questions indiscrètes. Elle y allait, en vérité, de tout son cœur.

Aux derniers mots du montreur, et pendant que le petit roi riait sans y entendre autrement malice, tous les regards à la fois se tournèrent vers madame de Pardaillan et le cardinal, Colombine et Mezzetin, comme le fit observer franchement M. de Vendôme.

Ce fut un coup de théâtre : Colombine et Mezzetin avaient disparu.

— Bravo ! dit entre haut et bas M. de Gondrin, qui jouait une gigue sur sa vielle à tour de bras.

Le faux Lucas Barnèse l'entendit et tourna les yeux vers l'endroit où madame de Pardaillan et le cardinal s'asseyaient naguère.

Quand il vit les places vides, le rond lumineux qui servait de théâtre à ses fantastiques acteurs resta désert, parce que ses deux bras étaient tombés le long de son flanc.

Un râle profond siffla dans sa gorge.

— Éclipse totale, dit le duc de Vendôme ; sur la scène et dans la salle en même temps ! Ni Mazarin, ni Mezzetin ! Ni comtesse de Pardaillan, ni comtesse Colombine !

— Qu'est-ce que tout cela ? demanda le petit roi.

Pendant le silence qui suivit cette question, la bonne voix de ce coquin de Mitraille s'éleva de l'autre côté de l'écran et dit :

— Par la mort-dieu ! ceux qui disent du mal de madame Éliane n'ont qu'à venir : ils trouveront à qui parler !

— Quelqu'un a juré en notre présence, dit encore Louis XIV, offensé, non pas pour Dieu, mais pour sa propre majesté en bas âge.

Tout le monde se tut.

Il y a des hommes dont le destin est de réussir par l'aversion même qu'ils inspirent. La haine de tous les porte en quelque sorte et les soutient au-dessus de l'eau.

Entre tous ceux-là, le cardinal de Mazarin est un des plus curieux exemples que puisse présenter l'histoire.

À part la reine de France, qui avait pour lui une affection mêlée de rancune, l'histoire ne lui reconnaît pas un ami.

Ce qui ne l'empêcha point de traverser, en retombant toujours sur ses pieds, l'une des époques les plus troublées de la monarchie.

Personne ici n'avait rien contre notre belle Éliane, mais tout le monde, pour divers motifs, abhorrait M. le cardinal de Mazarin. La haine, sentiment actif, noie toujours la passive indifférence.

Madame Éliane servit de fouet pour frapper sur le dos de Mazarin. Chacun crut qu'elle était réellement sa complice.

Hélas ! juste à cette heure, la pauvre charmante femme longeait avec lui des corridors qui menaient aux privés de la reine. Et certes, ils ne parlaient point d'amour, tous deux.

La comtesse Éliane marchait, le cœur oppressé par l'espoir et par la crainte. Le cardinal lui montrait le chemin, disant :

— Madame, gardez-vous de faire mention, devant Sa Majesté, des cent mille livres que j'ai acceptées de vous, pour elle. L'or n'est rien pour moi. Je méprise, Dieu merci ! les richesses, comme il appartient à ma robe et à mon caractère. Il ne faut point, madame, se targuer, vis-à-vis des personnes royales, des services qu'on peut être assez heureux pour leur rendre.

Éliane, qui avait écouté docilement, répondit :

— Votre Éminence peut être tranquille, je serai muette.

— Ces conseils, reprit M. de Mazarin, vous sont donnés par moi dans votre intérêt. J'ai gardé pour ma part et je garderai toujours souvenir de ce qui se passa au manoir de Rivière-le-Duc, et j'en ai bien souvent parlé à Sa Majesté. Ne vous étonnez point, madame, si je ne remets point, devant vous, la cédule de cent mille livres à la reine. Dans votre intérêt même, je dois ménager sa fierté. Je suppose que vous me comprenez ?

— Je comprends parfaitement Votre Éminence, répondit Éliane, et je la remercie des précautions qu'elle veut bien prendre pour assurer le succès de ma démarche.

Ils arrivaient devant une petite porte où le cardinal frappa d'une certaine façon qui devait être convenue. La porte s'ouvrit aussitôt, et une femme parlant dans l'ombre dit :

— Vous vous faites attendre, monsieur le cardinal.

On allait sans doute ajouter quelque chose, mais M. de Mazarin, en s'effaçant, démasqua sa compagne, et la voix reprit :

— Jésus ! qui avons-nous là ?

— Ordre de la reine, répondit le cardinal.

Une seconde porte fut ouverte, qui laissa pénétrer les rayons de plusieurs bougies. La voix appartenait à une femme entre deux âges qui était en déshabillé de nuit. C'était la demoiselle Louison Loyson, ce garde du corps femelle que M. de Richelieu avait cru acheter autrefois très cher, mais qui ne s'était point vendue. Dieu sait qu'en sa vie elle avait dû ouvrir ainsi bien des portes.

Éliane et son compagnon traversèrent d'abord la chambre à coucher de Louison, austère comme un corps de garde, puis deux autres pièces : la troisième était la toilette de la reine.

La reine était dans son alcôve et déjà couchée. Le cardinal, introduit le premier, franchit la galerie et monta les deux degrés de l'estrade. La reine ne parla point ; mais, à la vue d'Éliane, son visage qui n'était plus de la première jeunesse, sous sa cornette de nuit, exprima un mécontentement maussade.

Le cardinal lui dit quelques mots à l'oreille. Elle secoua la tête et murmura :

— Je pense que personne n'a jamais pu nous taxer d'ingratitude. Madame d'Hautefort en use avec nous de pair à compagnon, vraiment : cela ne peut durer, le bien de l'État ne permet point ces choses. Madame, ajouta-t-elle en s'adressant à Éliane, je suis souffrante et accablée de fatigue, mais je consens à vous écouter.

Ce disant, elle enfouit de nouveau sa tête dans les dentelles de l'oreiller et ses yeux se fermèrent.

Le cardinal fit signe à Éliane de parler.

Assurément, dans la salle des concerts, personne ne devinait le premier mot de tout cela. Le tumulte continuait en l'absence du spectacle, subitement supprimé, et les conversations allaient leur train. Ce n'était pas le compte du petit roi, qui voulait voir la fin de la comédie.

— Monsieur le duc, dit-il à Beaufort, sachez, je vous prie, ce qui est arrivé.

M. de Beaufort quitta son siège aussitôt pour passer derrière l'écran.

Derrière l'écran, M. le baron de Gondrin avait pris le faux Lucas Barnèse par le bras et le secouait rudement, disant :

— Mon drôle, est-ce que tu vas nous laisser dans l'embarras !

Mitraille, qui avait entendu la parole sévère du roi enfant, se taisait maintenant et semblait laborieusement réfléchir.

Le montreur laissait son bras inerte entre les mains de M. de Gondrin et ne répondait point.

— Par la mort ! s'écria celui-ci, maraud que tu es, dis-nous au moins ce que fit le roi quand il surprit ensemble ce Mezzetin et cette Colombine !

Lucas Barnèse se laissa tomber sur son tabouret.

— Ce que fit le roi… répéta-t-il comme s'il eût cherché sa pensée qui le fuyait.

Puis il ajouta tout bas, mais d'un accent terrible :

— Je ne sais pas ce que fit le roi. Moi, je l'aurais poignardée !

Avant que le baron fût revenu de son étonnement, M. de Beaufort parut au coin de l'écran.

— Sa Majesté se fâche, dit-il. Vous perdez votre lieutenance !

Gondrin leva la main sur le montreur.

— Veux-tu continuer, oui ou non ! s'écria-t-il exaspéré.

Et comme le faux Barnèse ne bougeait pas, il se retourna vers Beaufort et prit un grand parti.

Il abattit l'écran d'un revers de main et reprit, en s'adressant au petit roi : — Sire, j'ai fait de mon mieux, mais je joue de malheur.

Les deux soldats qui composent mon armée ont été tour à tour mis hors de combat. J'ai remplacé le premier. Vive Dieu ! je prouverai bien que je suis prêt à tout pour le service du roi ; je vais remplacer le second. Allez, la musique !

L'écran se releva et la vielle joua un rigodon diabolique.

Aussitôt après, une cohue de personnages firent leur entrée dans le cercle lumineux.

— Or, voyez ! clama Gondrin qui avait la fièvre de la lieutenance ; voici venir tous les courtisans de la cour d'Arlequin tantième, gentilshommes, dames, robins et capitaines. Voici le carrosse de la reine. Voici la litière du grand vizir... et le chien roquet de la sultane favorite. Changement à vue : Reconnaissez-vous la grotte de Didon ? Mezzetin et Colombine s'y reposent. Le roi les surprend par malheur. Perfide ! dit-il, croyant parler à la reine Argentine... Mais celle-ci entre par l'autre porte qu'on ne voit pas, avec son livre d'heures sous le bras : il est prouvé qu'elle sort de la mosquée. Le roi lui fait ses excuses...

— Il a tort ! interrompit ici le bambin royal.

— Ce n'est pas le roi Louis XIV ! reprit Gondrin à la volée. Changement : les souterrains du palais. Derrière cette porte garnie de fer se trouve le cachot pavé de lames de rasoir et peuplé d'aspics où est enfermée la comtesse Colombine ou plutôt Messaline. Je ne sais pas ce qu'est devenu Mezzotin. Changement : réjouissances à propos du triomphe de l'innocence de la reine, danses, équilibres, poses de caractère. Changement : l'enfer ! La comtesse paraît devant Pluton et Proserpine. Changement : les Champs-Elysées : Arlequin tantième et sa cour, après leur trépas, jouissent de toutes les félicités et parlent du jeune immortel, qui s'assied maintenant sur le trône. Divertissement général. Au rideau ! *finis coronat opus*.

La lanterne magique jeta une grande lueur, puis le cercle lumineux disparut, laissant la salle des concerts dans une complète obscurité. Le baron de Gondrin, épuisé, se laissa choir sur un siège pour étancher la sueur de son front.

Le roi applaudit, avant de se retirer, au bras de mademoiselle. La cour ne put faire moins que de pousser un large hourra.

L'instant d'après, il n'y avait plus dans la salle des concerts que les deux Bergamasques et leur impresario, M. le baron de Gondrin.

La lampe de la lanterne magique, qui tout à l'heure brillait d'un si vif éclat au travers des lentilles grossissantes, laissait mourir, maintenant qu'elle était hors de l'appareil, ses rayons ternes à quelques pas du petit groupe faiblement éclairé.

Il y avait longtemps que ce coquin de Mitraille n'avait bu ; par conséquent, selon le calcul de Mélise, les ténèbres devaient se faire dans son cerveau. Dès que la porte fut refermée sur le dernier courtisan, Mitraille arracha son voile noir et s'approcha du More, toujours immobile.

— Toi ! dit-il en lui mettant les deux mains au collet. Tu es un scélérat. Tu m'as trompé. Je t'ai aidé sans le savoir à commettre une mauvaise action. Il faut que je te tue.

Le More fit un mouvement, et Mitraille, écarté comme un enfant, bien que ce fût un vigoureux compagnon, alla chanceler à quelques pas.

— Monsieur le baron, dit le More, qu'on donne à ce brave tout seul la somme que nous devions partager. C'est un honnête cœur ; qu'il ne lui soit point fait de mal. Mais comme nous avons à causer nous deux, monsieur le baron, éloignez-le, je vous prie.

Le baron appela. Mitraille, remis aux mains des valets, fut jeté sans autre façon hors de la salle. Mais, avant de sortir, il promit qu'on aurait de ses nouvelles.

— Nous avons en effet à causer, mon camarade, dit le baron en revenant vers le More. Vous m'avez rendu sans le vouloir, sans le savoir peut-être, un très grand service, dont vous serez payé. Bien que vous soyez un pauvre homme et que je me voie en passe de m'élever enfin au rang qui convient à ma naissance, soyez franc avec moi. Si nous avons mêmes intérêts, nous pourrons contracter alliance. Est-ce pour votre compte ou pour le compte d'autrui que vous avez attaqué si hardiment cette femme ?

— Monsieur le baron, reprit le More, ceci est mon secret.

Le baron prit ia lampe à la main.

— Quand je veux avoir un secret, dit-il, il me le faut de gré ou de force. Qui êtes-vous, mon camarade ?

— Je suis, répondit le More, l'homme qui vous a empêché de tuer le jeune Gaëtan de Saint-Preuil.

— Oh ! oh ! fit Gondrin étonné. Don Estéban ! sous ce déguisement !

— Je vous avais promis, poursuivit le More, de vous payer un bon prix pour la vie de ce jeune homme.

— En effet… Et serait-ce pour moi que vous avez joué cette comédie ?

— Non, repartit le More.

— Voici qui est franchement déclaré. Et n'avions-nous pas rendez-vous pour ce soir ?

— Si fait, monsieur le baron : je suis au rendez-vous.

Gondrin leva la lampe et montra du doigt le voile noir qui couvrait toujours le visage de son interlocuteur.

Celui-ci obéit aussitôt à cette muette injonction. Il écarta le voile et laissa voir un visage de bronze encadré dans une épaisse barbe noire. L'expression de ce visage était une douleur morne et profonde.

Gondrin l'examina longuement.

— Dieu me pardonne, murmura-t-il, j'espérais, en vous regardant ainsi de près, avoir le mot d'une énigme. Maintenant, je dois convenir que je ne vous ai jamais vu.

— Vous vous trompez, monsieur le baron, prononça le More d'une voix lente et grave.

— Ah ! diable ! je vous ai vu ?

— De fort près, oui… mais il y a bien longtemps.

— Où et quand ?

— Ceci fait partie de mon secret.

XI. M. LE BARON DE GONDRIN

M. le baron de Gondrin était intrigué malgré lui. Il se prit à réfléchir. Le More poursuivit :

— N'essayez jamais d'en savoir plus long qu'il ne me convient de vous en dire, c'est un conseil que je vous donne, et n'ayez jamais la folle idée d'employer la force contre moi.

— Voici, dit le baron, dont le sourire se fit équivoque, un conseil qui ressemble terriblement à une menace.

— Il y a toujours une menace dans un conseil, riposta le More avec gravité, mais nous ne sommes pas ici pour une lutte de paroles. Vous vous seriez fait un ami de M. le maréchal de la Meilleraye en mettant six pouces de fer dans la poitrine du jeune Gaëtan.

— C'est vrai. Et la protection du maréchal est puissante.

— La mienne vaut mieux, dit le More avec simplicité.

— Seigneur Estéban, murmura Gondrin en riant, seriez-vous, par aventure, Sa Majesté le roi d'Espagne, voyageant incognito ?

— Pour vous, baron, je suis mieux que cela.

— Peste ! Plus magnifique encore que votre lanterne, alors !

— Ne raillons pas, prononça froidement le More. Je suis las, et cet entretien ne durera pas longtemps désormais. Au temps où je vous vis pour la première fois, vous aviez désir d'être comte de Pardaillan et d'avoir trois cent mille livres de revenu.

— Ces désirs-là ne se perdent point, seigneur Estéban.

— Monsieur le baron, écoutez-moi. Ce jeune Gaëtan est aimé par une jeune fille à laquelle je m'intéresse. Je viens vous dire le prix que je veux vous payer sa vie.

— Le titre de comte et trois cent mille livres tournois de revenu ?

— Ni plus, ni moins.

— Et que demanderez-vous en échange ?

— Rien.

— Je suis tout oreilles, dit M. de Gondrin, qui rapprocha son siège.

Le More se recueillit un instant avant de parler.

— Votre route sera droite et sûre, dit-il enfin. Seulement, vous pourrez trouver à la traverse des influences puissantes. Il faut donc mettre la forme de votre côté. On vous a volé l'héritage dont nous parlons, monsieur de Gondrin.

— Je m'en doutais ! s'écria le baron en fermant les poings. Ce scélérat de Guezevern…

— Guezevern, l'interrompit don Estéban, ne mérita jamais cette injure. Guezevern n'est pour rien dans le tort qui vous a été fait.

— Comment ! se récria Gondrin qui sauta sur ses pieds.

Le More lui ferma la bouche d'un geste.

— Je vais vous en donner la preuve, prononça-t-il froidement. Il y a quinze ans passés que Guezevern est mort.

Le baron recula de plusieurs pas.

— Ah ! fit-il. Mort ! Guezevern ! alors il n'y a pas de comte de Pardaillan ! cette femme est veuve ! cette femme n'a aucun droit ! cette femme a trompé le roi, la reine, la justice, le monde entier !

Le More s'inclina silencieusement.

— J'ai vu nombre d'écrits signés : le comte de Pardaillan ! objecta Gondrin qui doutait.

Don Estéban sourit.

— Du vivant même de son mari, dit-il, c'était elle qui écrivait tout, qui signait tout… Ah ! ajouta-t-il avec une singulière expression d'amertume, Pol de Guezevern avait en elle une grande confiance, et Pol de Guezevern avait pour elle un grand amour.

Il passa le revers de sa main sur son front.

— Et comment ce Guezevern est-il mort ? demanda Gondrin.

— Noyé dans la rivière de Seine.

— Vous le savez de science certaine ?

— Je l'ai vu… comme l'ont vu vos anciens amis, le conseiller de Saint-Venant et maître Mathieu Barnabi.

— Ceux-là m'ont trahi, je le savais. Où prendre la preuve de ce que vous avancez ?

— Au château de Pardaillan.

— Par la sainte croix, s'écria Gondrin, je vais partir à l'instant môme !

— Ce sera bien, dit le More.

— Voulez-vous venir avec moi ?

— Non. Notre chemin n'est pas le même ; je veux seulement vous donner un dernier avis. Il faut que vous réussissiez, monsieur de Gondrin, car vous êtes ici la main de la justice divine. Il faut que cette femme soit punie ; cette femme qui a trahi son mari vivant et qui vit de son mari mort. Pour réussir, marchez hardiment, mais prudemment. Je la connais, elle est capable de tenir tête à l'homme le plus résolu et le plus adroit. Il faudrait tout d'abord vous concilier l'appui de la principale autorité de la province.

— Le lieutenant de roi ? demanda Gondrin en souriant.

— Ce ne serait pas trop, répondit le More. Il faudrait en outre un magistrat ou un homme de loi habile qui pût conduire votre attaque à coup sûr.

— Où donc est Gondrin ? demanda en ce moment M. le duc de Beaufort à la porte du salon des concerts.

— Baron, reprit-il, brandissant un parchemin au-dessus de sa tête, nous aurons un roi qui dira « je veux » au lieu de « nous voulons. » Têtebleu ! M. de Beauvais a vu trente-six mille chandelles ! Quand Sa Majesté a parlé de votre affaire, le bonhomme a répondu : « Sire, vous êtes encore bien jeune pour vous mêler de ces affaires importantes… » Si vous aviez vu les yeux de Sa Majesté ; une paire de pistolets ! Quand je vais être premier ministre, je le consulterai, oui bien.

« — Monsieur, a-t-il répondu, je ne suis qu'un enfant, mais chaque jour, désormais, va me corriger un peu de ce défaut-là. Jusqu'à voir, je ne commande pas, je prie ; mais je garderai souvenir de ceux qui auront exaucé mes prières et de ceux qui les auront repoussées. » Après quoi, il a tourné le dos, laissant le bonhomme évêque aussi bien mort que s'il eût reçu une paire d'arquebusades. Et voici vos lettres patentes, baron, avec mes compliments bien sincères. Je vous devais cela ; nous sommes quittes. Bonsoir ! Je vais retrouver madame de Montbazon, à qui les bontés de la reine à mon endroit donnent bien de la jalousie.

Quand il fut parti, Gondrin, triomphant, revint vers le More qui s'était tenu à l'écart.

— Je crois, mon camarade, dit-il, que nous aurons aisément la protection de M. le lieutenant de roi.

— J'ai compris, répondit don Estéban sans rien perdre de sa glaciale froideur : vous êtes vous-même lieutenant de roi ; je pense que ce brevet est en règle ?

Il reçut des mains du baron le parchemin qu'il approcha de la lampe pour l'examiner attentivement.

— C'est bien, poursuivit-il, M. de Beauvais était pressé d'obéir. Il s'est servi d'un blanc-seing de la reine régente pour ne pas attendre à demain. Il a bien fait, et c'est heureux pour nous. Vous voici, monsieur le baron, en bonne passe d'être comte. Mais je vous le répète : gardez-vous de vous croire trop bien armé. Ne négligez aucune précaution. Souvenez-vous de ceci : vous luttez contre une femme qui est plus forte qu'un homme.

— Plus forte qu'un homme comme vous, mon camarade, murmura Gondrin, je ne dis pas.

Don Estéban eut un amer sourire et garda le silence.

— Avons-nous fini ? demanda Gondrin.

Don Estéban ne répondit point. Son front était plissé, son regard errait dans le vide.

— Si je me trompais, pourtant ! murmura-t-il.

Sa paupière se baissa.

Mais il se redressa bientôt de toute sa hauteur, disant :

— Lâche ! Lâche et fou ! J'ai vu, de mes yeux vu. L'épreuve est faite. L'arrêt doit être prononcé.

— L'ami, interrompit Gondrin en riant, parler tout seul n'est pas poli, excepté dans les tragédies.

— Ai-je parlé ! dit le More, qui tressaillit comme un homme éveillé en sursaut.

Il ajouta aussitôt :

— Nous avons presque fini, monsieur le baron, mais pas tout à fait. Il me reste à vous donner les moyens d'en terminer vite et bien : d'un seul coup. Nous vivons dans un temps où il faut mener la partie rondement quand on a, dans ses cartes, des atouts de la cour. La tourne change, vous savez, d'une minute à l'autre, et parmi le cercle de joueurs qui entourent le tapis vert de la Régence, il y a tel matois qui peut faire sauter la coupe. La rue Saint-Antoine où M. le duc de Beaufort aime tant à galoper pour se montrer au populaire conduit d'un côté au palais du roi, mais de l'autre au donjon de Vincennes. Vous êtes lieutenant de roi aujourd'hui, mais demain…

M. de Gondrin bâilla ostensiblement.

— J'en dis trop long, s'interrompit don Estéban, et par le fait, peut-être avez-vous bien devant vous toute une semaine avant que votre faction de comédie, le parti des Importants, soit balayée de la cour. Cela vous suffira si vous faites diligence. Il s'agit de gagner à franc étrier le château de Pardaillan, de prendre avec vous l'autorité judiciaire, et de vous faire ouvrir la grande porte de par le roi. Une fois dans le château, entrez, toujours et rigoureusement selon les dues formes, dans la chambre où madame la comtesse protège contre les regards du monde la prétendue folie de son mari. Vous trouverez là un cadavre, embaumé en 1627 par Mathieu Barnabi, et par conséquent la preuve que cette femme détient depuis quinze ans l'héritage de Pardaillan, acquis par le dol, la fraude et la fausse écriture, à l'aide de la fausse écriture, de la fraude et du dol. Cette fois, j'ai dit.

Le More remit son voile et chargea la boîte sur ses épaules.

Vos deux hommes de Bergame, ajouta-t-il, trouveront ce qui leur appartient au lieu même où ils l'ont perdu.

Il se dirigea vers la porte.

— Seigneur Estéban, dit le baron, qui lui offrit la main, j'ignore qui vous êtes et dans quel intérêt vous agissez, mais il est juste que vous soyez récompensé, si je recouvre par vous le titre et la fortune qui m'appartiennent.

— Monsieur le baron, répliqua le More qui était déjà sur le seuil, je viens de loin et j'y retournerai bientôt. Je souffre d'un mal incurable. Vous me reverrez encore une fois et nous réglerons nos comptes.

Il sortit.

Cette nuit-là, les passants et les voleurs purent voir sur le parapet du Pont-Neuf, non loin de la Samaritaine, un homme enveloppé d'un grand manteau blanc, qui était immobile et semblait songer. Les voleurs n'eurent garde de s'approcher de lui, et les passants doublèrent le pas en faisant un large circuit.

Les premières lueurs du jour le trouvèrent au même lieu et dans la même posture. Quand il se leva, enfin, ces paroles tombèrent de ses lèvres :

— Lâche ! lâche et fou ! j'ai vu de mes yeux !

Il descendit le quai à grands pas, et tourna le Louvre pour gagner la rue Saint-Honoré.

Le jour commençait à se faire quand il entra à l'hôtel de Vendôme, demandant le capitaine Mitraille.

Mitraille dormait et rêvait qu'il fendait la tête de ce misérable Estéban d'un magnifique revers d'épée.

Il fut éveillé en sursaut par la voix de don Estéban lui-même, qui était debout sur le seuil et disait :

— Hors du lit et à cheval 1 Gagnez à franc étrier le château de Pardaillan, et défendez votre dame si vous le pouvez !

Mitraille se frotta les yeux. Le More avait déjà disparu.

Mélise, sortant de sa chambrette, apporta à son père, ses habits, son harnais et un flacon de vin. En s'habillant, Mitraille disait :

— Le scélérat ! I1 faut que je le tue !

Sa toilette cependant s'acheva en même temps que sa bouteille. Mélise le mena jusqu'aux écuries disant de sa douce voix :

— Vous ne le tuerez point, mon père. I1 a sauvé par deux fois la vie du chevalier Gaëtan, que vous aimez. Un mystère entoure cet homme, c'est vrai, mais il est bon et j'ai confiance en lui. Allez ventre à terre jusqu'au château ! Barricadez les portes, et, puisqu'il le dit, défendez madame Éliane, fût-ce contre le roi !

Ce coquin de Mitraille se mit en selle sans trop savoir de quel côté il allait tourner.

Mais quand il eut bu le coup de l'étrier, il prit un grand parti.

— Tu as raison, fillette, dit-il. Le plus pressé est de défendre madame Éliane. Seulement elle n'est point à son château de Pardaillan, puisque je la vis hier soir chez la reine.

— Chez la reine, vous, mon père ! s'écria Mélise stupéfaite. Et comment étiez-vous chez la reine ?

- Comment ? fillette ! Sois certaine que je lui briserai le crâne un jour ou l'autre. Il est cause que j'ai aidé à une mauvaise action. En attendant, je ne saurais où prendre madame de Pardaillan dans ce grand Paris où elle se cache. Mais en bonne guerre, le principal est de conserver toujours une place de refuge. Mort de moi ! comme disait ce pauvre Guezevern avant d'être comte, je garderais notre château contre le pape ! Envoie-moi, s'ils le veulent, ces deux étourneaux, Roger et Gaëtan : ils doivent faire de jolis soldats… et à te revoir, ma fillette ; sois bien sage !

Il piqua des deux et partit au galop.

Mélise resta un instant pensive, puis elle remonta les escaliers quatre à quatre et jeta sa mante sur ses épaules.

— Deux jolis soldats, c'est bien vrai ! se dit-elle. Mais je ne serai contente que quand je les aurai mis ensemble, la main dans la main : mon fou de Roger, ce beau Gaëtan et cette vivante énigme : le More ! voilà trois épées !

Elle gagna la partie de l'hôtel confinant aux dépendances du couvent, et ouvrit la fenêtre qui donnait sur le clos de dame Honorée.

À cette même heure, le nouveau lieutenant de roi en la province de Rouergue, M. le baron de Gondrin-Montespan, entrait à grand fracas dans le logis du conseiller de Saint-Venant. Celui-ci était couché sur une chaise longue, la tête enveloppée dans un mouchoir de soie. Un valet lui frottait la nuque avec des onguents qui ne venaient point de chez maître Barnabi. Ce bon Saint-Venant était littéralement moulu des coups de plat d'épée qu'il avait reçus dans son expédition de la veille au soir. Bien des fois déjà, il s'était promis de ne plus jamais se déguiser en Bergamasque.

À la vue de M. de Gondrin qui venait à lui d'un air irrité, il dit avec découragement :

— Voici bien le restant de nos écus ! Un malheur n'arrive jamais seul ! Monsieur mon ami, vous pouvez m'accabler si vous voulez, je ne résisterai point. J'eus quelques torts envers vous, cela est vrai ; mais qu'y faire ? Le bien de Pardaillan ne sera désormais ni pour vous ni pour moi. Il y a un diable qui veille sur ce trésor, monsieur mon ami, et je jure mes grands dieux que je n'y ai plus prétention aucune. Chat échaudé craint l'eau froide. Dites-moi tout de suite que je suis un malheureux, et laissez-moi à mes remèdes.

M. le baron de Gondrin prit un siège et croisa ses jambes l'une sur l'autre.

— Laissez-nous, dit-il au valet.

Celui-ci interrogea son maître du regard.

— Je suppose, prononça Saint-Venant avec résignation, que M. le baron n'assassinera pas un homme incapable de se défendre. Souvenez-vous de ces paroles, Picard, et laissez-nous, puisque M. le baron l'exige.

Le valet se retira.

— Savez-vous, dit le baron aussitôt que Picard eut refermé la porte, savez-vous que vous êtes un très habile garçon, Saint-Venant, mon cher ami ? Je me doutais bien de quelque chose, mais morbleu ! vous avez mené bellement votre barque et il n'y avait aucun côté par où on pût vous attaquer. Touchez là, mon compagnon, vous avez, pardieu ! mon estime.

Il tendit la main au conseiller qui la toucha avec défiance, en murmurant :

— La faute en est à l'amour…

— Qui perdit Troie ! l'interrompit M. de Gondrin. Sur ma foi ! la petite était encore dans le sein de sa mère quand vous me jouâtes ce bon tour, Renaud, mon mignon.

— Ce fut la mère d'abord, balbutia Saint-Venant, puis la fille.

— Alors, dites : la faute en est aux amours. Vous êtes un charmant compère, Renaud, et du diable si je ne fais pas votre fortune !

— Ne raillez pas, monsieur le baron, supplia le conseiller du ton le plus humble. Ce serait railler un vaincu, ce serait railler un homme mort.

Gondrin tira de sa poche le parchemin que M. de Beaufort lui avait remis la veille.

— Non-seulement je ne raille pas, dit-il en prenant un accent sérieux, mais encore je compte vous offrir des garanties. Veuillez prendre connaissance de cette pièce.

Saint-Venant, comme tous les hommes de sa sorte, savait lire une page d'un seul regard.

— Vous avez le pied sur ma tête, dit-il : lieutenant de roi ! et dans le Rouergue encore ! Monsieur mon ami, pour payer ma rançon, je consens à vous révéler des choses que vous n'auriez jamais devinées, quand même vous seriez gouverneur d'une grande province, au lieu d'être lieutenant de roi dans ce trou.

— Voilà ce qui vous trompe, monsieur mon ami, interrompit Gondrin. Vous n'avez rien à m'apprendre. Je sais tout, absolument tout, et mon estime pour vous s'en est singulièrement augmentée.

— Tout ? répéta Saint-Venant d'un air quelque peu goguenard.

— À moins qu'il n'y ait encore autre chose, reprit bonnement le baron. Mais dites-moi, cette idée du comte embaumé est-elle de vous ou d'elle ?

Renaud, cette fois, resta bouche béante à le regarder.

— Par la messe ! grommela-t-il, ce scélérat de Barnabi a parlé !

— Je vous ai demandé, répéta paisiblement Gondrln, si le tour était de vous ou d'elle.

Il y a de méchants animaux qui reprennent du courage quand on les accule. Le regard du conseiller se raffermit.

— Un peu d'elle, un peu de moi, répondit-il. Ce diable d'homme n'avait jamais fait que des sottises en sa vie ; j'étais fort lié dans la maison. Je savais que de toute éternité madame Éliane avait écrit et signé pour son mari.

— J'entends ! la chose se fit en quelque sorte toute seule, y compris l'acte signé au lit de mort de mon oncle, feu le comte de Pardaillan.

— Ceci, dit Saint-Venant, appartient en propre à madame Éliane. Elle croyait son mari aussi bien portant que vous et moi, et d'ailleurs elle se prétend la fille légitime du feu comte.

Gondrin haussa les épaules.

— Et la disparition de l'enfant ? reprit-il. De l'héritier mâle ?

— Mon filleul ? répliqua le conseiller avec toute son effronterie revenue. Ceci m'appartient en propre.

— Vous aviez dès lors l'espoir d'épouser la mignonne ?

— D'épouser ou de supprimer, selon le sexe.

Pour la seconde fois, Gondrin lui tendit la main.

— Touchez là, monsieur mon ami, dit-il, vous avez perdu la partie. Il n'y a pas, il ne peut pas y avoir d'autre comte de Pardaillan que moi. Mais, de par Dieu, il s'agit d'un gâteau qui peut contenter plus d'une gourmandise. J'ai besoin de vous, j'ai besoin même de maître Barnabi. On lui jettera un os à ronger et vous serez, vous, monsieur de Saint-Venant, riche d'un million tournois après l'affaire faite.

Les doux yeux du conseiller brillèrent.

— Dites-moi ce qu'il faut faire, murmura-t-il.

— Il faut vous habiller lestement et envoyer quérir votre compère Mathieu, afin que nous partions ensemble pour le Rouergue dans une demi-heure d'ici.

— Pour quel motif ?

— Pour instrumenter légalement, pour faire ouvrir cette fameuse chambre du comte par autorité de justice, pour découvrir enfin la supercherie d'une façon si solennelle et si authentique qu'on n'ait plus jamais à y revenir !

Renaud hésita.

— Si les choses vous répugnent, monsieur mon ami, dit Gondrin avec politesse, je vous préviens qu'il y a là amplement de quoi vous faire pendre.

— Je réfléchissais, monsieur le baron, répliqua doucement le conseiller. Vous n'avez point songé aux embarras de ma situation. Il est connu que j'entrais dans cette chambre… Je pourrais passer pour complice.

Gondrin se leva et l'interrompit pour dire sèchement :

— Les embarras de votre situation ne me regardent pas, monsieur mon ami. J'étais venu vous offrir le salut et la fortune. C'est à prendre ou à laisser. Consultez-vous. Je reviendrai dans une demi-heure, et je vous conseille d'être prêt !

XII. LA CHAMBRE À COUCHER DE LA REINE

Il y avait plusieurs chats et un seul chien, lequel était joli, appartenant à la pure race épagneule des Baléares, mais triste, dominé, mâté. Ce n'était pas un chien heureux. On lui défendait de battre les chats.

Les chats, au contraire, vous avaient des airs vainqueurs à la manière de M. le duc de Beaufort et de ses amis les Importants. Évidemment, c'étaient ici les favoris.

Parmi ces favoris, nous citerons trois préférés : un cat-fox d'Écosse, aux longues oreilles pointues, à la queue de renard, une petite chatte de gouttière d'une idéale gentillesse, zébrée blanc et noir, et enfin, et surtout un matou d'Anatolie, soyeux comme un lama, et portant avec fierté sa splendide toison d'un brun minorangé, qui avait des reflets de feu.

Il s'appelait Kaddour. La reine l'aimait, le cardinal l'adorait, il avait déjà étranglé une douzaine d'épagneuls.

Voici quelle était la position de nos personnages. Le chien des Baléares se roulait sur un fauteuil, dans un coin et ressemblait à un manchon. Le cat-fox qui s'était attiré par son naturel féroce les respects de l'angora Kaddour s'asseyait au-devant de la galerie et nettoyait ses pattes avec sa langue. Minette, la fille des gouttières, montrait son museau pie sous l'auguste aisselle de Sa Majesté, et le superbe Kaddour, hérissant les touffes chatoyantes de sa chevelure, faisait la roue sur les genoux de Son Éminence.

Car Son Éminence s'était assise dans la ruelle, pendant que la reine se relevait sur son séant. Madame la comtesse de Pardaillan était seule debout, en dehors de la galerie, à peu près au milieu de la chambre.

La scène était éclairée par une seule lampe suspendue au plafond au moyen d'un réseau de chaînettes dorées.

La reine Anne d'Autriche atteignait, nous l'avons dit, cette période de la vie des femmes qu'on nomme familièrement leur « été de la Saint-Martin. » Le cardinal, qui avait le même âge qu'elle, restait au contraire un jeune homme. Il avait gardé de son ancien métier de soldat diplomate, une tournure dégagée qui, grâce aux habitudes de l'époque, ne jurait point avec sa robe. Il se portait admirablement, dit madame de Motteville, et « avait l'art d'enchanter les hommes. »

Sa moustache était nonpareille ; rien ne résistait à l'éclat un peu félin de ses yeux. Il avait réussi brillamment près des dames, bien que les mémoires du temps l'aient accusé de froideur à l'endroit de ce sexe, un peu démodé en Italie. Gourville et Le Vassor racontent de lui des traits de témérité toute française : ce fut l'épée à la main qu'il accommoda les Espagnols et les Français sous les murs de Cazal. Et comme, le traité signé, les deux adversaires se plaignaient d'avoir été surpris, ce fut l'épée à la main encore qu'il maintint la validité du contrat.

En ce temps-là, le *Gentilhomme romain*, comme on l'appelait, ne ressemblait guère à ce poncif habillé de rouge que le théâtre nous exhibe de temps à autre sous le nom du cardinal de Mazarin. Et pourtant ce poncif, dessiné à la craie sur une muraille, n'est pas sans posséder une vague ressemblance. Les gens du mélodrame sont myopes plutôt qu'aveugles : ils voient les choses en gros.

On prétend que c'était M. de Mazarin lui-même qui avait suspendu M. de Beaufort comme un mannequin au devant de l'alcôve de la reine. Sa liaison avec Anne d'Autriche durait depuis longtemps ; elle était peut-être platonique. Du moins n'avait-elle point encore transpiré dans le public.

Madame d'Hautefort, cependant, avait déjà encouru le mécontenttement de la reine en lui faisant à ce sujet de vertes représentations.

Laporte, valet de chambre de la reine et auteur des plus curieuses pages qui aient été écrites sur le ménage de Louis XIII, n'épargna pas les remontrances. Il avait des droits. Sa tête avait branlé plus d'une fois sur ses épaules pour les fredaines de sa dame. Mais ce qu'il y a de plus divertissant, c'est que la famille de Laporte s'en mêla : son beau-père et sa belle mère, le sieur et la dame Cotignon, donnaient aussi leur avis, et qui n'était pas tendre. Vous figurez-vous tous ces Cotignon grondant la reine de France et la reine de France leur répondant l'oreille basse. Bien basse, puisque le beau-père Cotignon lui dit un jour, comme un oncle bourru de comédie pourrait parler à sa nièce Fanchon : « Bran ! vous êtes toutes bâties comme cela ; quand vous voulez vous jeter à l'eau, il faut vous laisser noyer ! »

Dans l'arrière-boutique des rois se passe-t-il donc de si bourgeoises bouffonneries ?

Et de nos jours, après tout, Daumier a-t-il eu historiquement raison de déguiser Agamemnon en pompier ?

— Veuillez prendre un siège, madame la comtesse de Pardaillan, dit la reine, après une minute d'attente, pendant laquelle M. de Mazarin lui avait parlé tout bas.

Éliane obéit aussitôt.

La reine reprit avec bonté :

— Je n'ai qu'un orgueil, madame, c'est de posséder la mémoire du cœur. Expliquez-moi clairement ce que vous désirez de moi.

Éliane joignit les mains dans un élan de reconnaissance, et balbutia d'ardentes actions de grâces ; puis, affermissant son courage par un effort puissant de volonté, elle se recueillit en elle-même et parla ainsi, d'une voix respectueuse, mais assurée :

— Je viens d'abord me confesser à la reine. Ensuite, je viens lui demander son secours.

Sans autre préambule, la comtesse de Pardaillan entama le récit exact et sincère des événements que nous connaissons. Elle dit le rôle joué par elle dans la maison de son mari pendant qu'il était intendant de Vendôme, son voyage à Pardaillan, où elle avait retrouvé tout à coup un père ; elle dit l'affaire des blancs-seings, faisant brièvement remarquer que la signature de son mari était, depuis cinq ans, la sienne propre, et que Guezevern aurait incontestablement ratifié à Paris ce qui avait été fait dans le Rouergue.

Mais à son arrivée à Paris, Guezevern était mort.

Elle avait un fils, elle portait un second enfant dans son sein ; elle était, d'un autre côté, par elle-même, héritière directe, naturelle et légitime.

Elle dit la supercherie employée pour garder l'avenir de ses enfants, la prétendue folie du comte et les précautions prises pour enfermer le secret dans cette chambre où nul ne pénétrait jamais.

Cela dura longtemps. Elle fut écoutée en silence. Le cat-fox, surtout, sans cesser de lécher l'intérieur de sa patte, sembla lui prêter une continuelle et bienveillante attention.

Assise, au milieu de la chambre, madame Éliane se trouvait en pleine lumière, tandis que la reine et le cardinal perdaient un peu leurs profils dans l'ombre de l'alcôve.

Une personne placée derrière eux aurait entendu quelques observations échangées qui n'avaient point trait précisément au récit de madame la comtesse.

— Tous ces gens me fatiguent, avait dit la reine, dès le commencement de l'histoire. Je n'aime plus ceux que j'aimais, et je déteste toujours ceux que je haïssais.

— Il faut être prudente, ma douce souveraine, avait répondu le cardinal. Je suis comme vous : je n'ai pas plus de confiance dans les Politiques que dans les Importants, et M. de Chavigny ne vaut guère mieux que M. de Ohâteauneuf. Mais nous tiendrons, s'il plaît à Dieu, les uns par les autres. Ménagez M. d'Orléans ; laissons vivre la maison de Riohelieu pour garder en échec la maison de Condé. Les princes se balanceront : ils pèsent des poids semblables, et ne peuvent jamais être dans le même plateau.

Nous serons sauvés si nous avons de l'argent et du temps. Le temps nous regarde. Pour l'argent, nous avons M. d'Émery qui est avide et avare ; cela fait de bons surintendants, pourvu qu'on les presse de temps en temps comme des oranges. Aussitôt qu'ils sont vidés, ils éprouvent le besoin de se remplir. Accordons tout, pour le moment, à ceux qui font beaucoup de bruit ; rien n'est aisé comme de reprendre ; les déchus ont toujours tort. Et point de scrupules, s'il vous plaît, madame. Il y a deux consciences : l'une d'État, qu'il est permis d'accommoder à la nécessité des affaires, l'autre privée, dont on fait ce qu'on veut. Je ne suis bon à rien par moi-même, madame ; mais ma respectueuse passion m'élève et me transporte à ce point que je me sens capable de grandir même la grandeur de ma reine !

Ses yeux parlaient, plus éloquents que sa parole elle-même.

Anne d'Autriche le regardait avec une tendre admiration.

— Vous êtes un Richelieu d'amour ! murmura-t-elle.

Mais il n'y avait personne pour écouter cela, sinon Minette de la gouttière, toute chaude sous l'aisselle de la reine, et le superbe Kaddour, rouant sur les genoux du cardinal.

Quand madame Éliane reprit haleine, à la fin de son récit, la reine tressaillit et prononça tout bas :

— Qu'a-t elle dit, la pauvre femme ?

Certes, elle n'en eût point su répéter le premier mot, malgré cette mémoire du cœur, qui était son seul orgueil.

Heureusement M. le cardinal possédait une de ces merveilleuses organisations qui entendent à tout et ne sont jamais distraites que d'une oreille.

— Madame, répondit-il à Éliane, Sa Majesté est touchée de votre embarras, où il y a certes une faute, mais mitigée par les circonstances. Seulement, Sa Majesté se demande, et moi de même, pourquoi vous avez prolongé outre mesure cette situation dangereuse. Une fois vos droits et ceux de vos enfants établis, ne pouviez-vous déclarer la mort de votre époux ?

— Ah ça ! murmura la reine stupéfaite, Jules, vous aviez donc entendu, vous ?

— La nécessité, répliqua Éliane, m'avait imposé des complices. Ce sont eux qui m'ont empêchée de rentrer dans la vérité. Ce sont eux qui m'oppriment et qui me tuent. C'est contre eux que j'implore le royal secours de Votre Majesté.

— Qui sont vos complices ? demanda la reine.

— Le conseiller Renaud de Saint-Venant, répondit la comtesse, et le médecin, Mathieu Barnabi.

M. de Mazarin prit ses tablettes.

— Le vieux sorcier est usé jusqu'à la corde, murmura-t-il, mais on pourra se servir du conseiller. Le temps va venir où nous aurons grand besoin du Parlement. Poursuivez, je vous prie, madame.

— J'hésite, continua Éliane, qui était pâle et qui tremblait, à vous dire la vérité dans toute son horreur. M. de Saint-Venant était la cause indirecte de la mort de mon mari ; M. de Saint-Venant avait conçu pour moi une passion coupable.

— Ah ! fi ! dit la reine, qui prêtait l'oreille maintenant.

— Dois-je m'arrêter ? balbutia la comtesse.

— Nous sommes ici des juges, répliqua Anne d'Autriche, nous devons tout écouter. Nous comprenons qu'il vous fut impossible de résister à ce coupable Saint-Venant.

— Je lui résistai, madame, prononça fièrement Éliane, dont le beau front eut une fugitive rougeur. J'ai cruellement souffert, mais je ne suis que malheureuse.

Anne étouffa un léger bâillement.

— Cette femme doit être de mon âge, murmura-t-elle. Laquelle de nous deux est la mieux conservée, monsieur le cardinal ?

— Ma reine ! répondit Mazarin avec langueur, à quel astre voulez-vous comparer le soleil ?

Éliane, cependant, disait :

— Je fus punie de ma résistance. Avant même de mettre au monde la pauvre enfant pour laquelle je combats aujourd'hui, je perdis mon fils, l'amour chéri de son père qu'on arracha une nuit de son berceau, et que j'ai cru mort pendant quinze années.

-— Vous soupçonnez le conseiller de Saint-Venant de ce rapt ? interrogea Mazarin.

— Ce n'est pas un soupçon, c'est une certitude. Monsieur le cardinal, le jour où vous m'avez trouvée au château de Rivière-le-Duc, j'avais de la joie plein le cœur : je venais d'apprendre que mon fils existait…

— Et cela vous rendit miséricordieuse, madame ! dit Anne avec sécheresse. Je n'avais pas besoin qu'on réveillât ce souvenir.

— Oh ! madame ! s'écria la comtesse les larmes aux yeux, ce n'est pas pour Votre Majesté que je parlais. Une mère ne pense qu'à son fils !

La reine dit avec une dignité vraie :

— Vous avez raison, madame, et j'ai tort.

— L'homme qui avait enlevé l'héritier de Pardaillan, reprit Éliane, un aventurier qui porte maintenant le nom de Chantereine, me vendit le secret de mes persécuteurs. Je vis ce jour-là même mon fils, un beau, un noble jeune homme.

— Et qui vous empêcha de le reconnaître ?

— Ils l'auraient tué ! répondit Éliane en frémissant. Ils le croient mort. Madame, j'ai pris beaucoup, j'ai trop pris déjà peut-être du temps précieux de Votre Majesté. Je sais où est mon fils, et il dépend de vous qu'il ait les baisers de sa mère. Ma fille, une enfant de seize ans, a dû être éloignée de moi, parce que M. de Saint-Venant m'a demandé, a exigé sa main…

— Quoi ? votre amant d'autrefois !… s'écria la reine.

— Il croit que ma fille est unique ; il évalue son héritage à six millions tournois.

M. de Mazarin fit une corne à la page de son carnet qui contenait le nom du conseiller de Saint-Venant.

— Et maintenant, reine, reprit Éliane, qui tendit ses mains jointes vers l'alcôve, la menace de cet homme est sur moi. Je lui ai refusé la main de ma fille comme je lui avais autrefois refusé ma propre main, parce qu'il me fait peur et horreur. Il va se venger, il va me dénoncer ; il l'a déjà fait peut-être, car M. le baron de Gondrin-Montespan payerait cher la connaissance de ces secrets. Le baron est héritier à défaut de nous ; il a déjà engagé autrefois contre nous une action judiciaire…, je me mets à vos genoux, reine, – Éliane se prosterna ; — une malheureuse, menacée comme je le suis du déshonneur et de la ruine, ne peut pas dire à son fils : je suis ta mère ! Elle ne peut pas même garder sa fille sous son toit. Rendez-moi, oh ! rendez-moi mes deux enfants et je vous bénirai jusqu'au dernier jour de ma vie !

La reine était touchée jusqu'à un certain point.

— Que peut-on faire pour cette pauvre femme ? demanda-t-elle en se tournant vers le cardinal.

À son tour M. de Mazarin était distrait. Il songeait peut-être que son stage de chrysalide avait assez duré et qu'il était temps de s'éveiller papillon.

Il tressaillit.

— Ce que je pense ? répéta-il.

Mais, se remettant aussitôt avec cette imperturbable présence d'esprit qui est le talisman de ses pareils, il ajouta tout bas ;

— Ma reine je rêvais de vous.

Puis tout haut :

— Je réfléchissais précisément à ce qui peut être fait pour madame la comtesse de Pardaillan, dont la situation me parait digne du royal intérêt de ma souveraine. Que craint-elle ? Une constatation de la supercherie qui a ressuscité, pour le besoin de ses intérêts, son époux décédé ? Comment cette supercherie peut-elle être découverte ? Par l'introduction dans la chambre du mort de témoins privés ou publics. Que Votre Majesté déclare cette chambre close par intérêt d'État et en défende l'entrée même à la justice du royaume, et tout sera dit. Dans l'intervalle, M. le comte de Pardaillan mourra, sera inhumé… et…

Il s'arrêta, puis se leva.

— Et Votre Majesté, poursuivit-il, courbé en deux, aura payé ainsi la double dette de sa propre reconnaissance et de la mienne.

— Car, ajouta-t-il en se redressant gaiement, je n'ai jamais senti comme ce jour-là, ma reine, la nécessité absolue d'un cou pour rattacher la tête d'un homme à ses épaules.

La reine sourit.

— Pauvre Cinq-Mars ! murmura-t-elle.

Eliane était muette de reconnaissance et de joie.

— Un acte pareil est-il possible ? demanda la reine.

— Je vais le libeller dans deux minutes, répondit M. de Mazarin, qui ouvrit un pupitre placé près de lui, en murmurant : *Per dio omnipotente !* J'aurai loyalement gagné mes cent mille livres !

Il parait que, décidément, la cédule n'était pas pour Anne d'Autriche.

Celle-ci, pendant que Mazarin écrivait, se tourna vers la comtesse :

— Il suffit, madame, dit-elle. Nous nous engageons à vous soutenir. Ce que vous demandez est chose faite.

— Je puis reconnaître mon fils ! s'écria Éliane éplorée, je puis rappeler près de moi ma fille !

— Vous le pouvez, madame.

Un geste de la reine empêcha Éliane de s'élancer pour lui baiser les mains. Elle se retira le cœur rempli d'allégresse.

La reine, dès qu'elle fut partie, étira ses bras au grand déplaisir de Minette, que ce long entretien avait endormie.

— Je suis brisée de fatigue, dit-elle.

— Encore cet effort, ma reine, répliqua Mazarin en lui apportant le parchemin à signer.

Elle signa.

Et je ne sais comment cela se fit, malgré sa grande lassitude, Anne d'Autriche resta longtemps, longtemps à causer avec son futur ministre.

Sans doute qu'ils s'entretenaient du bien de la France.

Tout en causant, la reine jouait avec le parchemin qu'elle venait de signer, et qui contenait le salut de notre Éliane.

Anne d'Autriche le plia d'abord, puis le froissa, puis en fit une boule. Cela ne dépendait aucunement de la mémoire du cœur. M. de Mazarin, occupé de politique, ne s'en aperçut point.

La boule tomba. Kaddour s'en empara, Minette la vola à Kaddour, le cat-fox la ravit à Minette.

Il y eut sur le tapis une joyeuse et interminable bataille.

À la suite de cette bataille, la boule alla Dieu sait où.

Une voix dit au fond de l'alcôve, où désormais il faisait nuit :

— Au revoir, Anne, ma respectée reine.

Une autre voix répondit :

— Monsieur le cardinal, à demain.

Les chats dormaient, l'épagneul aussi.

Madame Éliane, agenouillée dans son oratoire, priait pour ses deux bienfaiteurs : la reine et M. le cardinal.

XIII. AVENTURES DE DON ESTÉBAN

Ce fut Mélise, cette fois, qui donna le signal. Aussitôt qu'elle eut ouvert la fenêtre basse de l'hôtel de Vendôme, elle chanta bien doucement le premier couplet de la chanson des *Trois demoiselles* :

Toutes trois belles…

Quand le premier couplet fut chanté, Mélise prêta l'oreille. Le clos Pardaillan resta muet. Le jour se levait ; les premiers rayons du soleil doraient la lisière des arbres.

Il n'était pas l'heure où Pola descendait d'ordinaire au jardin. Il n'y avait point à s'étonner que le signal restât sans réponse, et pourtant Mélise fronça énergiquement ses sourcils noirs. Sa journée commençait par un contre-temps : mauvais augure pour la suite de cette journée, qui selon son estime allait être si laborieusement remplie.

Elle commença le second couplet en donnant un peu plus de voix. Au troisième vers, la crosse d'un mousquet frappa le sol, sous l'ombre des tilleuls, et une voix enrouée cria : Qui vive !

— Le couvent est gardé, murmura Mélise en se reculant.

Un nez rouge et une solide moustache sortit de l'ombre.

— C'est-il vous qui êtes le chevalier de Saint-Preuil, ma jolie fille ? demanda un soldat du régiment de Bretagne-Richelieu, appartenant à M. le maréchal de la Meilleraye.

Ce soldat breton avait un fort accent tudesque.

Mélise se mit à rire, quoiqu'elle n'en eût guère envie.

— Non, répondit-elle en montrant l'émail éblouissant de ses dents. Mais qu'auriez-vous fait si j'eusse été le chevalier ?

— Sagrament ! répliqua le soldat, la consigne est claire : je lui aurais logé une balle entre les deux yeux, tarteifle !

Mélise referma la fenêtre.

— Décidément, Paris ne vaut plus rien pour ce pauvre chevalier, pensa-t-elle. Le moment est venu de lui faire faire un petit voyage.

Or, quand même il eût été l'heure habituelle, et quand même le soldat allemand de Bretagne-Richelieu n'eût point été placé en faction dans le clos Pardaillan, il est certain que Pola n'aurait point répondu, ce matin, au signal de son amie Mélise.

Pola était bien autrement occupée.

Il y avait du bruit et de l'émotion dans la maison si calme de dame Honorée de Guezevern. Au point du jour, la vieille servante de la béguine avait été éveillée en sursaut par le marteau de la porte.

C'était madame Éliane qui, après une nuit de fièvre, de fièvre joyeuse, car la parole de la reine avait changé son désespoir en allégresse, venait chercher sa fille. Quand dame Honorée, prévenue, descendit quatre à quatre les degrés de sa chambre, elle trouva déjà Éliane et Pola dans les bras l'une de l'autre.

C'était une excellente femme, nous le savons ; elle éprouva, en revoyant sa nièce, un plaisir sans mélange, d'autant mieux qu'elle se flatta de connaître enfin les mystères de ce château de Pardaillan, qui l'intriguait depuis des années, mais elle avait été frappée si violemment par l'aventure de la veille, qu'il lui fallut en parler tout de suite.

— Je suis contente de vous voir, madame la comtesse, dit-elle, surtout de vous voir en bonne santé. Dieu merci, les chagrins dont vous m'avez entretenue dans vos lettres ne vous ont point fait maigrir. Tu es fraîche comme une rose, mignonne ; embrasse-moi encore. J'ai été satisfaite de Pola. Un peu distraite à la chapelle… et courant après une effrontée du nom de Mélise, que vous avez eu le tort de traiter trop familièrement là-bas, au château, à ce qu'il paraît. Vous êtes toujours jeune, comtesse, et très belle ! Cette Mélise ne peut donner à notre chère enfant que de mauvais conseils ; et l'histoire d'hier, j'en suis certaine, ne lui est pas étrangère. Ah ! quelle aventure ! quel scandale ! quel malheur !

— Madame ma tante… dit Éliane, essayant d'interrompre ce discours, où la bonne béguine ne mettait ni points ni virgules.

— Je vous prie de me laisser parler, ma nièce, l'interrompit[1] dame Honorée à son tour. Je ne passe point pour être une bavarde, et il s'agit malheureusement de choses assez graves. Comment se porte mon neveu, Pol de Guezevern, de Pardaillan ? Bien ? J'entends pour son état. Le ciel en soit béni ! Faites-moi penser à vous demander des détails sur son genre de folie. Nous avons ici une mère qui guérit les lunatiques par l'intercession de saint Guinou. Mais là-bas, dans le Rouergue, vous ne croyez peut-être pas à nos saints de Bretagne. Il y a donc que j'allais vous écrire pour vous prier de

---

1 Je suis bien forcé de remercier ici les nombreux et bienveillants puristes qui m'ont écrit pour me signaler cette *faute de français* : « l'interrompit-il ». Pour ne pas leur donner le trouble de consulter la Grammaire générale ou un dictionnaire, je leur rappellerai qu'*interrompre* est un verbe actif qui se dit des personnes et des choses. On *interrompt* une dame, ce qui est impoli, et aussi un discours, ce qui est quelquefois excusable. P. F.

reprendre cette chère enfant.

Éliane ouvrit la bouche encore, mais dame Honorée poursuivit sans respirer.

— Je n'en dirai pas plus long qu'il ne faut devant mademoiselle de Pardaillan, madame ma nièce, poursuivit-elle, mais il est certain que vous me mîtes dans un cruel embarras, voilà quelque vingt ans. Maître Pol se portait bien, alors ! Jésus-Marie ! quel couple d'étourdis ! et comme le temps passe, ma pauvre Éliane ! Il me semble que je te parle d'hier ! Voici pourquoi j'allais te renvoyer notre fillette : elle a été la cause, bien innocente, je veux le croire, d'un grand scandale qui eut lieu hier au matin, dans ce vénérable asile. Un homme d'épée escalada le mur du couvent pour la voir...

— Un homme d'épée ! répéta la comtesse qui regarda Pola.

Pola souriait et rougissait.

— Tu m'expliqueras cela, ma fille, reprit madame Éliane. Je suis venue te chercher.

Pola sauta de joie et se jeta à son cou.

— Comment ! comment ! se récria dame Honorée, la chercher ! comme cela ! tout de suite ! et sans me prévenir !

— Puisque vous désiriez vous-même son départ, madame ma tante, voulut dire Eliane.

— Ma fille, riposta la béguine, il me paraît que votre position opulente vous a donné bien de l'orgueil. Je suis la tante de votre mari, madame la comtesse, et je suis Pardaillan, d'où vous vient toute votre richesse. Ne me coupez pas la parole, je vous y engage. De mon temps, cela n'était point poli. S'il vous convient de reprendre votre fille, je suppose que je n'aurai point donné lieu à cela par aucun motif de plainte. Il court des bruits bien singuliers, madame ma nièce, Dieu soit loué, je me détache tous les jours un peu plus des choses de la terre. Trop parler nuit, dit-on, et j'ai coutume de tourner sept fois ma langue avant d'ouvrir la bouche. Le monde se trompe peut-être, bien qu'il n'y ait pas de fumée sans feu. Vous me trouverez toujours, vous et les vôtres, quand vous aurez besoin de moi.

Cette fois, elle fut obligée de respirer, d'autant qu'elle s'était attendrie elle-même en parlant, nul ne saurait dire pourquoi, et qu'elle avait peine à s'empêcher de sangloter.

Éliane lui prit les deux mains et les serra contre son cœur.

— Ma bonne, ma chère tante, dit-elle, n'êtes-vous pas ma bienfaitrice ? ne m'avez-vous pas servi de mère autrefois ? Je ne puis avoir de secrets pour vous. Ma Pola va monter à sa chambre pour se préparer, car il faut qu'elle me suive aujourd'hui même au château de Pardaillan, et je vais vous dire tout ce que vous avez droit de savoir.

— Monte, petite, monte ! s'écria impétueusement la béguine ; il y a des choses qui ne sont pas bonnes aux oreilles des enfants !

Pola donna son front au baiser de sa mère et s'éloigna avec lenteur. Elle aussi aurait voulu savoir. On allait parler de son père.

— Bonne chérie, dit aussitôt madame Honorée, vous savez que la curiosité n'est point mon défaut, mais puisqu'il vous convient d'être franche avec moi, je vous écoute.

Toute sa méchante humeur avait disparu.

Elles s'assirent l'une auprès de l'autre, après avoir fermé les portes. Éliane parla longtemps et fut souvent interrompue par les exclamations étonnées de la bonne dame qui eut plus d'une fois des larmes dans les yeux.

Quand elle eut achevé, dame Honorée la baisa au front. Elle était pâle et toute tremblante.

— As-tu fait tout cela, chérie ? murmura-t-elle. Tant osé ? tant souffert ? As-tu dormi pendant quinze années auprès d'un mort ? C'est moi qui t'ai éduquée, après tout, et je n'ai jamais eu confiance en ce misérable hypocrite de Saint-Venant ! On lui en donnera des fillettes comme notre Pola ! À son âge ! Mais que Dieu bénisse notre reine et ce bon M. le cardinal ! Tous ces coquins vont avoir la figure longue d'une aune ! Ah çà ! j'espère bien que tu vas m'amener mon beau petit neveu avant notre départ ? Il a ses vingt ans sonnés, sais-tu ? Est-ce qu'il ressemble à ce mauvais sujet de Pol ? Pauvre Pol ! Quelle histoire ! Je vais commencer une neuvaine, chérie, pour que tout cela marche comme sur des roulettes.

Lorsque Pola rentra, habillée pour le voyage, dame Honorée la baisa au front et lui dit :

— Mon enfant, vous avez une noble mère !

Pendant qu'avait lieu cette scène, Mélise, notre chère effrontée, était rentrée dans son réduit pour ajouter à sa toilette un chaperon de ville. Les gens de M. le duc de Vendôme, tous et chacun, lui avaient déjà offert bien des fois leur cœur. Elle traversa les cours de l'hôtel au milieu d'un feu croisé de baisers, décochés par toutes les fenêtres, et gagna la porte qui donnait sur la rue Saint-Honoré.

Non loin de l'hôtel de Vendôme, dans cette même rue Saint-Honoré, il y avait une auberge, ce que nous appellerions aujourd'hui un *garni*, où logeaient à peu de frais les hommes de guerre en passage à Paris, les laquais et pages cherchant du service. C'était une assez grande maison à quatre étages, portant pour enseigne l'*Image Saint Pancrace*. Mélise, il faut l'avouer, surtout au point de vue d'une discrète personne comme dame Honorée, méritait bien un peu son titre d'effrontée ; elle eût même été capable de s'en parer, comme son brave père s'appelait lui-même avec plaisir : ce coquin de Mitraille. Elle savait un peu trop pour une jeune fille ; elle aimait trop à savoir surtout, et faisait des choses que les jeunes filles ne font point d'ordinaire.

Nonobstant quoi, vous auriez tort d'éviter, sur votre chemin, des effrontées comme elle ou des coquins comme ce pauvre bon Mitraille.

Mélise avait trois personnes à joindre, ce matin ; deux de ces personnes logeaient à l'*Image-Saint-Pancrace*, à savoir : don Estéban et le chevalier Gaëtan de Saint-Preuil ; Roger, qui était la troisième personne, habitait depuis quelques jours l'hôtel de Vendôme, et Mélise croyait savoir où le prendre.

Pour preuve de la science trop développée de Mélise, nous dirons qu'elle en connaissait plus long que les trois quarts et demi des plus raffinés nouvellistes sur ce personnage mystérieux qu'on appelait « le More. »

Nous ajouterons que les nouvellistes avaient fait pourtant et faisaient encore tout ce qui est humainement possible pour avoir des renseignements complets.

Mais cette petite Mélise avait le diable au corps. Elle interrogeait son père et tirait de lui, à l'aide de ces déductions subtiles qui sont le privilège de la femme, bien plus que le bon capitaine n'aurait pu s'en dire à lui-même ; elle cherchait, elle furetait, elle se ménageait des intelligences dans tous les coins. Rien ne lui échappait.

C'était dans le logis même du marquis de Villaréal, envoyé secret du roi d'Espagne, et par conséquent patron de don Estéban, qu'elle avait eu ses meilleurs renseignements. Elle avait franchi le seuil de cette maison murée, précisément pour se rapprocher du More, qu'elle comptait gagner à sa cause. Et certes, elle n'avait pas tort d'espérer cela, car le More avait pour elle seule au monde de douces et paternelles galanteries. Elle apprit ce jour-là avec étonnement que don Estéban, quoique faisant partie, en apparence, de la suite du marquis, ne logeait point sous son toit.

La visite de Mélise pourtant ne fut point inutile. En trois minutes, elle gagna trois cœurs ; une vieille gouvernante, qui ne savait pas un mot de français ; un bachelier entre deux âges, qui parlait latin, et un page, dont les yeux parlaient toutes les langues de l'univers.

Mélise aurait compris de l'hébreu, quand elle avait envie de savoir. À l'aide de ses trois amis, la duègne, le bachelier et le page, elle parvint à connaître ce qui suit :

Don Manuel Pacheco, marquis de Villaréal, envoyé de Madrid, après la mort de Louis XIII, pour sonder les dispositions personnelles de la reine, voyageait à grandes journées avec une suite peu nombreuse. En quittant Pampelune, il fut accosté par un bizarre personnage, montant un cheval arabe de bon sang et enveloppé dans un burnous de Tanger. Cet homme sollicita la permission de suivre le cortège pour avoir sa protection en passant les montagnes. Les Pyrénées étaient alors infestées de bandits. Le marquis refusa, trouvant la mine de l'étranger suspecte et lui ordonna péremptoirement de chevaucher au large. L'homme au burnous blanc disparut.

Entre Roncevaux et Fontarabie, le marquis et sa suite furent attaqués par une bande de trabucaires déguisés en contrebandiers. Le marquis avait avec lui cinq hommes bien armés, les faux contrebandiers étaient neuf. Il y eut combat acharné. Quatre bandits tombèrent ; le marquis et trois de ses serviteurs furent blessés ; les deux autres jetèrent leurs épées. On les dépouilla, on les garrotta et on les laissa au beau milieu du chemin, en compagnie de quatre cadavres. Les bandits survivants s'éloignèrent avec les chevaux.

C'était un défilé étroit et long qui descendait en ligne droite vers Roncevaux. Pendant trois grandes minutes, le marquis put suivre de l'œil ses vainqueurs, dont quelques-uns étaient blessés, mais qui s'en allaient gaiement, au trot de ses propres montures, chargées de butin. Le page et le bachelier avouaient que M. le marquis jurait à dire d'expert, la duègne prétendait qu'il faisait des signes de croix en disant ses patenôtres.

Quoi qu'il en soit de cette divergence d'opinions, la duègne, le bachelier et le page s'accordaient à confesser que M. le marquis était dans ses petits souliers.

Tout à coup, au moment où les trabucaires arrivaient au bout du défilé et allaient disparaître derrière le coude de la montagne, les derniers rayons du soleil éclairèrent au-devant d'eux un objet blanc qui, à cette distance semblait bien petit.

Un nuage de fumée s'éleva et les deux rampes du défilé apportèrent le bruit d'une décharge.

Selon la duègne, M. le marquis dit un *Ave* ; selon le page et le bachelier, il s'écria tout uniment : *Voto à Dios !* Voici la Sainte-Hermandad !

À quoi son écuyer qui avait le bras droit en compote, répondit :

— Les bandits sont cinq ; si les cavaliers de la Sainte-Hermandad sont plus de cinquante, nous avons espoir d'être secourus.

Ce qui donne juste la mesure de l'estime inspirée par la milice dans les États de Sa Majesté Catholique.

Cependant les cavaliers de la Sainte-Hermandad devaient être plus de cinquante, car on se battait sérieusement au bout du défilé. Le soleil venait de se coucher. Les silhouettes des trabucaires se voilèrent, puis disparurent. La nuit se fait vite dans ces encaissements de la montagne.

Le bruit de la bataille cessa.

— Ils auront passé sur le ventre de la Sainte-Hermandad ! gémit le malheureux écuyer.

La Sainte-Hermandad a bon ventre comme d'autres institutions également respectables ont bon dos.

Un grand silence régnait dans le défilé, puis on entendit un bruit de chevaux. La lune se levait du côté de la France. Nos pauvres voyageurs virent une masse noire qui avançait, surmontée par un objet blanc.

— Par mon patron ! grommela le marquis, on dirait une procession de pénitents portant la statue de saint Jacques !

La statue de saint Jacques se mit à parler et demanda :

— Où êtes-vous, caballeros ?

La statue était l'homme au burnous, et la procession se composait des chevaux du marquis et de sa suite.

L'écuyer supputa que cet homme au burnous valait juste cinquante-et-un soldats de la Sainte-Hermandad, car on ne lui avait point passé sur le corps, au contraire, et il ramenait les bagages avec les montures.

— Je baise les mains de Votre Excellence, dit-il en débarrassant ce dernier de ses liens. Ces passages ne sont pas sûrs ; on m'en avait prévenu, et je sollicite à nouveau la protection de votre illustre compagnie.

Vous pensez que, cette fois, il ne fut point refusé.

De l'autre côté de Fontarabie, quand on toucha le bon pays de France, M. le marquis voulut récompenser l'homme au burnous. Celui-ci frappa sur sa bourse qui semblait bien garnie, et dit :

— Excellence, si vous croyez m'être redevable pour cette chose si simple d'avoir couché sur le sable cinq malheureux qui n'avaient vraiment pas la vie dure, vous pourriez me rendre un bon office.

— Parlez, caballero, dit le marquis de Villaréal.

— Je vais à Paris. Là comme ailleurs, on a besoin d'une posture. Souffrez que je me présente comme un des officiers de votre maison, sous le nom de don Estéban.

— Ce n'est donc pas votre nom véritable ?

— Excellence, je penche à croire que je n'ai pas de nom.

— Où êtes-vous né ?

— Quelque part, dans un pays chrétien.

— Quel est votre état ?

— Rameur sur les galères du Grand-Turc.

— Vous venez ?

— D'Allemagne, par Trieste, Constantinople, Alger, le Désert, Tanger, Gibraltar, Séville, Cordoue, Tolède, Madrid, Burgos et Pampelune où j'ai eu le bonheur de rencontrer Votre Seigneurie.

— Et votre but à Paris est ?…

— Excellence, Dieu le sait, moi je l'ignore encore.

Voilà ce que Mélise avait appris du bachelier, du page et de la duègne. Elle voyait le More à travers cette romanesque histoire ; son imagination excitée le grandissait à la taille des anciens chevaliers errants. Comme elle était dévouée jusqu'à l'enthousiasme, comme elle devinait vaguement un grand, un mortel danger planant au-dessus de madame Éliane, sa bienfaitrice tant aimée, elle convoitait l'appui de ce paladin à qui elle attribuait des puissances mystérieuses et surnaturelles.

Le cœur de ces enfants se trompe rarement ; on en a vu qui allaient à la vérité par le propre chemin du mensonge et de la folie.

Mélise entra résolument à l'hôtellerie de l'*Image Saint-Pancrace* et demanda qu'on l'introduisît auprès de don Estéban. La grosse servante à qui elle s'adressait lui rit au nez sans façon.

— Sa grande barbe et son cuir tanné, dit-elle, ne vous font donc pas peur, mignonne ?

— Non, répondit Mélise, il s'agit d'une affaire de vie ou de mort.

— Une affaire d'amour, plutôt, ma commère. Mais don Estéban va et vient. Il n'a pas couché ici cette nuit.

— Alors je veux voir le chevalier Gaëtan.

— Bon ! un joli blondin, celui-là ! Vous êtes comme le More, à ce qu'il parait, vous allez et vous venez ?

Cette petite Mélise avait, quand elle voulait, un regard qui clouait la parole aux lèvres des impertinents.

— Bien, bien, demoiselle, dit la servante, vos yeux ne me font pas peur. On ne m'a point donné à garder le chevalier Gaëtan, qui a encore un autre nom, à ce qu'il parait. Je ne lui veux pas de mal, car il est généreux et beau. Mais on dit qu'il a eu grand tort de faire cette algarade au couvent des Capucines. Le chevalier Gaëtan est obligé de se cacher, maintenant, demoiselle.

Mélise n'était pas riche, et pourtant elle mit une belle belle pièce blanche dans la main de la servante.

— Oh ! oh ! fit celle-ci, est-ce que vous êtes celle pour qui ils vont se battre ?

— Oui, répondit Mélise à tout hasard, je suis celle pour qui ils vont se battre.

Elle ne savait même pas de qui on parlait.

— Eh bien, reprit la servante, c'est grand dommage s'il arrive malheur, car ce sont deux galants cavaliers. L'autre, le petit page de l'hôtel de Vendôme, est venu avant le lever du soleil.

— Roger ! pensa Mélise.

— Ce n'est pas moi qui écouterais aux portes, demoiselle, mais on peut entendre sans le vouloir. Le page de l'hôtel de Vendôme était bien en colère. Il a dit : « On vous a rencontré avec elle hier dans les corridors de l'hôtel… »

C'était vrai, Mélise le savait. Au moment où la porte basse donnant sur le clos Pardaillan s'était ouverte, la veille, comme par miracle, offrant une issue à Gaëtan, entouré d'ennemis, Mélise s'était élancée avec lui et avait refermé la porte à travers laquelle tous deux avaient pu entendre les « hélas ! » de dame Honorée et les jurons des soudards désappointés.

Mélise et Gaëtan avaient cherché en vain la main mystérieuse qui avait offert au chevalier cette planche de salut inespérée. Les corridors étaient déserts. Seulement, en gagnant la partie de l'hôtel où était situé le logis de Mitraille, ils avaient rencontré des pages et laquais, et l'un d'eux avait ri en prononçant le nom de maître Roger.

Si bien que le soir, maître Roger, charitablement averti de cette circonstance, et depuis longtemps inquiet des allées et venues de ce chevalier Gaëtan autour de sa belle, avait fait à Mélise une terrible scène de jalousie terminée comme toutes les scènes du même genre par ces mots :

— Je le tuerai !

La chose terrible, c'est que le chevalier Gaëtan, pas plus que Mélise elle-même, ne pouvait fournir d'explication à Roger furieux. Il y avait là un secret qui ne leur appartenait point.

Mélise eut peur et oublia pour un instant tous ses autres sujets d'inquiétude.

— Où sont-ils allés ? s'écria-t-elle.

— Sur le pré, c'est sûr, répondit la servante. Ils ont pris tous deux par les derrières de l'hôtel, comme s'ils voulaient gagner le chemin des Porcherons.

Mélise voulut s'élancer dans cette direction.

— Attendez, demoiselle, dit la servante. À quelque chose malheur est bon, voyez-vous. À peine étaient-ils partis, qu'il est venu des soldats de la Meilleraie pour arrêter le pauvre chevalier.

— Et don Estéban ne sait rien de tout cela ! s'écria Mélise.

— Don Estéban ! répéta la grosse fille. C'est bien une autre paire de manches ! Il y a des mousquetaires du roi, là-haut, dans sa chambre, et des archers de M. le grand prévôt plein le corridor. Don Estéban n'appartient pas à la maison du marquis de Villaréal ; ils disent que c'est un bandit des Pyrénées, et il paraît qu'il s'est introduit hier au Palais-Royal, déguisé en montreur de lanterne magique, pour assassiner le roi !

XIV. L'ORDRE DE LA REINE

Nous avons souvenir que M. le baron de Gondrin, le nouveau lieutenant de roi, avait donné au conseiller Renaud de Saint-Venant une demi-heure pour réfléchir sur le mérite de ses propositions. M. le baron avait de quoi occuper cette demi-heure.

La conduite du More l'avait très vivement frappé. Il se serait fait volontiers de cet homme énergique un instrument, une créature. Mais le More ne voulait point être payé, et cela mettait M. de Gondrin en défiance.

En outre, les dernières paroles du More, annonçant qu'un jour viendrait où il faudrait compter, sonnaient aux oreilles du baron comme une menace.

Quand il se fut assuré, indirectement, mais néanmoins d'une façon certaine, par son entrevue avec Saint-Venant, que les renseignements donnés par le More étaient d'une entière exactitude, sa décision ne fut pas longue à prendre.

Il avait eu du More tout ce que celui-ci pouvait fournir. Il lui fallait désormais d'autres auxiliaires. Quand les hommes de la trempe de don Estéban ne peuvent plus servir, ils nuisent. M. de Gondrin, comprit, par sa propre inquiétude, qu'il n'était point bon de laisser derrière lui cet élément inconnu.

Dieu merci, M. le duc de Beaufort ne demandait qu'à faire du zèle. M. de Mazarin l'avait choisi entre tous pour poser en face de lui un mannequin d'adversaire, facile à berner ou à brûler, quand l'occasion serait venue. Aux premiers mots de Gondrin, racontant la comédie qui s'était jouée derrière l'écran des Bergamasques, dans la salle des concerts, M. de Beaufort prit feu comme un bouchon de paille. On courut chez l'envoyé secret du roi d'Espagne qui déclara ne point se porter garant pour don Estéban, et, sur cette réponse, mousquetaires et archers furent mis sur pied.

Il ne s'agissait de rien moins que d'un complot contre la vie de Louis XIV. L'assassin venait d'Espagne. Paris fut en émoi pendant vingt-quatre heures, et la lanterne magique, qui n'en pouvait mais, resta sur le carreau pendant des années.

Seulement, il était plus aisé de se dire : nous allons prendre don Estéban, que de lui mettre réellement la main au collet.

À l'heure où mousquetaires et archers envahissaient à grand bruit l'hôtellerie de l'*Image Saint-Pancrace*, don Estéban allait au petit pas de son beau cheval arabe dans les champs cultivés qui sont maintenant le quartier de Courcelles. Il avait la tête nue et semblait demander au grand air un peu de repos pour sa cervelle en fièvre.

Il pensait et il souffrait. Quelque chose le troublait : on eût dit un remords.

Son cheval venait de fournir un vigoureux temps de galop. Il avait de la sueur aux flancs.

À quelques centaines de pas de l'enceinte de Paris, don Estéban s'arrêta et quitta la selle. Il y avait là un bouquet de bois entouré d'une haie. Don Estéban jeta la bride sur le cou de son cheval et dit tout bas :

— Saute, Keis !

D'un bond le cheval fut de l'autre côté de la haie.

Estéban siffla doucement. Le cheval sauta la haie de nouveau et vint lui lécher les mains.

Estéban le baisa sur les yeux et dit encore :

— Saute, Keis !

Cette fois, le noble cheval disparut sous bois et le More prit à grands pas le chemin de la ville, où il entra par la porte la plus proche.

Il n'avait point son burnous blanc ; sa haute taille s'enveloppait dans un manteau de couleur sombre.

Il descendit la rue Saint-Honoré. En arrivant aux environs de l'hôtellerie *Saint-Pancrace*, il ralentit le pas et releva la tête, interrogeant de loin la façade de la maison. À l'une des plus hautes fenêtres, une main se montra, qui agita un mouchoir. Don Estéban, au lieu de poursuivre son chemin, tourna sur la gauche et prit une ruelle qui longeait le mur d'enceinte de l'hôtel de Vendôme.

En marchant, il pensa tout haut :

— Je n'avais pas besoin de ce signal. J'ai conscience du péril qui m'entoure, et cette voix que j'entends en moi ne m'a jamais trompé. Pourquoi suis-je ici ? Parce qu'elle y est. Lâche ! lâche et fou !

Au tournant du mur qui enfermait le jardin de Vendôme, c'était déjà presque la campagne. La ruelle suivie par le More donnait sur des marais coupés par le prolongement du chemin des Porcherons. Il n'y avait peut-être pas dans Paris un lieu plus retiré que celui~là.

À droite du chemin, une butte à pente douce allait rejoindre l'enceinte de la ville ; il y croissait des broussailles et quelques arbres rabougris.

Le More, en sortant de la ruelle, entendit un cliquetis d'épées. À vingt pas de lui, maître Roger, page de Vendôme, et le chevalier Gaëtan, se battaient du meilleur de leur cœur. Roger avait été chercher Gaëtan, et l'explication n'avait pas été longue. Je penche à croire même qu'il n'y avait pas eu d'explication. Roger était jaloux, et, en vérité, les motifs ne lui manquaient point pour cela, car, depuis du temps, Mélise se laissait approcher de bien près par le chevalier. D'un autre côté, le chevalier avait rencontré maintes fois Roger rôdant autour du clos Pardaillan. Le clos Pardaillan était pour lui rempli par Pola. Il s'était souvent irrité de la présence de Roger.

Roger, si on lui eût fait des questions, n'aurait point eu de motifs pour se taire. C'était un sans-gêne et un étourdi qui avait roulé le monde, gagnant son pain de son mieux et profitant de la tournure de beau petit gentilhomme qu'il avait pour porter une brette de page. D'un autre côté, la dame de ses pensées n'était point une de ces princesses qui commandent une discrétion à toute épreuve, mais on ne l'avait point interrogé.

C'était lui qui avait demandé fort insolemment, ma foi, quel gibier Gaëtan chassait sur ses terres.

Et Gaëtan, lui, ne pouvait pas répondre : d'abord parce qu'il s'agissait de mademoiselle de Pardaillan, ce qui eut suffit et au delà à fermer sa bouche loyale, ensuite parce que la présence de mademoiselle de Pardaillan à Paris était un secret.

Voici bien des paroles dites ; leur conversation ne fut pas si touffue. Ils longèrent en courant la ruelle qui faisait face à l'hôtellerie de l'*Image Saint-Pancrace* et tombèrent en garde avidement, comme deux voyageurs affamés qui se jettent sur un dîner d'auberge.

Les flamberges folles se choquèrent en rendant des étincelles. Au bout d'une minute il y avait des blessures aux pourpoints, et je ne sais vraiment ce qui serait arrivé si la grande râpière de don Estéban ne s'était mise tout à coup entre les deux épées.

Ils y allaient si bon jeu, si bon argent, qu'aucun d'eux n'avait pris garde à l'approche du More. Ils se retournèrent en même temps, irrités et stupéfaits.

— Mes mignons, leur dit le More, ne vous fâchez point contre moi. J'ai bien de l'avantage sur vous : je vous connais tous les deux, et vous ne me connaissez ni l'un ni l'autre. Croyez-moi, vous aurez toujours le temps de voua couper la gorge, tandis que vous n'avez qu'une heure pour aller où le plus cher besoin de votre cœur vous appelle. Venez çà, maître Roger !

Roger obéit avec répugnance ; mais aux premiers mots prononcés pas Eatéban, tout bas à l'oreille, il tressaillit.

— Vous a-t-elle chargé de me porter ce message ? s'écria-t-il.

Estéban, au lieu de répondre, avait pris à part Gaëtan.

— Monsieur le chevalier, dit-il avec un courtois salut, un mot, je vous prie.

— Monsieur, répondit celui-ci, vous l'avez dit : je ne vous connais pas, et vous vous êtes mêlé déjà deux fois de mes affaires.

— Est-ce un reproche ? demanda le More en souriant.

— C'est une question, répliqua le jeune homme.

— Je vous demande, monsieur le chevalier, la permission de prendre mon temps pour y répondre. Aujourd'hui, nous n'avons pas le loisir : écoutez !

On entendait dans la ruelle le pas lourd et régulier d'une troupe d'hommes de guerre.

— Qu'est cela ! s'écria Gaëtan.

— Cela, répliqua le More, est pour moi ou pour vous. Si nous

312

voyons tout à l'heure, à l'angle de cette muraille, l'uniforme de Richelieu-Bretagne, cela sera pour vous. M. le maréchal de la Meilleraye a fantaisie de vous envoyer rejoindre le brave Saint-Preuil, votre père. Ne m'interrompez pas : si nous reconnaissons, au contraire, le costume des mousquetaires du roi, ce sera pour moi ; je suis accusé de haute trahison.

Ayant ainsi parlé, il se pencha à l'oreille du chevalier et murmura quelques mots, parmi lesquels Roger, aux écoutes, put saisir ceux-ci : « La jeune fille du clos Pardaillan ».

— Est-ce vrai, cela ? fit le chevalier, dont le visage pâle s'était coloré vivement.

Roger se mordit les lèvres.

— Cela est vrai, répondit le More.

Roger, en ce moment, s'écria :

— Les mousquetaires !

— Ah ! ah ! prononça don Estéban du bout des lèvres : c'est donc pour moi !

— De par Dieu ! monsieur, dit résolument le chevalier, je vous suis redevable et mon épée est à vous.

— Moi, je ne vous dois rien, l'ami… commença Roger.

— En es-tu bien sûr, mon jeune camarade ? l'interrompit le More avec un étrange accent de gaieté.

— J'allais ajouter, poursuivit Roger, ce qui n'empêche pas que je vous prêterai volontiers mon épée, comme je la prêterais au premier venu. Nous sommes ensemble, je ne sais trop pourquoi ; mais, nous sommes ensemble, taillons des croupières à messieurs les mousquetaires du roi ! En avant !

Messieurs les mousquetaires ne semblaient pas avoir une frayeur extrême de l'épée de maître Roger. Ils étaient sept, y compris un officier. Derrière eux venaient douze archers de la prévôté. En quittant la ruelle, ils s'étaient déployés de manière à former l'éventail.

Le More ne souriait plus.

— Mes jeunes messieurs, dit-il, je refuse votre aide. Je n'ai pas besoin de vous.

— Par la messe !… commença Gaëtan.

— Silence ! l'interrompit don Estéban avec autorité. Non seule-

313

ment vous ne devez pas me prêter votre aide, mais encore votre devoir serait de me barrer le chemin : je suis le mortel ennemi de celle que vous servez !

— Alors, pourquoi cet avis que vous nous avez donné ? s'écria Gaëtan.

— Je la combats loyalement, répondit le More, dont le beau visage avait une expression de solennelle grandeur. Entre nous deux, je ne veux que Dieu pour juge.

— Mes mignons, reprit-il en changeant de ton tout à coup, vous n'avez plus que le temps de prendre du large. Souvenez-vous de ce que je vous ai dit… et s'il vous reste un remords pour ce qui me regarde, soyez tranquilles : vous ne me reverrez peut-être que trop tôt ! Il les salua de la main et marcha droit à l'officier des mousquetaires.

Les deux jeunes gens restèrent un instant indécis.

— Monsieur Roger, dit Gaëtan, c'est partie remise.

— Monsieur le chevalier, répondit Roger, nous nous retrouverons, j'espère, en un lieu où ce brave homme-là ne viendra point nous gêner.

— Je vous préviens, monsieur, que je vais faire un voyage.

— Moi, de même, monsieur.

— Donc, quand nous serons de retour… À vous revoir !

— Le plus tôt possible ! À vous revoir !

Ils s'en allèrent, l'un à droite, l'autre à gauche, au moment où le More rendait son épée à l'officier des mousquetaires.

Vous plaît-il me donner votre parole ? commença l'officier.

— Je ne puis, monsieur de Mailly, répliqua don Estéban, je suis désolé, mais j'ai affaire cette nuit à plus de douze lieues de la Bastille.

Les archers l'entourèrent aussitôt.

Ils regagnèrent la rue Saint-Honoré et arrivèrent au débouché de la ruelle. Mélise sortait de l'*Image Saint-Pancrace* ; elle aperçut don Estéban prisonnier et demeura tout atterrée.

Don Estéban lui envoya un souriant baiser avec ces deux mots :

— Les deux autres sont en route !

Mélise rentra à l'hôtel de Vendôme. Le gardien de la porte lui dit que deux dames étaient venues demander son père et l'attendaient dans le réduit de ce dernier. Ce coquin de Mitraille, ordinairement, ne recevait pas beaucoup de dames. Mélise ne se pressa point de monter. Elle songeait, se demandant quelle était la signification de ces mots : « Les deux autres sont en route. » Le More, à qui elle n'avait pu parler, avait-il donc deviné son ardent désir ? Etait-ce donc un bon génie ?

La pauvrette se disait :

— En ce cas, la meilleure de mes trois épées restera au fourreau. Don Estéban est prisonnier.

Puis une terreur lui venait. « Les deux autres étaient en route », en route pour se battre peut-être !

— Ah ! pensait-elle, si je pouvais joindre cet étourdi de Roger, je lui dirais : « Marchez droit ! ou jamais je ne serai votre femme ! »

Et certes, elle pouvait bien lui parler ainsi : la fille de ce coquin de Mitraille était un bon parti pour un page qui se nommait Roger tout court.

Comme elle arrivait à la porte du logis de son père, elle s'arrêta tout à coup étonnée, parce qu'elle entendait des voix de femmes à l'intérieur. Elle avait oublié tout à fait l'avertissement du gardien de la porte, annonçant la présence de deux dames.

— Oui, mon enfant chérie, disait une des deux voix, tu vas avoir cette grande joie ; tu vas embrasser ton frère !

— Madame la comtesse ! murmura Mélise.

— Oh ! comme je l'aimerai ! fit une autre voix, tremblante d'émotion.

— Et Pola ! balbutia Mélise.

Elle n'entra pas. Pourquoi ? Il y a des pressentiments, et toute parole contient autre chose que sa signification propre. Parmi ces mots qu'elle venait d'entendre, Mélise n'avait aucune raison pour découvrir rien qui se rapportât à elle-même. Sa bienfaitrice et celle qu'elle chérissait mieux qu'une sœur, s'entretenaient d'une grande joie : l'héritier de Pardaillan était retrouvé. Madame Éliane avait un fils ; Pola avait un frère. Mélise avait prié Dieu bien souvent pour que cet enfant dont la perte avait coûté tant de larmes, fût rendu à sa mère. Et pourtant Mélise sentait comme une main de souffrance qui lui étreignait le cœur.

Son angoisse n'était point de celles qui s'expliquent. Elle s'appuya au mur du corridor, prête qu'elle était à défaillir.

— Et tu le connais, Pola, reprit madame Éliane, Quand il va venir tout à l'heure, c'est un visage ami que tu vas saluer de tes baisers. Te souviens-tu de ce jeune soldat que notre bon Mitraille aimait tant ?

— Si je me souviens de Roger ! s'écria Pola. Oh ! c'est Mélise qui va être contente.

Mélise pressait à deux mains son cœur défaillant.

— Comme il est beau, n'est-ce pas, poursuivait la comtesse ; et bon, et brave !

— C'est donc Roger ?… bien vrai ?… demanda Pola.

— C'est Roger, répondit Éliane, qui est le comte de Pardaillan.

Les genoux de Mélise fléchirent et touchèrent les dalles du corridor.

— Roger ! balbutia-t-elle en un sanglot, comte de Pardaillan ! Je suis perdue !

La comtesse ajouta :

— Je puis te dire tout cela maintenant, ma fille. Nous ne craignons plus rien. Tous les bonheurs nous viennent à la fois. Le secret qui pesait sur ma vie va être connu et me laisser libre, avec un grand deuil, certes, un deuil inconsolable, mais sans crainte, du moins, pour l'avenir de mes enfanta bien-aimés.

— Ma mère, dit Pola, vous ne m'avez pas encore donné de nouvelles de mon respecté père.

— Ton père ? répondit la comtesse dont la voix changea tout à coup. Je veux vous avoir tous deux pour juges : ton frère et toi. Je ne vous cacherai rien. Ne t'ai-je pas dit que je n'avais plus de secret ? Nous sommes sous la protection de la reine. J'attends à chaque instant l'ordre de la reine qui doit élever autour de nous un rempart de sûreté. L'ordre viendra jusqu'ici, car j'ai laissé à mon logis prière de me le faire tenir en l'hôtel de M. de Vendôme, chambre du bon capitaine Mitraille, Mais il tarde bien à rentrer, et si tu savais comme j'ai hâte d'embrasser mon fils !

Mélise se releva. Sa pauvre joue était blanche comme le linge de sa collerette. Elle allait franchir le seuil, lorsqu'elle entendit des pas à l'autre bout du corridor. Le corridor était long et sombre. Elle vit un groupe dans le lointain.

Le groupe s'arrêta sans la voir, et une voix qu'elle crut reconnaître pour celle du conseiller Renaud de Saint-Venant, dit :

— Je n'irai pas plus avant, ma présence pourrait faire naître des soupçons. Le logis de ce Mitraille est l'avant-dernière porte à droite, là-bas. La comtesse y est, j'en ai la certitude, puisque j'arrive de chez elle où elle a laissé avis de l'endroit où l'ordre du roi devait lui être porté. Allez seulement à deux, et ne faites pas mine de vouloir employer la force.

— Et si elle demande l'ordre de Sa Majesté ? interrogea-t-on.

— Vous répondrez que le carrosse est en bas et qu'on l'attend au Palais-Royal.

Mélise ne comprenait point, et, à vrai dire, sa pauvre tête était en trouble.

Néanmoins, obéissant à un instinct de dévouement, elle s'élança pour avertir madame Éliane, mais celle-ci, lasse d'attendre sans doute, sortait justement dans le corridor.

— Madame ! oh ! madame ! s'écria Mélise, rentrez ! On n'oserait employer la violence dans la maison de M. de Vendôme. Rentrez, je vous en prie !

— Que veut dire cette enfant ? répliqua la comtesse en souriant. L'heure du danger est passée ma fille. Pouvez-vous m'apprendre où sont votre père et le jeune page Roger ?

Deux hommes s'arrêtaient à quelques pas dans le demi-jour du corridor. Les autres avaient disparu.

— Madame la comtesse de Pardaillan, dit l'un d'eux, de la part de Sa Majesté.

— Que Dieu bénisse la reine ! s'écria Éliane. Elle n'a point oublié sa promesse !

Mélise lui saisit le bras.

— Madame, au nom du ciel ! dit-elle tout bas, ceci est un piège, je le sais, j'en suis sûre !

— Laissez, ma fille, répondit Éliane, dans la plénitude de sa confiance. Vous ne pouvez comprendre ce qui m'arrive. Messieurs, je suis prête à vous suivre.

— En bas, dit l'un des deux hommes, un carrosse attend madame la comtesse.

— Fillette, reprit celle-ci en dégageant son bras de l'étreinte de Mélise, cherchez, je vous prie, votre père et le page Roger ; qu'ils viennent m'attendre à ma sortie du Palais-Royal.

Elle voulut s'éloigner, Mélise s'attacha à ses vêtements en criant :

— Pola ! Pola ! viens à mon secours !

— Débarrasser-moi de cette enfant, qui est folle ! ordonna Éliane avec colère.

— Ma mère, dit tout bas Pola, Mélise nous aime. Elle n'est pas folle.

L'un des deux hommes avait saisi Mélise. La comtesse entraîna elle-même sa fille et la fit monter dans le carrosse qui stationnait à la porte de l'hôtel de Vendôme.

Aussitôt qu'elles furent dans le carrosse, deux volets subitement relevés aveuglèrent les portières qui furent fermées du dehors à la clef.

L'effroi ne vint pas tout de suite à madame Éliane qui ordonna :

— Tournez á gauche ! nous allons au Palais-Royal. Le carrosse tourna à droite et prit le grand galop sur la direction de la porte Saint-Honoré.

— Mais ce n'est pas le chemin ! cria la comtesse enfin épouvantée.

Personne ne lui répondit et le carrosse continua sa course rapide.

Vers cette même heure, le jour essayait d'entrer dans la chambre à coucher de la reine-régente à travers les épais rideaux. Anne d'Autriche dormait encore, appuyant sa joue fraîche et un peu bouffie sur les dentelles de son oreiller. La tête futée de Minette, la petite chatte pie, sortait à demi des couvertures.

L'épagneul, roulé en manchon, n'avait pas bougé.

Kaddour, le superbe matou d'Anatolie et le cat-fox, jouant sur le tapis, se disputaient les lambeaux d'un parchemin largement timbré au sceau royal de France, en tête duquel on aurait pu lire encore le protocole sacramentel :

« À nos amés et féaux conseillers, les gens tenant nos cours de parlement, maître des requêtes ordinaires de notre hôtel, grand conseil, prévôt de Paris, baillifs, sénéchaux… salut ! »

Dans le corps de l'écrit étaient ces mots :

« … Notre amée la dame de Guezevern, comtesse de Pardaillan… »

Et au bas, le seing de la reine, que le cat-fox était en train de grignoter.

Mais M. de Mazarin n'avait pas laissé choir la cédule de cent mille livres, qui était désormais en lieu sûr.

XV. PAYSAGE DU ROUERGUE

Une semaine après les événements que nous venons de rapporter, un cavalier tout jeune et de belle mine, mais couvert d'habits poudreux et monté sur un cheval rendu de fatigue, descendait au petit pas les derniers versants de la chaîne d'Auvergne, prolongés jusqu'au cœur du Gévaudan. Le soleil se couchait vers l'ouest, sur les campagnes relativement plates des environs de Rodez, tandis que par derrière notre voyageur, la Margeride fermait hautement l'horizon et que, vers le sud-est les monts Carrigue dressaient leurs fronts sombres, avant-garde des Cévennes.

Notre cavalier avait l'air aussi harassé que sa monture qu'il ménageait de son mieux et avec raison, car la vaillante bête semblait être sur ses fins.

Le chemin, depuis Peyreleau, suivait la rivière de Peyre, coulant au milieu d'un pays tourmenté, coupé çà et là de zones cultivées. Sur la gauche s'étendait une rampe rocheuse dont les renflements soudains masquaient de temps à autre le large lointain des montagnes ; sur la droite, c'était la rivière encaissée profondément et dont les eaux invisibles semblaient communiquer à ces terrains brûlés une fertilité médiocre.

Le chemin et la rivière faisaient à chaque instant des coudes brusques, occasionnés par les brusques mouvements du sol, À l'un de ces détours, vers moitié route, entre Peyrelau et Milhau, notre voyageur se trouva tout à coup en face d'un paysage largement agrandi. La rampe de gauche se terminait soudain, comme si elle eût été tranchée par un gigantesque coup de pelle, et ses flancs ouverts laissaient voir les roches nues, brillant aux derniers rayons du soleil. Cet obstacle enlevé, tout le pays, de la route aux montagnes, se découvrait avec ses vastes friches, ses champs, ses cabanes clairsemées, qu'on devinait plutôt qu'on ne les voyait, grâce à la vrille de fumée bleuâtre qui s'échappait des toits de chaume.

Au fond, les Cévennes apparaissaient comme un grand mur de nuages, presque régulièrement crénelé. À droite un mamelon de forme ronde, couvert par une forêt, tranchait en noir au milieu de la plaine vivement émaillée par les rayons du couchant.

Notre voyageur, à l'aspect de ce panorama qui, certes, vous aurait intéressé par sa grandeur agreste et imprévue, poussa un long soupir de découragement.

— Point de château ! murmura-t-il ; pas l' ombre de château ! C'est cinq ou six lieues encore à faire, des lieues de Rouergue, longues comme les milles allemands ! Et Rodomont n'en peut plus !

Rodomont était le nom de la pauvre bête qui laissait pendre sa tête triste entre ses jambes écartées.

Certes, à cette heure, Rodomont n'était pas bien nommé.

Notre voyageur mit pied à terre et conduisit Rodomont par la bride jusqu'à la rivière dans l'espoir qu'il pourrait l'abreuver. Mais l'eau jaunâtre coulait à dix pieds au-dessous du bord, coupé à pic.

— Diable de pays ! gronda notre homme, j'y suis venu pourtant déjà, et je reconnais bien les rivières qui sont des puits creusés en long, mais quant à la route… Holà ! garçon ! s'interrompit-il en apercevant un être humain de l'autre côté de l'eau.

L'être humain, qui était un pâtre de la Carrigue, vêtu de pittoresques haillons, tira de sa poche une guimbarde qu'il mit avec soin entre ses dents et commença à exécuter une de ces mélodies égoïstes que les bergers des Cévennes chantent en dedans. Aucun son n'arrivait jusqu'au bord où était notre cavalier.

— Holà ! mon ami, reprit celui-ci, veux-tu me dire à combien de lieues je suis encore du château de Pardaillan ?

Le pâtre eut un sourire, mais n'interrompit point sa musique. Quand il eut fini seulement, il toucha le lambeau de feutre qu'il avait sur la tête et cria dans le rauque patois de la montagne :

— Soyez avec votre ange gardien. Le château est assez haut et assez large peur qu'on le voie, pourtant.

Et il étendit la main vers le mamelon noir, montrant toutes ses dents en un sourire de pitié.

Après quoi il se livra de nouveau au charme de sa musique muette et solitaire.

Notre jeune voyageur posa sa main au-devant de ses yeux et regarda dans la direction indiquée par le pâtre. Il poussa un cri de joie comme si sa vue se fût dessillée tout à coup. Au milieu de cette masse, noire et ronde, sorte d'écran dont le soleil couchant découpait violemment les bords, quelques lueurs vagues venaient de se montrer, semblables à ces rayonnements de la prunelle des bêtes fauves qui avertissent le chasseur dans la nuit. C'était une ligne de points brillants allumés aux vitres d'une vaste habitation par les reflets perdus de l'occident.

L'œil de l'étranger, guidé par ce signe, chercha et s'orienta. Tout un ensemble de profils sévères et grandioses se détacha faiblement, noir sur noir, du front du mamelon. C'était d'abord un château carré, flanqué de tours trapues et coiffé d'un donjon svelte dont la pointe arrivait juste à la ligne du ciel, parmi les têtes aigües d'un rideau de sapins. C'étaient ensuite de vastes bâtiments, communs et fermes, dont les toitures ternes formaient un escalier descendant à la vallée. C'était enfin, dans un pli plus sombre, un clocher rustique, dont le coq, placé par hasard dans le creux d'un feston, dessinait distinctement sa silhouette noire sur le ciel empourpré.

Ce ne fut qu'une vision, confuse et surtout passagère, car le soleil, en se couchant, étendit sur tout cela une ombre uniforme et plus épaisse, mais le coq resta visible, comme une estampe découpée à l'emporte-pièce et collée sur le clair du ciel.

Notre jeune homme se remit en selle joyeusement.

— Hardi ! Rodomont ! s'écria-t-il. Encore un effort ! Nous sommes au bout de nos peines. Où diable avais-je les yeux ? J'ai vu dix fois ces ombres chinoises, et je n'y reconnaissais rien. Hardi ! mon bon cheval ! Dans une heure, nous serons au tournebride, à la porte de maître Minou Chailhou, l'aubergiste le moins occupé de l'univers ! Ce n'est pas chez celui-là qu'on peut craindre de trouver les chambres pleines et l'écurie encombrée. Maître Chailhou passe souvent sa semaine sans voir un seul voyageur, et si la pitance est maigre chez lui, du moins y a-t-il toujours de la place !

Rodomont semblait, en vérité, comprendre ces consolantes paroles ; il redressait sa tête affaissée, couchait ses oreilles et marchait au trot.

Bientôt d'autres lueurs s'allumèrent dans le noir espace que notre voyageur ne quittait plus de l'œil désormais. Ce n'étaient plus les vagues reflets de la pourpre du ciel. On pouvait distinguer dans les communs du château et aussi dans le village groupé sous le coq du clocher des fenêtres assez nombreuses qui allaient successivement s'éclairant.

— Malepeste ! pensa l'étranger, c'est donc fête majeure chez les bonnes gens de Pardaillan ! En trois mois que j'ai vécu ici je n'ai pas compté tant de lumières. Hardi ! Rodomont !

Sur ma fol, Rodomont prit le petit galop. Ces lumières devaient contribuer à l'émoustiller. Il sentait l'écurie.

Au bout d'une demi-heure, la route tourna et traversa la Peyre sur un pont de forme romaine qu'on laissait tomber en ruines, mais qui semblait solide encore, comme s'il eût été fait d'un seul bloc de pierre. De l'autre côté du pont commençait la solennelle avenue menant au château de Pardaillan.

Notre voyageur, au lieu de prendre cette avenue, choisit un sentier pierreux qui grimpait en zigzag. Au bout de deux ou trois cents pas, il se trouva auprès d'une maison de piètre apparence, vis-à-vis de la haute grille de bois qui fermait les dépendances extérieures du château.

Cette maisonnette était le tournebride de Pardaillan, tenu par maître Minou Chailhou, l'aubergiste le plus oisif de tout l'univers, au dire de notre jeune voyageur. Cette manière de caractériser maître Minou Chailhou pouvait avoir été juste autrefois et redevenir exacte dans l'avenir ; mais, pour le présent, vous auriez peine à trouver parmi les légèretés de la judiciaire humaine une plus criante erreur.

Maître Minou Chailhou, en effet, debout et demi-nu sur le seuil de sa maison ouverte, taillait un quartier de génisse pendu au montant et en distribuait à mesure les lambeaux à Cathou Chailhou, sa fille, qui les portait, sale et toute échevelée qu'elle était, à Margou Chailhou, dame de céans, plus échevelée et plus sale. Minou Chailhou suait à grosses gouttes, Cathou Chailhou avait l'air d'une folle, tant elle galopait gauchement sur ses larges pieds nus, parmi la cohue des chalands qui occupait le rez-de-chaussée de la cabane, et Margou Chailhou, pestant contre ses fourneaux, confondant le sel avec le poivre et hachant des monceaux d'ail avec désespoir, présentait l'aspect d'une vieille femme très laide, toute prête à tomber de fièvre en chaud mal.

Abondance de biens nuit, dit le proverbe. Il y avait abondance de biens chez les Chailhou. Au lieu du voyageur unique qu'ils attendaient parfois en vain toute une semaine, trente voyageurs, cinquante voyageurs étaient tombés sur eux, demandant à boire, à manger, à dormir ; et ces voyageurs encore étaient de la plus turbulente espèce, laquais, sergents, gens de guerre et gens de justice ; affamés, bruyants, querelleurs. Minou, Cathou et Margou Chailhou ne savaient littéralement auquel entendre ; ils fléchissaient sous le poids de cette fortune inattendue et se vengeaient sur une demi-douzaine de Chailhou en bas âge, petites filles et petits garçons qui, habitués à la liberté des pauvres demeures, s'étonnaient d'être battus et cherchaient asile sous les tables, comme une portée de jeunes loups.

Il y avait pourtant de la joie dans la détresse du brave aubergiste, et l'on voyait bien déjà qu'avant la fin de la soirée il allait se redresser dans l'orgueil de sa vogue inopinée. En essuyant de temps à autre, à tour de bras, la sueur qui coulait de ses cheveux crépus, il jetait à la cohue de ses hôtes un regard triomphant et rêvait peut-être une presse pareille pour tous les jours de l'année. La vanité naissait dans son modeste et bienveillant sourire ; il se disait, cela était visible : Minou Chailhou, tiens-toi droit ! te voilà en train de devenir un homme d'importance !

Tout en coupant ses longes de génisses, il comptait les clients de sa salle, et ceux plus nombreux qui s'étaient installés au dehors. Sa maisonnette était toute entourée de chevaux attachés à des piquets. Il calculait peut-être quelles bâtisses il lui faudrait ajouter à son humble logis pour contenir tant de bêtes et tant de monde.

— Bonsoir, maître Minou, lui dit notre jeune voyageur en l'abordant, la bride de son cheval au bras. Je viens passer la nuit chez vous et je vous prie de me donner ma chambre.

— Votre chambre, l'ami ? répliqua l'aubergiste sans le regarder. Qui donc a une chambre, cette nuit, au tournebride de Pardaillan ? Attachez votre cheval à un piquet et allez chercher du foin à la grange : on paye d'avance, vous savez ? Le jeune homme lui étreignit le bras.

— Traitez-vous ainsi une ancienne pratique, mon maître dit-il d'un ton de reproche.

— Lâchez-moi, de par Dieu i s'écria Chailhou fièrement. Tout le monde essaye d'être mon ami, ce soir, et si je vous écoutais tous, je mettrais deux douzaines de hâbleurs entre les draps de mon propre lit. Je n'ai pas le temps d'écouter vos sornettes.

Le voyageur avait le poignet bon. Il serra un peu plus fort sans ajouter une parole et l'aubergiste se retourna en colère.

— Ah ! ah ! fit-il, monsieur le chevalier ! je vous remets bien. Vous voilà revenu ? Tâchez de trouver un trou à la ferme ou dans le village, voyez-vous, car ici, le roi viendrait que je n'aurais pas un lit à lui donner.

Cathou, la grande fille noiraude, arrivait chercher sa longe.

— Saint-Espiritou ! clama-t-elle avec un accent beaucoup plus extravagant que celui de l'aubergiste lui-même, car ces choses se perfectionnent en passant du père aux enfants, voilà M. le chevalier Gaëtan ! Il aura un gîte, quand ce serait dans le coin de ma bouche !

Chailhou se dressa de toute sa hauteur.

— Tu parles comme la fille d'un aubergiste à la douzaine ! dit-il.

— Coupe ta viande ! répliqua la grande Cathou en riant. Ce ne sera pas tous les jours fête. Il y a la chambre de l'aïeul.

— Voilà vingt ans que personne n'y est entré, murmura Chailhou en se signant.

— Oh ! que si fait ! répondit la Cathou en riant plus fort. C'est moi qui donnerai le foin et le son à votre cheval, monsieur le chevalier, venez avec moi.

— Va pour la chambre de l'aïeul, dit Gaëtan gaiement.

Cathou s'élança comme un boulet de canon à travers la cohue qui emplissait la salle commune. Gaëtan la suivit, le nez dans son manteau.

En arrivant au bout de la salle commune, la Cathou jeta un regard dans la cuisine et vit la Margou, sa mère, qui avait quitté ses fourneaux.

— Diou doux ! dit-elle. La mère cause aussi avec un gentilhomme ! Il en pleut ce soir chez nous !

— Il y a donc, reprit-elle avec volubilité en s'arrêtant, le pied sur la première marche de l'échelle qu'on appelait « l'escalier », il y a donc que la pauvre minoresse, mademoiselle Pola, le cher cœur, va être bien malheureuse. Ah ! grand Dieu du ciel ! ce que c'est que de nous ! Est-ce que vous êtes venu aussi pour voir tout cela ?

— Pour voir tout quoi, ma fille ? demanda le jeune voyageur.

— Toute la chose, enfin, répondit la Cathou. Est-ce que je sais, moi ! le père et la mère disent qu'ils s'en étaient toujours bien douté un peu. Il parait que madame la comtesse l'a assassiné voilà bien du temps !

— Retiens ta langue ! s'écria Gaëtan, madame la comtesse vous a fait du bien à tous !

— À tous, c'est vrai : pas plus à moi qu'à d'autres. Et pourtant je ne lui veux point de mal, monsieur le chevalier. Si je pouvais l'aider à se sauver ou à se cacher, je le ferais tout de même.

Gaëtan avait cédé à un premier mouvement de colère. Il reprit doucement :

— Tu es une bonne fille, Cathou, et tu as bon cœur.

— J'aime quand vous dites mon nom, murmura-t-elle. Les autres ne le disent pas comme vous. Je sais bien que vous courez après la minoresse Pola, mais elle est si belle. Est-ce que vous n'aurez pas peur dans la chambre de l'aïeul ? Si vous vous endormez bien tranquillement sur une chaise, sans écarter les rideaux de l'alcôve, l'aïeul ne vous dira rien, vous savez ?

Ses grosses lèvres avaient un sourire narquois.

— Monte, Cathou, ordonna le chevalier au lieu de répondre,

La grande fille obéit, mais elle continua de causer.

— Il y a donc, reprit-elle, qu'on ne peut aimer ni détester M. le comte, puisqu'on ne l'a jamais vu. Ce n'est pas à cause de lui qu'on se fâche dans le pays, non. Mais les bourgeoises et les bourgeois de Milhau sont bien aises de ce qui arrive, parce que la comtesse était trop riche. Ils sont tous venus pour voir cela. Toutes les cabanes du village sont pleines. Il en est arrivé jusque de Rodez et de plus loin,

— Pour voir quoi ? demanda pour la seconde fois Gaëtan.

Ils atteignaient le haut de l'escalier. La petite lampe de forme ro-maine que Cathou tenait à la main éclairait une pauvre porte déjetée qui n'avait pour fermeture qu'un loquet.

Cathou avait déjà la main à la ficelle qui faisait jouer le loquet. Elle ne la tira point et répondit :

— Pas possible que vous ne sachiez pas un petit peu ce qui se passe, monsieur le chevalier. M. le lieutenant du roi est ici, et un conseiller de Paris qui doit en connaître long, car on le voyait souvent au château, et un grand médecin qui a été sorcier de la reine Marie, et un président à mortier du Parlement de Grenoble, et un procureur et un lieutenant criminel, et des avocats, et des greffiers, et des gruyers, et le bailli de Milhau, et M. le sénéchal de Rodez, et des gens de justice, voyez-vous, en voici en voilà, avec des soudards et des archers. Il y a plus de douze sergents, il y a trois massiers avec l'appariteur du prévôt de Sainte-Affrique. N'est-ce pas une chose à voir, dites donc ? Et il est sûr que si elle n'a pas assassiné son mari tous ceux-là s'en retourneront avec le béjaune !

— Mais qui ? s'écria Gaëtan, et quel mari ?

La Cathou le regarda d'un air stupide.

— Madame la comtesse, donc, fit-elle, et M. le comte qu'elle a dans une boîte sous son propre lit !

Gaëtan haussa les épaules avec dédain et la repoussa pour entrer. Elle l'arrêta d'une main robuste.

— Vous savez, dit-elle, dès que nous serons là-dedans, nous ne pourrons plus causer. On ne cause pas dans la chambre de l'aïeul.

Depuis qu'ils étaient au haut de l'échelle, sur l'étroit carré qui précédait la porte à demi désemparée, la grande fille parlait d'une voix contenue, comme si elle eût craint d'être écoutée.

— Que voulez-vous que j'entende plus longtemps toutes ces folies ? s'écria le chevalier.

— Ce ne sont pas des folies, prononça gravement la Cathou. Il y a des choses étonnantes derrière ces grands murs noirs, c'est moi qui vous le dis. Elle est bien riche, mais je ne voudrais pas avoir sa conscience.

— Elle est trop riche ! murmura Gaëtan. Tous ceux qui sont pauvres la jalousent et la détestent. Assez là-dessus, ma fille, Madame la comtesse est-elle au château ?

— Depuis ce soir, oui.

— Et mademoiselle de Pardaillan ?

— La minoresse est arrivée avec sa mère.

— Et pourquoi tous les gens de justice dont tu me parles n'ont-ils pas fait leur enquête au château ?

— Ah ? pourquoi ? Voilà bien la preuve qu'il y a quelque chose : le capitaine, le coquin de Mitraille comme on l'appelle, est arrivé de Paris avant les justiciers. On ne parlait encore de rien. Il a fait barricader toutes les portes et distribuer des armes aux valets. Il a mis la grande coulevrine de la tour sur affût, en face du pont, derrière la grand'porte, et il veille à côté, la mèche allumée. Il a dit comme cela qu'il ferait sauter la maison plutôt que de se rendre.

— Et sa fille ? demanda le chevalier qui devenait inquiet à vue d'œil.

— On ne l'a point vue, répondit la Cathou.

— À moins, ajouta-t-elle après réflexion, que ce ne soit elle, le fantôme blanc qui a passé à travers les archers, après la brune, et qu'on a vu traverser le pont-levis… Ah ! ah ! vraiment, je vous le dis : ce sont de drôles de choses qui se passent chez nous, à présent ! La grande porte s'est ouverte et le capitaine Mitraille n'a point mis le feu à sa coulevrine.

— On lui a ouvert ?

— Oui, bien… et le capitaine est venu ici parler avec M. le lieutenant de roi qui a tant de plumes et de broderies. Et les dames sont entrées, j'entends la minoresse et sa mère. Si vous aviez vu comme elles étaient pâles ! La comtesse a demandé au baillif et au sénéchal s'ils n'avaient point reçu l'ordre de la reine. Elle a demandé cela au lieutenant criminel et au président à mortier : à tout la monde, enfin, car cet ordre de la reine la met comme une âme en misère. Personne ne pourrait vous dire tout cela mieux que moi, monsieur le chevalier, puisque j'ai été témoin, témoin de tout. Gavache ! je n'aurais pas donné ma part d'écouter et de voir pour une promesse de mariage ! Le baillif et le sénéchal, le président et le procureur se sont mis à rire, disant : « Nous ne recevons pas tous les jours des nouvelles de Sa Majesté. Il y a bien loin d'ici jusqu'au Palais-Royal. » C'est là que demeure la reine : j'en ai appris long aujourd'hui. Alors, M. le lieutenant de roi a requis l'ouverture des portes pour lui et tous ses suivants de plume et d'épée. Ce coquin de Mitraille a dit :

« Essayez, monsieur le baron ! {c'est un baron), et je vais vous mettre en capilotade. » Mais madame lui a imposé silence, disant : « Une reine ne peut pas manquer à sa parole. Nous avons toute la nuit devant nous. Si demain, à la première heure, on n'a reçu aucun message de madame la régente, il n'y aura point une seule porte fermée au château de Pardaillan. » A quoi M. le baron a répondu : « C'est bien. » Et il a ajouté, en nous parlant à tous, chapeau bas : « Mes amis, vous êtes témoins. » Alors, il a laissé entrer madame la comtesse et sa fille. Et il a dit encore : « Mes amis, demain, à la première heure, soyez tous présents pour voir passer la justice du roi !

XVI. LA CHAMBRE DE L'AÏEUL

Le chevalier Gaëtan resta muet devant cet étrange récit dont la sincérité ne pouvait soulever l'ombre d'un doute. La Cathou attendit un instant, comme si elle eût voulu lui donner le loisir de questionner, puis elle remit la main au loquet.

— Demain, dit Gaëtan, vous m'éveillerez au petit jour. D'ici là que personne ne me dérange. Soignez bien mon cheval.

La Cathou fit de la tête un signe d'affirmation et ouvrit la porte. Elle entra la première. Son regard se tourna avec une singulière expression d'inquiétude vers un lambeau de serge brune qui bouchait un trou. Ce trou était sans doute l'alcôve dont il a été parlé.

Elle marcha droit au foyer où deux tisons fumaient sous la cendre et en approcha une chaise de bois.

— Mauvais lit ! voulut dire Gaëtan.

La Cathou mit aussitôt un doigt sur sa bouche.

— Je vous ai prévenu, murmura-t-elle avec une sorte d'emphase : on ne cause pas dans la chambre de l'aïeul !

Elle déposa la petite lampe sur la cheminée et montra du doigt le toit d'abord, où crépitait une averse de grêle, et une étroite lucarne par où venait d'entrer un brillant éclair.

— Écoutez ! prononça-t-elle si bas que Gaëtan eut peine à l'entendre.

Un coup de tonnerre éclata, prolongeant au loin ses échos.

La Cathou approcha sa bouche de l'oreille du chevalier et ajouta :

— Si je n'avais pas prévu l'orage, vous auriez couché à la belle étoile. Mettez-vous là et dormez.

Elle sortit sans ajouter une parole.

Gaëtan, s'il faut l'avouer, fit peu d'attention à ce mystère. Il était brave et il en avait vu bien d'autres. Sa pensée était d'ailleurs tout entière au drame dont le dénouement devait avoir lieu le lendemain.

Il y avait longtemps déjà que ce drame tournait autour de lui. Dans ce pays même où il revenait après quelques mois d'absence, ce drame couvait jadis comme un feu sous la cendre. Il avait ouï conter d'étranges choses dans les chaumières où il cachait alors sa vie proscrite.

Dans ce pays, une vision charmante lui était apparue. Il avait aimé, et l'objet de son romanesque amour était la fille de l'héroïne du drame.

Pour la suivre, sa vision si chère, il avait bravé les dangers de Paris, et à Paris même il avait croisé le fer avec M. le baron de Gondrin, parce que M. le baron de Gondrin mettait en scène, dans l'antichambre de M. de Vendôme, un épisode du drame.

Le drame l'enveloppait. Son propre danger, mortel qu'il était pourtant, disparaissait sans cesse à ses yeux devant le tyrannique envahissement du drame. Quoi qu'il put arriver désormais, il était un des personnages de ce drame, dont la péripétie allait entraîner son destin.

Gaëtan donna d'abord un regard aux êtres de sa chambre à coucher. C'était, à vrai dire, un grenier plutôt qu'une chambre. Il voyait au-dessus de sa tête le chaume du toit, à travers les lacis irréguliers de la charpente. À part la chaise de bois et une table boîteuse, il n'y avait point de meubles.

Quant au trou que masquaient les rideaux de serge, « l'alcôve », Gaëtan n'eut pas même la pensée d'en violer le secret. Il avait été déjà l'hôte de cette demeure et se souvenait vaguement de je ne sais quelle fantastique légende où le fantôme de l'aïeul jouait un rôle à faire peur.

Il alla vers la lucarne pour jeter un coup d'œil au dehors. La maison était pleine de bruits. L'orage avait fait rentrer tout le monde. Gaëtan vit en face de lui, dans le sombre, cette énorme masse, noire et carrée, qui était le château de Pardaillan. Quelques lumières brillaient aux fenêtres. Comme il cherchait à deviner celle de Pola, un large éclair illumina le ciel, découpant avec une vigueur soudaine les profils du château, autour duquel, malgré l'averse battante, se dessinait un cordon d'ombres immobiles. Il n'y avait pas à s'y tromper : c'étaient des sentinelles.

— Allons, se dit Gaëtan, il faut dormir afin d'être dispos demain. Nous aurons de la besogne, et je ne crois pas que maître Roger vienne, cette fois, se jeter en travers de mon chemin. Par la sang-dieu ! quand ce grand diable de More est arrivé l'autre jour, je tenais maître Roger à la pointe de mon épée. C'est un joli compagnon, et je ne suis point trop fâché de ne l'avoir point couché sur l'herbe… Mais si je l'avais rencontré ici, par exemple, suivant la même piste, ma foi il aurait bien fallu en finir !

Il déboucla le ceinturon de son épée.

— Du diable si je ne suis pas fait comme un bandit ! grommela-t-il en voyant l'épaisse couche de poussière qui blanchissait ses vêtements. J'ai l'air d'avoir porté des sacs de farine au moulin. Un gentilhomme ne peut pas s'exposer à mourir en un pareil état : j'ai honte d'avance pour mon cadavre. Et puisque je ne me connais point de valet ni de page, je vais amender moi-même ma toilette de bataille.

Il riait, non point trop gaiement, mais certes sans amertume : il riait comme ceux de son âge et de sa sorte, en ces jours insouciants, quand il ne s'agissait que de mourir. Ayant dépouillé son pourpoint, il se mit à le battre, dans l'embrasure, avec le plat de son épée.

Pendant qu'il frappait de tout son cœur, un bruit se fit derrière les rideaux de serge brune, comme si quelque dormeur se fût retourné en grondant, dans un lit vermoulu, auquel chaque mouvement brusque arrache un craquement.

Le chevalier n'entendit point et poursuivit, entouré déjà d'un nuage de poussière :

— Je ne sais pas ce que je ferai ; non, je n'en sais pas le premier mot, mais je la sauverai ou je donnerai ma vie pour elle.

En ce moment, deux étages au-dessous, sur le dernier degré de l'échelle, le gros pied de Margou Chailhou, mère de Cathou, se posait. Elle tenait à la main comme sa fille une petite lampe de fer, et derrière elle venait un jeune gentilhomme qu'on aurait pu prendre pour Gaëtan lui-même, tant ses habits étaient pareillement saturés de poussière.

— À la douceur, monsieur Roger, à la douceur ! disait la Margou, ne faites point de bruit, je vous prie. Sans la pluie qui tombe, je vous aurais mis coucher dehors. Mais autant vaudrait jeter un jeune homme dans le Tarn, n'est-ce pas vrai ? Je ne serais pas blanche si mon mari et ma fille savaient que j'ai fait monter quelqu'un dans la chambre de l'aïeul !

— Mélise n'a rien dit pour moi ? demanda le page.

— Rien, monsieur Roger. Elle était bien pâle et bien abattue, le pauvre trésor. Et tout cela va mal finir, je vous en réponds.

— Savoir ! répliqua Roger. À quelle heure ces coquins de robins entreront-ils en besogne ?

— À la première heure.

— Alors, Margou, ma bonne, que je sois éveillé avant le lever du soleil.

~ Que voulez-vous faire seul contre tous, pauvre bijou ? soupira la vieille.

— Je veux être pendu si j'en sais quelque chose, maman, répondit le page ; mais la nuit porte conseil, et d'ailleurs, nous verrons bien !

Ils montèrent l'échelle.

Arrivée aux dernières marches, la Margou s'arrêta comme si elle avait eu frayeur d'aller plus loin. Elle tendit la lampe à Roger, disant :

— N'essayez point d'ouvrir les rideaux ; l'aïeul *revient* dans l'alcôve. Restez au coin du feu et dormez tranquille. Bonne nuit !

Elle se signa et descendit plus vite qu'elle n'était montée.

Roger pensait :

— L'aïeul et moi nous n'avons rien à démêler ensemble, mais, jusqu'au dernier moment, j'ai cru que je rencontrerais ce beau garçon de chevalier sur les traces de ma petite Mélise…

Il n'acheva pas et resta bouche béante. Son pied avait poussé la porte vermoulue. Au fond de la chambre, éclairée maintenant par les deux lampes, il apercevait la silhouette de Gaëtan qui lui tournait le dos et battait son pourpoint avec force.

Il lâcha un juron si énergique que Gaëtan tressaillit et se retourna.

Leurs regards se croisèrent, irrités, puis la même idée leur vint, et ils éclatèrent de rire.

— Pardieu ! dit Gaëtan, vous avez aussi besoin d'être époussté !

— Et c'est pitié, ajouta Roger, de voir un gentilhomme se rendre à lui-même ce service… je vais vous aider, monsieur le chevalier.

— À charge de revanche, monsieur Roger ; j'accepte de tout mon cœur.

Roger avait déjà déposé sa lampe, Gaëtan jeta son pourpoint. Les épées brillèrent et glissèrent l'une sur l'autre en rendant un clair grincement. Les deux combattants n'avaient point cessé de rire.

— Ah ça ! dit Gaëtan, vous êtes donc un enragé ?

— Voua avez donc le diable au corps ? répliqua le page… à voua !

— Merci ; à vous !

— Touché ! On est bien ici, parbleu ! c'est haut et large !

— Et je ne pense pas que le seigneur don Estéban quitte la Bastille pour venir nous déranger !

Ils se turent parce que le jeu devenait sérieux. La partie se reprenait, en vérité, juste au point où ils l'avaient laissée huit jours auparavant derrière l'hôtel de Vendôme. Ils étaient tous les deux jeunes, ardents, rompus aux finesses de l'escrime, et follement braves. Les passes se succédaient avec une rapidité prestigieuse, tandis que leurs pieds impatients battaient le plancher taché déjà de quelques gouttes de sang.

Tout à coup un bâillement sonore et prolongé se fit entendre derrière les rideaux de serge brune.

Puis le vieux lit craqua de fond en comble et une voix endormie gronda :

— Mort de moi ! qu'est-ce que c'est que tout ce tapage ?

— L'aïeul ! murmurèrent ensemble Gaëtan et Roger, qui baissèrent leurs épées en pâlissant un peu.

En ce temps-là le premier mouvement de surprise pouvait bien être à la superstition.

Le second mouvement fit naître deux sourires.

— Je n'ai jamais vu de revenant, dit le chevalier.

— Ni moi non plus, repartit le page. Ce doit être drôle.

La voix reprit dans l'alcôve :

— Qui avons-nous là ?

— Chut ! fit Roger, le revenant a un creux solide !

— Et il me semble que je l'ai déjà entendu causer ! murmura Gaëtan.

— Faut-il donc que je me lève ! poursuivit la voix de l'alcôve. J'avais pourtant dit à ce vieil aubergiste de ne laisser monter personne.

Celui qui parlait ainsi s'arrêta tout à coup, et on put l'entendre grommeler d'un ton tout différent :

— Mais le bonhomme m'avait chanté je ne sais quoi, touchant des diableries... Un aïeul qui revient... Mort de mes os ! j'ai envie de voir cela !

Deux pieds bottés touchèrent bruyamment le plancher, et l'instant d'après, la serge soulevée laissa voir un homme de grande taille, dont le visage bronzé disparaissait presque derrière les flocons d'une épaisse barbe fauve. Il avait l'épée à la main.

— Don Estéban ! s'écrièrent à la fois les deux jeunes gens.

Le More les salua de la main.

— Soyez les bienvenus ! mes jeunes messieurs, dit-il, vous voyez que je suis arrivé le premier.

Il fit un pas vers l'intérieur de la chambre et ajouta :

— Vous avez fait diligence, je ne vous attendais pas avant demain matin.

— Et comment se peut-il ?... commença Gaëtan.

— La Bastille ? l'interrompit le More, dont la belle figure souriait paternellement. Il faut serrer bien fort quand on veut me tenir. J'avais prévenu MM. les mousquetaires que j'avais douze lieues à faire cette nuit-là. Ils n'ont pas voulu me croire, et se sont un peu moqués de moi. Tel que vous me voyez, je me suis échappé une fois d'une galère turque, mouillée à six lieues du rivage.

J'avais les fers aux pieds et aux mains et j'étais gardé à vue. Vous sentez bien que MM. les mousquetaires n'y ont vu que du feu. Je leur ai souhaité le bonsoir aux environs du marché Saint-Jean, dans ces ruelles perdues où Satan no reconnaîtrait pas son chemin. J'avais un peu brusqué mes deux voisins, M. de Breteuil et

M. de la Fargefond, mais j'espère qu'ils n'en mourront ni l'un ni l'autre… à l'angle de la rue Jean-Pain-Mollet, je me suis accroché à un balcon d'où j'ai gagné une corniche, et j'étais là, les jambes pendantes, à les regarder me chercher. Vers onze heures de nuit, ils ont vidé le quartier en jurant comme des bienheureux, et j'ai quitté ma retraite. Ne pouvant passer par les portes où j'étais signalé, j'ai enjambé le mur d'enceinte, pas bien loin de l'endroit où j'ai gêné déjà votre premier rendez-vous, et j'ai gagné un bouquet de bois où j'avais laissé Keïs, mon bon cheval. Je l'ai sifflé, il est venu, et quand le jour s'est levé, à quatre heures de là, j'étais entre Melun et Fontainebleau, ayant fait mes douze lieues comme je l'avais bien promis à MM. les mousquetaires.

— Seigneur Estéban, dit Gaëtan, nous ne vous désirons point de mal ; mais nous avons un différend à terminer, ce jeune gentilhomme et moi. De deux choses l'une, ou vous allez nous servir de témoin, où vous nous céderez la place.

— Seigneur Gaëtan, répondit le More, je vais faire monter du vin, et nous allons causer tous les trois, si vous le voulez bien. J'ai beaucoup de choses à vous dire.

Les deux jeunes gens se regardèrent.

— Il sera toujours temps de reprendre votre querelle, ajouta le More, et si l'un de vous tuait l'autre cette nuit, il y aurait une épée qui manquerait demain matin, à la personne que vous servez tous deux.

Il gagna la porte qu'il ouvrit et cria à tue-tête :

— Holà ! maître Minou Chailhou, ta maison brûle !

Une clameur perçante, poussée par trois voix accordées dans des diapasons divers, domina aussitôt les bourdonnements sourds qui montaient de la salle basse.

Le More se retourna paisiblement vers les jeunes gens qui semblaient indécis.

— Je vous donne ma parole d'honneur, reprit-il, que vous fouettez le vent avec vos flamberges folles. Vous n'avez aucune raison de vous haïr : vous n'aimez pas la même femme.

En ce moment, toute la famille Chailhou, essoufflée et pâle d'épouvante arrivait au haut de l'escalier.

À la vue de nos trois compagnons, le père, la mère et la fille dirent tous trois à la fois :

— Je n'en ai fait monter qu'un, et voilà qu'ils sont trois !

Car Minou Chailhou, le brave homme, avait agi envers le More, comme Margou avec Roger, comme Cathou avec Gaëtan : chacun d'eux, à l'insu des autres, avait violé la virginité de la chambre de l'aïeul.

Et chacun d'eux, après le premier moment de surprise, s'écria :

— Or çà, où est le feu, qu'on l'éteigne !

Le More répondit :

— Si l'on vous avait demandé tout simplement un broc de vin, seriez-vous donc venus ?

— Non, certes, répliqua le père, nous sommes trop occupés en bas.

— Vous voyez donc, que j'ai eu raison de crier au feu, puisque vous voici.

— Comment ! glapit la vieille Margou, le feu n'est pas à la maison ?

— Il va y être, bonne femme, répliqua sérieusement le More, si nous n'avons pas notre vin dans trois minutes. Regardez-moi bien, c'est moi qui vais l'y mettre.

Minou, Margou et Cathou descendirent comme une avalanche.

Gaëtan dit, avec un sourire où il y avait un peu de moquerie et beaucoup d'admiration :

— Maître Roger, celui-là est un homme qui en sait long, et, s'il vous plaît, nous l'écouterons.

— Cela me plaît, monsieur le chevalier, répondit le page.

— Aidez-moi, reprit don Estéban, qui rejeta à droite et à gauche la draperie de serge.

On fit rouler le pauvre lit jusqu'auprès de la table, ce qui, avec la chaise de bois, donna trois sièges.

La famille Chailhou, dans son zèle, monta trois brocs de vin au lieu d'un, et fut mise à la porte avec injonction de ne point revenir.

On s'assit autour de la table. Gaëtan dit :

— Seigneur, je suppose que vous n'avez point parlé au hasard ; vous avez dit à mol et à ce jeune homme : « Vous n'aimez point la même femme. »

Don Estéban remplit les verres.

— J'ai dit vrai, répliqua-t-il, en s'adressant à Gaëtan. Vous aimez au-dessus de vous, mon gentilhomme, et celui-ci aime au-dessous de lui : vous aimez mademoiselle de Pardaillan…

— L'homme ! voulut protester Gaëtan.

— Et Roger, acheva tranquillement Estéban, aime la fille du capitaine Mitraille.

— Ma foi, dit Roger, je ne m'en défends pas. Elle est bien assez jolie pour cela.

Gaëtan lui tendit la main. Avant de la prendre, Roger stipula avec un restant de défiance :

— Jurez-moi que vous n'êtes pas ici pour ma petite Mélise !

— De grand cœur ! fit le chevalier, je le jure !

— Voilà donc une affaire arrangée, reprit le More qui leva son verre d'un geste gracieux et noble. Je bois à vos amours, mes jeunes maîtres.

— Seigneur Estéban, répondit le chevalier, avant de trinquer avec vous, je dois rappeler à mon nouvel ami et à vous-même une parole que vous avez prononcée à Paris. Je n'ai pas à vous apprendre que vous venez de serrer entre Roger et moi les liens d'une véritable affection.

Le page lui secoua la main rondement.

— Maintenant que cette petite tête folle n'est plus entre nous, murmura-t-il, c'est à la vie et à la mort.

— Pardieu ! fit Estéban, j'ai eu assez de peine ! Voyons ce que j'ai dit à Paris, car j'en ai encore long à vous apprendre, mes maîtres, et il ne faut pas nous fâcher avant la fin.

— Vous avez dit, prononça lentement Gaëtan, que vous étiez l'ennemi de madame la comtesse de Pardaillan.

— C'est vrai, appuya Roger, vous l'avez dit.

— Et je ne mens jamais, enfants ! ponctua énergiquement le More. Quand vous me connaîtrez mieux, vous saurez cela. Seulement, je puis me tromper : je suis un homme. Et, en tous cas, ceux qui servent la femme que vous venez de nommer doivent compter avec moi, car si je ne suis pas son ennemi, je suis son juge.

— De quel droit ? demandèrent à la fois les deux jeunes gens.

Le More se recueillit avant de répondre.

— Cette femme a un mari et un fils, dit-il enfin avec une sorte d'effort. Je m'intéresse au fils ; j'ai les pouvoirs du père.

— Le père n'est donc pas mort ? s'écria Gaëtan.

— Et vous n'êtes donc pas, ajouta Roger, du même bord que cette séquelle de robins damnés ?

— Non, le père n'est pas mort, prononça lentement Estéban, et je marche tout seul dans ma voie, n'ayant qu'un ami : la vérité. C'est précisément cette dernière accusation dirigée contre la comtesse : le meurtre de son mari, qui a suspendu ma justice. Tout le reste peut être vrai : je doute. Mais il y a ici mensonge et calomnie ! la comtesse n'a pas assassiné son mari, je le sais, j'en suis sûr. Or, une calomnie ne va jamais isolée. Peut-être que tout le reste est mensonge également. Je suis venu ici pour savoir.

Il y avait une différence entre les physionomies des deux jeunes gens. La curiosité du chevalier était vivement excitée, mais le regard de Roger disait une puissante émotion.

— Et prés de qui cherchez-vous des informations ? demanda-t-il. Les événements marchent et se précipitent. Ceux que vous appelez vous-même des calomniateurs sont ici et sont les maîtres.

Estéban l'interrompit.

— Dieu seul est le maître, dit-il en versant à la ronde. Nous avons toute une nuit devant nous. Cette chère fille que j'aime, moi aussi, maître Roger, mais non point de façon à exciter votre jalousie, avait coutume de dire que si une fois nos trois épées étaient réunies, tout serait bien. Nos épées sont ensemble et qui sait si je ne possède pas quelque talisman, supérieur à nos trois épées ?

XVII. LA VEILLÉE

Don Estéban ayant ainsi parlé, porta son verre à ses lèvres en saluant ses deux compagnons avec une grave bonhomie.

Ceux-ci lui rendirent son salut et l'on but en silence. Au moment où les verres vides étaient replacés sur la table, onze heures de nuit sonnèrent à l'horloge du beffroi de Pardaillan.

Le bruit allait s'éteignant au rez-de-chaussée du cabaret, où le troupeau des gens de robe et des soudards avait réussi à se parquer sans doute.

Au dehors, l'orage n'était plus, et un rayon de lune blanchissait les carreaux étroits de la lucarne.

Don Estéban compta les onze coups de la cloche et reprit :

— Nous avons encore deux heures. Mes jeunes maîtres, vous me demandiez près de qui je compte prendre mes renseignements. Quelques-uns de ces renseignements sont pris d'avance ; car j'ai fait beaucoup de rencontres dans mon voyage de Parie jusqu'ici, et devançant toujours tout le monde, j'ai changé souvent de compagnons. J'ai été le cavalier de Mélise, ami Roger. Ami Gaëtan, j'ai caracolé à la portière des dames de Pardalllan, ce qui ne m'a pas empêché de causer avec M. le baron de Gondrin, lieutenant de roi ; avec le conseiller de Saint-Venant, avec maître Mathieu Barnabi et bien d'autres. En conscience, je n'ai point perdu mon temps sur la route, et si j'avais su, voilà huit jours, tout ce que je sais maintenant, peut-être n'y aurait-il point tant de chalands, ce soir, à l'auberge de Minou Chailhou, notre hôte. Mais tout est pour le mieux, croyez-moi, et il faut des témoins aux affaires bien faites. Quant aux renseignements qui me font défaut encore, j'ai compté sur vous pour me les fournir.

— Sur nous ! répétèrent les deux jeunes gens avec un reste de défiance.

Et Gaétan ajouta :

— Nous ne savons pas encore qui vous êtes.

— C'est juste, répondit le More avec un sourire, mais se cacher n'est pas un crime, monsieur le chevalier. Depuis combien de jours portez-vous le nom de votre brave, de votre malheureux père ?

Ceci fut prononcé d'un tel ton que la main de Gaétan se tendit d'elle-même.

Le More la serra d'une étreinte véritablement paternelle.

— Et vous, ami Roger, reprit-il, ne savez-vous point depuis quelque temps déjà que votre vrai nom n'est pas celui que vous portez ?

Le page rougit, mais son étonnement ne fut point comparable à celui du chevalier, qui s'écria :

— Oh ! oh ! est-ce un prince déguisé qui a daigné croiser le fer avec moi ?

— Vous aimez au-dessus de vous, dit pour la seconde fois le More, il aime au-dessous de lui, et cette chère enfant, si noble, qui promenait naguère sa mélancolie sous les tilleuls du clos Pardaillan, ne sera point si haut titrée en mariage que la fille de ce coquin de Mitraille… à moins, chevalier, que vous ne lui gagniez une couronne de duc avec le temps.

— Seigneur Estéban, murmura le page, j'ai pu avoir en ma vie des souvenirs et des espoirs ; je n'ai jamais eu de certitude, et je crois que vous en savez plus long que moi.

Le More lui tendit la main à son tour.

— Vous aviez plus de quatre ans, quand on vous enleva, ami Roger, dit-il. De cet âge-là, on n'oublie rien, et jamais vous n'avez pu entendre sans tressaillir le nom de Guezevern !

— Et quand j'ai vu madame Éliane au manoir de Rivière-le-Duc, poursuivit le page dont les yeux brûlaient à travers ses larmes, tout mon cœur s'est élancé vers elle…

— Vive Dieu ! s'écria Gaëtan, qui bondit sur ses pieds, serait-il le frère de Pola ?

Il s'élança vers Roger les bras ouverts. Roger secoua la tête et garda ses yeux baissés.

— Tout mon cœur, répéta-t-il. Mais madame Éliane me laissa m'éloigner sans me dire : « Enfant, je suis ta mère ! »

Il se redressa, jetant en arrière les boucles de sa blonde chevelure et emplit résolument son gobelet.

— Buvons ! ajouta-t-il en étouffant un soupir. Je suis page de M. de Vendôme, Qui sait si on ne mettrait pas cette noble origine entre moi et celle que j'aime ?

— Pol de Guezevern aussi, dit le More à voix basse, était page de M. de Vendôme.

— Eh bien ! oui, s'écria Roger avec une soudaine violence, c'est la vérité, j'ai peur ! Il y a une chose terrible, un doute funeste. J'ai peur d'être l'héritier d'un grand malheur. J'ai peur qu'une voix s'élève et me dise : comte de Pardaillan, soyez juge entre votre père et votre mère !

— Frère ! prononça tout bas Gaëtan, ne croyez-vous point à madame Éliane ?

— Cet homme l'a dit, répliqua le page avec une émotion profonde ; je n'ai jamais entendu le nom de Pol de Guezevern sans tressaillir dans toutes les fibres de mon cœur !

Le More leva son verre jusqu'à ses lèvres. Son visage de bronze ne pouvait point pâlir, mais ses lèvres tremblaient. Il y eut un silence.

— Don Estéban, reprit Gaëtan le premier, vous ne nous avez pas dit qui vous êtes.

— C'est vrai, ajouta Roger, et plus que jamais j'ai besoin de le savoir.

Le More semblait se recueillir en lui-même.

— Vous avez raison, dit-il enfin au lieu de répondre, j'en sais plus long que vous ; et cependant je ne sais pas tout. C'est cette nuit ou jamais qu'il me faut tout savoir. Chevalier, j'ai connu votre père, je l'ai respecté ; il y avait entre nous deux la même différence d'âge qui nous sépare vous et moi ; il m'aimait. Et cependant, le vrai lien qui nous unit c'est votre amour pour cette chère créature, la fille de Guezevern : Pola de Pardaillan. Ne m'interrogez plue, je vais tout voue dire, du moins tout ce qui peut être dit. Roger, je fus l'ami de votre père, et, pendant bien longtemps, son seul ami. Nous avons souffert et combattu ensemble. Écoutez avec calme, car ceci est la vérité. Ceux qui accusent votre mère — elle est votre mère — d'avoir assassiné son mari, sont des menteurs. Pol de Guezevern n'est pas mort.

— Oh ! soyez béni !… s'écria le page. Et que Dieu…

— Attendez, l'interrompit le More, avant de remercier Dieu. Ceux qui accusent votre mère ne sont pas les seuls à mentir. Votre mère ment.

— Ma mère, répéta Roger, en portant la main à son épée.

— Bien, frère ! dit Gaëtan.

— Votre mère, continua le More, ment aussi et ment depuis quinze ans. Pol de Guezevern n'est jamais entré dans cette chambre mystérieuse qui passe pour abriter sa folie incurable. Voilà deux semaines, Pol de Guezevern ne savait pas qu'il avait une fille ; il ignorait avoir perdu un fils, et à la première notion qu'il a eue de l'existence de Pola, il a crut à une trahison adultère.

— Mais où est-il ? interrompit encore Roger, incapable de se contenir.

— Enfant, répliqua péniblement le More, quand on a aimé de tout son cœur, quand on a souffert longtemps et cruellement, on est faible contre les conseils de la vengeance. Pendant les heures de la lutte, pendant les longs jours de la captivité, Pol de Guezevern était soutenu par une seule pensée. Et si le courage l'abandonna parfois dans ses lointaines traverses, c'est qu'il avait emporté avec lui un doute, une douleur. Un faux ami lui avait inspiré des soupçons contre sa femme avant même la catastrophe qui l'éloigna de sa patrie. Pol de Guezevern avait laissé sa femme pauvre, plus que pauvre, et cette ruine était son ouvrage à lui. Quand il est revenu, il a cherché sa femme pauvre pour lui rendre le repos et le bonheur, conquis au prix d'un terrible martyre. Il a retrouvé sa femme riche, et non pas veuve, quoiqu'elle eût appris (il savait cela) la nouvelle de sa mort, mais puissante, mais liguée avec ses ennemis, mais engagée dans une intrigue de cour et se parant de je ne sais quel héroïsme conjugal, qui était une effrontée comédie.

— Pol de Guezevern, en ce premier moment, a jugé sa femme et l'a condamnée.

Avant de frapper, cependant, sa main a tremblé, car cette haine nouvelle n'était que l'envers d'un grand amour.

Il a revu celle qui fut l'adoration de sa jeunesse ; il l'a revue toujours belle et portant sur son front doux et fier l'auréole angélique.

Pol de Guezevern a senti que cette femme était encore son cœur. Il a manqué de courage, il a fui, et il a dit à celui qui est un autre lui-même :

— Reste et sois son juge.

Cet autre, c'est moi, mes jeunes maîtres, et il est temps de vous dire qui je suis. Dans vos armées, il y a des fraternités qui se nouent ; on combat ensemble, côte à côte, le sang se mêle, le cœur s'épanche ; on s'aime à tort et à travers.

Mais là-bas, car en quittant la France après avoir écrit à sa femme : je suis mort, et après avoir essayé de mourir, Pol de Guezevern alla loin, bien loin, là-bas, dis-je, en Allemagne, en Bohême, en Hongrie ; dans ces batailles qui se livrent à cinq cent lieues du sol natal, quand deux hommes se rencontrent et se donnent le nom de frère, c'est à la vie et c'est à la mort.

Je suis le frère de Pol de Guezevern, ami Roger, et il m'a dit de veiller sur toi comme un père ; je suis le frère du comte de Pardaillan, chevalier, à ce point que j'ai pu vous dire : je vous aime parce que vous aimez ma fille.

C'est moi qui ai vérifié la date de naissance de l'enfant, c'est moi qui ai dit : Sur ce point, du moins, madame Éliane n'est pas coupable.

Une nuit, de l'autre côte du Danube, dans les plaines qui entourent Szegedin, le dernier village chrétien, il y eut une de ces mêlées sanglantes dont l'écho vous arrive à peine. Les Turcs restèrent maîtres du champ de bataille. Pol et moi nous fûmes triés parmi les morts, parce qu'il nous restait un souffle de vie, et trois mois après, nous ramions dans les eaux de Trieste, à bord de la galère capitane.

Nous avons ramé sept ans, comme sept ans nous avions combattu : toujours ensemble.

Ce fut un soir, nous croisions en vue d'Alger, Pol me dit : « Je mourrai donc sans revoir Éliane, ma bien-aimée femme ! Elle est venue hier me visiter en rêve. Elle m'appelait à son secours. »

Nous étions aux fers pour tentative d'évasion. Mais, depuis deux semaines, les heures accordées à mon sommeil s'étaient dépensées à limer nos chaînes, celles de Pol d'abord, puis les miennes. Avant le lever du jour nous nagions, ensemble toujours, vers le rivage. Ensemble nous avons traversé l'Afrique, ensemble nous avons franchi le détroit de Gibraltar, puis coupé toute la profondeur de l'Espagne, avant de parcourir les trois quarts de la France, de Bayonne à Paris.

Sur la route de Bayonne à Paris, le château de Pardaillan se trouve. Mais Pol de Guezevern ne savait pas encore qu'Éliane était la comtesse de Pardaillan.

À Paris… Mais je vous ai déjà dit le reste. Pol de Guezevern m'a investi de son autorité. Roger, pour toi son fils ; Gaëtan, pour vous qui aimez sa fille, je suis Pol de Guezevern.

Les deux jeunes gens l'écoutèrent encore après qu'il eut fini de parler. Il y avait dans son accent une autorité qui forçait la confiance.

Depuis longtemps déjà, le beffroi avait laissé tomber les douze coups de minuit. L'auberge dormait. La campagne solitaire faisait silence. Le ciel, un instant purifié, recommençait à se couvrir de

grands nuages, qui nageaient dans le bleu comme d'immenses na-
vires et passaient avec lenteur sur le disque de la lune.

— Que voulez-vous de nous ? demanda brusquement Gaëtan ;
moi, je suis ici pour la comtesse Éliane. Le More sourit en regardant Roger.

— Et toi, murmura-t-il, tu ne me demandes pas : que voulez-vous
de moi ?

Le page hésita.

— Seigneur Estéban, dit-il enfin, mon père a-t-il pardonné à ma
mère ?

— Non, répondit le More.

Roger baissa la tête. Le More poursuivit :

— Ton père me maudirait, enfant, si j'essayais de t'attirer, à lui,
transfuge de la cause de ta mère !

— Voilà qui est bien dit, seigneur ! s'écria Gaëtan. Vous êtes un
gentilhomme !

— Je suis un homme ! rectifia Estéban avec une sévère emphase.

Puis, s'adressant à Roger, il poursuivit encore :

— Ton père ne veut point pardonner.

Roger était si pâle que Gaëtan se leva pour le soutenir.

— Dieu m'est témoin, murmurait-il, que je donnerais tout mon
sang pour ma mère… mais j'aime mon père.

La voix du More se fit plus émue.

— Moi, je me souviens de ma mère, dit-il, comme s'il se fût adressé
à lui-même. Je l'aurais défendue contre tous. Oui ! et contre Dieu !
Renaud de Guezevern ! reprit-il en regardant le page, qui tressaillit
violemment à ce nom, votre mère vous adorait autrefois. Que sa
conduite soit héroïque ou coupable, tout ce qu'elle a fait, elle a dû le
faire pour vous. Voulez-vous être son avocat auprès de votre père ?

— Oui, de tout mon cœur et de toute mon âme ! s'écria Roger.

— Levez-vous donc et venez ! dit le More en quittant son siège.
Vous m'avez entendu : votre père ne veut point pardonner.

— J'ai compris : il veut absoudre. Pour plaider, il faut savoir. Est-ce
vers mon bien-aimé père que vous allez me conduire ?

Estéban répondit :

— Pour savoir, il faut interroger. Guezevern, je vous conduis à votre mère.

Il serrait, en parlant, le ceinturon de son épée. Roger l'imita.

— Et moi ? dit Gaëtan, qui restait assis.

— Nous n'avons pas assez de troupes, répliqua le More en riant, pour laisser garnison dans les places que nous abandonnons. Chevalier, vous avez droit, suivez-nous : vous êtes de la famille.

Gaëtan eut besoin de se contenir pour ne pas sauter de joie. Il toucha la main du More avec un évident respect. Cet homme avait pris sur les deux jeunes gens un empire extraordinaire.

Le beffroi mettait en mouvement son carillon qui fut suivi d'un seul coup, marquant la première heure après minuit, à l'instant où nos trois compagnons quittaient la chambre de l'aïeul. Ils descendirent à bas bruit et se trouvèrent bientôt dans l'espèce de vestibule où Cathou Chailhou avait causé avec le chevalier. On avait étendu de la paille sur la terre battue et le vestibule servait de chambre à coucher à une douzaine de dormeurs ronflant pêle-mêle, en digérant les longes de génisse de madame Chailhou.

Estéban, qui marchait le premier, ne se donna point trop de peine pour dissimuler son passage. Il alla droit son chemin, suscitant çà et là quelque blasphème d'un ronfleur à demi éveillé. La salle commune, qu'il fallait traverser aussi, était encore plus encombrée que le vestibule ; le feu mourant y jetait quelques lueurs.

Une voix de soudard cria dans l'ombre :

— Qui vive !

— Mort de moi ! répondit Estéban rondement et sans contenir sa voix, cuve ton vin, mon camarade, l'orage est fini, et j'aime mieux dormir sur l'herbe mouillée que dans la peste de ce trou.

L'archer se retourna sur sa paille en grommelant :

— La peste ! Le fait est que nous ne flairons pas la rose, ici…

Et il ronfla.

Nos trois compagnons étaient dehors. La solitude régnait aux abords du tourne-bride, mais le long des murs du château on pouvait voir la ligne des sentinelles. La maison de la comtesse de Pardaillan était littéralement assiégée.

— Allons-nous attaquer ces hommes ? demanda Roger.

— Nous attaquerons quand il le faudra, répondit le More. Ce n'est pas encore l'heure de l'épée. Savez-vous où trouver vos chevaux ?

— Nos chevaux ! répétèrent les deux jeunes gens avec étonnement. N'allons-nous point où est madame Éliane ?

— Si fait, mes fils, répliqua Estéban, mais le chemin est plus long que vous ne croyez, et l'heure presse.

Gaëtan et Roger se mirent à chercher parmi les chevaux attachés autour du cabaret. Le More siffla doucement et d'une façon que nous eussions reconnue. Les branches d'un taillis voisin bruirent, agitées, puis s'écartèrent, et Keïs, bondissant, vint mettre ses naseau auprès du visage de son maître, qui sauta sur son dos. Dès que les deux autres furent en selle, le More commanda : « Au galop ! »

Et il prit la tête, guidant ses deux compagnons.

Ce brusque départ détermina un mouvement parmi les sentinelles qui se rapprochèrent du pont comme pour en défendre l'entrée. Mais ce n'était qu'une vaine alerte, le pas des chevaux allait rapidement s'éloignant.

Le More prit d'abord sa route à travers les champs détrempés par l'orage. Il atteignit en quelques minutes le village de Pardaillan, dont il traversa l'unique rue au galop. Au moment où la petite troupe dépassait les dernières maisons comme un tourbillon, un homme, enveloppé dans un manteau de couleur sombre, sortit du moins pauvre logis qui fût en ce hameau et, surpris par le passage des cavaliers, essaya de se dissimuler dans un enfoncement de muraille.

— Bonsoir, monsieur le conseiller, dit le More sans ralentir sa course.

Et les deux autres répétèrent :

— Monsieur le conseiller, bonsoir !

Renaud de Saint-Venant, c'était lui qui sortait à cette heure indue pour des affaires que nous saurons bientôt, ne reconnut point Estéban ni ses deux suivants, mais il ressentit entre les deux épaules comme un arrière-goût des magnifiques plats d'épée reçus dans la maison en construction le soir de la lanterne magique.

Au sortir du village, Estéban tourna la petite église et franchit une haie qui le mit en plein champ. Une seconde haie franchie le lança dans une large route de chasse, percée à travers les futaies de

Pardaillan. La route montait le mamelon, situé derrière le château.

La course continua pendant un quart d'heure. Gaëtan et Roger se demandaient :

— Où nous mène-t-on si loin ?

Le bois s'épaississait, le terrain commençait à redescendre, nos deux jeunes gens pensaient avoir traversé toute la profondeur du mamelon, lorsqu'un son de cloche très voisin vint frapper leurs oreilles. Gaëtan et Roger reconnurent parfaitement le timbre rauque du beffroi de Pardaillan, sonnant le quart après une heure.

Estéban s'était arrêté court.

— Pied à terre ! ordonna-t-il.

Les deux jeunes gens firent halte et descendirent. Pendant qu'ils attachaient leurs chevaux à deux arbres, le More caressait Keïs qu'il lança, libre, sous la futaie, après lui avoir dit :

— Attends-moi !

— Sommes-nous arrivés ? demanda Roger en faisant un pas vers une sorte de haie très basse, qui semblait fermer la route.

La main du More l'arrêta brusquement.

— De ce côté-là, dit-il en riant, on n'arrive pas, on tombe.

Il fit approcher Roger avec précaution de ce qui semblait être une haie, et lui montra par-dessus un ourlet rocheux, couvert de quelques touffes de bruyères, un précipice au delà duquel le château de Pardaillan dessinait sa masse carrée.

— Ici, dit encore Estéban, il n'y a point de sentinelles.

— Vous connaissiez donc le pays d'avance ? murmura Gaëtan. Moi qui l'ai habité j'ignorais l'existence d'une route menant au lieu où nous sommes.

— Chevalier, répondit le More gaiement, les amoureux n'y voient goutte.

— Et comment franchir cet abîme ? pensa tout haut Roger.

Estéban mit deux doigts entre ses lèvres, et un coup de sifflet aigu retentit, éveillant les échos du vieux manoir.

Des profondeurs de l'ombre, une voix douce monta qui chantait :

    Nous étions trois demoiselles,
        Toutes trois belles

Autant que moi,
Landeriguette,
Landerigoy !
Un cavalier pour chacune
Courait fortune
Auprès du roi,
Landerigoy,
Landeriguette !

— Mélise ! murmura Roger.

— Qui vous attend, monsieur le comte, répondit le More. Il ne s'agit plus que d'arriver jusqu'à elle sans vous casser le cou !

XVIII. LA CHAMBRE MYSTÉRIEUSE

La descente était rude, mais chacun de nos trois compagnons avaient bon pied, bon œil et le poignet solide. Au bas de la rampe, il n'y avait qu'un petit ravin à traverser pour atteindre une poterne qui était ouverte, et au seuil de laquelle se tenait notre jolie Mélise.

— Ai-je assez prié Dieu et la Vierge pour en arriver là ! dit-elle. Voici donc mes trois bonnes épées réunies ! Demain, ceux qui croient avoir bataille gagnée en verront de belles !

— Où est votre père, ma fille ? demanda Estéban.

Mélise secoua sa tête charmante et répondit :

— Voilà deux jours que mon père n'a pas voulu boire un seul verre de vin ! Ne comptez pas sur lui et faites vos affaires vous-même.

— Mort de moi ! murmura Estéban, c'est assez notre habitude depuis longtemps, et, si nous nous reposons quelque jour, nous ne l'aurons pas volé. Où est madame la comtesse, ma mignonne ?

Mélise n'avait plus son gai sourire d'autrefois. À la question du More son visage se rembrunit davantage.

— M. le comte de Pardaillan, répondit-elle en donnant à sa voix une inflexion particulière et sans regarder Roger, fera bien de rejoindre sa mère tout de suite. Celle-là est bien changée depuis hier. Elle a grand besoin d'être consolée.

— Mélise, dit tout bas Roger, qui s'était approché d'elle, avez-vous donc quelque chose contre moi, mon cher amour ?

Une larme vint aux yeux de la jeune fille.

— J'aimais un page qui serait devenu mon mari, répondit-elle. Voilà huit jours, on m'a dit que vous étiez un grand seigneur, et je sais bien que je suis perdue.

— Mélise, ma bien-aimée Mélise ! voulut protester le jeune comte.

— Mort de mes os ! s'écria Estéban, il s'agit bien de pareilles fadaises 1 Fillette, parlez-nous de madame la comtesse, et que cette porte soit refermée solidement.

Ils étaient maintenant tous les quatre dans un étroit préau où l'on descendait par l'escalier tournant du donjon.

— Madame Éliane, répondit Mélise, pendant que les deux jeunes gens replaçaient les barres de la poterne, est arrivée ici bien affaiblie et bien souffrante, après un voyage terrible. Un espoir la soutenait ; elle croyait trouver au château un ordre de la reine dont elle parle sans cesse, et qui serait, à ce qu'il paraît, son salut. Depuis son arrivée, je l'ai peu quittée, et ce mot est sans cesse sur ses lèvres : l'ordre de la reine.

— Quel peut être cet ordre ? murmura Estéban.

— Je l'ignore. Une autre pensée venait bien souvent à la traverse de celle-ci dans l'esprit de madame Éliane : la pensée de son fils. Si elle a capitulé si vite, si elle a demandé seulement les heures de cette nuit avant d'ouvrir les portes du château aux gens du roi, c'est qu'elle craignait pour son fils, arrivant seul et cherchant à percer les lignes ennemies. Elle est payée pour craindre et pour savoir que rien ne coûte à l'avide ambition de ses adversaires. À Paris, au moment où elle est tombée dans le piège que lui tendaient le conseiller Renaud et M. le baron de Gondrin, elle se croyait sauvée, elle se croyait victorieuse ; elle avait pris ses mesures pour rappeler auprès d'elle ce fils qu'elle se sentait capable de protéger désormais. Sa plus cruelle frayeur est, maintenant, de l'avoir désigné aux coups des assassins.

Pendant que Mélise parlait, on avait monté l'escalier tournant qui conduisait à une porte communiquant avec le corridor principal du premier étage. Le corridor était désert. Le vent du dehors gémissant dans les jointures des hautes fenêtres, agitait le lumignon qui l'éclairait. Mélise s'arrêta devant une draperie fermée et dit à Roger :

— Monsieur le comte, vous allez voir votre mère et votre sœur.

Elle s'effaça pour lui livrer passage.

Un mot vint jusqu'aux lèvres de Roger, qui était très pâle ; mais il resta muet, souleva la draperie et entra. L'instant d'après, on entendit derrière la porte refermée un grand cri de joie.

Deux larmes jaillirent des yeux do Mélise qui murmura :

— Il ne m'a rien dit… pas un mot !

Le More lui toucha le bras.

— À noua deux, ma fille, prononça-t-il tout bas. Souvenez-vous de ce que vous m'avez promis.

— Suivez-moi, seigneur, répondit Mélise qui essuya ses beaux yeux et releva la tête vaillamment.

Avant d'obéir, le More se tourna vers Gaëtan qui restait muet depuis l'entrée au château.

— Vous, chevalier, dit-il, votre rôle n'est pas encore commencé. Vous serez l'homme de la dernière heure. En attendant, s'il vous plaît, l'épée à la main, et soyez sentinelle. Nul ne doit franchir cette porte.

Il montrait la draperie derrière laquelle venait de disparaître Roger.

— Tant que je serai debout, répliqua Gaëtan, nul ne la franchira.

Le More lui serra la main et s'éloigna, précédé de Mélise, qui avait adressé au chevalier un amical et mélancolique sourire.

— De par Dieu ! pensa Gaëtan, j'aime déjà ce Roger, mon ami d'une nuit, de tout mon cœur, mais s'il oubliait ces beaux yeux-là dans sa fortune nouvelle, ce serait à croiser l'épée contre lui pour lui rendre la mémoire !

Il était seul désormais dans la galerie.

Le More et sa gentille compagne n'avaient pas été bien loin. Ils s'étaient arrêtés à la porte la plus voisine de la draperie. Mélise l'avait ouverte, puis refermée à clef sur son compagnon introduit.

Une fois entrés, tous doux se trouvèrent dans une sorte d'antichambre obscure où pénétraient les lueurs d'une lampe allumée dans une pièce voisine et plus vaste. La cloison de cette antichambre, du côté droit, était mitoyenne avec l'oratoire de la comtesse, où Roger venait d'entrer.

Au centre de cette cloison se trouvait une porte, fermée en dedans, à l'aide d'un verrou. Les fentes de cette porte laissaient voir la lumière brillante qui éclairait l'oratoire où madame Éliane, Pola et Roger ou plutôt Renaud de Guezevern-Pardaillan étaient réunis.

Les sons passaient comme la lumière.

Aussi le premier mot de Mélise fut :

— Parlez très bas, si vous ne voulez point que votre présence soit connue.

Le More montra du doigt la chambre ouverte, l'autre chambre qui était éclairée par une seule lampe, et prononça très bas, en effet :

— C'est là ?

— C'est là, répéta Mélise.

Il y avait sur le visage de don Estéban une profonde et douloureuse émotion.

Mélise reprit :

— Seigneur, je vous ai introduit ici parce que j'ai en vous une confiance dont je ne saurais point donner l'explication, mais qui est sans bornes. Autrefois, quand j'étais heureuse, j'aurais risqué mon bonheur pour le salut de ma bienfaitrice ; maintenant je n'espère plus, et si je ne suis pas encore morte, c'est que madame la comtesse et ses deux enfants ont encore besoin de moi. Avez-vous des ordres à me donner ?

Estéban lui tendit la main et l'attira jusqu'à lui.

Je ne vous ai jamais rien dit, en effet, Mélise, murmura-t-il, qui ait pu produire en vous cette confiance extraordinaire. Hier encore, j'étais l'ennemi de celle que vous aimez, et je suis loin d'affirmer que je sois aujourd'hui son ami, mais Dieu a donné aux cœurs dévoués comme le vôtre un sens de divination. Quelque chose vous a révélé la nature de mon secret…

— Peut-être, l'interrompit la jeune fille.

Elle sentit son bras serré fortement par la main du More.

— Êtes-vous quelquefois entrée dans cette chambre ? demanda-t-il en montrant du doigt la porte ouverte.

— Jamais ! répondit-elle. Je suis venue souvent jusqu'ici. J'ai fait plus, j'ai prêté l'oreille.

— Et qu'avez-vous entendu ?

— Rien.

— La pensée d'en franchir le seuil ne vous est pas venue ?

— Si fait… mais c'eût été désobéir aux ordres de madame Éliane.

Estéban pencha ses lèvres au-dessus du front de Mélise et y mit un baiser. Mélise ajouta, parlant si bas qu'il eut peine à l'entendre :

— Je vous ai vu plus d'une fois en rêve, à côté de mon Roger et vos sourires se ressemblaient.

Il y eut un silence, pendant lequel on put ouïr les voix de madame Éliane et de ses deux enfants, réunis dans l'oratoire voisin. La lèvre du More était froide et tremblait.

— Votre père, Mélise, demanda-t-il encore, en sait-il plus long que vous ?

— Mon père, répondit la jeune fille, n'a jamais pénétré jusqu'ici.

— Et quelle idée vous êtes-vous formée de cette chambre mystérieuse ?

Mélise hésita.

— Elle doit contenir un mensonge, répliqua-t-elle enfin, puisque le conseiller Renaud de Saint-Venant et Mathieu Barnabi, le médecin, sont maîtres du secret. Mais, sur mon salut éternel, madame Éliane est une sainte ! — Ma fille, dit le More qui se redressa, vous m'avez servi et vous serez récompensée. Ne désespérez point. Cette nuit, notre sort à tous se joue, et le soleil de demain éclairera des choses auxquelles nul ne s'attend. Peut-être échangeons-nous ici de suprêmes paroles, peut-être ne me reverrez-vous plus en ce monde…

— Que voulez-vous dire, seigneur ? l'interrompit Mélise effrayée.

— Quoi qu'il arrive, prononça lentement le More au lieu de répondre, ne craignez rien pour madame la comtesse de Pardaillan. Il y eut en tout ceci un premier coupable qui a bien souffert déjà, mais qui, sans doute, ne souffrit point encore assez. Celui-là seul sera puni. Allez en paix, ma fille, vous ne pouvez plus rien désormais. Souvenez-vous de moi, et priez pour moi, quand vous serez la femme du comte de Pardaillan.

Mélise resta un instant sans voix ni souffle. Puis, d'un mouvement rapide, et avant que don Estéban pût la prévenir, elle prit sa main et la baisa.

— J'ai foi en vous, dit-elle, même quand vous promettez l'impossible.

L'instant d'après, le More était seul.

Il resta une minute les bras croisés sur la poitrine.

La voix de la comtesse, qui fut entendue dans le silence, le fit violemment tressaillir.

La comtesse disait :

— Mes enfants ! mes enfants !

Et il y eut un bruit de baisers.

La tête d'Estéban s'inclina.

— Je suis ici pour épier, pensa-t-il, pour savoir ! le doute est mon martyre. J'écoute, je regarde. Il m'est arrivé de voir le mal, puis le bien. Le doute est resté : cruel supplice ! Pendant ce long, pendant ce terrible voyage, que de craintes et que d'espoirs ! Et chose étrange ! dans la réalité, rien ! rien de ce que je craignais ! rien de ce que j'espérais ! J'avais peur de la pauvreté pour elle, elle est plus riche qu'une reine, j'avais espoir d'un deuil reconnaissant et fidèle, elle a oublié. Quand j'ai vu cela, quand j'ai vu la femme ambitieuse, ressuscitant son mari mort pour acquérir, puis pour conserver un immense héritage, mon cœur s'est soulevé. Un instant, j'ai cru voir un crime, mêlé à ce froid calcul. Mon indignation n'a pas augmenté. Le crime n'existait pas : que m'importe ? Pour moi le crime n'était pas là : le crime, c'est le calcul et son effrayante froideur...

— Quoique vous puissiez voir, quoique vous appreniez demain, car c'est demain, disait en ce moment madame Éliane, c'est aujourd'hui, hélas ! c'est dans quelques heures, oh ! mes enfants, n'accusez jamais votre mère ! Tout ce que votre mère a fait, c'était pour vous !

Le More eut un rire amer.

— Ses enfants ! murmura-t-il. Ses enfants ! Rien, rien pour l'amour de sa jeunesse ! Les enfants toujours, moi jamais !

Il s'interrompit et se demanda :

— Suis-je aussi jaloux de ses enfants, à présent ?

— Mère, dit Pola comme si elle eût arrêté une parole suspendue aux lèvres de madame Éliane, nous ne voulons pas que tu te justifies devant nous !

Estéban prêtait l'oreille, il attendait la voix de Roger.

Roger était chargé de savoir. C'était lui-même, le More, qui avait dit à Roger : « Rapportez-moi la vérité si vous voulez être heureux. »

La voix de Roger s'éleva :

— Madame, dit-il, ma mère adorée et respectée, si vous essayez de vous défendre, je vous fermerai la bouche avec mes baisers.

Les deux mains d'Estéban se tendirent, tremblantes vers la cloison.

— Bien, enfant ! murmura-t-il. Tu viens de parler comme un gentilhomme !

Pola s'écria :

— Mon frère, merci ! Oh ! comme je vais t'aimer !

Une larme coula sur la joue basanée du More.

Il se laissa tomber, faible, dans un fauteuil.

— Qu'ai-je fait ? pensa-t-ii, tandis que sa main fiévreuse tourmentait son front. J'ai été dans le premier moment, un juge sévère, implacable ! J'ai cru à tout, même aux calomnies de mes plus mortels ennemis ! et j'ai servi leurs desseins ! et je me suis fait leur complice ! J'éprouvais une volupté terrible à me venger. De quoi ? à frapper, qui ? moi-même !

Car elle est mon cœur ! reprit il en se couvrant le visage de ses mains. Je me suis conduit comme si je haïssais. Fou, misérable fou ! Et j'aime, j'aime passionnément ! d'un amour rajeuni par l'absence, et plus ardent, oui, plus ardent mille fois qu'aux jours du bonheur !

Il se leva et marcha doucement vers la cloison qui le séparait de l'oratoire.

— Soyez bénis tous deux, disait en ce moment Éliane, mon fils et ma fille ! Roger, tu as le regard franc et vaillant de ton père ; s'il t'entendait, ton père t'approuverait, car j'étais une femme heureuse et bien-aimée !

Estéban mit son œil à la fente de la cloison.

Il vit un tableau triste, mais charmant. La lumière des lampes éclairait vivement un groupe, placé juste en face de lui : Éliane, assise dans un fauteuil, devant son prie-Dieu : Roger et sa sœur agenouillés à ses pieds, les mains dans ses mains et réunissant sous son regard leurs deux têtes souriantes : car la jeunesse s'obstine dans l'espoir, et ils étaient tout entiers à la félicité de l'heure présente.

Madame Éliane, au contraire, avait au front une pâleur désolée, ses yeux étaient fatigués de pleurer, mais comment dire cela ? Au-dessus de sa détresse surnageait une immense joie.

Toute son âme était dans ses yeux, reposés avec une sorte d'extase sur son fils et sur sa fille.

Elle portait une robe de velours noir qui faisait ressortir la neigeuse blancheur de ses épaules, sur lesquelles tombaient en désordre les masses opulentes de sa chevelure.

Elle était belle à un point qui ne se peut dire : belle de tout son désespoir et de toute son allégresse.

Estéban la regarda longuement et, tandis qu'il la regardait son souffle s'embarrassait dans sa poitrine.

— J'étais une femme heureuse et bien-aimée ! répéta-t-il en lui-même. Elle a dit cela : que cela soit son salut !

Éliane en cet instant ouvrait la bouche pour parler. Le More se rejeta en arrière.

— Je ne veux rien savoir davantage, ajouta-t-il en s'éloignant. Si elle a péché, c'est affaire à Dieu de la juger. Moi, voici quinze ans, j'ai écrit, j'ai signé vis-à-vis d'elle la promesse de me tuer. J'ai manqué à ma promesse, et, au lieu de lui venir en aide, j'ai aiguisé l'arme qui la devait frapper. Elle a dit cela : « J'étais une femme heureuse et bien-aimée. » Mon devoir est tracé ; après quinze ans, je ferai honneur à mon seing, et ma mort lui sera plus profitable que ma vie !

Il entra d'un pas résolu dans la chambre ouverte, désignée par Mélise, et d'où sortait une pâle lueur.

Mais à peine fut-il sur le seuil qu'il recula, pris d'un serrement de cœur.

Cette chambre était un tombeau. Les murailles tendues de noir absorbaient les rayons faibles de la lampe, posée sur une sorte d'autel où était un christ d'ivoire, soutenu par une croix d'ébène. L'ameublement ressemblait aux tentures. Dans l'alcôve qui faisait faee à la porte par où s'introduisait Estéban, il y avait deux lits : l'un vide et dont la couverture faite attendait son hôte habituel, l'autre contenant un corps dont le visage était couvert d'un voile noir.

L'émotion d'Estéban se glaça devant cet aspect. Un froid sourire vint à sa lèvre, tandis qu'il murmurait :

— Deuil fastueux et menteur. Une douleur sincère aurait-elle dormi quinze ans côte à côte avec cette supercherie ?

Il entra. Désormais, sa figure était sombre et dure. Il traversa la chambre d'un pas lent, et s'arrêta entre les deux lits.

— Que peut-elle dire à Dieu ? pensa-t-il en passant devant le crucifix.

Puis, regardant le corps couché, il ajouta :

— Me voici donc ! voici Pol de Guezevern arrivé au comble de ses vœux et devenu comte de Pardaillan ! Misère humaine ! j'ai passé ma jeunesse entière, ma jeunesse heureuse à souhaiter ce titre et ce nom… Mais, voyons, suis-je un simple mannequin ou suis-je un vrai cadavre ?

Il se pencha au-dessus du lit ; la lampe n'envoyait au masque noir qui sortait des couvertures que de vagues et insuffisants reflets. Aucun trait saillant ne repoussait la soie plate du voile. Estéban hésita, puis, avec une sorte d'horreur, il toucha le masque. Il sentit sous la soie quelque chose de rugueux et de dur qui n'était point un visage.

— Un mannequin ! dit-il. Une tromperie aussi effrontée que lugubre !

Il fit un pas pour s'éloigner ; mais il se ravisa et souleva le drap d'une main frémissante.

La parole s'arrêta dans sa gorge, et le sang se retira de son cœur. Quand ses lèvres s'agitèrent enfin, il exhala ces mots comme une plainte :

— Et c'est elle qui a fait cela ! Le corps d'un homme ! Qui est cet homme ?

Sa main, qui tremblait violemment, arracha le masque ; il demeura frappé de stupeur à la vue de l'effroyable mutilation opérée autrefois par le recruteur don Ramon. Le voile retomba, la couverture fut replacée et le More répéta, sans savoir qu'il parlait :

— Qui est cet homme ?

En ce moment, un bruit soudain se fit entendre dans l'oratoire où parlait une voix qui n'appartenait ni à la comtesse Éliane, ni à

Roger, ni à Pola.

L'oratoire, de même que la première chambre où Estéban et Mélise s'étaient d'abord introduits, communiquait avec le réduit en deuil, qui avait en outre une troisième porte, ouverte entre les deux lits, au fond de l'alcôve.

Estéban, réveillé de cette sorte de torpeur où l'avait plongé ce qu'il venait de voir, s'élança vers l'issue qui donnait sur l'oratoire, mais cette issue, recouverte par une draperie noire comme tout le reste de l'appartement, était hermétiquement close. Son regard ne trouva aucune fissure par où se glisser.

Il repassa le seuil et revint dans la chambre d'entrée dont la cloison nue était en quelque sorte percée à jour.

Son premier regard lui montra la scène bien changée.

Pola de Pardaiilan et son frère avaient quitté l'oratoire. La comtesse Éliane était seule avec un homme dont la vue mit un éclair dans l'œil d'Estéban.

C'était le rôdeur nocturne, le passant au manteau de couleur sombre, rencontré naguère dans l'unique rue du hameau de Pardaiilan, l'homme qui avait essayé de se cacher dans l'ombre d'une porte, lors du passage de nos trois cavaliers et à qui le More avait dit :

— Bonsoir, monsieur le conseiller.

C'était l'ancien écuyer de madame la duchesse de Vendôme, le doux, le rose Renaud de Saint-Venant.

XIX. RENAUD DE SAINT-VENANT

Pendant que le More essayait de sonder les mystères de la chambre du deuil et trouvait au fond une énigme nouvelle, plus insoluble que toutes les autres énigmes posées en travers de son chemin depuis qu'il avait passé la frontière de France, madame Éliane oubliait, entre ses deux enfants chéris, les tristesses du présent, les menaces de l'avenir.

C'était une heure de répit, une heure de joie, la seule qu'elle eût savourée depuis qu'elle était comtesse de Pardaillan. À voir ce jeune homme si fier, si vaillant, si tendre, qui était son fils, cette enfant si douce et si belle, qui était sa fille, le cœur de la pauvre mère s'extasiait en une allégresse profonde. Elle vivait la minute présente avec une avidité passionnée, fermant volontairement les yeux, et rejetant à la fois hors de son esprit toutes les amertumes de la veille, toutes les angoisses du lendemain.

Elle n'accueillait qu'une seule pensée, la pensée qui la soutenait depuis huit jours : le souvenir de la promesse de la reine.

La reine n'avait pu mentir. Il y avait entre elle et la reine un engagement sacré. Or, la reine possédait le pouvoir suprême. Un mot d'elle pouvait se placer comme un rempart infranchissable entre la pauvre Éliane et la cruelle victoire de ses ennemis.

Nous allons voir tout à l'heure qu'elle n'avait pas tort d'espérer, et que malgré la méchante intervention de Kaddour, le matou d'Anatolie, et du cat-fox écossais, les débris de l'ordre signé par Anne d'Autriche pouvaient encore servir à quelque chose. Cette nuit où nous avons laissé M. de Mazarin assis auprès du lit de la reine, avait eu un lendemain comme toutes les nuits.

Seulement, entre la bonne volonté de la reine, entre l'honnêteté commerciale de Mazarin qui avait fait avec Éliane un véritable marché à titre onéreux et le château de Pardaillan, il y avait loin.

En outre, tout le long du chemin, bien des obstacles se dressaient.

Et, tout autour du château, cette muraille d'assiégeants, commandés par M. le baron de Gondrin, lieutenant de roi, était une terrible barrière.

Kaddour et le cat-fox avaient dévoré le précieux parchemin sans songer à mal. Ici, nombre de gens l'eussent détruit de parti pris.

Vers trois heures du matin, alors que la mère et ses deux enfants, serrés l'un contre l'autre, échangeaient leurs meilleures caresses, on avait frappé doucement à l'une des portes de l'oratoire ; non point celle qui était gardée par le chevalier Gaëtan, placé en sentinelle dans le corridor.

Ce coquin de Mitraille était entré, la tête basse, le pas chancelant, comme un homme abêti par l'ivresse. De fait, il n'avait pas toute son intelligence, Mélise nous a expliqué cela, parce qu'il ne buvait que de l'eau depuis deux jours.

Il avait le regard éteint, la langue épaisse, la taille courbée.

Il s'approcha de madame Éliane, et lui parla tout bas.

— Lui ! s'écria-t-elle en se levant, à cette heure ! et qui lui a ouvert les portes du château de Pardaillan ?

— C'est moi, s'il plaît à madame la comtesse, répondit Mitraille avec un sourire important. Je sais ce que je sais, peut-être ! Il m'a dit qu'il venait dans l'intérêt de madame la comtesse.

Voyez-vous, cette petite Mélise avait raison de bout en bout. Les gens comme ce coquin de Mitraille perdent cent pour cent à boire de l'eau. Cela les grise.

Depuis huit jours, il défendait le château envers et contre tous ; le roi serait venu à la tête de ses mousquetaires qu'il eût laissé le roi à la porte. Mais l'arrivée de madame Éliane exagérant soudain l'idée de sa responsabilité, il avait fait abstinence imprudemment et sa pauvre tête n'y était plus. Nous ne prétendons pas l'excuser tout à fait, mais nous plaidons les circonstances atténuantes.

Madame Éliane renvoya précipitamment Roger et Pola, étonnés de son trouble. Dès qu'elle fut seule avec Mitraille, elle s'écria :

— Comment avez-vous osé introduire un pareil homme dans ma maison ?

Le brave capitaine se gratta l'oreille.

— C'est bien vrai, dit-il, que je me suis souvent disputé avec madame la comtesse, parce qu'elle recevait ce même scélérat. Lui et son compère Mathieu Barnabi, cela fait une paire de Judas comme on n'en a pas vu depuis Hérode ! Mais j'ai réfléchi parce que j'ai la tête saine…

Il s'embarrassa dans une explication d'ivrogne qu'il termina ainsi en changeant de ton brusquement :

— Et, au fait, madame et maîtresse, je vais, si cela vous agrée, jeter le misérable et son ordre de la reine, à l'endroit le plus profond des douves, sanguedimoy ! et de grand cœur !

— Un ordre de la reine ! répéta Éliane dont la voix trembla. As-tu dit un ordre de la reine !

— C'est lui qui le dit, noble dame, répliqua Mitraille : un ordre de la reine, arrivé de Paris cette nuit même. Et à propos de cela, il paraît que les choses ont bien changé, à Paris depuis huit jours. Je n'ai pas beaucoup compris, et si j'avais bu la moindre des choses, je croirais que c'est le vin, mais…

La comtesse s'était levée.

— Qu'on l'introduise l interrompit-elle.

— Alors demanda Mitraille, vous ne voulez pas qu'ou le jette dans le fossé ?

— Qu'on l'introduise sur le champ !

Ce coquin de Mitraille salua, chancela et se retira, disant à part lui :

— Je l'aurais jeté si vous aviez voulu, tête première. Et ça m'aurait fait grand plaisir.

Ils ont des moments lucides.

Le conseiller Renaud de Saint-Venant entra, souriant et mielleux. Il marcha vers Éliane, les deux mains tendues.

— Se peut-il, madame la comtesse, dit-il, que vous ayez fait tout cela sans chercher mes conseils, sans même me prévenir ! Ne suis-je plus votre vieil ami et le plus sincèrement dévoué de vos serviteurs ?

— Quel est cet ordre de la reine ! demanda Éliane en lui désignant un siège.

— Vous devez le savoir mieux que moi, noble dame, puisque vous allâtes le chercher, cette nuit où vous me fîtes bâtonner par cet aventurier le More…

— Le More ! interrompit Éliane. Je n'ai jamais vu cet homme.

— Certes, certes, dit Saint-Venant, on n'a pas besoin de les voir. On leur fait tenir une cinquantaine de pistoles, et tout est dit. Mais ce brave capitaine Mitraille était avec le More, madame, et c'était là une grave imprudence : Mitraille est de vos gens.

— Je vous jure, s'écria Éliane, que j'ignore ce dont vous voulez me parler. Avez-vous en réalité, un ordre de la reine ?

— Oui, bien chère dame : un ordre de la reine contresigné par M. de Beauvais, lequel n'en signera point beaucoup d'autres, car il s'est passé d'étranges choses à Paris. Ce M. de Mazarin est un homme fort habile, et il paraît que les cardinaux ont la main à gouverner la France. M. le lieutenant de roi me disait tout à l'heure, car personne d'entre nous ne dort cette nuit, M. le baron de Gondrin me disait : « Si nous étions en Brie ou en Champagne, au lieu d'être dans le Rouergue, il ne nous resterait plus qu'à prendre nos jambes à notre cou. »

— Quoi ? demanda madame Éliane, M. le baron de Gondrin se repent-il de la violence qu'il a exercée à mon égard ?

— Non, point du tout, respectée dame, parce que nous sommes dans le Rouergue, au lieu d'être en Champagne ou en Brie. Il faut à tout le moins cinq bonnes journées pour venir de Paris jusqu'ici, au train de voyage : nous en avons mis sept et nous avions des relais. Les routes ont, Dieu merci, tant de fondrières !

M. le baron de Gondrin-Montespan estime qu'il a encore quarante-huit heures pour prouver aux gens du Parlement que vous possédez l'héritage de Pardaillan par suite d'une très hardie et très ingénieuse supercherie. Les gens du Parlement et M. le baron n'en demandent pas davantage. Une fois ceci prouvé, et vous savez mieux que personne si la preuve est malaisée à parfaire, M. le baron est à l'abri. Le gouvernement aura beau changer, la reine aura beau défiler sa guirlande de ministres comme un chapelet de noix, rien n'y fera : M. de Gondrin sera héritier de par la loi, et de par la loi, vous, respectée dame, vous serez ruinée, perdue, déshonorée. Je suppose que j'ai parlé clairement ?

Madame Éliane était très pâle, mais non point abattue. Elle regardait le conseiller en face.

— Oui, dit-elle, vous avez parlé clairement. J'ai péché, puisque Dieu a commandé de ne point mentir. J'ai gardé mon mari mort dans son lit, comme je gardais son souvenir vivant dans mon cœur, mais j'ai menti. Quel marché venez-vous me proposer ?

Le conseiller Renaud de Saint-Venant tressaillit en ce moment, et tourna la tête avec vivacité vers la cloison qui séparait l'oratoire de la chambre en deuil.

— J'ai entendu du bruit, murmura-t-il.

Éliane sourit doucement.

— Les morts sont immobiles, dit-elle, et ne parlent point. Nul ne peut entrer dans la retraite où j'ai enseveli mon secret. Nul, jusqu'à demain !

Le conseiller prêta l'oreille un instant encore. On n'entendait plus rien. Il reprit avec un reste de défiance :

— Puisque j'ai bien pénétré jusqu'ici, M. de Gondrin pourrait faire de même, et il est le plus fort.

— N'êtes-vous point ici dans ses intérêts ? demanda Éliane amèrement.

— Non, répondit Saint-Venant de sa voix la plus mielleuse, je suis ici dans les vôtres, respectée dame. Ah ! si vous aviez eu confiance en moi ! Et je suis ici dans mes intérêts, aussi, un peu.

La comtesse laissa échapper un geste de profonde fatigue et prononça tout bas :

— Cet ordre de la reine, l'avez-vous ? Quel est-il ? combien voulez-vous me le vendre ?

Le conseiller prit alors seulement le siège qu'on lui avait offert, et ce ne fut point sans lancer une cauteleuse œillade vers la partie de la cloison où le bruit s'était fait entendre.

Si cette œillade avait eu le pouvoir de percer la cloison, un autre regard, ardent et avide, eût croisé celui du conseiller et l'aurait fait muet comme une pierre.

Don Estéban était de nouveau à son poste d'observation.

Saint-Venant dit en rapprochant son siège :

— Nous avons le temps, respectée dame, et il est bon que notre explication soit complète. Je vais rester ici votre ami et votre serviteur ou me retirer votre ennemi. Or, dans ce dernier cas, vous êtes perdue sans ressource. Soyez donc attentive, je vous prie, et raisonnons, comme il convient entre gens sages. Vous avez risqué un jour votre réputation pour sauver la réputation et la vie de la reine ; c'était fort adroit, mais les reines oublient. Par mon patron, madame ! n'y aurait-il point moyen de voir ce qui se passe dans la chambre voisine ? J'ai entendu un souffle : j'en suis sûr !

— Les morts n'ont plus de souffle ! prononça lentement madame Éliane : voyez si ma respiration n'est pas égale et tranquille au moment où elle devrait faire éclater ma poitrine. J'ai déjà le calme des gens qui vont mourir.

Saint-Venant prit la lampe et ouvrit la porte qui donnait sur la chambre du deuil. Il disparut pour un quart de minute et revint précipitamment. Il était tout blême.

— Je n'ai rien vu, grommela-t-il. Je n'aime pas être seul là-dedans. Respectée dame, voici votre situation en deux mots : elle n'est pas avantageuse. Vous êtes bloquée dans ce château avec un soin minutieux, je vous prie de le croire. C'est moi qui ai pris toutes les mesures ; elles sont bien prises.

— Nous avons avec nous une armée d'archers, venus de Rodez, de Milhau, de Sainte-Affrique et de partout. Mon compère et ami, M. de Gondrin-Montespan, est le favori de M. de Beaufort, qui passe encore dans ce pays reculé, pour être le favori de madame la reine. Cela nous suffit amplement : on lui obéit comme au Messie. Je suppose bien que vous avez des intelligences au dehors, car vous êtes une femme très avisée, et j'ai rencontré cette nuit, après l'orage, trois cavaliers que j'ai cru reconnaître pour n'être point des amis de M. le baron, mais il faudrait des ailes à qui voudrait forcer notre blocus. Mort de moi ! comme disait ce pauvre beau Guezevern, noua avons un luxe de sentinelles à défier feu le chevalier Bayard, sans peur et sans reproche.

Vos trois amis, fussent-ils sorciers, seraient égorgés vingt fois avant de franchir nos lignes. Et quand ils les franchiraient par impossible, voyez la belle victoire ! Pourraient-ils vous protéger contre la force réunie à la loi ? car nous sommes la loi, bien-aimée dame. Il ne s'agit pas d'une attaque de soudards : nous avons avec nous un président à mortier, des conseillers, tous les baillis de la province, tous les sénéchaux, tous les prévôts, tous les gens tenant parlements et présidiaux, plus des procureurs, plus des avocats, plus des recors jurés, des huissiers, des archers – et encore des gentilshommes, madame, et encore des bourgeois ! N'est-ce point assez ? Non. Nous avons aussi des dames. Ah ! c'est une affaire bien menée !

Nous avons annoncé le spectacle à son de trompe, le grand spectacle de la reine Artémise, convaincue d'avoir assassiné son roi Mausole. C'est curieux, cela. Les spectateurs sont arrivés en foule. À l'heure où je vous parle, outre la cohue qui remplit votre auberge du *Tourne-Bride* et toutes les masures de votre hameau de Pardaillan, toutes ! il y a des gens campés dans la forêt, comme s'il s'agissait d'un pieux pèlerinage, et les routes qui conduisent à votre château, du nord, du midi, du levant et de l'occident, sont encombrées de voyageurs qui se pressent, qui se poussent pour voir la plus belle fête qu'on puisse offrir à la méchanceté des hommes : la ruine, la ruine violente, complète, honteuse d'une personne qu'on jalousait hier. Car vous aviez beau être bonne, madame, généreuse, secourable, sachez cela, il y avait une terrible dose de haine dans l'amour qu'on vous portait.

Vous étiez si riche, et vous aviez été pauvre ! Vous étiez une parvenue. Il ne faut jamais chanceler quand on est parvenu. Chacun se vantera demain de vous avoir abhorrée d'instinct et sans savoir ; chacun se vengera de vous avoir chérie. Rien, entendez-vous, rien ne peut vous donner une idée de ce qui se passera demain au château de Pardaillan : ce sera hideux, mortel, terrible ; c'est moi qui vous le dis, moi qui ai tout préparé. Sur ma parole, j'ai grand'pitié de vous !

Jusqu'alors, madame Éliane avait écouté, immobile et muette. Ici, un éclair de courroux s'alluma dans ses beaux, yeux ; mais cet éclair s'éteignit dans ses larmes. Elle murmura :

— Mes enfants ! mes pauvres enfants !

— C'est juste, fit Renaud de Saint-Venant qui retrouva son méchant sourire, banni par la menace de ses dernières paroles. Ils sont deux maintenant… et nous allons parler tout à l'heure de mon filleul. Je ne sais pas si vous me croirez, madame, quand je vais vous dire que, malgré les apparences, je suis toujours resté votre sincère ami.

Éliane fit un geste d'horreur. Renaud répéta en appuyant sur les mots :

— Votre ami dévoué, votre seul ami, je vais vous le prouver. Il est en mon pouvoir de changer votre détresse en triomphe : je viens vous proposer le salut.

Cette ouverture ne releva point la paupière mouillée de madame Éliane. Elle connaissait Renaud de Saint-Venant. Celui-ci continua :

— Vous ne me croyez pas ? Je m'y attendais. Depuis quinze ans, votre malheur est de n'avoir point eu confiance en moi. J'espère, cependant, vous convaincre d'un mot : je vais vous remettre l'ordre de la reine.

La comtesse se leva toute droite. Elle tremblait, mais ses yeux ranimés brûlèrent.

— Sur ma foi, murmura Renaud qui la regarda étonné, vous êtes plus belle que votre fille, madame !

Il y avait un autre regard qui dévorait cette merveilleuse beauté sur laquelle les années avaient passé comme la caresse du temps au front des chefs-d'œuvre de la statuaire antique.

Il y avait une autre voix qui balbutiait, jaillissant d'un cœur ému jusqu'au transport :

— Qu'elle est belle ! qu'elle est belle ! et comme elle a souffert !

— Et quelle fortune voulez-vous que je vous donne pour acheter cet ordre ? demanda Éliane.

— Il faut d'abord, répondit le conseiller, que vous examiniez l'objet à vendre : l'ordre est parfaitement en règle et tel que vous l'avez demandé.

Tout en parlant, il avait déplié un large parchemin, touché au sceau royal et absolument semblable à celui que ce facétieux Kaddour et le chat-renard d'Écosse avaient détruits dans leurs ébats. Il n'y avait ici nulle supercherie : ce parchemin était sincère et véritable. M. de Mazarin, toujours soigneux, le lendemain de la scène que nous avons racontée, était entré le premier dans la chambre de la reine régente qu'il avait quittée le dernier. Tout en causant avec Anne de choses très importantes, car ils préparaient le coup d'État qui allait rendre si brusquement le pouvoir aux créatures de Richelieu, le cardinal avait été offusqué par la vue de plusieurs lambeaux de parchemin épars sur le carreau. Il aimait la propreté minutieusement ; il fit d'abord le ménage, ramassant une à une ces bribes, puis il tomba par hasard sur un lambeau plus grand qui, malgré le travail consciencieux des dents de Kaddour, laissait lire encore quelques mots du protocole royal.

La mémoire lui revint aussitôt. Ce parchemin avait coûté cent mille livres, en définitive. M. de Mazarin savait que le compétiteur de la comtesse de Pardaillan était M. de Gondrin, nommé lieutenant de roi sans sa participation et créature du duc de Beaufort, qui était sa bête noire. Il s'assit, libella un nouvel ordre, et le fit signer à la reine, après quoi, il envoya le parchemin scellé à la demeure de madame Éliane.

Le message arriva une heure ou deux après le départ de cette dernière. Elle avait laissé des ordres précis. Le parchemin lui fut expédié par exprès au château de Pardaillan.

— Seulement, respectée dame, poursuivit le conseiller de Saint-Venant, après lui avoir raconté tout cela, ou du moins ce qu'il en savait, rien n'entre au château de Pardaillan et rien n'en sort. M. de

Gondrin a bien voulu me nommer généralissime du siège, et je vous jure que je fais bonne garde, non pour lui, mais pour moi... ou plutôt pour vous, car je ne séparerai vos intérêts des miens propres qu'à la dernière extrémité.

Je fais aussi un peu le blocus autour de M. le lieutenant de roi. Si l'ordre était tombé dans ses mains, tout était perdu. Il est tombé dans les miennes, et vous voyez que je l'apporte fidèlement. Grâce à ce bon office, j'espère que nous allons enfin nous entendre.

— Je vous ai déjà demandé, dit Éliane, le prix que vous exigiez ; je ne marchanderai pas.

— Tant mieux pour vous, belle dame, répliqua Renaud, car la nuit passe, et discuter serait désormais hors de saison. Nous allons parler franc, s'il vous plaît. M. le baron de Gondrin m'a offert une somme assez ronde. Quand il saura que j'ai l'ordre du roi, il doublera la somme, il la triplera, il la décuplera, si je veux. Ce n'est donc pas l'argent qui me tient. Je vous ai aimée bien ardemment, Éliane !

La comtesse tressaillit à ce nom, lancé avec une doucereuse effronterie. On n'entendait plus aucun bruit derrière la cloison.

— Mais, reprit le conseiller, si nous faisons usage de l'ordre de la reine pour disperser cette nuée de corbeaux, il sera bon de laisser vivre encore quelque temps M. le comte, afin de saisir une opportunité de l'enterrer sans scandale. Or, me voilà qui prends de l'âge, et je ne puis beaucoup attendre. Je m'en tiens, pour ce qui est du mariage, à notre chère Pola, que vous m'avez déjà refusée.

— Son frère est là, maintenant ! interrompit madame Éliane.

— Son frère n'y doit point rester ! prononça durement Renaud. J'ai plus d'une mission en ce pays de Rouergue, respectée dame. M. le maréchal de la Meilleraye m'a chargé de saisir, partout où je le trouverais, le rebelle Gaëtan de Saint-Preuil, qui est, je crois, mon rival auprès de mademoiselle de Pardaillan. Demain, le chevalier Gaëtan et le page Roger partiront pour Paris sous bonne escorte : ils auront fait tous deux un bon rêve.

XX. L'ALCÔVE

La comtesse Éliane regarda Saint-Venant en face.

— Vous me prendrez mon fils ! dit-elle d'une voix brève et basse.

— Il ne lui sera point fait de mal, répliqua le conseiller.

— Et vous me demandez ma fille ? ajouta la comtesse.

— Votre fille, madame, si elle devient ma femme, sera, un jour à venir, comtesse de Pardaillan. Songez que je sacrifie M. le baron de Gondrin, que j'ai le Parlement pour moi, et que Pol de Guezevern, qui vit pour vous, qui écrit par votre main, peut faire un testament avant de mourir pour tout de bon.

Éliane s'assit.

— Et si je vous abandonne de la sorte mon fils et ma fille, demanda-t-elle froidement, me délivrerez-vous l'ordre de la reine ?

— Oh que nenni ! répliqua le conseiller en riant. Vos beaux yeux ne savent point cacher votre pensée. Si vous teniez une fois l'ordre de la reine, je serais un bien petit compagnon. Réfléchissez, ma belle dame : au moment que vous acceptez mes conditions, je deviens plus intéressé que personne au bien de *notre* maison ; en conséquence, je dois rester dépositaire de l'arme qui est notre sauvegarde commune. Revenez à des pensées plus raisonnables, et stipulez plutôt en faveur de votre fils. Je ne suis point méchant, vous le savez, et, à cet égard, je suis prêt à vous concéder tout ce qui est compatible avec la prudence.

Renaud s'assit à son tour. Il croyait la bataille gagnée, d'autant mieux que madame Éliane avait mis ses deux mains convulsivement crispées sur son visage couvert de pâleur. C'est ainsi que les femmes capitulent d'ordinaire.

— Voyons, respectée dame, reprit Renaud, ce jeune garçon est mon filleul, après tout. Voulez-vous que je lui donne mon nom, au lieu de celui qu'il perd ? Chacun peut avoir commis un péché de jeunesse. Je lui assurerai dix mille livres de pension, je lui achèterai une lieutenance. Par la corbleu ! ce pauvre chevalier Gaëtan voudrait bien coucher dans de pareils draps ! Mais, pour celui-là, son compte est réglé. Voyons, belle dame, décidez-vous, j'ai hâte.

Il attendit un instant la réponse de la comtesse. Comme il allait reprendre la parole, madame Éliane répondit enfin très bas et d'une voix brisée :

— Monsieur de Saint-Venant, je vous prie de vous retirer.

— Comment ! s'écria le conseiller, demandez-vous à réfléchir à cette heure ?

Elle se découvrit le visage et Renaud recula devant son regard.

— Je ne demande pas à réfléchir, prononça-t-elle avec lenteur. Je vous refuse la main de ma fille, aujourd'hui comme hier, et je ne veux pas vous livrer mon fils.

— Ah ! ah ! fit le conseiller, qui se mit sur ses pieds, c'est la guerre alors ! Vous êtes brave, ma noble dame ! vous allez affronter la justice dans cette chambre où abondent si bien les preuves de votre mensonge… de votre crime ! vous allez paraître devant vos juges sans défense, sans excuse, sans espoir !

— Sans espoir ! répéta Éliane d'une voix morne. Car je n'espère plus même en Dieu ! J'ai péché, il faut que je sois punie. Je vois cela clairement par la folie de ma propre conduite. Si, tout à l'heure, j'avais gardé mon fils près de moi, si j'avais caché mon fils derrière une de ces draperies… Vous tressaillez… j'étais sauvée : il est brave comme un lion, aussi brave que vous êtes lâche ; il vous eût arraché cet ordre avec la vie… car vous avez mérité de mourir, Renaud de Saint-Venant, et à cette heure suprême où l'âme se détache des choses de ce monde, je vous le dis : vous ne jouirez pas longtemps du fruit de votre infamie.

— C'est affaire entre la Providence et moi, belle dame, répondit le conseiller en ricanant : j'aime mieux, à cette heure, la main de la Providence que l'épée de mon cher filleul. Une fois, deux fois, est-ce votre dernier mot ?… trois fois…

— Je vous ordonne de sortir ! commanda Éliane, qui se redressa de toute sa hauteur.

— Vous allez vous tuer ! balbutia Saint-Venant ; je vous devine.

— Vous l'avez dit, répliqua Éliane, je vais me tuer ; sortez !

Saint~Venant se dirigea vers la porte en murmurant :

— J'ai fait ce que j'ai pu. Chacun pour soi en ce monde. Voici vingt ans que je travaille, et je ne puis tout perdre pour une lubie de femme. Par la messe ! je n'ai que le temps d'arranger mes affaires d'un autre côté. Respectée dame, vous n'avez à accuser que vous~-môme ; j'avais pour vous un dévouement chevaleresque…

Sa phrase s'acheva de l'autre côté de la porte.

Les bras de la comtesse tombèrent le long de son corps.

Elle resta longtemps ainsi, immobile, anéantie.

En vérité, il y avait du vrai dans ce qu'Éliane avait dit : Dieu l'abandonnait moins qu'elle ne s'abandonnait elle-même. Sa force d'âme d'autrefois succombait sous le poids d'un sentiment qui ressemblait à un remords. Elle avait menti. Le mensonge l'écrasait à cette heure où elle aurait eu besoin de toute sa vaillance.

Il ne lui eût fallu qu'une épée contre cet homme qui était fort et hardi seulement devant les femmes. Elle était entourée d'épées. Un cri, un simple cri eût appelé Mitraille, qui rôdait, indécis et inquiet, dans le couloir intérieur, et Gaëtan, toujours placé en sentinelle dans l'autre galerie.

Elle n'avait point poussé de cri ; elle ne savait plus : elle était morte.

Un seul être au monde aurait pu venir à son secours, car celui-là n'avait pas besoin d'être averti : il était témoin, — mais celui-là ne voulait pas.

En sortant de l'oratoire, le conseiller heurta ce coquin de Mitraille, appuyé contre le mur et creusant sa cervelle vide pour savoir s'il avait bien ou mal fait d'introduire Saint-Venant auprès de sa dame. Celui-ci l'entraîna, disant :

— Que faites-vous là, capitaine ? À votre poste, malheureux ! Ne quittez pas la garde de la porte avant l'heure fixée pour la capitulation ; et que personne n'entre, surtout !

— J'étais resté là, répondit Mitraille, pour être à portée si madame Éliane appelait. Vertubleu ! monsieur le conseiller, ce n'est pas la confiance que j'ai en vous qui m'étouffe ; et au moindre mot de madame la comtesse, je vous aurais saigné comme un chapon !

— Capitaine, répliqua gravement Renaud, dans quelques heures, madame la comtesse vous dira elle-même ce que j'ai fait pour elle, et vous vous repentirez de ces paroles que je vous pardonne de bon cœur. Allez à votre devoir et veillez. Moi, je n'ai pas encore achevé ma besogne de cette nuit.

À ces derniers mots, il s'éloigna brusquement, laissant ce coquin de Mitraille l'homme du monde le plus embarrassé.

— J'ai la tête froide ! se dit le bon garçon en grattant tour à tour ses deux oreilles jusqu'au sang. Je n'ai bu que de l'eau claire, ce qui est une condition excellente pour réfléchir avec fruit. Réfléchissons ! Du diable s'il y a seulement un quart d'idée dans ma cervelle ! Pourquoi ce damné conseiller reste-t-il au château ? Dois-je aller prendre les ordres de madame Éliane ? Et s'il arrivait malheur au poste de la grande porte pendant cela ? Sarpejeu, la soif que j'ai ! J'étrangle !

Il redescendit les escaliers la tête basse.

Nous savons que le conseiller Renaud de Saint-Venant avait ses entrées au château de Pardaillan depuis le jour où madame Éliane en avait pris possession. La veuve de Pol de Guezevern avait subi pendant quinze ans la domination de cet homme. Il connaissait parfaitement les corridors, les galeries, les passages secrets de l'immense et féodale demeure.

En quittant Mitraille, il reprit à grands pas le chemin qu'il venait de parcourir, traversa toute une longue suite de chambres inhabitées, et franchit en dernier lieu une porte donnant sur l'escalier en colimaçon qui conduisait à la poterne par où Mélise avait introduit ses trois fameuses épées : Roger, Gaëtan et le More.

Pendant ce voyage, le conseiller avait médité profondément et s'était dit à plusieurs reprises :

— Après tout, je retomberai toujours sur mes pieds, et certainement M. le baron ne pourra se refuser à doubler la somme.

Nous nous souvenons que la poterne s'ouvrait au fond même du ravin, servant de douve, qui séparait le château des bois de Pardaillan.

Renaud enleva les barres à tâtons, réfléchissant toujours, et fit tourner le massif battant, armé de fer, sur la rouille de ses gonds.

Il faisait encore nuit noire au fond du ravin, mais l'étroite bande de ciel qu'on apercevait entre les arbres et le rempart prenait déjà des teintes irisées.

Renaud approcha de ses lèvres un appeau de braconnier qui rendit à son souffle une note courte et basse.

Quelques secondes s'écoulèrent, puis, dans le silence, un son pareil retentit faiblement au haut de la rampe.

On entendit, sur le rempart, le pas des sentinelles. L'une d'elles s'arrêta dans sa marche et dit :

— Les perdreaux chantent au mois de juillet cette année.

Puis le silence régna de nouveau.

Après une minute, on aurait pu voir un mouvement parmi les

broussailles qui tapissaient la rampe, et un caillou, brusquement dérangé, roula au fond du ravin.

— Qui vive ! cria la sentinelle.

Il ne lui fut point répondu.

— Par la mort Dieu ! gronda le soldat, une perdrix ne buterait pas ainsi contre les roches. C'est au moins un lièvre !

Et il épaula son arbalète à chaîne.

Le carreau siffla. Un juron s'étouffa dans les buissons. L'instant d'après, M. le baron de Gondrin était auprès de Saint-Venant, qui le fit entrer par la poterne et referma le battant derrière lui.

— Sang du Christ ! gronda le lieutenant de roi, le drôle m'a enlevé un lopin de chair à l'épaule : un pouce plus bas, j'étais mort !

— Louons donc Dieu, dit Saint-Venant, et parlez bas, monsieur mon ami : j'ai ouï des pas tout à l'heure en passant au bout de la grande galerie.

Gondrin s'assit sur une des marches de l'escalier tournant.

— Le cœur me manque... murmura-t-il.

— Il n'est pourtant pas l'heure de se reposer, monsieur mon ami, répliqua Renaud. Voici le jour qui va poindre. Si vous aviez eu confiance en moi, si vous aviez accepté pour vrai tout ce que je vous ai dit, cette mésaventure ne vous serait point arrivée.

— Par la morbleu ! s'écria Gondrin en se levant, j'ai voulu voir par moi-même, et j'ai bien fait. Toute cette histoire est aussi invraisemblable qu'un conte à dormir debout. Quand on a l'honneur d'occuper la haute dignité que madame la régente a bien voulu me confier, il ne faut point donner à rire de soi, mon camarade !

Il faisait noir comme dans un four, c'est pourquoi M. le baron ne vit point l'effort que fit le conseiller pour réprimer un accès de moqueuse hilarité ; il poursuivit :

— Ce cadavre empaillé, ce comte endormi comme une momie, depuis quinze ans, dans sa chambre close... certes, l'audace des femmes n'a point de bornes ; mais, pourtant, l'aventure me paraît un peu forte, et avant de convoquer cent témoins, hommes de guerre, magistrats, gentilshommes et gens du roi, j'ai voulu m'assurer par moi-même de la réalité du fait. Quand j'aurai vu par mes yeux, quand j'aurai touché de mon doigt, je serai plus à mon aise.

— Vous verrez donc par vos yeux, monsieur mon ami, dit Saint-Venant, et vous toucherez de votre doigt. Marchons !

Ils montèrent. Quand ils eurent franchi la dernière marche de l'escalier et qu'ils furent arrivés à l'embouchure de la grande galerie, Saint-Venant serra vivement le bras du baron.

— Écoutez, dit-il, et voyez !

Un pas se faisait entendre à l'autre bout de la galerie et bientôt on put voir, aux premières lueurs de l'aube, une fière et svelte silhouette passer devant une croisée.

— Qu'est cela ? demanda le baron.

— Je ne sais, repartit Renaud. Il se passe cette nuit, au château, des choses que je ne peux point m'expliquer. Il faut se hâter et jouer serré. Venez, monsieur mon ami.

Ils profitèrent du moment où le chevalier Gaëtan tournait le dos dans sa promenade périodique et traversèrent la galerie à pas de loup, reprenant ensemble le chemin que le conseiller venait de parcourir tout seul.

Le conseiller s'arrêta dans l'une des chambres et battit le briquet. Une bougie allumée montra un lit, des sièges et une table où se trouvait tout ce qu'il faut pour écrire.

— Ceci était ma retraite, dit Renaud, au temps où j'étais l'ami de la maison. Veuillez prendre un siège, monsieur le baron. Il faut que nous ayons ici tous deux un entretien qui sera court, je l'espère, mais qui est indispensable. Voici votre place.

Il montra un siège au lieutenant de roi, et en prit un autre qui laissait entre eux toute la largeur de la table.

— Pourquoi ce retard ? demanda Gondrin, qui, néanmoins, s'assit, et approcha le flambeau de son épaule pour examiner sa blessure.

— La plaie n'est, Dieu merci, qu'une bagatelle, monsieur mon ami, reprit Saint-Venant. Parlons de choses plus graves. Il est arrivé cette nuit des nouvelles de Paris.

— Ah ! fit le baron. Bonnes ?

— Pour les uns, oui ; pour les autres, mauvaises. J'estime qu'il vous reste à peu près douze heures d'autorité.

— Comment ! s'écria le baron qui voulut se lever.

— Restez assis, je vous supplie, dit froidement le conseiller en ouvrant les revers de son pourpoint pour prendre un pistolet de grande taille qu'il arma et qu'il déposa sur la table.

M. de Gondrin le regarda, étonné, mais non pas effrayé. Il se rassit, disant :

— C'est donc une conversation sérieuse ?

— Du tout point, monsieur mon ami, répondit Saint-Venant. J'ai un trésor et je le garde, voilà tout. Mais je suis sûr qu'aucune difficulté ne peut surgir entre nous. Voilà le trésor.

Il déplia le parchemin signé par la reine et le présenta ouvert au regard de Gondrin.

— Pouvez-vous lire d'où vous êtes ? demanda-t-il.

— J'ai de bons yeux, répondit le baron. Qu'est-ce que ce diplôme ? Ah ! ah ! s'interrompit-il, c'est le prix de la comédie de Rivière-le-Duc. Très bien, et comment est-il en votre pouvoir ?

— Il y est, dit seulement Saint-Venant.

— C'est juste. Après ?

— Avec cela, madame la comtesse de Pardaillan pouvait nous fermer à toute éternité les portes de sa maison.

— C'est juste, répéta Gondrin ; vous avez essayé de le lui vendre ; elle n'a pas voulu racheter !…

— Je proteste… commença Renaud.

— Moi aussi, l'interrompit Gondrin ; je proteste que vous êtes un très habile maraud, mon compère. Combien demandez-vous de cet ordre ?

— Il me semble qu'en triplant notre marché ?…

— Je double, c'est assez !

Renaud lui montra du doigt l'écritoire.

— Nous n'avons pas le loisir de marchander, dit-il. Écrivez, signez, et que ce soit chose faite.

Sans hésiter aucunement, M. de Gondrin écrivit et signa. Saint-Venant serra la cédule, remit son pistolet sous les revers de son pourpoint qu'il agrafa et dit :

— Monsieur le comte de Pardaillan, achevons notre œuvre.

Ayant mis ce titre et ce nom comme un double rempart entre lui et la colère possible de Gondrin, il reprit sa route en marchant le premier.

La route n'était pas longue désormais. En sortant de la chambre de Saint-Venant, ils s'engagèrent dans le corridor intérieur où naguère attendait et veillait ce coquin de Mitraille. La porte de l'oratoire donnait sur ce corridor. Le lieutenant de roi et le conseiller s'arrêtèrent à la porte suivante, dans la serrure de laquelle Saint-Venant introduisit une clef. Il entra, suivi de son compagnon, et tous deux se trouvèrent dans la chambre à coucher de madame Éliane — la chambre du deuil. Ils s'étaient introduits par l'issue dérobée dont nous avons parlé déjà et qui s'ouvrait entre les deux lits, au fond de l'alcôve.

La lampe brûlait encore, mais elle était presque épuisée, et ses lueurs vacillantes communiquaient d'étranges mouvements aux objets. Ainsi, au moment où M. de Gondrin passait le seuil, il crut voir la draperie qui lui faisait face s'agiter et se refermer. Cette draperie séparait la chambre du deuil de la pièce d'entrée où Mélise avait amené d'abord don Estéban, le More.

La première pensée du lieutenant de roi fut qu'un homme venait de s'esquiver par cette issue. Il se retourna vers Saint-Venant, qui le suivait, pour lui exprimer cette crainte, mais Saint-Venant mit un doigt sur sa bouche.

— Madame Éliane est là, prononça-t-il très bas en montrant la cloison de l'oratoire. Elle est seule. Elle entendrait le moindre bruit.

M. de Gondrin garda le silence. Ses yeux étonnés firent à deux ou trois reprises le tour de cette chambre lugubre comme un tombeau, et un frisson parcourut ses veines.

— Où est le comte ? balbutia-t-il.

Son regard venait de tomber sur le lit de droite, qui était vide.

— Ici, répondit Saint-Venant, qui montra le lit de gauche.

Le baron ramena ses yeux vers la couche où le cadavre était étendu. Il tressaillit et recula d'un pas. La couverture laissait deviner les formes rigides du mort, dont le voile noir cachait le visage.

La lampe jeta un éclat fugitif.

Le voile noir dessina des traits vagues, et les membres immobiles eurent un fantastique balancement.

— Dieu vivant ! pensa tout bas le lieutenant de roi, cette femme est brave !

— Toutes les femmes sont braves, répondit Saint-Venant. Voulez-vous toucher ?

M. de Gondrin ne répondit point.

— Voulez-vous voir ? ajouta Renaud.

Et comme le baron restait muet encore, Saint-Venant alla prendre sur la table la lampe mourante et l'apporta dans l'alcôve où il la tint élevée au-dessus du lit du mort. — Le baron regarda — et le baron toucha.

Saint-Venant dit :

— Maintenant avez-vous encore des doutes ? Ai-je bien gagné mon salaire ? Oserez-vous, devant tous, mettre la main sur cette épaule inerte et défier ce cadavre de témoigner contre nous ?

— Sortons ! murmura M. de Gondrin au lieu de répliquer, je sais ce que je voulais savoir.

Il repassa le seuil précipitamment.

La lampe jeta une grande lueur, pendant que Saint-Venant la replaçait sur la table, puis elle s'éteignit.

Au moment même où elle s'éteignait, Saint-Venant eut comme une vision. Il crut apercevoir entre les deux pans de la draperie qui fermait la chambre voisine une haute et pâle figure dont les yeux le regardaient avec d'ardentes prunelles.

Il s'enfuit. La chambre à coucher resta vide et plongée dans d'épaisses ténèbres, car les faibles rayons de l'aube ne pouvaient point encore percer la sombre étoffe des rideaux, pendant au-devant des fenêtres.

Au milieu du silence qui régnait dans ces ténèbres, on put entendre à travers la cloison de l'oratoire la voix navrée de madame Éliane qui sanglotait et qui priait.

Puis, après quelques minutes, un œil habitué à l'obscurité décroissante, car le crépuscule se faisait peu à peu, aurait deviné un mouvement de la draperie tombant en face de l'alcôve. Elle s'entr'ouvrit. Une ombre de haute taille, drapée dans un vêtement blanc, traversa la chambre mortuaire sans bruit. Aux lueurs indécises qui combattaient les ténèbres, un objet mince et brillant comme un rasoir scintillait vaguement dans sa main.

L'ombre disparut dans l'alcôve d'où partirent des bruits étranges. On eût dit qu'une main sacrilège violait le repos du lit funéraire.

Quand le jour vainqueur, cependant, pénétra dans cette tombe, rien n'était changé dans l'apparence de l'alcôve, et le mort, voilé de noir, s'étendait toujours à la même place.

La septième heure avait tinté depuis longtemps. Il faisait grand jour. Quand la demie tinta, madame Éliane appela ses serviteurs.

— Huit heures sonnant, dit-elle à Mitraille qui se présenta le premier, que les portes de mon château de Pardaillan soient grandes ouvertes. Neuf heures sonnant, que cette lettre soit remise à ma fille, celle-ci à mon fils, cette dernière à Sa Majesté la reine. Allez ! et qu'il ne soit fait aucune résistance à M. le lieutenant de roi.

XXI. QUATRE FLACONS DE VIN DE GUYENNE

Huit heures sonnèrent, la grande porte du château de Pardaillan roula sur ses gonds, livrant passage à tous ceux qui voulurent entrer, et Dieu sait que beaucoup eurent cette fantaisie. Depuis l'époque reculée de sa fondation, l'antique manoir n'avait probablement jamais vu pareille foule, ni pour obsèques, ni pour épousailles. Le pays entier s'était précipité vers cette maison depuis si longtemps close, où le plus étrange de tous les mystères allait être enfin dévoilé.

On ne saurait dire comment les choses s'apprennent et se répandent. La veille, tout le monde ignorait encore le mot de l'énigme ; ce matin, chacun parlait, la bouche ouverte, de la chambre du deuil et de ce qu'elle contenait.

Nul n'avait pénétré à l'intérieur du château, mais les secrets mûrs pour la divulgation éclatent d'eux-mêmes dans le vase qui les contient, et sont capables de percer les remparts les plus épais.

On disait la forme de cette chambre à coucher mortuaire, comment étaient disposées les tentures et de quelle façon les deux lits se coudoyaient dans l'alcôve, le lit où dormait la vivante, le lit où reposait le défunt.

Et qui disait cela ? des gens venus de Rodez, de Digne, et de plus loin ; des gens qui arrivaient du Languedoc ou do la Guyenne ; le lugubre drame avait fait explosion en quelque sorte. La curiosité passionnée de toute cette cohue qui avait la fièvre des tragédies judiciaires ne consistait déjà plus à savoir, mais à voir.

Les heures de la nuit avaient été fécondes outre mesure. Malgré l'orage qui laissait les torrents enflés et les chemins défoncés, toutes les routes avoisinant le château de Pardaillan, qu'elles vinssent du nord ou du sud, du levant ou bien du couchant, avaient vomi d'innombrables quantités de pèlerins. C'était une folie ; on venait là comme à la grande foire du scandale sanglant : alors, comme aujourd'hui, le scandale et le sang avaient d'extravagantes vogues.

Il ne s'agissait plus, en vérité, d'un plus ou moins grand nombre de chalands pour maître Minou Chailhou et son auberge du *Tourne-Bride*, les maisons du village réunies n'auraient point pu contenir la dixième partie des enragés de spectacle. On campait aux alentours du château, dans le vallon, dans les gorges, en haut du mamelon ; vous eussiez dit, sauf le costume, et en tenant compte de l'absence des chameaux, l'inondation humaine qui baigne les sables de la Mecque au temps du pèlerinage.

C'étaient des familles entières, des hommes, des femmes et dos enfants ; il y avait des mères qui apportaient le nouveau-né dans leurs bras. D'énormes chars amenaient des clans bourgeois, et quelques véhicules gothiques avaient l'honneur de voiturer les nobles couvées grouillant dans les gentilhommières du voisinage.

Tout cela, ne vous y trompes pas, était parfaitement exempt de mélancolie. Il n'y a rien de gai, au fond, comme les mélodrames. Ce serait à croire que le plus joyeux des mots est la détresse d'autrui. Tout cela riait, racontait, bavardait, se disputait, se battait, se réconciliait. Margou Chailhou était bien vieille, mais elle n'avait jamais vu une si aimable fête. Au moment où la porte s'ouvrait, la foule fit irruption terriblement. Tout le monde voulait entrer à la fois. En vain les bourgeois prétendaient primer les paysans, en vain les gentilshommes prétendaient rejeter les bourgeois en arrière, les rangs furent un instant confondus et il y eut anarchie complète. Le niveau se faisait violemment parmi toutes ces curiosités chauffées jusqu'à la démence, et l'avantage restait aux meilleurs poignets.

Une fois le pont-levis traversé, les vestibules et la salle des gardes furent envahis en un clin d'œil. Il n'y avait personne pour modérer l'invasion. Ce coquin de Mitraille s'était retiré tout de suite, après avoir exécuté les ordres de madame la comtesse, et on l'avait entendu qui disait, en jetant les clefs à la volée :

— Maintenant, je n'ai plus besoin de ma sagesse. Tout est fini, et je vais boire !

D'un temps, il se précipita vers l'office où il n'était point entré depuis quarante-huit heures.

En l'absence do Mitraille ce furent M. le lieutenant de roi lui-même, et M. le conseiller Renaud de Saint-Venant qui firent la police. Ces deux hauts personnages étaient assistés du vénéré docteur Mathieu Barnabi, lequel avait son utilité en pareille occurrence, car personne n'osait s'approcher de lui. On le fuyait comme si son respectable contact eût suffi à donner la peste ; il tenait lieu de balustrade.

M. le lieutenant de roi était digne et fier, portant bien la haute bonne fortune qu'il devait à la lanterne magique ; M. le conseiller était souriant, séduisant, rose, frais, charmant, et faisant grand honneur au Parlement de Paris. Autour d'eux, se pressait une véritable cohorte de gens du roi, grands et petits, depuis messieurs les baillifs et sénéchaux jusqu'aux greffiers en sabots des prévôtés villageoises.

M. le baron de Gondrin était là comme le soleil au milieu des astres inférieurs. Il portait un brillant costume de cour avec petit manteau, brodé sur toutes les coutures, et chapeau à plumai1. Il éblouissait. Quand il fit un signe pour annoncer sa volonté de parler, le silence le plus profond s'établit dans la cohue.

— Messieurs et mesdames de la noblesse, dit-il, gens de la bourgeoisie et du peuple, nous sommes ici par la volonté de madame la reine régente, agissant au nom de notre sire, le roi Louis quatorzième, mineur d'âge : que Dieu protège Sa Majesté, nous venons accomplir un grand acte de justice, et…

Messieurs et mesdames de la noblesse, gens de la bourgeoisie et du peuple, M. le conseiller, faisant près de ma personne office de sénéchal, aura la bonté de vous dire le reste.

Renaud de Saint-Venant salua aussitôt avec beaucoup de grâce et prit la parole, pour expliquer en très bons termes que cette expédition qui, au premier aspect, avait couleur guerrière, n'était en réalité qu'une commission rogatoire, soutenue par la force publique ; commission rogatoire émanant du présidial de Rodez, sous l'autorité du Parlement de Grenoble, les gens d'armes et officiers judiciaires n'étant là que pour prêter appui à la justice, en cas de résistance ouverte.

Il expliqua en outre comme quoi M. le lieutenant de roi, première autorité de la province, en l'absence du gouverneur, n'était là que pour donner à ce grand acte d'équité la sanction royale. Ni M. de Gondrin ni sa maison ne devaient avoir aucune influence sur les décisions du tribunal délégué ; cela d'autant plus que, par un curieux hasard, M. le baron de Gondrin se trouvait être la principale victime de la supercherie effrontée commise par la veuve de Guezevern, dite comtesse de Pardaillan.

Ici un effroyable tumulte s'éleva.

— Elle est donc veuve ? s'écrièrent les uns.

— On disait qu'elle avait tué son mari ! hurlèrent les autres.

— Est-ce vrai que sa fille est une bâtarde ?

— Est-ce vrai qu'elle laissait son fils simple domestique chez M. de Vendôme ?

— Verra-t-on le mannequin du faux comte ?

— Lira-t-on toutes les fausses écritures qu'elle a signées ?

— Elle était fière, pourtant, la misérable femme !

— Elle était riche !

— Ah ! la justice de Dieu tarde, mais elle vient toujours !

Il fallut un souverain geste de M. le lieutenant de roi pour imposer silence à la foule. Le conseiller reprit:

— Vous verrez tout. L'enquête se fera au grand jour. La justice, en ces sortes d'occurrences, ne repousse aucun témoin : nobles, bourgeois et vilains seront admis à constater les crimes, faux et dols de la veuve de Guezevern, dite comtesse de Pardaillan.

Et en attendant, mes dignes amis, gardez le calme qui convient au rôle important que vous allez remplir en cette affaire. Le tribunal rogatoire va se constituer en la grande salle, sous la protection des gens du roi. Restez ici, soyez patients, votre attente ne sera point trompée.

Les derniers mots de cette harangue furent couverts par une sauvage et lointaine rumeur : c'était la foule du dehors ; tout un peuple de curieux qui n'avait pu trouver place sous les vestibules et qui s'agitait furieusement le long des glacis.

La foule du dedans désapprouva hautement cette manifestation et promit de faire bonne garde autour de la grande salle pondant les opérations préliminaires.

On avait dit à ces bravos gens qu'ils avaient un rôle important : cela leur suffisait. On prend les chiens avec un os ; on prend les hommes avec un rôle.

Les magistrats et officiers judiciaires se dirigèrent solennellement vers la grande salle.

Personne ne gêna leur prise do possession. Mitraille, exécutant à la lettre les ordres de la comtesse, avait fait retirer tous les serviteurs de Pardaillan.

Pendant que ces choses se passaient au rez-de-chaussée, le premier étage du château était complètement silencieux et désert.

Pas une âme n'avait encore franchi les marches du grand escalier.

La cohue attendait : elle voulait un spectacle bien fait, une représentation réussie.

Au premier étage, vous eussiez dit une place abandonnée, n'eût été le fracas qui venait d'en bas. Personne dans les corridors. Le chevalier Gaëtan lui-même avait abandonné sa faction à la porte de la comtesse.

Il s'était réuni à Roger et à Pola, qui attendaient dans la chambre de Mélise. Les deux jeunes gens, Mélise elle-même, étaient aux ordres de ce personnage étrange : le More, en qui chacun avait une superstitieuse confiance. Mais le More avait disparu.

Et il n'avait point laissé de direction à suivre.

Dans cette chambre de Mélise, nos personnages pouvaient entendra vaguement le bruit de l'invasion, mais ils ignoraient encore que les portes eussent été ouvertes. Un avis de madame Éliane leur était parvenu, qui recommandait d'attendre et de s'abstenir.

Mélise ne s'abstenait jamais volontiers. On ne causait point amour dans cette pauvre chambre où l'inquiétude paralysait tous autres sentiments. Mélise s'offrit pour aller à la découverte et gagna tout d'un temps cette porte, derrière laquelle elle avait laissé le More. La porte était close, maintenant. Celle de madame Éliane, donnant sur la même galerie, était fermée aussi. Et Mélise entendait bien mieux désormais ces clameurs du rez-de-chaussée dont elle commençait à deviner l'origine.

Elle s'élança vers la retraite de son père, qui était à l'étage au-dessus, sans beaucoup d'espoir de l'y trouver. L'huis de ce coquin de Mitraille était grand ouvert, et Mélise put le voir, la tête renversée en arrière, debout au milieu de son réduit, avec le goulot d'une bouteille dans la bouche.

Cela lui donna bonne espérance.

— Hélas ! mignonne, dit le bon capitaine en la reconnaissant, si vous me voyez boire, c'est que tout est perdu !

— Qu'y a-t-il, père, qu'y a-t-il ? demanda précipitamment la fillette.

Mitraille passa ses deux mains sur son front.

— Je n'en savais rien tout à l'heure, expliqua-t-il ; à présent il me semble que je devine. Mais, vive Dieu ! ce doit être une pitoyable erreur, car tout à l'heure j'étais à jeun, et maintenant j'ai dans l'estomac deux flacons de vin de Guyenne !

— Tant mieux, père, tant mieux ! fit Mélise. Allez au troisième flacon, et vous verres tout à fait clair.

Le coquin de Mitraille n'eut pas honte de suivre un semblable conseil. Il but sa troisième pinte, et se redressa tout gaillard.

— Sanguedimoy ! s'écria-t-il, voilà de bonnes vendanges ! Je crois qu'il n'y a que toi d'avisée en cet univers, mignonne. Or çà, voyons à nos affaires. Nous sommes bien bas, mais il y a peut-être encore moyen de moyenner.

Il raconta à Mélise ce qui venait de se passer et prit à la main les deux lettres que madame Éliane lui avait ordonné de remettre à ses enfants sur le coup de neuf heures.

Mélise fit sauter le cachet de la première lettre, et lut à travers un éblouissement :

« Mon cher fils,

« Je suis innocente, mais Dieu ne m'a pas donné le courage de supporter la honte sous le regard de mes enfants bien-aimés. J'ai beaucoup souffert, beaucoup osé pour toi et pour ta sœur. Vous êtes deux fois les héritiers de Pardaillan par votre père et par votre mère. Mais la justice humaine, je le crains, ne décidera point en votre faveur.

« Mon fils, quelles que soient les apparences, ne condamne jamais ta mère. Si tu avais été comte, peut-être t'aurais-je défendu d'écouter la voix de ton cœur. Tu n'es plus qu'un soldat, donne ta main à celle que tu aimes : cette chère enfant, Mélise, me connaît mieux que toi ; elle t'apprendra à respecter ma mémoire… »

Mélise essuya ses yeux troublés par les larmes.

Mitraille attaquait son quatrième flacon. Il demanda :

— Que dit madame la comtesse ? Il y avait du temps que je n'avais trouvé le vin si bon !

Mélise lut encore :

« … Recommande ta sœur au chevalier Gaétan : qu'elle soit sa femme. Adieu, sois béni. Quand tu liras ces lignes, tu n'auras plus de mère. Je n'entendrai pas sonner neuf heures, ici-bas. »

— Quelle heure est-il ? cria Mélise d'une voix brisée.

Elle arracha le dernier flacon des mains de son père.

Le beffroi sonnait neuf heures.

Mélise, forte comme un homme, entraîna son père à l'étage inférieur. La foule envahissait les corridors. Mélise perça la foule. Elle rentra dans sa chambre et dit :

— À vos épées, messieurs ! Chevalier, il faut sauver la mère de votre femme ! Roger, oh ! Roger ! il faut sauver ta mère ou mourir !

Les deux jeunes gens se ruèrent au dehors. La cohue, éventrée par un choc terrible, résista, hurla, puis s'ouvrit devant eux.

XXII. LA COUR D'ENQUÊTE

Ce matin-là, le bon duc César de Vendôme et sa suite, une maigre suite, galopaient le long de la rivière de Peyre presque aussi poudreux que l'était la veille notre ami le chevalier Gaëtan. Ils étaient une demi-douzaine, montés, tant bien que mal, sur des chevaux de pays, et jouant de l'éperon à l'envi l'un de l'autre. De temps en temps César Monsieur regardait derrière lui la route parcourue, comme s'il eût craint d'être poursuivi. Son visage était chagrin et les gens de sa domesticité avaient l'air fort découragés.

— Ventre-saint-gris ! disait M. de Vendôme en essuyant la sueur de son front, je n'ai jamais été si fou que d'aimer les dames. La reine faisait les doux yeux à M. mon fils, le duc de Beaufort ; vous l'avez tous vu, messieurs ! Donnez-moi à choisir entre la colique et une femme, je prendrai la colique ! On vit avec la colique, vertubieu ! et les femmes tuent ! Madame la reine a mis ce pauvre Beaufort, le petit-fils d'Henri IV, à la Bastille, pour plaire à ce croquant de Mazarin, Piquez des deux, s'il vous plaît ; je ne me croirai en sûreté que chez M. mon ami, le duc d'Épernon, gouverneur de Guyenne !

Et la petite troupe passa le long de l'eau sombre encaissée entre ses hautes rives, au milieu d'un nuage de poussière.

Un clou chasse l'autre. M. de Vendôme, à cent cinquante lieues de Paris, croyait encore avoir les mousquetaires à ses trousses ; la belle peur qu'il avait lui faisait oublier son infirmité. Depuis trois jours il était en paix avec ses entrailles.

Devant lui et son escorte s'élevait au loin ce mamelon de forme bizarre qui mettait dans l'ombre la vaste carrure du château de Pardaillan.

C'était l'heure, à peu près, où la grand'porte s'ouvrait aux assaillants, d'après l'ordre de madame Éliane. M. de Vendôme et ses gens couraient depuis le lever du jour, fuyant la poursuite imaginaire des suppôts de M. de Mazarin, qui ne s'inquiétaient d'eux nullement.

À la même heure, la comtesse Éliane, qui venait de donner ses dernières instructions à Mitraille, était seule dans son oratoire.

Depuis son entrevue avec le conseiller Renaud de Saint-Venant, elle était restée en proie à cette fièvre lente qui accompagne les résolutions suprêmes. Maintenant, elle subissait une sorte de prostration ressemblant à un sommeil.

Elle demeura longtemps immobile, assise dans son fauteuil, et gardant l'attitude d'une personne qui va se lever. Ses yeux regardaient vaguement au-devant d'elle et sans voir. Elle écoutait les bruits qui venaient d'en bas et qui allaient sans cesse grossissant.

Elle avait peur, mais c'était chez elle un sentiment irraisonné ; dès qu'elle réfléchissait, elle cessait de craindre.

N'avait-elle pas un bouclier contre toute attaque ? un refuge contre toute misère ?

Elle se disait cela, et son pauvre cœur se gonflait à la pensée de ces liens adorés qu'elle allait volontairement briser.

Son fils ! ce beau, ce noble, ce hardi jeune homme au rire si franc et si doux ! Sa fille ! oh ! comme elle l'avait ardemment contemplée, cette nuit ! Jamais elle ne l'avait trouvée si belle ! Jamais l'âme de Pola n'avait parlé si tendrement dans ses grands yeux !

On l'eût entendue parfois, la mère désolée, balbutiant des paroles sans suite : prières et plaintes.

— Mon Dieu ! disait-elle, ayez pitié de moi ! Je les ai revus, tous deux, tous deux ensemble. Ils étaient là. J'ai eu leurs têtes chéries à la fois sur mon sein ! Peut-on en même temps être si heureuse et tant souffrir ! Mon Dieu ! mon Dieu ! ils sauront tout. J'ai bien voulu me confesser à eux morte. Vivante, je n'ai pas eu le courage d'humilier mon front de mère devant eux. Ma bouche n'aurait pas su prononcer ces terribles paroles : j'ai trompé ! j'ai menti... qu'ils apprennent la faute en même temps que l'expiation !

Elle s'interrompit, tandis qu'un sourire naissait parmi ses larmes.

— Ils me pardonneront ! murmura-t-elle. Ou plutôt ils ne comprendront même pas qu'on m'ait accusée. Où est la faute ? Où est le crime ? Mon bien-aimé Pol vivait quand j'ai accepté en son nom la succession de Pardaillan, qui était à moi avant même d'être à lui. C'est ici la maison de mon père ! Aux yeux de Dieu, j'ai bien fait, et c'est avec les yeux de Dieu que les hommes jugent ceux qui ne sont plus. Vivante, je serais condamnée ; les gens du Parlement ne verraient que le fait brutal : ma signature substituée à celle de mon mari, et cette longue, longue feinte qui a supposé pendant des années la vie d'un trépassé, cela est criminel ; cela est sacrilège... Mais quand ils m'entendront crier ma plaidoirie du fond de ma tombe, ils m'écouteront... et la reine aura honte d'avoir été ingrate. Elle se souviendra : la mort réveille la mémoire endormie. On a peur, la nuit, d'offenser les morts. Mes enfants, mes chers enfants seront sauvés par leur deuil !

Elle se leva, et, passant la main sur son front, elle gagna la porte de l'oratoire qui donnait sur la chambre du deuil. Autour de son visage se jouait un vague rayon de joie : joie austère, joie tragique, et dont rien ne saurait dire les douces simplicités.

Elle allait à la mort, consciencieuse et résignée. Elle pouvait se tromper ; elle agissait de bonne foi.

Elle était jeune, parce qu'elle avait vécu solitaire. Elle aimait passionnément : un souvenir vers lequel sa mort s'élançait, une réalité dans son cœur se détachait avec des déchirements profonds.

Elle était brave, elle était calme.

La porte ouverte laissa voir la sombre placidité de cette tombe où la plus belle des femmes avait enfoui sa jeunesse opulente et si bien faite pour l'éclat souriant du soleil de la cour.

Dans cet ordre d'idées, Éliane ne regrettait rien. Elle ne se tenait même pas compte à elle-même de ce long sacrifice qui n'expiait aucune faute aux yeux sévères de sa conscience. Elle avait poussé jusqu'au sublime le culte de la veuve et l'amour de la mère. Cela se devait.

Elle traversa la chambre et entra dans l'alcôve. Son regard mélancolique et doux se reposa d'abord sur le lit occupé, puis sur la couche vide qui était la sienne. Elle pensa :

— Nous allons être deux ici désormais.

La visite de M. le baron de Gondrin et du conseiller de Saint-Venant n'avait laissé aucune trace. Du moins madame Éliane ne remarqua rien qui pût lui faire soupçonner que sa retraite avait été violée. La couche du mort était intacte, et les couvertures étaient disposées comme d'habitude.

Madame Éliane ferma à double tour la porte qui était au fond de l'alcôve. Elle s'agenouilla devant le lit du défunt.

— Pendant quinze ans, dit-elle, j'ai fait ainsi chaque matin et chaque soir. Quand j'ai manqué parfois à ce rendez-vous, Pol de Guezevern, mon mari, mon premier, mon dernier amour, c'est que j'étais à la recherche de notre fils. Aujourd'hui, voici pour la dernière fois ma voix qui monte vers vous ; ma bouche va se fermer muette ; priez, Pol, mon mari, afin que je vous rejoigne auprès de Dieu.

Elle se tut, continuant son oraison au-dedans d'elle-même.

Une grande clameur qui venait d'en bas la releva tremblante sur ses pieds.

— Ah ! fit-elle en plongeant sa main sous le revers de sa robe, je n'ai pas beaucoup de temps devant moi.

La pendule de la chambre du deuil marquait douze minutes avant neuf heures ; madame Éliane tira de son sein un petit flacon en cristal taillé, dont le bouchon était recouvert par une capsule d'or.

— J'ai acheté cela de maître Mathieu Barnabi, pensa-t-elle tout haut, le jour où M. de Saint-Venant m'a dit qu'il voulait ma fille. En me le vendant un prix qui aurait payé un diamant, il me dit : « Madame la comtesse, voici qui est plus rapide que le poignard ! cela foudroie ! »

Elle mit la transparence du cristal entre elle et la lumière faible qui filtrait à travers les draperies des croisées. Pour un instant le silence semblait s'être rétabli à l'étage inférieur.

Madame Éliane ne pouvait deviner les motifs de ce silence commandé par la solennité du moment. Le tribunal d'enquête, constitué selon les formes, et assisté d'un luxe inusité de personnages judiciaires, venait de se montrer à la foule. Le président, délégué par le Parlement de Grenoble, avait paru au seuil de la grande salle, entouré de ses conseillers et assesseurs, et avait prononcé un discours pour inviter l'assistance à l'ordre et au recueillement,

Madame Éliane effleura de ses lèvres le voile noir qui recouvrait la figure du mort.

— Toi aussi, murmura-t-elle, tu quittas la vie pour sauver ceux que tu aimais. Chaque parole de ton pauvre message est gravée dans mon cœur. Je vais faire somme toi : je vais à toi !

Elle déboucha le flacon de cristal d'une main ferme.

Mais avant de le porter à ses lèvres, elle tressaillit et une pâleur plus mate envahit ses joues.

— Pardonnez-moi, Dieu, mon créateur, dit-elle tout haut, je veux vous donner mon âme !

Elle déposa le flacon sur la tablette qui était à côté du lit de Guezevern, et marcha d'un pas ferme vers le prie-Dieu où elle s'agenouilla.

Pendant qu'elle était là, prosternée et perdue dans son recueillement profond, deux sons parvinrent à ses oreilles. C'était d'abord le bruit du rez-de-chaussée qui allait s'enflant et qui semblait se rapprocher. Ce fut ensuite un frôlement à peine perceptible qui paraissait partir de l'alcôve.

Ce dernier bruit ne dura que l'espace d'une seconde.

Madame Éliane ne se retourna point, parce qu'elle était sûre d'avoir fermé à clef la porte de l'alcôve.

Des pas lourds montèrent le grand escalier, des portes furent ouvertes avec fracas, des armes sonnèrent. Il était temps. Éliane baisa passionnément les pieds du crucifix, et se leva dans toute sa radieuse beauté, le front calme, le sourire aux lèvres.

— Me voici, Pol, mon mari ! murmura-t-elle comme si, fiancée, elle eût été sur le point d'entrer dans le lit conjugal.

Sa main s'étendit vers la tablette pour y prendre le flacon de cristal. Sa main rencontra le vide ; elle chercha. Les draperies rabattues faisaient le jour bien sombre dans l'alcôve. Ses doigts impatients se prirent à trembler.

Au dehors, les pas avaient fait du chemin. Ils heurtaient déjà les dalles du corridor. Il n'y avait plus de cris, mais on entendait un vague et large murmure.

Éliane était sûre d'avoir mis le flacon sur la tablette. Elle se souvint de ce léger bruit, entendu pendant sa prière. Le flacon avait pu glisser. Elle s'agenouilla et chercha ; une angoisse lui venait au cœur. Elle se hâtait, déjà éperdue, car le temps désormais se comptait pour elle, non plus par heures, non plus par minutes même, mais par secondes.

Il fallait trouver ce flacon à l'instant même – ou vivre !

Or, la vie l'épouvantait comme d'autre peuvent être terrifiés par l'idée de la mort.

Comme elle cherchait, accroupie, des yeux et des mains, tâtant le sol et rendant déjà ces plaintes qu'arrache la détresse, on frappa à la porte du fond de l'alcôve et une voix dit tout bas, une voix qui remua jusqu'à la dernière fibre de son cœur :

— Mère, c'est moi, Roger, votre fils, et c'est Pola, votre fille. Ouvrez !

Madame Éliane appuya ses deux mains contre sa poitrine haletante. — Puis elle s'étendit à quatre pieds sur le carreau, cherchant, cherchant, avec avidité, avec folie.

Il se faisait un silence du côté du grand corridor. On eût dit que l'armée judiciaire formait ses rangs.

— Ma mère ! appela notre pauvre Pola. Est-ce que tu ne nous aimes plus ? Ouvre, je t'en prie !

En même temps, une main essaya la serrure.

La comtesse rendit un râle.

À l'autre porte, deux hampes de hallebardes retentirent, frappant ensemble les dalles du corridor.

Et une voix solennelle perça les épais battants, disant : « Ouvrez, de par le roi ! »

Cette voix traversa la chambre du deuil et s'entendit jusque dans le corridor intérieur, car Roger et Pola s'écrièrent à la fois :

— Mère ! oh ! mère ! laissez-nous vous défendre et mourir avec vous !

Éliane avait bondi sur ses pieds, renonçant à chercher le flacon introuvable. Ses yeux brûlaient parmi la pâleur mortelle de son visage. Ses cheveux, violemment hérissés, dénouèrent leurs liens et ruisselèrent sur ses épaules.

Elle s'élança, folle et navrée, cherchant une arme au hasard, et, d'avance, ses mains crispées arrachaient l'étoffe de sa robe, à la place du cœur, pour que le couteau eût un passage facile.

Elle allait, rugissant comme une lionne, et révoltée contre Dieu qui lui refusait le suprême abri du trépas. Elle disait :

— Mes enfants ! mes enfants ! je veux mourir ! mourir avant que voua soyez témoins ! La mort ! la mort avant l'heure de l'opprobre !

Mais rien ne s'offrait à sa vue qui pût faire arme et déchirer son sein. Il n'y avait, dans cette chapelle austère, ni poignard, ni couteau, ni épée !

Elle s'épuisait, rôdant et interrogeant chaque objet. Il y avait du sang dans son œil hagard. Le délire la tenait.

— Ma mère ! ma mère ! dirent encore une fois les enfants en secouant les battants fermés au fond de l'alcôve.

Et à l'opposé, la voix grave ayant vainement répété sa sommation, ordonna :

— De par le roi ! jetez bas cette porte !

Madame Éliane se replia sur elle-même et ses yeux égarés interrogèrent les murailles pour choisir l'endroit où elle allait se briser le crâne. Partout la tenture funèbre recouvrait les lambris comme un coussin.

La porte extérieure, ébranlée par une main vigoureuse, battit.

Éliane, oh ! vous ne l'eussiez pas reconnue, tant l'excès de la misère la déguisait terriblement ! Éliane, échevelée, débraillée comme une femme coupable que la peur aurait chassée de son lit adultère, avisa l'une des fenêtres et fit un bond de folle en rendant un cri extravagant.

Elle avait trouvé son refuge. — Au-delà de la fenêtre, c'était le fossé profond, le fossé creusé dans le roc.

Elle saisit à deux mains la ferrure de la croisée ; mais ses misérables doigts défaillaient et ne pouvaient.

Elle s'efforça, acharnée à sa tâche, soufflant, sifflant et pleurant des larmes sanglantes. La ferrure lourde et dure résista longtemps. Au moment où elle cédait, la porte extérieure s'ouvrit à deux battants, laissant voir l'imposant appareil du tribunal d'enquête, dont les membres se groupaient sur le seuil, autour du président à mortier du parlement de Grenoble.

Éliane se laissa choir contre la muraille, vaincue et comme écrasée. Son œil troublé vit tout un horizon de têtes solennelles derrière lesquelles flottaient des panaches. Il n'était plus temps de se réfugier dans la mort. Dieu impitoyable n'avait pas voulu. Les pauvres beaux yeux de la comtesse se fermèrent, tandis que sa poitrine exhalait un dernier gémissement.

Il se fit un mouvement dans la majestueuse foule, conseillers, juges, sénéchaux, baillifs, gruyers, prévôts et gens du roi qui ouvrirent leurs rangs pour donner passage à M. le baron de Gondrin-Montespan emplumé, lui tout seul, autant que les quatre coins d'un dais, doré, brodé, frangé, pomponné et si beau que, pour le regarder, Catou Chailhou mettait ses deux mains au-devant de ses yeux, comme s'il eût été le soleil. Il était escorté par le doux Renaud de Saint-Venant, orné de son plus tendre sourire, et par le savant médecin Mathieu Barnabi, prêt à opérer toutes les constatations que pouvait réclamer la science.

Les mesures n'étaient pas prises à demi. Tout se faisait richement, et après une enquête semblable la vérité devait luire comme un incendie.

Derrière M. le lieutenant de roi et sa cour, une demi-douzaine de gens d'armes venaient.

Puis un nombre de témoins choisis parmi les notables de la

contrée.

La chambre du deuil était déjà remplie à moitié, que le tribunal restait encore sur le seuil.

Et tous ceux qui étaient là, semblaient animés du même esprit de haine et de rancune contre cette lamentable créature qui avait été si puissante et si riche, qui avait excité tant d'étroites, tant d'implacables jalousies au temps de sa fortune, et qui était là, vautrée comme un gibier abattu dans la poussière, abandonnée du monde entier, et s'abandonnant elle-même.

M. le lieutenant de roi, parlant d'une voix éclatante, fit faire la haie militairement, et invita le tribunal à prendre place au premier rang. Le président et ses assesseurs entrèrent aussitôt d'un pas processionnel. La mise en scène était parfaite. Les juges se rangèrent en cercle au-devant de l'alcôve.

Le lieutenant de roi, Saint-Venant et Mathieu Barnabi se placèrent entre les deux lits.

— Qu'on amène cette femme ! ordonna le baron. Il faut que l'enquête soit contradictoire. C'est la loi.

Deux soldats prirent madame Éliane sous les aisselles et l'amenèrent. On lui donna un siège. Elle seule fut assise au milieu de cette foule qui se tenait debout.

XXIII. TÊTE-DE-BŒUF

Au milieu d'un religieux silence, M. le lieutenant de roi prit un papier des mains de Saint-Venant et lut l'exposé des faits qui étaient reprochés à la soi-disant comtesse de Pardaillan. Il y en avait long. La main habile du conseiller Renaud se reconnaissait dans ce remarquable travail près duquel le fameux acte d'accusation du prêtre de Loudun était une bagatelle. Madame Éliane, selon ce factum, avait mis le pied sur tous les degrés de l'échelle du crime. Elle était coupable de dol, de fraude, de fausses signatures, de supposition de personnes, de magie, car il en fallait toujours un peu, de sacrilège, d'adultère, d'empoisonnement, etc.

L'assistance écouta l'énumération de ces divers forfaits avec une pieuse horreur. Seulement les dames, car il y avait des dames, trouvèrent que la liste était un peu écourtée.

Après la lecture, il fut demandé à l'accusée si elle avouait ou si elle contestait.

Madame Éliane avait ses deux mains livides qui pendaient jusqu'à terre. Sa tête venait en avant, courbée sur sa poitrine et demi-voilée par les masses de ses longs cheveux. L'aspect de toute sa personne éveillait une idée d'agonie. Elle ne répondit point.

Elle pensait pourtant. Elle espérait mourir de cette indicible angoisse qui lui torturait l'âme. Elle pensait : elle avait peur de ne pas mourir assez vite. Tout ce qui lui restait de sentiment se concentrait sur un seul fait, un bruit sourd et patient qui persistait au fond de l'alcôve. Éliane savait que ses enfants étaient là, et qu'ils essayaient d'ouvrir la porte ; ses bourreaux pouvaient frapper : son vrai supplice était la pensée de ses enfants.

M. le lieutenant de roi et son fidèle ami Renaud écoutaient aussi, depuis quelques secondes, mais non point la même chose. Leurs oreilles étaient tendues vers la porte extérieure par où entraient de lointaines clameurs. On eût dit un tumulte nouveau qui avait lieu en bas, vers le pont-levis.

Le baron de Gondrin agita sa main baignée de dentelles et dit à haute voix, et en s'adressant aux soudards postés dans le corridor :

— Messieurs, veillez et protégez la justice du roi !

Puis parlant à la cour d'enquête, et récitant évidemment une leçon apprise par cœur, il ajouta :

— Monsieur mon ami, le conseiller de Saint-Venant, qui a bien mérité du roi et de madame la régente, ainsi que maître Mathieu Barnabi, en dévoilant un mystère d'iniquité, vous dira le menu de cette ignominieuse affaire dont la pareille ne s'est jamais offerte à l'indignation du monde civilisé. Non, depuis les temps les plus reculés de l'histoire, depuis le siècle des Atrides, depuis… mais ceci regarde M. de Saint—Venant. Moi, légitime héritier du feu comte de Pardaillan, décédé en ce lieu même et probablement victime de quelque noire trahison, je me bornerai à mettre sous les yeux de la cour la preuve irrécusable de mon droit en même temps que le témoignage manifeste de l'infernale perversité de cette femme. Qu'on écarte les draperies !

Les rideaux noirs qui pendaient au-devant des croisées glissèrent aussitôt sur les tringles, et, pour la première fois depuis quinze années, le grand jour du dehors se rua dans la chambre du deuil.

En même temps, Renaud d'un côté, M. le baron de l'autre reje-tèrent à droite et à gauche les draperies de l'alcôve elle-même.

Jusqu'alors, l'assistance avide n'avait pu voir qu'une forme indécise dans le lit, placé à gauche du lieutenant de roi.

Tout le monde se pencha en avant, tandis que la curiosité arrivée à son paroxysme arrachait un murmure à toutes les poitrines. Les juges s'agitèrent comme les autres, et M. le président à mortier faillit perdre l'équilibre, tant il allongeait de bon cœur son respectable cou.

Les dames frémissaient d'aise et n'auraient pas donné leur matinée pour une soirée d'amour.

Dans toute cette cohue, il n'y avait que la pauvre Éliane pour n'avoir point bougé. Celle-là était de pierre.

Le grand jour, faisant irruption dans l'alcôve, montra le corps de feu Pol de Guezevern, oomte de Pardaillan, avec son voile noir sur le visage.

On avait douté jusqu'à ce moment. Toutes les bouches restèrent muettes et béantes.

— Voilà mon compétiteur ! reprit le baron de Gondrin d'une voix éclatante. Voilà celui qui touche mes revenus et qui porte mon titre. Je laisse tous les autres crimes à qui de droit, mais je reprends mon bien effrontément volé.

Il arracha d'un grand geste la couverture du lit.

— Holà ! monsieur le comte, cria-t-il en même temps d'un accent sarcastique. Debout ! défendez votre signature et votre femme ! Dites que madame la comtesse ne vous a point versé la mort dans une tasse de vin, mon digne seigneur, et dites que je ne suis pas le vrai, le seul comte de Pardaillan-Montespan depuis quinze années.

Le moment était si dramatique qu'aucune de ces dames ne songea à baisser les yeux.

Bien entendu, le pauvre Pol de Guezevern ne répondit point à ce défi ; son corps embaumé n'avait point l'air du tout de vouloir s'éveiller en un miracle.

Dans le silence qui suivit, silence profond, où chacun retenait son souffle, on entendit un petit bruit au fond de l'alcôve, comme si le pêne de la porte cédait enfin à un effort contenu, et un grand bruit du côté de l'entrée principale : des cris, des jurons, avec un cliquetis d'épées.

M. de Gondrin répéta :

— Messieurs, protégez la justice du roi.

Puis, achevant sa besogne, il reprit :

— Voyons, monsieur mon cher cousin, Pol de Guezevern, témoignez, s'il vous plaît, par votre parole ou par votre silence, par votre vie ou par votre mort ! Chacun ici, juges et assistants, va venir et tâter vos membres rigides. N'êtes-vous qu'endormi, mon cousin ? Il est temps encore de protester. Je suis bon parent et je vous réveille !

Sa main tomba lourdement sur l'épaule du mort.

L'auditoire poussa un grand cri ; un cri de stupeur, auquel répondit une sorte de rauquement insensé qui sortait de la poitrine de madame Éliane.

En frappant l'épaule du cadavre embaumé, M. le lieutenant de roi s'était retourné vers l'assistance d'un air provocant et vainqueur. Il vit madame Éliane se dresser toute droite, comme si une invisible main l'eût soulevée par les cheveux, étendre les bras avec folie, rougir, pâlir, puis tomber tout de son long inanimée.

M. de Gondrin, étonné de la stupéfaction générale et sentant à ses côtés le conseiller de Saint-Venant qui grelottait comme un fiévreux, ne se retournait point, parce qu'il venait d'apercevoir au seuil de la porte principale la figure échauffée de ce bon M. de Vendôme, lançant de droite et de gauche de beaux coups de poing aux gens qui lui barraient le passage.

— Ventre-saint-gris ! dit le fils de la belle Gabrielle ; bonjour, Gondrin, tenez-vous bien ! Vous êtes proscrit, mon compagnon ! Arrière, marauds ! Est-ce ainsi qu'on reçoit un enfant de France !

Chose singulière et qui finit par épouvanter M. de Gondrin, l'enfant de France avait beau crier, personne ne faisait attention à lui. Tous les regards pétrifiés restaient en arrêt sur l'intérieur de l'alcôve comme si la tête de Méduse montrait là son masque stupéfiant.

Et en vérité, la comparaison n'est pas trop forte. La tête de Méduse n'eût point suffi peut-être à produire l'écrasant étonnement qui paralysait l'assemblée.

Il y avait là quelque chose de plus effrayant que la tête de Méduse.

Une main toucha par derrière l'épaule du lieutenant de roi, et une voix parla qui le fit frissonner jusque dans la moelle de ses os.

— Mort de moi ! dit cette voix qui avait l'accent bas-breton et qui lança rondement le juron favori de Pol de Guezevern, le feu est-il au logis ? Vous m'avez fait mal, monsieur mon cousin de Gondrin-Montespan. Pour éveiller les gens, il n'est pas besoin de frapper si fort !

Un murmure sourd courut comme un frisson dans l'auditoire, qui tremblait. Les mêmes mots se glaçaient sur toutes les lèvres pâles :

— Il a parlé ! le mort a parlé !

C'était une épouvante profonde. Chacun aurait voulu fuir. Les dents de M. le président à mortier claquaient comme une paire de castagnettes.

Le lieutenant de roi, blême aussi, mais gardant le front haut, se retourna enfin. Il vit le mort qui avait quitté sa couche et qui était debout derrière lui : un grand corps tout blanc avec un voile noir sur le visage.

M. de Gondrin-Montespan était un homme brave et fort. Il fut frappé violemment, mais il ne s'abandonna pas lui-même.

— Ah ! ah ! fit-il en essayant de railler. On a ajouté un acte à la comédie !

En ce moment la porte du fond s'ouvrit doucement, montrant les visages graves de Roger et du chevalier Gaëtan.

— Bon ! reprit M. de Gondrin. Voici le restant des histrions !

Puis, s'adressant au fantôme voilé de noir il ajouta :

— L'ami, montrez-nous, je vous prie, votre figure.

Le fantôme obéit aussitôt. Le voile tomba.

— Ventre-saint-gris ! s'écria M. de Vendôme, qui poussait en ce moment sans façon le président à mortier pour se frayer un passage, tu as bruni depuis le temps, Tête-de-Bœuf ! Y avait-il long-temps qu'on t'avait vu, Breton bretonnant de Guezevern !

Le lieutenant de roi avait reculé de plusieurs pas à la vue des traits qui étaient sous le voile noir, et le conseiller Renaud, suffoqué, s'appuyait au lit de madame Éliane.

Roger, le chevalier Gaëtan et Mélise avaient dit d'une seule voix :

— Don Estéban ! le More !

Derrière eux, ce coquin de Mitraille se leva sur ses pointes, chancelant bien un peu, mais rendu à toute sa perspicacité par un sixième flacon qu'il avait lampé à la volée.

— Sanguedimoy ! s'écria-t-il, je savait bien que je l'avais vu quelque part ! Le More est Pol de Guezevern avec une barbe de mécréant, et Pol de Guezevern est le More à qui on a fait le poil ! Ce que tout cela veut dire, je n'en sais rien ; mais mettons toujours flamberge au vent, mes pigeons, et Pardaillan ! Pardaillan ! pour toujours !

Dans l'ombre du corridor, une douzaine d'épées sonnèrent en sautant hors du fourreau. Mélise se jeta au cou de son père.

Il y avait un grand malheur pour M. le lieutenant de roi. Il n'était plus ici le personnage principal. Le prestige qui l'environnait aux yeux des magistrats languedociens, dauphinois et rouerguillons était tombé à l'apparition de M. de Vendôme : l'oncle du roi !

La cour d'enquête ne comprenait peut-être pas très bien ce qui se passait ; mais outre que c'est un peu l'habitude des cours d'enquête, il y avait un fait dont l'évidence ne pouvait échapper à personne. On était venu dans cette chambre pour y constater la présence d'un cadavre, et le cadavre se trouvait être un gaillard très bien portant.

Sans M. le duc de Vendôme le coup de théâtre aurait manqué son effet en majeure partie, car personne ici ne connaissait Pol de Guezevern, sauf Mitraille, qui était suspect de partialité, madame Éliane, dont on n'aurait certes point invoqué le témoignage, et trois hommes : M. de Gondrin, Saint-Venant, Mathieu Barnabi, qui, selon toute vraisemblance, auraient refusé le leur ; mais M. de Vendôme, lui tout seul, valait tous les témoins du monde. Et M. de Vendôme avait parlé. M. de Vendôme avait dit le nom du cadavre vivant ; M. de Vendôme l'avait appelé Pol de Guezevern !

— Monseigneur, dit le More, qui salua avec un merveilleux sang-froid, je vous remercie de m'avoir reconnu après tant d'années.

— Par la sambleu ! répondit le duc de Vendôme, penses-tu qu'on rencontre tous les jours un intendant honnête homme, Bas-Breton, buveur de cidre ? Je n'ai oublié ni toi ni ton remède. Or çà, robins, êtes-vous ici par hasard pour faire de la peine à mon ami Guezevern ?…

— Tiens ! J'y Bongo ! s'interrompit-il, souriant amicalement à M.

do Gondrin. Baron, votre remplaçant, le nouveau lieutenant de roi, s'installe aujourd'hui à Rodez. C'est Guébriant, votre meilleur ennemi, qui vous cherche pour vous jeter dans un cul de basse fosse.

— Est-ce que M. de Beaufort !… commença Gondrin.

— Tête-de-Bœuf ! s'écria le bon duc, à qui ce sujet d'entretien ne plaisait pas, déjeune-t-on chez toi ? Ventre-saint-gris ! je ne suis pas fier, et puisque tu es comte, je boirai de ton vin. Il y a une semaine et demie que je n'ai eu la colique.

— Celui-là est donc bien M. le comte de Pardaillan ? demanda avec respect le président à mortier du parlement de Grenoble, qui venait de consulter ses assesseurs.

Ici se plaça un fait remarquable. Ce ne fût pas M. le duc de Vendôme qui répondit ; ce fut la voix de la foule, belle grande voix toujours généreuse aux vainqueurs et à qui sa noble sagesse a mérité le nom de « voix de Dieu. »

La voix de Dieu dit :

— Longue vie au comte de Pardaillan !

— Qui donc a jamais douté de lui ?

— Mort et malheur à ceux qui calomniaient la sainte comtesse !

— La mère des pauvres !

— La providence du pays !

Cathou Chailhou arracha sa propre coiffe, pour la lancer au plafond, et, montrant du doigt le baron do Gondrin, elle résuma ainsi l'opinion générale :

— Puisque celui-ci, avec ses plumets, est dégommé de sa place, c'est un malfaiteur et il faut le noyer !

— Ou le brûler ! amenda l'assistance.

Il y eut en même temps un mouvement offensif, dirigé contre M. le lieutenant du roi qui recula vers la porte du fond, suivi du conseiller Renaud.

Au seuil de cette porte, le chevalier Gaëtan et Roger veillaient. Ils s'effacèrent et dirent :

— Passez, messieurs ; noua vous attendions.

Une demi-heure après, Éliane appuyait son beau front contre le sein de son mari, et pleurait des larmes de joie.

— Me pardonnerez-vous, bien-aimée ? murmurait le comte de Pardaillan ; j'ai souffert quinze ans pour expier le crime d'avoir douté de mon bon ange.

— Ô Pol ! mon mari ! balbutiait Éliane. Ce n'est pas toi qui ressuscites, c'est moi ! Dieu est bon, et je passerai le reste de mes jours à le remercier de ce miracle !

— Ventre-saint-gris ! Tête-de-Bœuf ! cria le bon duc dans la salle à manger ; me laisseras-tu déjeuner tout seul, traître de Bas-Breton !

Le comte entra, soutenant sa femme radieuse de bonheur.

— Est-ce vrai que c'était elle qui tenait mon intendance, demanda le bon duc, au temps jadis ?

— Elle a toujours été, répondit le comte, elle sera toujours mon intelligence et mon cœur.

— Sarpejeu ! fit le duc, tu m'as montré trois drôles de choses en ta vie, Guezevern, buveur de cidre ; un remède contre la colique, un intendant honnête homme, et une bonne femme. Tu dois savoir où est le merle blanc, hé ?

— Sauf le respect que je vous dois, mes seigneurs et madame, dit ce coquin de Mitraille qui entra, roulant comme une caravelle, j'ai bu le septième et je ne m'en porte pas plus mal ; je suis arrivé à temps pour empêcher un grand malheur. Dans le fossé, là-bas, M. le chevalier était en train de tuer M. le lieutenant de roi, et M. Roger tenait son épée sur la gorge du conseiller Renaud de Saint-Venant : Mathieu Barnabi se sauvait comme il pouvait. J'ai dit : sanguedimoy ! changez, jeunesses ! l'enfant ne peut faire la fin de son parrain ! Alors, c'est M. le chevalier qui a pris Saint-Venant et M. Roger qui a décousu le Gondrin. Tout est donc au mieux. Moi j'ai assommé Barnabi comme un chien enragé. Ils sont morts tous les trois ; que Dieu nous bénisse !

— Que Dieu nous bénisse l répéta pieusement M. de Vendôme, et qu'il me rende mon gouvernement de Bretagne ! Là-bas, en vendant des pommes on gagne de quoi acheter du vin.

Le soir de ce jour, dans l'oratoire de madame Éliane, toute la famille resta longtemps réunie. Il fallait bien que le More racontât ses étranges aventures, depuis l'heure où don Ramon l'avait racolé, demi-noyé qu'il était, pour le service de je ne sais quel prince d'Allemagne, jusqu'au moment où il avait coupé sa longue barbe mahométane pour prendre la place de l'homme embaumé dans l'alcôve.

Quand il eût achevé, madame Éliane mit les mains de Pola dans celles du chevalier, et Roger prit celles de Mélise, disant :

— Ma mère chérie, de votre gros péché de ce matin rien ne restera, sinon votre lettre qui nous ordonne d'être heureux.

L'histoire rapporte que tous les pèlerins languedociens, dauphinois et rouerguillons revinrent pour les fiançailles auxquelles le bon duc de Vendôme assista. Au dessert, il embrassa Mitraille qui le lui rendit bien ; ils étaient ivres tous deux jusqu'aux larmes.

— Ventre-saint-gris ! dit le bon duc, il y avait plus de Pardaillans entre Guezevern et son héritage, qu'il n'y a de Bourbons entre moi et la couronne. Coquin de Mitraille, je t'arme chevalier par provision, et nargue de la colique, paillard que tu es, afin que Tête-de-Bœuf ton maître ait du respect pour toi, je te ferai marquis quand je vais être roi de France !

ISBN : 978-3-96787-637-6

Lightning Source UK Ltd.
Milton Keynes UK
UKHW010631130820
368184UK00001B/169